ㅇ ㅅ달

아사달

발행일 : 2024년 6월 30일

지은이 : 김유수
펴낸이 : 최경애
펴낸곳 : 도서출판 자연과 사람
홈페이지 : www. nature-human.co.kr
편집디자인 : 다락방 안소라

주 소 : 경기도 양평군 서종면 소구니2길40번길 20

전 화 : 070-7548-5429

팩 스 : 031-774-7486

정 가 : 25,000원

ISBN : 978-89-969197-9-7-03810

장편 역사소설

나반부터 고구려까지 환족(桓族) 3만 년의 이야기

아사달

김유수 지음

자연과 사람

김 유 수

경북 상주에서 태어나 상주중학교, 대구 계성고등학교와 성균관대학교를 졸업하고 삼성생명에서 근무하였다. 어릴 때부터 광활한 우주와 생명체, 인간 및 신에 깊은 관심을 가지고 관련 서적들을 부지런히 찾아서 읽었다. 직장 생활을 하면서도 생각을 같이 하는 직장 동료 및 친구들과 관심 분야 연구 모임을 만들어 관련 서적들을 꾸준히 탐독하였다.

퇴직 이후에는 관심 분야를 더욱 깊이 탐구하고 관련 서적을 펴내기 위하여 〈도서출판 자연과 사람〉을 설립하고 집필 및 번역 활동을 하고 있다.

저　　　서 : 《자! 지금부터 시작이다》, 다락방(2007)
　　　　　　《가장 위대한 자연의 선물》, 자연과 사람(2012)
　　　　　　《붓다와 예수》, 자연과 사람(2020)

역　　　서 : 《주판과 십자가》, 자연과 사람(2015)

출판 도서 : 박진석, 《새와 함께 꿈을 꾸다》, 자연과 사람(2013)
　　　　　　박진석, 《팔색조의 육아 비밀》, 자연과 사람(2014)
　　　　　　정경섭, 《대물림과 조상 탓》, 자연과 사람((2021)
　　　　　　조병수, 《추억 여행》, 자연과 사람(2022)

《ᄋᆞᄉᆞ달》을 읽기 전에

우리는 우리나라의 역사상 최고대국(最古代國)인 단군조선(檀君朝鮮, 古朝鮮)이 기원전 2333년에 건국되었다고 알고 있다.

우리 역사서 중 단군조선을 언급한 가장 오래 된 정통 사서(史書) 중의 하나인 《삼국유사(三國遺事)》에 단군조선 건국 연도가 중국의 신화적 인물인 요(堯)임금이 즉위한 해와 같은 해라고 언급되어 있는데, 같은 책에서 요임금 즉위 50년 후라고도 하면서 '사실이 아닌 듯하다'고 주석을 달았다.

조선 시대 역사서인 《동국통감(東國通鑑)》에는 단군조선의 건국 연도를 요임금 즉위 25년 후라고 하였다. 중국에서는 요임금의 즉위 연도를 기원전 2357년으로 보고 있으므로 우리 역사학계에서는 중국의 학설과 《동국통감》의 기록을 받아들여 기원전 2333년을 단군조선의 건국 연도로 하였고 학교에서도 그렇게 가르쳤다.

《삼국유사》의 기원전 2333년 '고조선(단군조선)' 항목은 바로 기원전 194년 '위만조선' 항목으로 이어지고 그 사이 약 2,140년 동안은 공백으로 텅 비어 있다. 기원전 2333년에 단군조선이 건국되었는데 그 이후 2,140년 동안 단군조선에 아무런 역사적 사실이 없었다는 말인가? 단군조선의 건국을 신화(神話)라고 한다면, 텅 빈 역사적 공백 시대에 건국 이후 이어지는 신화적 이야기라도 있어야 하지 않는가? 그 기간에는 신화적 이야기도 없고 역사적 사실도 없이 말 그대로 텅 비어 있다. 단군조선 건국 이전에 환인(桓因)과 환웅(桓雄), 곰과 호랑이, 쑥과 마늘 등의 신화만 있을 뿐이다.

우리는 그 공백의 역사에 대해서 배우지 못했다. 다만, 고등학교 시절 역사 시간에 그 공백 시대의 역사를 언급한 단재 신채호의 《조선상고사(朝鮮上古史)》와 《조선상고문화사(朝鮮上古文化史)》라는 책이 있다는 소개만 받았다.

나는 1980년대 중후반 무렵 회사 동료로부터 우리나라의 고대 역사 이야기를 들은 적이 있었다. 그는 '고조선 이전의 중국 본토를 우리 민족이 다스렸고 요(堯)임금과 순(舜)임금도 우리 민족인데 요순(堯舜) 임금은 중국의 성군(聖君)이 아니라 우리 민족에게 반역한 반역자'라는 얘기를 했다. 당시에는 그 동료의 얘기가 허황하게만 들렸다.

'에이, 거 무슨 말도 안 되는 소리!'

그때는 그렇게 술자리의 농담으로 여기며 웃고 말았다.

그로부터 30여 년이 지난 후 《환단고기(桓檀古記)》라는 노랗고 빨간색의 요란한 표지로 장식된 수십 권의 책들이 교보문고 매장을 가득 채운 적이 있었다. 요즘도 그렇지만 당시에도 사학계(史學界)에서는 《환단고기》에 대한 논쟁이 활발히 진행되면서 그 책을 위서(僞書)로 취급하고 있었다. 그러나 나는 위서를 왜 보느냐는 친구의 비난을 감수하면서 온전히 호기심으로 그 책을 구입했다.

그러나 그 책에는 학교에서 배운 역사 지식으로는 도저히 받아들이기 어려운 내용들로 가득 차 있었다. 문득 신채호의 《조선상고사》와

《조선상고문화사》라는 책이 생각났다.

'단재 신채호가 누구인데, 그 책들은 위서가 아닐 것이다.'

신채호의 《조선상고사》에서 나는 단군조선이 하나의 나라가 아니라 신한, 말한, 불한 세 나라의 연합국으로 구성되어 있었음을 알았다. 학교에서 배우지 않았던 사실(史實)이다.

《조선상고사》는 신채호가 1931. 6. 10.~10. 14.까지 〈조선일보〉에 103회를 연재하여 당시 독자들로부터 절대적인 환영을 받았다고 한다. 즉 지금부터 약 90년 전인 1930년대의 우리 국민들은 단군조선이 하나의 나라가 아니라 세 개의 나라로 구성되어 있었다는 사실을 알고 있었다는 얘기다.

《환단고기》에서도 단군조선에 삼한관경제(三韓管境制)가 있어 진한(辰韓)은 단군이 다스리고 마한(馬韓)과 번한(番韓)은 단군을 보좌하는 비왕(裨王), 즉 부왕(副王)들이 다스렸다고 하였다.

나는 '단군조선이 세 개의 나라로 구성되어 있었다'는 학교에서 배우지 못했던 사실을 단재 신채호와 《환단고기》를 통해서 알게 되었다. 《환단고기》에는 단군조선 개국 연도인 기원전 2333년부터 기원전 238년 마지막 단군 퇴위 시까지 47명의 진한 단군과 75명의 번한 비왕, 36명의 마한 비왕 이름과 치세 기록이 있다.

단국대 명예교수인 윤내현은 《환단고기》와 《단기고사(檀奇古史)》, 《규원사화(揆園史話)》에서 47명의 진한 단군들의 이름과 재위 연수를 인용하여 자신의 저서 《고조선 연구(상)》에 기록하고 있다.

흥미를 느낀 나는 본격적으로 단군조선과 그 이전의 우리 역사를 공부하여 단군조선 이전의 배달국(倍達國), 그 이전의 환국(桓國), 또 그 이

전의 우리 조상에 대해서도 알아보았다.

《삼국사기(三國史記)》,《삼국유사》, 윤내현의 《고조선 연구(상, 하)》와 《한국 고대사 신론》, 북한의 역사학자 리지린의 《고조선 연구》, 고려대학교 한국사연구소에서 편찬한 《역주 고조선 사료 집성(국내편, 중국편)》, 사마천의 《사기(史記)》에 새롭게 주석을 단 《신주사기(新註史記)》, 《실증 배달국사》,《실증 환국사 I , II》,《한국상고역사》,《한국상고사 환국》 등과 기타 〈부록5〉 참고문헌에 언급한 책들과 인터넷 자료들도 살펴보았다.

이들을 참고하면, 단군조선은 기원전 2333년부터 기원전 238년까지 2,096년 동안 47명의 진한 단군과 75명의 번한, 36명의 마한 비왕들이 삼한(三韓)으로 나누어 다스렸고, 배달국은 기원전 3897년부터 기원전 2333년까지 1,565년 동안 18명의 환웅(桓雄)이 다스렸고, 환국은 기원전 7197년부터 기원전 3897년까지 3,301년 동안 이어졌는데 7명의 환인 이름이 전해져오고 있다.

이 자료들에 의하면, 우리나라 최고대국이 환국이며 건국 연도는 기원전 7197년이라는 얘기다.《환단고기》에는 우리 환족 최초의 조상은 하늘신이 창조한 나반(那般)과 아만(阿曼)이라고 이름도 언급되어 있다.

그러나 기원전 7197년은 지금부터 약 9,200여 년 전이고 이 시기는 지구의 마지막 빙하기가 물러간 후 지구 곳곳에서 호모 사피엔스 무리가 농경 생활을 시작하던 시기여서 환국의 존재를 증명할 고고학적 증거가 없는 한 환족이 국가를 형성하였다고 보기는 매우 어렵다.《환단고기》가 위서로 취급받는 주된 이유다.

그런데 《환단고기》에는 〈천부경(天符經)〉, 〈삼일신고(三一神誥)〉가 실려 있고 신채호는 《조선상고사》에서 '근래에 와서 〈천부경〉, 〈삼일신고〉 등이 처음으로 출현하였는데 아무도 그것을 변박한 일이 없었음에도 그것을 고서(古書)로 믿고 인정해 주는 사람이 없게 된 것이다'라고 언급하며, '우리나라는 고대에 진귀한 서적들을 불살라 없앤 적은 있었으나 위서를 조작한 일은 없었다'고 부기하였다.

그러나 신채호는 조선일보에 《조선상고사》를 연재하기 6년 전인 1925년 동아일보에 기고한 〈조선사연구초(朝鮮史硏究草)〉에서 '후인(後人) 위조(僞造)의 〈천부경〉 등도 단군왕검의 성언(聖言)이 되는 것이다'라며 〈천부경〉을 위조한 것으로 보았는데 6년 뒤 조선일보에서는 '아무도 그것을 변박한 일이 없었다'고 하였다.

신채호는 또 위서의 변별과 선택에 관하여 첫째, 위서 중에 기재된 거짓 사실을 가려내야 하고, 둘째, 진서(眞書) 중의 거짓 사실, 즉 진서 자체의 거짓과 후세 사람의 가필 등에 의한 위조 등을 가려내야 하며, 셋째, 위서 중에 나오는 사실(事實)도 가려내야 한다고 언급하였다. 그러나 신채호는 〈천부경〉과 〈삼일신고〉가 위서인지 진서인지 명확하게 밝히지 않았다.

신채호의 언급대로 위서로 취급받는 《환단고기》에서 거짓과 사실을 가려낸다면, 모두 거짓일까? 아니면 어느 부분은 거짓이지만 어느 부분은 사실이라고 가려낼 수 있을까?

환국 이전의 역사를 알아보던 중 신라 시대 박제상의 《부도지(符都誌)》를 만나 마고와 궁희, 소희, 그리고 황궁, 청궁, 백소, 흑소 등 네 씨족과 유인 등 우리 선조들을 알게 되었다. 그러나 《부도지》 역시 환인의 환국보다 앞선 고대의 이야기여서 고고학적 증거가 없는 한 신뢰성이 크게 떨어진다.

신뢰성이 떨어지긴 하지만 앞에서 언급한 여러 자료들을 참고하여 선사 시대(先史時代)의 우리 조상들을 역사 시대와 연결하면, 나반 → 마고 → 황궁 → 유인 → 환국 → 배달국 → 단군조선 → 부여 → 고구려로 이을 수 있다. 물론 학교에서는 이 내용을 가르치지 않는다. 단군 이전의 선사 시대 조상들에 관한 신화적 이야기를 제외하면, 유물이나 유적 등 고고학적 증거는 물론 없고 우리나라 정통 최고(最古)의 역사서인 《삼국사기》와 《삼국유사》 등에도 등장하지 않기 때문이다.

《삼국사기》는 고려 시대인 1145년에 김부식이 완성했고 《삼국유사》는 1281년에 일연이 썼다. 《삼국사기》와 《삼국유사》 이전에도 우리나라의 역사책들은 있었지만 북부여 때 모용외의 전란에 망실되거나 고구려 때 위나라 관구 검이 침략하여 역사서를 모두 빼앗아 갔고, 조선 시대 태종 때에는 공자의 도에 위배된다고 서운관의 책들과 민간 백성들이 가지고 있는 책들도 모두 회수하여 불태웠으며, 일제 강점기에도 우리의 역사책들을 모두 회수하여 없애 버렸다고 한다.

아무리 그렇다고 하더라도, 과거의 수많은 역사책들이 단 한 권도 남김없이 100% 완전히 회수되어 모두 파괴되어 버렸을까?

《환단고기》에는 우리나라 최고(最古)의 역사서는 기원전 2180년 아사달 3세 단군 가륵 시절 신지 고글(高契)이 편찬한 《배달유기(倍達留記)》이며, 《홍익인간 7만 년 역사 2》에서는 두 번째 역사서가 아사달 18세 단군 동엄 시절인 기원전 1480년에 고수노(高叟老)가 편찬한 《국사(國史)》 18권이라고 언급하고 있다.

나는 우리나라 최상고대(最上古代) 역사를 역사책이 아니라 역사소설의 형식을 빌려서 정리했다. 최상고대의 역사에는 고고학적 방법이나 기타 방법으로 '역사적 사실'로 인정받지 못한 수많은 이론(理論)들과 그에 대한 반론(反論)들이 존재하고 수많은 이설(異說)에 또 이설(異說)이 존재하여 주장하는 사람마다 다 다르다고 할 수 있기 때문이다.

　역사소설의 형식을 빌린 만큼 〈부록5〉 참고문헌에 있는, 그리고 참고문헌에 포함시키지는 않았지만 내가 읽었던 많은 책과 자료들을 토대로 하되 어느 한 쪽을 일방적으로 따르지는 않았다. 그 자료들을 인용한 경우도 있고 배치되는 부분도 있다. 그 이유는 《ㅇㅅ달》이 역사소설로서 소설 그 자체의 주제와 구성에 따라 일관된 흐름으로 서술되었기 때문이다.

　《ㅇㅅ달》에서 나는 여러 자료들에 있는 신화적 요소들을 제거하고 우리가 배운 과학에 근거하여 과거의 해당 시점에서 일어날 수 있는 허구(虛構)의 사실로 각색하였다. 곰과 호랑이, 쑥과 마늘 신화가 그렇고 《부도지》에 나오는 '오미(五味)의 난(亂)'을 굶주림에 의한 투쟁으로 묘사한 것이 그러하다.

　《ㅇㅅ달》에서 나반이 살았다고 설정한 3만 년 전부터 유인 시대까지 환족의 조상들에 대한 이야기가 고고학, 인류학, 천문학, 종교학 등 과학적 사실에 기반한 창작이고 환국 시대 안파견이 환인이 되기 전 사만이란 이름으로 해와 달의 움직임을 관측하여 달력을 만드는 내용 역시 과학적 사실에 입각한 창작이다. 배달 시대 웅족과 환족의 동맹, 거발환 환웅과 웅족 여왕의 결혼식, 웅족 개혁단의 이야기, 사와라 환웅의 비서갑 웅족 방문 이야기, 단군 왕검의 비서갑 웅심국 순시도 창작이다.

　배달 시대 수화목금토 오행(五行)의 발생 시기는 쇠(金)가 발견된 이후로 보았다. 그래야 목화수토(木火水土) 4요소에 금(金)을 추가하여 오행이 될 수 있거니와 금이 발견되기 전 시기에 오행을 언급하면 역사적으로 발견되지도 않은 금을 오행에 포함시키는 우를 범하기 때문이다.

단군조선 시대 '8조 금법'을 우리는 앞의 3개 조항만 배웠으나 《환단고기》에는 8개 조항이 모두 언급되어 있으므로 그대로 인용하였다. 그리고 《환단고기》와 《부도지》에 나오는 인명과 지명과 연도는 《ㅇㅅ달》의 흐름에 부합하도록 차용하였고, 두 책에 없는 연도는 필요한 경우 조홍근 편저 《홍익인간 7만 년 역사 1~5》를 인용하였다. 그리고 《환단고기》와 《부도지》, 《신주사기》 및 기타 자료들에 있는 내용들을 《ㅇㅅ달》의 흐름에 맞게 각색하였으며 이 책의 〈부록5〉 참고문헌에 있는 자료를 인용한 경우에는 이 책 말미의 〈부록4〉 주석에 명기하였다.

《ㅇㅅ달》은 모두 6부로 구성되어 있다.

제1부 '환족(桓族)의 조상들'은 《환단고기》에서 나반과 아만을 차용하여 그 활동 시기를 3만 년 전, 인류가 추상적 사고를 하기 시작한 시점으로 설정하였고 애니미즘, 샤머니즘 시대를 거쳐 기원전 1만 년경을 한국의 신화적 인물인 마고가 활동한 시점으로 각색하였다. 아이를 점지해 주는 신화 속의 마고 할미를 토테미즘과 연결하고 농경 생활도 빙하기가 물러간 이 시기부터 시작되었다고 보았기 때문이다. 마고 시대에 이어 네 씨족 시대, 황궁 시대, 유인 시대를 거쳐 환국과 연결시켰다. 이 시기에 우리 조상들이 천문 관측을 하고 태음태양력을 고안하여 농경에 활용한 것으로 묘사하였다.

제2~5부의 환국, 배달국, 아사달 및 열국 시대에 나오는 연대는 《환단고기》와 《홍익인간 7만 년 역사 1~5》를 따랐다. 우리 환족의 배달국과 아사달에 조공을 바치기도 하고 침략 전쟁을 일으키기도 하며 함께 성장한 중국의 하(夏), 상(商), 주(周), 진(秦) 및 한(漢)나라의 상황도 시대에 따라 적절하게 묘사하였다. 중국의 역사는 사마천의 《사기(史記)》를 새롭게 번역한 《신주사기》를 주로 참고하였다.

《ㅇㅅ달》의 마무리를 제5부 '열국 시대'로 잡은 것은 《환단고기》의 내용과 학교에서 배운 고구려 시대까지의 역사적 사실이 많이 다르기 때문이다.

《ㅇㅅ달》에서 나는 최상고대 우리 선조들의 천체 관측과 종교 사상, 우주 창조 및 생명 탄생에 관한 철학적 사고도 집중 조명하였다.

해와 달의 운동 주기를 밝혀내어 당시의 기준으로 태양력과 태음태양력을 만들고 24절기도 만들어 농경 생활에 크게 기여하고 지속적인 관측으로 황도, 백도와 다섯 행성을 발견하고 28수 별자리를 만든 과정을 묘사하였다.

애니미즘과 샤머니즘, 토테미즘 사상이 창조신 신앙으로 이어져 오다가 〈천부경〉, 〈삼일신고〉를 거쳐 천신교(天神敎)로 확립되는 과정을 환족 조상들의 종교 사상으로 정리하였다.

〈천부경〉에 나타난 음양(陰陽) 이론과 〈삼일신고〉에 포함된 기화수토(氣火水土)의 우주 창조론을 이어받은 우사 방아(태호 복희)는 목화수토(木火水土)의 생명 탄생론을 확립하고 음양 팔괘 이론을 제창하였다. 이어 민간에서 칠회제신력에 의한 오행의 상생 상극 작용 등 철학 사상으로 발전되는 과정도 관련 서적들과 인터넷 자료들을 토대로 이야기로 꾸몄다.

나는 3만 년 전 환족의 조상들과 환국, 배달국 이야기 및 단군조선의 기원전 2333년 이후 기원전 194년까지 텅 빈 역사적 공백을 여러 자료를 활용하여 소설의 형식으로 메웠다. 허구(虛構)의 사실(史實)이다.

따라서 《♀ㅅ달》은 〈부록5〉 참고문헌에 언급한 우리나라 역사학계의 정통 맥을 잇는 학자, 교수들의 서적들과 정통성을 확보하지 못한 도서들과 인터넷 자료 및 《신주사기》를 참고하여 우리나라 최상고대의 역사를 추정한 가상의 역사소설이다. 《♀ㅅ달》은 어디까지나 역사소설이므로 소설의 관점에서 봐주기를 바랄 따름이다.

한 가지 일러둘 것은 《♀ㅅ달》에서 나는 우리 민족을 일관되게 환족(桓族)이라 칭했다. 일반적으로 중국이 그들의 시각으로 우리 민족을 칭하는 이름인 동이족(東夷族)이란 명칭을 사용하지 않았다. 우리 민족을 칭하는 환족이라는 좋은 명칭이 있음에도 불구하고 우리 스스로 우리 자신을 '동쪽의 오랑캐'라고 부르며 비하할 이유가 전혀 없기 때문이다.

또 하나, 〈부록1〉 환족을 이끈 사람들과 〈부록2〉 연대표는 독자들이 알기 쉽도록 《♀ㅅ달》의 내용을 정리한 것이지 정통 역사의 내용을 정리한 것은 아님을 밝힌다.

〈부록3〉 오늘날까지 전해져온 상고 시대 환족의 풍습은 소설 《♀ㅅ달》에서 여러 자료들을 활용하여 표현한 환족의 풍습들 중 오늘날까지 전해져온 것들을 모은 것으로 우리 국민들이 모두 알고 있는 것들이다. 단재 신채호의 말대로 위서(僞書)로 취급받는 고서(古書)들 중에서 사실(事實)과 거짓을 가려낼 수 있다면, 우리 최상고대의 역사를 다시 쓸 수 있지 않을까?

　마지막으로 하나 더, 이 책은 우리나라의 최상고대를 다룬 역사소설이므로 처음 제목을 정할 때 고어체를 활용하여 《ᄋᆞᄉᆞ달》로 하였으나, 독자들의 편의를 위하여 이 책의 표지에는 《아사달》을 제목으로 표기한다.

목 차

《ᄋᆞᄉ달》을 읽기 전에

제3부 밝은 땅, 배달국(倍達國)

제4부 아침의 땅, 아사달(朝鮮)

제5부 열국(列國) 시대

부 록

《ᄋᆞᄉᆞ달》을 읽은 후에

제 1 부

환족(桓族)의 조상들

나반, 아만을 구하다

약 3만 년 전 어느 날, 바이칼호 가까운 시베리아 지역에 약 50명 정도의 호모 사피엔스 무리가 도착해서 주거지를 마련했다. 그들은 할아버지, 할머니, 아버지, 어머니, 아들, 딸, 형제, 자매 등으로 이루어진 대여섯 가구의 무리였다. 그들은 가족 단위로 할아버지를 중심으로 하여 두세 개의 천막을 쳤다. 나무 기둥과 동물 가죽으로 만든 각각의 천막마다 중심에는 흙으로 만든 화로가 있었고 이 화로를 중심으로 가족들이 보금자리를 꾸미고 생활하였다. 이들은 주위의 과일, 나무 열매 등을 채집하면서 이동하는 들소, 사슴 등 야생 동물 사냥을 하면서 함께 이동하는 중이었다.

무리에 나반(那般)이라는 한 소년이 있었다. 어느 날, 무리의 최고 연장자이자 우두머리인 나반의 할아버지가 죽었다. 무리를 이끌던 할아버지가 연로해지자 나반의 아버지가 할아버지를 돌보고 있었는데, 나반의 아버지는 할아버지의 시신을 들것에 뉘어 천막 밖에 놓아두었고 사람들은 시신을 둘러싸고 엎드렸다. 사람 앞에 엎드린다는 것은 그에게 최고의 경의를 표하는 것이다. 이런 풍습은 무리 생활을 하는 영장류들로부터 비롯되었다. 침팬지 무리 중 두 녀석이 싸우다가 힘이 약한 녀석이 지게 되면 그 녀석은 승자에 대한 항복 내지는 존경의 표시로 엎드리거나 벌렁 뒤로 눕는다.

사람들은 죽음의 의미를 알았다. 죽은 사람과는 이제 아무것도 함께 할 수 없다는 것을 알고 있었다. 그러나 그와 함께 살았던 과거의 행적들은 사람들의 기억 속에 남아 있었으므로 살아 있는 사람들의 기억 속에서 할아버지는 계속 살아 있었다.

엎드려 있는 무리 앞에 나반의 아버지가 가죽옷을 단정히 여미고 긴 창을 든 모습으로 나타났다. 연로한 할아버지를 도우며 무리를 이끌어 온 나반의 아버지가 우두머리 역할을 하는 것은 자연스러웠다.

나반의 아버지는 무리의 사람들에게 그들과 함께 살았던 할아버지가 이제 더 이상 그들과 함께 할 수 없음을 알리고 시신을 인근에 묻기로 했음도 알렸다. 나반 아버지의 지시에 따라 몇몇 젊은이들이 들것을 메고 미리 파 놓은 묘지로 갔다. 엎드려 있던 사람들도 모두 그 뒤를 따라갔다. 들것을 메고 온 젊은이들이 시신을 구덩이 안에 안치하자 나반의 아버지가 하늘을 향해 큰 소리로 길게 부르짖었다. 죽은 할아버지에 대한 작별 인사였다.

"우~~~ 우~~~ 우~~~!"

첫 음은 낮게, 둘째 음은 높게, 셋째 음은 첫째 음과 둘째 음의 중간 음으로. 이어서 온 무리가 다 함께 부르짖었다.

"우~~~ 우~~~ 우~~~!"

나반의 어머니는 할아버지가 쓰던 돌칼 및 창과 말린 고기를 시신 옆에 놓았다. 다른 가족들은 꽃송이를 머리 옆에 놓았다. 새 우두머리의 지시에 따라 젊은이들이 흙을 덮기 시작하자 무리의 사람들은 다시 모두 바닥에 엎드렸다. 죽은 사람에 대한 최고의 경의를 표시하는 의미로 매장이 다 끝날 때까지 엎드려 있었다.

나반도 다른 사람들을 따라 엎드려 있었다. 갑자기 나반의 머리에 '사람은 왜 죽는가?' 하는 생각이 들었다.

"왜?"

어린 나반은 주위 사물들에 대한 호기심이 강했다. '들소들은 왜 이동할까? 한 곳에 가만히 있으면 우리가 따라가지 않아도 되는데. 해는 왜 뜨고 지는 것을 되풀이할까? 떠서 움직이지 않으면 어둡지도 않아 좋을 텐데. 사람은 왜 죽을까? 죽지 않고 계속 함께 살면 좋을 텐데.'

약 3만 년 전에 호모 사피엔스가 최초로 '왜?'라는 의문을 가지게 된 것은 약 250만 년 전 호모 하빌리스가 돌을 깨뜨려서 만든 석기를 사용한 이래 생각의 발전사에 가장 획기적인 사건이며 추상적 사고의 혁명적 발전이었다.

나반은 죽음을 비롯한 여러 자연 현상들 및 주위 사물들에 대해 '왜?'라는 의문점을 가졌지만 해결하지 못한 상태에서 어른이 되어갔다. 사람들과 어울려 주위 사물과 자연 현상들을 관찰하며 사냥을 하거나 이동을 하는 사이에 무리 중에서는 또 몇 명이 죽었으며 아이들도 새로 태어났다. 우두머리인 아버지의 지시를 받으며 젊은이들을 이끌고 사냥을 주도하던 나반은 어느덧 아버지의 뒤를 이을 후계자의 위치에 올랐다.

어느 날, 나반은 젊은이들과 함께 사냥을 나갔다가 숲속에 쓰러져 있는 한 여인을 발견하였다. 나반 일행이 가까이 다가가 살펴보니 그 여인은 숨만 붙어 있었을 뿐 거의 죽은 상태나 마찬가지였다. 곁에 있는 피투성이 갓난아이는 새록새록 숨을 쉬는 것으로 보아 살아 있었다. 나반은 즉시 여인과 갓난아이를 데리고 일행과 함께 주거지로 돌아왔다. 주거지의 여인들은 죽기 직전의 여인과 갓난아이를 천막 안에 눕히고 돌보았다.

이 사건으로 인해 나반은 '사람은 왜 죽고 태어나는가?'라는 의문을 더 강하게 갖게 되었다. 얼마간의 시간이 지나자 주거지 사람들의 도움을 받은 여인과 아이는 원기를 회복하고 나반의 무리에 합류하게 되었다. 나반은 여인과 아이를 자신의 천막에 머물게 하고 그 여인을 아만

(阿曼)이라 불렀다.

다시 떠오르는 해

해를 가린 나무의 그림자가 땅바닥에 길게 누워 있던 어느 날 저녁, 나반은 아만과 함께 천막 바깥에 앉아 저물어가는 해를 바라보고 있었다. 저 해가 넘어가면 곧 어둠이 닥칠 것이다.

"앗, 그렇지!"

저물어가는 해를 보고 있던 나반의 머리가 갑자기 번쩍였다.

"해는 다시 떠오른다! 해는 또다시 떠오른다!"

나반은 지는 해를 보며 그 해가 다시 떠오른다는 것을 깨달았다. 해의 주기성을 발견한 것이다. 나반을 비롯한 무리의 호모 사피엔스들은 해가 다시 떠오른다는 것을 그동안의 경험으로 당연히 알고 있었다. 해가 떠서 지고 다시 뜨는 낮과 밤의 개념이 생체 리듬에 무의식적으로 기억되어 있었을 뿐 시간에 대한 개념은 아직 없었지만 해뿐만 아니라 달, 별들이 지고 뜬다는 것도 알고 있었다. 그러나 그들은 해, 달, 별들이 뜨고 지는 것이 주기적으로 되풀이된다는 것은 깨닫지 못하고 있었다. 흥분했던 나반이 지나간 날들의 기억을 더듬어 보니, 해는 뜨고 지기를 반복할 뿐만 아니라 그 뜨고 지는 위치도 변하고 있었다. 한낮에 해가 머리 위에 있을 때는 더웠고 한낮에 해가 낮게 있을 때는 추웠다.

"아, 이건 참 대단하다!"

나반은 즉시 큰 소리로 젊은이들을 불러 모았다.

"우~~~ 우~~~ 우~~~!"

큰 소리로 부르짖는 것은 상황에 따라 여러 의미로 쓰였다. 지금의 큰 소리는 큰일이 있을 때나 연락 사항이 있을 때 우두머리를 도와주는 젊은이들을 부르는 신호였다. 나반의 외치는 소리를 들은 젊은이들이 달려오자 나반은 흥분해서 큰 소리로 말했다.

"지금 진 저 해는 다시 떠오른다. 다시 떠오른다!"

"?"

동료 젊은이들은 누구나 다 아는 사실을 흥분해서 이야기하는 나반을 이해하지 못했다. 나반이 다시 장황하게 옛날에 뜨고 지기를 되풀이 했던 해를 이야기하고 어둠이 걷히면 다시 해가 뜰 것이며 이것 또한 앞으로 계속 되풀이될 것이라고 설명하자 일부 젊은이들이 알아들었다는 듯 고개를 끄덕였다. 다소 흥분이 가라앉은 나반은 젊은이들을 돌려보냈다.

나반은 자신도 모르는 사이에 하루라는 '시간' 개념을 발견하게 되었지만 그것이 무엇을 의미하는지는 완전히 깨닫지 못했다. 다만, 떴다가 지고 다시 뜨기를 되풀이하는 해의 움직임의 주기성을 깨달았을 뿐이었다. 그날 밤 나반은 다시 떠오를 해에 대한 생각에 잠을 이루지 못했다.

다음 날, 나반은 다시 젊은이들을 불러 모아 지는 해는 다시 뜬다는 주기성에 대한 자신의 생각을 얘기했다. 그들은 말없이 고개를 끄덕였다. 해가 다시 떠올랐기 때문이다.

"우리 다 같이 지켜보도록 하지요."

그중 한 사람이 말하자 모두 동의했다. 그날부터 그들은 함께 해와 달, 별들의 움직임을 관찰하기 시작했다. 단순히 그냥 지켜보기만 하는 관찰이 아니었다. 해, 달, 별들이 뜨고 지는 위치뿐만 아니라 동물들,

나무들, 산, 물, 바위, 구름, 비, 바람 등 모든 자연 현상들의 변화를 관찰하였다. 그러나 그들에게는 기록하는 수단이 없어 머릿속에 저장할 뿐이었다. 당시 그들이 사용하던 수의 개념은 잡은 짐승의 수를 헤아릴 때 짐승 하나와 손가락 하나, 짐승 둘과 손가락 둘을 일치시키는 방법뿐이어서 셋 이상이면 그냥 '많은 것'이었다. 더 이상 수를 헤아릴 필요가 없었기 때문이다.

사냥과 채집을 하고 이동을 하며 일상 생활을 유지하는 중에도 젊은이들은 계속 해와 달, 별들과 동물, 식물, 바위, 나무, 비, 바람 등 자연 현상들을 관찰하여 기억 속에 저장하였다. 나반은 또 사람의 죽음에 대한 생각을 이어갔다.

'할아버지도 죽었고 그전 할아버지도 죽었고, 사람은 모두 죽는다. 그런데 또 아이들이 태어난다. 사람의 죽음과 태어남도 주기적으로 되풀이되는 현상인가?'

아만을 죽음 직전에서 구했고 아만의 아들이 새로 태어나는 것도 보았지만 나반은 아직 생과 사의 의미를 깨닫기가 어려웠다. 해와 달, 별들의 주기적 순환 운동을 깨달은 나반은 사람의 죽음과 태어남도 주기적이지 않을까 생각했지만 죽은 할아버지는 다시 살아나지 않았다.

만물에 깃든 영

겨울이 되자 나반의 호모 사피엔스들은 따뜻한 남쪽으로 이동하여 동굴 속에 주거지를 마련하였다. 이곳에서 겨울을 나고 봄이 오면 다시 동물들을 찾아 나설 것이다. 나반은 혼자 동굴 안쪽으로 깊숙이 들어가 돌벽을 마주하고 앉아 깊은 명상에 들어갔다. 나반은 먹지도 않고 자지도 않으면서 사람들의 생과 사에 대해 생각을 집중했다. 며칠이나 지났을까? 나반은 자신도 모르는 사이 환상에 빠졌다.

비몽사몽간에 그의 눈에 죽은 할아버지가 나타났다. 할아버지는 혼자가 아니었다. 옛날에 죽은 많은 사람들과 함께 손을 잡고 둥글게 돌며 춤을 추고 있었다. 나반은 처음 보는 사람들이었지만 그 사람들이 친숙하게 느껴졌다. 둥글게 도는 것은 사람만이 아니었다. 나반이 관심을 가지고 있었던 해와 달, 별들도 밝게 웃으며 그들과 함께 돌고 있었다. 동물도, 나무도, 바위도, 꽃도, 산도, 강도 모두 함께 돌고 있었다. 어느 사이에 나반 자신도 그들과 어울려 춤을 추며 돌고 있었다.

나반은 죽은 할아버지와 다른 사람들과 해, 달, 별 및 나무, 산, 바위 등 자연물들과 함께 돌고 있는 자신의 모습을 보았다. 이상한 것은 할아버지와 다른 사람들, 해와 달, 별들과 산, 강, 나무, 꽃뿐만 아니라 다른 모든 것들과 함께 자신도 돌고 있음에도 불구하고 나반은 나반대로, 할아버지는 할아버지대로, 해와 달, 별들은 또 그들대로, 모두 그냥 그대로 자기 자리에 있었다. 모든 것이 두 개였다. 그러나 그것이 조금도 이상하지 않고 아주 자연스럽고 당연한 것이었다.

"아……!"

갑자기 나반은 환상에서 깨어났다. 그는 땀으로 흠뻑 젖어 한동안 정신을 차리지 못하고 멍한 상태에 있었다. 이윽고 정신을 차린 그의 눈앞에는 마주 한 돌벽이 그대로 있었다. 나반은 환상 속으로 다시 돌아가고 싶었다. 할아버지, 사람들, 해, 달, 별, 나무, 꽃들과 즐겁고 평화롭게 춤추고 싶었다. 다시 정좌하고 앉아 정신을 집중했다.

"할아버지……! 할아버지……! 다시, 다시!"

그러나 나반은 다시는 그 환상 속으로 돌아갈 수 없었다. 정신을 차린 나반은 생각에 잠겼다.

할아버지가 둘이었다. 할아버지를 포함한 모든 것이 둘이었다. 함께 춤추던 할아버지를 나반은 죽은 할아버지의 또 다른 할아버지, 즉 할아버지의 영(靈)이라 느꼈다. 죽은 할아버지의 영은 죽지 않았다.

'그렇다. 사람들에게는 모두 영이 있다. 내게도 영이 있어 내 몸을 움직인다. 해와 달, 별들도 그들을 돌게 하는 영이 있다. 산, 강, 동물, 나무, 돌, 꽃 등 모든 것들에게 그것들을 움직이는 영이 있다!'

나반은 크게 깨달았다.

'해가 도는 것은 해를 움직이게 하는 해의 영이 있기 때문이다. 달도, 별들도 모두 영이 있어 그들을 돌게 하고 있다. 동물이 자라고 움직이는 것도, 나무들이 자라는 것도 모두 그들의 영이 있기 때문이다. 돌과 산, 강에도 영이 있어 그들을 움직이고 있다. 세상 모든 생물, 무생물 및 자연 현상에는 모두 그들의 영이 있어 그 영들이 그들을 움직이고 있다!'

나반은 큰 깨달음을 얻고 동굴 밖으로 나왔다. 어둠 속에서 나온 나반은 밝게 비치는 햇빛에 눈을 뜰 수 없었다. 이윽고 다시 올려다본 해는 여전히 자신의 자리에 있었고, 해의 영이 시키는 대로 움직이고 있었다.

'해에 해의 영이 있다. 달에도 달의 영이 있다. 저 나무에도, 들소에도, 온 누리 모든 것에 영이 있다!'

깊은 생각에 잠긴 채 나반은 옆에 있는 나무를 만져 보았다. 아무 생각 없이 대하던 때의 나무와는 느낌이 달랐다. 나무의 영과 교감하는 느낌이 들었다. 다시 동굴로 돌아와 가족들을 보았다. 마치 그들의 영이 그들을 조종하고 있는 듯한 느낌이 들었다.

'나의 영은?'

나반은 뒤를 돌아보았으나 자신의 영은 보이지 않았다. 나반은 자신이 걸치고 있는 들소 가죽으로 만든 옷을 쓰다듬어 보았다. 전에 자신들이 잡았던 들소가 머리에 떠오르며 들소 가죽옷에서 들소의 영이 느껴졌다. 나반은 동굴 속의 가족들, 호모 사피엔스 무리를 돌아보았다. 그들은 자신들의 영이 있다는 것을 아는지 모르는지 무심했다.

나반은 우두머리인 아버지와 젊은이들에게 꿈에서 본 할아버지 이야기를 전했다. 할아버지는 죽었지만 할아버지의 영은 살아 있었다. 해와 달과 별, 온 누리 모든 것들이 춤추며 돌던 것과 함께 그것들에게도 영이 있음을 아버지와 젊은이들에게 알려주었다. 그들이 잡은 들소에게도 영이 있었다. 우두머리인 아버지의 지시로 젊은이들은 동굴 깊숙한 곳에 있는 돌벽에 들소를 그렸다. 그들은 모두 들소 그림 앞에 엎드려 들소의 영에게 경의를 표했다.

나반은 후대 사람들이 애니미즘(animism)이라 부르는 개념을 깨달았으나 그것이 무슨 의미인지는 알지 못했다.

봄이 되자 아버지는 다시 무리를 이끌고 이동하는 동물들을 따라나섰다. 들소 무리가 보이는 곳에 주거지를 마련하고는 아버지와 나반 등 젊은이들은 사냥 준비를 하고 노인들, 여자들, 아이들은 천막을 꾸몄다.

사냥을 시작하기 전, 젊은 사냥꾼들은 나반의 지도로 사냥 의식(儀式)을 행했다. 그들이 잡을 들소의 영에게 경의를 표하기 위해서였다. 나무창, 돌도끼, 돌칼, 돌망치 등 각자 자신의 무기를 지닌 사냥꾼들은 나반의 주위에 모였다. 나반은 사냥꾼들과 함께 들소 무리를 향해 섰다.

"우~~~ 우~~~ 우~~~!"

나반의 선창에 이어 사냥꾼 무리가 함께 외쳤다.

"우~~~ 우~~~ 우~~~!"

그리고 그들은 무기를 옆에 놓고 들소들을 향해 엎드렸다. 잠시 시간이 흐른 후 일어선 그들은 나반의 지시에 따라 각자의 무기로 들소를 잡는 동작을 취했다. 이윽고 들소가 쓰러지자 그들은 무기를 놓고 죽은 들소를 향해 엎드렸다. 일어선 그들은 나반의 선창에 따라 각자 무기를 치켜들며 크게 외쳤다.

"우~~~ 우~~~ 우~~~!"

사냥 의식을 마친 무리는 그전처럼 들소 사냥에 나섰다. 영을 가진 들소를 대하는 사냥꾼들의 마음도 전과는 달라졌다. 들소가 고통을 덜 느끼도록 조심스럽게 사냥을 하고 사체를 분리하여 가죽을 도려낼 때도, 고기를 먹을 때도 들소의 영을 생각했다.

나반의 무리는 이동을 하며 사냥을 하고 과일과 열매를 채집하는 동시에 해와 달, 별들의 움직임, 동물들의 움직임과 나무, 산, 강, 비, 바람, 폭풍 등 자연 현상들을 관찰하여 머릿속에 저장하였다. 그들 중 한 젊은이는 해가 지고 뜨는 하루 주기의 수를 사슴의 다리뼈에 줄을 그어 표시했다. 하루는 한 줄, 이틀은 두 줄, 세 줄……. 그러나 그 수가 많아지자 포기하고 말았다. 그 이상 수를 셀 수가 없었기 때문이다.

그들이 관찰하는 대상들에는 모두 영이 있었다. 해, 달, 별 등 천체에도, 모든 동물과 식물에도, 산과 강, 바위 등 자연물과 자연 현상들에도 영이 있으므로 모든 사물을 동료처럼 소중하게 대하였다.

아버지의 장례를 치르다

세월이 흘러 아버지가 죽자 나반은 아버지를 이어 무리의 우두머리가 되었다. 사람뿐만 아니라 온 누리의 모든 사물에 영이 있음을 알게 된 나반은 아버지의 영을 위해서 특별한 장례 의식을 준비했다. 새로 마련한 깨끗한 가죽옷을 입고 머리에는 깃털을 꽂고 얼굴에는 빨강, 파랑, 노랑, 흰색 물감을 칠하고 긴 창을 들었다. 제사장의 예복이었다. 이어 무리에게도 머리에 깃털을 꽂고 얼굴에 빨강, 파랑, 노랑, 흰색 칠을 하게 하고 긴 창을 들게 했다. 장례 참석 예복이었다.

나반은 아버지의 시신을 들것에 뉘어 아버지가 쓰던 천막 앞에 놓았다. 나반은 아버지 천막 앞에서 자신을 보좌하는 젊은이를 시켜 돌판을 두드리게 했다.

"탁탁 탁탁 탁탁 탁탁 탁탁 탁탁 탁탁 탁탁~~~"

한 번은 크게, 한 번은 작게 울리는 돌 두드리는 소리를 들은 사람들은 머리에 깃털을 꽂고 긴 창을 들고 몸 장식을 한 예복 차림으로 아버지의 시신 주위로 둥글게 모여들었다. 사람들은 돌소리 장단에 맞춰 한쪽 발로 땅바닥을 굴렀다. 2박자의 리듬으로 이어지는 돌소리는 그들에게 가장 친근하고 익숙한 소리였다. 그 소리는 어머니 뱃속에서 듣던 어머니의 심장 박동 리듬과 같았기 때문이다.

사람들이 모이자 나반은 아버지가 쓰던 돌칼, 나무창 등과 함께 말린 고기와 채집한 과일, 견과류 등 먹을 것을 아버지의 시신 앞에 진열하게 했다. 육체를 떠난 아버지의 영을 위한 것이다. 나반은 아버지 시신 앞에 서서 창을 번쩍 들고 큰 소리로 외쳤다.

"우~~~ 우~~~ 우~~~!"

사람들도 나반을 따라서 창을 번쩍 들고 크게 외쳤다.

"우~~~ 우~~~ 우~~~!"

죽은 아버지의 영을 부르는 소리였다. 나반은 아버지의 영이 아버지의 시신에서 일어나 앉는 것을 보았다. 나반은 들고 있던 창을 옆에 놓고 아버지의 영을 향해 땅바닥에 엎드렸다. 무리의 사람들도 창을 옆에 놓고 땅바닥에 엎드렸다. 나반은 아버지의 영이 말린 고기와 과일을 맛있게 먹는 모습을 보았다. 영이 식사를 마치자 나반은 창을 들고 일어섰다. 무리의 사람들도 창을 들고 일어섰다. 나반은 장례 의식에 모인 사람들에게 말했다.

"이제 우리를 이끌어 주시던 아버지의 영이 아버지의 몸을 떠났습니다. 아버지는 살아 계셨을 때 우리에게 먹을 것과 입을 것을 마련해 주고 머물 곳을 찾아 만들어 주는 등 많은 노력을 하였습니다. 우리는 아버지를 잊지 않을 것입니다.

비록 몸은 죽더라도 영은 영원히 살아 있습니다. 나는 꿈속에서 할아버지의 영을 만났습니다. 다른 사람들의 영과 함께 하늘에서 춤을 추고 있었습니다. 나도 꿈속에서 함께 춤을 추었습니다. 할아버지는 하늘에서 우리를 지켜보시며 언젠가는 다시 우리에게 돌아오실 것입니다.

오늘 아버지의 몸을 떠난 영도 할아버지의 영과 함께 하늘에서 우리를 지켜 주시다가 다시 우리에게로 돌아올 것입니다. 그때를 위해서 우리는 아버지의 몸을 잘 간직할 것입니다."

나반은 '하늘'을 말했다. 밝은 해가 있는 하늘을 죽은 사람들의 영이 사는 곳으로 보았기 때문이다. 추모의 말을 마친 나반은 다시 아버지 시신을 향해 돌아서서 큰 소리로 외치고 엎드렸다. 무리의 사람들도 따라서 엎드렸다. 식사를 마친 아버지의 영에 대한 경의의 표시였다.

나반은 젊은이들로 하여금 아버지의 시신을 누인 들것을 메고 묘지로 향하게 했다. 젊은이들도 말린 고기와 과일과 아버지가 쓰던 돌칼과 나무창을 들고 뒤를 따랐다. 긴 창을 든 나반이 그 뒤를 따르고 이어 무리의 사람들이 따랐다. 묘지에 도착하여 시신을 무덤 안에 안치하고 음식과 아버지가 쓰던 유품들도 시신 옆에 진열했다. 시신을 묻기 직전 나반은 다시 무덤 속의 시신을 향해 창을 높이 들고 큰 소리로 부르짖었다.

"우~~~ 우~~~ 우~~~!"

아버지의 영에 대한 작별 인사였다. 무리의 사람들도 나반을 따라 모두 창을 치켜들고 큰 소리로 외쳤다.

"우~~~ 우~~~ 우~~~!"

작별 인사를 마친 나반이 창을 옆에 놓고 엎드리자 모두 따라서 땅에 엎드렸다. 그들은 시신 매장이 끝날 때까지 엎드린 채로 있었다. 이윽고 매장이 끝나고 장례 의식도 끝이 났다.

인류 최초의 과학자, 종교가, 제사장, 철학자

그후 나반은 아만과 함께 살며 10년을 더 호모 사피엔스 무리를 이끌다가 마침내 할아버지와 아버지의 영을 따라갔다. 그러나 그가 생전에 가졌던 '왜?'라는 의문에 대한 답은 끝내 얻지 못하였다.

나반은 호모 사피엔스 최초로 모든 현상에 '왜?'라는 의문을 제기한 과학자였다. 해와 달, 별 등 천체들의 움직임을 관찰하여 해가 뜨고 지는 주기성을 발견했으며 들소, 사슴 등 동물들과 나무들, 꽃들, 산과 강, 바위, 비, 바람, 천둥, 번개, 폭풍 등 모든 자연 현상들을 관찰하였다. 관찰은 바로 모든 생각 발전의 기초다.

나반은 위대한 종교가였다. 사람과 천체, 동식물, 자연물 및 자연 현상에는 모두 영이 있어 그들 영의 지시에 따라 움직이고 있음을 알게 되면서 그 대상들에 친근감을 느끼고 동료처럼 대하였다. 이것은 후대의 인류가 애니미즘(정령 신앙)이라 부르는 종교 행위였다.

나반은 호모 사피엔스 최초의 제사장이었다. 일단의 호모 사피엔스 무리를 이끌었고 죽은 사람들에 대한 장례 의식을 창안했으며 사냥에 앞서 사냥감들에게 경의를 표하는 의식을 치렀다.

그리고 호모 사피엔스 최초의 철학자이기도 했다. 나반은 죽음의 의미를 깊이 생각하고 죽음 직전의 아만과 갓난아이의 탄생을 보고 태어남과 죽음 등 생의 의미를 탐구했으며 영혼의 존재와 영원한 삶, 그리고 육신의 부활을 믿고 시신을 보존하기 위해 매장을 택했다. 죽은이들의 영이 밝은 해가 있는 하늘에서 살다가 다시 부활할 것이라고 생각했기 때문이었다.

나반이 살았던 3만 년 전 무렵, 지금의 프랑스 지역에서 살던 같은 호모 사피엔스의 다른 무리가 동물의 뼛조각에 눈금들을 새겼다. 또 다른 일단의 무리는 동굴 속 커다란 암벽에 동물들의 벽화를 그려놓기도 했다. 후대의 인류는 동물 뼛조각에 새겨진 이 눈금들이 아직 확실하게 밝혀지지는 않았지만, 달(月)의 한 달 주기, 즉 월력(月曆)을 표시한 것이라고 해석하기도 하였다.

유라시아 대륙 각 지역에 흩어져 살던 호모 사피엔스 무리는 독립적으로 살았음에도 불구하고 나반과 비슷한 사고를 했고 비슷한 생활 방식으로 살았다. 나반도 프랑스 지역의 호모 사피엔스와 비슷한 무렵 천체의 주기성을 발견했지만 그 발견이 시간의 발견으로 이어지는 데는 약 2만 년이라는 긴 세월이 더 흘러야 했다. 나반의 후손들은 대를 이어 계속 천체들과 자연 현상들의 관찰을 이어가며 기억 속에 축적했다.

호모 사피엔스들이 무의식적으로 느낀 최초의 시간 단위는 해가 떠서 지고 다시 떠오르는 데 걸리는 하루 시간이었다. 바로 생체 리듬이다. 나반은 하루가 주기적으로 되풀이되는 것은 해의 영이 해를 움직이게 하기 때문이라고 생각하고 해의 영을 숭상했지만, 해, 달, 별 등 천체들의 운동 주기성을 발견하고도 이 발견을 시간의 개념으로 발전시키지는 못했다.

샤먼의 탄생

나반 이후 1만여 년의 세월이 흐르는 동안 호모 사피엔스의 인구도 늘어났다. 사냥과 채집을 하며 이동 생활을 하던 나반의 후손들은 나반의 뜻을 이어받아 여전히 자연을 관찰하며 자연물들의 영과 함께 살았다.

나반이 해와 달, 별 등 천체들과 동물, 나무 등 자연 현상들을 관찰하고 그들에게도 영이 있음을 깨달은 것은 자신들도 자연의 일부임을 인식하고 자연과 더불어 함께 살아가는 계기가 되었다. 나반의 후손들은 나반 이후 1만여 년이 흐르는 동안 계속하여 해와 달, 별들의 주기적 운동을 관찰하고 들소, 멧돼지, 양, 사슴 등 동물들과 나무, 산, 강들의 움직임, 비, 구름과 폭풍 등 모든 것들을 관찰했다. 그리고 그들의 머릿속에 기억시켰다.

그리고 어느 사이엔가, 무리 중에서 자연 관찰을 전문으로 담당하는 사람들이 생겨났다. 오랜 세월 동안 자연을 관찰한 이 전문가들은 '검은 구름이 끼고 바람이 불면 비가 온다', '큰비가 내리면 강물이 불어난다', '가뭄이 들면 풀이 자라지 못하고 동물들이 사라진다' 등 자연 현상의 변화를 보고 그에 따른 예측을 할 수 있었다. 이 예측은 무리의 생활에 큰 영향을 미쳤다.

큰비가 내리고 폭풍이 치고 가뭄이 드는 등 무리의 생활에 영향을 미치는 현상들을 해의 영이 노했기 때문이라고 믿은 그들은 관찰 전문가에게 해결책을 부탁했고 관찰 전문가는 해의 영이 노여움을 풀도록 제사를 올려 달랬다. 그러면 신통하게도 폭풍이나 가뭄이 멈추었다. 그들은 해가 그 현상들을 통제한다고 생각하였다.

세월이 흘러감에 따라 관찰 전문가들의 영향력과 위상이 크게 올라가서 이들은 무리 내에서 엘리트 집단이 되었다. 후대 사람들은 이 전문가들을 샤먼(shaman)이라 불렀는데 노한 해의 영이 일으킨 자연 재해 때문에 고통을 당하는 무리를 위해 해의 영을 달래기 위한 제사를 드리는 것이 그들의 주요한 임무였다.

나반의 후손들은 사냥하기 전과 후 사냥감에 대한 의식을 행하고 무리의 우두머리는 샤먼의 도움을 받아 제사장도 겸하며 일찍이 나반이 그랬듯이 죽은 자들에 대한 장례 의식도 치렀다. 인구가 늘어나고 사냥꾼들의 수가 많아짐에 따라 사냥 팀을 여럿 만들거나 분가도 하면서 1만 년 전 무렵에는 유라시아 대륙뿐만 아니라 오세아니아, 남북아메리카 등 전 지구로 퍼져 살기 시작하였다.

그들은 나반이라는 먼 옛날의 현명했던 조상을 자신들도 모르는 사이에 그들의 머리에 각인시키고 있었다. 그들은 나반이 '왜?'라는 의문을 품었던 여러 현상 중에서도 특히 어둠을 쫓아내는 해의 밝음과 해의 정령을 숭배했고 해가 떠오르는 하늘과 하늘의 밝음, 즉 환함을 숭상했으며, 모든 동물과 식물, 자연물과 자연 현상들도 존중하며 함께 살았다.

농경 생활의 시작

기원전 1만 년경, 분가를 하거나 다른 무리와 합가도 하면서 이어져 오던 나반의 후손 중에는 여성을 우두머리로 하는 무리가 있었다. 그녀의 이름은 마고(麻姑)였다. 마고는 남자들처럼 힘이 세서 어릴 적부터 남자들과 함께 사냥을 다녔으며 생활력도 매우 강하였다.

성인이 된 마고는 남자 사냥꾼들의 장거리 사냥에 동참하기도 하였지만, 사냥을 가지 않을 때는 주거지의 여성 및 아이들과 함께 작은 동물들 사냥도 하고 채집 활동도 하면서 우두머리로서 무리의 사람들을 이끌었다.

어느 날, 마고의 무리는 다른 호모 사피엔스 무리가 머물렀던 강변의 흔적을 발견하고 그 근처에 주거지를 차렸다. 그곳에는 그전 사람들이 쓰다가 버리고 간 석기와 무기들, 먹고 버린 동물의 뼈, 화로를 설치했던 자리 등이 고스란히 남아 있었다.

주위를 둘러보던 마고의 눈에 작은 포도송이들이 들어왔다. 마고는 그 포도가 산에서 자라는 야생 포도가 아니라 그전 사람들이 먹고 버린 포도 씨앗에서 자라난 것임을 알았다. 주위에는 싹을 내지 못한 포도씨들이 흩어져 있었다. 마고는 젊은 여인들을 불러 함께 주위를 살펴보고는 포도 외에 딸기 등 다른 열매들과 밀, 기장 등 곡식도 그전 사람들이 먹고 버린 씨앗에서 자라난 것임을 발견하였다. 마고는 크게 깨달았다.

마고는 먹고 난 열매, 견과류 및 밀 등의 씨앗을 주위의 땅을 고르고 심었다. 그들은 식물들이 자라는 데에 햇볕과 물이 필요함도 알고 있었다. 남자 사냥꾼들이 사냥을 할 동안 마고와 여성들은 밭을 일구고 열매를 수확하며 무리의 생계를 책임지게 되었다. 이동할 때가 되어도 마고는 이동을 거부하고 자신을 돕는 여성 및 노인들, 아이들과 함께 주거지 근처에 심어 놓은 과일 나무들을 돌보았다.

마고가 심은 씨앗을 돌보기 위해 이동을 거부하자 사냥꾼들이 먼 거리까지 가서 사냥감을 잡아 주거지로 끌고 와야 했다. 마고는 타고난 힘과 리더십으로 남자들의 사냥을 독려함과 동시에 주위의 밭을 가꾸는 여성들을 지도하며 무리 전체의 생계를 책임지는 실질적인 우두머리가 되었다. 과일과 견과류들 채집은 물론이고 주위의 작은 동물들을 사냥하여 고기를 발라내고 가죽을 벗겨 말리는 등 모든 일이 마고의 지시에 따라 이루어졌다. 남자 사냥꾼들이 잡아 온 들소 등 대형 사냥감도 마고의 지시에 따라 해체 작업을 하여 고기를 말리고 가죽을 잘라 말렸다.

어느 날, 마고 일행은 산에서 양 몇 마리를 산 채로 잡아 왔다. 이들을 나중에 잡아먹기 위해 울타리에 가두고 풀을 넣어주자 잘 받아먹었다. 며칠 후, 마고는 양들이 새끼를 낳은 것을 발견하였다. 양 사육, 집짐승 사육이 시작된 시초다.

새의 알에서 태어난 아이

마고는 아이들이 태어날 때면 산파가 되어 산모와 함께 아이를 길렀다. 마고가 성인이 된 이후 무리 중에서 마고의 손을 거치지 않고 태어난 아이는 없었다.

어느 날, 마고는 일행과 함께 사슴과 산양 등을 잡기 위해 나섰다가 숲속에 날개를 펴고 앉아 있는 커다란 독수리를 발견하였다. 마고와 일행들이 살며시 다가가자 독수리는 마고 무리를 빤히 보면서도 날아오를 기색을 보이지 않았다. 이상한 모습이었다. 마고 일행이 더 가까이 다가가자 꿈쩍도 하지 않던 독수리는 그들을 위협하듯이 크게 울다가 드디어 후다닥 날아올랐다.

독수리가 앉아 있던 자리를 보니 놀랍게도 갓난아이들이 누워 있었다. 쌍둥이 여아였다. 어미가 누군지는 모르지만 아마 이동하던 다른 사피엔스 무리 중의 누군가가 쌍둥이를 낳고 버린 것 같았다. 이동 중 아이를 낳으면 함께 데리고 가기가 어렵다. 더구나 쌍둥이는 이중 부담이어서 당시에는 가끔 있던 일이었다.

마고가 그 아이들을 품에 안자 머리 위에서 빙빙 돌던 독수리는 큰 울음소리를 남기고 멀리 날아갔다. 마고는 그 쌍둥이 아이들을 데려와 자신의 아이처럼 정성껏 길렀다. 후에 그 아이들은 '새의 알에서 태어난 아이'라는 별명을 얻었다.

마고는 봄이 되면 해의 영을 향해 제사를 올렸다. 해의 움직임에 따른 시간 개념은 아직 정립되지 않았으나 4계절이 주기적으로 되풀이된다는 것은 경험으로 알고 있었다. 제사장인 마고와 무리 내의 샤먼들은 제사 준비를 했다. 땅에 심은 씨앗들이 열매를 잘 맺도록 해의 영이 보살펴 주기를 기원하는 행사였다.

추상적 사고력을 가진 슬기로운 사람들인 마고의 무리는 샤먼들을 중심으로 사냥감의 수와 자신들의 손가락 수를 비교하는 수의 체계도 만들었다. 열 개 손가락의 수를 넘어가는 수는 아주 많은 수다. 사냥감이 열 개를 넘어가면 열 개를 묶어 따로 떼어 놓고 다시 하나부터 셌다. 열 개짜리 묶음이 또 열 개를 넘어가면 이것들을 큰 묶음으로 하여 다시 떼 놓았다. 이런 식으로 그들은 10을 넘는 수도 헤아릴 수 있게 되었다. 그러나 10이 넘는 사냥감의 수를 큰 돌과 작은 돌을 이용하거나 동물의 뼈 등에 표시할 수는 있었어도 자릿수 개념의 십진법 발명은 문자가 등장하기까지 기다려야 했다.

관찰 전문가인 샤먼들은 수의 개념이 발전함에 따라 10이 넘는 수를 계산할 수 있었기 때문에 오랜 시간 동안 달의 위상 변화도 관찰하여 보름달에서 다음 보름달까지 29일 또는 30일이 걸린다는 사실을 발견했다. 그들은 해가 뜨고 지고 다시 떠오르는 하루라는 시간의 개념에 이어 달의 주기적 운동에 따른 한 달이라는 시간의 개념을 깨닫게 되었다. 그리고 봄 여름 가을 겨울 등 덥고 추운 4계절이 주기적으로 되풀이되는 계절의 개념을 파악하고 있었다.

샤먼들은 보름달이 뜰 때마다 달의 영을 향해 아이들의 탄생과 성장을 위한 제사를 올렸다. 달을 향해 아이들 탄생을 기원하는 이유는 보름달에서 다음 보름달까지 달의 위상 변화 주기가 여성들의 생리 주기와 비슷해서 아이들 탄생과 관련이 있다고 생각했기 때문이었다.

나이가 든 마고가 죽게 되자, 그녀를 도와 함께 일을 하던 다른 여성이 마고가 되어 우두머리 역할을 이어받았다. 마고는 대를 이어 내려가는 마고였다. 이렇게 여성이 이끄는 호모 사피엔스 무리는 수천 년을 이어 내려갔다.

우리는 그 사회를 모계 사회라고 부른다. 그러나 마고 시대에 농경 생활은 이제 겨우 시작에 불과하였다.

약 12,000년 전, 즉 기원전 1만 년경에 마지막 빙하기가 물러가면서 기온이 상승하여 지구상에 오늘날과 같은 기후 환경이 시작된 것이 농경 생활의 확장에 크게 영향을 미쳤다. 이때부터 시작된 호모 사피엔스 무리의 씨앗 뿌리기와 양, 사슴 사육 등 농경 생활은 비슷한 시기에 독립적으로 여러 곳에서 시작되었으나 정착되기까지는 또다시 수천 년이란 시간이 지나야 했다.

하늘신의 전설

기원전 9000년경, 나반과 마고의 후손 중 한 무리가 파미르고원 지역에 정착하였다. 그들은 네 개의 씨족 단위로 살고 있었는데 각각 황궁(皇穹) 씨족, 청궁(靑穹) 씨족, 백소(白巢) 씨족, 흑소(黑巢) 씨족이었다. 각 씨족의 농경 생활은 독립적이었지만, 그들은 나반의 후손이자 마고의 후손이라는 강한 유대감과 함께 하늘을 섬기는 신앙과 나반의 시대부터 내려오는 정령 신앙 및 씨족의 상징으로 새를 숭상하는 토템도 함께 가지고 있었다.

네 씨족 사이에 공동으로 전해오는 전설이 있었다.

'태초에 온 세상이 암흑으로 덮여 있을 때 천상 세계에 오직 한 줄기 밝은 빛이 있었으니 이 빛이 곧 하늘신이었다. 하늘신은 시작도 없고 끝도 없으신 분으로서 태어남도 없고 죽는 일도 없었다. 홀연히 나타났다가 자취도 없이 사라지는 분이었다. 하늘신은 하늘과 땅, 사람을 창조하고 사람들을 이 세상에 살게 했다. 하늘이 낳은 그들의 첫 조상은 흑수(黑水) 지역에서 태어난 나반이라고 했다. 흑수는 오늘날의 바이칼 호수다.

첫 조상인 나반은 어느 날 아만이라는 여자를 만나 하늘의 뜻으로 결혼을 했는데 결혼식 날 그들은 청수(淸水)를 떠 놓고 하늘에 고한 다음 둘이서 돌려가며 마셨다. 오늘날 술잔을 서로 돌려가며 마시던 풍습이 여기에서 나왔다. 나반은 후손들에게 해, 달, 별들에게 정령이 있음을 알려주었다.

정령들은 그 천체들뿐만 아니라 사람에게도 있고 주위 동물과 식물, 산과 강, 돌, 나무, 비, 바람, 폭풍 등 모든 자연물과 자연 현상에 다 있었다. 이 모든 정령 중에서도 나반은 해의 정령을 가장 숭배했다. 해의 환함이 모든 자연 현상들에 큰 영향을 끼친다고 생각했기 때문이었다. 후손들은 나반이 가르쳐준 대로 죽은 사람들을 위한 장례 의식도 치렀는데 그들의 영이 하늘에서 살다가 다시 부활하리라 믿었기 때문이었다. 또 사냥하기 전과 후 동물의 영을 위한 의식도 치르고 있었지만 아직 세상 질서는 잡히지 않았다.

이를 본 하늘신은 세상 사람 중에서 마고를 선택해 특별한 능력을 주고 세상의 질서를 바로잡도록 했다. 땅과 바다, 산, 강, 섬, 나무, 바위 등 땅 위의 모든 것을 마고가 다스렸다. 마고는 사람들 일도 주관하면서 그들에게 농작물 기르는 법을 알려주었으며 그들이 낳을 아이도 점지해주고 기르게 했다. 마고는 태어날 때부터 죽을 때까지 모든 사람들의 삶을 주관하였다.

어느 날, 마고는 하늘신의 인도에 따라 숲속으로 가서 거기에 커다란 독수리 한 마리가 앉아 있는 것을 보았다. 독수리가 품고 있던 알 두 개를 소중히 안고 돌아와 따뜻한 곳에 두었더니 그 알에서 두 여자아이가 태어났다. 마고는 알에서 태어난 여자아이들을 자신의 딸로 삼고 각각 궁희(穹姬)와 소희(巢姬)라고 불렀는데, 그들은 '새의 알에서 태어난 아이들'이었다.

후에 궁희와 소희는 하늘의 힘으로 각각 아들과 딸 2남 2녀씩을 낳았다. 궁희가 낳은 아들들은 황궁과 청궁이었고, 소희가 낳은 아들들은 백소와 흑소였다.

마고의 뜻에 따라 네 명의 아들들과 네 명의 딸들이 서로 짝을 지어 후손을 퍼뜨렸는데, 수많은 세월이 지난 후 그들이 황궁 씨족, 청궁 씨족, 백소 씨족, 흑소 씨족이 되었다고 한다.'

나반과 마고의 후손인 네 씨족에게 수천 년 동안 공동으로 전해오는 이 전설은 선대로부터 후대로 전해지고 이어져 현재 네 씨족 무리에게 자신들의 역사로 기억되어 있었다.

공동의 전설을 가진 네 씨족은 마고의 가르침에 따라 땅을 일구어 곡식을 경작하고 과일나무를 심고 양, 사슴 등 가축을 기르며 정착 생활을 하였다. 씨족의 샤먼들은 하늘을 관측하여 하늘의 징후를 보고 비가 올 때, 폭풍우가 칠 때, 가뭄이 들 때를 예측하고 무리에게 알려주었다. 홍수와 가뭄이 들면 노한 하늘신을 달래기 위한 제사도 올렸다. 또 곡물의 씨를 뿌릴 시기와 가꿀 시기, 추수할 시기 등을 알아내어 무리에게 알려주었다. 씨족의 사냥꾼들은 정주 생활을 하는 씨족 전체를 위해

먼 곳까지 가서 사냥을 해왔다. 땅은 넓고 사냥감은 풍부하여 먹을 것이 많아 네 씨족의 생활은 풍요로웠다.

네 씨족의 정주 생활

황궁 씨족을 비롯한 네 씨족의 농경 생활과 정주 생활이 정착되자 식량 문제가 해결되고 그에 따라 인구도 급격하게 늘어났다. 석기를 제작하는 기술은 더욱 발전해서 그들은 돌을 갈고 다듬어 도구를 만들고 도구를 만들기 위한 도구도 만들어 썼다. 작물들을 담거나 요리를 하기 위한 도기(陶器)도 이 무렵부터 만들어 썼다. 이 시기를 후대 사람들은 신석기 시대라고 부른다.

작물을 재배하기 위해서는 해의 영향이 필수적이므로 이 무렵부터 해의 뜨고 짐으로 인한 계절의 변화를 좀 더 정확하게 알아야 할 필요가 생겨났다. 수천 년 동안 해와 달, 별들의 주기 운동을 지속적으로 관찰하고 기억 속에 축적해 오던 샤먼들은 4계절이 주기적으로 되풀이되고 낮의 길이가 여름에는 길고 겨울에는 짧은 것을 경험으로 알고 있었으나 4계절의 한 주기, 즉 1년이라는 시간 개념은 아직 파악하지 못하고 있었다. 샤먼들이 해의 움직임의 주기성을 측정하게 된 것은 정주 생활이 이루어진 덕분이었다.

사냥감을 따라 이동하는 수렵 생활에서는 해의 움직임을 관찰하더라도 해의 정확한 위치를 정하기가 어렵다. 사냥감을 따라 이동해야 하므로 어느 특정 산을 기준으로 하여 해의 위치를 정할 수도 없었고 해가 떠올랐을 때 하늘에 그 위치를 정하는 것도 어려웠기 때문이다. 그러나 한곳에 정착하여 살게 되자 이 문제가 해결되었다.

해의 움직임을 관측하기 위해서 샤먼들은 평평하고 넓은 장소를 선택하여 가운데에 막대기를 하나 세웠다. 막대기의 그림자를 관측하기 위함이었다. 그들은 땅 위에 드리워지는 막대기의 그림자가 하늘에 있는 해의 위치와 정확히 반대가 됨을 알았으므로 이 방법은 하늘에서 움직이는 해의 위치를 땅 위에 기록하는 방법을 생각해 낸 결과였다.

하루를 기준으로 할 때, 아침에 해가 뜰 때는 해의 반대 방향으로 그림자의 길이가 길다가 해가 떠오름에 따라 그림자의 길이가 짧아진다. 다시 해가 저물어감에 따라 그림자의 길이는 해의 반대 방향으로 점점 길어진다. 하루 중 막대기 그림자의 길이가 가장 짧을 때는 해가 하늘의 정중앙 가장 높은 곳에 왔을 때다.

중요한 것은 하루 중 막대기 그림자의 길이가 가장 짧을 때, 즉 하루 중 해가 하늘의 정중앙 가장 높은 곳에 왔을 때 그 막대기 그림자의 길이가 계절의 변화에 따라 달라진다는 것이다. 겨울 어느 날에는 그 그림자의 길이가 가장 길다. 봄이 되면서 그 길이는 점차 짧아지다가 여름 어느 날에는 그 길이가 가장 짧게 된다.

이것은 지축이 공전궤도면에 비해 23.5도 정도 기울어진 상태에서 지구가 자전하면서 해를 공전하기 때문이지만 당시의 샤먼들은 그 사실을 몰랐다.

샤먼들은 그 날의 수를 계산했다. 하루 중 해가 하늘의 정중앙 가장 높은 위치에 왔을 때 막대기 그림자 길이가 가장 긴 날, 즉 오늘날의 동짓날을 시작 날로 하여 그림자의 길이가 점점 짧아졌다가 다시 원위치로 돌아왔을 때의 날수를 계산한 결과 300일 하고도 65일이 걸렸다. 그동안에 씨를 뿌려 싹이 나고 자라서 열매를 맺고 추수하는 4계절이 지나갔다. 수십 년, 수백 년 행한 관찰에도 동일한 결과가 나왔다.

그들은 대를 이어 수백, 수천 년 동안 해와 달과 별의 위치 관측을 지속하였다. 오랜 관측의 결과로 샤먼들이 발견한 해의 움직임, 달의 움직임이 농경 생활에 큰 영향을 미친다는 것을 알았지만 오늘날 우리가 사용하는 태음력, 태양력, 또는 태음태양력이 고안되기까지는 또 수천 년이 지나야 했다.

하늘소리를 들어라

나반과 마고의 후손 네 씨족 중 나반의 사상과 선조들의 가르침을 이어받아 발전시킨 사람은 황궁 씨족의 족장 황궁이었다. 황궁은 하늘신에 대해 깊이 생각했다.

'모든 것이 암흑에 묻혀 있던 때 한 줄기 빛인 광명의 하늘님은 하늘을 만들고 땅을 만들고 첫 인간인 나반을 만드셨다. 나반은 하늘님의 뜻에 따라 번성하였다. 그러나 하늘님이 창조한 사람들이 아직 제대로 자리를 잡지 못하자 하늘님은 마고를 선택하여 사람들을 가르치셨다. 마고는 하늘님에게서 나오는 하늘소리에 따라 세상을 사람들이 살기 좋은 환경으로 만들고 과일과 작물 기르는 법, 가축 기르는 법을 가르쳐 주고 사람들에게 아이를 점지해주어 번성하게 했다. 이 모든 것은 하늘님에게서 나오는 하늘소리에 따라 움직였다.'

황궁은 하늘신의 뜻을 알았다. 하늘신의 뜻인 하늘소리가 가르치는 것은 세상 사람들이 하늘과 땅과 땅 위의 모든 것들과 함께 조화롭게 살아야 한다는 것이었다. 하늘소리는 하늘과 땅과 사람들에게서 나오는 이 세상의 모든 소리들이었다. 하늘신의 가르침은 하늘소리가 듣기 좋은 화음을 이루듯이 나반과 마고의 후손들도 하늘과 땅과 더불어 하늘소리처럼 조화롭게 살아가라는 것이다.

황궁은 하늘소리를 듣기 위해 주위에 있는 여러 물건들을 활용해 악기를 만들었다. 그 재료들은 쇠(金), 돌(石), 실(絲), 대나무(竹), 바가지(匏), 흙(土), 가죽(革), 나무(木) 등이었다. 황궁 당시에 만들었던 이 조악한 악기들은 후에 개량과 발전을 거듭하여 오늘날의 금관악기, 목관악기, 현악기, 편경, 편종, 북, 장구 등이 되었다.

먼 훗날, 나반과 마고 및 황궁의 후손들은 황궁이 만든 여덟 가지 자연물에서 나오는 음을 팔음(八音)이라고 불렀고 팔음에서 나오는 하늘소리를 율려(律呂)라고 불렀다. 하늘소리이며 천지본음(天地本音)인 이 율려를 형상화한 것이 바로 천부(天符), 즉 하늘의 부호다. 천부삼인(天符三印)이란 하늘소리의 화음이 나타내는 하늘과 땅과 사람의 조화로운 삶을 형상화한 인장을 의미했다.

황궁의 이같은 하늘신 사상은 오늘날의 시각으로 볼 때, 창조신을 믿는 종교의 탄생이었다.

3만 년 전 나반의 시대에 이미 죽음의 의미를 알았고 장례 의식을 행하였으며 해를 비롯한 모든 자연물의 영을 숭배하는 애니미즘 사상이 있었다.

2만 년 전 즈음에는 나반의 사상을 이어받은 후손들 중 관찰 전문가 그룹이 나타났고 이들을 중심으로 해의 영을 달래기 위한 샤머니즘이 태동했다.

기원전 1만 년경 마고의 시대에는 선조들의 믿음을 이어 해와 달에 제사를 지내는 등 하늘을 강조하였으며 또한 '새의 알에서 태어난 아이들'로 인해 새를 조상으로 모시고 해의 환함을 숭배하는 토테미즘이 생겨났다.

그리고 기원전 9,000년경 황궁의 시대에는 애니미즘, 샤머니즘, 토테미즘 등 복합적인 민속 신앙에 이어 창조신 사상이 등장했다. 그러나 황궁의 하늘신은 오직 한 분이신 신, 즉 유일신(唯一神)의 개념은 아니었다. 하늘에 큰 능력을 지닌 한 분 신이 있어(有一神), 하늘과 땅과 사람을 창조한 창조신으로서 여러 신들 중 한 분의 신으로 계신다는 뜻이었다.

황궁은 한 줄기 광명으로 표현되는, 하늘과 땅을 창조하고 사람을 만든 초월적 존재인 하늘신의 존재를 믿었다. 제사장도 있고 샤먼들, 즉 사제들도 있어서 하늘신에 대한 제사도 모셨다. 하늘신은 하늘소리를 통해 무리의 사람들이 조화롭게 살라고 가르쳤다. 조화롭게 살라는 가르침은 무리의 사람들이 기본적 욕구인 본능을 통제하고 공동 생활에 필수적인 도덕적, 윤리적으로 살라는 가르침이었다. 샤먼들은 하늘소리를 듣고 하늘신의 뜻을 무리에게 전했다.

황궁의 시대에 오늘날의 종교가 시작되었다. 이것은 정착하여 공동 생활을 하는 단계에 접어들면서 초월적 존재인 하늘신의 가르침을 통하여 무리 전체를 조화롭게 이끌기 위해 통제가 필요했던 한 과정이었다.

하늘신께 드리는 제사

추수가 끝나고 하늘신과 나반, 마고를 위한 제사가 있었다. 황궁은 사제 역할을 담당한 샤먼들로 하여금 네 씨족을 한 곳에 모두 모이게 했다. 네 씨족의 샤먼들이 함께 제사를 준비했다. 네 씨족의 제사장은 맏형인 황궁이었다. 샤먼들은 하늘신과 나반과 마고를 상징하는 조형물을 만들어 제단 가운데에 두었다. 그리고 그 앞에는 음식들을 진열하고 각 씨족별로 일 년 동안 생산한 과일, 곡물 등 주요 농산물들도 올리고 양과 사슴도 잡아 제단에 올렸다.

제단에 올릴 술은 과일을 발효시킨 술로 준비했다. 샤먼들은 북을 비롯한 여덟 가지 악기를 연주하며 발을 구르고 춤을 추면서 씨족 사람들을 모이게 했다. 북과 악기 소리에 맞춰 씨족 사람들은 손뼉을 치면서 2박자 리듬에 맞춰 한쪽 발을 구르며 분위기를 돋우었다.

이윽고 제사장인 황궁이 제단 앞에 서자 청궁, 백소, 흑소를 비롯한 네 씨족의 주요 지도자들도 황궁 주위에 늘어섰다. 황궁은 큰 소리로 하늘신을 초청하여 불렀다.

"우~~~ 우~~~ 우~~~!"

씨족의 사람들이 함께 하늘신을 초청했다.

"우~~~ 우~~~ 우~~~!"

동시에 샤먼들은 하늘신을 맞이하기 위해 악기들을 힘차게 울리고 발을 구르며 춤을 추었다. 여덟 개의 악기가 조화롭게 울리면서 하늘신이 제단으로 내려왔다.

샤먼들이 춤을 멈추고 하늘신이 강림하셨음을 알리자 황궁이 하늘신을 향해 땅에 엎드렸다. 네 씨족 무리가 모두 함께 엎드렸다. 황궁이 일어서자 모두 따라 일어섰다. 황궁은 제단 앞에 꿇어앉아 하늘신을 향해 공손하게 잔을 올렸다.

"하늘님이시여, 이 잔 받으시고 차린 음식을 마음껏 드시옵소서."

그들은 하늘신을 하늘님이라 불렀다. 잔을 올린 황궁이 다시 땅에 엎드리자 모두 엎드려 하늘신이 음식을 다 드실 때까지 기다렸다. 하늘신이 식사를 하시는 동안 조용히 악기를 연주하던 샤먼들이 일어나 큰 소리로 악기들을 울리고 춤을 추며 하늘신이 다 드셨음을 알리자 모두 일어섰다. 황궁이 다시 하늘신에게 두 번째 잔을 올리며 하늘신의 하늘소리를 듣고자 했다. 하늘신과 교감한 샤먼이 하늘소리를 대신 전했다.

"나는 하늘님이다. 나는 하늘과 땅이 생기기 전부터 있었다. 나는 시작도 없고 끝도 없이 영원히 존재하는 하늘님이다. 나는 하늘을 만들고 땅을 만들고 사람을 만들었다. 나는 나반으로 하여금 너희들을 낳게 했고 마고로 하여금 너희들을 기르게 했다. 너희들이 내가 전하는 하늘소리에 따라 하늘과 땅과 사람이 모두 하나가 되어 온 누리가 조화롭게 살아가면 너희에게 내리는 복이 너희를 충만하게 하리라."

샤먼이 하늘신의 뜻을 대신 전하자 씨족 사람들은 엎드려 경배하며 크게 외쳤다.

"우~~~ 우~~~ 우~~~!"

하늘신의 뜻을 잘 따르겠다는 표시다.

황궁이 하늘신을 떠나보내는 마지막 잔을 올리며 다시 외치자 모두 하늘신에게 작별 인사를 했다.

"우~~~ 우~~~ 우~~~!"

샤먼들의 악기 소리, 손뼉 소리, 발 구르기 및 춤과 함께 제사는 끝이 났다. 황궁은 씨족 사람들이 차린 음식을 맛있게 먹고 술도 마음껏 마시게 하였다. 무리의 사람들은 씨족 구분 없이 서로에게 잔을 돌려 권하며 배부르게 먹고 마셨다. 무리는 2박자의 리듬으로 울리는 샤먼들의 손뼉 소리, 발 구르는 소리에 맞춰 둥글게 모여 춤을 추며 늦게까지 놀았다.

추수가 끝나고 하늘신에게 제사를 올렸다는 것은 황궁 시대에 1년이라는 시간 단위를 의식했음을 의미했다. 나반 시대에 하루라는 시간 개념이 생체 리듬에 기억되어 있었지만 그 의미를 깨닫는 데는 오랜 시간이 걸렸다. 사람들은 농경 생활의 시작과 함께 태양이 뜨고 지는 하루, 달이 보름에서 다음 보름까지 움직이는 한 달, 그리고 계절의 변화에 따른 해의 도움을 받아 씨를 뿌리고 추수하는 데 걸리는 일 년이라는 시간 개념을 인식하고 동물의 뼛조각에 새기기도 했다.

제사를 마친 후, 황궁은 청궁, 백소 및 흑소 등 씨족의 장들과 함께 하늘신을 모실 제단을 마련하기로 하고 네 씨족이 머무는 장소 중 가장 높은 곳을 골랐다. 하늘신은 높은 하늘에 계시는 분이기 때문이었다. 바닥을 평평하게 고르고 그 위에 정방형으로 돌들을 쌓았다. 3층으로 쌓은 돌 제단은 각각 하늘과 땅과 사람을 의미했다.

네 씨족은 매년 이 제단에서 하늘신에게 제사를 올렸다. 제단의 관리는 샤먼들이 맡았다. 샤먼들은 제단 아래에 마련된 공간에서 해와 달, 별 등 천체들을 관측하고 자연 현상들을 관측하여 무리에게 알려주었다.

마고성을 떠나다

제단을 쌓은 씨족들은 제단을 중심으로 자신들이 사는 집들과 경작지 주위에 성을 쌓고 이 성을 마고성이라 불렀다. 하늘신을 모신 신성한 지역과 성 바깥의 황량한 지역을 나눈 것이었다.

네 씨족은 정착 생활을 하면서 불편함이나 집단 간, 개인 간 충돌 없이 함께 어울려 서로 도우면서 먹을 것을 나누며 하늘소리에 따라 조화롭게 잘 살았다. 그 옛날 무리의 조상들이 사냥감을 서로 나누어 공평하게 먹던 생활과 같았다. 모든 것이 조화롭게 흘러가므로 후대 사람들은 이를 자재율(自在律)이라 했다. 산과 들에 자리 잡은 황궁 씨족과 청궁 씨족은 땅을 파서 움집을 짓고 살았고 물가에 자리 잡은 백소 씨족과 흑소 씨족은 오두막집을 짓고 살았다.

사냥감들을 따라 이동하는 소수 집단의 수렵 채집 생활에서는 개인 소유물이 따로 없었다. 필요한 도구들은 주위에 널려 있는 돌과 나무를 이용하여 만들어 쓰고 사냥이나 채집으로 획득한 식량은 모두가 나누어 먹고 이동할 때는 버리고 갔다. 다른 곳으로 이동하여 다시 만들어 쓰고 식량은 사냥을 하거나 채집을 해서 나누어 먹으면 그만이다. 개인 소유물이 없으니 욕심이 없었고 먼 옛날의 조상인 영장류들처럼 번식을 위해 무리를 지어 생활하였다. 공동 생활의 규범(規範)이나 선악(善惡) 개념이 아직 정립되기 전이었다.

그러나 무리가 정착하여 농경 생활을 하게 되면서 사람의 수도 늘어났고 개인의 소유물도 늘어나게 되었다. 사용한 도구들을 자기 집에 두고 필요할 때 사용했으니 도구를 다시 만들 필요가 없어졌다. 거두어들인 농작물들도 먹고 남은 것들은 훗날을 위해 각자의 집에 비축했다.

농경 생활 초기에는 인구는 적고 생산물은 풍부해서 그전의 생활 습관대로, 즉 사냥감을 잡아 오면 무리 전체가 나누어 먹었듯이, 농작물을 많이 경작한 씨족이 적게 수확한 씨족에게 나누어 주는 등 식량도 공유했다. 이름 그대로 자재율이었다. 그러나 농경 생활이 정착되면서 인구는 급격히 증가했지만 생산물의 증가에는 한계가 있었다. 토지도 부족해 산지를 개간하여 밭을 만들었지만 노력만큼 생산물이 증가하지 못했다.

문제는 각자 소유한 식량 등 사유 재산에 차이가 있다는 것이었다. 생산한 식량을 공동 배분한다 해도 개인별 소비 성향이 다르고 저축 성향도 다르며, 특히 이동하는 수렵 채집 생활과는 달리 정착해서 살아가는 공동 생활에서는 개인의 개성도 드러나기 마련이었다. 개인의 개성은 공동 생활과 합치하기도 하고 부딪치기도 했다. 이런 상태가 수십 년 지속되었다. 씨족 내에 빈부의 격차가 생기기 시작하고 드디어는 식량 부족 상태에 이르렀다.

어느 날, 백소 씨족 내에서 절도 사건이 일어났다. 인류 최초의 절도 사건이었다. 물가에 자리 잡은 백소 씨족의 지소(支巢)는 식량이 부족하게 되자 씨족의 도움을 받아 가족들을 먹였다. 그러나 자신도 배고픔을 이기지 못하고 이웃집에 몰래 들어가 식량을 훔쳤다. 그러자 이를 알게 된 다른 배고픈 사람들도 이웃집의 식량을 훔쳤다. 도난 사실을 알게 된 집에서는 이웃과 식량을 나누기보다는 집단속을 하며 이웃을 의심하기 시작했다. 결국 지소와 몇몇 가족의 소행임이 밝혀졌다.

하늘소리에 따라 조화롭게 살지 못하고 자재율을 깨뜨린 것은 하늘신의 뜻을 어긴 것이다. 그 사람들은 더 이상 하늘신 아래에서 씨족들과 함께 살 수 없게 되었다. 네 씨족의 족장이며 제사장인 황궁이 식량을 훔친 사람들과 그들을 의심한 사람들을 함께 불러놓고 말했다.

"우리는 모두 나반과 마고의 자손들이오. 하늘님에게서 나오는 하늘소리에 따라 모두 함께 조화롭게 살아야 하거늘, 함께 나누지 못하고 서로 의심하고 감시하며 이런 사태가 벌어진 것은 정말 유감이오. 그대들은 더 이상 우리와 함께 할 수 없으므로 이곳을 떠나야 할 것이오. 그러나 비록 멀리 떠나 산다 할지라도 하늘소리를 듣고 따르며 여러분 스스로 마음을 닦고 가다듬으면 다시 돌아올 수 있을 것이니 부디 힘쓰기 바라오."

떠나는 사람들에게 복본(複本), 즉 근본의 회복을 향한 당부였다. 하늘소리에 따라 근본을 회복한 뒤 돌아오라는 것이었다. 하늘소리를 따르지 않고 식량을 훔친 지소와 그 가족을 포함한 무리, 그리고 이웃을 의심했던 몇몇 가족들은 마고성 밖으로 떠나갔다.

씨족을 떠나 황량한 곳으로 나온 무리는 배고픔을 참을 수가 없었다. 모든 것을 새로 시작해야 했다. 스스로 밭을 일구고 사냥을 하며 먹을 것을 구했지만 이미 오랜 세월 동안 공동 생활을 하였으므로 씨족을 떠나서는 살 수 없음을 깨닫고 다시 돌아가고 싶었다. 그러나 그들은 아직 하늘소리를 따르는 복본을 하지 못했다.

사냥할 때 사용하던 돌칼과 나무창, 농기구 등으로 무장한 그들은 씨족들이 거주하는 마고성 안으로 들어가 황궁, 청궁, 백소, 흑소 등 씨족들의 집과 농장을 무차별 약탈했다. 집단 간 큰 싸움이 벌어졌다. 동물들을 사냥할 때 사용하던 사냥 방법이 씨족 간 싸움에 사용되었다. 싸우다 여러 사람들이 다치고 죽은 사람도 있었다. 인류 최초의 집단 싸움이며 살인이다.

씨족을 떠나갔던 침입자들이 퇴각하며 싸움이 끝나고 보니 씨족들의 집과 경작지들이 모두 파괴되고 말았다. 자재율을 깨뜨리고 먼저 성을 나갔던 자들뿐만 아니라 남아 있던 씨족들도 더 이상 신성한 마고성 안에 모여 살 수 없게 되었다. 씨족의 맏형이며 제사장인 황궁은 제단 앞에 네 씨족 모두를 모아놓고 하늘신에게 빌었다.

"하늘님이시여, 하늘님의 말씀이신 하늘소리를 저희는 지키지 못하고 거역하는 큰 죄를 짓고 말았나이다. 사람들은 서로 이해하고 도와주며 조화롭게 살지 못하고 식량을 훔쳤으며 서로 의심하고 감시하였나이다. 성을 나갔던 사람들이 하늘소리를 회복하지 못한 채 다시 침입해 집과 경작지를 약탈하며 싸움을 일으키고 사람을 죽이기까지 하였나이다. 하늘님의 뜻을 거역한 우리는 더 이상 신성한 이곳에 머물 수가 없으므로 이제 이 마고성을 떠나 헤어져 스스로 밝히며 닦는 데 힘쓰고 살면서 반드시 하늘소리의 가르침을 회복한 후에 다시 만날 것을 하늘님께 맹세하나이다."

하늘신을 향해 잘못을 빈 황궁과 각 씨족은 헤어져 살면서 하늘소리의 가르침을 회복한 후에, 즉 복본(復本)한 후에 만나기로 하였다. 황궁은 헤어지는 씨족들에게 다시 만날 날을 기약하면서 신표(信標)를 나누어 주었다. 신표는 하늘소리의 가르침을 형상화하여 하늘과 땅과 사람의 조화로운 삶을 표현한 인장이었다. 후대 사람들은 황궁이 만들어 준 이 신표를 일컬어 천부인(天符印) 또는 천부삼인(天符三印)이라 하였다.

하늘신 제단에 작별을 고한 황궁 씨족은 북쪽 천산주(天山洲)로, 청궁 씨족은 동쪽 운해주(雲海洲)로, 백소 씨족은 서쪽 월식주(月息洲)로, 흑소 씨족은 남쪽 성생주(星生洲)로 떠나갔다.

먼저 마고성을 나간 사람들이 사방에 흩어져 자리를 잡았다. 그들은 거친 환경에서 모든 것을 새로 시작해야 했으니 모든 것이 어려웠다. 그러나 어려움 속에서 서로 돕고 조화롭게 살기보다는 복본을 하지 못한 상태에서 여전히 서로 의심하고 시기하고 다투면서 화합하지 못하였다. 상대편을 만나면 서로 싸우고 약탈할 기회만 노렸으며 멀리 떨어져 살며 교류하지 못하고 단절된 삶을 살았다. 후에 성을 나온 사람

들을 만나면 더욱 공격적이 되어 쫓아가 공격하고 해치기가 부지기수
였다.

결국 나중에 성을 나온 사람들은 더욱 멀리까지 이동해 자리 잡으니,
높은 산이 가로막고 깊은 강물이 갈라놓아 서로 왕래가 완전히 끊어지
고 말았다.

파내류산은 하늘산

기원전 8000년경, 마고성 밖으로 나간 황궁 씨족은 성 북쪽의 천산
지역에 자리를 잡았다. 흰 눈에 덮여 높게 솟아 있는 천산(天山), 즉 하
늘산은 정상이 항상 하얀 눈에 덮여 있어 그전에는 백산(白山)이라고도
불렀고 우리 말로는 하늘산이라고 불렀는데 후세 사람들이 한자로 표
기하기를 파내류산(波柰留山)이라고 했다. 파내류는 '하늘'이란 우리 말
의 음을 한자로 표기한 것이다(파 → 하, 내 → ㄴ, 류 → ㄹ).

이 지역을 관통해서 오늘날의 카자흐스탄 발하슈호로 흘러들어가는
이리하(伊梨河, Ili River)가 있어 우리 고대 역사서에서는 흔히 흑수백산
(黑水白山)이라고 부르던 지역이었다. 지금의 중국 신장 위구르 자치구
에 해당하는 이곳은 먼 훗날 중국과 유럽을 연결하는 비단길이 지나는
지역으로 개발되었다.

황궁 씨족이 자리 잡은 천산주는 높은 초원 지대여서 마고성 안보다
훨씬 황량하고 춥고 열악하였다. 네 씨족이 헤어지는 과정에서 맏형인
황궁이 다른 씨족들에게 더 나은 지역을 양보했기 때문이었다. 열악한
환경 속에서도 황궁은 씨족들에게 하늘신과 하늘소리를 전했다.

"마고성 안에서 네 씨족이 모두 조화롭게 살았던 것은 한데 어울려 하늘소리의 가르침대로 살았기 때문이었소. 그러나 언제부터인가 불협화음이 씨족들 사이에 퍼지면서 씨족들은 서로 의심하고 감시하며 시기하고 질투하다가, 마침내는 서로 싸우고 살인까지 저지르고 말았소. 그 결과 네 씨족이 신성한 마고성 안에서 더불어 살지 못하고 성을 나와 뿔뿔이 흩어져 단절된 채 어려운 삶을 살게 되었소. 비록 지금은 흩어져 산다 하여도, 언젠가는 다시 만나 조화롭게 살 날이 반드시 올 것이오. 모두 하늘소리를 밝히고 따라서 반드시 복본하는 데 힘쓰도록 하시오."

황궁은 첫째 아들인 유인(有因)에게 명하여 씨족들로 하여금 복본에 힘쓰도록 당부하였다.

새로운 지역에 자리 잡은 황궁 씨족은 모든 것을 다시 시작하였다. 황궁의 맏아들 유인의 지도로 땅을 고르고 경작지를 조성하여 씨앗을 뿌리고 사슴, 양 등 가축들도 다시 사육하였다. 유인은 황궁의 뜻에 따라 씨족들이 하늘신을 모시고 서로 도우며 조화롭게 살도록 이끌었다. 유인과 샤먼들은 하늘신에 대한 제사도 빼놓지 않고 올렸다.

하늘소리에 따른 씨족의 조화로운 생활이 정착되자 황궁은 둘째와 셋째 아들을 각 지역으로 파견하여 흩어진 씨족들이 어떻게 사는지 살펴보고 하늘소리를 전파하게 하였다. 비록 흩어져 살지라도 나반과 마고의 후손으로서 같은 씨족들이 복본하고 다시 모여 살도록 하기 위함이었다.

마침내 황궁이 때가 되어 천부삼인을 아들 유인에게 넘겨주고 하늘신에게로 돌아가니, 맏아들 유인은 황궁을 관에 안치하여 매장한 후 돌을 세워 그 위치를 표시하였다.

최소 작용의 법칙

황궁의 장례를 치른 유인은 황궁에게서 받은 천부삼인, 즉 하늘소리의 가르침대로 하늘과 땅과 사람이 조화롭게 살도록 노력을 기울이고 복본하기 위하여 몸과 마음을 갈고 닦도록 했다.

유인 시대의 개막은 순조로웠다. 마고성을 나온 나반과 마고, 황궁의 후예들은 유인의 인도에 따라 힘을 합쳐 경작지를 개간하고 식량을 나누었다. 주거지 개발과 가축 사육, 사냥 등도 협조하여 잘 이루어졌다. 하늘신의 말씀인 하늘소리에 따라 자재율이 회복된 것이다.

세월은 흘러 유인이 죽고 유인의 아들이 다시 후임 유인이 되었고 또 그 아들이 뒤를 이었다. 이렇게 몇 세대가 지나는 동안 인구는 급속히 늘었지만 식량 증가에는 여전히 한계가 있었다. 그러자 유인의 천산 시대에도 서서히 자재율이 깨어지는 사태가 일어났다. 식량이 부족한 무리가 식량을 비축한 무리에게 나눠주기를 요청하자 처음에는 협조가 어느 정도 이루어졌으나, 기본적인 식량의 증가 없이는 한계가 있는 법이다. 드디어 황궁 시대와 같은 쟁탈이 벌어지는 사태가 일어났다.

농경이 시작되기 전, 나반의 사냥 및 채집 생활 당시 자연은 넓고 사냥감과 과일과 나무 열매는 많았으며 인구는 적었다. 자연 환경에 따라 필요한 최소한의 노력만 하면 살아남는 데에 지장이 없었다.

자연에는 언제나 최소 작용의 법칙이 적용된다. 모든 운동은 그 활동량을 최소로 하는 방향으로 움직인다는 것이다. 빛이 항상 직진하는 것이 대표적인 예다. 아래로 흐르는 물 또한 최소한으로 적게 움직이는 방향으로 흘러간다. 절대로 위로 올라갔다가 내려가지 않는다. 최소 비용 최대 효과 법칙이다. 처음 탄생한 태초부터 모든 생명체의 본능은 환경에 적응해 살아남는 것이고 이 본능도 자연 전체에 도도히 흐르는 최소 작용의 법칙에 따른다.

황궁과 유인 시대의 사람들이 식량 부족 사태가 발생하자 새로운 경작지를 개간하거나 사냥이나 채집 활동 대신 식량 절도 및 약탈 행위에 나선 것은 최소 작용의 법칙이 작동되었기 때문이었다. 힘들게 노력하여 경작지를 개간하고 식량을 얻는 것보다는 다른 사람이 이미 가지고 있는, 존재하는 식량을 획득하는 것이 효과는 큰 반면 노력은 훨씬 덜 들었다.

이것은 많은 사람이 함께 사는 공동 생활에 적용되는 윤리적 개념의 규범이나 선악 문제 이전에, 살아남는 데에 필요한 최소 작용의 법칙이 작동된 것이다. 황궁의 시대에 황궁이 하늘신의 하늘소리를 통하여 조화로운 삶을 강조한 것은 바로 공동 생활에 필수적인 윤리적, 도덕적 개념 및 선악의 개념이 생기기 전에 공동 생활의 질서를 잡기 위한 것이었으나 최소 작용의 법칙 앞에 무참히 무너지고 말았다.

유인 시대 말기에 최소 작용의 법칙, 즉 인간 본능이 작동된 것은 식량 부족 때만이 아니었다. 식량 쟁탈 등의 사태가 벌어지자 게으름을 피우거나 거짓말로 속이거나 남녀 간 음란한 행위나 싸움을 벌이거나 시기하고 질투하는 등 하늘소리를 따르지 않는 사태가 만연했고 질서는 어지러웠다.

황궁의 뒤를 이어 유인이 이끄는 유인 씨족은 초기에는 자재율이 회복되었으나 후반에는 그렇지 못했다.

사만의 등장

천산주 시대로부터 약 700년이 흘렀다.

기원전 7300년경, 천산주에 자리를 잡은 약 800명 정도의 유인 씨족이 10개 마을로 나뉘어 경작 생활을 하고 있었고 지구의 곳곳에도 호모 사피엔스 무리가 자리를 잡기 시작했다. 자리를 잡는다는 것은 사냥감들을 따라 이동하는 수렵 생활에서 벗어나 농작물을 경작하는 정착 생활을 시작했다는 의미다. 그들은 농경과 수렵을 병행했으며 완전히 농경 생활이 정착되기 위해서는 다시 수천 년이 지나야 했다. 이런 생활은 아시아 지역을 비롯하여 유럽, 아프리카, 남북 아메리카 등에 정착한 호모 사피엔스 무리에게 거의 동시에 시작되었다.

유인의 씨족 중 사만이라는 현명하고 비범한 소년이 있었다. 사만은 어릴 적부터 씨족장 유인이 하늘신을 모시는 제사에 참여했다. 유인이 무리와 함께 하늘신에게 제사를 지내면서 하늘신을 찬송하던 소리를 사만은 기억하고 있었다.

'태초에 모든 것이 어둠에 잠겨 있을 때 오직 한 줄기 광명이 있었으니 이 광명이 바로 하늘님이시다. 광명이신 하늘님은 시작도 없으시고 끝도 없으시며 형체도 없으신 분이시다. 하늘님이 오실 때는 홀연히 나타나시므로 어디서 오셨는지 알 수 없고 가실 때는 자취를 남기지 않으시므로 어디로 가셨는지 알 수 없다. 형체가 없으신 하늘님은 아무것도 소유하지 않으신다.

하늘님은 가장 높은 하늘에 앉아계시며 세상 만물을 창조하시고 통치하시는 분이시다. 하늘님은 하늘을 만드시고 땅을 만드시고 사람을 만드셨다. 한 분이신 하늘님은 하늘과 땅과 사람이 조화롭게 살아가도록 세 가지 형태로 작용하신다. 즉 하늘의 형태로 작용하시는 하늘님은 하늘과 땅과 사람과 이 세상 만물을 만드시고 땅의 형태로 작용하시는 하늘님은 땅 위에서 만물이 자라게 하시며 사람의 형태로 작용하시는 하늘님은 이 세상 만물을 통치하신다.

　만물을 통치하시는 하늘님은 하늘소리를 통해 하늘님의 뜻을 전달하신다. 하늘소리에는 하늘에서 울려나오는 소리뿐만 아니라 하늘의 해, 달, 별들의 움직임과 땅의 만물이 자라고 움직이고 변화하는 자연 현상들이 다 포함된다. 그러므로 하늘님이 만드신 우리는 하늘님의 뜻을 나타내는 하늘소리에 따라 하늘과 땅과 사림이 모두 조화롭게 살며 하늘님의 모습대로 항상 환하게 살아야 한다.'

유인 씨족은 환하게 밝은 하늘을 숭상하고 새를 자신들의 조상으로 여기는 황궁의 시대부터 내려오는 씨족의 믿음이 있었다. 그래서 그들은 스스로 자신들을 환한 무리라고 불렀다. 오늘날 우리가 부르는 환족(桓族)이다. 환은 그 음을 따고 족은 그 뜻을 따서 부르는 이름이다.

사만은 유인이 하늘신에게 제사를 드리며 씨족에게 전파하는 하늘신에 관한 이야기를 기억하고 있었다. 황궁의 시대부터 전해오는 한 분이신 하늘신이 유인의 시대에는 세 가지 형태로 작용하시는 하늘신으로 발전하였다. 하늘신이 세 가지 형태로 작용한다는 것은 하늘신이 세 분이라는 의미가 아니라 환하게 비추는 광명의 하늘신은 한 분이시나 그 작용이 세 가지 형태라는 것이다.

즉 하늘로서 작용은 세상을 만드는 것이요, 땅으로서 작용은 만물을 자라게 하는 것이요, 사람으로서 작용은 세상 만물을 다스린다는 의미다. 이것이 한 분이신 하늘신의 세 가지 작용으로서 후대의 사람들은 이를 일컬어 삼신일체(三神一體)라 하였다.

유인 씨족인 환한 무리는 자신들이 거주하는 천산주의 가장 높은 곳에 하늘신에게 제사를 지내는 제단을 만들었다. 천만억토(千萬億土)의 가장 높은 하늘에 계시는 하늘신과 가장 가까운 곳이다. 샤먼들은 제단 아래 마련된 공간에 거주하면서 제단을 관리하며 하늘소리를 듣고 천체들의 운동과 자연 현상들을 관측했다. 하늘신께 드리는 큰 제사는 일 년에 한 번, 추수 후에 드렸다.

유인의 시대에 하늘신에게 제사를 드리는 시기는 한 해가 끝나고 다시 한 해가 시작되는 시기였다. 추수가 끝나고 농경 일이 모두 끝나면 곧 한낮의 나무 막대기 그림자가 가장 긴 날이 오는데, 농경 일은 이날로부터 시작해서 가장 짧은 날을 거쳐 다시 가장 긴 날까지 중단 없이 이어지다가 추운 겨울에는 잠시 쉬어야 하기 때문이다. 달의 주기도 알고 있어서 보름달이 뜨는 날에는 씨족의 번성을 위한 제사를 드렸다.

제사 때마다 샤먼들은 하늘신의 뜻을 씨족들에게 전했다. 사제인 샤먼들이 제사 준비를 마치면 유인 씨족장은 제사장이 되어 하늘신에게 제사를 드렸다. 유인은 제사의 한 과정으로서 샤먼들로 하여금 하늘신의 뜻을 씨족들에게 전파하도록 하였다.

샤먼들은 하늘신과 씨족들을 중재하는 임무를 띠고 있었으므로 하늘신의 뜻을 알기 위해서 끊임없이 해, 달, 별들을 관측하여 징후를 발견하고, 이 징후들이 지상의 자연 현상들과 사람들의 운명에 어떤 영향을 미치는지 예측해서 이를 씨족들에게 전파했다.

사만은 유인 씨족장의 가르침을 받고 하늘신에 대하여 큰 관심을 가지게 되었다.

샤먼이 되다

하늘신의 뜻을 실천하기 위하여 지켜져 오던 자재율이 황궁의 시대에 깨어지면서 네 씨족들은 흩어졌다. 천산주에 자리 잡은 황궁이 씨족들을 다스리면서 유인의 시대까지 잠시 자재율이 회복되었으나 사만의 시대에 다시 자재율이 깨어지면서 유인 씨족은 혼란의 시대를 살아가고 있었다.

사만은 하늘신의 하늘소리를 직접 듣고 싶었다. 스스로 하늘신의 뜻을 살펴서 씨족들에게 전하고 씨족 모두가 조화롭게 살게 하고 싶었다.

어린 사만은 샤먼들이 머무는 제단으로 찾아갔다. 샤먼들을 만나고 제사장도 만나서 샤먼이 되고 싶다는 뜻을 전했다. 당시 샤먼들은 무리 중에서 엘리트 지식 계층이었다. 그들은 하늘의 해, 달, 별들의 움직임을 관측하여 하늘신의 뜻을 무리에게 전파할 수 있었고 수를 셀 수 있었으며 씨 뿌리는 시기와 추수 시기도 알려줄 수 있었다. 더구나 하늘신을 위한 제사를 드릴 수 있었으므로 사람들의 존경을 받았다.

따라서 샤먼이 되고 싶어 하는 사람들은 많았으나 샤먼으로 선발되는 사람은 적었다. 샤먼이 되기 위해서는 혹독한 장기간의 수련을 거쳐 샤먼 제사장의 승인을 얻어야 했기 때문이다. 일단 샤먼 수련생으로 선발되면 힘들고 어려운 수련을 받고 샤먼이 되거나 아니면 죽거나 두 가지 길뿐이었다. 하늘신과 무리의 중재자가 되기 위해 들어온 사람으로서 중도 사퇴는 있을 수 없었다. 수련을 받다가 죽는 사람들은 단지 그가 하늘신의 뜻을 전파하기에는 부적합한 사람이었다는 증거가 될 뿐이었다.

수련생으로 선발되려면 먼저 신체 감정을 받아야 했다. 하늘소리를 잘 듣기 위한 좋은 귀와 천체들의 움직임을 관측하기 위한 좋은 눈은 필수였으며 수를 잘 셀 수 있어야 했다. 큰 키와 건장한 신체 조건에 담력도 필요했다.

사만의 확고한 뜻을 확인한 샤먼 제사장은 사만을 수련생으로 받아들였다. 그날부터 사만은 샤먼들과 숙식을 함께 하며 수련을 받기 시작하였다.

우선 하늘신에게 드리는 제사의 기본이 되는 춤과 노래를 배웠다. 하늘신을 제사에 초대하고 식사를 대접하며 하늘신이 떠나가실 때 배웅하기 위한 준비다. 샤먼의 가장 기본적인 자격을 갖추는 춤과 노래를 익히는 교육은 여러 해가 걸렸다.

그리고 여덟 가지 하늘소리도 배웠다. 하늘소리의 뜻, 즉 하늘신의 뜻을 파악하여 사람들에게 전하기 위한 것이다. 가장 기본적인 하늘소리는 황궁이 만든 여덟 가지 재료에서 나오는 소리, 즉 팔음을 듣고 어떤 소리가 조화로운지, 조화로운 소리가 의미하는 하늘신의 뜻은 무엇인지 알아야 했다. 그러나 팔음을 듣고 하늘신의 뜻을 파악하기란 결코 쉬운 일이 아니었다.

사만은 팔음뿐만 아니라 하늘과 땅과 사람에게서 나오는 모든 소리를 듣고 그 뜻을 파악하는 훈련을 받았다. 하늘에서 나오는 천둥, 번개, 바람, 비 등의 소리뿐만 아니라 땅 위의 짐승들이 내는 소리, 그리고 사람들이 내는 모든 소리가 전부 하늘신의 뜻을 나타내고 있었다. 사만은 이 소리들을 듣고 분석하여 하늘신의 뜻을 파악하는 훈련을 받았다.

하늘신을 만나러 천산으로

문제는 이런 하늘소리를 듣고 하늘신의 뜻을 알아듣는 것이 단순히 훈련으로만 이루어지는 것이 아니라는 것이다. 하늘신의 뜻을 정확히 알기 위해서는 하늘신을 직접 만나 뵈어야 했다. 사만이 제사에 필요한 춤과 노래를 익히고 팔음의 조화로운 소리를 귀에 익히고 하늘에서 나오는 소리, 짐승들의 소리, 사람들이 내는 온갖 소리까지 귀에 익히자, 제사장은 사만에게 샤먼이 되기 위한 마지막 훈련을 시켰다.

제단을 떠나 높고 험한 산속에서 홀로 지내며 하늘신을 만나 뵙고 오라는 것이었다. 하늘신을 제사에 초대하고 대접하며 그 뜻을 씨족에게 전하기 위해서는 하늘신을 직접 만나 뵈어야 했다. 하늘신을 직접 만나 뵙는 것은 훈련으로 이루어질 수 있는 것이 아니었다. 사만은 스스로 하늘신을 만나는 방법을 찾아 직접 하늘신과 대화를 나누고 돌아와야 했다.

다음날, 가죽옷에 지팡이와 가죽 물통 하나만 지닌 사만은 제사장을 비롯한 샤먼들과 작별하고 하늘신을 찾아 길을 떠났다. 기한은 없었다. 목적은 하늘신을 만나는 것이었다.

'오직 한 줄기 광명이신 하늘님은 어디 계시는가? 하늘로서 작용하시는 하늘님, 땅으로서 작용하시는 하늘님, 사람으로서 작용하시는 하늘님!'

사만이 어릴 적부터 머리 속에 간직하고 있던 하늘신의 표상이었다. 사만은 하늘신을 직접 만나 뵙는다는 생각에 가슴이 벅차올랐다. 샤먼 제사장, 동료 샤먼들과 작별하고 제단을 떠난 사만은 힘차게 발을 내디뎠다.

저 멀리 푸른 하늘을 배경으로 우뚝 서 있는 백산이 보였다. 황궁이 처음 이곳에 자리 잡은 후 지금까지 흰 눈으로 덮여 있는 백산을 이곳 사람들은 천산(天山)이라고도 불렀다. 하늘산! 말 그대로 하늘 아래 가장 높은 산으로서 하늘신이 계시는 곳이다. 사만은 세상에서 가장 높은 천산을 향해 걸음을 옮겼다. 식량은 나무 열매, 과일 등을 따서 먹었다. 그날 밤은 천산의 산기슭에서 잤다.

다음 날 아침, 사만은 계곡의 물과 나무 열매로 배를 채운 다음 다시 천산 정상을 향해 걸음을 재촉했다. 오직 하늘신을 만나야 한다는 생각 뿐이었다. 문득 사슴 울음소리가 들렸다. 한 번도 아니고 여러 번 들렸다. 가까운 곳이었다. 사만이 사슴 소리를 따라가자 어미 사슴이 나뭇가지에 뿔이 걸려 오도가도 못하고 있었다. 다른 사슴들은 보이지 않았다.

"옳지, 잘 됐다."

사만은 즉시 지팡이를 사용하여 사슴을 잡았다. 지팡이는 필요에 따라 창이나 몽둥이로 사용할 수 있었다. 사슴을 잡은 사만은 씨족들이 하던 대로 주위의 돌을 가지고 돌칼을 만들었다. 사만은 돌칼로 사슴의 몸체를 부위별로 해체하고 가죽도 말끔하게 분리해냈다. 그리고 불을 피워 사슴 고기를 굽고 가죽을 말렸다. 이제 당분간은 식량 걱정을 덜었다.

동료 샤먼들과 제단을 떠난 사만은 의식주 모든 것을 스스로 마련해야 했다. 구운 사슴 고기와 가죽을 챙긴 사만은 천산 정상을 향해 계속 전진하였다. 밤이면 동굴이나 큰 나무 아래에서 이슬을 피하고 불을 피워 추위와 맹수들을 쫓았다. 낮에는 정상을 향해 전진하면서 과일을 따 먹고 산양, 사슴 등 작은 동물 사냥을 하여 고기를 굽고 가죽을 말려 비축했다.

얼마나 걸렸을까? 사만은 드디어 눈 속을 헤집고 천산의 정상에 올랐다. 천지사방 모든 것이 하얀 눈으로 덮여 있었다. 가장 높은 곳에서 바라보는 천산의 능선은 앞으로 뒤로 끝없이 이어져 있었다.

"세상에서 가장 높은 곳, 이곳이 바로 하늘님이 계시는 곳이다."

하늘신이 계시는 가장 높은 곳에 오른 사만은 제사 준비를 했다. 큰 돌을 가져다가 임시 제단을 만들고 그 위에 말린 고기와 나무 열매와 가죽 물통을 올려놓았다. 간단한 제사상이지만 그것이 사만이 하늘신에게 드릴 수 있는 모든 것이었다. 사만은 손뼉을 치고 노래를 부르며 하늘신을 초대했다.

"하늘님이시여, 나반과 마고와 황궁과 유인의 후손 사만이 하늘님이 계시는 높은 곳에 올라와 하늘님께 감사 인사를 드리나이다. 하늘님께서는 강림하시와 마음껏 드시옵소서."

사만이 두 번 절을 하고 하늘신께 하늘소리를 들려달라고 빌었다. 그러나 아무런 소리도 들을 수 없었다. 팔음도 없었고 짐승 소리도 없었으며 사람 소리도 없었다. 그때 사만의 마음 속에서는 이런 생각이 떠올랐다.

'이곳은 세상에서 제일 높은 곳, 하늘님이 계시는 곳이다. 이런 신성한 곳에 내가 있다니 얼마나 불경스러운가?'

생각이 여기에 미치자 사만은 서둘러 하늘신에게 작별 인사를 올리고 신성한 산의 정상에서 조심조심 내려왔다. 사만은 하늘신이 계시는 곳을 발견했으나 아직 하늘신을 만나 뵙지는 못했다.

사만은 가장 높은 하늘인 천만억토에서 내려와 당분간 머물 곳을 찾았다. 조금 더 내려가자 흰 눈으로 뒤덮인 작은 평지를 발견했다. 그 평지 가장자리의 깎아지른 절벽 아래에는 네 명 정도가 앉을 수 있는 공간이 있었다. 사만이 혼자서 머물 공간으로는 안성맞춤이었다. 절벽 아

래 작은 공간은 추위와 밤이슬을 피할 수도 있고 사나운 맹수들로부터
도 안전한 곳이었다. 사만은 그 조그만 공간 바닥에 사슴 가죽을 깔고
말린 고기와 가죽 물통 등을 구석에 놓았다. 사만은 잡념이 생기지 않
도록 돌벽을 마주하고 앉았다. 그리고 깊은 명상에 잠겼다.

그러나 천산의 가장 높은 곳, 하늘신이 계시는 곳에 올라온 사만은
하늘신을 만나지도 못했고 하늘소리도 들을 수 없었다. 팔음도 없었고
하늘에서 나오는 소리도 없었고 땅에서 나오는 짐승 소리, 사람에게서
나오는 사람 소리도 없었다. 온통 하얀 눈으로 덮여 있는 백산에는 오
직 무섭도록 깊은 침묵만이 있을 뿐이었다.

해와 달과 별이 전하는 하늘소리

'하늘님을 만나야 한다. 하늘소리를 들어야 한다……'

얼마나 시간이 흘렀을까? 문득 사만이 정신을 차리고 보니 저 멀리
천산에서 솟은 해로부터 한 줄기 광명이 굴 속의 바위 벽을 정면으로
비추고 있었다. 사만이 생각에 잠긴 사이에 하룻밤이 지나고 다음 날
아침 해가 떠오른 것이다. 사만은 정신을 차리고 일어나 굴 밖으로 나
왔다. 천산의 높은 봉우리 위로 막 떠오른 햇살에 사만은 눈을 제대로
뜰 수가 없었다.

"아, 그렇지!"

갑자기 사만의 머리에 생각이 떠올랐다.

"해와 달과 별이 있다!"

하늘신이 계시는 가장 높은 곳인 천만억토 천산에서는 아무 소리도

들을 수 없었지만 해가 있었고 달과 별들도 있었다.

"해가 전하는 하늘님의 하늘소리를 들어보자."

해는 천산의 정상을 지나고 있었다. 흰 눈으로 덮인 백산의 차가움 속에서도 햇살은 따가웠다. 사만은 사방을 둘러보았다. 석굴 앞의 빈터는 흰 눈으로 덮여 있어 너른 평지만 보일 뿐이었다. 사만은 다시 산 아래로 내려가 곧게 뻗은 나무 하나를 돌칼을 이용해 밑둥을 잘랐다. 잔가지들을 쳐내자 똑바로 곧은 막대기가 되었다. 그리고 등나무 줄기들을 끊어서 여러 다발을 만들었다. 사만은 이 곧은 막대기와 등나무 줄기 다발을 가지고 올라와 넓은 평지의 가운데에 곧은 막대기를 똑바로 세우고 주위의 눈들을 치웠다. 막대기 그림자의 길이를 재기 위해서는 바닥이 골라야 하기 때문이었다. 사만은 가늘고 긴 등나무 줄기를 끊어 그림자의 길이를 재기로 했다.

다음날부터 사만은 해의 움직임을 측정하기 시작했다. 사만은 그날의 그림자 길이가 가장 짧을 때 그림자 길이만큼 등나무 줄기를 잘랐다. 다음 날도, 그다음 날도 하루 중 막대기 그림자 길이가 가장 짧을 때 그 길이만큼 등나무 줄기를 잘랐다. 사만은 등나무들을 측정한 날의 순서대로 묶어 마치 발처럼 만들었다. 중요한 것은 등나무들의 순서가 바뀌어서는 안 된다는 것이었다.

사만은 달의 움직임도 관측했다. 달은 매일 크기가 변한다. 보름달이 뜬 날에 등나무발 묶음 다발의 같은 날짜 등나무와 겹쳐 반대 방향으로 작은 등나무 조각을 묶었다. 이와 같은 방법으로 해의 움직임과 달의 위상 변화를 등나무발 묶음으로 표시했다. 심한 눈보라 때문에 해와 달을 관측할 수 없을 때는 해당 날의 위치에 작은 돌을 묶었다. 막대기 그림자의 길이나 보름달을 관측할 수는 없었지만 하루라는 날은 지나갔기 때문이다.

이렇게 하여 사만은 막대기 그림자 길이와 보름달이 뜬 날을 등나무 발 묶음으로 기록했다. 사만의 시대 사람들은 1년의 날 수를 알고 있었고 농경 생활을 하면서 농경과 밀접한 관련이 있는 날씨의 변화, 즉 봄 여름 가을 겨울 4계절 변화가 되풀이된다는 것도 알고 있었다. 그러나 다가올 날을 미리 예측하는 달력은 아직 없었다.

사만은 매일 밤마다 하늘에 가득 찬 별들의 움직임도 관측했다. 해가 지고 어둠이 깔리기 시작하면 밤하늘에 가득 찬 별들 전체가 한 방향으로 움직였다. 사만은 수많은 별들이 뜨고 지는 것도 관측하여, 하늘의 어느 곳에서는 밤새도록 지지 않고 밝은 별 하나를 중심으로 돌고 있는 것도 볼 수 있었다. 사만이 살았던 기원전 7300년경에는 동서남북 방위의 개념이 아직 생기기 전이었으므로 북극성이란 개념도 없었지만 천구의 북극 가까이에 위치한 큰 별인 직녀성이 북극성의 역할을 했다.

사만은 봄 여름 가을 겨울 4계절이 지나가는 데에 등나무발 100개 짜리 묶음이 세 다발, 10개 짜리 묶음이 여섯 다발, 그리고 등나무발 다섯 개가 소요된다는 것을 파악함으로써 기존에 알려져 있던 4계절의 날 수를 확인하였다. 사만은 막대기 그림자의 길이가 가장 긴 날에 말린 고기와 나무 열매, 가죽 물통을 가지고 천산에 올라 하늘신께 제사를 드렸다.

해와 달과 별들이 전하는 하늘소리를 듣기 위한 사만의 관측은 계속되었다. 막대기 그림자 길이를 측정한 후 사만은 해가 들지 않는 석굴에서 벽을 마주하고 앉아 깊은 명상에 잠겼다.

'하늘님을 만나기 위해서는 나 자신부터 잘 다스려야 한다.'

하늘신을 만나는 데에 자신의 몸과 마음이 더럽혀져 있어서는 안 된다는 생각이 들었기 때문이었다. 사만은 똑바른 자세로 석벽을 마주하고 앉아 눈을 감았다. 머리 속의 잡생각을 없애기 위해 호흡을 가다듬고 마음을 가라앉혔다. 그리고 하늘신만을 생각했다. 주위에는 무섭도록 조용한 침묵만이 지배하고 있었으므로 마음 속에서 우러나오는 하늘신의 소리에 집중했다. 어느 사이엔가 밤이 지나고 다시 아침이 되었다. 사만은 다시 막대기 그림자의 길이를 측정했다. 그리고 또다시 명상 수행에 몰입했다.

어느덧 세월이 흘러 사만이 하늘신을 만나러 천산에 올라온 지 5년이 흘렀다. 등나무발도 다섯 뭉치가 되었다. 그동안 사만은 이따금 해의 관측을 마치면 산 아래로 내려가 짐승들을 사냥하기도 하고 과일과 나무 열매 등을 따 먹으며 식량 문제를 해결했다. 하늘소리를 듣기 위한 명상 수행도 지속했다.

'하늘님을 언제 어떻게 만나 하늘소리를 듣는가?'

해와 달과 별들의 움직임을 계속 관측하면서 막대기 그림자의 길이가 가장 긴 날에 사만은 천산에 올라 하늘신에게 제사를 드렸다. 사만의 머리는 하늘신에 대한 생각으로 가득 차 있었다.

'하늘님을 만나 뵙고 하늘소리를 직접 듣고 싶다.'

세상에서 가장 높은 천만억토 하늘산에는 팔음은 물론, 그 어떠한 소리도 들리지 않았다. 그래서 주목한 것이 하늘의 해와 달과 별들의 움직임을 통해서 하늘신의 하늘소리를 듣는 것이었다. 사만은 해와 달과 별들의 움직임을 계속 관측하면서 깊은 명상 수행을 지속하였다.

하늘소리의 암호

또 세월은 흘러 사만이 천산에 들어온 지 10년이 지나갔다. 그동안 등나무 줄기에 기록한 해와 달의 움직임 묶음도 10개 뭉치나 되었다. 사만은 다시 명상 수행에 들어갔다. 사만은 문득 이런 생각이 들었다.

'한 줄기 광명이신 하늘님은 하늘 높은 곳에 계신다. 하늘님이 계시는 하늘에는 해가 있다. 만물을 기르는 땅은 바로 달이다. 땅 위의 사람들은 바로 하늘에서 한 치의 흐트러짐도 없이 서로 조화롭게 돌고 있는 별들이 아닌가?'

그러고 보니 하늘에는 해와 달과 별들이 한 치의 어긋남도 없이 조화롭게 움직이고 있었다.

'아! 별들은 아주 조화롭게 하늘을 돌고 있는데 환한 무리인 우리는 왜 별들처럼 조화롭게 살지 못할까?'

별들은 하늘신의 어떤 하늘소리에 따라 저렇게 조화롭게 움직이는지 사만은 몹시 궁금했다. 해와 달의 움직임을 기록한 등나무발 묶음이 손가락 수만큼 되었지만 그동안 관측했던 별들의 움직임은 단 한 치의 오차도, 단 한 번의 이탈도 없었다. 완벽하게 조화롭게 움직였다.

사만은 하늘신을 만나 하늘소리를 직접 듣고 그 가르침을 받아 씨족들을 조화롭게 살게 하기 위해 천산에서 해와 달과 별들을 관측하고 있는 중이었다. 사만은 해와 달 관측 기록물인 등나무발 묶음을 물끄러미 보았다. 관측 기록물이 벌써 열 묶음이나 되었다. 손가락 수 묶음의 법칙에 따라 다시 새로운 묶음이 시작되어야 한다.

'아, 그렇지. 손가락 수!'

자신의 손가락 열 개를 바라보던 사만은 갑자기 큰 충격을 받고 그 자리에 쓰러졌다. 얼마간의 시간이 지난 후 정신을 차린 사만의 얼굴은 기쁨과 희망으로 가득 차 있었다. 그렇게 찾아 헤매고 듣고 싶어 하던 하늘소리의 암호가 바로 자신의 손가락에 있음을 알았기 때문이었다. 사만은 즉시 일어나 해와 달의 움직임을 관측한 기록인 등나무발 묶음 들을 모아 둔 곳으로 갔다. 사만은 기쁨에 가득 차 등나무발 묶음들을 하나하나 쓰다듬었다. 그리고 자신의 양 손가락 10개를 펴 보았다.

"아! 그렇지. 우와 하하하……."

큰 깨달음을 얻은 사만은 크게 소리치고 웃음을 터뜨리며 눈밭 위를 뒹굴었다. 하늘신을 만나서 하늘소리를 듣기 위해 천산에 온 이래 10 년이 흘러서야 사만은 하늘신의 하늘소리를 해석하는 방법을 알았다. 사만은 기쁨에 넘쳐 다시 한 번 자신의 손가락으로 등나무발을 하나하 나 쓰다듬었다.

그동안 사만은 나무 막대기 그림자의 길이가 가장 길 때마다 천산에 올라 하늘신이 계시는 가장 높은 곳을 향해 조심스럽게 간단한 제사를 드렸는데, 사만이 쌓아 둔 등나무발 묶음 개수를 보니 제사 드린 횟수 가 손가락 수만큼 지나갔다.

'아, 하늘소리! 수(數)가 바로 하늘소리다!'

그러나 천산에서 기록한 이 손가락 수 묶음은 사냥감인 짐승의 수나 등나무 줄기 수처럼 눈에 보이는 대상을 헤아린 것이 아니었다. 제사를 드린 횟수가 손가락 수만큼 지나갔다는 것은 구체적인 대상물이 아닌 추상적 개념을 손가락 수로 헤아렸다는 의미다. 등나무발 묶음 하나를 손가락 수 하나로 했을 때 그렇게 제사를 드린 횟수가 열 손가락 수만 큼 지나간 것이었다.

사만은 4계절의 변화 동안에 지나간 365일을 한 주기로 하는, 즉 1

년 주기로 되풀이되는 시간의 주기성 개념을 처음 알아냈다. 그리고 1년이라는 추상적 개념이 손가락 수만큼 지나갔다. 앞으로도 1년이라는 시간은 똑같이 되풀이될 것이다. 이를 알게 된 기초는 바로 손가락 수가 있기 때문이었다.

'손가락 수로 하늘소리를 알 수 있다!'

사만이 10년 만에 깨달은 가장 중요한 것은 수로써 해와 달의 순환 주기를 예측할 수 있다는 것이었다. 지난 10년 동안 한 치의 오차도 없이 똑같았다. 올해도 관측을 계속한다면 지난 10년 치의 관측 결과와 똑같은 결과가 나올 것이다. 손가락 수로써 해와 달의 순환 주기를 알아냈고 또 앞으로 해와 달의 순환을 예측할 수 있다. 즉, 하늘신의 하늘소리를 미리 예측할 수가 있다!

큰 깨달음을 얻은 사만은 기쁨에 넘쳐 천산을 올려다보았다. 하늘신의 하늘소리, 천부(天符), 즉 하늘의 부호는 바로 손가락 수로 해와 달의 순환 주기를 미리 예측할 수 있는 수(數)였다.

다음 날, 사만은 아침 일찍 제사 준비를 하여 해가 떠오를 시간에 맞춰 천산에 올랐다. 하늘신이 계신 거룩한 곳을 행여나 더럽힐까 조심하면서 천산의 가장 높은 곳 천만억토에 올랐다. 사슴 가죽을 깔고 그 위에 구운 사슴 고기와 나무 열매들과 가죽 물통을 놓았다. 하늘신을 위한 간단한 제물이었다.

"하늘님이시여, 저 사만은 드디어 하늘소리를 깨달았습니다. 하늘님은 손가락 수로 하늘소리를 알게 해 주셨습니다. 해와 달과 별들의 움직임을 이 손가락으로 알게 해 주셨습니다. 이제부터 하늘님의 뜻에 따라 유인 씨족이 조화롭게 살도록 힘쓰겠습니다."

그때였다. 갑자기 천산의 위쪽 하늘에서 소리 없는 번개가 쳤다. 한 줄기 광명이 사만의 눈앞에서 번쩍였다.

"아, 하늘님이시다!"

사만은 감격에 겨워 땅에 엎드려 경배하였다. 소리 없는 번개는 사만의 뜻을 알았다는 듯이 서너 번 더 번쩍였다.

한 줄기 광명으로 존재하시는 분의 그 한 줄기 광명을 사만은 보았다. 사만은 다시 엎드려 절을 두 번 하며 하늘신을 배웅하였다. 그렇게 모습을 드러내신 하늘신은 다시 흔적도 없이 홀연히 사라졌다.

사만의 귀향

사만이 천산에 온 지 10년이 지나갔다. 그동안 사만은 해와 달의 움직임을 관측해서 등나무발 묶음으로 기록함으로써 자신도 모르는 사이에 오늘날 개념의 태음태양력, 즉 달력을 만들었다. 손가락 수를 활용하여 해와 달, 별들을 관측함으로써 하늘소리가 수로 나타남을 깨달았고 천산에 올라 하늘신께 제사를 지내면서 한 줄기 광명이신 하늘신을 직접 만나 뵈었다. 천산에 올라온 목적을 달성한 사만은 10년 만에 환한 무리인 씨족 마을로 귀환하였다.

10년 치의 등나무발 관측 기록물을 나무로 만든 뗏목 위에 묶어 끌고 내려왔다. 10년 동안 사만이 살아 있었다는 증거물이며 동시에 하늘소리를 기록한 증거물이었다.

제단에 있던 샤먼들과 씨족 사람들은 사만의 귀환에 무척 놀랐다. 10년 만에 돌아온 사만은 큰 키에 몸도 더욱 튼튼해졌고 얼굴은 하늘신을 닮아 해처럼 빛났다. 그들은 사만이 샤먼이 될 능력이 부족해서 죽은 줄로 알고 있었다. 수련생이 수련 도중 죽는 일은 흔히 있었고 죽은 수련생들은 다만 하늘신과 씨족 사람들을 중재할 샤먼으로서 능력이 부족했다고 생각되었기 때문이었다. 사만이 천산으로 떠날 때의 샤먼 제사장은 사만을 보자 놀라움과 반가움으로 가득 차 사만을 힘껏 부둥켜 안았다.

사만과 모든 샤먼들이 모인 자리에서 제사장은 먼저 하늘신에게 감사의 제사를 드렸다. 그리고 모두 사만을 중심으로 둥글게 모여 앉았다. 사만은 그동안의 일을 간단히 설명했다. 처음 천산에 올랐던 일, 천산에서 하늘신에게 제사를 드린 일, 하늘신 계신 곳을 불경스럽게 더럽혔던 일, 그리고 하늘소리를 듣기 위해 해의 움직임을 관측하고 막대기 그림자의 길이를 등나무로 측정하여 등나무발을 만들던 일, 달의 움직임을 관측하고 보름달이 뜬 날에 등나무발의 해당 날짜에 표시하던 일, 별들의 움직임을 관측하던 일 등을 모두 설명했다.

그리고 동굴 안에서 눈을 감고 똑바로 앉아 호흡을 가다듬으며 정신을 통일하고 하늘신에 대한 명상 수련을 수행한 일도 설명했다. 샤먼 제사장과 샤먼들은 조용히 고개를 끄덕이며 듣고 있었다.

이어서 일 년 치 등나무발 묶음 중 등나무의 길이가 가장 긴 날 천산에 올라 하늘신에게 제사를 드린 일, 그렇게 손가락 수만큼 제사를 드린 일, 해는 하늘을 의미하고 달은 땅을 의미하고 별들은 씨족의 사람들을 의미한다고 생각한 일, 그리고 손가락 수가 하늘소리, 천부, 즉 하늘 부호를 찾는 암호임을 알게 된 일, 마침내 하늘소리는 바로 손가락 수를 기본으로 하는 수(數)로 나타나고 있음을 깨닫게 된 일, 이 손가락 수를 활용하여 해와 달의 움직임을 미리 예측할 수 있게 된 일, 이 모든 것이 동굴 안의 명상 수련의 결과임을 깨달은 일 등, 사만은 겪고 느끼고 생각한 모든 것을 낱낱이 제사장과 샤먼들에게 전하였다.

그 증거물이 바로 손가락 수만큼의 등나무발 묶음들이었다. 이 등나무발 묶음들은 사만이 천산에 올라간 해로부터 매년 한 묶음씩 만들었다. 그런 관측을 손가락 수만큼, 즉 10년에 걸쳐 측정하였다. 그리고 사만은 최종적으로 다음과 같이 결론을 맺었다,

"하늘님의 하늘소리는 팔음을 통해서도 들을 수 있고 하늘에서, 땅에서, 사람들에게서 나오는 소리를 통해서도 들을 수 있습니다.

중요한 것은 수를 통해서도 하늘소리를 들을 수 있다는 것입니다. 수의 가장 기본이 바로 손가락 수 열 개이며 이 손가락 수가 하늘소리를 해석하는 암호입니다. 즉 우리는 사냥감의 수나 등나무 줄기의 수나 해가 뜨고 지는 것과 같이 눈에 보이는 대상물들을 셀 수 있지만 하늘님께 제사를 드린 횟수 등 눈에 보이지 않는 추상적인 것들도 손가락 수를 통하여 셀 수가 있습니다.

그렇게 센 제사의 횟수가 바로 등나무발 묶음들의 개수와 같습니다. 해의 관측을 기록한 등나무발 하나는 또한 각각 100개 묶음이 세 개, 10개 묶음이 여섯 개, 그리고 다섯 개입니다. 보름달은 또한 29일이나 30일마다 나타나고 있습니다. 따라서 이 관측 결과들을 활용하면 미래의 해와 달의 움직임도 미리 예측할 수가 있습니다. 별들도 천산 정상의 큰 별 하나를 중심으로 매일 밤 아주 조화롭게 회전하고 있습니다.

하늘에서 해와 달과 별들이 조화롭게 지내듯이 하늘과 땅과 사람들도 하늘님의 하늘소리에 따라 서로 조화롭게 살아야 합니다. 하늘님은 하늘로도, 땅으로도, 사람으로도 작용하시므로 하늘과 땅과 사람은 이 세상에서 모두 똑같이 하나, 즉 으뜸입니다."

제사장과 샤먼들은 사만의 관측 기록물인 등나무발들을 펼쳐 놓고

살펴보았다. 등나무발 묶음 열 개의 형태는 모두 똑같았다. 긴 것으로부터 시작해서 점점 짧아졌다가 다시 점점 길어지는 형태였다. 사만의 등나무발 관측 기록이 샤먼들의 뼛조각 기록과 다른 점은 샤먼들은 해와 달의 움직임을 따로 기록하고 있었으나 사만은 등나무발에 해와 달의 움직임을 함께 기록한 것이었다.

그리고 이때부터 하루, 한 달의 개념에 이어 한 번 제사를 드린 기간, 즉 4계절이 지나간 기간을 일 년으로 하는 개념이 구체화됨과 동시에 향후 날짜를 예측할 수 있게 되었다. 또 방위의 개념도 서서히 생겨나기 시작하여, 밤하늘의 별들이 밤새도록 지지 않고 항상 보이는 방향을 후대의 사람들은 북쪽 방향이라 하고 그 반대 방향을 남쪽, 해가 뜨는 방향을 동쪽이라 하고 그 반대 방향을 서쪽이라 하였다.

사만의 얘기를 다 들은 제사장은 사만과 함께 유인 씨족장을 만나러 갔다. 제사장으로부터 자초지종을 들은 유인은 무척 놀라고 또 크게 기뻐하며 전체 씨족 사람들을 모아 하늘신에게 제사를 드리고 큰 잔치를 베풀었다. 샤먼 제사장과 샤먼들, 유인 씨족장을 비롯한 씨족 사람들은 10년 만에 하늘신을 만나 하늘소리를 듣고 귀환한 사만을 크게 환영하였다.

돌판 달력

샤먼 제사장은 사만을 정식 샤먼으로 임명한 후 그에게 제사장 다음의 지위를 부여하였다. 샤먼들은 사만의 가르침대로 해와 달의 움직임을 함께 기록하는 방법을 연구하였다. 사만이 10년 동안 등나무발로 기록한 해와 달의 관측대로 해의 움직임과 달의 움직임을 같이 표시하면 일 년 한 해 동안 해가 어느 날에 있을 때 보름달이 뜨는지를 미리 예측할 수 있었다. 사만은 샤먼들과 함께 향후 일 년의 해의 위치와 보름달이 뜨는 날짜를 예측해 보기로 하였다.

365일 전부를 표시하기에 동물의 뼛조각은 작았다. 그들은 큰 돌판을 만들고 둥글게 365개의 홈을 팠다. 해의 움직임 한 주기는 막대기 그림자 길이가 가장 긴 날로부터 가장 짧은 날을 거쳐 다시 가장 긴 날로 돌아오기까지의 한 주기와 같기 때문이었다. 가장 긴 날로부터 가장 짧은 날까지는 그 절반인 182일이나 183일이 걸렸다. 그리고 그 182일이나 183일 동안 보름달이 몇 번이나 뜨는지도 헤아릴 수 있었다.

돌판에 날짜를 표시하는 홈을 파는 데는 막대기 그림자의 실제 길이는 중요하지 않았다. 다만 어느 날에 가장 길고, 어느 날에 가장 짧은지만 알면 되었다. 그리하여 그들은 큰 돌판에 둥글게 365개의 홈을 파고 그림자의 길이가 가장 긴 날과 가장 짧은 날을 큰 홈으로 표시하였다. 그들은 또한 가장 긴 날에서 가장 짧은 날로 가는 날의 중간점과 가장 짧은 날에서 가장 긴 날로 가는 날의 중간점도 큰 홈으로 표시하였다. 중간점까지는 91일이 걸렸다. 그리고 그림자 길이가 가장 긴 날로부터 처음 보름달이 뜰 때까지 걸린 날의 수를 표시하고 이어서 앞으로 29일 또는 30일마다 보름달 뜨는 날을 예측하여 표시하였다.

이것이 바로 일 년짜리 돌판 달력, 오늘날 개념의 1년분 태음태양력이었다. 당시에 날 수를 헤아리는 달력이란 개념이 없었지만, 샤먼들은 돌판 달력을 통하여 앞으로 계절 변화의 날 수를 정확히 예측할 수 있게 되었다.

날 수를 예측할 수 있다는 것은 농경 생활에 큰 변화를 가져왔다. 샤

먼들은 돌판 달력의 날 수를 보고 밭을 일구어 씨를 뿌릴 준비를 하는
시기와 씨를 뿌리는 시기, 작물을 가꾸는 시기, 추수하는 시기 등을 씨
족 사람들에게 알려주었다.

또한 하늘의 구름이나 바람의 상태를 보고 비가 올 것인지, 태풍이
불 것인지, 가뭄이 들 징조인지도 미리 알려줄 수 있었다. 씨족 사람들
은 사만을 크게 칭송하면서 믿고 따랐다. 사만이 천산에서 하늘신을 만
나고 하늘소리에 따라 돌판 달력을 만들어 씨족들의 생활을 풍족하게
해주었기 때문이었다.

세월은 흘러 샤먼 제사장이 죽었다. 제사장의 장례를 치른 후에 샤먼
들은 모두 사만을 후임 제사장으로 선출하였다. 사만은 샤먼 제사장으
로서 하늘신을 위한 제사를 주도하며 유인 씨족장의 요청에 따라 돌판
달력을 중심으로 날짜를 헤아려 무리의 농경 생활을 지도하였다. 하룻
밤 자고 나면 당번 샤먼이 그날에 해당하는 돌판 달력의 홈에 붉은 색
으로 표시하였다.

이로써 씨족들은 오늘이 한낮에 막대기 그림자의 길이가 가장 긴 날
로부터 몇 날이 지났는지, 그림자의 길이가 가장 짧은 날이 오려면 몇
날이 남았는지, 오늘부터 몇 날이 지나야 보름달이 뜰 것인지 등 날짜
를 예측할 수 있게 되었다. 돌판 달력은 농경 생활에 큰 도움이 되었다,

제사장인 사만을 비롯한 샤먼들은 씨족 중 가장 엘리트 집단이었으
므로 씨족 사람들 중 샤먼이 되고자 하는 수련생들도 많이 늘어나고 샤
먼들 숫자도 크게 증가하였다. 돌판 달력의 날짜 예측으로 도움을 받은
씨족 무리는 씨 뿌릴 시기가 예상되면 산지를 농지로 개간하여 농지를
넓히고 씨를 뿌렸다. 추수량이 많아졌으므로 씨족들의 생활도 풍요로
웠다.

제2부

환한 땅, 환국(桓國)

천부인을 인수하다

세월은 흘러 유인 족장도 나이가 들어 운명할 시간이 다가왔다. 자신의 시간이 얼마 남지 않았음을 직감한 유인은 10개 마을의 원로들을 소집하였다.

"여러 원로들도 아시다시피 나는 이제 시간이 얼마 남지 않았소. 내 뒤에도 부디 여러분들이 우리 마을을 잘 다스려 주길 바라오. 이 천부인은 누가 맡는 게 좋겠소?"

유인 족장이 말한 천부인은 먼 조상인 황궁의 시대에 무리가 조화롭게 살지 못하고 서로 약탈하고 살인까지 하는 등 자재율이 깨어지자 마고성을 떠나 복본을 한 후에 다시 만나기로 약속하고 황궁이 각 씨족에게 나누어 준 신표였다.

당시 환한 무리인 유인의 환족은 후임 족장을 만장일치로 선발하는 풍습이 있었다. 10개 마을의 원로 중 가장 나이 많은 원로가 말하였다.

"지금 환족 사이에서는 유인 족장님의 후임으로 모두 사만 제사장을 추천하고 있습니다."

다른 원로 한 사람도 사만 제사장을 추천하였다.

"사만 제사장이 마을로 돌아온 뒤로 돌판 달력을 만들어 날짜를 예측함으로써 작물의 수확이 늘어 삶이 매우 풍요롭게 되었습니다. 사만 제사장이 적임입니다."

유인 족장도 사만 제사장을 자신의 후임으로 점 찍어 두고 있던 터였다. 원로들이 모두 사만 제사장을 추천하자 유인은 사만을 불러오도록 하였다.

사만 제사장이 유인 족장과 10개 마을 원로들이 모인 장소에 도착하자 유인 족장이 몸을 추스르며 말하였다.

"보시다시피 나는 이제 조상들에게로 가야 할 시간이 되었소. 그래서 10개 마을의 원로들과 상의한 결과 우리 환족을 이끌 사람으로 모두 사만 제사장을 추천하였소. 이는 나와 원로들뿐만 아니라 우리 환족 모두의 생각이니, 사만 제사장은 부디 우리 환족을 잘 이끌어 주기 바라오."

유인 족장에 이어 원로들도 사만에게 간청하였다.

"사만 제사장님, 지금 저희가 풍요롭게 사는 것 모두가 제사장님 덕택이옵니다. 부디 저희를 이끌어 주십시오."

"사만 제사장님, 여기에 모인 우리 원로들은 물론이고 모든 마을 사람이 다 사만 제사장님을 믿고 있습니다. 우리에게는 사만 제사장님뿐이옵니다."

사만은 유인 족장과 10명 원로들의 부탁을 받아들였다.

"제가 비록 부족하지만 족장님과 원로들의 바람에 어긋나지 않도록 우리 환족이 번성하게 하겠습니다."

사만의 대답을 들은 유인은 환하게 웃으며 자신이 고이 간직하고 있던 천부인을 사만에게 넘겨주었다.

"고맙소. 이 천부인은 황궁 시대부터 대대로 우리 환족에게 전해오는 것이오. 황궁 시대에 동서남북 각 지역으로 흩어진 우리 후손들이 먼 훗날 다시 만날 때 이것과 똑같은 천부인을 가지고 있으면 우리는 모두 같은 나반과 마고의 후손들이오. 부디 복본하도록 힘쓰고 후세에 모두 다시 만나기를 바라오."

"예, 말씀대로 복본하여 후손들을 만나도록 하겠습니다."

사만은 유인으로부터 천부인을 받음으로써 새로운 족장이 되었다.

사만은 천산에서 10년을 보내며 하늘신을 만나고 돌아왔을 뿐만 아니라 돌판 달력을 만들어 씨 뿌릴 시기와 추수 시기를 예측하고 비, 폭풍, 가뭄 등 날씨도 예측하여 대비하게 함으로써 환족이 모두 풍요롭게 살도록 지도하였다. 그런 사만을 환족 전원이 만장일치로 후임 족장으로 추대한 것이다.

며칠 후 유인 족장이 운명하자 사만 제사장은 장례 의식을 주관하였다. 이로써 유인의 시대가 끝나고 사만의 시대가 시작되었다.

사만이 족장이 되자 온 환족은 잔치 분위기였다. 사만은 먼저 하늘신에게 제사를 드리도록 했다. 사제인 샤먼들은 모두 제례복으로 갈아입고 제단을 차렸으며 사람들은 제물을 가져왔다. 농장에서 사육하던 살찐 소와 양과 사슴 열 마리씩을 잡아 제단에 올렸다. 하늘신에게 바칠 여러 과일주도 가져왔다.

샤먼들이 제수를 정렬하고 제단 앞에서 서로 둥글게 모여 춤을 추며 여덟 가지 악기를 연주하였다. 하늘신을 모시는 절차다. 사람들도 모두 깨끗한 예복으로 갈아입고 둥글게 돌면서 신나게 노래를 부르고 손뼉을 치며 악기 소리에 맞춰 발을 굴렸다. 사만과 원로들이 제단 앞에 나란히 서자 샤먼들은 하늘신이 내려와 자리하셨음을 알리고 춤추기를 멈추었다. 새로 족장이 된 사만 제사장을 대신하여 샤먼 집단의 제2인자가 하늘신을 초청하였다.

"하늘님이시여, 오늘은 우리 환족에게 아주 기쁘고 즐거운 날입니다. 사만 제사장이 환족 전체 사람들의 요청으로 오늘부터 족장도 겸하게 되었습니다. 이에 하늘님께 고하오니 강림하시어 차린 음식을 마음껏 드시옵소서."

사만 족장 겸 제사장과 원로들이 엎드려 하늘신께 두 번 절을 하였다. 환족 사람들도 함께 절하였다. 하늘신이 차린 제수를 먹는 동안 샤먼들은 여덟 가지 악기를 연주하면서 하늘신의 식사를 도왔다. 이윽고 하늘신이 식사를 모두 마치자 샤먼들은 일제히 팔음을 힘차게 울리면서 하늘신의 식사가 끝났음을 알렸다. 사만과 원로들을 비롯한 모두가 하늘신께 두 번 절하였다. 이어서 새로 족장이 된 사만이 하늘신에게 고하였다.

"하늘님이시여, 저 사만이 하늘님께 고하나이다. 저 사만은 저희 환족의 족장이 되어 환족 전체를 이끌어야 하는 막중한 책임을 맡게 되었나이다. 지난 10년간 제가 천산에 머물면서 해와 달과 별들을 통해 하늘님께서 가르쳐주신 하늘소리를 듣고 크게 깨달았습니다. 해와 달과 별들이 하늘에서 조화롭게 지내듯이 저희도 하늘과 땅과 더불어 조화롭고 평화롭게 살도록 노력하겠나이다. 부디 저희를 보살펴 주시고 이끌어 주시기를 기원하나이다."

하늘신께 대한 고함이 끝나자 사만은 하늘신을 향하여 두 번 절하였다. 그리고 돌아서서 환족 사람들 앞에 섰다.

"나 사만은 하늘님께서 여러분들을 하늘과 땅과 더불어 조화롭고 평화롭게 살도록 보살펴 주시고 이끌어 주시기를 기원하였습니다. 나반, 마고, 황궁, 그리고 유인의 자손인 우리는 나반의 시대부터 환함을 숭상하였습니다. 환한 것은 바로 하늘님이 우리와 함께 계시기 때문입니다. 한 줄기 밝은 빛으로 존재하시는 하늘님은 시작이 없으시며 끝도 없으십니다.

나 사만은 하늘님을 직접 만나 뵙고 하늘소리를 직접 듣고 싶어서 샤먼이 되었습니다. 나 사만은 하늘님이 계시는 천산에 올라 10년 동안 머물면서 해와 달과 별들의 움직임을 관측하면서 하늘소리를 들었습니다.

천산에서 들은 하늘소리는 바로 해와 달과 별들의 움직임이었습니다. 해의 한 주기 날 수와 달의 한 주기 날 수를 헤아리는 비밀은 바로 우리의 손가락 수입니다. 손가락 수를 사용하면 우리는 사냥감뿐만 아니라 우리의 생각도 헤아릴 수 있습니다. 하늘님의 하늘소리는 바로 수(數)에 있습니다.

하늘소리인 수를 기본으로 하여 해의 한 주기와 달의 한 주기를 한 곳에 함께 표현한 것이 돌판 달력입니다. 돌판 달력을 사용하여 우리는 씨를 뿌릴 시기와 추수할 시기를 예측할 수 있고 그 날 수를 헤아릴 수 있게 되었습니다. 경작지는 늘어났고 수확량은 증가하여 우리는 더 풍요롭고 조화로운 삶을 살아가고 있습니다.

나 사만은 환함을 추구하는 우리 환족이 하늘님의 하늘소리에 따라 조화롭고 풍요롭게 살도록 최선을 다하겠습니다."

사만의 취임사가 끝나자 환족 사람들은 사만의 족장 취임을 크게 환영하였다. 그들은 하늘님을 향하여 두 번 절함으로써 하늘신에 대한 제사를 마쳤다. 이어서 환족 사람들은 둥글게 모여 서로 잔을 돌려가며 즐겁게 먹고 마시며 잔치는 밤늦게까지 계속되었다.

〈하늘님께 드리는 기도〉

다음 날, 사만은 씨족의 원로 10명과 함께 마을을 둘러보았다. 환족이 자리 잡은 곳은 넓은 초원 지대로 북쪽 저 멀리 천산이 바라보이는 곳이었다. 10명의 원로들은 각각 약 80명 내외의 무리가 모여 사는 마을을 이끌고 있었다. 마을의 젊은이들은 먼 거리까지 나가서 동물들을 사냥하고 있었고 노인들과 부녀자들은 마을 주변의 경작지에 농작물을 가꾸며 양과 사슴, 소, 돼지 등도 기르고 있었다. 거주지는 땅을 파서 반 지하식 움집을 짓고 10명 내외의 가족 단위로 생활하였다.

사만이 천산에서 돌아온 이후 돌판 달력을 만들어 날 수를 예측할 수 있게 됨에 따라 각 마을에서는 봄철에 얕은 산을 일구어 농경지를 더 개간하였다. 농경지가 늘어나니 생산물도 늘어나고 가축과 사냥감에서 얻는 육류도 충분하여 환족은 모두 풍요롭고 평화롭게 생활하고 있었다.

따라서 이전의 일탈 행위들은 많이 줄어들었지만 자재율은 완전히 회복되지 못하고 있었다. 사만은 크게 깨달았다. 자재율을 회복하기 위해서는 모든 환족이 하늘님을 숭배하면서 하늘소리를 듣고 따라야 했다.

사만은 샤먼들로 하여금 제단의 돌판 달력과 똑같은 돌판 달력 10개를 더 만들게 하여 샤먼 1명과 함께 10개 마을에 배치하였다. 그리고 마을의 원로와 배치된 샤먼으로 하여금 마을 사람들을 위해 날 수와 농사 일 할 시기를 알려주고 마을 단위의 간단한 제사를 드릴 수 있게 하였다. 이것이 훗날 각 마을마다 지내는 동제(洞祭)의 기원이 되었다. 물론 환족 전체 단위의 큰 제사는 그전처럼 환족이 모두 모인 자리에서 족장이자 제사장인 사만이 드렸다. 사만의 이런 조치에 대해 환족 모두가 크게 기뻐하였다.

돌판 달력과 샤먼들을 마을에 배치함으로써 환족들의 생활은 풍요롭고 질서가 잡혔지만 사만은 환족 전체를 한 방향으로 조화롭게 이끌 수 있는 무엇이 필요했다. 즉, 사만은 하늘신의 하늘소리를 환족이 모두 알아야 한다고 생각했다. 사만은 천산 동굴에서 하늘소리를 듣던 기억을 회상하고 천산에서 하던 대로 홀로 명상에 잠겼다. 그리고 하늘신과 하늘, 땅, 사람에 대해 생각했다. 사만은 생각을 가다듬었다.

'한 분이시며 으뜸이신 하늘님은 하늘로서, 땅으로서, 사람으로서 작용하시나 형태는 한 분 하늘님이시다. 그러므로 하늘도 으뜸이요, 땅도 으뜸이요, 사람도 으뜸이다. 그러나 생겨난 순서는 하늘과 땅과 사람이다. 하늘에는 해와 달이 있어 완전해지고 땅에는 뭍과 바다가 있어 완전하게 되고 사람은 사내와 간난이 있어 완전함을 이루게 된다. 하늘의 완전함과 땅의 완전함이 만나니 사람은 더욱 완전하게 번성하여 이 세상은 사람들로 가득 차게 된다.

땅에는 4계절이 순환하고 하늘에는 별들이 순환하며 하늘님의 하늘소리가 만방으로 퍼져 가고 만방에서 퍼져 오니 하늘소리가 만방에서 달리 쓰이더라도 그 근본은 변하지 않는다.

하늘소리를 따르는 사람의 근본 마음은 하늘님의 근본 마음과 같아 환하고 밝은 것을 따르니 사람은 하늘과 땅 사이에 으뜸이다. 마침내 사람은 생을 마치게 되나 으뜸이며 한 분이신 하늘님은 끝이 없으신 분이시다.'

하늘신에 대한 생각을 정리한 사만은 하늘신의 뜻인 하늘소리를 환족 사람들에게 알기 쉽게 전하고 실천하도록 해야 했다. 사만은 황궁과 유인의 시대로부터 전해져 온 하늘신에 대한 생각에다 자신이 천산에서 들은 하늘소리, 즉 손가락 수의 의미를 더했다. 본래 수는 하늘신의 하늘소리이기 때문이다. 사만은 자신의 생각을 가다듬어 씨족들을 위한 기도문을 만들었다.

〈하늘님께 드리는 기도〉

한 분이신 하늘님은 시작이 없으시며

무에서 스스로 비롯되었나이다

하늘님은 하늘과 땅과 사람을 만드시고

셋으로 작용하시나 본 모습은 바뀌지 않으시니

하늘 하나가 처음 생겨났고

땅 하나가 두 번째로 생겨났고

사람 하나가 세 번째로 생겨났나이다

하나가 쌓이고 쌓여 열이 되니

하늘과 땅과 사람이 완성을 이루었나이다

하늘에는 해와 달이 있어 완성을 이루고

땅에는 뭍과 바다가 있어 완성을 이루고

사람은 사내와 간난이 있어 완성을 이루나이다

하늘과 땅과 사람의 완성이 합쳐져 더 큰 완성을 이루니

온 누리에는 사람들이 크게 번성하나이다

하늘소리는 아래위로 울리고 사방으로 퍼져나가

온 누리 사람들에게 5방 7방으로 둥글게 퍼지니

묘하게 넘쳐 만방으로 가고 만방에서 오나이다

쓰임은 변할지라도 하늘소리의 근본은 변하지 않으니

사람의 근본도 하늘님의 근본과 같아

환하게 밝은 것을 따르나이다

사람은 하늘과 땅 사이에 으뜸이요

으뜸인 사람도 생을 마치게 되나

그 뿌리인 한 분 하늘님은 마침이 없나이다

사만은 샤먼들을 한 곳에 불러 모으고 〈하늘님께 드리는 기도〉를 외우고 그 뜻을 깨닫게 했다. 샤먼들은 해와 달과 별들의 움직임, 자연 현상의 변화를 관측하여 하늘소리를 듣고 환족에게 전파하는 것이 본업이므로 빠르게 이해했다. 사만은 샤먼들이 완전히 암송하고 그 뜻을 실천하여 몸에 배도록 아침과 저녁 시간에 함께 암송하도록 했다. 샤먼들이 그 뜻을 이해하고 실천하게 되면서 마을의 제사 때마다 사람들은 하늘신을 모신 다음에 암송하였다. 그리고 샤먼들은 그 뜻을 해석해주고 사람들로 하여금 실천하게 했다.

이 기도문의 암송과 함께 환족은 하늘신을 지향한 한 방향으로 모두 조화로운 생활을 하게 되었다. 자재율이 회복된 것이다.

이 기도문은 환한 무리의 암송으로 구전되고 구전되어 후 세대에 녹도문과 가림다 문자로 기록되었고 갑골문으로도 기록되었다. 먼 훗날, 통일신라 시대의 위대한 유학자인 최치원이 이를 한문으로 번역하여 천부경(天符經)이라는 이름으로 전해오고 있다.

천부경(天符經)

일시무시일 석삼극 무진본(一始無始一 析三極 無盡本)

천일일 지일이 인일삼(天一一 地一二 人一三)

일적십거 무궤화삼(一積十鉅 無匱化三)

천이삼 지이삼 인이삼(天二三 地二三 人二三)

대삼합육 생칠팔구(大三合六 生七八九)

운삼사 성환오칠(運三四 成環五七)

일묘연 만왕만래 용변부동본(一妙衍 萬往萬來 用變不動本)

본심 본태양앙명 인중천지일(本心 本太陽昻明 人中天地一)

일종무종일(一終無終一)

　〈하늘님께 드리는 기도〉로 환족의 자재율을 회복시킨 사만은 원로들과 함께 마을을 둘러보았다. 마을이 자리 잡은 산기슭 높은 곳의 제단 옆에는 모두가 잘 볼 수 있도록 돌판 달력이 설치되어 있었고 그 옆 넓은 곳에는 나무 막대기를 세워 누구나 하루 중 나무 막대기 그림자의 길이를 측정할 수 있게 했다. 샤먼은 마을의 제단과 돌판 달력을 관리하며 〈하늘님께 드리는 기도〉를 함께 바쳤다. 아침에 해가 뜰 때와 저녁에 해가 질 때 샤먼이 북을 두드리면 모두 모여 원로와 샤먼을 중심으로 기도문을 함께 암송하고 샤먼이 그 뜻을 해설하였다.

　샤먼의 해설과 하늘신에 대한 얘기가 끝나면 원로가 마을 사람들이 공동으로 지켜야 할 일들을 얘기하고 함께 토론하는 시간이 이어졌다. 제단 근처에 있는 원로의 움집을 중심으로 자리 잡은 움집마다 10명 내외의 가족들이 거주하였다. 마을에서 떨어진 경사지에는 넓은 경작지와 가축을 기르는 울타리가 있어 원로의 지시에 따라 공동으로 경작하였다. 마을 단위로 젊은 남자들로 구성된 사냥팀들은 사람들에게 고기를 공급하였다.

　족장인 사만이 10명의 원로들과 각 마을을 돌아보니, 각 마을은 모두 원로와 샤먼을 중심으로 기도를 하며 경작과 사육과 사냥을 하면서 생활하고 있었다. 경작지는 넓고 사육하는 가축도 많고 사냥감도 풍부해 사만의 환족은 부족함이 없었다. 하늘신에 대한 믿음도 강해서 환족 사람들은 돌판 달력이 전하는 하늘소리에 따라 평화롭고 풍족하게 살고 있었다. 10개 마을 환족 사이에는 싸움이 없었으며 모두가 부지

런하였다. 이 모든 상황을 둘러본 사만은 하늘신에게 감사의 기도를
드렸다.

인류 최초의 규범

〈하늘님께 드리는 기도〉 암송 이후 어느덧 10년이라는 세월이 지났
다. 사만이 이끄는 환족 마을은 원로와 샤먼의 지도 아래 매일 하늘신
에게 기도를 드리고 부지런히 일하여 자재율을 회복하고 있었다. 돌판
달력과 함께 〈하늘님께 드리는 기도〉 덕택에 환족의 생활과 의식에 큰
변화가 일어난 것이다.

환족들은 돌판 달력을 활용함으로써 생활이 풍족하게 되었으며 〈하
늘님께 드리는 기도〉와 함께 황궁의 시대부터 전해져오는 하늘신 신앙
도 회복하였다. 샤먼들과 원로들이 마을 사람들로 하여금 그 뜻을 알고
실천하게 했으므로 〈하늘님께 드리는 기도〉는 환족 사람들을 한 방향
으로 인도하는 지표가 되었다.

문제는 이러한 자재율이 작동하는 생활이 영원히 지속되도록 하는 것
이다. 사만은 마을의 원로들과 샤먼들을 불러 이 문제를 상의하였다.

"원로들도 보시다시피 우리 환족은 이제 자재율도 회복되었고 하늘
님을 믿고 하늘소리를 따르는 하늘님 신앙도 회복되었소. 이러한 우리
의 삶이 영원히 지속되게 하려면 환족 전체가 모두 같은 생각을 가져야
할 것이오. 어떻게 하면 좋겠소?"

사만은 원로들, 샤먼들과 함께 머리를 맞대고 토론하였다.

'우리의 생활을 풍족하게 한 돌판 달력은 하늘님의 하늘소리로부터 나왔다. 그러므로 우리는 하늘님을 믿고 하늘소리를 들어야한다. 하늘소리 덕분에 계절의 변화 시기를 미리 알 수 있으니 우리는 더욱 성실하고 부지런히 일해야 한다. 그러면 생활이 더욱 풍요로울 것이다. 우리는 어른들을 받들고 어린 사람들을 돌봐야한다. 우리 환족 모두가 잘 살기 위해서는 가진 것을 서로 나누고이웃과 화목하게 지내야 한다.'

대강 이와 같은 의견으로 수렴되었다. 사만을 비롯한 원로들과 샤먼들이 찬성하여 사만은 그 내용을 환족 사람 모두가 알기 쉽게 다섯 개항으로 정리하였다.

첫째, 성실하게 하늘님을 믿어 매사에 거짓이 없게 하라.

둘째, 공경하고 근면하여 게으름이 없게 하라.

셋째, 윗사람에게 효도하고 순종하며 거역하지 말라.

넷째, 청렴하고 의를 지켜 음란하지 말라.

다섯째, 겸양하고 화평하게 지내 싸움을 하지 말라.

첫째 규범은 하늘신에 대한 신앙이다. 둘째 규범은 개인이 지켜야할 덕목이다. 셋째 규범은 환족 상하 간에, 즉 윗사람과 아랫사람이 지켜야 할 덕목이다. 넷째와 다섯째 규범은 환한 무리 전체가 이웃과 함께조화롭게 지내는 데 필요한 덕목이다. 원로들이 이 내용을 각 마을에전파하자 마을 사람들도 찬성하여 환족 전체가 지키고 따르기로 만장일치로 동의하였다.

이렇게 정해진 다섯 가지 규범은 다수의 사람들이 모여 함께 생활하는 사회 공동체가 하늘소리에 따라 부지런히 일하고 서로 도우며 환족들 모두가 조화롭게 살기 위하여 지켜야 하는 인류 최초의 규범이다. 오랜 세월이 흐른 뒤 후대의 역사가들은 이를 사만 시대의 오훈(五訓)이라고 하였다.

첫째, 성신불위(誠信不僞)
둘째, 경근불태(敬謹不怠)
셋째, 효순불위(孝順不僞)
넷째, 염의불음(廉義不淫)
다섯째, 겸화불투(謙和不鬪)

흩어진 뿌리를 찾으러

사만이 족장이 된 후 환족은 사만이 만들고 가르쳐 준 돌판 달력과 〈하늘님께 드리는 기도〉, 그리고 오훈에 따라 생활에 필요한 모든 것이 풍족하고 하늘신을 섬기는 신앙심이 깊어 이웃과 조화로운 생활을 하는 완전한 자재율에 따라 생활하고 있었다. 그러나 사만은 한 가지 마음에 걸리는 것이 있었으니 바로 흩어진 씨족들에 대한 유인 족장의 당부 사항이었다.

'흩어진 우리 환한 무리를 어떻게 할 것인가?'

황궁, 청궁, 백소, 흑소 씨족 등 환한 무리는 씨족 별로 흩어진 이후 거의 천 년이 흘러갔다. 그동안 그들은 남북 5만 리, 동서 2만 리에 이르는 광대한 지역으로 나아가 살고 있었다. 그들이 복본을 했는지, 하늘신의 하늘소리에 따라 조화롭게 살고 있는지 알아보아야 했다. 그리고 사만이 이끄는 황궁의 후예인 환족의 풍요로운 생활과 하늘신에 대한 깊은 신앙심, 조화로운 삶을 전파하여 헤어진 환한 무리가 다시 만나 조화롭게 살도록 하는 것이 황궁과 유인의 가르침이요 당부였다.

사만은 마을의 원로들과 샤먼들을 불러 모았다. 사만이 먼저 말을 꺼냈다.

"보시다시피 우리는 이제 자재율을 완전히 회복하였소. 돌판 달력이 가르쳐주는 하늘소리에 따라 풍요로운 생활을 하고 있고 하늘님에 대한 신앙으로 가득 차 있으며 또한 오훈의 가르침을 따라 조화롭게 살고 있소. 그러나 헤어진 환한 무리가 어떻게 지내고 있는지 궁금하오. 황궁 선조는 복본한 후 둘째와 셋째 아들을 사방으로 파견하여 헤어진 환한 무리의 복본을 지도하기도 했소. 우리도 황궁 선조의 뜻을 이어받아 흩어진 우리 환한 무리를 찾아보아야 할 것 같소."

사만이 말을 마치자 모두가 사만의 말에 동의하였다. 그러나 누구를 어떻게 파견하느냐가 문제였다. 가장 연장자인 원로가 말하였다.

"사만 족장의 가르침으로 우리는 복본을 하고 조화로운 삶을 살고 있습니다. 이는 바로 돌판 달력과 〈하늘님께 드리는 기도〉와 오훈 덕분입니다. 이 세 가지를 흩어진 우리 환한 무리에게 전해 주는 것이 좋겠습니다."

다른 원로가 말을 받았다.

"맞습니다. 이 세 가지에 대해 가장 잘 아는 사람은 바로 샤먼들입니다. 샤먼들 중에서 유능한 분을 선발하는 것이 좋겠습니다."

원로의 말에 모두 찬성하였다. 그리하여 사만은 청궁, 백소, 흑소 등

3개 씨족에 2명씩 6명의 샤먼을 파견하기로 하고 지원자를 모집하였다.

많은 지원자 중에서 6명이 선발되었다. 신체 건강하고 천체 관측 능력이 뛰어나며 하늘신에 대한 깊은 신앙심과 환족을 조화롭게 이끌 능력을 갖춘 자들이었다. 이들은 남북 5만 리, 동서 2만 리에 흩어진 형제들을 찾아 모두 근본을 회복하여 조화롭게 살도록 교화할 임무를 받았다. 사만은 이들을 모아놓고 큰 잔치를 베풀며 당부하였다.

"우리 환족은 나반과 마고와 황궁과 유인의 시대 이래 환함을 숭상하며 조화롭게 살아왔소. 그러나 황궁의 시대에 배고픔을 참지 못하고 무리 사이에 분쟁이 벌어져 크게 다치거나 죽은 사람도 있었소. 결국 함께 살지 못하고 뿔뿔이 흩어져 복본한 뒤에 다시 만나기로 하였소. 그 뒤 황궁의 무리가 복본한 후 황궁의 아들들을 흩어진 환한 무리에게 파견하였으나 우리는 그 뒷이야기를 듣지 못했소. 여러분들이 우리의 형제들을 찾아 그들을 복본시키겠다고 자원하였으니 고맙기 그지없소. 부디 흩어진 형제들을 찾아 잘 복본하고 다시 만나기를 바라오."

사만은 6명의 지원자들에게 새로 만든 천부인을 수여하였다. 다음 날, 사만의 환한 무리 모두가 모인 자리에서 하늘신께 제사를 올린 후 흩어진 형제들을 찾아 그들을 남북 5만 리, 동서 2만 리에 이르는 광대한 지역으로 파견하였다. 두 사람은 청궁 씨족이 떠난 동쪽의 운해주로, 두 사람은 백소 씨족이 떠난 서쪽의 월식주로, 두 사람은 흑소 씨족이 떠난 남쪽의 성생주로 나아갔다. 사만을 비롯한 환한 무리는 그들이 보이지 않을 때까지 손을 흔들며 배웅하였다.

그러나 남북 5만 리, 동서 2만 리 지역에는 수천 년 전에 흩어진 환족만 사는 것이 아니었다. 수만 년 전부터 호모 사피엔스의 여러 무리가 그 지역에서 살고 있었으며 흩어진 환족도 그 무리와 섞여서 함께 살고 있었다.

후대 사람들은 이들 흩어진 환족을 일러 9황(皇) 64민(民)이라 하였다. 9는 많다는 뜻이므로 9황은 흩어진 모든 환족을 뜻하며 64는 훗날의 64괘에서 따온 것으로 64민 역시 모든 환족을 뜻한다.

세월은 흘러 사만도 나이가 들어 더 이상 환한 무리를 이끌기가 어려워졌다. 사만이 운명하기 전 10개 마을 원로들과 샤먼들은 전체 환족의 동의를 얻어 샤먼들 중 제2 제사장을 후임 족장으로 선출했다. 사만은 황궁과 유인으로부터 전해오는 천부삼인을 후임 족장에게 전해 주고 눈을 감았다.

후임 족장은 사만을 위해 거대한 장례 의식을 치르고 마을이 잘 내려다보이는 높고 양지바른 곳에 사만의 유해를 묻고 돌로 덮었다. 무덤 앞에 큰 돌을 세워 사만의 유해가 묻힌 곳임을 표시했다. 선돌이다.

환국(桓國)이라 이름하다

사만의 사후에도 환한 무리는 제사장을 겸한 씨족장의 지도로 하늘신을 믿으며 하늘소리의 가르침에 따라 풍요롭고 신앙심이 깊으며 가족 간에 이웃 간에 서로 돕고 나누며 윗사람을 공경하고 아랫사람을 보살피면서 조화로운 삶을 살았다.

후대의 사람들은 유인의 시대와 사만의 시대를 구분하여 사만이 이끈 환한 무리를 환한 나라, 환국(桓國)이라고 불렀다. 환(桓)은 음을 따고 국(國)은 뜻을 따서 이른 것으로 환한 무리라는 뜻이다. 환국(桓國)이라고 국(國)자를 사용하였으나 사만의 환족은 아직 영토나 주권의 개념 등 국가의 기틀을 갖추지 못하고 무리 사회 단계에 머물러 있었다.

후대 사람들은 사만과 같은 지도자를 환인(桓因)이라고 불렀다. 환(桓)은 음을 따고 인(因, 또는 人, 또는 仁)은 무리를 다스리는 사람이라는 뜻이다. 따라서 환인(桓因)은 환한 민족을 다스리는 사람이라는 칭호다. 그들은 또한 사만에게 안파견(安巴堅)이라는 이름을 붙였다. 안파견은 부(父)를 의미하는 말로서 안파(安巴)는 그 소리를 따라 '아빠'라는 의미다.

후대의 역사가들은 환한 나라 환국의 족장 사만, 즉 안파견이 족장이 된 해를 기원전 7197년으로 보고 이때를 환국의 기원으로 하였다. 그들은 환국이 기원전 7197년부터 기원전 3897년까지 3,301년 동안 존속하였다고 보고 있다. 이 기간 동안 환국을 다스린 많은 환인들이 있었으나 고서에서 전하는 환인은 안파견(安巴堅) 환인, 혁서(赫胥) 환인, 고시리(古是利) 환인, 주우양(朱于襄) 환인, 석제임(釋提壬) 환인, 구을리(邱乙利) 환인, 지위리(智爲利) 환인 등 일곱 분이다.

한편, 앞에서 9황(皇) 64민(民)은 모든 환족을 의미한다고 하였는데 후대의 역사 서적들은 환족을 의미하는 또다른 용어인 9환(桓)의 12환국(桓國)을 언급하고 있다.

9환(桓)은 기원전 9000년경 파미르고원에 살던 환족이 동서남북 사방으로 흩어지고 분가하여 이룬 환족의 아홉 족속을 말하며 황족(黃族), 양족(陽足), 우족(于族), 방족(方族), 견족(畎族), 남족(藍族), 적족(赤族), 백족(白足), 현족(玄族)이다.

12환국은 9환이 모여 이룬 나라들로서 비리국(卑離國), 양운국(養運國), 구막한국(寇莫汗國), 구다천국(勾茶川國), 일군국(一群國), 우루국(虞婁國), 객현한국(客賢汗國), 구모액국(勾牟額國), 매구여국(賣勾餘國), 사납아국(斯納阿

國), 선패국(鮮稗國), 수밀이국(須密爾國)이 그들이다. 우루국은 필나국(畢那國), 매구여국은 직구다국(稷臼多國), 선패국은 시위국(豕韋國) 또는 통고사국(通古斯國)이라고도 부른다. 이들은 대부분 황궁의 시대에 마고성을 떠나간 청궁, 백소, 흑소 씨족의 후손들로 추정되고 있다.

삼백과 오가

사만의 시대로부터 약 2,000년이 흐른 기원전 5000년경, 그동안 인구가 늘어나 약 2,000명의 환족이 천산주에서 살고 있었다.

당시 지구상 곳곳에는 호모 사피엔스의 여러 무리가 농경 생활을 하며 정착해서 살고 있었다. 황궁의 시대에 흩어진 환족도 다른 호모 사피엔스 무리와 섞여서 천산의 동쪽, 남쪽, 서쪽에서 무리 생활을 하며 살았다. 어느 무리도 아직 조직적인 국가의 형태를 갖추지 못하고 있었다.

환족은 사만의 시대보다 마을 수가 늘어 20개 마을을 형성하고 있었다. 마을 촌장은 관례대로 마을 사람들이 모여 만장일치로 선출하였다. 촌장은 사람들의 농경 생활을 지도하고 샤먼들과 함께 마을 단위의 제사와 〈하늘님께 드리는 기도〉를 드리며 사만의 오훈을 지키는 생활을 이끌었다.

환족 사람들은 황궁의 시대부터 창조신인 하늘신의 환함을 굳게 신봉하고 있었지만, 동시에 나반이 가르쳐준 모든 사물에 정령이 있다는 애니미즘을 믿으며, 제사를 드리며 천체를 관측하는 샤먼 조직의 샤머니즘을 따르고, 자신들은 해의 환함을 숭상하며 동시에 새의 자손이라는 토테미즘 사상도 가지고 있었다.

당시 환족의 족장은 20개 마을 촌장들이 만장일치로 선출한 구을리 환인이었다. 2,000여 명의 환족을 구을리 환인 혼자서 이끌기는 어려웠다. 어느 날 구을리 환인은 마을의 촌장들과 파견 샤먼들이 모인 자리에서 이 문제를 논의했다.

"우리 환족을 일으킨 안파견 환인은 혼자서 돌판 달력을 만들고 〈하늘님께 드리는 기도〉로 환족을 하늘님 아래 통합하고 오훈을 선포하심으로써 우리 생활의 지침을 주었소. 안파견 환인 때에는 사람들도 적어 환인 혼자서도 환족을 통솔할 수 있었지만 지금은 2,000명이나 되므로 나 혼자서는 마을을 보살피기가 힘이 드오."

20개 마을의 최고 연장자인 촌장이 말하였다.

"우리도 오래 전부터 환인께서 혼자서 애쓰시는 것을 보고 안타까운 마음이 들었습니다. 환인님을 보좌하여 일을 나누어 맡을 사람을 두심이 좋을 듯합니다."

파견 샤먼의 대표가 말을 받았다.

"저희 샤먼들도 촌장님의 의견에 동의합니다. 하늘님은 한 분이시지만 하늘과 땅과 사람으로서 작용하시면서 우리를 조화롭게 하시므로 우리는 이를 삼신일체라고 하고 있습니다. 환인님께서도 세 분의 협력자를 두시어 한 분은 환족이 살 땅을 개척하는 데에 힘쓰시게 하시고 한 분은 땅 위의 작물들을 기르는 데에 협력하게 하시며 한 분은 우리 환족이 세상 만물과 함께 조화롭게 살도록 이끄는 데에 주력하도록 하심이 좋겠습니다."

대표 샤먼의 말에 모든 촌장과 샤먼들이 찬성하였다. 그래서 촌장들은 각 마을로 돌아가 의견을 수렴함과 동시에 적절한 인물을 추천하기로 했다.

얼마 후, 촌장들은 세 명을 추천하였다. 한 명은 환족을 위하여 마을을 개척하고 편히 살도록 지침을 정하며, 한 명은 거주지와 개척된 땅에 작물을 기르며 환족이 풍요롭게 살도록 하고, 한 명은 모든 환족이 하늘신의 하늘소리에 따라 서로 도우며 조화롭게 살도록 하는 일을 담당하였다.

비록 삼신일체의 가르침에 따라 세 사람의 임무가 나누어지기는 하였으나 모든 일은 환인과 서로 상의하여 진행하였다. 마을을 순찰 돌며 사람들의 의견을 청취하는 일도 환인과 셋이 나누어 하였다. 구을리 환인이 큰 도움을 얻었음은 물론이요, 환족 전체로서도 의사 전달 통로가 많아져 크게 도움이 되었다.

후대의 역사가들은 이들을 각각 풍백(風伯), 우사(雨師), 운사(雲師)라 하였다. 세 사람을 함께 일컬어 삼백(三伯)이라고도 불렀다. 날씨를 나타내는 글자로 그들의 직책 이름을 부여한 것은 당시 모든 일이 농경과 밀접한 관련이 있었기 때문이었다.

다시 십여 년의 세월이 지났다. 삼백(三伯) 제도의 시행으로 환인을 비롯한 지도부의 의견이 마을로 전달되는 데는 훨씬 편리해졌으나 20개 마을의 건의 사항이나 애로 사항을 지도부로 전달하는 데는 여전히 어려움이 있었다. 20개 마을의 촌장들과 샤먼들은 지도부에 합동 회의를 요청하였다.

구을리 환인과 삼백이 참석한 합동 회의에서 대표 촌장이 말하였다.

"우리 환족은 천산주 곳곳에 자리 잡고 농경 생활을 하고 있소. 지역이 넓어 멀리 떨어진 마을까지는 사흘을 가야 하오. 우리 촌장들과 샤먼들이 자주 만나고 서로 의견을 교환하며 삼백들과 환인님도 곳곳을 방문하시며 지도하고 계시지만 모든 애로 사항을 해결하기에는 어려움이 있습니다."

구을리 환인이 대답하였다.

"그럼 어떻게 하면 좋겠소?"

가장 먼 지역에 있는 마을 촌장이 답하였다.

"우리 천산주는 넓습니다. 제가 이곳까지 오고 가는 데만 사흘이 걸립니다. 따라서 넓은 천산주를 방위에 따라 다섯 지역으로 나누어서 지역별로 애로 사항을 해결하고 지도부와 협력하는 것이 좋을 듯합니다."

원거리 마을 촌장의 의견에 따라 천산주를 방위별로 동쪽, 서쪽, 남쪽, 북쪽, 중앙 등 5개 지역으로 나누고 각 지역마다 4개 마을씩을 배치했다. 지역마다 대표를 선출하고 지역 단위로 마을의 건의 사항, 애로 사항들을 스스로 처리하게 했으며 인접 지역들의 문제는 서로 상의하여 해결하게 했다. 그리고 여러 지역들의 공동 애로 사항은 지도부로 건의하여 해결책을 찾았다.

또한 5개 지역의 건의에 따라 어린아이들을 가르칠 교육 기관도 세웠다. 성숙한 아이들은 농경 일을 거들고 가축을 사육하며 근거리 사냥에 동참하는 등 생활 현장에 투입되어 가족을 거들 수 있었다. 그러나 아직 부모의 도움이 필요한 어린아이들은 부모가 농경이나 사냥을 할 동안 돌볼 조부모가 없으면 그냥 방치되고 있었다.

환인과 삼백 등 지도부가 있는 지역에는 그들의 자녀들과 인근 자녀들을 위한 교육 기관을 두어 하늘신과 삼신일체, 〈하늘님께 드리는 기도〉를 가르치고 수를 헤아리는 방법, 천체 관찰 방법 및 돌판 달력의 원리와 제작법 등을 가르쳤다. 또한 안파견 환인의 오훈을 비롯하여 환족이 조화롭게 살아야 함도 가르쳤다. 이 임무는 샤먼들 중에서 우수한 인력을 선발하여 맡겼다.

각 지역에서는 마을에 파견된 샤먼들을 중심으로 교육 기관을 만들어 마을의 자녀들에 대한 교육을 담당했다. 아주 먼 옛날 네안데르탈인 할아버지, 할머니가 손자 손녀들에게 돌칼 만드는 법, 불 일으키는 법을 가르치며 함께 놀아준 것에서 더 발전된 것이다.

후대의 역사가들은 이 5개 지역 조직을 오가(五加) 제도라 불렀다. 오가란 우가(牛加), 마가(馬加), 저가(猪加), 양가(羊加), 구가(狗加)를 뜻하며, 이 교육 기관을 서자부(庶子部)라 하였는데 서자부란 여러 아이들을 모아 가르치는 일을 하는 부서다. 그리고 아이들을 가르치는 일을 하는 사람을 대인(大人)이라고 불렀다.

오가의 가(加)는 무리를 의미하며 가 앞에 붙은 동물들은 그 무리의 토템 동물을 뜻하나 모두 환족의 무리로서 동물 토템의 뜻은 희석되었다. 당시 사냥감을 따라 이동하던 특정 토템의 무리들이 환족에 흡수되기도 하였고 환족의 일부가 이동하는 무리를 따라 떠나기도 하였기 때문이었다.

이로써 구을리 환인 시대에 환족 전체를 위하여 환인을 비롯한 지도부 중심의 삼백 제도와 다섯 개 지역 단위 지방 조직이 만들어졌으며 환족의 어린아이들 교육을 위한 교육 기관도 만들었다. 무리의 사람들을 다스리기 위한 인류 최초의 조직체였다.

새로운 땅을 찾아서

기원전 4000년경, 구을리 환인의 시대로부터 약 1,000년이 흘러 지위리 환인이 환족을 이끌던 무렵이었다.

당시 지구상에는 호모 사피엔스들이 무리를 이루어 각지에서 농경과 수렵 생활을 하며 살고 있었지만, 수메르(Sumer) 외에 어떤 민족이나 국가도 자신들 최초 선조의 유적이나 유물, 기록물 등 역사에 남을 존재 증거를 갖고 있지 않았다.

고고학자들에 의해 알려진 수메르 최초의 원주민 유적은 이라크 남부 지방에서 발견된 마을 유적이며 이 최초의 수메르 원주민은 기원전 5400년경에 살았던 것으로 추정되고 있다. 이 시기는 황궁과 유인의 후예인 사만의 환족이 출범하여 자리를 잡고 살던 시기보다 약 1,800년 가량 늦다. 나반과 마고의 후손인 환족과 수메르 최초의 원주민이 접촉하였다는 증거는 아직 발견되지 않았다.

그러나 모든 호모 사피엔스들이 정착 생활을 한 것은 아니었다. 농경과 수렵 생활을 겸하는 호모 사피엔스들은 장거리 사냥을 하면서 멀리 떨어진 무리와 접촉하여 정보를 얻었으며 자기들의 사냥감을 이웃이 가진 물건들과 교환하기도 하였다. 이동하는 무리 중에는 가끔 흩어진 환족의 소식을 전하는 경우도 있었다.

황궁의 시대 이래 지구 곳곳에 흩어져 사는 환족 중 일부는 멀리 동쪽 흑수(黑水)라는 큰 바다와 백산(白山)이라는 큰 산 아래 무리를 지어서 평화롭게 살고 있다는 소식도 들었다. 흑수는 호수의 물이 너무 맑아 오히려 검게 보인다 해서 붙여진 이름이며 오늘날의 바이칼 호수다.

백산은 산 꼭대기가 항상 흰 눈으로 덮여 있어 붙여진 이름으로 바이칼호 서쪽 시베리아의 사얀산이다. 그러나 그들이 황궁의 두 아들이나 안파견 환인이 파견한 샤먼들로부터 가르침을 받았는지 여부는 알 수 없었다.

안파견 환인의 시대로부터 약 3,000년 동안, 구을리 환인의 시대로부터 약 1,000년 동안 이어져 오던 환한 무리 환족의 조화로운 생활은 다시 혼란에 휩싸였다.

초대 환인 안파견이 무리를 이끌던 무렵에는 무리의 인구가 약 800명 정도로 인구에 비해 환족이 거주하는 천산주는 넓었다. 그후 수천 년이 지나는 동안 인구는 3,000명 정도로 늘었으나 천산주는 그대로여서 지위리 환인의 시대에는 환족 사람들이 살기에 천산주의 평지는 경작지로 활용할 여유 공간이 부족했다. 먹을 것, 입을 것 등 생존에 필요한 것들이 부족하게 되자 무리 사이에는 살아남기 위한 본능, 즉 최소 작용의 법칙이 작동하기 시작했다.

식량이 부족한 마을은 다른 마을의 식량을 넘보았고 식량을 많이 가지고 있는 마을은 자신들의 재산을 지키려 노력하여 이웃 사이에 갈등이 빚어졌다. 겉으로 보기에는 돌판 달력이 잘 운영되고 있었고 마을별로 하루에 두 번 〈하늘님께 드리는 기도〉를 바치는 등 옛날과 다름없이 움직이고 있었으나 내부적으로는 식량 도둑뿐만 아니라 이로써 비롯되는 싸움이나 이웃 간에, 노소 간에 갈등이 일어나는 등 자재율이 깨어지고 있었다.

천산주에는 3,000명의 무리가 농경 생활을 하기 위한 경작지가 부족하였으므로 지위리 환인은 환족이 걱정 없이 살 수 있도록 더 넓은 장소를 찾아야 했다. 매일 마을을 돌며 촌장들과 환족 사람들을 만나는 지위리 환인과 삼백들도 이 사실을 알았고 오가의 대표들도 이런 속사정을 파악하고 있었다. 대책을 마련해야 했다. 지위리 환인은 삼백인 풍백, 우사, 운사와 오가의 대표들을 불렀다.

지위리 환인이 말했다.

"우리 환한 무리는 안파견 시대 이래 풍요롭고 조화로운 삶을 살아왔소. 그런데 지금 겉으로는 조화로운 생활을 하는 것처럼 보이나 속으로는 자재율이 무너지고 있소. 마을 간에 식량 때문에 다툼이 있고 이웃 간, 노소 간 조화로운 생활도 점차 사라져가고 있소. 여러분 생각은 어떻소?"

지위리의 질문에 풍백이 답하였다.

"오래 전부터 그런 조짐이 있었습니다. 근본 원인은 먹을 것과 입을 것이 부족하기 때문이고 그 이유는 경작지가 좁다는 사실에 있습니다. 먼 옛날 황궁 선조의 시대에도 먹을 것이 부족하여 큰 싸움이 일어났고 결국은 모두 흩어져야 했습니다. 유인 선조 시대 말기에도 그런 사태가 일어났으나 그때에는 안파견 선조가 돌판 달력을 만들어 경작 시기를 예측하고 농경지도 개간함으로써 식량 생산이 증가하였습니다. 우리 환족에게 부족한 것은 바로 식량입니다."

"그럼 어떻게 하면 식량을 더 생산할 수 있겠소?"

지위리 환인의 물음에 우사가 대답하였다.

"이곳 천산에서 동쪽으로 약 50일을 가면 삼위태백(三危太伯)이라는 곳이 있다고 합니다. 높은 산 아래 넓은 평야가 펼쳐져 있고 가운데는 흑수가 흐르고 있어서 우리 환족이 살기에 알맞을 것 같습니다."

삼위태백은 오늘날 중국 감숙성의 삼위산(三危山)과 섬서성의 태백산(太白山)을 함께 일컫는 말이다. 또 삼위산과 태백산 사이에는 너른 평야가 펼쳐져 있어 경작지가 부족한 환족이 살기에는 안성맞춤이었다.

"그럼 누가 우리 환족을 그곳으로 이끌고 가겠소?"

이번에는 오가의 대표가 대답하였다.

"서자부에 거발환(居發桓)이라는 대인이 있습니다. 원래 총명하여 자녀들 교육과 마을의 경작 일에 큰 도움을 주며 하늘님에 대한 신앙심도 깊어 아이들뿐만 아니라 마을 사람들도 모두 잘 따르고 있습니다. 거발환으로 하여금 환족을 이끌게 하는 것이 좋겠습니다."

"그럼 그렇게 하지요. 거발환을 불러 오시오."

이리하여 서자부의 대인 거발환이 3,000명 환족을 이끌 지도자로 선정되었다.

거발환 대인이 부름을 받고 달려오자 지위리 환인과 삼백, 오가의 대표는 그간의 사정을 설명하고 거발환에게 3,000명의 환족을 이끌고 삼위산 태백산 지역으로 가서 더욱 풍요롭고 조화롭게 살도록 지도해달라고 부탁하였다. 지위리 환인이 말했다.

"대인은 들어보시오. 황궁과 유인의 후예인 우리가 이곳 천산에 처음 자리 잡은 지 4,000년이 넘는 세월이 지났소. 선조 안파견 환인의 시대로부터도 3,000년이 지났소. 그동안 우리는 이 천산 아래에서 안파견 환인의 가르침에 따라 풍족하고 행복하게 살아왔소.

그러나 안파견 환인 이래 3,000년이 흐르는 동안 우리 환족의 인구가 크게 늘어나 더 이상 이곳에 살기는 어렵게 되었소. 그래서 삼백 및 오가의 대표들과 상의한 결과, 이곳을 떠나 삼위산과 태백산 지역으로 이동하기로 하였소. 그곳은 땅도 넓고 기름진 곳이라 하니 우리가 풍요롭고 행복하게 살 수 있는 곳이라고 하오.

삼백과 오가 대표 모두가 우리 환족을 안전하게 인도할 사람으로 거발환 대인을 추천하였으니 대인은 사양하지 마시고 환족을 안전하게 이끌어 주기 바라오."

지위리 환인의 당부에 이어 삼백과 오가들도 모두 거발환 대인을 격려하였다. 거발환 대인이 지위리 환인께 대답하였다.

"환인님의 높은 뜻을 받들어 우리 환족을 안전하게 인도하여 풍족한 삶을 누리게 하겠습니다."

"대인은 부디 이 세상을 진리로 다스려 우리 인간을 널리 이롭게 하기 바라오."

"환인님의 말씀 명심하겠습니다."

지위리 환인은 거발환 대인에게 재세이화 홍익인간(在世理化 弘益人間)이라는 통치 이념을 전수하였다. 지위리 환인의 명을 받은 삼백과 오가 및 거발환은 곧 전체 마을에 알리고 이동 준비를 시작하였다.

당시 환족 중에는 반고(盤固)라는 자가 있었다. 반고는 환족 중에서도 이상한 술법을 좋아하는 사람이었다. 환족이 삼위태백이라는 넓은 지역으로 이동할 것이라는 소식이 전해지자 반고는 지위리 환인에게 자신은 거발환의 무리와 나누어 별도로 가게 해달라고 요청하였다. 지위리 환인이 이를 허락하자 반고는 평소에 자신을 따르는 공공(共工), 유소(有巢), 유묘(有苗), 유수(有燧) 등의 무리와 함께 많은 재화와 보물을 가지고 먼저 삼위산 지역으로 가서 자리를 잡았다. 그리고 그 지역의 원주민을 무리에 편입시키고 무리의 우두머리가 되어 반고가한(盤固可汗)이라 칭하였다. 반고를 비롯한 무리들은 환족 중에서도 부유하여 환족 전체가 식량 부족으로 고난을 겪을 때도 자신들 재산을 지키기에 노력한 무리였다.

반고가 자신을 따르는 무리와 함께 먼저 삼위태백 지역으로 떠나자 거발환은 같은 곳으로 이동하기가 어려워졌다. 반고의 요청이 거발환의 무리와 나누어 별도로 이동하는 것이었기 때문이었다. 그때 오가의 대표가 거발환에게 말하였다.

"삼위태백을 지나 좀 더 멀리 동쪽으로 가면 흰 눈으로 덮인 백산이라는 높고 큰 산이 있고 그 근처에는 흑수라는 바다 같은 큰 호수도 있다고 합니다. 백산과 흑수 사이의 땅은 넓고 기름져서 살기에 적합하다고 합니다. 지나가는 사냥꾼들에게서 들은 바에 의하면, 흑수 인근에는 먼 옛날에 헤어진 우리 환족의 무리가 살고 있다고 합니다. 그뿐만 아니라 흑수 지역은 하늘님이 만드신 우리 환족의 첫 조상인 나반과 아만이 태어난 곳이라는 전설도 있습니다. 우리는 우리의 최초 고향인 그곳으로 이동함이 좋을 듯합니다."

오가 대표의 말에 삼백과 오가들이 모두 찬성하여 거발환의 무리는 백산흑수 지역으로 이동하기로 뜻을 모았다.

제 3 부

밝은 땅, 배달국(倍達國)

거발환, 백산흑수에 도달하다

나이가 든 지위리 환인은 천부삼인을 거발환에게 넘겨주며 말하였다.

"나는 이미 나이가 많이 들어 함께 이동하기는 힘이 드오. 부디 나 대신 우리 환족을 잘 이끌어 번창하시고 내가 죽거든 나를 선조들 묻힌 곳에 묻어주기 바라오."

얼마 후 지위리 환인이 숨을 거두니 모두 애도하며 선조들의 무덤 곁에 묻고 돌을 세웠다.

지위리 환인의 장례를 치른 거발환은 삼백과 오가를 비롯한 환족 무리를 이끌고 긴 여정 끝에 흑수와 백산 지역에 도달했다. 저 멀리 흰 눈을 이고 있는 백산이 보이고 조금 더 가니 바다 같은 흑수가 잔잔하고 평온하게 자리 잡고 있었다. 백산과 흑수 사이에는 넓고 기름진 평야가 끝도 없이 시원하게 펼쳐져 있었다. 여기서 말하는 흑수는 후에 천해, 천하, 또는 북해라고도 불렸던 바이칼 호수이고 백산은 흑수 서쪽의 높은 산들인 사얀산맥이다.

'아! 이곳이 우리의 조상 나반과 아만의 고향이요, 지위리 환인께서 약속하신 우리 환족이 살 땅이다.'

거발환은 백산과 흑수 사이 넓은 평원을 오가와 30개의 마을에 공평하게 배정하였다. 그리고 풍백, 우사, 운사와 함께 하늘신이 사시는 백산 가장 높은 곳에 올라 제사를 올렸다. 백산에서 내려온 거발환은 그곳에 하늘신을 모시고 제사를 드리도록 샤먼들로 하여금 제단을 쌓게 했다.

3,000명의 환족은 각 마을 단위로 자신들이 기거할 움집을 짓고 경작지를 개간하고 가축 우리도 만들었으며 아이들 교육을 위한 서자부

도 설치하였다.

거발환은 삼백 및 오가와 함께 마을을 둘러보았다. 거발환은 30개 마을의 중심에 넓은 공터를 만들고 그곳에 하늘신께 제사를 드리는 마을 공동의 제단을 쌓게 했다. 제단 옆에는 돌판 달력을 새로 만들어 세우고 거대한 박달나무를 심었다. 하늘신의 제단이요, 하늘소리를 전하는 신의 나무다. 후대 사람들은 이 나무를 신단수(神檀樹)라 이름하였다.

모든 것이 갖추어지자 거발환은 샤먼들로 하여금 마을 공동의 제사를 올리도록 준비시켰다. 화려한 제사 예복을 갖추어 입은 샤먼들이 악기를 연주하며 하늘신을 초청했다. 거벌환과 삼백과 오가가 제단에 강림하는 하늘신을 맞이하면서 큰절을 두 번 올리자 무리도 따라 하였다.

거발환이 하늘신에게 고하였다.

"하늘님이시여, 우리 환족은 하늘님께서 점지해주신 이곳에 모두 편안히 도달하였나이다. 이에 감사의 제수를 올리니 강림하시와 마음껏 드시옵소서."

하늘신이 식사를 하시는 동안 거발환과 삼백과 오가를 비롯한 환족은 모두 조용히 기다렸고 샤먼들은 악기를 연주했다. 하늘신이 식사를 마치자 거발환이 다시 두 번 절하고 하늘신에게 고하였다.

"하늘님이시여, 하늘님께서는 선조 나반 이래 마고와 황궁과 유인과 안파견과 지위리에 이르기까지 저희와 함께 하시면서 보살펴 주셨습니다. 그리고 지위리 환인을 통해 이곳 나반 선조의 고향으로 인도해 주셨습니다. 지위리 환인께서 환함을 숭상하는 저희를 이곳 밝은 땅으로 보내실 때 '부디 이 세상을 진리로 다스려 우리 인간을 널리 이롭게 하기 바라오'라고 말씀하셨습니다. 저희가 한때는 하늘님의 하늘소리를 따르지 않고 거역하기도 했으나 이제 하늘님께서 점지해주신 이 땅에서 하늘소리를 따르고 지키며 모든 사람이 조화롭게 살도록 하겠습니다. 앞으로도 저희를 보살펴 주시고 지켜 주시기를 간절히 기원하나이다.”

거발환이 하늘신에게 고함을 마치자 환족들은 하늘신에게 두 번 절하였다. 이어 샤먼들의 인도로 〈하늘님께 드리는 기도〉를 바쳤다. 암송을 마친 환족들은 하늘신에게 작별 인사로 다시 두 번 절하였다. 이로써 하늘신에 대한 제사는 끝이 났다. 거발환은 이곳을 하늘신에게 바친 마을이라 했으며 후대 사람들은 이곳을 신시(神市)라고 불렀다.

후대의 역사가들은 거발환이 백산흑수의 밝은 땅에 정착한 것을 두고 이를 배달국(倍達國)이라 하였는데 배(倍)와 달(達) 모두 한자의 음을 따서 '밝은 땅'을 일컫는 말이다. 그리고 거발환을 환웅(桓雄)이라 칭하였는데 이는 환족, 즉 밝은 무리를 이끄는 사람이라는 뜻이다. 거발환 환웅은 지위리 환인의 가르침에 따라 '재세이화 홍익인간(在世理化 弘益人間)'을 배달국 국시(國是)로 선포하였다.

거발환의 팔훈

다음 날부터 거발환 환웅은 삼백과 오가와 함께 마을을 순행하며 농작물 경작과 하늘소리에 따르는 생활을 지도하였다. 마을에서는 돌판 달력의 날 수에 따라 계절을 예측하여 농경 일을 하였으며 하루 두 번 〈하늘님께 드리는 기도〉를 바치고 명상 수련을 하며 안파견 환인이 가르쳐준 오훈을 실천하며 살았다.

그러나 안파견의 오훈은 오래 전 환족의 수가 적었던 환국 시절에는 잘 지켜졌지만, 인구가 늘어나 생활이 복잡해지면서 백산흑수 지역으로 옮겨왔으므로, 그에 맞춰 좀 더 구체화할 필요성이 있었다. 거발환 환웅은 삼백과 오가와 샤먼들과 서자부의 대인들과 함께 상의하여 오훈을 팔훈으로 구체화시켜 공포했다.

"환족들이여, 황궁 선조 이래 하늘님을 공경하며 살아온 우리는 안 파견 환인의 〈하늘님께 드리는 기도〉와 오훈을 지키면서 살아왔소. 그러나 이제는 백산흑수 아래로 이동해 온 환경에 맞춰 실천하는 것이 매우 중요하오.

그래서 삼백, 오가 및 샤먼들과 함께 의견을 모아 우리 환족이 실천하여야 할 여덟 가지 덕목을 공포하니 사람마다 익히고 실천하여 하늘님을 모시는 데 한 치의 어긋남이 없으며 하늘님의 뜻에 따른 삶을 살도록 하여 만천하에 재세이화 홍익인간을 펼쳐 주기 바라오. 그 여덟 가지 덕목은 다음과 같소.

첫째는 성실하게 하늘님을 믿는 것이니(誠),

환족은 하늘님을 정성스럽게 공경하고(敬神), 마음을 바르게 갖고(正心), 하늘님을 잊지 않으며(不忘), 하늘님 공경하는 일에 쉬지 않으며(不息), 하늘님을 지극히 느끼며(至感), 또한 지극히 효도해야 할 것이오(大孝).

둘째는 하늘님의 섭리를 믿고 사람의 일을 이루는 것이니(信),

사람의 일에는 의리가 있어야 하며(義), 약속을 지켜야 하고(約), 나라의 어른에게 충성하고(忠), 여자는 지아비에게 절개를 지켜야 하오(烈). 사람들이 의리가 있고 약속을 지키며 충성하고 절개를 지키는 것은 하늘님의 섭리를 따라 도는 것이오(循).

셋째는 모든 사람을 사랑으로 대하는 것이니(愛),

사랑은 용서하는 것이고(恕), 용납하는 것이며(容), 베푸는 것이며(施), 기르는 것이고(育), 가르치는 것이며(敎), 기다리는 것이오(待).

넷째는 어려운 사람들을 도와주고 구제해 주는 것이니(濟),

구제를 할 때는 때에 맞게 해야 하고(時), 땅에 맞게 해야 하며(地), 차례에 맞게 해야 하고(序), 지혜롭게 하여야 하오(智).

다섯째는 사람에게 닥치는 재앙을 피해야 하는 것이니(禍),

재앙은 사람을 속이기 때문에 받고(欺), 물건을 빼앗기 때문에 받고(奪), 음란한 행위를 함으로써 받고(淫), 사람에게 상처를 줌으로써 받고(傷), 몰래 함으로써 받고(陰), 거슬리는 행동을 함으로써 받게 되므로(逆), 이런 행동을 하지 말아야 하오.

여섯째는 착하게 살면 복을 받게 되니(福),

복을 받기 위해서는 어질어야 하고(仁), 착해야 하고(善), 법도를 따라야 하며(順), 온화해야 하고(和), 너그러워야 하며(寬), 엄해야 하오(嚴).

일곱째는 하늘님은 악한 사람에게는 재앙으로써 갚고 착한 사람에게는 복으로써 갚으므로(報),

복은 덕을 쌓음으로써 받고(積), 착한 행위를 중하게 여김으로써 받고(重), 착한 행위를 시작함으로써 받게 되오(昌). 재앙은 악한 행위가 더하여 열(十)을 채움으로써 받고(盈), 악한 행동을 크게 하여 받고(大), 악한 행동을 작게 하여도 받게 되니(小), 정성으로 하늘님을 모시며 착하게 살아 복을 받고, 악한 행동을 멀리하여 재앙을 피하기 바라오.

여덟째는 악한 행동을 하면 재앙이 닥쳐오고 착한 행동을 하면 복을 받게 되므로(應),

사람의 행동에 대한 응보는 재앙과 복을 쌓음으로써 오게 되며(積), 자신의 행동을 중하게 여김으로써 오며(重), 또한 착한 행동은 몸과 마음이 맑음으로써 오며(淡), 가득함으로 오며(盈), 악한 감정이 크면 응함도 크며(大), 작으면 응함도 작게 되오(小).

그러므로 우리 환족은 이 여덟 가지 덕목을 마음속 깊이 새기고 행동으로 직접 실천함으로써 모두가 조화롭게 살기를 바라오."

거발환 환웅이 팔훈의 실천 덕목을 배달국의 환족에게 권유하자 환족은 이 팔훈을 생활에 접목시켜 일상의 활동 지침으로 삼았다. 이로써 거발환 환웅의 배달국 시절에는 재세이화 홍익인간을 국시(國是)로 삼고 팔훈(八訓)을 행동 강령으로 채택하였다.

무여율법, 인류 최초의 강제 법령

그러나 3,000여 명의 무리가 가까이 모여 공동으로 정착 생활을 하다 보니 아무리 팔훈을 지키며 산다 하여도 분쟁이 없을 수 없었다. 황궁 시대에 4개 씨족이 함께 살지 못하고 흩어진 것이나 유인 시대에 분쟁이 발생한 것은 모두 먹을 것, 입을 것이 부족하였기 때문이었다. 그래서 환족 모두에게 먹을 것, 입을 것이 풍족하면 더 이상 분쟁이 없을 줄 알았다. 그러나 그게 아니었다.

동물과 달리 사람에게는 욕심이란 것이 있다. 나쁜 의미의 욕심(慾心)이라기보다는 미래를 대비하고 싶은 욕심(欲心)이다. 먹을 것, 입을 것이 지금은 풍부하더라도 나중에 또 부족하게 될지 모르는 일이므로 미리 대비해서 풍부할 때에 비축해 두려는 심정이다. 계속 살아남기 위한 제2의 본능이다.

인류가 직립 보행을 하기 전에는 침팬지와 똑같은 동물이었다. 동물들은 미래를 위한 비축 개념이 없으므로 여분의 식량을 쌓아두지 않는다. 지금 배가 부르면 그만이고 배가 고프면 다시 사냥을 하면 된다.

비축 개념이 생긴 것은 인류가 생각을 할 수 있었기 때문이고 생각을 할 수 있었던 것은 머리가 커졌기 때문이며 머리가 커진 것은 직립 보행을 할 수 있었기 때문이었다. 즉 미래를 위한 비축 개념은 살아남기 위한 제2의 본능, 욕심(欲心)이다. 그러나 이 욕심(欲心)이 어느덧 욕심(慾心)으로 변하게 되었다.

이 욕심(慾心)에 따라 다시 부유한 사람과 가난한 사람이 생겨나고 이는 다툼의 원인이 되었다. 환족이 함께 모여 사는 공동 생활과 정착 생활을 하는 한 이 문제는 하늘소리를 따르는 신앙심과 팔훈이 가르치는 도덕과 윤리만으로는 해결하기 어려웠다. 그렇다고 환족 무리 모두가 수천 년 전 과거의 수렵 생활로 돌아갈 수는 없었다.

거발환 환웅은 이 문제를 풍백, 우사, 운사와 상의하였다.

"우리 환족이 땅도 넓어 먹을 것, 입을 것이 풍부함에도 불구하고 이웃 간에 다툼이 잦으니 이를 어찌하면 좋겠소?"

풍백이 답하였다.

"사람들의 다툼은 가진 자가 더 가지려 하기 때문에 일어납니다. 가진 자는 다른 사람들을 위해 자신에게 필요한 것 외에는 다른 사람들을 위해 내놓게 해야 합니다."

"어떻게 내놓게 할 수 있겠소?"

우사가 대답하였다.

"가진 자에게서 거두어 부족한 사람에게 나누어주게 해야 할 것입니다. 마을도 더 가진 마을과 덜 가진 마을이 있으므로 많이 가진 마을에서 거두어 적게 가진 마을에 나누어주는 것이 좋겠습니다."

거발환 환웅이 물었다.

"가진 사람이나 더 가진 마을이 가진 것을 스스로 내놓겠소?"

운사가 이어받아 답하였다.

"사람이나 마을이 필요한 것보다 더 가지려 하는 것은 과거 선조들의 경험에 비추어 자신들의 미래를 대비하기 위한 것입니다. 그러니 스스로 자기 것을 내어놓고 이웃을 도와주려 하지 않을 것입니다. 많이 가진 자에게서 남는 것을 거두어 부족한 사람에게 나누어 줄 일을 하는 사람을 두어야 합니다. 그리고 그 일을 하는 사람은 자신의 일을 할 수 없으므로 그에게도 먹을 것, 입을 것을 주어야 할 것입니다."

사람들은 먹을 것과 입을 것을 비축하려는 본능을 가지고 있다. 그래서 나온 대책이었다. 거발환과 풍백, 우사, 운사는 마을 대표인 오가들을 모아 상황을 설명하고 자신들이 마련한 대책을 논의하였다. 그리하여 환족 모두가 지켜야 할 규칙을 마련했다.

첫째, 사람의 행적은 항상 분명하고 가지런하게 하라.

남몰래 꾸미서 귀(鬼)가 되고 번거롭게 막혀 마(魔)가 되지 않도록 하며 인간 세상으로 하여금 밝게 통하여 하나의 장애도 남지 않게 하라.

둘째, 사람이 모은 것은 죽어서 공을 쌓는 데 쓰도록 하라.

더럽게 늘어놓아 귀(鬼)가 되고 낭비하여 마(魔)가 되지 않도록 하며 인간 세상으로 하여금 두루 윤택하게 하여 하나의 유감도 남지 않게 하라.

셋째, 완고하고 사악한 사람은 광야로 귀양 보내라.

그리하여 항상 그 행실이 드러나지 못하도록 하며 사악한 기운이 세상에 남지 않게 하라.

넷째, 큰 죄를 지은 사람은 섬도로 유배를 보내라.

그리고 죽은 후에는 그 시체를 태워 죄업이 지상에 남지 않게
하라.

첫째 항목은 개인의 일탈 행위를 방지하기 위함이고 둘째 항목은 다
른 사람을 위하여 남는 것을 무리에게 환원하도록 하는 것이다. 그러면
그 사람은 죽어서도 무리에게 기억될 것이다. 주목할 점은 셋째와 넷째
항목이다. 한 개인이 완고하여 첫째 항목과 둘째 항목을 어긴다면 광야
로 귀양을 보내고 무리의 공동 생활에 크게 해를 끼친 사람은 멀리 외
딴 섬으로 유배를 보내는 것이다.

환웅과 삼백이 마련한 이 규칙은 함께 잘 살기 위한 것이므로 모두가
동의하였다. 이 제도를 후대의 사람들은 무여율법(無餘律法)이라 불렀
다. 즉 남는 것이 없도록 하는 규정이다. 오늘날 개념으로 보면 이는 조
세 정책과 소득 재분배 정책이고 복지 정책이며 이 제도를 시행하기 위
한 인류 최초의 강제 법령이다, 환웅은 무여율법을 시행하는 직책으로
환부(鰥夫)를 두었다.

환웅은 다시 삼백과 머리를 맞댔다. 잉여 생산물이 발생하려면 경작
지를 늘리고 수확량도 증대시켜야 했다. 그리고 마을별로 식량의 과부
족을 파악하고 마을별 잉여 생산량을 모아 식량이 부족한 마을에 적절
하게 배분하여야 했다.

이 일을 하기 위해 거발환 환웅은 구을리 환인 시대 이래의 지방 조
직인 오가 제도를 의사 결정을 집행하는 중앙 조직인 오사(五事) 조직으
로 변화시켰다. 우가는 주곡(主穀), 즉 농사일로서 생산량을 담당하게
하고 마가에게는 주명(主命), 즉 거발환을 비롯한 삼백의 의사를 환족들
에게 전달하는 임무를 부여하였다.

저가의 임무는 주병(主病)으로서 환족의 질병 상태를 관리하게 하고, 양가의 임무는 주선악(主善惡)으로 환족 전체가 조화롭게 살기 위한 선악의 개념을 담당하게 하고, 구가에게는 무여율법을 어긴 자와 양가의 선악 개념에 따라 환족에게 악을 행하는 자를 처벌하는 형벌 업무, 즉 주형(主刑)의 임무를 담당하게 하였다.

따라서 주곡을 담당하는 우가의 노력으로 식량이 많이 증대하여 잉여 생산물이 풍부하면, 선악을 담당하는 양가가 무리 개개인과 마을 간의 과부족을 파악하고 이의 재분배는 환부가 담당한다. 무여율법을 어기는 자가 발생하면 주형 업무를 담당하는 구가가 처리한다.

주목할 것은 배달 시대 초기에 선악 개념과 형벌 개념이 등장하였다는 것이다. 개인 단위, 또는 소규모 가족 단위 무리 생활에서는 선악의 개념이나 형벌의 개념이 없었다. 함께 모여 정착 생활을 하면서 무리의 공동체 생활에 해를 끼치면 악(惡)이고 도움이 되면 선(善)이라는 개념이 생겨났다.

혼자 생활하는 사람은 어떤 행동을 하더라도 그것은 선악의 개념과 관계가 없다. 그러나 조화로운 공동 생활을 위해서는 공동체에 도움이 되는 선한 행위는 장려하고 해악을 입히는 악한 행위는 벌해야 한다. 그래서 등장한 개념이 형벌 개념이다.

환웅과 삼백은 공동 생활을 위해 무여율법을 제정하고 이를 집행하기 위한 기구로서 환부를 두고 오가 중 양가에게 선악을, 구가에게 형벌을 담당하게 하였다. 인류 최초의 강제 법령과 처벌 규정의 시행이다. 황궁 시대 이래 환국 시대까지 지켜졌던 자재율은 사라지고 거발환 시대에 무여율법, 즉 강제 처벌 규정이 처음 생겨나게 되었다.

이로써 환족은 지배 계급과 피지배 계급이 분화되고 지배 계급에게 환족 전체를 위한 강제 집행권을 부여하였다. 이 모든 조치는 환족 무리 전체의 동의를 얻어 결정되었다. 먼 옛날 황궁 시대에 환족이 흩어지고 유인 시대에 분쟁이 일어나게 된 근본 원인을 기억하고 있었기에 환족은 무여율법의 시행에 동의하였다.

거발환 환웅 시대에 지배 계급과 피지배 계급이 생기고 삼백과 오사라는 중앙 행정 조직이 등장하고 선악 개념과 형벌 개념이 생김에 따라 강제 처벌 규정을 마련하는 등 기본적인 국가의 체제를 갖추었으나 아직 영토의 개념은 없었다. 후대의 역사가들은 거발환의 시대를 마을 사회 시대라고 부르기도 한다.

〈하늘님이 하신 말씀〉

무여율법이 제정되어 시행되면서 10년이 지나갔다. 환족의 무리는 하늘신의 뜻대로 조화로운 삶을 살고 있었으나 거발환 환웅은 귀양 보내고 유배 보낸다는 강제 규정이 마음에 걸렸다.

'일찍이 황궁과 유인 시대에 식량 부족 때문에 같은 환족 사이에 분쟁이 있었다. 환국 시대에는 안파견 선조가 〈하늘님께 드리는 기도〉를 지어 무리의 마음을 한 방향으로 모으고 오훈을 지어 무리의 행동을 통일하였다. 땅이 넓어 작물이 풍부한 백산과 흑수 지역으로 옮겨 온 후에도 분쟁은 일어났다. 그래서 오훈을 행동으로 실천하도록 팔훈을 제정하고 이어 무여율법이라는 강제 규정으로 그것을 다스리고 있다.'

거발환은 〈하늘님께 드리는 기도〉와 오훈을 되새겼다.

하늘신을 믿고 오훈대로 행하면 환족이 풍요롭고 편안하게 잘 살아야 했다. 그러나 그것이 지켜지지 않아 거발환은 팔훈과 무여율법을 시행하였다. 거발환 환웅은 안파견 선조를 대하기에 부끄러움을 느꼈다.

'안파견 선조의 시대와 지금의 시대는 많이 다르다. 인구도 몇 배로 늘어났고 거주지도 더 넓은 곳을 찾아 이동했다. 우리에게는 새로운 가르침이 필요하다.'

거발환 환웅은 깊이 생각했다.

'천만억토 높은 하늘에 하늘님이 계시는데 하늘은 무엇인가? 파랗게 보이는 저것이 하늘인가?. 하늘은 언제 어디서 시작되었는가? 시작이 있으면 끝은 어디인가? 하늘에도 땅처럼 동서남북이 있는가? 하늘의 모양은 어떠한가?'

'천만억토 높은 하늘에 계시는 하늘님은 어떤 분이신가? 안파견 선조는 삼신일체로 계시는 분이 덕과 지혜가 무한하시며 하늘과 땅과 사람을 만들어 완전하게 하셨다고 가르쳐 주셨다. 우리는 어떻게 하면 하늘님을 뵐 수 있는가?'

'하늘에는 하늘님의 궁전이 있어 선과 덕이 충만한 곳이니 착한 본성으로 덕을 쌓고 삼신에게 공덕을 세우는 사람은 죽어서도 하늘궁전에 들어 영원한 생명을 얻을 것이다.'

'수많은 저 별들이 모두 크기가 다르고 밝기가 다르니 거기 사는 사람들도 괴로움과 즐거움이 다를 것이다. 우리가 사는 땅은 크게 보이지만 하늘님 보시기에 조그마한 하나의 주먹 세계일 뿐이다. 하늘님이 땅을 만드실 때 큰 불덩어리가 터져 바다가 되고 땅이 되었다. 하늘님이 땅으로 작용하시며 나무들과 물속 동물, 나는 동물, 기는 동물들을 만들고 기르시니 온갖 생물들이 번창하게 되었다.'

'어떻게 하면 하늘궁전에 들어가 살 수 있을까? 우리는 하늘궁
전에 들어갈 수 있도록 진심으로 하늘소리를 따라야 할 것이다.
그런데 왜 환족은 하늘소리를 따르지 않을까?'

거불환 환웅은 환족이 하늘소리를 따르지 않는 원인에 대하여 깊이
숙고했다.

'세상 사람들은 제각기 하늘님으로부터 성품(性)과 목숨(命)과
정기(精)를 온전하게 받았다. 사람의 참(眞) 성품은 선하여 악함이
없고 참(眞) 목숨은 맑아서 흐림이 없고 참(眞) 정기는 후덕하여 천
박함이 없다. 그러므로 사람이 성명정(性命精)의 세 가지 참됨(三眞),
즉 성품의 선함과 목숨의 맑음과 정기의 후덕함을 잘 닦아 본연
의 모습으로 돌아갈 때 우리는 하늘님의 조화로운 하늘궁전에 들
어갈 수 있다.
성명정(性命情) 삼진(三眞) 본연의 모습은 어떻게 얻을 수 있는
가? 성명정의 삼진은 우리의 마음(心)과 기운(氣)과 몸(身)을 수련
함으로써 얻을 수 있다. 그리하여 선한 마음은 복을 받고 맑은 기
운은 장수하게 하고 후한 정기가 모여 귀한 몸이 된다. 이렇게 심
기신(心氣身)을 수련하여 선한 마음과 맑은 기운과 후한 정기를 가
지게 되면 이 세 가지 길(三途)로 하늘궁전에 들게 된다.
이 삼도(三途)에 이르기는 참으로 험난하다. 심기신(心氣身)이 선
하고 맑고 후덕하면 삼도에 이르게 되지만 이 심기신이 악하고
흐리고 천박하게 되면 삼도에 이를 수 없게 되니 이를 삼망(三妄)
이라 한다.

그렇다면 심기신(心氣身)을 어떻게 수련하여야 삼도(三途)에 이르게 될까?

사람들이 세상 만물과 만나는 방법에는 느낌(感)과 호흡(息)과 촉감(觸)의 세 가지 방법이 있다.

느낌(感)으로 만나면 그 느낌은 기쁨과 두려움과 슬픔과 노여움과 탐욕과 싫어함으로 나타나고(희구애노탐염, 喜懼哀怒貪厭), 호흡(息)으로 만나면 그 냄새는 향내와 숯내와 차가움과 더움과 마름과 젖음으로 나타나고(분란한열진습, 芬爛寒熱震濕), 촉감(觸)으로 만나면 그 감촉은 소리와 빛깔과 냄새와 맛과 음탕함과 살닿음으로 나타난다(성색취미음저, 聲色臭味淫抵).

사람들이 이 감식촉(感息觸)을 통하여 삼도(三途)로 만나는가 아니면 삼망(三妄)으로 만나는가에 따라 하늘소리를 듣고 하늘궁전에 들 수 있는 사람과 들 수 없는 사람이 가려지게 된다.

보통 사람들은 선악과 청탁과 후박이 서로 뒤섞여서 느낌과 호흡과 촉감의 열여덟 가지 길을 마음대로 달리다가 나고 자라고 늙고 병들고 죽는(생장소병몰, 生長肖病歿) 고통에 떨어지게 되지만, 밝은 사람들은 감정을 절제하고 호흡을 고르게 하여 촉감을 억제하고 오직 한마음으로 매사를 행하여 삼도(三途)에 이름으로써 삼망(三妄)을 바로잡고 삼진(三眞)으로 나아갈 때에, 하늘님의 하늘소리를 듣고 실천하여 하늘궁전에 들게 된다.'

거발환 환웅은 하늘과 하늘신과 하늘궁전을 생각하였다. 그리고 환족이 이 세상에서 착하고 깨끗하게 살아 덕을 충만히 쌓으면, 즉 하늘소리를 듣고 실천하면, 죽어서 하늘궁전에서 영원히 살게 된다는 하늘궁전의 개념을 도입하였다.

환웅은 삼백과 오사들과 함께 이 문제를 논의했다.

"우리는 그전에 살던 천산주에서 사람은 늘어나고 땅은 변하지 않으니 식량이 부족하여 이곳으로 옮겨 왔소. 이제 우리가 이곳 넓은 백산 흑수 아래로 옮겨 와 먹을 것과 입을 것이 넉넉하거늘, 여전히 조화롭게 살지 못해 귀양 보내고 유배 보내야 한다는 것이 안타깝기 그지없소. 그래서 우리 환족에게 선조들의 가르침을 되새기게 하고 싶은데 삼백과 오사의 생각은 어떠시오?"

거발환은 환족을 위하여 자신이 생각한 하늘과 하늘신과 하늘궁전, 그리고 세상의 창조 과정, 죽은 후에도 하늘궁전에서 영원히 살기 위한 생활 등을 설명하였다.

삼백과 오사가 크게 찬성하여 거발환 환웅의 생각을 토대로 서자부의 대인들과 샤먼들은 〈하늘님이 하신 말씀〉을 만들었다.

- 하늘 -

환족들이여 저 푸른 것이 하늘이 아니요
검은 것도 하늘이 아니다
하늘은 형체도 없고 시작과 끝도 없으며
위아래와 사방도 없도다
겉도 비고 속도 비어 없는 곳이 없도다

- 하늘님 -

하늘님은 가장 높은 곳에 앉아 계시며
덕과 지혜와 큰 힘으로 하늘을 창조하시고

무수히 많은 세계를 다스리시나

한 곳도 빠뜨리지 않고 무한히 밝고 신령하시다

소리와 기운으로만 기도하면

하늘님을 친히 뵐 수 없으니

오직 본성으로 기도하면

하늘님이 머리 위에 내려오시리라

– 하늘궁전 –

하늘은 하늘님이 계시는

하늘궁전이 있는 곳이도다

온갖 선과 덕이 있어

크게 길하고 상서롭고 밝은 곳이도다

오직 본성에 통하고 공을 세운 자만이

이곳에 들어 영원히 즐거움을 얻으리라

– 세계 –

하늘에는 무수한 별이 있으나

크고 작음과 밝고 어두움과

괴로움과 즐거움이 같지 않느니라

하늘님이 세상을 만드시고 다스리시니

우리가 사는 땅은 조그마한 주먹 세계에 불과하니라

태초에 하늘님이 기를 불어

큰 불덩어리가 터져 바다가 되고 땅이 되었도다

하늘님이 또 기를 불어

여러 동물들과 나무들을 만드시니
땅 위에 온갖 생물들이 번창하게 되었도다

– 인물 –

사람과 만물이 삼진(性命精)을 함께 받았지만
만물은 편중되게 받았느니라
사람의 참된 성품은 선하여 악함이 없고
참 목숨은 맑아 흐림이 없고
참 정기는 후덕하여 천박함이 없도다
이 세 가지를 잘 닦아 본연의 모습으로 돌아갈 때
하늘님의 조화로운 하늘궁전에 들어갈 수 있느니라

사람과 만물 중 오직 사람만이 땅으로 인해 혼미해져서
삼망(心氣身)이 뿌리를 내리니 마음과 기운과 몸이니라
마음은 삼신의 성품을 따르나 선악이 있으니
선한 마음은 복을 받고 악한 마음은 화를 입느니라
기는 삼신의 생명을 따르나 청탁이 있으니
기운이 맑으면 장수하고 탁하면 일찍 죽느니라
몸은 삼신의 정기가 모인 것으로 후박이 있으니
후한 정기는 귀한 몸이 되고
박한 정기는 천한 몸이 되느니라
삼진(性命精)과 삼망(心氣身)이 서로 작용하여
삼도(感息觸)를 만들어내니
느낌과 호흡과 촉감이니라

이 셋이 다시 변화하여 열여덟 가지 경계를 이루나니

느낌에는 기쁨과 두려움과 슬픔과 노여움과 탐욕과 싫어함이 있고

호흡에는 향내와 숯내와 차가움과 더움과 마름과 젖음이 있으며

촉감에는 소리와 빛깔과 냄새와 맛과 음탕함과 살닿음이 있느니라

보통 사람들은 선악과 청탁과 후박이 서로 뒤섞인

열여덟 가지 길을 마음대로 달리다가

나고 자라고 늙고 병들고 죽는 고통에 떨어지느니라

그러나 밝은 사람들은

감정을 절제하고 호흡을 고르게 하며 촉감을 억제하여

오직 한마음으로 매사를 행하고

삼망을 바로잡고 삼진으로 나아가

대신기(大神機, 우주 삼신의 조화 기틀)를 발현시키나니

대광명의 성품을 깨닫고 그 공덕을 완수한다는 것은

이를 두고 하는 말이니라

거발환은 오가를 통해 마을 사람들에게 가르치게 했으며 서자부 아이들에게도 가르치게 했다. 환족은 하루 두 번, 아침 저녁으로 마을별로 모여 〈하늘님께 드리는 기도〉와 〈하늘님이 하신 말씀〉을 암송하고 명상 수련의 시간을 가졌다. 살아서 열심히 일하여 모은 것을 부족한 이웃을 위해 나누어 주면, 즉 본연의 모습으로 돌아가면, 죽어서는 하늘님의 조화로운 하늘궁전에 들어갈 수 있다는 가르침이었다.

거발환 환웅의 시대에 비록 강제 처벌 규정이 있었으나 서로 도우며 조화롭게 살아 귀양 가거나 유배 가는 사람은 없었다. 거발환이 하늘궁

전의 개념을 정립함으로써 살아서 공을 세우고 덕을 쌓는 사람은 죽어서 하늘궁전에 들 수 있다고 했기 때문이었다. 후대의 역사가들은 거발환이 지은 이 기도문을 삼일신고(三一神誥)라 하였는데 삼신일체인 〈하늘님이 하신 말씀〉이라는 뜻이다.

녹도문을 만들다

오사 중 주명을 담당하는 마가에 혁덕(赫德)이라는 이름을 가진 신지(神誌)가 있었다. 신지는 거발환과 삼백의 말이나 지시 사항을 오사들과 마을 사람들에게 전하는 임무를 맡은 직책이었다. 당시에는 문자가 없었으므로 신지는 거발환과 삼백이 전하는 말들을 전부 기억하고 있어야 했다. 전달해야 할 내용이 많든 적든 정확한 전달이 필요하므로 신지 혁덕은 항상 정신을 집중하고 있었다. 그러나 기억에만 의존하는 데는 한계가 있으므로 신지 혁덕의 임무는 여간 힘든 일이 아니었다.

어느 날, 혁덕은 무리를 따라 함께 사냥을 나갔다가 사슴 한 마리를 발견하고 뒤를 쫓았다. 그러나 어느 틈엔가 사슴은 시야에서 사라지고 말았다. 사슴을 뒤쫓던 혁덕은 사슴이 사라진 지점 인근에서 사슴의 발자국을 발견하였다. 동물들의 발자국이나 사람의 발자국은 다른 사람들도 흔히 보던 것이었다.

"옳지, 사슴이 오른쪽 방향으로 달아났구나."

사슴 발자국은 오른쪽 언덕을 넘어 풀숲에서 잠시 끊겼다가 다시 이어졌다. 사슴은 보이지 않고 사슴 발자국만 찍혀 있었다.

"아, 그렇지!"

사슴은 보이지 않았지만 혁덕은 사슴 발자국을 보고 사슴이 도망 간 방향을 알 수 있었다.

"발자국이 바로 사슴이다!"

혁덕은 크게 깨달았다. 사슴을 발자국 모양으로 나타낼 수 있었다. 그렇다면 양은 뿔 모양으로 나타낼 수 있다.

"그렇다. 바로 이거다!"

혁덕은 사슴, 양뿐만 아니라 벼, 기장 등 작물을 비롯한 모든 대상물들을 그 특징을 표현함으로써 나타낼 수 있음을 알았다. 이렇게 다양한 대상물들의 특징을 살려 표현하면 잊어버리지 않고 쉽게 기억할 수가 있었다. 그리하여 혁덕은 모든 사물을 그 특징으로 표현하여 나타냄으로써 문자를 만들 수 있었다. 인류 최초로 발명한 문자였다.

혁덕이 즉시 이러한 생각을 거발환에게 보고하자 거발환을 비롯한 삼백들은 크게 기뻐했다.

"신지, 그대는 대단히 큰일을 했소."

거발환은 삼백과 신지 혁덕과 함께 하늘신에게 감사의 제사를 드렸다. 그리고 신지 혁덕에게 말했다.

"그대가 만든 글자로 안파견 선조가 지은 〈하늘님께 드리는 기도〉와 최근에 대인들과 샤먼들이 만든 〈하늘님이 하신 말씀〉을 표현해 보시오. 우리 환족들이 글자로 쓰여진 기도문을 보면 힘들게 외우지 않더라도 보고 읽을 수 있으니 얼마나 편리하겠소?"

신지 혁덕은 거발환의 지시로 안파견 환인이 지은 〈하늘님께 드리는 기도〉와 거발환의 〈하늘님이 하신 말씀〉을 기록하였으나 그 원문은 전해지지 않고 있다.

후대의 역사가들은 신지 혁덕의 아이디어로 만들어진 글자를 녹도문

(鹿圖文)이라고 불렀다. 녹도문은 사슴의 발자국을 본떠 만든 글이란 뜻이며 훗날 중국에서 만든 뜻글자인 한자의 기원이 되었다.

웅족과 결합하다

거발환이 백산흑수 지역으로 이동해 오기 전, 백산흑수의 남쪽 지역에는 호랑이를 토템으로 하는 호족과 곰을 토템으로 모시는 웅족이라는 두 무리의 집단이 거주하고 있었다. 호족은 오래전부터 이 지역에 살았던 원주민이고 웅족은 거발환 환웅이 이주해 오기 전 호족의 이웃 땅으로 이동해 와서 자리를 잡았다. 따라서 호족과 웅족 모두 환국 시대부터 존재하고 있었으며 원주민인 호족과 이주민인 웅족은 모두 여신을 모시는 모계 사회로서 여성이 무리를 이끌고 있었다.

그러나 두 무리는 서로 왕래가 없었고 사사건건 부딪쳐 싸우기만 하였다. 호족은 사냥을 주로 하는 무리로 성격이 매우 강하며 탐욕이 많고 잔인하여 약탈을 일삼고 있었으며 웅족은 농작물 경작을 주로 하는 무리로 성격이 괴팍하고 우직하며 고집스러워서 서로 조화를 이루지 못했기 때문이었다.

두 무리 사이의 관계를 파악한 거발환 환웅은 어느 쪽과도 접촉하지 않고 상황을 주시하고 있었다. 두 무리 모두 환족과 달리 하늘신을 믿지 않고 정령 신앙을 따르며 각각 호랑이와 곰을 숭상하는 토템 신앙이 있고 정령에게 제사 지내는 샤먼들도 있었다.

호족과 웅족이 볼 때 환족은 자신들과는 다른 면이 있었다. 자기들끼리 똘똘 뭉쳐 경작과 사냥을 하며 제사를 지내고 기도하고 명상 수련을 하는 것이 신기해 보였다. 호족과 웅족 모두 환족을 경계하며 은근히 환족이 자기들 편을 들어 주기를 바랐다.

그러던 어느 날, 웅족과 호족이 큰 싸움을 벌였다. 싸움이 잦아든 며칠 후, 호족의 여왕이 지도자들과 많은 재물을 가지고 거발환 환웅을 찾아와 뵙기를 청하였다. 환웅이 물었다.

"호족의 여왕께서 무슨 일로 찾아오셨습니까?"

"예. 우리는 수천 년 전부터 이곳 백산 아래에서 사냥과 경작을 하면서 살아오고 있었습니다. 그런데 언제부터인가 웅족이 근처로 이동해 와서 우리 곁에서 살기 시작했습니다. 어느 날 우리 호족 몇 사람이 먹을 것이 부족해 이웃 웅족의 밭에서 그들의 농작물을 캔 적이 있었습니다. 양도 많지 않고 배가 고파서 그랬을 뿐인데 웅족은 불같이 화를 내며 달려들어 쫓아냈습니다. 그때 이후 우리들은 매번 사이가 좋지 않았습니다."

"그러면 얼마 전 큰 싸움은 무엇 때문인가요?"

"우리 호족 몇 명이 사냥을 가기 위해 이동하면서 자기네 경작지를 침범했다고 길을 가로막았기 때문에 싸움이 붙었습니다."

"그러면 오늘은 무슨 일로 찾아오셨습니까?"

"우리 호족은 이곳에서 수천 년 동안 사냥과 경작을 하며 살아왔습니다. 지금 웅족이 살고 있는 땅도 인구가 늘어나면 우리가 쓸 땅인데 웅족이 차지해 버렸습니다. 제가 알기로 환웅님의 환족은 하늘님을 믿으며 서로 조화롭게 산다고 들었습니다. 부디 저희를 도와 함께 웅족을 몰아내 주시면 그 땅을 환족에게 드리겠습니다."

"그렇다면 한 가지 조건이 있소. 호족의 여왕께서도 알고 계시다시피 우리 환족은 첫 조상부터 하늘님을 모시며 하늘소리에 따라 조화롭게 살고 있소. 여왕을 비롯한 호족이 하늘님을 믿고 우리와 같이 조화롭게 지낸다면 기꺼이 호족을 돕겠소."

"예, 그렇게 하겠습니다."

그리하여 거발환 환웅은 호족 여왕과 지도자들을 데리고 인근의 마을로 가서 환족 마을의 생활을 보여 주었다. 마을 사람들이 모여 아침 식사 전 〈하늘님께 드리는 기도〉와 〈하늘님이 하신 말씀〉을 함께 암송하고 명상 수련을 하는 모습, 아침 식사 후 각자 맡은 일을 하다가 오후일을 마치고 저녁을 먹은 후 암송과 명상, 마을 회의를 하는 모습이었다. 거발환 환웅이 말했다.

"보신 바와 같이 우리 환족은 하늘님을 믿고 하루 두 번씩 기도문을 암송하며 명상 수련을 하고 있소. 이제 그대들에게 〈하늘님께 드리는 기도〉와 〈하늘님이 하신 말씀〉 등 두 가지 기도문을 알려 드릴 테니 앞으로 100일 동안 햇빛이 없는 동굴 속에서 지내며 모두 암송하고 하늘님을 알기 바라오. 햇빛 없는 동굴 속의 수련은 약 3,000여 년 전 우리 선조 안파견 환인이 하늘님을 만나 뵐 때 천산에서 몸소 하신 명상 수련이오."

거발환은 하루 동안 여러 번 반복해서 두 가지 기도문을 알려주고 호족 여왕 일행을 동굴 속으로 안내했다. 환국의 안파견 환인이 하늘신에 대해 깊이 생각하면서 동굴 속에서 행한 이 명상 수련을 후대 사람들은 정해법(靜解法)이라 했다. 몸과 마음을 고요히 하여 묵은 기운을 떨쳐내는 수련법이다.

그들이 동굴 속에서 100일 동안 수련하며 두 가지 기도문을 왼다면 호족과 환족의 동맹은 수립된다.

그러나 동굴 안으로 들어간 호족 여왕 일행은 사흘도 견디지 못하고 뛰쳐나왔다. 본래가 사납고 거칠며 호전적인 그들은 캄캄한 동굴에서 100일은커녕 3일도 견디기 어려웠다. 굴 밖으로 뛰쳐나온 호족 여왕 일행은 거발환 환웅에게 작별 인사도 없이 도망치듯 자신들 마을로 돌아가고 말았다. 거발환 환웅은 사나운 강족(强族)인 호족과는 함께 할 수 없음을 알고 그들을 멀리 추방할 결심을 굳혔다.

며칠 후, 이번에는 웅족의 여왕이 지도자 몇 명과 함께 역시 많은 선물을 가지고 거발환 환웅을 찾아와서 뵙기를 청했다. 예의를 갖춘 웅족 여왕이 먼저 말했다.

"이렇게 환족의 거발환 환웅님을 찾아뵈온 것은 다름이 아니라 상의 드릴 일이 있기 때문입니다."

"예, 상의할 일이란 무슨 내용인가요?"

"우리 웅족은 수만 년 전부터 함께 사냥을 하며 이동 생활을 하다가 수천 년 전에 직계 선조들이 조상들로부터 분가해서 이곳 흑수 아래 땅에 정착하여 농경 생활을 하고 있습니다. 우리와 헤어진 조상들의 후예는 지금도 먼 동쪽 지역에 살고 있다고 합니다. 우리가 이곳에 정착할 당시 이 땅은 비어 있어서 정착하는 데에 아무 문제가 없었고 근처에 있는 호족들도 처음에는 우리와 아무 관계가 없었습니다.

그러던 것이 우리 할아버지 때에 호족이 자기네 땅이라고 우리 경작지를 침범해서 훼손하고 저희 웅족을 만나기만 하면 싸움을 걸고 해치려고 덤벼들었습니다. 우리도 대응할 수밖에 없었고 그때부터 우리와 호족은 왕래가 끊어지고 길에서라도 만나면 싸움만 일어났습니다. 얼마 전에도 호족 사람들이 사냥을 가면서 다니는 길이 따로 있음에도 불구하고 일부러 우리 경작지를 침범해 훼손하므로 큰 싸움이 일어나기도 했습니다. 호족들이 살고 있는 땅도 넓어 부족하지 않은데 왜 자꾸만 우리 땅을 침범하는지 알 수가 없습니다."

웅족 여왕은 거발환 환웅이 묻지 않았음에도 얼마 전 웅족과 호족이 싸운 원인을 말해주었다. 환웅이 두 집단의 말을 듣고 보니 이는 땅 문제였다. 거발환 환웅의 환족도 천산 지역은 경작지가 부족해서 이곳 백산흑수 지역으로 이동해 온 터였다. 원주민인 호족은 옆의 비어 있는 땅을 미래에 자신들 살 곳으로 생각하고 있었는데 웅족이 와서 차지했고, 웅족의 입장에서는 이미 수천 년 전에 선조들이 비어 있는 땅을 개간해서 거주하고 있었으니 자신들의 소유였다. 무리가 정착해서 거주하고 있는 땅의 소유 개념이 등장한 것이다.

거발환 환웅이 웅족 여왕에게 물었다.

"그렇다면 여왕께서 저를 찾아오신 목적은 무엇입니까?"

"예, 말씀드린 바와 같이 저희는 호족 때문에 많은 곤란을 겪고 있습니다. 이번 기회에 환족이 저희와 힘을 합쳐 호족 무리를 쫓아내 주신다면 환족과 웅족은 동맹을 맺어 영원히 한 종족처럼 되기를 바라고 있습니다."

환웅이 듣고 보니 매력이 있는 제안이었다. 호족과 웅족의 다툼에서 보듯이 정착하여 살고 있는 각 무리는 경작지 부족 현상을 맞고 있어서 경작지를 넓히고 차지하기 위해서는 인구가 많은 것이 유리하였다. 무리의 인구가 많으면 그만큼 무리 전체의 힘도 강해지는 법이다.

거발환이 말했다.

"좋소. 그 대신 조건이 하나 있소."

"환족의 제안이라면 어떤 조건이라도 받아들이겠습니다."

"웅족 여왕님도 아시겠지만 우리 환족은 하늘님을 모시고 살고 있소. 우리 환족의 하루는 하늘님으로부터 시작해서 하늘님으로 마무리

되고 있소. 웅족 여왕께서 저희 환족의 하루 생활을 보시고 난 후에 저의 조건을 말씀드리겠소.”

이리하여 거발환 환웅은 웅족의 여왕과 지도자들에게 호족 여왕이 본 것과 같은 환족의 하루를 보여 주었다. 그리고 웅족 여왕에게 말했다.

“두 무리의 동맹을 위한 조건은 바로 이것이오. 우리의 〈하늘님께 드리는 기도〉와 〈하늘님이 하신 말씀〉 등 두 가지 기도문을 가르쳐 드릴 테니 햇빛이 없는 동굴 속에서 100일 이내에 두 기도문을 모두 암송하고 이에 대해 명상 수련을 하는 것입니다. 그래야만 하늘님을 믿는 우리 환족과 동맹을 맺을 수 있습니다.”

“알겠습니다. 그렇게 하겠습니다.”

이리하여 웅족 여왕과 지도자들은 두 가지 기도문을 배우고 암송하고 이해하기 위해 동굴 속으로 들어갔다. 웅족은 본래 성격이 우직하고 고집이 세서 무엇이든 마음 먹으면 고집스럽게 집착하는 버릇이 있었다. 과연 웅족 여왕과 지도자들은 동굴 속으로 들어간 지 스무하루 만에 두 가지 기도문을 줄줄 외면서 나왔다. 기도문을 욀 뿐만 아니라 정해법에 따른 수련 덕분에 하늘님에 대한 굳은 믿음도 가지게 되었다.

동굴 밖으로 나온 웅족 여왕이 흥분해서 말했다.

“이렇게 좋은 하늘님을 이제야 알게 되었습니다. 하늘님께서 하늘과 땅과 사람을 창조하시고 사람이 덕을 베풀며 살면 죽어서 하늘궁전에 들게 되는 것도 알게 되었습니다. 거발환 환웅님께서 우리에게 큰 빛을 주셨습니다. 우리도 앞으로 환족 사람들처럼 하늘님을 모시고 기도하며 살겠습니다. 부디 우리 웅족에게 하늘님을 가르쳐 주시기 바랍니다.”

거발환 환웅이 말했다.

“웅족 여왕께서 하늘님을 믿으시겠다니 기쁘기 그지없습니다. 이제 우리의 동맹은 성립되었습니다."

이리하여 환족과 웅족의 동맹은 성립되었다. 그러나 동맹을 맺기 위해서는 웅족 여왕과 지도자들뿐만 아니라 전 웅족이 모두 하늘님을 믿어야 했다.

"이제 우리는 한 가족이 되기로 하였으니 환웅님께서는 부디 우리 웅족 모두가 하늘님을 믿도록 가르쳐 주시기 바랍니다."

"예, 물론이지요. 그리하도록 하겠습니다."

웅족 여왕은 큰 기쁨을 안고 돌아갔다.

그동안 거발환 환웅이 관찰하며 파악한 결과 웅족은 수만 년 전 동북쪽의 고원 지대에서 살고 있었는데 그중 한 무리가 분가하여 이곳으로 옮겨왔다고 했다. 웅족은 하늘님을 모르고 모든 사물의 정령을 믿으며 그중에서도 여신을 모시고 있었다. 경작과 사육, 수렵을 병행하며 살고 있지만 농경 생활에 있어서도 돌판 달력을 사용하지 않는 등 거발환의 시각으로 볼 때 비종교적이었고 비과학적이었다. 거발환은 서자부의 대인들과 샤먼들을 중심으로 웅족 개혁단을 조직했다. 두 개 팀으로 나누어 한 팀은 하늘신을 가르치고 한 팀은 돌판 달력과 농경법을 가르치기로 했다.

개혁단이 웅족 마을에 도착하자 여왕을 비롯한 온 무리가 나와 환영했다. 개혁단 대표가 말했다.

"웅족 여왕님께 인사드립니다. 우리는 거발환 환웅님의 지시로 웅족 사람들에게 하늘님과 농경법을 전수하러 왔습니다. 이렇게 환영해 주시니 대단히 감사합니다."

"어서 오시지요. 우리를 도와주러 오시니 감사합니다. 비록 우리 웅족이 많이 부족하더라도 잘 지도해 주시면 감사하겠습니다."

개혁단은 웅족 여왕의 안내로 마을을 둘러보았다. 마을의 중심에는 거대한 여신상과 여신을 모시는 제단이 있었고 웅족은 매월 보름달이 뜨는 날에 여왕이 샤먼들과 함께 번영과 번식을 기원하는 제사를 드린 다고 했다. 개혁단은 웅족 마을의 경작지도 둘러보았다.

그날부터 개혁단은 환족이 하고 있는 그대로 하늘신과 돌판 달력과 농경법을 지도하기 시작했다. 하늘신과 〈하늘님께 드리는 기도〉와 〈하 늘님이 하신 말씀〉을 가르치고 명상 수련법을 전수했으며 돌판 달력의 원리와 제작법, 활용법, 돌판 달력을 이용한 농경법 등을 전수했다.

개혁단이 웅족에게 하늘신을 가르치기는 했으나 웅족도 여신을 모시 고 모든 사물에 정령이 있다는 애니미즘을 믿으며 여신과 정령에게 제 사 지내는 샤먼들도 있었고 곰을 조상신으로 모시는 토템도 있었다. 개 혁단은 웅족이 모시고 있는 여신을 배제하지 않고 웅족의 신앙도 존중 하였다. 그리고 웅족 사람들을 환족 마을에 보내어 실제 생활 방식을 보고 느끼고 돌아와서 직접 실행하도록 했다.

웅족 여왕과 웅족 사람들은 정성을 다해 가르침을 받아들였다. 개혁 단의 가르침 외에도 양쪽 무리는 서로의 마을을 왕래하며 생산물을 교 환하기도 하고 수렵한 사냥감을 나누고 드디어 환족과 웅족이 결혼하 는 사람들도 나타났다.

어느덧 10년의 세월이 지나갔다. 웅족의 학습 효과는 상당히 높아서 환족과 웅족의 수준이 거의 비슷해졌으며 오랜 왕래와 거래 결과 두 집 단은 처음부터 한 집단이었던 것과 거의 같아졌다. 그동안 양쪽 무리를 지켜보던 호족은 그 사이에도 몇 번 웅족과 다툼이 있었으나 환족이 웅 족과 동맹을 맺은 후에는 감히 웅족을 침범하지 못했다. 환족과 웅족의 강력한 동맹 앞에 호족은 더 이상 견디지 못하고 멀리 북쪽 지방으로 떠나가고 말았다.

두 무리가 거의 한 무리인 듯이 생활하던 어느 날, 웅족 여왕이 거발
환 환웅을 찾아왔다. 함께 온 웅족의 대표가 말했다.

"거발환 환웅님께 인사드립니다."

"어서 오시지요, 웅족 여왕님."

"환웅님의 도움으로 우리 웅족의 생활이 크게 나아졌습니다. 이 모
든 것이 환웅님의 크나큰 도움의 결과입니다. 거발환 환웅님께 감사드
립니다."

"아니지요. 저희는 그저 저희의 생활을 그대로 보여 주었을 뿐이지
요. 웅족의 생활이 크게 나아진 것은 웅족 사람들의 노력이 그만큼 컸
다는 것 아니겠습니까? 듣자 하니 두 무리가 서로 왕래도 하고 결혼하
여 같이 산다고도 합니다."

"그래서 제가 드리는 말씀인데, 이제 두 무리가 서로 모두 잘 알고 또
이미 결혼해서 같이 사는 사람들도 있으니 두 무리가 한데 합치는 것이
어떻겠습니까?"

"저도 그런 생각을 한 적이 있습니다. 두 무리가 합하게 되면 인구도
많아져 무리의 힘도 커지겠지요."

무리의 인구가 많은 것은 힘이었다. 경작 인력도 많고 사냥 인력도
많고 혹시 이웃과 다툼이 있더라도 인구가 많은 쪽이 훨씬 유리했다.

"우리는 한데 합치는 것이 좋다 할지라도 양쪽 사람들에게 물어보아
의견을 들어야겠지요."

그리하여 환족의 삼백과 오사와 샤먼들은 무리의 의견을 수렴하기
시작했고 웅족도 마을의 지도자들과 샤먼들이 무리의 의견을 모았다.
문제는 환족의 하늘신과 웅족의 여신, 양쪽에서 조상신으로 숭상하는

새와 곰이었다. 각 무리의 의견을 들어 양쪽 지도자들은 어느 것도 배제하지 않고 모두 포용하기로 했다. 환족과 웅족의 지도자들이 만나 환족의 풍백이 말했다.

"이제 우리 두 무리는 함께 하기로 의견을 모았습니다. 우리는 하늘님을 모시고 여신님을 받들며 신성한 새와 곰을 우리의 공동 조상으로 모십니다. 앞으로 양쪽 사람들이 결혼을 하여 함께 사는 사람들이 더욱 많아지면 좋겠습니다."

웅족 지도자의 대표가 말을 받았다.

"좋은 말씀이십니다. 양쪽 사람들이 함께 사는 것이 가장 좋지요. 우리 두 무리의 통합을 더욱 확실하게 하기 위해 환족의 거발환 환웅님과 우리 웅족의 여왕께서 결혼하시도록 권해 보심이 어떨까 합니다."

"아, 매우 좋은 생각이십니다."

환족과 웅족 대표들은 모두 박수를 치며 그 의견에 동의하였다. 의견 일치를 본 양쪽 무리의 대표들은 거발환과 웅족 여왕 앞에서 합동 회의를 했다. 환족의 풍백이 말했다.

"환족의 거발환 환웅님과 웅족의 여왕님께 말씀드립니다. 양쪽 무리는 지금부터 하나가 되어 농경과 사육과 사냥을 함께 하며 하늘님과 여신님을 믿으며 신성한 새와 곰을 우리의 공동 조상으로 모시고 함께 살기로 의견을 모았습니다. 오늘부터 우리 모두는 한 무리입니다. 그리고 두 무리가 더욱 확실히 합치기 위해 환족과 웅족의 결혼도 권장하기로 했습니다."

거발환이 환하게 웃으며 말을 받았다.

"양쪽의 대표들께서 무리 전체의 의견을 수렴하느라 고생이 많으셨소. 이제 우리는 이름 그대로 한 가족이 되었소. 모두 하늘님의 가르침에 따라 여신님을 모시고 서로 도우며 조화롭게 살면 후에 우리 모두 하늘궁전에서 만나게 될 것입니다."

웅족 여왕도 화답했다.

"우리는 이제 완전한 한 가족이 되었습니다. 환족의 하늘님과 웅족의 여신님, 그리고 환족의 새와 웅족의 곰이 우리의 공동 조상이므로 모두 합쳐 영원히 함께 하기를 기원합니다."

웅족 여왕의 말이 끝나자 모두들 환성을 터뜨리고 손뼉을 치며 두 종족의 하나됨을 크게 축하하였다.

이윽고 환성이 잦아들자 웅족의 대표가 말하였다.

"환족의 환웅님과 웅족의 여왕님께 드릴 말씀이 있습니다."

웅족 여왕이 온화한 미소를 띠고 받았다.

"무슨 말씀이신가요?"

"두 무리가 한데 합쳐 이제 한 가족이 되었습니다. 양쪽 사람들이 서로 결혼하여 사는 것도 권장하기로 했습니다. 두 무리의 완전한 합가를 위하여 환족의 환웅님과 웅족의 여왕께서도 결혼하심이 어떨까 합니다."

웅족 대표의 말에 모두들 환성을 지르며 박수를 쳤고 거발환 환웅은 겸연쩍은 미소를 지었다. 웅족 여왕은 온화한 미소로 대답을 대신하였다. 그리하여 거발환 환웅과 웅족 여왕의 결혼은 성사되었다.

거발환 환웅과 웅족 여왕의 결혼

하나가 된 환족과 웅족의 화합의 잔치는 거발환 환웅과 웅족 여왕의 결혼식과 함께 하늘신과 여신을 모시고 하기로 했다. 양쪽의 샤먼들은 하늘신과 여신, 새와 곰을 나타내는 형상물을 만들어 제단에 배치했다. 양쪽 사람들도 소와 돼지, 사슴, 양 등 음식을 푸짐하게 마련했고 제주(祭酒)도 가득 준비했다.

거발환 환웅과 웅족 여왕의 결혼식 날, 양쪽 샤먼들은 제단 주위에서 팔음을 울리고 노래를 부르며 손뼉을 치고 발을 두 박자로 굴렀다. 하나 된 무리도 샤먼들에 맞춰 춤을 추었다. 하늘신과 여신을 모시는 절차였다. 이윽고 환족의 샤먼 제사장이 하늘신과 여신이 강림하셨음을 전하자 모두 제단 가까이 모여들었다. 제단 앞에 나란히 선 거발환 환웅과 웅족 여왕은 각각 하늘신과 여신에게 잔을 올리고 큰 절을 두 번 하였다. 환웅이 말했다.

"하늘님과 여신님이시여, 우리 환족과 웅족은 지금부터 한 가족이 되었습니다. 이에 하늘님과 여신님께 고하오니 강림하시와 흠향하시옵소서."

하늘신과 여신이 음식과 술을 드시는 동안 거발환 환웅과 웅족 여왕이 엎드리자 샤먼들은 부드럽게 팔음을 울리고 무리도 조용히 엎드려 기다렸다. 하늘신과 여신이 식사를 마치자 샤먼들은 팔음 연주를 그치고 거발환 환웅과 여왕, 무리의 사람들은 모두 일어섰다. 이어 제사장의 안내에 따라 거발환 환웅과 웅족 여왕이 하늘신과 여신 앞에 나란히 섰다. 제사장이 하늘신과 여신께 고하였다.

"하나가 되신 하늘님과 여신님이시여, 우리 두 무리의 진정한 하나됨을 위해 오늘은 하늘님과 여신님을 모시고 환족의 거발환 환웅님과 웅족의 여왕님께서 결혼하는 날입니다. 하늘님과 여신님도 이 결혼을 축복해주시고 환족과 웅족의 하나됨을 축복해주시기 바라나이다."

제사장의 안내에 따라 두 사람은 제단 앞에서 큰 상을 가운데에 두고 서로 마주 보고 섰다. 큰 상에는 잔 두 개와 제주, 그리고 안주들이 놓여 있었다. 먼저 웅족 여왕이 거발환 환웅에게 잔을 올렸다. 거발환 환웅이 잔을 절반쯤 마시고 내려놓자 웅족 여왕은 거발환 환웅을 향하여 두 번 절하였다. 이어서 거발환 환웅이 다른 잔에 술을 따라 웅족 여왕에게 올렸다. 여왕이 절반쯤 마시고 잔을 내려놓자 거발환 환웅은 웅족 여왕을 향하여 두 번 절하였다. 다음에는 두 사람이 잔을 바꾸어 남은 술을 다 마셨다. 두 사람은 마주 보고 서서 상대편을 향해 두 번씩 맞절을 하였다. 절을 마친 두 사람이 다시 하늘신과 여신을 향해 나란히 서서 손을 잡았다. 제사장이 하늘신과 여신께 고했다.

"하늘님과 여신님이시여, 오늘 우리 두 무리는 완전히 하나가 되었나이다. 그 징표로 환족의 거발환 환웅님과 웅족의 여왕님도 하나가 되기로 맹세하였나이다. 앞으로 환족과 웅족은 한 무리로서 영원무궁토록 하늘님과 여신님을 모시고 살겠사오니 하늘님과 여신님의 무한한 축복을 바라나이다."

제사장의 말이 끝나자 거발환 환웅과 웅족 여왕은 서로 자리를 바꾸어 술을 가득히 따라 환웅은 여신님께, 여왕은 하늘신께 잔을 올리고 하늘신과 여신을 향하여 두 번 절하였다. 하나가 된 무리의 사람들도 함께 두 번 절하였다. 이로써 두 무리의 하나됨과 하나됨의 상징인 거발환 환웅과 웅족 여왕의 결혼식도 끝나고 큰 잔치가 벌어졌다. 무리의 사람들은 너나 구분 없이 모두 술잔을 서로 바꿔 권하며 밤늦게까지 즐겁게 놀았다.

이리하여 환족과 웅족은 완전히 한 무리가 되었다. 거발환 환웅의 환족은 인구도 두 배 가량 늘었을 뿐만 아니라 환족의 땅과 웅족의 땅, 멀리 떠나간 호족의 옛 땅까지 합쳐 백산과 흑수 아래의 광대한 지역이 모두 환족의 차지가 되었다. 오늘날의 사얀산과 바이칼 호수 남쪽의 광활한 평야 지대다.

거발환 환웅과 웅족 여왕은 배달국의 신시에서 하늘님을 모시고 1년의 절반을 같이 보냈다. 그리고 남은 절반은 웅족의 수도에서 여신을 모시고 같이 보냈다. 환웅과 여왕은 두 무리의 완전한 통합을 위하여 일 년의 절반씩을 양쪽의 무리에서 번갈아가며 지냈다.

웅족 무리가 거주하던 중심 도시는 백산흑수 아래 신시에서 동남쪽으로 떨어진 곳에 있었는데 발해만 북쪽, 지금의 중국 요서 지역의 대릉하 유역이었다. 즉 오늘날의 난하와 요하 사이 홍산 문화의 우하량 유적지 일대다.

거발환 환웅은 신시에 있는 신단수를 나누어 웅족 거주 지역 여신상 옆에 심고 그곳을 단허(檀墟)라 하였다. 웅족과 환족 통합의 상징적 표시였다. 그리고 앞으로 환족의 환웅과 웅족의 여왕은 서로 상대편 무리 중에서 배필을 구하기로 약속하였다.

약 5,800년 전인 기원전 3800년경, 백산과 흑수 남쪽의 넓은 평야로부터 대릉하와 발해만까지를 차지한 환족 인근에는 옛날 환국의 12분국 중 일부 무리가 자리 잡고 있었으며, 오늘날의 시베리아 동부 지역과 한반도 지역에도 환족의 일부 무리가 번성하고 있었다. 특히 시베리아 동부 송화강 유역에는 분가하여 이주해 온 웅족의 본류가 거주하고 있었다. 거발환 환웅이 천산에 자리 잡은 환인의 환국에서 백산흑수 지역으로 이동할 때 환웅보다 먼저 환국을 떠난 반고가 자리 잡은 삼위산 지역에도 환족이 살았으며 황하 중부 지역에는 오늘날 중국 민족을 형성한 원주민들이 살고 있었다.

북동부 시베리아 지역을 포함한 동아시아 지역에 자리 잡은 여러 무리는 영토의 개념이 확립됨에 따라 고대 국가의 형태를 띠어갔다. 그중 가장 강력한 집단은 웅족과 하나가 된 거발환 환웅의 배달국(倍達國)이 었으며 환족의 흥성은 이때부터 시작되었다.

어느덧 거발환 환웅도 나이가 들어 배달국의 2세 환웅 거불리(居佛理)에게 천부삼인을 전하고 영면하게 되니 삼백과 오사를 비롯한 환족이 크게 슬퍼하였다. 그들은 거발환 환웅의 시신을 백산 높은 곳 하늘신의 제단 옆에 모시고 돌을 세워 표시하였다.

신시에 자리 잡은 거발환 환웅의 밝은 땅 배달국은 약 5,900년 전인 기원전 3897년 1세 거발환 환웅이 환한 나라 환국 지위리 환인의 당부로 재세이화 홍익인간(在世理化 弘益人間)을 국시로 하여 건국한 이후 기원전 2333년 18세 거불단(居弗檀) 환웅이 조선의 단군 왕검에게 양위할 때까지 1,565년 동안 번성하였다.

배달국의 왕자 우사 방아

배달국의 1세 거발환 환웅이 죽은 후 세월은 흘러 2세 거불리 환웅, 3세 우야고(右耶古) 환웅, 4세 모사라(慕士羅) 환웅의 시대를 지나 5세 태우의(太虞儀) 환웅의 시대였다.

기원전 3450년경, 태우의 환웅은 삼백 및 오사와 더불어 웅족과 결합하여 강력한 세력을 구축한 환족이 하늘소리에 따라 서로 조화롭게 살도록 지도하며 살고 있었다. 태우의 환웅은 하늘신에 대한 신앙심도 깊어 먼 옛날 환국 시대의 선조 안파견 환인의 명상법인 정해법에 따라 수련을 하고 있었다. 동굴 속에서 안파견 환인의 가르침인 〈하늘님께 드리는 기도〉와 배달국의 1세 환웅 거발환의 가르침인 〈하늘님이 하신 말씀〉을 깊이 명상하며 몸과 마음을 고요히 하여 묵은 기운을 떨쳐내고 스스로 몸가짐을 경건하게 하는 것이다.

이런 태우의 환웅을 본받은 환족도 안파견 환인 이래의 관습인 하루 두 번 기도 시간과 명상 시간을 가지면서 하늘신을 모시고 조화롭게 살고 있었다. 웅족과 한 가족이 된 환족의 배달국은 하늘신과 여신을 모시며 백산과 흑수 아래 동북아시아 지역에서 강력한 세력을 구축하고 있었으므로 주변의 여러 다른 무리는 감히 배달국을 넘보지 못하고 스스로 배달국의 제후국이 되어 매년 조공을 바치며 배달국의 문물을 배워가고 있었다.

당시 배달국 주변에는 같은 뿌리인 황궁 시대부터 갈라져 나온 환족이 곳곳에서 서로 다른 이름으로 불리며 함께 살았고, 배달국의 남방 황하 유역에는 나중에 중국 민족을 구성하는 토착민 및 서부 사막 지역에서 이주해 온 무리가 섞여 살았는데 이들은 후에 화하족(華夏族)으로 불리게 된다.

삼위산 태백산 지역에는 환국 시대 말기에 헤어진 반고의 후손들이 살고 있었는데 이들은 후에 묘족(苗族)이라는 이름으로 불리게 된다. 무리가 정착 생활을 하게 됨에 따라 같은 무리가 사는 땅, 즉 영토의 개념이 생겼지만 아직 영토 확보를 위한 전쟁은 없었고 모든 것이 평화로웠다.

태우의 환웅은 재임 시절 12명의 자식을 두었는데 늘그막에 얻은 막내아들을 특히 사랑하여 이름을 방아(方牙)라고 짓고 늘 가까이에 두었다. 어린 방아는 매우 영특하여 아버지 태우의 환웅이 〈하늘님께 드리는 기도〉와 〈하늘님이 하신 말씀〉을 암송하는 동안 그것을 몇 번만 듣고도 바로 암송하였으며 아버지를 따라 같이 명상도 하였다. 아버지 태우의 환웅은 마을을 순행하며 사람들을 지도할 때 막내아들의 손을 잡고 다녔다. 영특한 방아는 아버지 태우의 환웅과 함께 마을 사람들의 농경 생활을 살펴보며 그들의 생활 모습을 머리에 담았다.

나이가 찬 방아는 서자부에서 또래의 아이들과 함께 하늘신에 대한 믿음을 공부하며 돌판 달력의 원리와 만드는 방법, 천문 관측을 통하여 하늘소리를 듣는 방법과 하늘소리에 따라 경작하는 방법도 배웠다. 방아는 해와 달의 움직임이 전하는 하늘소리와 특히 밤하늘의 별들의 회전 운동에 대한 관심이 높았다.

이때 서자부에서 발귀리(發貴理)라는 아이가 방아와 함께 공부하였다. 방아와 발귀리는 친한 친구이자 경쟁자로서 기도문 암송은 물론이고 하늘신과 돌판 달력, 해와 달과 별들의 움직임 관측 등 모든 것에 대해 서로 토론하고 의논하였다. 이렇게 방아와 발귀리는 둘도 없는 단짝 친구가 되었다.

우사 방아, 24절기를 만들다

이윽고 5세 태우의 환웅이 붕어하자 맏아들이 그 뒤를 이어 6세 다의발(多儀發) 환웅이 되었다. 다의발 환웅은 아버지가 아끼던 자신의 막내동생이 현명함을 보고 그를 우사로 삼았다. 우사는 풍백, 운사와 함께 삼백의 하나로서 환웅을 보좌하며 환족의 농경 생활을 관장하는 직책이다. 방아는 소, 말, 양, 돼지, 개, 닭 등 여섯 가축을 기르는 법을 가르치고 돌판 달력이 알려주는 계절의 변화에 따라 씨뿌리는 시기, 작물을 기르는 시기와 추수하는 시기 등을 알려주는 등 환족의 농경 생활을 지도하였다.

당시의 샤먼들과 마을의 촌장들은 오랜 세월 동안 끊임없는 관측을 통하여 1년이 365일임을 알고 있었으며 4년마다 1년이 366일이 된다는 것도 알고 있었다. 그러나 그들은 그때마다 돌판 달력을 새로 만드는 대신 4년째에 하루가 늘어난 날에 다시 새해가 시작하는 것으로 표시함으로써 문제를 해결하였다. 즉 4년마다 하루가 늘어 4년째에는 366일이 되지만 그것이 환족의 농경 생활에 큰 영향을 미치지 않았기 때문이었다.

그들은 또한 새해 새날(한낮 막대 그림자의 길이가 가장 긴 날)이 지난 후 가장 먼저 뜨는 보름달을 기준으로 대략 세 번째 보름달이 뜰 때마다, 즉 약 3개월마다 계절이 봄 여름 가을 겨울로 변한다는 것도 알고 있었으므로 그에 따라 씨뿌리는 시기와 가꾸는 시기, 곡식이 익는 시기, 추수하는 시기 등을 예측하고 마을 사람들의 농경을 지도하고 있었다.

우사 방아는 씨뿌리는 시기와 가꾸는 시기, 그리고 곡식이 익는 시기와 추수하는 시기가 정해져 있지 않고 해마다 날짜가 일정하지 않은 보름달이 뜨는 횟수로 대략 경작 생활을 하는 것에 불편함을 느꼈다. 그는 이 문제를 곰곰이 생각했다.

'농작물을 기르는 데 중요한 것은 햇볕이다. 해는 막대 그림자 길이가 가장 긴 날부터 가장 짧은 날까지 되풀이하여 순환하며 4계절이 지나가고 한 해가 지나간다. 농작물에 큰 영향을 주는 것은 계절이므로 계절이 시작하는 날짜를 정확히 알면 씨뿌리고 거두기에 편리하지 않을까?'

우사 방아는 천문 관측을 담당하는 샤먼들 및 마을 촌장들과 이 문제를 상의했다. 한 해 4계절은 알고 있었지만 계절의 변화 시기를 보름달이 뜨는 횟수로 파악하는 것은 날 수가 일정하지 않고 들쭉날쭉하여 불편하였다. 문제는 달의 움직임, 즉 보름달이 뜨는 횟수로 파악한 일 년의 날 수와 해의 움직임으로 파악한 일 년의 날 수가 일치하지 않는다는 것이었다. 보름달이 뜨는 횟수는 멀지 않은 가까운 날 수를 헤아리는 데는 편리하지만 농경 생활에 필요한 것은 해의 움직임, 즉 햇볕이다.

우사 방아와 샤먼들, 촌장들은 머리를 맞대고 상의하여 현재 사용하고 있는 돌판 달력을 활용하기로 했다. 돌판 달력에서는 한 해 동안 해가 움직이는 날 수를 4등분하여 사용하고 있었다. 이는 일 년이 4계절이기 때문이다. 그리고 봄 여름 가을 겨울의 4계절은 각각 3등분하기로 했다. 이는 각 계절 동안 대략 세 번 보름달이 뜨기 때문이다. 이렇게 하고 보니 1년 365일 동안에 30일 또는 31일 간격으로 12개의 분점이 생겼다.

이렇게 태양의 고도 변화에 따라 12등분으로 나눈 날 수를 적용하여 씨뿌리는 시기와 추수 시기를 시험해 본 결과 그 전보다 더 정확히 날 수를 알 수 있어 편리했다. 다만, 기존의 보름달 횟수와 큰 차이가 나지 않아 혼동할 염려는 있었다. 그래서 방아는 12개의 분점을 다시 각각 2등분하여 1년의 길이를 24등분하였다. 그리고 돌판 달력에다가 15일 또는 16일마다 돌아오는 24등분한 날짜를 표시하였다.

해의 움직임에 따른 1년의 날 수 365일을 24등분한 방법으로 경작을 해본 결과 그전 보름달이 뜨는 횟수로 경작 시기를 예측하는 것보다 훨씬 편리하고 정확함을 확신하였다. 우사 방아는 곧 샤먼들, 촌장들과 함께 이 사실을 다의발 환웅에게 전하였다.

"다의발 환웅님, 전에 말씀드린 대로 경작 시기를 여러 가지로 검토하고 시험해 본 결과 해의 움직임을 기준으로 1년 365일을 24등분하여 파종 시기와 추수 시기를 정하는 것이 가장 알맞다는 것을 알게 되었습니다."

"오, 수고가 많으셨소. 곧 전체 환족에게 전파하여 수확량을 늘리도록 하는 것이 좋겠소."

24절기는 돌판 달력으로 파악한 한 해의 날 수 365일 또는 366일을 24등분으로 나눈 것으로 4계절의 변화를 보다 상세히 나눈 것이다. 동시에 방아는 해의 움직임에 따른 돌판 달력에 기존의 보름달 뜨는 날 수를 함께 표시하는 체제를 그대로 유지하게 함으로써 24절기가 포함된 태음태양력을 사용하였다. 그러나 해의 움직임에 의한 1년과 달의 움직임에 따른 1년의 날 수를 일치시키지는 못했다. 이는 오늘날 우리가 사용하는 음력 1년과 양력 1년을 일치시키기 위한 치윤법을 알아내지 못하였기 때문이다.

배달국 태우의 환웅 시절 녹도문이 있었지만 우사 방아가 24절기를 고안하고 그 이름을 각각 어떻게 붙였는지는 모른다. 다음 쪽 도표는 오늘날 우리나라에서 사용하고 있는 24절기를 나타낸 표인데 24절기 이름은 중국에서 한자가 만들어진 이후 붙여졌다. 오늘날에는 지구의 특정 지점 위치를 경도 360도와 위도 남북 각 90도를 사용하여 나타내므로 우사 방아 시절에 돌판 달력의 365일을 24등분하여 절기를 구분하는 방법보다 훨씬 정확하게 절기를 측정할 수 있다. 한 절기가 경도 15씩을 차지하기 때문이다.

〈오늘날 사용되는 24절기표(입춘부터 시작)〉

절기(節氣)	날짜(양력)	내 용
입춘(立春)	2월 4-5일	봄이 시작된다 (농사 준비)
우수(雨水)	2월 18-19일	얼음이 녹고 봄비가 내리기 시작한다 (종자 고르기)
경칩(驚蟄)	3월 5-6일	겨울잠을 자는 벌레가 깨어난다 (얼음이 녹고 개구리가 깨어남)
춘분(春分)	3월 20-21일	밤과 낮의 길이가 같다 (대백 파종, 고랑 치기, 못자리와 논둑 준비)
청명(淸明)	4월 4-5일	천지가 상쾌하게 맑은 공기로 가득하다 (볍씨 담고 못자리 고르기, 묘목 심기)
곡우(穀雨)	4월 20-21일	봄비가 내려 곡식을 기름지게 한다 (못자리에 씨뿌리기, 참외, 고추씨 뿌리기)
입하(立夏)	5월 5-6일	여름이 시작된다 (봄누에 털기, 목화 심기)
소만(小滿)	5월 21-22일	생장이 시작되어 곡식이 익는 시기 (논 갈기, 퇴비 주기, 이앙 준비)
망종(芒種)	6월 5-6일	보리가 익고 모를 심는다 (보리를 베고 모내기 준비, 콩, 팥 심기)
하지(夏至)	6월 21-22일	낮이 가장 길다 (모내기, 잠자리가 나타난다)
소서(小暑)	7월 7-8일	본격적으로 무더위가 시작된다 (늦모내기, 감자, 삼 수확하기)
대서(大暑)	7월 22-23일	일 년 중 가장 무덥다 (가을 무밭 갈기, 매미가 우는 시기)
입추(立秋)	8월 7-8일	가을이 시작된다 (가을누에 털기, 무, 배추 심기, 풀로 퇴비 만들기)
처서(處暑)	8월 23-24일	더위가 수그러지기 시작한다 (작물의 결실이 시작된다)

절기(節氣)	날짜(양력)	내 용
백로(白露)	9월 7-8일	이슬이 내리기 시작한다 (이듬해의 장구를 준비)
추분(秋分)	9월 23-24일	낮과 밤의 길이가 같다 (과수가 익는 시기, 새와 짐승이 털을 가는 시기)
한로(寒露)	10월 8-9일	차가운 이슬이 내린다 (벼와 콩 수확하기, 밀과 보리 파종하기)
상강(霜降)	10월 23-24일	서리가 내리기 시작한다 (작물 추수하기, 보리 심기, 기러기가 오는 시기)
입동(立冬)	11월 7-8일	겨울이 시작된다 (마늘 심기, 김장 하기, 뱀이 사라진다)
소설(小雪)	11월 22-23일	눈이 내리기 시작한다 (메주 쑤기, 제비가 남쪽으로 이동한다)
대설(大雪)	12월 7-8일	눈이 가장 많이 내린다 (눈이 많이 오면 다음 해 풍년의 징조)
동지(冬至)	12월 21-22일	밤이 가장 길다 (새와 짐승에 새 털이 많이 난다)
소한(小寒)	1월 5-6일	겨울 추위가 시작된다 (농사를 마치고 이웃과 즐기기)
대한(大寒)	1월 20-21일	한 해의 가장 추운 시기 (쥐구멍에 연기 피워 쥐잡기)

발귀리의 송가(頌歌)

방아가 이렇게 우사로서 환족의 농경 생활을 지도하며 바쁜 나날을 보낼 무렵 발귀리는 뜻한 바가 있어 신시를 떠나 배달국을 주유하며 하늘신 사상에 깊이 몰두했다. 깊은 동굴, 높은 폭포수 아래 등 정신을 집중할 수 있는 곳을 택하여 정해법에 따라 심신을 단련하며 명상을 했다.

나반, 마고, 황궁, 유인 선조 등 환국 시대 이전 선조들의 신앙뿐만 아니라 환국 안파견 환인의 〈하늘님께 드리는 기도〉와 배달국 거발환 환웅의 〈하늘님이 하신 말씀〉 등 환족의 하늘신 사상을 정리하였다. 어느 날, 환족에 융화되기 전 웅족의 집단 거주지였던 대릉하(大陵河) 유역 풍산(風山) 마을을 방문한 발귀리는 그곳의 환족들과 어울려 밤이 새도록 하늘신 사상을 토론하였다.

"우리 환족은 해의 환함과 밝음을 숭상하기 때문에 환족이라고 합니다. 해의 환함을 숭상하기 시작한 것은 우리의 첫 조상인 나반 선조 때부터입니다. 하늘님께서 직접 창조하신 나반 선조는 하늘의 해와 달과 별과 땅 위의 나무, 바위, 물뿐만 아니라 우리 각자 사람들에게도 모두 정령이 있음을 깨닫고 밝고 환한 해의 정령을 숭배하였습니다. 그리고 죽은 자들도 그들의 영혼은 영원히 산다고 보고 시신을 매장하는 장례 의식을 치렀습니다.

황궁 선조의 시대에는 새를 우리 환족의 조상으로 보았습니다. 마고 선조가 새의 알에서 태어난 쌍둥이 여아를 자신의 딸로 키웠기 때문입니다. 황궁 선조는 하늘에는 시작도 없고 끝도 없으신 하늘님이 계시며 이 세상과 인간을 창조하시고 사람들에게 조화롭게 살라는 하늘소리를 전파하신다고 가르쳤습니다. 따라서 황궁 시대에는 스스로 자신을 관리하는 자재율에 따라 사람들이 조화롭고 평화롭게 지냈습니다.

그러나 어느 날 이 자재율을 깨뜨리는 무리가 나타나면서 환족은 뿔뿔이 흩어지게 되었는데, 황궁의 후예인 유인 선조가 환족을 잘 다스려 자재율이 회복되었습니다.

유인 선조는 또 하늘님은 한 분이지만 세 가지 형태로 작용하신다는 삼신일체 사상을 선포했습니다. 즉 하늘님은 첫째, 하늘로서 작용하시며 이 세상을 창조하시고, 둘째, 땅으로서 작용하시며 모든 생명체들이 번성하게 하시고, 셋째, 사람으로 작용하시며 이 세상 만물을 다스리게 하셨습니다.

환국을 건설하신 안파견 환인께서는 천산에서 십 년간 수도하시면서 하늘님을 직접 뵙고 하늘소리를 들었습니다. 안파견 환인께서 들으신 하늘소리는 바로 해와 달과 별들의 규칙적인 운행이었습니다. 오늘날 우리가 사용하는 돌판 달력이 바로 안파견 환인께서 들으신 하늘소리입니다. 이 돌판 달력에 따라 해의 움직임을 예측하여 우리는 농경 일에 햇볕을 이용할 수 있게 되었고 수확량이 크게 증가하였습니다.

우리를 이곳으로 인도하신 배달국의 거발환 환웅께서는 하늘님이 하늘궁전에 계심을 알았습니다. 그곳은 하늘소리를 따르는 모든 사람이 죽어서 가게 되는 곳으로 우리가 조화롭게 살면 죽어서 모두 하늘궁전에서 살게 됩니다. 그렇게 되도록 거발환 환웅께서는 팔훈과 무여율법을 제정하셨습니다.

우리 모두는 나반 이하 마고, 황궁, 유인, 안파견, 거발환 등 선조들의 가르침에 따라 모두 서로 도우며 조화롭고 평화롭게 살다가 죽은 뒤에는 모두 하늘궁전에서 다시 만나 영원히 함께 살도록 해야겠습니다."

풍산의 주민들은 발귀리의 말을 가슴 깊이 새기면서 하늘소리에 따라 조화롭게 살기로 다짐하였다. 발귀리 선인은 배달국 방방곡곡을 다니며 수련을 하고 하늘신 사상을 전파하였으므로 환족들은 발귀리를 선인으로 추앙하였다.

전국을 유랑하며 하늘신 사상을 전파하던 발귀리 선인은 신시 근처를 지나다가 다음 날 하늘신께 대한 큰 제사가 있음을 알았다. 어릴 적 함께 공부하던 친구 방아가 생각나서 제사에도 참례할 겸 우사 방아를 찾았다. 하늘신께 제사를 드리는 준비로 사람들이 바삐 움직이고 있었다.

"아이구, 발귀리 선인께서 이곳에 왕림하시다니 이런 영광이 있습니까? 어서 안으로 드시지요."

맨발로 뛰어나와 자신을 반기는 우사 방아에게 발귀리 선인도 반갑게 인사하였다.

"우사께서야말로 우리 환족을 잘 살게 하시느라 얼마나 수고가 많으신지요? 그저 전국을 유람하는 소인은 부끄럽기 짝이 없소이다."

"선인께서는 무슨 그런 겸손하신 말씀을 하시는지요? 선인께서야말로 전국을 다니시며 우리 환족에게 하늘님을 전파하시느라 얼마나 노고가 많으신지 제가 익히 들어 알고 있습니다. 어서 안으로 드시지요."

수십 년 만에 다시 만난 두 친구는 밤이 이슥하도록 옛날 얘기와 하늘신 사상과 돌판 달력과 24절기와 전국 방방곡곡의 주민들의 생활상 등을 얘기하느라 시간 가는 줄 몰랐다. 이윽고 새벽 동이 트기 직전 환함이 시작될 무렵 우사 방아가 발귀리 선인에게 말했다.

"이보시오, 선인. 선인께서도 잘 아시겠지만 이제 날이 밝으면 아침부터 하늘님에게 제사 지내는 행사가 치러집니다. 함께 참례하시는 것이 어떻겠습니까?"

"아, 예. 물론이지요. 사실은 저도 그 행사에 참석하기 위해 이렇게 신시로 오게 된 것이지요."

"하하, 그렇군요. 그럼 그렇게 알겠습니다."

"하하하."

발귀리 선인은 웃음으로 대답을 대신하였다.

동이 텄다. 날이 밝아오자 신시의 환족은 모두 각자 맡은 대로 하늘신을 모시는 제사 준비를 시작하였다. 제사 준비를 하는 샤먼들, 무대를 꾸미는 사람들, 악기 연주를 연습하는 사람들, 먹거리를 준비하는 사람들 등 모두가 맡은 일들을 준비하기에 바빴다. 드디어 악단이 제사의 시작을 알리는 팔음을 연주하자 사람들이 모여들기 시작했다.

다의발 환웅도 삼백, 오사와 더불어 무대 가까이에 섰다. 악기 연주와 방울 소리, 발 구르는 소리, 손뼉 소리가 함께 하늘신을 초대하였다. 이윽고 샤먼 제사장이 하늘신의 강림을 외쳤다. 다의발 환웅이 하늘신에게 잔을 올린 후 하늘신을 맞이하였다.

"하늘님이시여, 지난 일 년 동안 하늘님께서 저희를 풍성하고 조화롭게 살게 해주셔서 이렇게 감사의 제물을 드리오니 어서 강림하시와 저희가 마련한 음식을 마음껏 드시옵소서."

다의발 환웅은 하늘신이 식사하시는 동안 두 손을 모으고 조용히 기다렸다. 팔음 악단은 잔잔한 음악으로 하늘신의 식사를 도왔다. 하늘신의 식사가 끝나자 다시 다의발 환웅이 하늘신에게 잔을 올렸다. 그리고 다의발 환웅은 모인 사람들에게 하늘신의 말씀을 전하였다.

"하늘님께서는 우리가 드리는 제물을 기쁘게 받아 드셨습니다. 하늘님께서는 우리 환족이 하늘소리에 따라 조화롭고 풍성하게 사는 것을 보시고 매우 흡족해하셨습니다. 하늘님께서는 앞으로도 우리 환족 모두가 평화롭게 살아 죽은 후에는 모두 하늘궁전에서 다시 만나라고 말씀하셨습니다. 우리는 하늘님의 말씀에 따라 모두 다시 하늘궁전에서 만나도록 하십시다."

다의발 환웅의 말을 따르겠다는 표시로 사람들은 모두 엎드려 하늘 신에게 두 번 절하였다. 제사가 끝나고 하늘신을 보내드릴 시간이 되자 다의발 환웅이 마지막 세 번째 송별의 잔을 하늘신에게 올리는 동안 팔음 악단이 연주를 시작하였다. 하늘신이 송별의 잔을 드시고 하늘로 올라가시자 환족은 모두 환호성을 지르고 둥글게 모여 돌며 서로 술잔을 권하며 즐겁게 놀았다. 우사 방아와 발귀리 선인도 이 모든 과정에 함께 참여하였다. 선인이 우사에게 말하였다.

"우사께서는 하늘소리에 따라 24절기도 새로 만드시고 경작 방법을 개선하셔서서 모두 풍성하게 살게 하셨으니 하늘님께서도 감복하셨나 봅니다."

"선인께서는 웬 과찬의 말씀이신지요?"

이날의 제천 행사를 보고 발귀리 선인은 찬송하는 글을 지었다.

만물의 큰 시원(大一)이 되는 지극한 생명이여!

이를 양기(良氣)라 부르나니

무와 유가 혼연일체로 있으며

텅 빔(虛)과 꽉 참(組)이 오묘하구나

삼(三神)은 일(一神)로 본체(體)를 삼고

일(一神)은 삼(三神)으로 작용(用)을 삼으니

무와 유, 텅 빔과 꽉 참(정신과 물질)이

오묘하게 하나로 순환하고

삼신의 본체와 작용은 둘이 아니로다

우주의 큰 빔 속에 밝음이 있으니

이것이 신의 모습이로다

천지의 거대한 기(大氣)는 영원하니

이것이 신의 조화로다

참 생명이 흘러나오는 시원처요

만법이 이곳에서 생겨나니

일월의 씨앗이며 하늘님의 참 마음이로다

만물에 빛을 주고 생명선을 던져 주니

이 천지조화 대각하면 큰 능력을 얻을 것이요

성신이 세상에 크게 내려 만백성 번영하도다

그러므로 원(圓○)은 하나(一)이니

하늘의 무극(無極) 정신을 뜻하고

방(方□)은 둘(二)이니

하늘과 대비가 되는 땅의 정신(反極)을 말하고

각(角△)은 셋(三)이니

천지의 주인인 인간의 태극(太極) 정신이로다

발귀리 선인은 이 송가에서 첫 인류인 나반, 하늘님을 믿으신 황궁, 삼신일체를 가르친 유인, 하늘과 땅과 사람 등 우주의 탄생을 가르친 안파견, 하늘궁전을 가르친 거발환 등의 사상을 한곳에 모았다. 이것은 발귀리 선인이 배달국 방방곡곡에 선(仙)을 쌓고 닦으며 환족들에게 전한 가르침이다.

우사 방아의 음양(陰陽) 이론

　경작 시기 문제를 해결한 방아는 〈하늘님께 드리는 기도〉와 〈하늘님이 하신 말씀〉 명상에 몰두했다. 안파견 환인과 거발환 환웅의 이 두 기도문은 우주 창조와 생명 탄생에 대한 아주 심오한 의미가 담겨 있었으나 우사 방아를 비롯한 환족은 아직 정확한 의미를 파악하지 못하고 있었다.

　하늘과 땅과 사람을 만드신 하늘신, 그 하늘신의 뜻인 하늘소리의 가르침, 사람들의 삶, 그리고 시작과 끝이 없으신 하늘신 등에 대한 가르침으로 이루어진 〈하늘님께 드리는 기도〉와 하늘, 하늘신, 하늘궁전, 세상, 인물에 대한 가르침인 〈하늘님이 하신 말씀〉을 방아는 다시금 되새겼다.

　하늘신의 뜻, 즉 하늘소리는 일찍이 황궁 선조가 밝혔듯이 천지 본음으로 나타나기도 하고 안파견 환인이 깨달았던 것처럼 손가락 수를 통해서도 나타난다. 〈하늘님께 드리는 기도〉와 하늘소리와 손가락 수에 대해 우사 방아는 깊이 생각했다.

　'한 분이신 하늘님은 시작이 없이 스스로 계시면서 하늘과 땅과 사람을 만드셨다. 그리고 하늘과 땅과 사람으로 작용하신다. 안파견 환인께서는 하늘에는 해와 달이 있어 완성을 이루고 땅에는 뭍과 바다가 있어 완성을 이루고 사람은 사내와 간난이 있어 완성을 이룬다고 했다. 하늘에는 해와 달, 땅에는 뭍과 바다, 사람은 사내와 간난, ……. 둘이다. 둘로 이루어졌다!'

방아는 크게 깨달았다.

'하늘님이 만드신 하늘과 땅과 사람은 모두 두 가지 상반되는 특
징들의 짝으로 이루어져 있다. 하늘에는 해와 달이 있어 낮과 밤으
로 이 세상을 지배하며 만물을 자라게 한다. 이 세상에는 단단한
뭍과 부드러운 바다가 있어 조화를 이루고 만물의 번식을 도우며
사람에게는 사내와 간난이 있어 서로 도우며 번성하고 있다!

해와 달, 낮과 밤, 뭍과 바다, 사내와 간난. 이 두 가지 대상들은
서로 상반된 성격의 짝이다. 해는 낮을 다스리며 달은 밤을 다스
리고 낮은 밝고 밤은 어두우며 뭍은 단단하고 바다는 부드럽다.
사내는 팽창 발산하려 하고 간난은 수렴하고 수축하려 한다.

상반된 것들은 또 있다. 거발환 환웅께서는 하늘에는 무수한 별
이 있으나 크고 작음과 밝고 어두움과 괴로움과 즐거움이 같지
않다고 하셨다.'

크고 작음, 밝음과 어두움, 괴로움과 즐거움. 역시 상반되는 특징으
로 둘씩 짝을 이루고 있다. 방아는 안파견 환인과 거발환 환웅의 가르
침이 같음을 깨달았다. 이 세상 모든 사물에는 두 가지 상반된 기운들
이 함께 있어 짝을 이루며 하나의 대상을 이루고 있음을 알게 된 것이
다. 또한 그 상반된 기운들이 서로 조화를 이룸으로써 한 대상이 완전
하게 됨도 깨달았다.

'아, 그렇다. 하늘님이 말씀하신 조화로운 삶이란 바로 이것이
다. 하늘님의 하늘소리는 손가락 수 중 둘을 통해서 하늘과 땅과

사람이 각각 두 가지 상반된 기운들의 조화로 이루어져 있음을 알려주고 있다.'

우사 방아는 이 세상의 만물은 두 가지 상반된 기운들의 짝들로 이루어져 있으며 한쪽은 팽창 발산하려 하고 다른 한쪽은 수축 수렴하려 하므로 서로 균형을 이루고 조화롭게 된다는 것을 깨달았다.

'사람들의 삶도 바로 이와 같다. 즉 사람에게도 서로 상반되는 기운들이 짝을 이루고 있다. 힘이 센 사람도 있고 약한 사람도 있다. 선한 사람도 있고 악한 사람도 있다. 키가 큰 사람, 작은 사람, 성격이 급한 사람, 느린 사람도 있다. 그러나 이런 특성들이 조화를 이룸으로써 사람들의 삶은 완전하게 된다. 이 모든 것은 바로 한 분이신 하늘님의 하늘소리로부터 나온다.'

우사 방아는 이 세상의 만물이 하늘신의 하늘소리에 따라 발산하려 하는 양(陽)의 기운과 수축하려 하는 음(陰)의 기운의 짝으로 이루어져 있음을 밝혀냈다.

'그러나 최초의 기운은 오직 하나뿐이다. 하나뿐인 이 기운은 바로 하늘님의 숨결, 즉 하늘님의 기운(氣)이다. 한 분이신 하늘님의 기운으로부터 팽창 발산하는 양의 기운과 수축 수렴하는 음의 기운이 쌍으로 퍼져 나와 한 사물을 만들며 그 사물을 구성하는 하위 사물도 마찬가지로 팽창 기운과 수축 기운으로 구성된다. 이리하여 천하 만물을 이루게 된다. 그렇다면 이 양과 음의 기운

으로 이루어진 만물이 하늘소리를 나타내는 손가락 수와는 무슨 관계가 있는가?'

천하에서 얻은 하도(河圖)

우사 방아는 다시 깊은 명상에 들어갔다. 방아는 〈하늘님께 드리는 기도〉 중 '하늘의 완성과 땅의 완성이 합쳐져 더 큰 완성을 이루니 온 누리에는 사람들이 크게 번성하나이다'라는 구절과 〈하늘님이 하신 말씀〉 중에서 이 세상이 '태초에 하늘님이 기를 불어 큰 불덩어리가 터져 바다가 되고 땅이 되었도다. 하늘님이 또 기를 불어 여러 동물들과 나무들을 만드시니 땅 위에 온갖 생물들이 번창하게 되었도다'는 구절에 집중하였다.

'하늘님은 스스로 계시면서 스스로 기를 불어 큰 불덩어리와 바다와 땅을 만드시고 온갖 식물과 동물들을 만드시고 천하(天河)에서 최초의 인간, 즉 우리 배달국 환족의 선조인 나반과 아만을 만드셨다. 천하로 가보자.'

방아는 천하로 갔다. 천하는 천해(天海)라고도 부른다. 넓고 광대하게 펼쳐진 천하는 물의 빛이 푸르다 못해 검게 보였다. 방아는 끝도 없이 넓게 펼쳐진 검푸른 천하를 바라보며 가슴이 벅차올랐다.
'이곳에서 하늘님이 나반과 아만 조상을 만드셨다!'
방아는 넓은 천하가 잘 내려다보이는 작은 동굴 속에 자리를 잡고 깊은 명상에 잠겼다.

　'한 분이신 하늘님은 셋으로 작용하시며 하늘과 땅과 사람을 만드셨다. 이 세상 만물은 스스로 발하시는 숨결(氣)로 하늘님이 만드신 불(火), 바다(水), 땅(土) 등 네 가지 요소에 의해 모두 조화를 이루며 번성하고 있다. 또한 세상 만물은 하늘님의 기운을 받아 모두 두 가지 기운을 가지고 생겨나 서로 조화를 이룬다. 바로 양(陽)과 음(陰)이다.

　거발환 환웅의 기(氣), 화(火), 수(水), 토(土)! 이 네 가지 요소는 안파견 환인의 양(陽), 음(陰)과 함께 이 세상 만물을 번성하게 한다.'

여기까지 생각을 한 방아는 천하가 내려다보이는 언덕의 햇빛 없는 동굴 속에서 다시 명상에 잠겼다. 깊은 명상 속에 잠긴 방아 앞에 나반이 나타났다. 나반은 하늘신과 함께 세상을 창조하고 있었다. 하늘신이 기운을 불어넣자 큰 불덩어리가 폭발하였다. 매우 빠르게 회전하는 큰 불덩어리에서 떨어져 나온 작은 불덩어리가 점차 식어가더니 그 덩어리에 엄청난 양의 비가 쏟아졌다.

이윽고 비가 그치자 빗물은 낮은 곳으로 모여 바다를 형성하고 마른 곳은 땅이 되었다. 방아는 그것이 하늘님이 만드신 땅이라는 것을 알았다. 땅 위에는 바람이 불고 불이 있었고 물은 낮은 곳에 모여 바다를 형성하고 있었다. 이리하여 하늘님이 발하신 기운으로 불과 물과 땅이 만들어져 생명체가 탄생할 기반이 완성되었다.

이어 하늘님은 또 기를 불어 땅 위에 식물과 동물이 자라게 하고 바다 속에서도 식물과 동물이 번성하게 하였다. 마지막으로 하늘님은 나

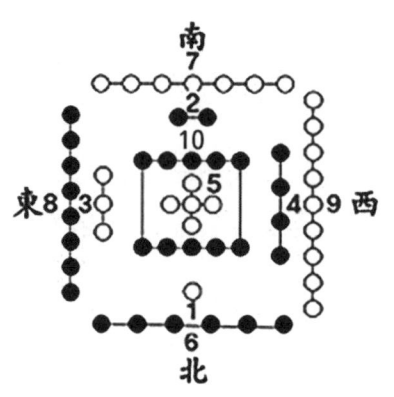

〈우사 방아의 하도(河圖)〉

반과 아반을 만드셨다. 이리하여 세상은 생명체로 가득 차게 되었다. 나반은 하늘님과 함께 자기 자신을 만들어 이 세상에 탄생하였다.

나반을 탄생시킨 나반은 방아를 향해 큰 그림 하나를 보여주며, "손가락 수!"라고 외치며 네 손가락을 펴 보였다.

나반 선조의 외침에 방아는 꿈에서 깨어났다. 나반 선조가 하늘님과 함께 스스로를 창조하시다니, 믿을 수 없는 광경이었다. 방아는 나반 선조가 보여준 그림과 외침을 곰곰이 생각해 보았다.

'손가락 수!'

그 그림에는 희고 검은 점들이 여러 개 찍혀 있었다. 방아는 즉시 꿈에 나반 선조가 보여 준 그대로 바닥에 점들을 찍어 그림을 완성하였다.

꿈 속에서 나반 선조는 방아에게 "손가락 수!"라고 외치며 네 손가락을 펴 보였다. 나반이 꿈속에서 보여 준 대로 그린 그림을 자세히 보니 흰 점과 검은 점이 섞여 있고 이 점들은 손가락 수 열 개였다. 흰 점은 하나, 셋, 다섯, 일곱, 아홉이고 검은 점은 둘, 넷, 여섯, 여덟, 열이었다.

'흰 점과 검은 점, 그리고 이들이 놓인 위치와 네 손가락! 이것이 무슨 의미인가?'

거발환의 '기화수토', 우사 방아의 '목화수토'

방아는 다시 깊은 명상에 들어갔다.

'꿈 속에서 나반 선조는 하늘님과 함께 우주와 만물을 창조하셨
다. 안파견 환인은 〈하늘님께 드리는 기도〉에서 손가락 수로 우
주와 만물 창조를 나타냈다. 거발환 환웅은 〈하늘님이 하신 말씀〉
에서 이 세계가 '태초에 하늘님이 기(氣)를 불어 큰 불덩어리(火)가
터져 바다(水)가 되고 땅(土)이 되었도다. 하늘님이 또 기를 불어
여러 동물들과 나무들을 만드시니 땅 위에 온갖 생물들이 번창하
게 되었도다'라고 했다. 나반 선조의 네 손가락. 아, 그러고 보니,
하나는 하늘님의 기, 둘은 불, 셋은 물, 넷은 땅이다. 하늘님의 기
는 양이고 불도 양이다. 물은 음이고 땅도 음이다.'

방아는 이 점들이 하늘신의 우주 창조 원리를 뜻하는 것임을 깨달았
다. 안파견 환인은 손가락 수로써 하늘소리를 깨달았고 거발환 환웅은
네 요소로써 하늘소리를 받아들였다. 우사 방아는 안파견 환인과 거발
환 환웅의 가르침을 함께 생각했다.

'다섯은 모든 물질을 구성하는 네 요소인 하나 기, 둘 화, 셋 수,
넷 토를 함께 칭하는 숫자로서 우주 창조를 뜻한다.
여섯은 하나와 함께 있고 일곱은 둘과, 여덟은 셋과, 아홉은 넷
과 같은 위치에 있다. 이들은 각각 짝인 기, 화, 수, 토 등 네 가지
요소들을 도와 생명체를 탄생시킨다.

그래서 열은 생명 탄생을 뜻하며 우주 만물을 완성한 수로서 그림의 가운데에 다섯과 함께 있다. 즉 우주 창조에 이어 식물, 동물과 사람 등 생명 탄생으로 이 세상은 완성되었다.'

'우주 창조는 〈하늘님이 하신 말씀〉에 나오는 '태초에 하늘님이 기를 불어 큰 불덩어리가 터져 바다가 되고 땅이 되었도다'를 의미하고 생명 탄생은 '하늘님이 또 기를 불어 여러 동물들과 나무들을 만드시니 땅 위에 온갖 생물들이 번창하게 되었도다'는 구절에 해당한다. 이는 또한 〈하늘님께 드리는 기도〉 중 '하늘의 완성과 땅의 완성이 합쳐져 더 큰 완성을 이루니 온 누리에는 사람들이 크게 번성하나이다'라는 구절에 해당한다.'

방아는 만물을 이루는 수인 하나, 둘, 셋, 넷, 다섯을 생수(生數), 즉 만드는 수(우주 창조)라고 불렀으며, 생수를 돕는 수인 여섯, 일곱, 여덟, 아홉, 열을 성수(成數), 즉 이루는 수(생명 탄생)라고 불렀다. 흰 점으로 표시된 하나, 셋, 다섯, 일곱, 아홉을 팽창하는 수(陽의 수)라고 부르고 검은 점으로 표시된 둘, 넷, 여섯. 여덟, 열을 수축하는 수(陰의 수)라고 불렀다.

방아는 하늘님의 뜻을 나타내는 하늘소리와 손가락 수와 팽창(陽)과 수축(陰), 그리고 세상 창조의 기본 요소인 기, 화, 수, 토 이 모든 것들이 사람들의 삶에 큰 영향을 미치고 있다는 것을 알았다. 이어서 방아는 생명 탄생에 대해서 깊이 생각했다.

'하늘님은 기(氣)를 불어 불(火)과 물(水)과 땅(土)을 만드셨다. 이로써 우주가 창조되었다. 이어 하늘님은 또 기(氣)를 불어 이 땅 위에 식물과 동물과 사람을 만드셨다. 이는 생명의 탄생이다. 그런데 식물은 하늘님의 기운으로 만들어진 물과 불(햇볕)의 도움으로 땅(土) 위에서 스스로 자라지만, 동물과 사람은 식물이 없으면 살지 못한다. 동물은 풀을 뜯어 먹으며 살아가고 사람은 곡식과 나무 열매와 동물의 고기 등 식물성 먹이와 동물성 먹이로 살아간다.'

'거발환 환웅이 깨달은 하늘소리는 기와 불과 물과 땅의 네 가지로서 세상을 완성한다. 그중 하늘님이 불어 넣으신 기는 이 세상과 하늘을 가득 채우고 있으면서 이 땅에 생명체가 살게 하는 근본 요소다. 사람을 비롯한 땅 위의 생명체들은 식물과 나무 열매를 먹으며 불과 물을 이용해 이 땅에 살고 있다.'

여기까지 생각한 우사 방아는 거발환 환웅의 하늘소리 중 기(氣) 대신에 목(木)을 넣어 목(木), 화(火), 수(水), 토(土)를 생명체의 기본으로 보았다. 그렇다고 기를 배제한 것은 아니었다. 거발환 환웅의 기는 하늘님의 최초 숨결로서 하늘과 땅에 가득한 가장 근본이 되는 요소다. 하늘님이 기를 불어 세상을 만드시고 또 기를 불어 온갖 동물과 식물과 사람도 만드셨기 때문이다.

우사 방아는 생명체들이 살아가는 데에 꼭 필요한 요소로서 기 대신에 기를 받아 자라는 나무를 넣어 나무와 불과 물과 땅, 네 요소를 생명체를 이루는 기본 요소로 보았다. 나무(木)는 모든 식물의 대표로서 선택했다. 이 네 가지 요소는 바로 꿈에서 나반 선조가 네 손가락을 펼쳐 보임으로써 가르쳐준 것이다.

깨달음을 전하다

천하에서 큰 깨달음을 얻은 우사 방아는 신시로 돌아와 다의발 환웅과 삼백, 오사, 그리고 샤먼들이 모인 자리에서 나반이 꿈에서 보여 준 흰 점과 검은 점들이 그려진 그림을 펼쳐 놓고 자신이 깨달은 하늘소리에 대하여 이야기하였다.

"저 우사 방아는 그동안 하늘님의 하늘소리와 환국의 안파견 환인께서 가르쳐 주신 〈하늘님께 드리는 기도〉와 손가락 수, 거발환 환웅의 〈하늘님이 하신 말씀〉에 대하여 깊이 생각하였습니다. 제가 나반 선조가 태어난 천하에 가서 깊은 명상을 하는 동안 나반 선조가 꿈에 나타나 하늘님과 함께 온 세상을 창조하는 과정을 보여 주셨습니다. 그리고 이와 같은 그림을 보여 주시면서 "손가락 수!"라고 말씀하시며 네 손가락을 펼쳐 보였습니다. 저는 나반 선조께서 가르쳐주신 이 그림과 손가락 수와 넷에 대하여 깊이 생각한 결과 하늘님에게서 나오는 하늘소리가 우리 사람들에게 크게 영향을 미치고 있음을 깨달았습니다."

"호오, 우사께서 큰일을 하셨군요."

다의발 환웅은 우사 방아를 격려하고 풍백, 운사 및 오사들, 샤먼들과 함께 방아의 말을 경청하였다. 방아는 〈하늘님께 드리는 기도〉와 〈하늘님이 하신 말씀〉에 대한 명상을 통하여 깨달은 양과 음의 이치와 천하에서 명상하는 동안 나반 선조가 가르쳐준 손가락 수 넷에 대하여 설명하기 시작하였다.

우사 방아는 〈하늘님께 드리는 기도〉에서 음과 양의 두 요소를 발견한 일, 〈하늘님이 하신 말씀〉에서 기화수토 네 요소를 발견한 일, 나반 선조가 꿈 속에서 천하의 그림을 가르쳐준 일, 그림 속에 나타난 열 개의 손가락 수, 그 그림을 보고 안파견 환인의 음양과 거발환 환웅의 기화수토를 우주 창조의 요소라고 깨달은 일, 이어 거발환 환웅의 기를 목으로 대체하여 목화수토의 네 요소는 생명 탄생의 요소임을 깨달은 일 등에 대해서 자세히 설명하였다.

이어서 안파견 환인의 음과 양 두 요소를 거발환 환웅의 기화수토 네 요소와 결합한 내용을 설명하였다. 기화수토 네 요소 모두 음과 양의 두 기운을 가지고 있고 기화수토가 창조한 세상 만물도 모두 음과 양의 기운을 가지고 있는데, 수축하는 음의 기운과 팽창하는 양의 기운 중 어느 요소가 더 강한가에 따라 자연물과 자연 현상들, 그리고 사람마다 특징이 달리 나타난다고 설명하였다.

그리고 다음과 같이 덧붙였다.

"이 수축 팽창하는 음과 양의 기운은 하늘에도 있고 기와 불과 물과 땅을 비롯하여 이 세상 모든 만물, 즉 개개의 동물과 식물, 산, 강, 돌, 나무, 바람, 폭풍 등 모든 자연 현상에도 있습니다. 따라서 우리 환족의 생활에 큰 영향을 미치는 하늘님의 하늘소리를 나타내는 이런 자연 현상들의 변화를 미리 알 수 있다면 우리 환족은 하늘소리에 따라 조화롭게 생활할 수 있을 것입니다."

말을 마친 우사 방아는 사람들을 바라보았다. 다의발 환웅을 비롯하여 풍백과 운사와 오사들, 샤먼들은 한동안 말이 없었다. 여태까지 개념이 명확하지 않았던 사실들을 우사 방아가 그림을 그려 상세히 설명하자 다들 충격을 받은 듯했다. 이윽고 조용히 듣고 있던 다의발 환웅이 말하였다.

"우사, 그대는 정말 큰일을 했소. 나도 지금 우사의 말을 들으니 그동안 모호했던 개념들을 확실히 정립하게 되었소. 더욱이 하늘님의 하늘소리를 미리 파악할 수 있다니 이는 놀라운 사실이오. 다른 분들 생각은 어떠시오?"

풍백이 말하였다.

"우사께서는 그동안 정말 수고를 많이 하셨습니다. 우리도 그동안 분명하지 않았던 손가락 수의 개념도 확실히 알게 되었고 특히 하늘님이 하늘소리를 통하여 깊은 뜻을 우리에게 전하고 있음도 다시 확실하게 깨닫게 되었습니다. 하늘소리를 황궁 선조는 팔음으로 파악하였고 안파견 선조는 해와 달과 별들의 움직임, 즉 손가락 수 및 음과 양으로 나타냈고 거발환 환웅께서는 하늘님의 기와 불과 물과 땅으로 받아들였습니다.

우사께서는 이 모든 것을 포함하는 자연 현상이 하늘소리라고 말씀하셨습니다. 우사께서는 자연 현상들을 보고 하늘님의 뜻을 미리 알 수 있다고 하셨는데 그것이 정말이라면 우리 환족은 아무 걱정 없이 하늘님의 뜻에 따라 조화롭게 살 수 있을 것입니다. 과연 하늘님의 뜻을 미리 알 수 있겠는지요?"

"저도 하늘님의 하늘소리를 미리 완벽하게 알아듣는 것은 매우 어렵다고 생각합니다. 다만, 어떠한 자연 현상이 나타나면 그것이 하늘님의 어떤 뜻을 나타내며 그것이 향후 환족의 생활에 어떤 영향을 미칠 것인가 하는 것을 추측해 볼 수 있지는 않겠는가 하고 생각한 것입니다."

이번에는 운사가 입을 열었다.

"하늘소리를 미리 알 수 있다면 그 뜻에 따라 살 수 있는 대단히 좋은 방법이지요. 우사께서는 하늘소리를 미리 알 수 있는 방법도 알아내신 건가요?"

"조금 전에 제가 안파견 환인의 기도문에서 이 세상 모든 만물이 수축하거나 팽창하는 두 가지 기운으로 이루어져 있다고 말씀드렸습니다. 이 두 가지 기운은 거발환 환웅의 기도문에서처럼 하늘님의 기로부터 나옵니다. 하늘님으로부터 처음 나오는 이 기는 수축 기운과 팽창 기운이 합쳐져 있어 둘로 나누어지지 않습니다. 그러나 이 기를 받은 사람과 만물에는 각 대상마다 팽창 기운과 수축 기운이 달리 분포되어 있으므로 그 특징이 다르다고 말씀드렸습니다.

이 수축 팽창 기운을 한 번 더 확장한다면, 하늘과 땅, 물과 불, 산과 강, 바람과 번개 등 모든 자연 현상에도 적용할 수 있습니다. 따라서 자연 현상에 확장된 수축 팽창 기운이 어떻게 변할 것인가를 하늘님께 문의하는 방법을 찾아보도록 하겠습니다."

삼백들의 대화를 조용히 듣고 있던 다의발 환웅이 입을 열었다.

"풍백과 운사 모두 훌륭한 말씀을 하셨습니다. 팔음이나 손가락 수나 기화수토나 자연 현상들이 모두 하늘님의 하늘소리를 전하고 있습니다. 중요한 것은 하늘님이 우리에게 불어주신 하늘소리를 미리 알아보는 것이겠지요. 우사께서는 하늘님께 하늘소리의 뜻을 물어보는 방법을 알아보시고 우리 환족은 하늘소리를 확실히 알고 서로 조화롭게 살도록 합시다. 그러기 위해서는 우리 환족 모두가 이 사실을 알아야겠지요."

그리하여 팔음이나 기화수토뿐만 아니라 자연 현상들을 통해서도 나타나는 하늘신의 뜻을 하늘신께 물어 파악하고 모든 환족에게 전파하기로 하였다. 우사 방아와 샤먼들과 서자부가 함께 그 일을 맡았다.

하늘의 뜻을 알기 위해 점을 치다

우사 방아와 샤먼들과 서자부의 대인들은 그날부터 하늘소리를 정리하였다. 우선 안파견 환인의 손가락 수를 통한 우주 창조 과정은 나반 선조가 꿈에서 가르쳐준 그림을 사용하기로 했다. 안파견 환인의 음양과 거발환 환웅의 기화수토는 우주 창조 요소로서 그대로 유지하고, 생명 탄생의 요소로서는 우사 방아의 목화수토 네 요소를 택하였다. 다음은 자연 현상의 변화를 통하여 하늘소리를 알아보는 방법을 정하기로 했다.

우선, 거발환 환웅의 기는 하늘님으로부터 처음 나온다. 두 번째, 이 기가 안파견 환인의 수렴하는 기운(음), 팽창하는 기운(양)의 둘로 나누어진다. 세 번째, 둘로 나누어진 이 기운들이 다시 각각 수렴, 팽창 기운으로 나누어져 네 요소로 나누어진다. 네 번째, 이 네 요소가 다시 각각 수렴, 팽창 기운으로 나누어져 여덟 가지의 자연 현상들을 나타낸다. 이를 표로 나타내면 다음 쪽의 도표와 같다. 이 표는 우사 방아의 시대에 녹도문으로 기록한 것을 한문이 만들어진 이후에 한문으로 표기한 것이다.

우사 방아는 하늘님의 뜻을 알아보기 위하여 하늘소리에 따라 변화하는 여덟 가지의 자연 현상들을 선택했다. 먼저 하늘님이 계시는 하늘이다. 다음 거발환 환웅이 파악한 기화수토 우주 창조의 4요소에다 연못(澤), 번개(雷), 산(山)을 넣었다. 기는 바람(風)으로 표현된다. 표에서 나타나는 —, -- 등은 효(爻)라고 하며 방아 이전 거발환 환웅 때에 신지 혁덕이 만든 녹도문에서 팽창과 수축을 뜻했다.

이 효 세 개가 쌓인 ☰, ☷ 등 여덟 가지를 괘(卦)라고 하며 우사 방아의 팔괘는 1건천(乾天), 2태택(兌澤), 3리화(離火), 4진뢰(震雷), 5손풍

1	2	3	4	5	6	7	8
☰	☱	☲	☳	☴	☵	☶	☷
천(天)	택(澤)	화(火)	뢰(雷)	풍(風)	수(水)	산(山)	지(地)
건(乾)	태(兌)	리(離)	진(震)	손(巽)	감(坎)	간(艮)	곤(坤)
팽창 팽창 팽창	수축 팽창 팽창	팽창 수축 팽창	수축 수축 팽창	팽창 팽창 수축	수축 팽창 수축	팽창 수축 수축	수축 수축 수축
팽창팽창(⚌)		팽창수축(⚍)		수축팽창(⚎)		수축수축(⚏)	
팽창(―)				수축(--)			
하늘님의 기 = 하늘소리							

(巽風), 6감수(坎水), 7간산(艮山), 8곤지(坤地)로 구성되는데 건천은 하늘, 태택은 연못, 리화는 불, 진뢰는 우뢰, 손풍은 바람, 감수는 물, 간산은 산, 곤지는 땅을 상징한다.

여기서 손(巽)은 부드럽다 공손하다는 의미가 있고, 감(坎)은 구덩이에 빠진다, 리(離)는 떠난다, 간(艮)은 그친다, 태(兌)는 바꾸다 기뻐하다는 의미를 갖고 있다. 또한 건천은 굳세다, 태택은 말하다 기뻐하다, 리화는 곱다 화려하다, 진뢰는 움직이다 행하다, 손풍은 들어가다, 감수는 빠지다, 간산은 그치다 멈추다, 곤지는 유순하다 순응하다는 의미가 있다.

우사 방아는 이 여덟 개의 괘(八卦)를 가지고 하늘님의 뜻을 파악하는 방법을 고안했다. 우선 작은 막대기 여덟 개에다 각각 하나부터 여덟까지를 표시하고 그중에서 무작위로 하나를 선택한다. 1이 나오면 강건하므로 하면 되고, 2가 나오면 기쁜 일을 기대하고, 3이 나오면 화려하지만 이별할 수도 있고, 4가 나오면 하고자 하는 것을 하면 되고, 5가 나오면 하고자 하는 일에 자연스럽게 몰입하면 되고, 6이 나오면 함정에 빠지는 것이니 조심하고, 7이 나오면 하던 일을 멈추거나 시도하지 말며, 8이 나오면 그 결과가 무엇이든 유순하게 순응하는 것이란 의미가 있다.

그러나 우사 방아가 아무 조건 없이 이렇게 무작위로 하늘의 하늘소리를 파악하고자 한 것은 아니었다.

어떤 어려움이 있어 그것을 해결하려고 할 때 첫째, 의사 결정권자, 즉 환웅이 먼저 자신의 상황 판단으로 그에 맞는 행동을 선택하는 것이 우선이다. 둘째, 환웅 혼자서 판단하기 어려우면 삼백과 오사 등 신하들에게 의견을 구한다. 셋째, 그것도 어려우면 환족 전체에게 의견을 구한다. 넷째, 그마저도 어려우면 위와 같은 방법으로 하늘소리의 뜻을 파악하고 하늘신의 뜻에 따르는 것이다.

이렇게 하늘소리의 뜻을 알아보는 방법을 후대 사람들은 '점(占)을 친다'고 하였다.

우사 방아와 서자부의 대인들과 샤먼들은 안파견 환인의 음과 양, 거발환 환웅의 기화수토에 의한 우주 창조론과 우사 방아의 목화수토에 의한 생명 탄생론, 그리고 우사 방아가 음양과 기화수토를 결합하여 고안한 팔괘에 따라 하늘소리를 듣는 방법에 대하여 전파하기 시작했다. 배달국의 환족뿐만 아니라 세상 사람들 모두 우주 창조와 생명 탄생, 음양과 팔괘를 이해하고 하늘님의 뜻에 따라 조화롭게 살아야 한다는 것이다.

배달국의 환족은 우사 방아의 가르침에 따라 24절기를 이용한 경작으로 식량이 풍부해졌을 뿐만 아니라 하늘님에 대한 믿음도 더욱 확실하게 다지게 되었다. 육축을 기르는 목축업 외에도 우사 방아는 그물을 만들어 고기 잡는 방법, 녹도문에 이어 오늘날 한문의 기초가 되는 문자를 만들었으며 환족이 결혼하는 혼인법도 만들어 전파하였다.

이때부터 배달국 환족은 우사 방아를 태호(太昊)라는 이름으로 불렀다. 태호는 큰 하늘 또는 크게 환한 사람이라는 뜻이다. 우사 방아는 새로 얻은 이름 그대로 모든 환족 중 가장 환한 사람이 되었다.

우사 방아의 재세이화 홍익인간

어느덧 10년이란 세월이 흘러갔다. 그동안 배달국의 다의발 환웅이 붕어하고 7세 거련(居連) 환웅이 다스리고 있었다.

배달국이 크게 번성하자 우사 태호 방아는 이웃들에게도 가르침을 전파할 필요성을 느꼈다. 환족이 천산주에서 이곳으로 오기 전 환국의 지위리 환인께서 거발환 환웅에게 "대인은 부디 이 세상을 진리로 다스려 우리 인간들을 널리 이롭게 하기 바라오"라고 당부하지 않았던가? 재세이화 홍익인간(在世理化 弘益人間)이다. 환족뿐만 아니라 이 세상의 모든 사람들이 하늘소리에 따라 조화롭게 살아야 한다는 것이다.

'그렇다. 다른 무리도 우리처럼 잘 살도록 전해주어야겠다.'

생각이 이에 미친 우사 태호 방아는 거련 환웅을 찾아갔다.

"환웅님께 문안을 여쭙습니다."

"우사께서는 어서 오시지요."

우사 태호 방아는 그동안의 환족의 경제적, 종교적 번성에 대해서 거련 환웅과 의견을 나누었다.

"이러한 배달국의 번성을 우리만 누릴 것이 아니라 이 세상 사람들이 모두 잘 살 수 있도록 전파하고 싶습니다."

"우사께서는 정말 훌륭한 생각을 하셨습니다. 그러면, 누가 그 일을 하는 것이 적당하겠소?"

"예, 제가 세상의 다른 무리를 찾아 전할까 합니다."

"우사께서는 진정 하늘님의 뜻과 지위리 환인, 거발환 환웅의 가르침을 세상에 전파할 적임자이시오. 그렇게 하도록 하시지요."

이리하여 우사 태호 방아는 세상 사람들이 모두 번성하며 살도록 가르침을 전하기 위해 배달국의 신시를 떠났다.

신시를 떠난 우사 태호 방아는 우선 청구와 낙랑(靑邱, 樂浪. 중국 대릉하, 영정하 지역으로 발해만의 북서쪽) 지역으로 가서 그곳 무리에게 24절기에 따른 경작법과 돌판 달력의 원리와 제작법, 안파견 환인의 손가락수에 의한 세상 창조 원리와 음양과 팔괘 이론, 거발환 환웅의 하늘소리인 기화수토에 의한 우주 창조론과 우사 태호 방아의 목화수토에 의한 생명 탄생론을 전파하였다.

그리고 수인(燧人), 유소(有巢)의 무리에게로 가서 배달국의 24절기를 이용한 경작 방법과 소, 말, 양, 돼지, 개, 닭 등을 기르는 목축법, 하늘신 사상, 음양 팔괘 이론 등을 전파하였다. 무리의 우두머리였던 수인이 사망하자 태호 방아가 뒤를 이어 우두머리가 되어 서토(西土)에 나라를 세웠는데 후대의 역사가들은 이를 진(陳)국이라 이름하였다.

당시 수인의 무리는 하늘신의 개념이 없었으므로 하늘신에 대한 제사도 지내지 않았다. 태호 방아는 그들에게 여섯 가지 가축을 제물로 하여 하늘신에게 제사 지내는 법을 가르쳤다. 그에 따라 제사 때 사용할 희생 제물들이 항상 풍족하였으므로 수인의 무리는 태호 방아를 포희(庖犧)라는 새로운 이름으로 불렀다. 제사에 쓰일 희생 제물들이 항상 풍족하였다는 뜻이다.

태호 포희는 후에 그 지역에 홍수가 일어났을 때 표주박 속에 들어가 있어서 목숨을 구했으므로 복희(伏羲)라고도 불렸다. 배달국의 왕자였던 우사 방아가 태호 복희라는 이름으로 불리게 된 경위다.

태호 복희, 즉 배달국의 우사 방아는 삼위산 태백산 지역에 있던 환족의 먼 후예들에게도 배달국의 경작법, 목축법, 하늘신 사상, 음양 팔괘 사상 등을 전했다.

이렇게 배달국 환족뿐만 아니라 후에 중국인의 선조가 되는 토착 원주민과 이주족, 환족의 후예 등 세상 사람들의 삶을 지도한 우사 방아는 197년을 살고 세상을 하직하였다.

먼 훗날, 화하족의 후예인 중국에서는 그를 태호 복희라는 이름으로 신화 시대 삼황 오제의 한 사람으로 숭배하고 있으며 묘족도 그들의 조상으로 모셨다. 우사 방아가 태우의 환웅의 아들로서 배달국의 왕자였지만 배달국뿐만 아니라 오래전 헤어진 묘족과 이민족인 화하족에게도 재세이화 홍익인간을 실천하였기 때문이다.

그리고 민간에서도 우사 방아가 만든 팔괘로 하늘님의 하늘소리를 알아보기 위해 점(占)을 쳤다. 그러나 당시의 환족이 앞날의 일을 알기 위하여 무조건 점을 쳤던 것은 아니었다.

가족 단위에서는 장래 어떤 일을 앞두고 우선 가장의 판단으로 결정을 하였다. 가장이 혼자 판단하기 어려우면 가족들과 상의를 하였다. 가족들의 상의에도 판단과 선택이 어려우면 그때 점을 쳤다.

우사 방아는 오늘날 대릉하 상류의 풍산(風山)에 살았으므로 그의 성을 풍(風)씨로 하였고, 그 후손의 무리는 진(陳)나라라고 불렸으며 그의 사후 풍성은 15대를 계승하였다.

우사 방아가 살았던 시기는 약 5,400여 년 전인 기원전 3450년 무렵부터 기원전 3250년 무렵에 해당한다. 배달국의 6세 다의발 환웅과 7세 거련(居連) 환웅 시대까지 살며 배달국의 문화를 환족이 아닌 주변의 무리에게 전파하여 재세이화 홍익인간을 실천하였다.

소전의 아들 석년, 신농국을 건설하다

이 시절 배달국은 북으로는 백산과 흑수 아래서부터 남으로는 황하 유역과 삼위산, 태백산 지역, 단허를 비롯한 발해만 유역, 동으로는 송화강을 거쳐 한반도까지 영향력이 미쳤다. 송화강 유역에는 분가해 와서 환족과 연합한 웅족의 본류가 살고 있었고 황하 유역에는 토착 원주민과 서부 지역에서 이주해 온 이주족 등이 무리를 이루어 살고 있었다. 이들 이주족들은 황하 서부의 사막과 산악지대로부터 살기 좋은 황하 유역에 이르러 그곳 토착민들과 융화된 무리이며, 삼위태백 지역에는 반고의 후예인 묘족, 산동성 지역에는 오래전에 헤어진 환족의 후예 등 많은 무리가 배달국과 접촉하며 살고 있었다. 그리고 지금의 요서 요동 지역 및 시베리아 동부 지역에도 구환족의 무리가 살고 있었다.

배달국 8세 안부련(安夫連) 환웅 시절인 기원전 3240년 무렵, 소전(小典)이라는 신하가 환웅의 명을 받고 강수(姜水) 지역에서 군사들을 조련하고 있었다. 강수는 황하 중상류 지역인 서안(西安) 부근에 있었다. 소전은 거발환 환웅 시절 주곡 업무 직책인 고시(高矢)를 담당했던 예(禮)의 방계 후손이었다. 고시 예는 안파견 환인 이래의 돌판 달력을 활용하여 곡식 기르는 법을 알려주고 여러 가지 풀과 열매들을 직접 맛보아

먹기 좋은 식량으로 개발하여 환족들의 먹거리에 크게 기여하였다. 이에 후대 사람들이 그 은혜를 잊지 않기 위해 '고시례'라는 의식을 행하고 있었다. 음식을 먹기 전 음식을 조금 떠서 '고시례!', 또는 '고시내!'라고 외치며 주위에 세 번 뿌렸다는 이 풍속은 1960년대까지도 우리나라에서 행해졌다.

이 고시 예의 후손인 소전에게는 웅족의 여인에게서 얻은 아들이 둘 있었는데 첫째 아들은 석년(石年)이고 둘째 아들은 욱(勗)이었다. 석년은 강수에서 오래 살았으므로 강씨 성을 얻었다. 석년은 또 선조 예의 자질을 물려받아 농작물, 특히 약초에 관심이 많았다. 선조인 고시 예가 그랬던 것처럼 주위의 약초들을 맛보고 몸에 어떤 약초가 좋은지 가려내어 전파했다. 약초를 달여 먹고 시험하다가 죽을 뻔한 적도 있어서 석년의 이름은 배달국 전체에 알려지게 되었다.

당시 배달국에서는 우사 방아가 24절기와 음양 팔괘 이론을 전파하여 환족의 생활에 큰 변화를 가져왔고 이어서 수인의 무리에게 가서 큰 개혁을 이루며 진(陳)나라를 세워 재세이화 홍익인간을 실천한 것도 잘 알려져 있었다. 석년도 우사 방아와 같이 자신의 능력으로 재세이화 홍익인간을 이룩하고 싶어 안부련 환웅을 찾아갔다.

"환웅님, 고시 예의 후손이며 소전의 아들 석년이 문안드립니다."

"어서 오시지요. 소전의 아들이 먼 길을 오셨군요."

"예. 오늘 환웅님을 뵈러 온 것은 저도 우사 방아와 같이 다른 종족에게 배달국의 농사법을 전파해서 그들도 잘 살도록 하고 싶어서입니다."

"오, 그렇군요. 참 좋은 생각입니다. 그래서 어느 지역으로 가실 생각이신가요?"

"예, 열산(烈山) 지역에 서쪽에서 온 이주민들이 원주민과 함께 살고 있다는데 그곳으로 갈까 합니다."

"아주 좋은 생각입니다. 부디 그들도 우리 환족과 같이 하늘님을 모시며 잘 살도록 가르쳐 주시기 바랍니다."

이리하여 석년은 안부련 환웅의 허락을 얻어 열산 지역으로 갔다. 열산(烈山)은 서안 부근의 강수 지역에 있었으며 지금의 호북성 수주시 여산진이다. 그곳 무리는 농사법이 발달하지 못하여 이웃 배달국의 도움을 받고 있었으나 생산량은 많이 늘어나지 않았다.

석년은 그들에게 돌판 달력부터 시작하여 24절기를 활용한 파종 시기와 추수 시기를 아는 방법, 작물과 약초를 고르는 방법, 육축을 기르는 방법 등 농사에 관한 것들을 가르쳐 주었다. 또한 조화로운 삶을 가르치는 하늘신의 뜻과 하늘소리인 천문 관측 방법도 전파하였다.

하늘신과 농사법을 모르던 무리의 생활이 질서도 잡히고 생산량도 늘어나자 인근의 무리가 찾아와 합류하는 등 무리의 수가 크게 늘어났다. 석년의 무리는 석년을 농사의 신, 즉 신농(神農)이라고 불렀으며 신농 역시 중국 신화 시대 삼황 오제 중 한 사람이다(염제 신농).

후대의 역사가들은 석년의 무리를 신농국(神農國)이라 하였다. 비록 나라(國)라고는 하지만 당시의 나라는 소규모 마을 단위의 무리로 이는 고을 나라의 의미다. 신농국이 번성하자 배달국의 10세 갈고(葛古) 환웅은 신농국을 제후국으로 봉하고, 신농국의 수도인 공상(空桑, 하남성 진류현) 일대를 경계로 하여 동쪽을 배달국의 영토로, 서쪽을 신농국의 영토로 하였다.

신농국은 520년간 존속하다가 기원전 2698년 신농의 8세손 유망(楡罔)에게 반기를 든 공손 헌원(公孫軒轅)과 배달국 14세 자오지(慈烏支) 환웅에게 패배하여 멸망하였다.

쇠(金)의 발견, 청동기 문명의 시작

배달국은 7세 거련 환웅, 8세 안부련 환웅, 9세 양운(養雲) 환웅, 10세 갈고 환웅으로 이어지며 강국(强國)으로 자리 잡았다.

수인과 우사 방아의 뒤를 이은 진국 무리를 통합한 신농국과 묘족을 비롯한 배달국 주변의 이민족들은 우사 방아의 가르침에 따라 해의 움직임을 기록한 돌판 달력과 24절기를 활용한 농경 생활을 하며 하늘신을 섬기고 하늘신과 조상들에게 제사를 지내며 음양 팔괘 이론에 따라 점을 치기도 하며 살고 있었다. 이 시대부터 배달국 주변의 신농국과 주변의 다른 무리가 배달국에 공물을 바치거나 친교를 맺는 등 배달국의 제후국이 되어갔다.

이 시기에 배달국뿐만 아니라 전 인류에게 큰 영향을 미치게 되는 자원이 발견되었다. 바로 청동기 문명의 탄생이었다. 기원전 3100년 ~ 기원전 2700년경 구리와 주석 등 금속류가 산동성에 있는 배달국의 갈로산(葛盧山)에서 처음 발견되었다.

신석기 시대 초기부터 흙을 구워 토기를 만들던 사람들이 어느 날 평소보다 화력이 센 화덕에서 토기를 구운 후에 남은 찌꺼기를 보았더니 그 안에 평소에 보지 못하던 금속이 녹아 있었다. 이렇게 발견된 구리와 주석 등 금속을 한 곳에 붓고 고열을 가하자 두 금속이 합쳐져 단단한 청동기가 되었다. 배달국에서 금속이 발견되고 청동기가 만들어지게 된 과정이다.

배달국 사람들은 이 청동기로 칼, 창, 도끼, 방패, 투구 등 각종 무기를 제작하였다. 돌로 만든 돌칼, 돌창, 돌도끼에 비해 성능이 월등했음은 물론이다. 무기뿐만 아니라 그릇이나 거울, 농기구, 촛대, 장식용 칼 등 일반 생활에 필요한 물건들도 청동으로 제작하였다. 기존의 나무나 돌로 만든 농기구들보다 성능이 우수하여 생활에 큰 변화를 가져왔다.

웅족의 고향, 비서갑의 웅심국

　배달국의 10세 갈고 환웅, 11세 거야발(居耶發) 환웅, 12세 주무신(州武慎) 환웅 시대를 지나 기원전 2770년경, 13세 사와라 환웅 시대였다. 사와라 환웅은 웅족 여왕의 후손과 결혼한 후 1세 거발환 환웅 이래의 관습인 반 년씩 교차 거주 원칙에 따라 웅족의 집단 거주지인 단허(檀墟)에서 여왕과 함께 거주하고 있었다.

　사와라 환웅의 신하 중에 웅족 출신의 려(黎)가 있었다. 우사 방아의 진국과 석년의 신농국 사례를 본 려는 자신들의 본류인 송화강 유역의 웅족들에게도 재세이화 홍익인간 사상을 전파하고 싶었다. 환족과 결합한 웅족이 송화강 유역 비서갑(裵西岬)에서 같은 웅족 무리로부터 분가하여 이곳으로 이주해 온 지 어느덧 2,000년 가까운 세월이 지나갔다. 비서갑은 오늘날 송화강 유역의 만주 하얼빈이다.

　'우리는 환족과 결합하여 행복을 누리고 있는데……. 고향에 남은 웅족도 잘 살게 하고 싶다.'

　려는 사와라 환웅을 찾아갔다.

　"환웅님의 신하 려가 문안드리옵니다."

　"어서 오시오. 려후께서 어떤 일이신가요?"

　"다름이 아니오라 송화강 비서갑의 웅족에 대한 생각을 말씀드리고자 합니다. 비서갑의 웅족은 웅족의 본류로서 저희의 고향입니다. 지나가는 사냥꾼들에게서 들은 소식에 의하면 비서갑의 웅족은 저희의 도움이 필요한 것 같습니다. 우사 방아의 진국이나 소전의 아들 석년의 신농국 사례를 본받아 비서갑의 웅족에게도 우리 환족의 하늘님과 농사법을 전해주고 싶습니다."

"오, 그렇군요. 려후는 정말 좋은 생각을 하셨소. 비서갑의 웅족이라면 우리의 어머니 나라가 아니오? 진국이나 신농국 정도가 아니라 거발환 환웅과 웅족의 결합만큼 도와야지요. 어머니의 나라를 나도 방문해 보고 싶소."

이리하여 려는 1세 거발환 환웅 당시의 사례를 참고하여 하늘신팀과 하늘소리팀으로 대규모의 비서갑 웅족 개혁단을 조직하였다. 비서갑은 배달국 신시와 단허에서 북동쪽으로 여러 산들을 넘어가야 하는 먼 곳이었다. 사와라 환웅은 웅족 출신의 환웅비, 풍백, 우사, 운사 등 삼백과 려의 웅족 개혁단을 이끌고 어머니의 고향인 비서갑으로 떠났다.

배달국의 사와라 환웅이 웅족 출신 비와 함께 대규모의 개혁단을 대동하고 온다는 소식을 들은 비서갑의 웅족들은 희망과 기쁨이 넘쳐났다. 그들도 오래전에 환족과 결합한 동포들의 발전상을 풍문으로 들어서 알고 있었기 때문이었다. 이주 이후 2,000여 년 만에 고향을 방문하는 환웅비도 새색시가 친정을 찾듯이 동족을 만난다는 사실에 매우 감격스러워하였다.

"사와라 환웅님, 진심으로 환영합니다. 이렇게 먼 곳까지 직접 찾아주시다니 너무나 감사하옵니다."

"비서갑의 웅족은 우리 환족과 웅족의 어머니 나라가 아닙니까? 일찍 찾아왔어야 했는데 너무 늦었습니다."

비서갑 웅족의 여왕과 사와라 환웅은 서로 반갑게 인사를 나누었다.

웅족 출신 환웅비도 비서갑 웅족 여왕과 감격에 겨운 포옹을 나누었다. 실로 2,000여 년만의 이산 가족 상봉이었다. 사와라 환웅과 려를 비롯한 배달국 환족의 개혁단과 비서갑의 웅족은 서로 한데 어울려 반갑게 인사하며 즐거운 시간을 보냈다.

사와라 환웅이 비서갑 웅족 여왕에게 말했다.

"전해오는 얘기에 의하면, 거발환 선조는 웅족 여왕님께 〈하늘님께 드리는 기도〉와 〈하늘님이 하신 말씀〉을 100일 동안에 다 외신다면 동맹을 맺겠다고 하셨다는데 웅족 여왕님은 100일이 아니라 스무하루만에 줄줄이 다 외셨다지요. 그래서 환족과 웅족은 단기간에 급속도로 서로 융화되었다고 합니다. 웅족 여왕님이 웅족을 환족처럼 되게 해달라고 하셔서 거발환 환웅은 개혁단을 파견했다고 합니다. 그래서 우리도 개혁단과 같이 왔는데 도움이 되겠는지요?"

"도움이 되는 정도가 아니라 저희 웅족으로서는 너무나도 바라던 바이지요. 그저 고맙고 고마울 뿐입니다."

비서갑 지역은 앞으로는 송화강을 품고 뒤로는 완달산이 두르고 있는 비옥한 지역이었다. 웅족 여왕과 함께 웅족의 거주 지역을 둘러 본 사와라 환웅은 웅족과 환족의 개혁단이 참석한 가운데 하늘신과 여신의 형상을 제단에 설치하고 감사의 제사를 올렸다. 비서갑에서 하늘신께 드리는 최초의 천제(天祭)였다. 이때 풍백은 〈하늘님께 드리는 기도〉가 새겨진 거울을 진상하고 우사는 북에 맞추어 둥글게 춤을 추었으며 운사는 백 명의 군사들을 칼로 무장시켜 호위하게 하였다.

이어서 려가 이끄는 웅족 개혁단의 하늘신팀은 〈하늘님께 드리는 기도〉와 〈하늘님이 하신 말씀〉 등 하늘신에 대한 신앙을 전파하고 하늘소리팀은 천문 관측 방법, 돌판 달력, 24절기에 따른 농사법 등을 전수하였다. 거발환 환웅 때의 웅족 개혁단과 같은 방법이었다. 여왕을 비롯한 비서갑의 웅족은 배달의 새로운 문물을 받아들이기 위하여 최선을 다하였다. 사와라 환웅은 일 년 동안 비서갑에서 함께 지내면서 웅족을 지도하고 려를 그곳의 제후로 봉하여 웅족 여왕을 보좌하게 하였다.

그리고 비서갑 웅족을 웅심국(熊心國)이라 하고 여왕을 봉하여 다스리게 하였다. 웅심국은 웅족의 마음의 고향이라는 뜻이며 배달국의 어머니 나라로서 왕은 제후국보다 서열이 높은 천제급이었다. 웅심국을 지원한 사와라 환웅은 제후 려와 개혁단 중 남기를 원하는 사람들을 남겨 두고 일 년 만에 신시로 돌아왔다.

웅심국 여왕은 사와라 환웅의 신임을 받았고 웅심국은 대를 이어 여왕이 세습하였으며 개혁단의 도움을 받아 하늘신에 대한 신앙을 익히고 돌판 달력에 의한 24절기에 따라 농사를 지어 수확량을 늘렸다. 웅심국 여왕은 배달국을 본받아 백성들에게도 새로운 생활 지침을 가르쳤다.

"부모를 공경하고 처자를 잘 보호하여라. 형제를 사랑하고 아끼며 노인과 어른을 잘 받들어라. 어린아이와 약한 자에게 은혜를 베풀고 뭇 백성은 서로 믿어야 하느니라."

웅심국 웅족은 이웃들도 잘 살게 지도하였으므로 이주해 오는 사람들이 많아지면서 웅심국은 송화강 유역의 강력한 제후국이 되었다.

공손 헌원의 유웅국

사와라(斯瓦羅) 환웅이 비서갑의 웅족에게 가르침을 전하고 돌아온 후, 가축을 기르는 업무를 담당하던 공손씨가 부정한 짓을 했다. 공손씨는 배달국 8세 안부련 환웅 때 섬서성 기산현 강수(姜水)에서 병사들을 조련하던 감독관 소전의 후손이다.

소전의 둘째 아들이자 석년의 이복 동생인 욱(勖)은 소전이 웅족 여인으로부터 얻었으며 후에 공손씨의 시조가 되었다. 욱은 소전과 웅족 여인의 후손이므로 자신의 성을 공손(公孫)이라고 하였는데, 공손은 곰의 자손(곰+손)의 이두식 표현이다.

욱의 후손 공손씨가 맡은 소, 말, 양, 돼지, 개, 닭 등 가축들은 배달국의 재산이므로 정성을 다하여 길러 나라와 환웅에게 보답해야 했다. 그러나 공손씨는 자신의 임무를 다하지 않고 가축 기르기를 게을리하고 일부 가축을 빼돌리는 부정한 짓을 했다. 이에 사와라 환웅이 노하여 공손씨를 헌구(軒丘)로 귀양보냈다. 헌구는 하남성 신정현이다.

"너 소전의 후손 공손아, 나라의 직책을 맡았으면 몸과 마음으로 온갖 정성을 다하여 소임을 다하여야 하거늘, 어이하여 게으름을 피우고 가축들을 빼돌려 혼자만의 이득을 얻으려 하였느냐? 마땅히 섬도로 유배를 보내야 하지만 너의 선조 소전의 공로를 보아 이쯤 해두니 반성할 지어다."

이리하여 공손씨는 배달국에서 쫓겨나 서쪽 헌구로 귀양 가서 살게 되었는데 헌구에서 그는 무리를 규합하여 세력을 형성하였다. 이 공손씨의 후손인 공손 헌원은 욱의 10세손으로서 신농국의 방계 혈족이다. 헌원은 헌구에서 태어나고 자랐으므로 이름을 헌원이라 했다.

공손 헌원은 헌구 지역의 무리를 모아 세력을 형성하고 호시탐탐 신농국을 노렸다. 공손 헌원은 자신의 선조 욱도 소전의 후손이지만 이복 형인 석년에 밀려났으므로 자신도 신농국의 왕이 될 수 없는 입장이었다. 그러나 그에게는 큰 야심이 있었다. 이 공손 헌원의 무리를 후대 사람들은 유웅국(有熊國)이라고 불렀다. 웅족 출신이기 때문이었다.

배달국의 우사 방아와 소전의 아들 석년이 주위의 이민족들에게 농사법과 하늘신 사상 등 새로운 가르침을 주자 이 소식은 곧 주변의 크고 작은 무리들에게로 전파되었다. 따라서 배달국 주위의 작은 무리가 배달국으로 이주해 오거나 우사 방아의 진국이나 석년의 신농국, 공손 헌원의 유웅국 등으로 오기도 했다. 배달국의 재세이화 홍익인간 사상은 동쪽의 요서, 요동 지역과 송화강 유역까지도 퍼졌다.

전쟁을 해야 하나? 점을 치다

웅심국에서 돌아온 사와라 환웅은 기원전 2749년 배달국 신시에서 아들을 낳고 이름을 자오지(慈烏支)라고 했다. 자오지는 어려서부터 힘이 세고 강건하여 사냥 등에 탁월한 능력이 있었다. 자오지는 마흔 두 살이 된 기원전 2707년 사와라 환웅의 뒤를 이어 배달국의 14세 환웅이 되었다.

당시 배달국 남쪽의 제후국인 신농국은 신농의 8세손인 유망이 다스리고 있었다. 그러나 유망은 성격이 거칠고 괴팍하여 부하와 백성들에 대한 횡포가 심하고 독재를 일삼았으므로 민심은 유망으로부터 멀어지고 신농국은 쇠망의 길을 걷고 있었다. 신농국과 이웃한 유웅국의 공손 헌원은 이 틈을 타 신농국의 유망을 판천(阪泉)에서 급습하여 전쟁을 일으켰으나 성공하지 못하고 다시 기회가 오기만 바라고 있었다. 판천은 하북성 탁록의 동남쪽에 있다.

사정이 이러하니 주민들도 서로 속이고 폭력을 행하는 등 질서가 어지러워져 많은 신농국 사람들이 이웃 배달국으로 도망쳐 왔다. 그러나 그들은 배달국에서도 신농국에서 하던 대로 이웃들과 화합하지 못하고 재물을 훔치는 등 악습을 되풀이하였다. 이에 따라 환족도 큰 영향을 받게 되었다.

자오지 환웅은 삼백들과 오사들을 불러 모아 의견을 구했다.

"지금 남쪽의 신농국에서 폭동이 일어나고 주민들이 우리나라로 피해 오고 있다 하오. 삼백과 오사들 생각은 어떠시오?"

오사 중 구가의 주형(主刑)이 대답하였다.

"지금 신농국을 다스리는 유망은 성격이 몹시 사납고 거칠다고 합니다. 왕이 백성들을 잘 보살피는 것은 고사하고 백성들의 재산을 빼앗고 백성들을 내쫓는다고 합니다."

이어서 양가의 주선악(主善惡)이 말했다.

"유망의 선조 신농은 소전의 아들이고 소전은 거발환 환웅 시대 주곡(主穀)의 고시 예의 후예로서 웅족 여인과 결혼하였으므로 유망 또한 환족이며 웅족입니다. 비록 유망이 지금은 이민족의 왕으로서 그들을 다스리고 있으나 엄연히 환족이므로 우리 환족의 무여율법을 따라야 한다고 생각합니다. 유망은 백성들에게 폭정을 일삼고 재산을 빼앗는 큰 죄를 범하였으므로 마땅히 섬도로 유배를 보내야 할 것입니다."

"좋은 생각이긴 하나, 지금 유망은 우리의 제후국인 신농국의 왕으로서 군대도 조직하고 있소. 그가 말을 듣겠소?"

이번에는 운사가 대답하였다.

"군대 조직을 유지하고 있는 유망을 유배 보내기는 어렵습니다. 그렇다고 무여율법을 어긴 유망을 그대로 둘 수는 없습니다. 우리가 그들의 군대를 먼저 치고 유망을 유배 보내야 할 것입니다."

"그러면 신농국과 전쟁을 하자는 말씀인가요? 그러나 전쟁 또한 큰 죄가 아니겠습니까?"

자오지 환웅의 말에 모두 대답이 없었다. 만약 배달국이 신농국과 전쟁을 한다면 이는 배달국과 제후국인 신농국의 전쟁일 뿐만 아니라 웅족의 피를 받은 같은 환족으로서 배달국 내의 내전(內戰)이 된다.

이윽고 풍백이 말했다.

"거발환 환웅의 무여율법은 백성들이 서로 가진 것을 나누며 조화롭게 살도록 하는 데에 근본 목적이 있고 이를 어기거나 큰 죄를 지은 사람은 섬도로 유배 보내도록 하고 있습니다. 그러나 큰 죄를 지은 유망을 유배 보내기 위해서는 환웅님 말씀대로 유망과 큰 전쟁을 벌여야 합니다. 이것은 큰 결단을 요구하는 중요한 결정입니다. 우리 삼백과 오사가 모여 결정을 하기 어렵다면 백성들의 뜻을 물어보아야 하겠지요."

"그럼 그렇게 하시지요."

그날부터 오사를 담당하는 오가, 즉 우가, 마가, 저가, 양가, 구가는 각각 마을 단위로 의견을 수렴하였다. 그러나 마을 단위 의견 수렴에도 불구하고 결론을 낼 수가 없었다. 배달국이 제후국과 전쟁을 벌인다는 큰 결정을 쉽게 내릴 수 없었기 때문이었다. 다시 풍백이 말하였다.

"백성들의 의견도 일치하지 않으므로 이제 하늘님의 뜻을 따르는 수밖에 없습니다. 우사 방아 선조가 가르쳐주신 팔괘를 이용하여 하늘님의 뜻에 따르기로 하지요."

그리하여 자오지 환웅과 삼백과 오사들은 하늘님의 뜻을 물어보기로 했다. 물어보는 주제는 바로 유망과 전쟁을 해야 하느냐 하지 말아야 하느냐를 결정하는 것이다. 전쟁을 하면 배달국이 힘들더라도 유망을 섬도로 유배 보내고 제후국인 신농국의 백성들을 조화롭게 살게 할 수 있다. 전쟁을 안 하면 지금처럼 신농국 백성들은 계속 고통을 당할 것이다.

방아 선조의 가르침에 따르면 장래의 일을 결정하기 어려울 때는 팔괘 중 하나를 무작위로 선택하여 그 뜻에 따르라는 것이다. 이 팔괘를 삼백과 오사들이 각각 나누어 맡았다. 풍백은 1건천, 우사는 2태택, 운사는 3리화, 주곡은 4진뢰, 주명은 5손풍, 주병은 6감수, 주선악은 7간산, 주형은 8곤지를 담당했다. 그리고 8명이 화로를 가운데에 두고 8개 방위로 둥글게 모여 섰다. 이제 화로에서 피어오르는 연기, 즉 하늘신의 기가 누구에게로 가장 많이 가는가에 따라 그 사람이 맡은 괘의 뜻을 따르기로 했다. 8명의 삼백과 오사들이 둘러선 가운데에서 자오지 환웅이 화롯불을 피워 연기가 올라오게 했다. 모두 눈을 감은 채로 연기의 방향을 기다렸다.

"자, 이제 눈을 뜨시오."

이윽고 자오지 환웅의 말에 따라 모두 눈을 뜨자 화롯불의 연기가 전부 풍백 쪽으로 날아가고 있음을 확인하였다. 풍백이 담당한 1건천 괘가 선택되었다. 1건천 괘가 나오면 그 선택의 결과는 강건하다는 것으로서 시행하면 성공한다는 의미였다.

"이제 하늘님의 뜻이 결정되었소. 하늘님께서는 우리로 하여금 전쟁을 하더라도 유망을 물리치고 신농국의 백성들을 도우라는 것이오."

결론은 내려졌다. 하늘신의 뜻에 따른 이 선택은 즉시 배달국의 백성들에게 전달되었고 자오지 환웅 이하 삼백과 오사, 그리고 백성들은 모두 준비에 들어갔다.

치우천왕의 군사, 자부 선인

당시 배달국은 남쪽에서 도망쳐 온 신농국 백성들이 환족과 어울리지 못하고 환족의 재산을 훔치거나 다투는 등 다소 험악한 상태에 있었다. 풍백이 자오지 환웅에게 말했다.

"지금 배달국에는 자부 선인(紫府仙人)이란 분이 유람하고 계십니다. 이분은 옛날 우사 방아와 같이 공부한 발귀리 선인의 후손으로 우리 환족의 하늘님 사상은 물론이고 천문과 지리에도 무척 밝다고 합니다. 자부 선인을 초청해서 의견을 들어보심이 어떨까 합니다."

"아, 저도 자부 선인에 대해서 들은 적이 있습니다. 어서 그분을 부르도록 하시지요."

이렇게 하여 자부 선인이 자오지 환웅을 만나러 오게 되었다.

자오지 환웅 시대에 살았던 자부 선인은 우사 방아의 어릴 적 서자부 친구인 발귀리 선인의 후손이었다. 자부 선인도 환족의 하늘신 사상에 정통하여 나반, 마고, 황궁, 유인 등 고대의 선조들과 환국 안파견 환인의 음양 사상, 배달국 거발환 환웅의 태초 4요소에 의한 우주 창조론 및 우사 방아의 생명 탄생론과 음양 팔괘 이론까지 전부 꿰뚫고 있었다. 해와 달과 별들의 움직임도 관측하여 우사 방아의 24절기를 직접 측정하기도 했다.

그즈음, 자부 선인은 우주 창조론 및 생명 탄생론에 몰두하고 있었다. 우주 창조론은 환국 안파견 환인의 음양과 배달국 거발환 환웅의 기화수토 4요소가 세상 창조의 기본 요소라는 이론이다. 생명 탄생론은 우주 창조로 나타난 이 세상에 생명체가 탄생하게 된 이론으로서 우사 방아가 거발환 환웅의 기화수토 4요소에서 기를 목으로 대체한 것이다.

나무, 불, 물, 흙은 분명 이 세상에서 생명체가 살아가는 데 가장 중요한 요소들이다. 그러나 과연 이것으로 족할까? 자부 선인은 수백 년 전부터 배달국 갈로산에서 발견되어 환족의 생활에 아주 편리하게 사용되는 청동기, 즉 쇠(金)에 집중하였다.

'수백 년 전 쇠(金, 청동기)가 발견된 후에 이 쇠를 사용하여 만든 농기구나 거울, 칼 등 많은 물건들은 환족이 살아가는 데 큰 변화를 가져왔다. 앞으로는 이 쇠가 사람들의 생활에 아주 큰 영향을 줄 것이다. 사람들은 동물이나 다른 생명체들과는 달리 이 세상에서 사람답게 살아가는 것이 중요하다. 그러기 위해서는 쇠가 목화수토 못지않게 중요한 기본 요소가 되어야 한다.'

생각이 이에 미친 자부 선인은 우사 방아의 4요소인 목화수토에 금을 추가하여 목화수토금을 생명 탄생의 5요소로 보았고 이 5요소를 환족들에게 전파할 효율적인 방법을 생각하고 있었다.

바로 이때, 자부 선인은 자오지 환웅의 부름을 받았다.

"자부 선인이시여, 말씀으로만 듣던 선인을 뵈오니 무척 반갑소이다."

"저도 이렇게 환웅님을 직접 뵈오니 기쁘기 한량없습니다."

자오지 환웅과 자부 선인은 그날 밤이 늦도록 하늘신 사상, 백성들의 조화로운 삶, 안파견 환인의 음양, 거발환 환웅의 기화수토, 우사 방아의 음양 팔괘 이론, 신농국 유망의 실정 등 온갖 얘기를 나눴다. 이윽고 자오지 환웅이 본론을 말했다.

"그래서, 우사 방아 선조의 음양 팔괘 이론에 따라 하늘님의 뜻을 물었더니 유망과 전쟁을 하면 이긴다는 답을 받았습니다. 자부 선인을 초빙한 것은 그 방법을 여쭙기 위한 것이기도 하지요."

"하늘님의 뜻에 따라 바른 선택을 하셨습니다. 이제부터 할 일은 어떻게 유망을 사로잡아 유배 보내느냐 하는 것이지요. 그렇게 하기 위해서는 우선 배달국 백성들의 뜻을 한곳으로 모아야 합니다."

말을 마친 자부 선인은 자신이 녹도문으로 쓴 《삼황내문경(三皇內文經)》이라는 책 한 권을 자오지 환웅에게 전하였다. 삼황은 바로 천황, 지황, 인황으로서 황궁 선조 이래 유인, 안파견, 거발환을 거쳐 환족들이 믿어온 하늘과 땅과 사람을 의미하였다. 자부 선인은 이 책에서 천, 지, 인 삼황이 서로 조화롭게 살기를 권하고 있었다.

그날 자부 선인은 자오지 환웅에게 다음과 같은 계책을 건의했다. 첫째, 백성들과 뜻을 함께 하며, 둘째, 전국에서 유망한 장수들을 모집하며, 셋째, 갈로산의 쇠를 활용하여 무기를 제작하며, 넷째, 군사들을 전략적으로 배치하는 등 내부 준비를 철저히 하며, 다섯째, 유망도 환족이므로 그를 설득하여 선정을 베풀게 하며, 그래도 안 되면 여섯째, 유망의 부하를 우리 편으로 포섭한 후, 일곱째, 유망에 대한 직접 공격 등이었다. 그중 셋째 쇠 무기 제작과 넷째 군사들의 전략적 배치가 가장 중요하였다.

다음 날, 자오지 환웅은 자부 선인과 의견을 나눈 대책을 삼백 및 오사에게 알리고 모두 합심하여 유망을 토벌하기로 했다. 삼백과 오사는 모든 환족에게 자부 선인의 천황, 지황, 인황 사상을 전하며 하늘신을 중심으로 단결하여 유망의 백성들이 조화로운 삶을 살도록 돕기로 했다.

전국에서 신체 강건하고 말 타는 기술이 뛰어나며 칼과 창 등 무기를 잘 쓰는 장수 81명을 뽑아 군사들을 지도하는 훈련을 시켰다. 한편 갈로산에서 나는 금속을 제련하여 청동으로 된 칼, 도끼, 창, 방패, 투구 등 무기도 제작하였다.

자오지 환웅과 자부 선인은 이 과정을 함께 지켜보았다. 준비는 거의 끝났다. 자부 선인이 말했다.

"무기도 준비되었고 병사들 개별 훈련도 되었으니 이제 합동 훈련을 하여야 합니다."

자부 선인은 자오지 환웅에게 오방진(五方陣)이라는 진법을 알려주었다. 즉, 전후좌우 중앙의 다섯 방위 별로 군대를 배치하고 총대장인 환웅은 중앙 한가운데에 포진하는 진법이다.

환웅은 왕명 출납을 담당하는 주명의 마가와 함께 가운데에 포진한다. 선봉은 주곡의 우가가 담당하고 좌는 주병의 저가, 우는 주선악의 양가, 후위는 주형의 구가가 맡았다. 환웅의 공격 명령이 떨어지면 진을 흐트리지 않으면서 중군을 중심으로 나선형으로 회전하여 적군을 포위 섬멸하는 작전이다. 공격 방향이 바뀌어도 오방진을 바꿀 필요는 없다. 적이 좌측에서 나타나면 전 부대가 좌측으로 돌아서서 진을 형성한다. 이번에는 저가가 선봉이 되고 양가가 후위가 된다. 마찬가지로 적이 어느 방향에서 나타나든 그 방향으로 돌아서서 중앙의 환웅을 중심으로 전방이 선봉, 후방이 후위, 그리고 좌군과 우군이 된다.

우가, 저가, 양가, 구가는 모두 선봉, 후위, 좌군, 우군의 역할을 익혔다.

이렇게 하여 병사들 개별 훈련에 이어 전체의 전술 훈련도 마치고 공격 준비가 완료되었다. 자오지 환웅은 하늘신을 중심으로 환족들의 일치 단결 및 장수 선발, 오방진 훈련 등 많은 도움을 준 자부 선인에게 감사하며 대릉하 유역 대풍산(大豊山) 자락에 삼청궁(三淸宮)을 지어 거주하게 하였다.

치우천왕, 유망의 신농국 정벌

드디어 공격 날짜가 정해졌다. 자오지 환웅은 마가의 중군을 직접 지휘하고 81명의 선발된 장수들을 중군을 비롯하여 선봉과 후위, 좌군과 우군에 골고루 배치하였다. 자오지 환웅은 출정하기 전에 먼저 하늘신에게 제사를 드렸다. 자부 선인을 비롯하여 삼백과 오사와 모든 병사들이 집결한 가운데 자오지 환웅이 하늘신에게 잔을 올리고 고하였다.

"하늘님께 고하나이다. 저희 배달국은 하늘님의 뜻에 따라 신농국의 유망을 토벌하기 위하여 출정하나이다. 유망은 하늘님의 뜻대로 백성들이 조화롭게 살도록 지도하지 못하고 오히려 백성들의 재산을 탐하고 폭정을 일삼아 신농국 백성들이 배달국으로 도망쳐 오는 사태에 이르렀습니다. 이를 바로 잡기 위하여 오늘 출정하오니 하늘님께서는 저희와 함께 하시어 승리로 이끌어 주시옵소서."

출정 제사를 마친 자오지 환웅은 유망의 신농국 수도인 공상(空桑)으로 공격 명령을 내렸다.

"배달의 군사들이여, 오늘 우리는 하늘님의 뜻에 따라 군대를 일으켰다. 제후국인 신농국의 유망이 선정을 베풀지 않고 백성들을 핍박하므로 이에 우리는 무여율법에 따라 유망을 섬도로 유배 보내고 신농국의 백성들이 조화롭게 살도록 해주어야 한다. 모두 맡은 책무를 다하여 하늘님의 뜻을 이루도록 하라!"

자오지 환웅의 말이 끝나자 병사들이 환호성을 올렸다. 그들은 환웅의 지시에 따라 오방진을 펼치고 일사불란하게 신농국의 수도인 공상으로 밀고 들어갔다.

유망은 크게 놀랐다. 그러나 유망 역시 부하들을 이끌고 나와 맞서자 자오지 환웅이 유망을 타일렀다.

"신농국의 유망은 들거라. 너의 조상 석년은 소전의 아들이고, 소전은 우리 배달국의 1세 거발환 환웅 때의 주곡을 담당한 고시 예의 후예였다. 그러므로 소전의 후손인 유망 너도 웅족의 피를 이은 환족으로서 하늘님의 가르침을 능히 알고 있거늘, 어찌하여 백성들을 괴롭히며 네 뱃속만 채우느냐? 내가 오늘 하늘님의 뜻에 따라 네 백성들을 해방시키러 왔노라. 지금이라도 네가 뉘우치고 백성들을 조화롭게 살게 하겠다면 용서해 주겠지만 그렇지 않으면 하늘님의 뜻에 따라 너를 섬도로 유배 보내리라."

그러나 유망은 대답 대신 부하 장수를 시켜 먼저 배달군을 공격하였다. 이에 배달군도 즉각 대응을 하니 돌칼, 돌창, 돌도끼 등으로 무장한 유망의 군대는 청동제 무기로 무장한 배달군의 상대가 못되었다. 몇 번을 부딪치자 유망의 군대는 대패하여 달아나고 말았다. 유망군은 뿔뿔이 흩어지고 유망도 급히 몸을 피하고 말았다. 싸움다운 싸움도 없이 배달군은 신농국의 수도 공상을 점령하였다. 자오지 환웅은 오늘날의 중국 산동성(山東省) 지역뿐만 아니라 인근의 강소성(江蘇省), 안휘성(安徽省) 지역까지 복속시켜 배달국의 영향력 아래 두었다. 바로 태산과 회수(淮水) 사이, 즉 회대(淮垈) 지역이었다.

공손 헌원과 자부 선인

한편 신농국의 유망과 판천에서 한판 겨루었지만 승패를 결정하지 못한 유웅국의 공손 헌원이 신농국 외곽에서 세력을 모으며 기회를 보고 있던 중 유망이 자오지 환웅에게 대패하여 달아났다는 소식을 들었다.

"옳지, 때는 바로 지금이다."

헌원은 자오지 환웅의 힘을 이용하여 유망을 없애고 스스로 신농국과 배달국의 왕이 될 계획을 세웠다.

"신농국을 흡수하고, 다음은 배달국 자오지다."

헌원은 자오지 환웅을 만나러 공상으로 향했다. 가는 도중에 자부 선인이 거주하고 있는 삼청궁 인근을 지나게 되자 삼청궁에 들러 문안 인사를 올렸다.

"자부 선인이시여, 헌구 땅에 사는 소전의 후손 공손 헌원이 자오지 환웅을 뵈러 가는 길에 잠시 들러 인사 올립니다."

"예, 어서 들어오시지요. 먼 길에 수고가 많소이다."

두 사람은 찻상을 사이에 두고 마주 앉아 얘기들을 나누었다.

"무슨 일로 자오지 환웅을 뵈러 가시오니까?"

"예, 자오지 환웅께서 유망의 폭정을 바로 잡기 위해 군대를 일으켰다는 소식을 듣고 미력한 힘이나마 도움이 될까 하고 찾아뵙고자 합니다."

자부 선인은 헌원이 고시 예의 후예로서 소전의 둘째 아들 욱의 10세손임을 알고 있었다. 또한 유웅국 무리를 이끌고 있지만 소전의 첫째 아들인 석년의 후예가 아니어서 신농국의 왕이 될 수 없음도 알고 있었다. 대화를 이어가던 도중 자부 선인은 공손 헌원의 속셈을 꿰뚫어 보고 자오지 환웅을 돕겠다는 말과는 달리 야심이 가득함을 간파하였다. 공손 헌원은 왕이 될 수 없는 신분이었지만 천하를 제패하려는 야심을 가지고 세력을 키우고 있었기 때문이었다.

'이 자는 자오지 환웅에게 도움이 되기는커녕 오히려 큰 방해가 될 것이다.'

자부 선인은 공손 헌원에게 《삼황내문경》이라는 책을 선물했다. 자부 선인은 이 책을 자오지 환웅에게도 선물했었다.

"이 책은 제가 하늘님이 창조하신 하늘과 땅과 사람의 조화로운 삶에 대한 이야기를 기록한 것입니다. 하늘 아래, 땅 위에 살고 있는 사람들이 하늘님의 하늘소리에 따라 조화롭게 살 것을 말하는 것이지요. 부디 공손 헌원께서도 백성들이 하늘소리에 따라 조화롭게 살도록 이끌어 주시기 바랍니다."

"예, 감사합니다. 그렇게 하도록 하지요."

자부 선인은 공손 헌원이 이 책을 보고 깨달음을 얻어 바르게 행하도록 가르침을 준 것이나 그는 자신의 야망으로 인해 그것을 깨닫지 못하고 공상으로 자오지 환웅을 만나러 갔다.

"헌구의 공손 헌원이 환웅님께 인사 올립니다."

"공손 헌원께서 어인 일로 먼 길을 오셨습니까?"

"예, 폭정을 일삼는 유망을 토벌하시려는 환웅님께 도움이 되고자 찾아뵙게 되었습니다."

"아, 그러시군요. 아시다시피 유망이 백성들을 조화롭게 잘 살도록 인도하는 대신에 백성들 재산을 빼앗고 횡포를 일삼으므로 이를 바로잡기 위한 것이지요. 공손 헌원께서 도와주시겠다니 대단히 감사합니다."

"환웅님의 배달군이 유망을 앞에서 공격하신다면 우리는 뒤에서 공격해 유망을 단숨에 죽이겠습니다."

"아니오, 유망을 죽여서는 안 됩니다. 사람이 사람을 죽여서는 안 되며 그것은 하늘님의 뜻이 아닙니다. 더구나 저나 유망이나 공손 헌원 모두 같은 환족이 아니오니까? 다만, 유망은 배달국의 '무여율법'을 어기는 중죄를 범하였으므로 섬도로 유배 보낼 것입니다."

"환웅님의 큰 뜻을 명심하겠습니다."

이리하여 자오지 환웅과 공손 헌원의 동맹은 성립되었다. 공손 헌원은 헌구로 돌아갔다.

공손 헌원도 환족이므로 배달국의 하늘신을 잘 알고 있었다. 하늘신은 한 분이지만 세 가지로 작용하신다. 헌원이 자부 선인으로부터 받은 《삼황내문경》에서는 이를 삼황, 즉 천황, 지황, 인황으로 표현하였다. 그러나 공손 헌원은 《삼황내문경》 전체의 내용에 집중하는 대신 인황이란 단어에 주목했다.

"천황, 지황, 인황! 천황이 세상을 만드시고 지황이 땅 위의 만물을 기르신다. 인황은 천황이 만들고 지황이 기른 모든 사물을 다스린다. 내가 바로 하늘님의 아들로서 인황이다. 내 어찌 신농국의 왕으로서 만족할 것인가? 나는 하늘 아래와 땅 위의 모든 것을 다스리는 하늘님의 아들, 곧 인황이다."

자부 선인으로부터 《삼황내문경》을 얻은 공손 헌원은 엉뚱하게도 자신이 하늘신의 아들이 되겠다는 야심을 품었다.

탁록대전

공손 헌원과 약속한 대로 자오지 환웅은 유망 무리를 뒤쫓아가 공격 명령을 내렸다. 배달군의 공격에 유망은 남은 무리를 모아 대항하였다.

이 틈을 타 공손 헌원의 군대가 유망군의 뒤에서 공격을 감행하자 협공을 당한 유망군은 견디어낼 수가 없었다. 유망군이 우왕좌왕 하는 사이 공손 헌원은 날쌔게 말을 달려 긴 창으로 유망의 목을 찔렀다. 갑작스레 헌원의 공격을 받은 유망은 그만 말에서 떨어져 숨을 거두고 말았다. 유망의 죽음을 확인한 공손 헌원은 신농군에게 소리쳤다.

"유망은 죽었다! 나는 소전 선조의 둘째 아들이며 석년의 동생인 욱의 10세손 공손 헌원이다. 지금부터는 내가 신농국 왕이다. 양국 군대는 배달군과 전쟁을 멈추고 즉시 탁록(涿鹿)으로 퇴각하라!"

공손 헌원은 유웅국 군대와 신농국 군대를 모두 탁록으로 모이게 했다. 탁록은 북경 인근의 하북성 탁록현이다. 공손 헌원은 유망의 잔병들과 자신의 무리를 합하여 신농군을 재정비했다.

"나 공손 헌원은 하늘님의 부르심을 받고 태어난 하늘님의 아들이다. 하늘 아래와 땅 위에 사는 사람으로서 하늘님의 아들은 나 하나뿐이다. 그럼에도 불구하고 배달국의 환웅은 자신이 하늘님의 아들이라고 한다. 하늘님의 아들을 사칭하는 배달국의 환웅을 쳐부수어 우리가 하늘의 아들임을 보여 주자!"

유망을 대신하여 새로 왕이 된 공손 헌원의 지시로 유웅국 군사들과 통합한 신농국 군사들은 배달국을 상대로 전력을 정비하였다.

한편 신농군과 대적하던 배달국의 자오지 환웅은 신농군이 갑자기 탁록으로 퇴각하여 군대를 정비하고 있음을 알았다. 자오지 환웅은 동맹을 맺었던 공손 헌원이 배달국을 배신하고 유망을 죽인 후 신농국 왕이 되어 스스로 하늘님의 아들이라 칭하며 유웅국과 신농국을 통합하여 배달국에 대적하고 있다는 사실에 크게 노했다.

"아니, 유망을 죽이지 말라고 그렇게 당부했거늘 약속을 어기고 유망을 죽인 것도 모자라 스스로 하늘님의 아들이라 칭하다니? 더구나 신농국 왕이 되어 우리 배달국에 반기를 들었다고? 공손 헌원을 절대 용서 못한다."

자오지 환웅은 배달군을 정비하여 공손 헌원이 웅거하고 있는 탁록으로 진격하였다. 탁록 벌판에서 배달군과 신농군은 진을 치고 서로 대척하였다. 자오지 환웅이 공손 헌원을 향해 말했다.

"공손 헌원은 듣거라. 나 자오지는 배달국의 14세 환웅이다. 배달국은 거발환 환웅이 '널리 인간을 이롭게 하라'는 환국의 환인님의 뜻을 이어받아 세운 나라다. 우리 환족은 황궁 선조 이래 오랜 옛날부터 하늘님을 모시고 살아온 백성들이다. 나는 하늘의 아들이신 거발환 환웅의 정통 계승자로서 이 세상을 널리 이롭게 하라는 거발환 환웅의 가르침을 받고 그 사명을 수행하고 있다.

내가 신농국의 유망을 토벌하는 것은 그를 죽이고 그의 영토를 빼앗고자 함이 아니다. 고시 예의 후손이요 소전의 후예이며 석년의 자손인 유망이 하늘님의 가르침을 따르지 않고 개인의 욕심을 채우기 위하여 백성들을 수탈하고 폭정을 일삼으니, 내 이를 바로 잡기 위하여 군사를 일으켰다.

그런데도 너는 내 말을 듣지 않고 유망을 죽였으며 신농국 왕의 자리를 빼앗은 것도 모자라 이제는 스스로 하늘님의 아들이라 칭하며 배달국의 하늘님을 모독하고 있다. 공손 헌원 너도 배달국의 하늘님을 능히 잘 알면서도 어이하여 이를 외면하고 네 스스로 하늘님의 아들이라 일컫느냐?

환족으로서 한시 바삐 하늘님의 품안으로 돌아와 너의 본질을 되찾으라. 네가 지금이라도 무기를 버리고 본성을 되찾으면 너를 용서할 것이나, 그렇지 않으면 내 너를 끝까지 추격하여 죗값을 치르게 하리라."

자오지 환웅이 말을 마치자 배달군은 공손 헌원의 신농군에게로 물밀듯이 밀고 들어갔다. 헌원의 신농군은 속수무책으로 배달군에게 유린당하고 겨우 퇴각하였다. 공손 헌원은 부하들과 함께 도망쳐 또다시 신농군 군사들을 정비하였다. 그러나 아무리 신농군이 군사들을 보충하는 등 재정비를 하여도 청동칼 등 금속 무기로 무장한 배달군을 당해낼 수는 없었다.

10년여 동안 탁록 벌판에서 배달군과 신농군은 70여 회나 겨루었으나 신농군은 백전백패 당할 뿐이었다. 공손 헌원은 신농군을 모아 다시 반격을 시도하였으나 배달군의 오방진에 걸려 오도가도 못하는 신세가 되었다. 자오지 환웅은 공손 헌원을 죽이거나 사로잡을 수 있는 기회가 여러 번 있었으나 그때마다 그를 놓아주고 스스로 본성을 회복하기를 바랐다. 드디어 공손 헌원은 자오지 환웅 앞에 엎드려 항복을 하였다.

"자오지 환웅이시여, 제가 큰 잘못을 범했나이다. 부디 죄인을 벌하여 주시옵소서."

자우지 환웅이 공손 헌원에게 말했다.

"공손 헌원, 내가 너에게 유망을 죽이지 말라 했거늘, 어이하여 내 말을 듣지 않고 같은 환족인 유망을 죽였느냐? 거발환 환웅께서는 큰 죄를 지으면 섬도로 유배를 보내라고 하셨다. 이는 그곳에서 죄를 뉘우치고 사람의 본성을 회복하도록 하기 위함이다. 너는 환족이면서도 어이하여 그 뜻을 모른단 말이냐?"

"저 공손 헌원은 거발환 환웅님과 자오지 환웅님께 큰 죄를 지었습니다. 환웅님의 뜻을 받들어 앞으로 삼신일체이신 하늘님의 가르침대로 살도록 하겠으니 부디 통촉하여 주시옵소서."

자오지 환웅의 뜻은 잘못을 저지른 제후국의 왕을 죽이거나 영토를 확장하는 것이 아니었다. 자오지 환웅의 목적은 거발환 환웅의 건국 이념인 재세이화 홍익인간에 따라 세상 사람들이 모두 조화롭게 살도록 하는 것이다. 자오지 환웅은 말했다.

"공손 헌원은 듣거라. 네가 감히 하늘의 아들을 사칭하고 하늘님께 죄를 지었으니 그 죄가 얼마나 무거운지 너는 알리라. 또한 환족으로서 마땅히 따르고 지켜야 할 본성을 어겼음도 잘 알리라. 너의 죄를 묻자면 너를 죽여야 마땅하나, 그것은 하늘님의 뜻이 아니다. 내가 하늘의 뜻에 따라 오늘 너를 하늘님의 이름으로 용서하니, 부디 앞으로는 배달국의 신하로서 하늘님의 하늘소리를 잘 따르고 지키며 본성을 회복하도록 할지어다."

자오지 환웅은 공손 헌원을 용서함과 동시에 그를 배달국의 신하로 대우하며 무장을 해제시켜 그의 고향인 헌구로 돌려보냈다. 그리고 함께 전쟁에 참여하였던 그의 아들 소호(少昊)를 유웅국의 왕으로 봉하고 배달국의 제후로 삼았다. 그리고 신농국 유망의 아들 괴(魁)를 내세워 유망의 뒤를 잇게 하고 나라 이름도 단웅국(檀熊國)으로 바꾸어 부르게 하였다. 소전의 아들인 석년도 웅족이기 때문이었다. 신농국은 사라졌다.

이리하여 자오지 환웅은 유망의 신농국 및 공손 헌원의 유웅국과 벌인 장기간의 전투에서 최종적으로 승리하며 황하와 양자강 사이의 많은 무리를 배달국의 제후국으로 삼았다. 자오지 환웅은 회대 지역(회수와 대산) 등 넓어진 영토의 백성들을 위하여 수도 신시(神市)를 오늘날 대릉하 유역의 청구(靑邱)로 옮겼다.

이로써 배달국의 영향이 미치는 영역은 북쪽의 백산흑수에서부터 남으로는 양자강, 서로는 서안, 동으로는 한반도를 포함한 북부 시베리아, 송화강 유역의 웅심국까지 확장되었다. 수도를 청구로 옮김에 따라 나라 이름을 청구국(靑邱國)으로 부르기도 했다.

자오지 환웅이 다스린 이 시기에 배달국은 가장 넓은 영토를 확보하였고 황하와 양자강 사이의 수많은 무리를 제후국으로 삼았다. 이때가 전성 시대였던 배달국은 청구로 천도한 이후 300여 년 동안 번창하였다.

칠회제신력

공손 헌원과 벌인 10년 동안의 전투에서 승리한 자오지 환웅은 승리를 이끌어 준 하늘신과 여신에 대한 감사의 제사를 올렸다. 삼백과 오사를 비롯하여 전투에 참여한 병사들과 백성들이 참석한 가운데 자오지 환웅은 특별히 자부 선인을 초청하였다. 자부 선인이야말로 이 전투를 승리로 이끈 일등 공신이었다. 자오지 환웅은 하늘신과 여신에게 잔을 올린 후 감사의 뜻을 전하였다.

"하늘님과 여신님이시여, 하늘님과 여신님의 도우심으로 저희가 유망과 공손 헌원을 물리치고 승리하였나이다. 하늘님의 뜻에 따라 저희가 승리함으로써 유웅국과 단웅국뿐만 아니라 하늘님을 모르던 많은 무리가 새로이 하늘님을 믿게 되었나이다. 하늘님께서는 이제 배달국과 한 몸이 된 이들에게도 자비를 베푸시어 모두가 조화롭게 살도록 살펴 주소서."

감사의 제사가 끝나자 병사들과 백성들은 한마음으로 서로에게 잔을 권하며 승리의 기쁨을 즐겼다.

다음 날, 자오지 환웅은 자부 선인을 만나 선인의 공적을 치하했다.

"선인이시여, 선인께서는 이번 전쟁에서 저희 배달국에게 큰 도움을 주셨습니다. 선인의 《삼황내문경》을 통해 백성들의 뜻을 한곳으로 모을 수 있었으며 선인의 오방진으로 헌원군을 섬멸하였습니다. 특히 쇠로 만든 쇠칼, 쇠창, 쇠도끼, 쇠방패, 쇠투구 등의 무기들은 신농군의 돌 무기에 비해 압도적이었습니다. 이번 전쟁 승리의 큰 원인은 이 쇠로 만든 무기가 아닌가 합니다."

"이 모든 것이 다 환웅님께서 애쓰신 덕분이지요. 칼도 못 쓰는 저 같은 수행자가 무슨 도움이 되었겠습니까? 다만, 환웅님의 말씀대로 쇠로 만든 무기들이야말로 이번 전쟁 승리의 일등 공신이라 할 수 있습니다. 앞으로 이 쇠는 무기뿐만 아니라 백성들의 모든 생활에 큰 영향을 줄 것입니다."

자오지 환웅과 지부 선인은 서로 술잔을 권하며 밤늦도록 대화를 나누었다. 자오지 환웅이 자부 선인에게 말했다.

"선인께서는 쇠가 그토록 중요하다고 생각하시는 건가요?"

"예, 그렇습니다. 이번 전쟁에서도 보셨듯이 쇠 무기가 바로 전쟁 승리의 일등 공신입니다. 유망군과 공손 헌원군은 예전에 사용하던 돌 무기를 쓰지 않았습니까? 그런데 그 결과는 어땠습니까? 제 생각으로는 무기뿐만 아니라 앞으로 사람들의 모든 생활에 쇠는 없어서는 안 될 중요한 요소가 될 것입니다."

자오지 환웅은 자부 선인의 말을 깊이 새겨듣고 있었다. 이어서 자부 선인은 자신이 생각하고 있던 쇠에 대한 생각을 전하였다.

"우사 방아의 목화수토가 생명 탄생의 4요소라면, 사람들이 살아가는 데에 큰 영향을 미치는 것은 바로 쇠입니다. 우리가 이번 전투에서

보지 않았습니까? 바로 이 쇠야말로 사람들이 어울려 살아가는 데에 근본적인 영향을 미치는 요소가 될 것입니다."

"그러면 이 쇠가 우리에게 어떤 영향을 줄까요?"

"제 생각은 이렇습니다. 우사 방아의 목화수토는 의심할 바 없이 사람들의 탄생과 생활에 가장 근본적인 요소입니다. 또 쇠는 땅 속 깊은 곳에 있어 늦게 발견되었지만 이번 전쟁에서 보셨다시피 강력한 무기도 만들 수 있고 단단한 그릇이나 농기구 같은 것을 만드는 데 폭넓게 사용될 것입니다. 따라서 우리 생활도 아주 크게 바뀌게 될 것입니다. 저는 우사 방아의 목화수토에 금을 더하여 목화수토금을 사람들의 탄생과 생활의 근본 요소로 보고 이를 소중히 하자는 생각입니다."

자부 선인은 금(金)을 우사 방아의 4요소에 추가하여 목화수토금을 생명 탄생과 생활의 5요소로 본 자신의 생각을 이야기하였다. 즉 목화수토금의 5요소 이론은 갈로산에서 쇠가 발견된 이후 그것이 인류의 생활에 미치는 영향력이 목화수토 4요소 못지않게 중요함을 발견하여 자부 선인이 추가한 것이다.

자부 선인은 목화수토금의 5요소를 모두 신으로 보았다. 황궁 선조이래 환족은 한 분이신 하늘신 신앙을 가지고 있지만 그것이 오직 한 분이신 신(唯一神)의 의미는 아니었다. 정령 등 여러 신들이 있지만 그중에서 하늘신과 같은 능력을 지닌 신이 한 분 계신다(有一神)는 의미였다.

하늘과 땅과 사람을 창조하신 한 분이신 하늘신 외에도 환족들은 하늘신이 창조하신 최초의 사람인 나반 선조의 모든 사물에는 영이 있다는 애니미즘 사상뿐만 아니라 신과 사람을 매개하는 샤머니즘 사상, 모든 무리는 그들을 상징하는 고유의 조상이 있다는 토테미즘 사상도 함께 믿고 있었다. 따라서 자부 선인이 목화수토금 5요소를 신으로 본 것은 나반의 정령 신앙을 따른 것이다.

자오지 환웅이 자부 선인에게 물었다.

"그러면, 어찌하면 목화수토금 5요소를 소중히 할 수 있겠소이까?"

"예, 제 생각으로는 백성들이 이 5요소의 중요성을 매일 생각할 수 있도록 하면 어떨까 합니다. 사실 목화수토금 5요소보다 더 중요한 것은 바로 해와 달입니다. 일찍이 환족은 해의 밝음을 숭상해왔을 뿐만 아니라 해와 달은 생명체의 번식에 5요소보다 더 큰 영향을 미치고 있지요. 우리의 위대한 선조 우사 방아는 안파견 환인의 뜻을 이어받아 해와 달로써 음양 이론을 세우지 않았습니까? 그래서 5요소에다 해와 달을 더하여 일월목화수토금 일곱 분의 신에게 환족 백성 모두가 매일 한 분씩 7일 동안 제사를 지내면 어떨까 합니다."

자부 선인의 말은 모두가 진실이지만, 자오지 환웅은 제사 지내는 것이 은근히 걱정이 되었다.

"아, 매일 제사를 지낸다구요?"

"매일 제사를 지낸다고 말씀드렸지만 일곱 분의 신께 드리는 이 제사는 어제와 같은 거대한 제사를 의미하는 것이 아닙니다. 매일 아침 밥상을 차려 놓고 식구들이 둘러앉아 일곱 분의 신 중에서 하루 한 분씩 초청하여 간단히 감사의 인사를 드린 후 식사를 하는 것이 좋을 듯합니다."

"그것은 좋은 방법이 되겠습니다."

그리하여 자오지 환웅은 천문 관측을 담당한 샤먼들에게 그 방법을 찾아보도록 하였다. 1년이 365일이므로 하루 한 분씩 일곱 분의 신들에게 간단한 제사를 드리면, 7일씩 52번을 제사 지내고 하루가 남는다. 남는 하루는 일곱 분의 신 모두를 기억하는 날로 정하고 이 날을 한 해의 첫 날로 하기로 했다. 즉 설날이며 원단(元旦)이다.

문제는 일곱 신들의 순서를 정하는 것이었다. 사람들에게 가장 큰 영향을 미치는 것은 해와 달이다. 이들은 또 음양 이론의 대표다. 따라서 일월을 선두로 삼는 데는 이견이 없었다. 거발환 환웅은 세상 창조의 4요소를 기화수토의 순서로 보았고 우사 방아는 생명 탄생의 4요소를 기 대신 목으로 대체하여 목화수토로 보았다. 이 목화수토에 자부 선인은 금을 추가하였다.

자부 선인은 거발환 환웅이나 우사 방아와는 달리 사람들의 생활에 직접 영향을 미치는 요소부터 우선 순위를 두었다. 즉 물(水)과 불(火, 햇볕)은 식물(木)이 자라는 데 기본 요소이므로 목(木) 앞에 두고 쇠(金)로는 생활에 필요한 각종 도구를 만들며 흙(土)은 이 모든 것을 품고 있다. 따라서 자부 선인은 일곱 분 신에 대한 제사 순서를 일신, 월신, 수신, 화신, 목신, 금신, 토신으로 정했다. 이로써 일곱 분 신에 대한 제사 순서가 정해졌다.

자부 선인과 샤먼들은 1년에 7일의 1주기가 정확하게 52번이 되풀이되고 하루가 남는 이 새로운 달력을 기존에 사용하던 돌판 달력과 함께 몇 년간 시험적으로 시행해 보기로 했다. 새해 첫날인 동짓날은 일곱 분의 신에게 공동 제사를 지내는 설날로 하고 7일 주기에서는 제외했다. 이어서 일신, 월신, 수신, 화신, 목신, 금신, 토신 순서로 하여 7일 단위로 52번을 제사 지내면 1년 365일이 지나간다.

물론 기존 제사와 같이 거대한 형태가 아니고 가정 단위로 식사 시간 전에 식구들이 간단히 해당 날짜의 신을 기리고 묵념을 하는 형태다. 샤먼들은 기존 돌판 달력의 홈에 설날 하루를 제외하고 7일씩 묶어 표시를 하고 환족들로 하여금 해당 날짜의 신에게 제사를 지내도록 지도

했다.

기존 돌판 달력에는 보름달이 뜨는 날짜를 예측하여 함께 표시해 두었는데 이는 태음태양력이다. 샤먼들은 7일 1주기가 네 번 지나갈 때마다 보름달이 한 번 뜬다는 사실을 알고 있었다. 달의 공전 주기는 29일 또는 30일이고 7일 1주기가 네 번 되풀이되면 28일이어서 주기가 비슷하기 때문이었다. 그래서 자부 선인과 샤먼들은 7일씩 4주기, 즉 28일을 1기(期)로 하고 1년을 13기와 설날 1일을 추가하여 365일로 하였다. 이리하여 7일 1요, 1기 4요 28일, 1년 13기 52요 364일과 설날을 합한 365일의 새 달력이 완성되었다.

새 달력은 해가 전하는 하늘소리, 즉 해의 운행을 기준으로 1년을 정한 것이므로 완벽한 태양력이다. 우사 방아의 1년 24절기는 365일을 24주기로 나눈 것이므로 동지, 춘분, 하지, 추분 등 24개의 절기가 15일, 또는 16일 간격으로 매년 같은 날짜에 고정적으로 돌아오게 되어 24절기에 따른 농사 시기를 더욱 정확히 알 수 있게 되었다.

문제는 해의 1년 주기와 달의 1년 주기가 일치하지 않는다는 것이었다. 새 달력 1년이 지나갈 때 보름달은 12번을 뜨고 11일이 남는다. 환족들은 보름달이 뜰 때마다 달신에게 자손의 번성을 기원하는 제사를 드리고 있었으므로 기존 돌판 달력에 보름달 뜨는 날짜를 예측하여 표시함으로써 문제를 해결하였다.

또 문제가 있었다. 4년마다 한 번씩 돌아오는 윤일의 처리 문제였다. 새 달력을 사용하기 전에는 4년에 하루가 늘어난다 하여도 농경에 큰 영향을 미치지 않으므로 365일 돌판 달력을 하루를 중복하여 그냥 사용하였지만 칠회제신력에서는 그날에도 제사를 지내야 하므로 다른 조치가 필요했다. 그래서 4년에 하루 윤일을 두고 그날에는 설날과 마찬가지로 일곱 분 모두에게 제사 지내는 날로 했다. 이 4년마다 하루 추가되는 날을 자부 선인과 샤먼들은 4년째의 하지 다음 날에 두기로 했다. 이것이 바로 배달국 시대에 사용한 태양력이었다. 또한 보름달이 뜨는 날도 병행하여 돌판 달력에 표시하였으므로 바로 태음태양력이었다.

해의 1년 주기와 달의 1년 주기가 일치하지 않는 점을 제외하면 새 달력은 돌판 달력과 24절기와 일치하였고 농경 생활에도 편리하였으며, 더구나 환족의 생활에 큰 영향을 주는 일곱 분의 신에 대한 존경과 감사의 마음도 더욱 커지게 되었다.

자부 선인과 샤먼들은 함께 자오지 환웅에게 새 달력을 시험 적용한 결과를 설명했다.

"자부 선인께서는 정말 큰 일을 하셨소. 샤먼들도 수고가 많으셨소. 삼백과 오사들은 이 새로운 달력을 청구뿐만 아니라 모든 제후국들에게 공포하시고 지키도록 하시오."

이리하여 배달국과 제후국들은 돌판 달력에 기반을 둔 해의 움직임에 따라 만든 1년 13기, 1기 4주 28일, 1주 7일과 원단을 포함한 1년 365일의 달력을 사용하게 되었다.

후대 사람들은 이를 칠회제신력(七回祭神曆)이라고 불렀다. 칠회제신력에 따른 제사는 일곱 신에게 존경과 경의를 표하고 사람들이 편안한 생활을 하도록 도움을 청하는 것이다. 자부 선인이 개발한 이 칠회제신력은 남으로는 양자강으로부터 북으로는 흑수 백산까지, 서로는 서안 지역부터 동으로는 한반도와 북시베리아까지 전파되면서 배달국과 모든 제후국들이 동일한 문화권을 형성하여 단군조선 시대까지 사용되었다.

배달국의 14세 자오지 환웅은 치우천왕(蚩尤天王)으로 더 많이 알려져 있는데 치우란 뇌우가 크게 일어 산하가 뒤바뀐다는 뜻이다. 치우천왕, 즉 자오지 환웅의 뒤를 이어 15세 치액특(蚩額特) 환웅, 16세 축다리(祝多利) 환웅, 17세 혁다세(赫多世) 환웅, 18세 거불단(居弗檀) 환웅까지 배달국은 1,565년간 지속하였으며 자오지 환웅 이후 300여 년이 가장 전성기였다.

민간이 주도한 음양오행 이론

일찍이 황궁 선조가 하늘신과 하늘소리 사상을 정립하고 유인 선조가 삼신일체 사상을 전파한 이후 안파견 환인은 손가락 수로 해와 달의 운행에 따른 하늘소리를 듣고 돌판 달력을 만들었으며 하늘과 땅과 사람이 모두 상반되는 두 요소로 구성되어 있다는 음양 이론의 기초를 세웠다.

거발환 환웅은 이 세상이 기화수토의 4요소로 이루어졌음을 파악하였고 우사 방아는 나반 선조가 꿈속에서 가르쳐준 손가락 수 그림, 즉 하도(河圖)를 토대로 안파견 환인의 음과 양 두 기운을 거발환 환웅의 기화수토 4요소와 결합하여 음양 팔괘 이론을 구축하였다. 이어서 음양과 기화수토를 우주 창조의 요소로 보았고 그중 기를 목으로 대체한 후 목화수토를 생명 탄생의 요소로 보았다.

황궁부터 우사 방아까지 모든 이론을 두루 섭렵한 자부 선인은 우사 방아의 목화수토 4요소에다 금을 추가한 수화목금토 5요소를 안파견 환인의 해, 달과 결합하여 일월수화목금토의 칠회제신력을 만들었다.

칠회제신력은 배달국과 제후국들에서 두루 통용되었다. 각 마을에 설치된 돌판 달력을 관리하는 촌장과 샤먼들이 동짓날을 기준으로 설날을 표시하고 7일 단위로 제사 대상의 신들을 일신, 월신, 수신, 화신, 목신, 금신, 토신의 순서대로 마을 사람들에게 미리 알려주면 매일 아침 식사 시간에 그날의 신을 기억하며 간단한 제사를 드린 후 식사를 했다. 이렇게 7일의 주기 4번씩을 1기로 하여 13기가 지나면 1년이 지나갔다.

15세 치액특 환웅 시절, 칠회제신력이 거의 백 년 동안 사용되자 배달국과 제후국에는 해와 달로 대표되는 음양 이론과 수화목금토가 의미하는 5요소 이론이 서서히 융합되었다. 해는 양이고 달은 음이다. 수는 모든 것을 품고 아래로 흐르므로 음이며 화는 피어 위로 올라가므로 양이다. 목 역시 위로 자라므로 양이며 금은 단단한 것이 흙 속에 있으므로 음이다. 토는 이 네 요소를 모두 포함하고 있으므로 음과 양을 아우르는 것으로 보았다.

일 년 내내 일, 월, 수, 화, 목, 금, 토신들에게 제사를 지내며 생각하다 보니 배달국의 민간에서는 주위의 대부분 사물들을 일과 월을 제외한 수화목금토 5요소로 대체하는 관습이 생겨났다.

즉 본래 동서남북중 다섯 방위는 안파견 환인이 해, 달, 별들의 운동을 관측한 이래 밤에 항상 보이는 별들이 있는 쪽을 북으로 보고 그 반대 방향은 남, 해가 뜨는 쪽을 동, 해가 지는 쪽을 서, 그리고 가운데를 중으로 표시하였는데 이에 5요소를 적용하여 북은 수, 남은 화, 동은 목, 서는 금, 중은 토로 보았다.

색(色)으로 보면 흑색은 수, 적색은 화, 청색은 목, 백색은 금, 황색은 토다. 또 동서남북 사방과 가운데를 다스리는 신들을 일컬어 동쪽을 다스리는 신을 청제, 서쪽 신을 백제, 남쪽 신을 적제, 북쪽 신을 흑제, 중앙을 다스리는 신을 황제로도 칭한다. 이 오제는 5방을 통제하며 하늘신의 아들인 천제(天帝)를 보좌한다.

계절로는 봄은 목, 여름은 화, 가을은 금, 겨울은 수이고 토는 4계절 전체를 의미한다. 숭배하는 동물로는 현무는 수, 주작은 화, 청룡은 목, 백호는 금, 기린은 토다. 이외에도 주위의 모든 짐승과 물체와 특징들을 다섯 가지로 나누어 수화목금토의 다섯 신들에 대응시켰다.

이런 관습에 따라 민간에서는 동쪽을 목(木) 방향, 황색은 흙(土)의 색, 중앙은 황제(黃帝), 붉은색은 화(火)색이라 부르는 등 모든 생활을 5요소에 대응하여 나타냈다. 또한 배달국과 제후국들의 민간에서는 우사 방아의 손가락 수 그림에 따라 우주 창조의 1 2 3 4 5 생수(生數)와 생명 탄생의 6 7 8 9 10 성수(成數)에 각각 수화목금토를 대응시켜 수는 1과 6, 화는 2와 7, 목은 3과 8, 금은 4와 9, 토는 5와 10으로 보았다.

칠회제신력의 수화목금토 5요소가 1년 4계절에 대응됨에 따라 민간에서는 새로운 개념이 생겨났다. 즉, 1년이 봄 → 여름 → 가을 → 겨울로 진행됨에 따라 5요소는 목 → 화 → (토) → 금 → 수의 순으로 걸어가는 것으로 이해되어 5요소는 오행(五行)이라는 새로운 이름을 얻게 되었다.

목으로 대표되는 식물들은 봄에 싹이 터서 성장하므로 봄은 오행 중 목에 대응되고, 또 식물들은 여름에 꽃을 활짝 피우는데 이는 불꽃이 위로 활짝 피어오르는 것과 비슷하므로 여름은 오행 중 화에 대응된다. 가을에는 나무들이 열매(씨)를 맺으므로 가을은 오행 중 가장 단단한 금에 대응된다. 겨울에는 이 열매(씨)들이 땅속에 저장되는데 땅속에는 단단한 금 위에 물이 고이게 되므로 겨울은 수에 대응된다. 나무가 싹이

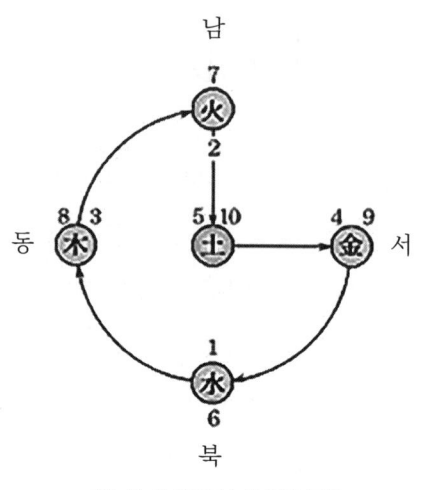

남

7
火
2

8 3　　5↓10　　4 9
동　木　　　土　　　金　서

1
水
6

북

〈우선 상생도(右旋相生圖)〉

터 성장하고 꽃이 피고 열매를 맺고 씨를 저장하는 이 기능은 모두 땅에서 이루어지므로 속에 금과 수를 포함하고 있는 토는 4계절 모두에 해당된다.

즉, 목으로 대표되는 식물들은 봄 → 여름 → 가을 → 겨울에 생(生) → 장(長) → 수(收) → 장(藏)의 4단계를 거쳐 다시 봄이 되면 목은 땅 속의 물과 햇볕의 도움으로 성장한다. 이런 개념이 더욱 발전하여 목은 화를 낳고(木生火), 화는 토를 낳고(火生土), 토는 금을 낳고(土生金), 금은 수를 낳고(金生水), 수는 목을 낳는다(水生木)는 오행의 상생(相生) 이론이 성립되었다.

배달국 당시의 방위 그림은 북쪽을 등지고 남쪽 방향을 보면서 그렸으므로 그림에서 아래쪽은 북쪽이고 위가 남쪽, 좌측이 동쪽, 우측이 서쪽이다. 북쪽에서 남쪽을 바라보고 서 있을 때 해가 좌측 동쪽에서 떠서 위 남쪽을 돌아 우측 서쪽으로 진다. 이 방향으로 도는 것을 우선(右旋)이라고 했다. 그러므로 오행의 상생 회전 방향은 우선이다.

오행의 상생 이론은 우사 방아와 같은 위대한 사상가가 혼자서 생각했다기보다는 환족이 오랜 세월에 걸쳐 칠회제신력을 사용하며 생활에 적용하다 보니 민간에서 자연히 발생한 민간 철학이라고 할 수 있다.

음양오행과 오운육기, 간지법으로 발전

배달국의 백성들은 또 하늘의 해, 달, 별들이 땅에 있는 오행의 운행에 영향을 주어 오행의 상생 작용이 일어난다고 생각하였다. 오행 목화토금수 각각에도 음의 기운과 양의 기운이 들어 있는데 이 오행의 음양들이 하늘의 해, 달, 별들의 기운을 받아 땅 위에 4계절의 변화를 일으켜서 식물들에게 생(生) → 장(長) → 수(收) → 장(藏)을 거치게 한다는 것이다.

목과 화는 양의 기운이 강해서 생(生)과 장(長)에 영향을 주고 금과 수는 음의 기운이 강해서 수(收)와 장(藏)에 영향을 준다. 이렇게 하늘의 해, 달, 별들이 땅의 오행에 들어 있는 음과 양의 기운을 통하여 미치는 열 가지의 영향을 일컬어 오운(五運)이라고 했다.

한편, 하늘의 해, 달, 별들이 미치는 열 가지 오운의 영향을 받아 땅에서는 바람, 더위, 습함, 불, 건조함, 추위 등 풍(風), 열(暑), 습(濕), 화(火), 조(操), 한(寒)의 여섯 가지 기운이 나타나 생명을 탄생시킨다. 이 여섯 가지 기운을 육기(六氣)라고 하며 육기도 각각 음양의 두 가지로 나뉘어 열두 가지가 된다.

배달 시대의 민간에서는 이 오운의 열 가지를 청차이(淸且伊), 적강(赤剛), 중림(仲林), 해익(海弋), 중황(中黃), 열호수(烈好邃), 임수(林樹), 강진(强振), 유불지(流不地), 소라(蘇羅)라 했다.

또 육기의 열두 가지는 효양(曉暘), 가다(加多), 만량(萬良), 신특백(新特白), 밀다(密多), 비돈(飛頓), 융비(隆飛), 순방(順方), 명조(鳴條), 운두(雲頭), 개복(皆福), 지우리(支于離)라고 했다.

배달국의 우사 방아가 점을 쳐 자연 환경의 변화가 백성들에게 어떤 영향을 줄 것인가를 알아보는 방법을 고안한 이후, 비록 점치는 것을 엄격히 제한했음에도 불구하고 세월이 갈수록 점치기를 남발하는 경향이 일어났다. 점을 쳐서 미래의 일을 예측하는 데는 어떤 일이 일어날 것인가도 중요하지만 그 일이 언제 일어날 것인가를 알아보는 것이 대단히 중요하였다.

언제 일어날 것인지, 그 날의 이름을 정하기 위해서 민간에서는 10일 단위로 오운의 열 가지 이름을 부여하였다. 오운은 육기와 불가분의 관계이므로 오운의 열 가지 이름과 육기의 열두 가지 이름을 순차적으로 조합하여 첫째 날을 청차이효양, 둘째 날을 적강가다, 셋째 날을 중림만량 등으로 하면, 제일 마지막 날은 소라지우리라고 불리게 되어 60일이 지나간다.

이것이 오운육기로 정한 날들의 이름이며 60간지법의 기원이다. 그런데 유웅국을 비롯한 오늘날의 중국, 즉 화하족들은 배달국과는 오운육기의 이름들을 달리 부르고 있었다.

화하족들은 오운의 열 가지를 알봉(閼蓬), 전몽(旃蒙), 유조(柔兆), 강어(疆圉), 저옹(著雍), 도유(屠維), 상장(上章), 중광(重光), 현익(玄黓), 소양(昭陽)이라 하고, 육기의 열두 가지를 곤돈(困敦), 적분약(赤奮若), 섭제격(攝提格), 단알(單閼), 집서(執徐), 대황락(大荒駱), 돈장(敦牂), 협흡(協洽), 군탄(涒灘), 작악(作鄂), 엄무(閹茂), 대연헌(大淵獻)이라 불렀다.

먼 훗날 한자가 제정되자 오운의 열 가지 이름은 갑(甲), 을(乙), 병(丙), 정(丁), 무(戊), 기(己), 경(庚), 신(辛), 임(壬), 계(癸)로 불리게 되고 육기의 열두 가지 이름은 자(子), 축(丑), 인(寅), 묘(卯), 진(辰), 사(巳), 오(午), 미(未), 신(申), 유(酉), 술(戌), 해(亥)라고 불리게 된다.

오운의 열 가지 이름을 십천간(十天干)이라 하고 육기의 열두 가지 이름을 십이지지(十二地支)라고 하며 십천간의 간(干)은 간(幹), 즉 줄기를 뜻하고 십이지지의 지(支)는 지(枝), 즉 가지를 뜻한다. 하늘의 열 줄기와 땅의 열두 가지가 순차적으로 짝을 지어 60개의 날을 의미하며 이를 천간지지(天干地支) 또는 육십간지(六十干支)라고 부른다. 이 60일 개개의 날들은 이름이 내포하고 있는 음양오행의 오운과 육기에 따라 그날의 운이 결정된다.

십간과 십이지의 각 글자들은 뜻이 없이 다만 몇 번째 천간, 몇 번째 지지를 뜻하는 부호일 뿐이며 우리가 흔히 알고 있는 열두 동물과는 관련이 없다. 십이지지와 열두 동물을 일치시키는 관습은 후에 민간에서 발생하였으며 동방의 나라별로 조금씩 다르다.

소호 금천의 유웅국, 방훈(요)의 당나라, 중화(순)의 우나라, 문명(우)의 하나라로 이어지는 화하족들은 후대에 이르러 60간지에 따라 매일매일을 갑자일, 을축일, 병인일, 정묘일 등 고유의 이름으로 부르며 매일 점을 쳐서 해당 날짜의 운을 알아보고 점괘에 따라 일을 하였다.

먼 훗날 상(은)나라의 수도인 은허(殷墟)에서 대량 발굴된 갑골문을 해독한 결과 오운육기에서 비롯된 십간십이지가 날짜를 헤아리는 데에 쓰인 것을 알게 되었다. 그러나 십간십이지, 즉 육십간지가 해(年)를 나타내는 데에 쓰인 것은 기원전 105년 병자년 때부터다. 따라서 기원전 105년 이전의 해가 육십간지로 표현되어 있다면 그것은 역산한 것이므로 당시에 사용하던 해의 이름이 아니었다.

한자가 형성된 후 천간지지의 명칭은 다음 쪽의 표와 같다.

음양	양	음	양	음	양		음		양	음	양	음
오행	목(木)		화(火)		토(土)				금(金)		수(水)	
천간	갑(甲)	을(乙)	병(丙)	정(丁)	무(戊)		기(己)		경(庚)	신(申)	임(壬)	계(癸)
지지	인(寅)	묘(卯)	오(午)	사(巳)	진(辰)	술(戌)	축(丑)	미(未)	신(申)	유(酉)	자(子)	해(亥)

이 천간지지, 즉 십간십이지의 고대 이름을 고갑자라고 하는데 화하족(중국)이 사용했던 고갑자 명칭은 조선 현종 15년(1674년) 당시 기록된 천관서(天官書)에 "숭정(崇禎) 알봉(閼逢) 섭제격(攝提格) 맹하(孟夏)일에 은진(恩津) 송시열(宋時烈)이 기록하다"라고 실제로 사용된 기록이 있다. 알봉 섭제격은 갑인년이다. 배달 시대 화하족들이 사용하던 고갑자를 4,000년이나 지난 조선 시대에 굳이 사용한 것은 작성한 문서를 고풍스럽고 멋스럽게 보이기 위함이었다. 현재는 폐기된 언어인 라틴어를 오늘날 가끔 사용하는 것과 같은 이유라 할 수 있다.

배달 시대의 천체 관측

나반의 시대 이래 천체 관측 전문가 그룹인 샤먼들을 중심으로 환족의 천체 관측은 중단된 적 없이 지속되었다. 천체 관측은 하늘신을 모시고 제사를 드리는 샤먼들의 가장 중요한 일이었는데 하늘신의 하늘소리를 듣고 이를 전파해야 하기 때문이었다. 안파견 환인이 돌판 달력을 만들고 우사 방아가 24절기를 발견하고 자부 선인이 칠회제신력을 만든 것들이 모두 샤먼들이 천체 관측을 통해 하늘소리를 듣는 과정에서 이루어진 것이었다.

하늘에 있는 해의 위치를 측정하는 수단이 없었을 때는 땅 위에 세운 나무 막대기의 그림자를 통해서 해의 위치를 간접적으로 측정했었다. 그래서 동지, 춘분, 하지, 추분 및 24절기도 발견하였다. 그러나 하늘에 있는 해와 달, 별들의 위치를 각도로 표시하는 방법이 사용되면서 땅 위에 드리워진 그림자를 보다가 하늘을 쳐다보게 되었다. 수백, 수천 년 동안 하늘의 해, 달, 별들을 관측하다 보니 하늘에 해가 지나가는 길과 달이 지나가는 길도 발견하였다. 천구의 붙박이별들을 배경으로 해와 달이 지나가는 길을 표시한 황도(黃道)와 백도(白道)다.

하늘의 천체를 직접 관측하는 방법은 측정 오차도 최소화하여 막대기 그림자 길이 측정보다 정확도가 훨씬 높았다. 기원전 3000년경에는 지금의 북극성을 몰랐지만 붙박이별들을 배경으로 하여 해와 달이 지나가는 길을 발견한 것은 천체 관측 전문 샤먼들의 노력 덕분이었다.

샤먼들의 천체 관측은 그치지 않고 계속되면서 이야기를 만들어냈다. 달은 약 28일 동안에 천구를 한 바퀴 돌게 되므로 달이 지나가는 백도 주변에 있는 별들을 천구상에서 13도씩 구분하여 28개의 구역을 만들고 달이 이 구역에서 하룻밤씩 자고 간다고 생각했다. 구역이 정해졌으면 구역을 부를 이름이 있어야 했다. 이름을 짓기 위해 또 많은 세월이 흘렀다.

하늘에서 달이 지나는 길인 백도는 해가 지나는 황도와 비슷하다. 황도의 동지점, 춘분점, 하지점, 추분점의 위치에 따라 백도를 28개 자리로 나누면 네 구역에 일곱 자리씩 돌아간다. 샤먼들은 하늘의 네 구역을 땅의 동서남북에 대응시키고 동지점을 북쪽이라 했다. 동지도 춥고 북쪽도 춥고 동지도 음(陰)이고 북쪽도 음이기 때문이다. 또 음인 수(水)

의 기운이 강하며 북쪽은 4계절 항상 보이는 별들이 있는 곳이다. 동지가 북쪽이면 하지는 남쪽이 되고 열기가 많고 해의 고도도 높으므로 양에 해당한다. 하지점을 기준으로 볼 때 해가 뜨는 쪽이 동쪽이므로 춘분점이 동쪽이 되고 봄은 나무가 자라는 양이다. 하지점에서 볼 때 해가 지는 쪽, 추분점은 서쪽이며 가을은 음이다.

샤먼들은 백도의 동서남북 네 구역에 오행에 해당하는 네 마리의 신성한 동물을 배치하기로 하였다. 동청룡 좌백호 남주작 북현무다. 하늘에 정한 방위의 개념에 따르면 동쪽인 춘분점에는 청룡, 서쪽인 추분점에는 백호, 남쪽인 하지점에는 주작, 북쪽인 동지점에는 현무가 자리잡아야 한다.

그러나 별들은 낮에는 보이지 않고 밤에만 보이므로 춘분날 밤하늘에 봄과 동쪽을 상징하는 청룡이 보이도록 하기 위하여 하늘의 춘분점 일곱 자리에 청룡을 배치한 것이 아니고 하늘의 추분점 일곱 자리에 청룡을 배치하였다. 그래야 춘분날 밤하늘에서 추분점에 있는 청룡을 볼 수가 있기 때문이다. 하짓날 밤하늘에 보이는 동지점의 일곱 자리에는 현무를 나타내는 별들을 배치하였다. 추분날 밤하늘에 보이는 춘분점 일곱 자리에는 추분점과 교차하여 백호를 배치하였으며 동짓날 밤하늘에 보이는 하지점 일곱 자리에는 주작을 앉혔다.

그리하여 봄철 밤하늘에는 청룡이 보이고, 여름철 밤하늘에는 현무, 가을철 밤하늘에는 백호, 겨울철 밤하늘에는 주작이 자리 잡게 되었다. 샤먼들은 하늘의 춘하추동 네 구역에 네 짐승을 표현하는 별자리들을 각각 일곱 자리씩 만들었으니, 이것이 바로 28수다.

봄철 저녁 동쪽 하늘에 보이는 추분점의 일곱 자리에는 청룡을 배치하였으니, 떠 올라오는 순서대로 각(角), 항(亢), 저(氐), 방(房), 심(心), 미

(尾), 기(箕)다. 청룡의 뿔, 목, 가슴, 배, 심장, 꼬리, 항문이다.

여름철 저녁 동쪽 하늘에 보이는 동지점의 일곱 자리에는 현무를 배치하였으니, 떠 올라오는 순서대로 두(斗), 우(牛) 여(女), 허(虛), 위(危), 실(室), 벽(壁)이다. 벽수와 실수가 머리이며 위수부터 우수까지가 몸통, 두수는 꼬리다.

가을철 저녁 동쪽 하늘에 보이는 춘분점의 일곱 자리에는 백호를 배치하였으니, 떠 올라오는 순서대로 규(奎), 루(婁), 위(胃), 묘(昴), 필(畢), 자(觜), 삼(參)이다. 삼수는 앞다리이고 자수는 머리, 규수는 꼬리다.

겨울철 저녁 동쪽 하늘에 보이는 하지점의 일곱 자리에는 주작을 배치하였으니, 떠 올라오는 순서대로 정(井), 귀(鬼), 류(柳), 성(星), 장(張), 익(翼), 진(軫)이다. 귀수는 눈이고 류수는 부리, 익수는 날개이며 진수는 꼬리다.

이렇게 샤먼들의 수천 년에 걸친 천체 관측을 통하여 28개의 별자리가 탄생하였고 이야기가 만들어졌다. 오늘날 후손들은 이 별자리들을 28수(宿)라고 부른다. 본래 하룻밤 묵는다는 뜻의 숙(宿)은 달이 하룻밤 묵고 가는 별자리란 뜻으로 바뀌어 별자리 수(宿)라고도 한다. 28수는 사람들의 운명을 점치는 데에 사용되기도 하고 동쪽 하늘에 특정 별자리가 보이는 시점에 씨뿌리기를 시작하는 등 농경 일을 하는 시기를 알려주기도 하였다. 배달 시대와 아사달 시대에 28수는 사람들의 생활과 밀접한 관계가 있었다.

오행이 하늘로 올라가다

황도와 백도를 발견하고 청룡, 백호, 주작, 현무의 28수 이야기를 만들어내는 동안에도 관측 전문 샤먼들의 관측은 계속되었다.

그들은 달의 한 달에 관심을 가졌다. 당시 달의 한 달은 겉보기로 보름달에서 다음 보름달까지였다. 누구나 쉽게 달의 한 달을 측정할 수 있지만 문제는 정확도였다. 달의 28수를 정하기 위해 관찰을 지속하던 샤먼들은 가장 정확한 달의 한 달은 달과 해가 가장 가깝게 접근한 시점부터 다음 가장 가깝게 접근할 때까지임을 알았다. 그런데 밝은 해에 가장 가깝게 근접한 달은 일식의 경우를 제외하고는 절대로 관측할 수 없으므로 그들은 계산을 통하여 알아냈다. 그때를 삭(朔)이라 하는데 샤먼들이 알아낸 삭에서 다음 삭까지는 29.53일이므로 1항성월보다 2.21일이 더 걸렸다.

황도와 백도를 집중 관측하는 동안, 샤먼들은 두 길을 따라 함께 운행하는 이상한 별들을 발견했다. 모든 별들이 하늘 천구에 붙박이가 되어 천구와 같이 움직이는데 이 별들은 붙박이별들과 달리 천구상에서 황도와 백도를 따라 앞으로 가기도 하고 뒤로 가기도 한다. 어떤 별은 해에 근접해 있어 새벽 해가 뜨기 전이나 저녁 해가 진 후 짧은 시간에만 보이는 반면, 어떤 별은 천구상의 한 점에서 다시 그 점에 돌아오기까지 거의 12년이나 걸리기도 했다.

샤먼들은 우리가 행성(行星)이라고 부르는 다섯 개의 별들을 발견하였다. 밤하늘의 수많은 붙박이별들 중에서 발견한 이 떠돌이별들에게 샤먼들은 이름을 지어주었는데 해에 가장 가까이 있는 별에게는 수성(水星), 해에게서 두 번째로 가까이 있는 별에게는 금성(金星), 남은 세 별

중 지구를 공전하는 주기가 가장 짧은 별에게는 화성(火星), 그 다음 주기, 즉 지구를 공전하는 데 약 12년 걸리는 별에게는 목성(木星), 그리고 공전 주기가 가장 긴 별에게는 토성(土星)이라는 이름을 붙였다. 이 떠돌이별들에게 오행을 갖다 붙인 것이다.

수성과 금성은 양기가 가장 센 해에 가까이 있는 행성들인데, 해의 양기를 음기인 수와 금으로 막기 위해서 붙인 이름이다. 화성과 목성은 수성과 금성의 강력한 음기운이 해를 막고 있으므로 양의 기운인 화와 목으로 이름을 붙였다. 마지막 행성에게는 토성이란 이름이 붙었다. 땅 위의 오행이 하늘로 올라가게 된 경위다.

오성에게는 또 다른 이름이 있는데 수성은 진성(辰星), 금성은 태백성(太白星) 또는 장경성(長庚星), 화성은 형혹성(熒惑星), 목성은 세성(歲星), 토성은 진성(鎭城)이다.

배달의 제후국들

배달국 주위에는 환웅의 직접 통치는 받지 않지만 배달국의 지원을 받으며 밀접한 교류 및 관계를 유지하고 있는 무리가 있었다. 이 무리는 국(國)이라기보다는 무리를 이끄는 우두머리 등 지도부가 있는 하나의 고을 사회에 불과했다. 일수일산 각위일국(一水一山 各爲一國)이라는 말처럼 당시에는 산 하나 강 하나를 끼고 있는 고을에 무리를 이끄는 지도부가 배달국의 지원을 받고 있으면 후대 사람들은 이를 제후국이라고 불렀다.

배달국의 제후국으로는 우사 방아의 진(陳)국이 처음이었으며 다음은 소전의 첫째 아들 석년의 신농국과 둘째 아들 욱(공손)의 후손 공손 헌원의 유웅국이 있었다. 13세 사와라 환웅 시절에는 려(黎)의 요청으로 멀리 송화강 유역 비서갑의 웅족 여왕을 왕에 봉한 웅심국(熊心國)이 있었다. 려는 웅심국의 제후가 되었는데 웅심국은 천왕국이다.

14세 자오지 환웅, 즉 치우천왕 시절에는 창힐(蒼頡), 대요(大撓), 축융(祝融), 소호(少皞)의 무리가 배달국 주위에서 세력을 구축하고 있었다. 이들 외에도 산과 물이 있는 고을에는 수많은 호모 사피엔스들이 무리를 이루어 살고 있었다. 이들을 모두 제후국이라고 한다면 배달국의 제후국은 무려 수십, 수백 개라고 할 수 있었다.

치우천왕 이후 공손 헌원의 유웅국은 아들인 청양(青陽)이 뒤를 이었다. 공손 헌원이 치우천왕에게 반기를 들었다가 실패한 후, 치우천왕은 공손 헌원의 아들 청양을 유웅국의 왕으로 세웠는데 이 청양은 소호 금천(少昊金泉)으로도 불렸으며 탁록대전에서 공손 헌원과 함께 자오지 환웅과 맞섰다. 소전(少典)의 방계 후손으로 언급되는 소호(少皞)는 소호 금천과는 다른 인물이다.

소호 금천은 금천에서 살았으므로 금천이라는 호를 얻었다. 곰의 자손이라서 공손의 성을 따랐던 헌원은 또한 희수(姬水)에서 오래 살았으므로 성을 희(姬)라고도 하였다. 따라서 청양의 성도 희다.

청양, 즉 소호 금천이 죽자 뒤를 이어 그의 조카인 전욱(顓頊)이 왕이 되었다. 전욱은 공손 헌원의 둘째 아들이자 청양의 동생인 창의(昌意)의 아들로서 어릴 적부터 소호 금천을 곁에서 보좌하고 있었다. 고양(高陽)에서 흥기하였으므로 전욱 고양으로 부른다.

전욱 고양의 뒤를 이어 소호 금천의 손자인 곡(嚳)이 왕이 되었다. 제곡 고신(帝嚳高辛)이다. 고신은 곡이 지내던 땅 이름인데 호로 삼았다.

제곡 고신은 네 명의 비로부터 네 명의 아들을 얻었는데 후직(后稷), 설(卨), 방훈(放勳), 지(摯)가 그들이다. 이들 중 가장 나이가 많은 지가 제곡 고신을 이었으므로 제지(帝摯)라고 부른다.

청양이 소호 금천이란 이름으로 유웅국의 왕이 되었을 무렵, 멸망한 신농국 유망의 아들 괴(魁)는 단웅국의 1대 제왕이 되어 제괴(帝魁)라고 불렸다. 2대 제망(帝罔)을 이어 3대 제성(帝成) 시절 유웅국 소호 금천이 침략하였으나 곧 화평하였고 4대 태제(泰帝)를 이어 5대 홍제(洪帝)가 다스렸다. 이 홍제가 아사달을 세운 단군 왕검의 외조부가 된다.

기원전 2500년 무렵, 배달국은 16세 축다리(祝多利) 환웅이 청구에서 웅족이 집단 거주하는 단허로 옮겼는데 후대의 역사가들은 이 시대를 단국(檀國)이라고 불렀다. 유웅국, 단웅국과 더불어 배달국 주위의 주요 제후국은 창힐, 대요, 축융, 소호(少皞) 등의 무리가 있었다.

칠회제신력을 사용하는 이들 제후국들은 매일 일곱 분의 신에게 제사를 드리며 하늘신을 숭배하였고 배달국의 음양오행 이론을 생활에 적용하는 등 모든 생활을 배달국에 맞춰 함께 하고 있었다. 이들 제후국들은 환족과 웅족, 이족(異族)이 섞여 있었으나 경제적 문화적으로 한 나라와 같았다.

이들은 탁록의 유웅국을 가운데에 두고 북쪽에 대요의 무리, 동쪽에 창힐의 무리, 남쪽에 축융의 무리, 서쪽에 소호국(少皞國)이 자리를 잡고 있었다. 당시의 민간 신앙으로 동서남북중을 청, 백, 적, 흑, 황으로 부르고 있었으므로 이들을 각각 흑제, 청제, 백제, 적제, 황제로 불렀다. 이들 다섯 나라의 가운데에 위치했던 유웅국의 공손 헌원이 먼 후대에 황제 헌원(黃帝軒轅)으로 불리게 된 경위다. 배달국의 신하이면서도 치우천왕에 항거하여 쿠데타를 일으켰다가 실패한 공손 헌원, 즉 황제 헌원을 중국에서는 자신들의 조상인 삼황오제(三皇五帝)의 신화적 인물 중 하나로 보고 있다.

이들 청제, 백제, 적제, 흑제, 황제는 모두 천제국(天帝國)인 배달국을 보좌한다. 제(帝)로 부른 것은 그들이 체제를 갖춘 한 나라의 왕이 아니라 무리의 우두머리였기 때문이었다. 당시 단웅국은 이 다섯 무리의 동쪽 공상(空桑) 지역에 있었고, 배달국의 수도는 축다리 환웅이 옮겨간 단허에 위치하였는데 단허는 북쪽 대릉하 유역에 자리 잡고 있었다.

방훈(요, 堯)의 쿠데타

방훈(放勳, 요)은 기원전 2401년 유웅국 제곡 고신의 아들로 태어났다. 제곡 고신은 기원전 2382년 둘째 아들인 방훈을 인근 지역인 도(陶)에 봉하였고, 기원전 2366년에 제곡 고신이 죽자 그의 첫째 아들 지(摯)가 유웅국을 이어받았다. 방훈 역시 제곡 고신의 첫째 아들이 아니어서 무리 전체의 왕이 될 수 없었으나 그의 선조 공손 헌원처럼 권력욕에 야심이 가득 찬 인물이라 도 지역의 제후에 만족하지 못하고 다른 마음을 품게 되었다.

'나야말로 진정한 하늘님의 아들이다. 공손 헌원은 실패했지만 나는 절대 실패하지 않으리라.'

방훈도 소전과 헌원의 후손으로서 그의 성이 희(姬)였지만 성을 이기(伊祁)로 바꾸어 자신의 뜻을 확고히 하고 도 지역의 무리를 규합하여 세력을 확보하였다. 유웅국의 우두머리가 된 제지(帝摯)가 무리를 제대로 이끌지 못하자 기원전 2357년 방훈은 유웅국을 침략하여 제지를 폐위하고 그 자리를 차지한 후 이름을 당(唐)이라 하고 수도를 평양(平陽)으로 옮겼다. 평양은 산서성 양분현에 있는 도사(陶寺) 유적지다. 방훈의 수도를 당도(唐都)라고도 한다.

이렇게 유웅국을 찬탈하고 제왕이 된 방훈은 주위의 소호국과 축융, 대요, 창힐 등을 차례로 공격하여 당에 통합하거나 다른 지역으로 멀리 쫓아버렸다. 이렇게 1차 목표는 달성하였다.

'아직 단웅국이 남아 있다.'

배달국은 감히 넘볼 수 없었지만 방훈은 단웅국도 평정할 결심을 굳혔다. 방훈이 천하를 제패하겠다는 야심으로 군사를 일으켜 배달국의 제후국들을 무력으로 다 제압하였으나 제후국을 관할하는 배달국은 방훈에 대해 어떤 조치를 취할 수 없었다. 이는 자오지 환웅 이래 300여 년간 전쟁이 없는 평화로운 상황이 지속되면서 배달국은 통치 이념인 재세이화 홍익인간을 구현하기 위하여 제후국들의 자치를 최대한 인정하는 무위(無爲)의 천도(天道) 정치를 행하고 있었기 때문이었다. 그러는 동안 제후국들에 대한 배달국의 영향력은 점차 줄어들어 이제는 방훈의 반역을 알고서도 제압할 능력이 부족하게 되었다.

제후국들을 모두 평정한 방훈은 주변 지역을 아홉 구역으로 나누고 당의 신하들을 각 구역 제후로 봉하여 파견하였다. 아홉 개 구역 중 가운데를 예주(豫州)라 하고 방훈이 직접 다스렸다. 예주를 중심으로 시계 방향으로 북에는 기주(冀州), 북동쪽에는 연주(兗州), 동쪽에는 청주(靑州), 남동쪽에는 서주(徐州), 남쪽에는 양주(揚州), 남서쪽에는 형주(荊州), 서쪽에는 양주(梁州), 북서쪽에는 옹주(雍州)가 자리 잡았다.

예주를 중심으로 사방팔방에 여덟 제후국을 설치한 방훈은 신하들과 함께 구주를 순시하며 둘러보았다. 방훈은 기분이 좋았다. 동서남북의 네 방향을 가운데에서 보면 사방이 모두 잘 보이고 연결이 가능하였다. 즉 중이 동서남북을 통제하고 있는 형태였다.

'내가 중앙이다. 내가 가운데에서 천하를 지배한다.'

방훈은 중앙이 주변을 통제한다고 보았다. 당시 민간에서 유행하던 오행(五行)은 5방위뿐만 아니라 5색(色), 5미(味), 5장(臟) 등에 다양하게 쓰이고 있었는데 방훈은 이 5방위를 잘못 해석하여 가운데의 5토(中)가 주위의 1수(北), 2화(南), 3목(東), 4금(西)을 지배한다고 보았다. 오늘날 중국의 중화사상(中華思想)의 기원이다.

그러나 5토(中)는 교차점일 뿐 중앙점이 되는 것은 아니었다. 본래 거 발환 환웅이 생각했던 기화수토나 우사 방아가 생각했던 목화수토, 그 리고 자부 선인의 수화목금토는 어느 한 요소가 다른 요소보다 우위에 있다거나 다른 요소를 지배한다는 개념이 아니라 다섯 요소, 즉 오행은 모두 동등하였다. 그리고 방위에는 동서남북중의 5방향뿐만 아니라 상 하의 2방향도 있다.

우주는 입체적이다. 그래서 일찍이 환국의 안파견 환인은 〈하늘님께 드리는 기도〉에서 '하늘소리는 아래위로 울리고 사방으로 퍼져나가 온 누리 사람들에게 5방 7방으로 둥글게 퍼지니 묘하게 넘쳐 만방으로 가 고 만방에서 오나이다'라고 했었다. 즉 방위는 동서남북중 5방위뿐만 아니라 상하를 합쳐서 7방위가 된다.

그리고 굳이 5행을 이 방위에 맞추겠다면 중(中)에는 토(土) 외에 수화 목금 어느 요소라도 올 수가 있다. 중(中)은 가운데에서 여러 요소들이 서로 교차하는 지점이기 때문이다. 칠회제신력을 사용하며 오행을 주 위의 모든 사물에 대입하여 사용하던 민간에서도 토(土)는 가운데에서 다른 요소들을 지배하는 것이 아니라 오히려 다른 요소들을 다 포괄하여 지원한다는 의미로 사용하였다.

그런데도 방훈은 자기 편의대로 오행을 해석하여 5토(中)가 가운데에서 주위 사방팔방을 지배한다고 보고 자신이 자리 잡은 중앙인 예주(豫州)에서 주위의 여덟 개 주를 통제하려고 하였다. 스스로 황제(黃帝, 중앙에서 사방을 통제하는 으뜸인 제왕)로서 사방팔방을 다 통치하므로 천자(天子)라 참칭하고 주위의 여덟 주에 제후를 파견하고 자신의 통제하에 두었다. 이리하여 일단 방훈은 1차 목표를 달성했다.

그러나 천자(天子)라는 호칭은 하늘의 아들이라는 의미가 아니다. 배달국 당시의 임금의 순서는 천제(天帝), 천왕(天王), 천군(天君)이며 그 아래의 제후국들은 작위명 앞에 천(天)자를 붙여 순서대로 천공(天公), 천후(天侯), 천백(天伯), 천자(天子), 천남(天南)이라 불렀다. 따라서 방훈이 참칭한 천자(天子)는 하늘의 아들이 아니라 천제국인 배달의 제후국 네 번째 등급이었다. 방훈이 이를 잘못 알아 천자(天子)는 하늘의 아들이라 생각하고 스스로 천자라 참칭한 것이다. 천하를 제패하겠다는 방훈의 욕심은 끝이 없었다.

'다음은 단웅국이다. 단웅국을 멸해야 한다.'

천하를 제패하기 위해서는 먼저 단웅국을 꺾어야 했다. 아홉 제후국의 힘을 한 방향으로 모아야 했다. 그러나 인위적으로 통합된 아홉 개 제후국은 나름대로 조금씩 다른 문화를 가지고 있었다. 생각이 이에 미친 방훈은 아홉 개 주의 제후들을 소집하였다.

"우리 아홉 개의 주가 당(唐)으로 합친 지 10년이 지났소. 그런데도 아직 우리는 배달국의 영향력 아래에 살고 있소. 우리가 가운데이고 중심인데 이를 어찌하면 좋겠소?"

방훈을 보좌하는 예주의 비왕이 답했다.

"지금 제후국들은 모두 배달국이 만든 달력을 사용하면서 같은 문화를 형성하고 있습니다. 우리가 배달국을 제압하고 천하의 중심이 되려면 배달국의 영향력을 차단하여야 합니다. 그러자면 먼저 이 달력부터 우리 것으로 하여야 할 것입니다."

방훈이 들어보니 그것은 맞는 말이었다. 제후국 모두가 배달국의 역법인 1주 7일, 1기 4주, 1년 13기 52주 364일과 설날을 포함한 1년 365일 달력, 즉 칠회제신력을 사용하고 있었다. 배달국과 같은 달력을 사용한다는 것은 배달국과 같은 문화권을 형성하고 있다는 증표였다. 배달국을 제압하기 위해서는 이 역법부터 차별화하여야 할 필요성이 생겼다. 그러나 어떻게 달력을 바꾼다는 말인가? 예주의 비왕이 다시 말했다.

"예주의 샤먼들 중에 희씨(羲氏)와 화씨(和氏)라는 샤먼이 해, 달, 별 등 천체들의 관측에 능하고 달력에도 밝다고 합니다. 이들을 불러 의견을 들어보는 것이 좋겠습니다."

이리하여 관측 전문 샤먼들인 희씨와 화씨가 불려 왔다.

"두 사람은 들어보시오. 우리 아홉 개 주가 당으로 합친 지 10년이 지났소. 우리가 천하의 중심인데도 불구하고 우리는 아직 배달국의 달력을 사용하고 있소. 언젠가는 배달국도 우리의 제후국이 될 터인데 우리의 달력이 없어서야 되겠소? 두 사람은 우리 실정에 맞는 달력을 만들어 보시오."

방훈의 지시에 관측 전문가인 희씨와 화씨 두 샤먼은 새 달력 만들기에 들어갔다.

당시 배달국과 각 제후국들의 샤먼들은 모두 배달국의 칠회제신력인 1년 365일 태양력과 배달국 우사 방아의 24절기를 사용하며 민간 철학인 음양오행 사상에 익숙해 있었다. 그러면서도 해, 달, 별들의 주기적 움직임을 지속적으로 관찰하고 있었는데 배달국의 태양력과 24절기는 농경 생활에 아주 적합하였으므로 아무런 문제점이 없었다. 한 가지 문제가 있다면 그것은 해의 1년 주기와 달의 1년 주기가 일치하지 않는다는 것이다.

칠회제신력은 달의 주기도 같이 표시하고 있어서 칠회제신력의 1기 (期)는 달의 한 달 주기인 29일 또는 30일에 비슷하게 맞아떨어져 4주 28일이었으나 1년 13기 365일 동안 보름달은 12번 뜨고 11일을 더 지나야 한다.

당시의 농경 생활에 달의 주기는 크게 중요하지 않았지만 달이 뜨고 지는 29일 또는 30일의 주기는 보름달을 보고 풍요를 비는 제사를 드리는 등 배달국과 제후국 무리의 생활에 나름대로 큰 영향을 주고 있었다. 그리고 농경 생활과 관련해서는 해의 운행에 기반을 두고 있는 우사 방아의 24절기가 매우 중요하였다.

희씨와 화씨는 바로 이 점에 주목해 달의 1년 주기를 24절기와 맞추는 방법을 찾았다. 그러나 기본적으로 24절기가 해의 운행에 기반을 두므로 칠회제신력의 1년 주기와 맞아야 한다. 즉 칠회제신력에 의한 3년마다 달의 1주기를 13개월로 하는 방법이다. 1년마다 11일씩 남는 날짜를 3년 모으면 33일이 남게 되므로 3년 째에는 달의 주기에 의한 1년을 13개월로 하여 29.5일의 윤달을 추가하면, 칠회제신력에 비해 3년마다 3.5일이 더 지나간다.

이렇게 3년 단위로 3번, 즉 9년이 지나면 해의 1년 주기보다 오히려 10.5일이 더 길어지지만 4년 주기의 칠회제신력은 이 9년 동안에 2일의 윤일이 덧붙여지므로 이를 차감하면 8.5일이 더 지나간다.

이를 다시 보정해 3년 주기의 네 번째 주기, 즉 12년째에는 윤달을 삽입하지 않으면 처음 시작과 비슷해지지만 이와 같은 방법으로 해의 1년 주기와 달의 1년 주기를 맞추려면 복잡한 계산이 필요하였다. 해의 1년과 달의 1년을 맞추는 19년 7윤법의 치윤법이 아직 발견되지 않았기 때문이다. 그러나 계산 능력이 안 된다고 마냥 새 달력을 미룰 수는 없었다.

새 달력은 달의 운행을 기본으로 하되 3년마다 1달씩 윤달을 삽입하고 농경 생활에 절대적으로 필요한 칠회제신력의 24절기는 그대로 사용하기로 했다. 그리고 9년 후에 해와 달의 운행을 관측하여 윤달 삽일 회수를 조정하기로 했다. 희씨와 화씨는 방훈에게로 갔다.

"천자님, 저희가 여러 가지로 새 달력을 생각해 본 결과 달의 운행을 기반으로 하는 방법을 사용하는 것이 어떨까 합니다. 해의 운행을 기반으로 하는 배달국의 칠회제신력과 확연히 차별화되면서 보름에서 다음 보름까지 달의 한 달 29일은 백성들이 날짜의 흐름을 알기에도 편리합니다. 다만, 백성들의 농경 생활을 위해서 우사 방아의 24절기는 그대로 사용하는 것이 좋겠습니다."

이어서 희씨와 화씨는 3년마다 한 달 치윤법 및 9년마다 치윤 시기 재조정 등에 대해서 설명했다. 해의 운행을 기반으로 한 칠회제신력과 새 달력의 주기를 완벽하게 맞추기는 어렵더라도 방훈의 입장에서는 백성들의 농경 생활에 지장이 없고 조금이라도 편리하면서 배달국의 달력과 확연히 구분된다면 그것으로 그만이었다.

"좋습니다. 우리 달력은 달을 기반으로 하지요."

이렇게 해서 당나라 9주의 달력은 음력으로 정해졌다. 그리고 한 달의 시작은 보름달이 뜨는 날이 아니라 배달국 샤먼들의 정확한 측정 방법을 도입하여 그 반대인 삭(朔)을 기준으로 했다. 삭은 지구를 도는 해와 달의 거리가 가장 가까운 날을 의미하며 바로 달이 전혀 보이지 않는 초하룻날이다.

방훈이 채택한 달력은 달의 운행을 기반으로 하면서 해의 운행에 기반을 둔 24절기를 채택한 오늘날의 태음태양력으로, 오랜 세월을 거치면서 19년 7윤법의 치윤법이 채택되었고 윤년에 윤달을 삽입하는 방법도 정해졌다.

24절기와 음력 한 달을 비교하면, 음력 한 달은 29일 또는 30일이지만 24절기는 15일 또는 16일 간격이다. 따라서 음력 한 달에 24절기 중 평균 두 번의 절기가 포함되지만 시간이 지남에 따라 음력 한 달에 24절기 중 한 번만 포함되는 경우도 있다. 바로 이 달을 윤달로 하여 앞의 달이 4월이었다면 앞 달의 이름에 윤자를 붙여 윤4월로 부르게 된다.

방훈은 달의 운행에 기반을 둔 새 달력을 음력(陰曆)이라 이름하고 당나라 9주에서는 칠회제신력 대신에 음력을 사용하도록 하였다. 방훈은 이를 새 달력이라 하였으나 달의 운행은 일찍이 안파견 환인이 만든 돌판 달력에 포함되어 있었으므로 이미 수천 년 동안 사용하던 것이어서 별로 다를 것이 없었다. 다만, 3년마다 윤달을 두기로 하여 칠회제신력의 1년 365일에 달의 1년 주기를 맞추려 한 것이 새롭다면 새로운 것이었다.

"당나라 9주의 백성들에게 고하노라. 다가오는 동지부터는 달의 운행에 따른 새로운 달력인 음력을 당나라의 모든 백성들이 사용하도록 하라. 백성들은 샤먼들의 가르침에 따라 음력을 사용하는 데에 한 치의 어긋남도 없게 할지어다."

당나라 9주에서는 큰 혼란이 왔다. 밀접한 관계에 있던 본국인 배달국과는 다른 날짜를 사용하게 되었으니 그야말로 혁명적 조치였다. 잠시 혼란도 있었으나 희씨와 화씨를 비롯한 샤먼들의 도움으로 점차 정착되어 가면서 배달국의 문화와는 다소 멀어지게 되었다. 그러나 24절기의 날짜가 칠회제신력에서는 매년 동일한 날짜에 고정되어 있었으나 방훈의 음력에서는 매년 다른 날짜에 오게 되므로 칠회제신력에 따라 따로 계산을 해야 하는 불편함이 있었다.

방훈이 당시의 음양오행을 왜곡하여 스스로 5토(中)의 천자라 참칭하며 배달국의 칠회제신력을 폐기하고 새 달력인 음력과 24절기를 사용하게 한 것은 당나라가 더 이상 배달국의 제후국이 아니라는 것을 선언하는 것으로서 배달국에 반기를 든 반역이며 쿠데타였다.

방훈 시대 이후 수천 년 이어지는 중국의 역사에서 나라가 바뀔 때나 왕이 바뀔 때마다 역법이 바뀌는 것은 방훈의 배달국에 대한 반역의 선례를 따른 것이다.

왕검의 등장

유웅국을 중심으로 한 축융, 대요, 창힐, 소호 등 배달국의 제후국들이 방훈의 공격을 받고 당나라 9주로 통합되어 가는 동안 배달국은 15세 치액특 환웅, 16세 축다리 환웅, 17세 혁다세 환웅에 이어 18세 거불단 환웅이 다스리고 있었다. 16세 축다리 환웅 이후의 환웅들은 14세 자오지 환웅이 수도를 옮긴 청구에서 다시 축다리 환웅이 옮겨 간 웅족의 집단 거주지 단허에 거주하였으므로 후대의 역사가들은 이때부터 배달국을 단국(檀國)이라고도 불렀다. 환웅이란 칭호는 단웅(檀雄)으로도 불렸다.

18세 거불단 환웅은 14세 자오지 환웅과는 달리 제후국들의 이합집산에 별다른 대응을 하지 않고 있었다. 그러나 거불단 환웅이 아무리 무위의 천도 정치를 하고 있었다 하더라도 유웅국의 도(陶) 지역 제후 방훈이 제지를 찬탈하여 나라 이름을 당(唐)으로 바꾸고 수도를 평양으로 옮기는 역모 사건이 일어나고 9주를 설치하고 새 달력을 사용하는 등 쿠데타를 일으켰음에도 불구하고 별다른 조치를 취하지 않았다는 것은 제후국들에 대한 배달국의 영향력이 크게 위축되었음을 뜻한다.

거불단 환웅은 방훈의 반역 행위를 접하고도 방훈을 사로잡아 무여율법에 따라 귀양이나 유배를 보내기에는 힘이 부족했다. 방훈은 당나라 주위의 제후국들을 합병해 9주로 통합한 후에 단웅국도 두 차례나 침략하였으나 홍제는 방훈을 물리치고 화평하였다.

거불단 환웅은 웅족의 후예인 단웅국 홍제의 딸을 비로 삼아 기원전 2370년에 아들을 낳고 이름을 왕검(王儉)이라 하고 배달국의 태자로 봉하였다. 왕검은 태어날 때부터 매우 영특하여 외할아버지인 홍제도 매우 귀여워하였다. 왕검이 14세가 된 기원전 2357년 방훈이 유웅국을 멸하고 당(唐)을 세운 그해에, 외할아버지인 단웅국 홍제는 거불단 환웅의 동의를 얻어 왕검을 단웅국의 비왕(裨王)으로 봉하였다.

이후 왕검은 배달국 태자로서 거불단 환웅을 보좌하고 단웅국 비왕으로서 외조부인 홍제를 보좌하며 배달국 관할 지역뿐만 아니라 단웅국 관할 지역도 순시하고 있었다. 왕검은 순시 중에 배달국의 제후국으로서 천왕국인 웅심국을 방문하였다. 웅심국은 환족에게는 어머니의 나라나 마찬가지였다.

13세 사와라 환웅이 비서갑 웅족의 여왕을 웅심국 왕으로 봉하고 려를 웅심국의 제후로 봉한 이후 천왕국(天王國)인 웅심국은 날로 발전하여 안파견 환인의 돌판 달력과 우사 방아의 24절기에 따라 농경 생활을 하고 있었으며 하늘신에 대한 신앙심도 깊었다. 기원전 2340년 무렵, 왕검이 웅심국을 순시했을 때에도 웅족 여왕이 웅심국을 다스리고 있었다.

"어서 오시지요, 태자님. 먼 길에 고생이 많으셨습니다."

웅심국은 비록 천왕국이지만 천제국인 배달국 환웅의 지배를 받고 있었으므로 배달국의 태자는 웅심국 여왕보다 지위가 높았다.

"여왕께서야말로 웅족을 지도하시느라 수고가 많으시지요. 환족과 웅족은 모두 거발환 환웅 이래 같은 가족 아니겠습니까? 우리는 모두 한 가족입니다."

"아, 물론이지요. 우리는 한 가족입니다."

왕검은 배달국의 태자로서, 웅족인 단웅국의 비왕으로서 멀리 떨어져 있는 천왕국인 웅심국도 한 가족이기를 진심으로 바랐다.

태자는 여왕과 함께 웅심국을 둘러보았다. 뒤로는 높게 자리 잡은 완달산이 두르고 있었고 앞에는 송화강이 흐르는 비옥한 곳이었다.

"이곳에서 분가한 후 환족과 하나가 된 웅족은 고향을 잊지 않았지요. 4백여 년 전 사와라 환웅님이 보내신 려가 도착한 후 우리도 본국과 같은 수준으로 농경 생활이 발전하였고 하늘님도 열심히 모시고 있습니다."

웅심국 여왕은 주변의 무리도 웅심국을 보고 배우고 있으며 배달국을 닮고 싶어 한다고 전하였다.

그날 저녁, 배달국 환웅들은 웅족 여왕족의 여인들과 결혼한다는 관습에 따라 웅심국 여왕은 왕검에게 여왕족 중 하백(河伯)의 딸을 배필로 소개하였다. 태자 왕검은 하백의 딸에게서 아들을 얻고 이름을 부루(夫婁)라 하였다. 하백은 물길을 관리하는 웅심국의 직책이었다.

당(唐)을 세우고 새 달력을 만들어 배달국과 결별한 방훈의 야심은 그칠 줄을 몰랐다. 기원전 2334년 단웅국의 비왕인 왕검이 신하들과 함께 웅심국을 포함하여 여러 지역을 순시하는 도중에 방훈이 세 번째로 단웅국을 급습하였다.

갑자기 기습을 당한 홍제는 미처 손을 쓸 사이도 없이 방훈의 칼에 쓰러졌고 단웅국은 멸망했다. 홍제의 신하 몇 명은 배달국 거불단 환웅에게로 피신하였고 순시 중 비보를 접한 비왕 왕검도 단웅국으로 돌아가지 못하고 배달국으로 갔다.

왕검은 아버지인 거불단 환웅에게 말했다.

"환웅님, 웅족의 후예인 단웅국이 방훈에게 멸망하고 말았습니다. 방훈을 반드시 사로잡아 유배 보내야 할 것입니다."

"당연히 방훈을 유배 보내야지요. 그러나 방훈과 전쟁을 하기에는 우리 배달의 힘이 부족합니다. 부디 태자가 힘을 길러 방훈을 처단하기 바라오."

기원전 2333년. 거불단 환웅은 배달국 태자이며 단웅국 비왕이기도 한 아들 왕검에게 천부인을 넘겨주며 배달국 환웅 지위를 양위하였다. 1세 거발환 환웅 이래 1,565년간 이어온 배달국을 위태롭게 한 것이 자신의 책임이라고 자책하던 거불단 환웅은 선조들에게 용서를 빌며 숨을 거두고 말았다.

왕검은 아버지 거불단 환웅이 서거하자 큰 충격을 받았다. 선조들의 자재율, 무여율법이 회복되기를 바라며 무위 자연의 정치를 하고 있었던 거불단 환웅의 희망은 방훈의 야심과 권력욕과 지배욕에 무참히 무너지고 말았다.

"거불단 환웅님이시여. 소자가 비록 미력하나마 구환의 환족을 통합
하여 하늘님의 하늘소리에 따라 온 누리가 조화롭게 살도록 반드시 방
훈을 제압하여 환웅님 앞에 사죄하도록 하겠습니다."

왕검은 거불단 환웅의 장례를 모시며 굳게 맹세하였다.

제4부

아침의 땅, 아사달(朝鮮)

아사달(조선)의 건국

거불단 환웅의 장례를 치른 왕검은 배달국 재건에 나섰다. 환인의 환국을 계승하여 1,565년간 이어온 배달국은 같은 환족인 방훈의 반역으로 큰 타격을 입었다. 왕검은 1년 사이에 외할아버지 홍제와 아버지 거불단 환웅을 잃었다. 배달국 치우천왕 이래 300여 년간 이어져 온 하늘 소리에 기반을 둔 무위의 천도(天道) 정치로는 권력욕에 가득 찬 방훈과 같은 반역자들을 다스릴 수 없었다. 특단의 조치가 필요했다.

왕검은 단웅국은 물론이고 동서남북 사방에 흩어져 사는 환족 무리를 통합하여 힘을 기르기로 결심했다. 이는 왕검이 배달국 태자이자 단웅국 비왕으로서 배달국과 단웅국을 순시하며 환족 사람들을 만나본 뒤에 얻은 결론이었다.

우선 왕검은 배달국과 단웅국을 통합했다. 배달국의 태자로서, 단웅국의 비왕으로서 외할아버지 홍제와 아버지 거불단 환웅이 사망하였으므로 당연한 수순이었다.

'흩어진 환족의 무리를 어떻게 통합해야 하는가?'

고민을 하던 왕검의 머리 속에 수 년 전 순시를 갔던 비서갑의 웅심국이 떠올랐다.

'그렇구나. 웅심국을 다녀온 뒤로 거의 10년이 흘렀다. 부루는 잘 지내고 있는가?'

왕검은 웅심국 하백의 딸을 아내로 맞아 아들 부루를 낳았다. 부루는 비서갑에서 자라고 있었다.

'어머니의 나라, 비서갑 웅심국은 구환족의 중심 지역이다. 비서갑으로 가자.'

왕검은 방훈을 사로잡을 힘을 기르기 위해 삼백과 재세핵랑(在世核郎) 800명을 이끌고 웅심국으로 갔다. 재세핵랑은 배달국 시대에 정해법에 의한 심신 수련으로 단련된 일당백의 능력을 가진 자들로서 재세핵랑 800명은 방훈의 군대 80,000명이나 마찬가지였다. 거불단 환웅이 머물던 배달국(단국)의 단허와 홍제의 단웅국은 오가들로 하여금 수비 군사들을 강화하여 지키게 하였다.

"어서 오시지요, 왕검 환웅님. 연이어 슬픈 일을 당하셨는데 깊은 위로의 말씀을 드립니다."

웅심국 여왕은 왕검을 상국인 배달국 거발단 환웅을 이은 환웅으로 부르며 위로했다.

"위로의 말씀에 감사드립니다. 이제 환족의 대통합이라는 큰 과업을 실행하여야 하는데 여왕님의 도움이 필요합니다."

"여부가 있겠습니까? 배달국과 웅심국은 한 가족이지요. 이미 단웅국도 배달국과 통합하였는데 웅심국도 통합하여 힘을 모으지요."

웅심국 여왕과 왕검은 합심하여 환족을 대통합하기로 하였다.

왕검과 삼백 및 800명의 재세핵랑은 웅심국 넓은 평야에 자리를 잡고 이름을 아사달이라고 했다. 아사달은 햇빛이 환하게 비치는 넓고 확 트인 아침의 땅이란 뜻이다.

왕검은 배달국과 단웅국, 웅심국을 통합하였으므로 우선 내치가 중요하다고 판단하고 삼백과 오가 조직을 재정비했다. 팽우(彭虞)에게는 함께 이동한 배달국의 환족뿐만 아니라 웅심국 백성들과 그 지역 원주민들이 함께 살 땅을 개간하게 하고 성조(成造)에게는 궁성과 백성들이 살 집을 건설하게 하였다. 신지(臣智)에게는 글자를 만들고 기록하게 하였으며 기성(奇省)에게는 의약을 베풀게 하고 나을(那乙)에게는 호적을 관장하게 하였다. 희(義)에게는 점치는 일을 담당하게 하고 우(尤)에게는 병마를 맡겼다. 왕검이 체제를 정비하고 덕치를 베풀자 주변의 구환족 무리까지 합류하면서 아사달의 면적은 넓어지고 인구는 증가하였다.

체제를 정비한 왕검은 사신(使臣)들에게 특별한 임무를 주어 시베리아 전 지역과 한반도 전 지역, 요서, 요동과 산동성 전 지역 구환의 환족에게 파견하여 방훈의 역모를 전하게 하고 하늘님의 하늘소리를 거역하고 개인의 권력욕을 채운 방훈을 잡아 배달국의 무여율법에 따라 유배를 보내는 데에 힘을 모으자고 했다.

그리고 동서남북의 모든 환족이 한마음 한뜻으로 하늘소리를 따르고 재세이화 홍익인간을 실천하며 조화롭게 살자고 했다. 동서남북으로 파견된 특임 사신들이 그간의 상황을 설명하자 구환의 왕들은 모두 왕검을 배달국의 환웅을 계승한 하늘신의 아들로 추대하였다.

왕검은 구환의 왕들을 모두 아사달로 초대하여 화백회의를 개최하고 먼저 하늘신에게 제사를 드렸다.

"하늘님이시여, 우리 환족이 황궁 선조 이래 수천 년 동안 동서남북으로 흩어져 서로 왕래 없이 살아왔으나 이제 하늘님의 뜻에 따라 다시 한 자리에 모였습니다. 한곳에 모여 살기를 애타게 기다리셨던 황궁 선조와 안파견 선조의 바램이 이제야 이루어지게 되었습니다. 일찍이 거발환 환웅은 재세이화 홍익인간을 국시로 삼고 세상 사람들의 일치를 위하여 노력하였으며 우사 방아와 소전의 아들 석년은 다른 민족들에게도 환족의 하늘님과 농사법을 전파하는 등 많은 성과를 이루기도 하였습니다.

그러나 황궁 선조의 자손인 우리 구환족은 공손 헌원과 방훈의 무모하고도 과도한 욕심으로 또다시 분열될 위험에 처해 있습니다. 이곳 아사달에 모인 우리 구환족은 방훈의 무리도 욕심을 버리고 우리와 한몸이 되어 하늘소리에 따라 살도록 하겠습니다. 하늘님께서는 부디 우리 환족을 굽어보시고 이끌어 주시기 바라옵니다."

제사가 끝난 뒤 구환족은 모두 왕검을 하늘신의 아들로서 인간을 다스리는 권한을 부여받은 천제(天帝)로 추대하였다.

왕검이 사는 아사달은 환족이 수천 년 전부터 모셔 온 삼신으로 계시는 하늘신에게 제사를 지내는 곳이다. 후대 사람들은 이곳에 왕검이 산다고 하여 왕검성(王儉城)이라고도 불렀다. 한자로 표시하면 조선(朝鮮), 즉 아침의 땅인 아사달은 수도의 이름임과 동시에 나라 이름이기도 하였다.

환국 시대의 환인, 배달국 시대의 환웅에 이어 아사달 시대를 이끄는 지도자를 단군(檀君)이라 불렀다. 단군은 박달나무로 표현되는 환족 전체를 다스리는 임금이란 뜻이며 하늘신에게 제사를 드리는 권한을 가지고 있었다. 하늘신의 아들, 즉 천제(天帝)인 단군 외에는 아무도 하늘신에게 제사를 드릴 수 없었다.

이어 단군 왕검과 구환족의 왕들은 회의를 열고 구환족의 일치단결을 위한 방안을 토의하였다. 환국 시대부터 내려오던 만장일치의 의사결정인 화백제도(和白制度)다.

재세이화 홍익인간은 지위리 환인 이후 배달국 전체를 통해 내려온 환족의 국시(國是)였다. 구환족도 모두 이를 따르기로 찬성하여 아사달의 국시로 삼았다. 왕검과 구환족들은 황궁 시대의 마고성을 본떠 아사달에 천부단을 설치하고 주위에 4개의 보단을 쌓기로 의견을 모았다. 하늘신에게 제사를 드리는 제단이다.

또한 구환족 전체의 나라 이름을 '한'으로 하였다. 한은 '하나', '크다' 또는 '왕'이란 뜻을 가진 순 우리말인데 후에 한자어 한(韓)으로 표기하였다. 하나의 환족으로 이룬 큰 나라라는 뜻이다.

그리고 단군 왕검이 선왕이신 배달국의 거불단 환웅으로부터 천부인을 물려받은 해인 기원전 2333년을 아사달의 첫 날이 시작된 해로 하였다.

아사달, 삼한으로 나누어 다스리다

왕검은 유인 선조의 삼신일체 사상에 따라 구환족이 사는 땅을 세 지역으로 나누어 각각 신한, 번한, 말한의 삼한(三韓)으로 하였다. 신한의 '신'은 으뜸, 우두머리, 또는 크다(大)라는 의미이고 번한의 '번'은 버금가는, 둘째라는 의미이며 말한의 '말'은 '막내'라는 의미다. 신한, 번한, 말한은 나라 이름임과 동시에 그 나라의 왕을 의미하였다. 따라서 으뜸 왕인 신한은 삼한(三韓)을 통할하는 단군이며 버금 왕인 번한과 막내 왕인 말한은 비왕으로서 단군을 보좌하는 왕이다. 후대에 신한, 번한, 말한을 한자로 표기하여 진한(辰韓), 번한(番韓), 마한(馬韓)이라 하였다.

단군 왕검은 진한을 직접 다스리고 번한, 마한은 비왕이 부단군으로서 다스리며, 삼한 전체의 외교, 국방은 통합하여 단군 왕검이 맡기로 하고 어느 곳에서라도 변고가 생기면 삼한이 함께 대응하기로 하였다. 연방제 국가다. 후대의 역사가들은 이를 삼한관경제(三韓管境制)라고 칭하였다. 이리하여 만장일치 화백제도에 의한 한(韓)나라의 기틀이 마련되었다.

나라의 중심이 되는 천부단(天符壇)을 건설하는 날, 동서남북의 구환족은 모두 사람을 보내어 건축을 지원하였는데 모인 사람들이 수만 명이었다. 그들은 아사달 북쪽의 완달산 정상에 천부단을 짓고 사방으로 보단(堡壇)을 쌓았다.

천부단이 완성되자 단군 왕검이 제사장이 되어 하늘신에게 제사를 드렸다. 황궁의 시대 이래 구환족이 모두 모여 통합된 아사달의 이름으로 드리는 첫 제사였다. 샤먼들은 환인상, 환웅상 제작과 악기, 음식 등 제사 준비로 분주하였고 각 지역의 특산물 등 제수들이 제사상에 올려졌다. 샤먼들이 악기 연주로 하늘신을 모시자 구환의 무리는 단군 왕검을 따라 하늘신에게 두 번 절하였다. 제사장 단군 왕검이 하늘신에게 고하였다.

"하늘님이시여, 오늘은 하늘님의 자손 우리 구환족이 모두 모여 이곳 아사달에 세운 천부단에서 첫 제사를 드리는 날입니다. 먼 옛날 황궁의 시대에 환족이 사방으로 흩어진 후 수천 년이 지났습니다. 우리는 배달국을 이어 이곳 아사달에서 새로이 뭉쳤습니다. 비록 과거에는 불미스런 일로 환족이 흩어졌고 최근에도 방훈의 무리가 난을 일으키는 등 하늘소리를 거역하는 일이 일어났으나 여기 모인 아사달의 구환족은 하늘소리에 따라 함께 살며 하늘님을 거역한 무리가 복본하도록 최선을 다하겠습니다. 하늘님께서는 우리 환족을 굽어 살펴주시기를 기원하나이다."

제사를 마친 단군 왕검과 구환의 무리는 둥글게 춤을 추며 서로 술잔을 권하면서 밤늦도록 잔치를 이어갔다. 해변에 자리 잡은 환족은 물고기와 조개류 등 해산물을 가져왔고 산악 지방에 사는 환족은 소, 돼지, 닭, 양 등 짐승 고기와 약초 및 산나물들을 진상했다. 각 지역에서 가져온 술도 다양한 맛을 자랑하며 인기가 있었다. 잔치가 끝나고 구환족

왕들은 자신들의 지역으로 돌아갔다.

왕검은 삼한의 비왕을 선정했다.

진한은 왕검의 아들 태자 부루가 비왕이 되어 다스리기로 하고 수도
는 아사달에 두었다. 관할하는 지역으로는 아사달을 포함한 만주 지역
으로 요녕성 및 길림성과 흑룡강성, 러시아 연해주 남부 등 만주와 중
국 북부 일대다.

번한은 치우천왕의 후손 중에서 지모와 용력이 뛰어난 치두남(蚩頭男)
을 비왕으로 하고 수도를 험독(險瀆)으로 하였다. 험독은 중국의 산해관
이다. 관할 구역은 배달국(단국) 및 단웅국 지역, 요서 지역, 요동반도와
중국 동해안 지역으로 산동성 일대를 포함하였다.

마한은 웅족의 웅백다(熊伯多)를 비왕으로 하고 관할 구역은 한반도
지역이며 수도는 백아강(伯牙岡), 지금의 평양에 두었다. 삼한은 또 각
관경을 다스리는 삼백과 오가를 임명하여 삼한 모두 국가의 체제를 완
비하였다.

8조 천범

이어 왕검은 아사달 환족 전체가 안파견 환인의 〈하늘님께 드리는
기도〉와 배달국 거발환 환웅의 〈하늘님이 하신 말씀〉을 잘 지키고 따
르도록 규범을 발표했는데 후대 사람들은 이를 8조 천범(天範)이라고
불렀다.

8조 천범

첫째, 하늘의 법도는 오직 하나요 그 문은 둘이 아니니, 오직 순수한 마음으로 일심을 가져야 하늘님을 뵐 수 있느니라.

둘째, 하늘의 법도는 항상 하나요 사람 마음도 똑같으므로 다른 사람의 마음도 깊이 생각하라. 이로써 만방을 다스릴 수 있게 되리라.

셋째, 나를 낳으신 분은 부모요 부모는 하늘로부터 내려오셨으니, 부모를 잘 공경하여야 하늘님을 능히 경배할 수 있느니라. 이 정신이 온 나라에 퍼지면 충효가 되나니 이 도를 잘 익히면 하늘이 무너져도 벗어나 살 수 있으리라.

넷째, 짐승도 짝이 있고 헌 신도 짝이 있으니, 남녀는 잘 조화하여 원망하지 말고 질투하지 말며 음행하지 말지어다.

다섯째, 열 손가락 깨물어 안 아픈 손가락이 없으니, 서로 사랑하여 헐뜯지 말고 서로 돕고 해치지 말아야 집안과 나라가 번영하리라.

여섯째, 소와 말도 서로 먹이를 나누어 먹나니, 서로 양보하고 빼앗지 말며 함께 일하고 훔치지 않아야 나라와 집안이 번영하리라.

일곱째, 호랑이와 같이 사납고 성급히 행하여 남을 해치지 말고 하늘의 법을 잘 준수하여 능히 만물을 사랑하여라. 위태로운 사람 붙잡아주고 약한 사람 능멸하지 말며 불쌍한 사람 도와주고 비천한 사람 업신여기지 말 것이니라. 이 원칙을 어기면 영원히 신의 도움을 얻지 못하여 몸과 집안이 함께 망하리라.

여덟째, 타고난 본성을 잘 간직하여 사특한 생각 품지 말고 악을 숨

기지 말며 남을 해치려는 마음을 지니지 말라. 하늘을 공경하고
백성을 사랑하여야 복록이 무궁하리라.

왕검은 천범을 공포하여 아사달의 국가 체제를 확립하고 구환족들이
하늘신을 모시며 조화롭게 살도록 하였다.

천범에 나오는 말 중 '하늘이 무너져도 솟아날 구멍이 있다', '헌 신
도 짝이 있다', '열 손가락 깨물어 안 아픈 손가락이 없다' 등은 오늘날
까지도 전해져 속담으로 우리가 흔히 사용하는 표현들이다.

신시와 해시를 열다

아사달이 건국된 지 5년째 되는 날, 삼한의 삼백과 오가를 비롯한 환
족의 무리는 진한의 아사달에 모여 합동으로 하늘신에게 제사를 올리
고 각 지역에서 가져온 특산물들을 교역하는 큰 시장을 열었다. 배달국
수도에서 행해지던 시장 이름을 따서 신시(神市)라고 하였다. 신시는 지
역 특산물의 교역뿐만 아니라 하늘신에게 제사를 지내며 천부의 진리
를 익히고 여러 지역의 말과 글이 서로 통하게 하며 즐겁게 먹고 마시
는 등 환족이 한 가족임을 확인하는 자리이기도 하였다. 한 달에 걸친
신시의 교역 모임이 끝나고 모두 각자의 지역으로 돌아갔다. 신시는 정
보 교환 및 물산을 나누고 화합을 도모하기 위하여 10년마다 한 번씩
아사달에서 열기로 하였다.

왕검은 또 삼한의 비왕들과 상의하여 발해만과 황해 주위의 번한과
마한의 해안에 1,000리 간격으로 네 곳의 나루와 네 곳의 포구 등 여

넓 곳에 해시(海市)를 만들고 1년에 한 번씩 시장을 열게 하였다. 해시에서는 교역뿐만 아니라 굿도 하고 점도 치며 풍요로움을 기원하는 의식도 행하고 잔치도 베푸는 등 환족으로서 일체감을 조성하여 모두가 함께 하는 자리였다. 이렇게 아사달의 경제 체제도 완비되면서 삼한관경의 아사달은 구환족들을 통합하여 동북아 지역에서 강력한 국가로 자리 잡았다.

방훈(요, 堯)을 처단하다

아사달의 체제를 갖추고 신시(神市)와 해시(海市)를 열어 경제적 기반을 완성한 단군 왕검은 방훈의 9주를 생각했다.

'이제 때가 되었다.'

기원전 2324년, 왕검은 방훈을 사로잡을 궁리를 했다.

한편, 홍제를 죽이고 단웅국을 멸망시킨 방훈은 왕검이 무리를 이끌고 아사달에서 구환족을 통일하여 국가 체제를 정비하는 것을 보고 9주의 통합을 더욱 굳게 하였다. 아사달의 천부단을 모방하여 당의 수도인 평양에 제단을 설치하고 이를 당도(唐都)라 하여 9주의 제후들을 모아 하늘에 제사를 올렸다. 그러나 환족의 입장에서 보면, 오직 단군만이 하늘신에게 제사를 드릴 권한이 있었다. 방훈은 또 한 번 환족의 하늘신을 거역하는 큰 죄를 범하였다.

방훈은 왕검이 도읍을 아사달로 옮기고 구환족을 통일하여 강력한 국가 체제를 이루어가는 모습을 지켜보았다. 또한 직접 통치는 받지 않지만 공물을 바치며 아사달의 지원을 받는 많은 제후국들도 있음을 알고 있었다. 방훈은 자신이 통치하는 9주만으로 왕검의 아사달에 맞서는 것이 두려웠다. 아사달에 맞설 대비를 해야 했다.

왕검은 환국의 제후국인 호국(扈國)의 유호(有扈)를 불렀다. 유호는 먼 옛날 천산 시대 유인의 후예로서 방훈이 자리 잡은 평양 당도의 남서쪽, 서안의 감(甘) 땅 호(戶)현 일대에 자리 잡고 있었다.

"왕검 단군님, 호 땅의 유호가 문안드립니다."

"예, 어서 오시지요."

두 사람은 찻상을 가운데 두고 마주 앉았다.

"호국에서 볼 때 방훈의 9주는 어떠하던가요?"

"예, 방훈은 단군께서 천부단을 쌓으신 이후 평양에도 제단을 쌓고 당도라 부르며 우리 아사달에 대응하였습니다. 그러나 이후에는 조용한 행보를 보이고 있습니다."

"방훈은 소전의 후예인 제곡 고신(帝嚳高辛)의 아들인데 우리와 같은 환족임에도 불구하고 유웅국의 제지를 배반하고 왕위를 찬탈하였으며 주위의 제후국들을 복속시키고 제멋대로 9주를 설치하였습니다. 그리고 자신이 가운데에서 천하를 통치한다는 5토(中)의 허위 오행설을 퍼뜨렸습니다. 더구나 자오지 환웅 이래 사용하던 우리의 칠회제신력을 버리고 새로이 음력을 만들어 사용하고 있습니다. 이는 방훈이 천하를 제패하겠다는 야심을 가지고 우리 아사달을 완전히 복속시키겠다는 것과 같습니다. 방훈은 환족이면서도 환족을 거역하는 큰 죄를 범하였으므로 거발환 환웅의 무여율법에 따라 외딴 섬도로 유배를 보내야 할 것입니다."

"아사달의 단군이시여, 호국의 유호가 방훈을 잡아 오겠으니 단군께서는 걱정을 덜어주시기 바랍니다."

"오, 호국의 왕 유호께서 방훈을 잡아 오시겠다니 든든하기 그지없습니다."

이리하여 호국의 유호가 방훈을 처단하기로 결정되었다.

유호에게는 두 아들이 있었는데 큰 아들은 중화(重華)이고 둘째는 중화의 이복 동생인 상(象)이었다. 호국으로 돌아온 유호는 자식들을 불렀다. 아들들도 방훈의 반역을 잘 알고 있었으므로 왕검의 지시에 따라 중화는 환부(鰥夫)로서, 상은 권사(權士)로서 방훈을 치는 데에 동참하기로 했다. 환부는 거발환 환웅의 무여율법을 시행하는 직책이었는데 왕검 시대에는 환족이 규율을 잘 지키도록 조절하는 직책이며 권사는 국방과 외교를 담당하는 직책이었다.

유호는 스스로 선봉장이 되어 첫째 아들 중화를 좌장군, 둘째 아들 상을 우장군으로 삼아 방훈의 수도인 당도로 진격하였다. 유호가 당도 인근의 감(甘) 땅에 도착하자 방훈은 군대를 모아 반격하는 대신 9주의 제후들을 이끌고 유호 앞에 엎드려 항복하였다.

"저 방훈은 9주의 제후들과 함께 아사달의 단군 왕검과 유호 장군 앞에 엎드려 항복하나이다. 부디 저희의 항복을 받아주시고 용서해 주시옵소서."

방훈은 유호와 중화, 상을 하빈(河濱)에 모시고 단군 왕검을 대신한 유호 앞에서 항복을 하고 당의 병권(兵權)을 유호에게 넘겼다. 완전한 항복이었다. 방훈의 항복을 받은 유호는 방훈과 당나라 제후들에게 고하였다.

"방훈은 듣거라. 소전의 후예이며 제곡 고신의 아들인 너는 우리와 같은 환족이면서도 어이하여 단군 왕검에게 반역하였느냐? 제곡 고신을 이어 유웅국의 왕이 된 제지를 너는 무참히 살해하고 그 자리를 찬탈하였다. 이것이 너의 첫 번째 반역이니라.

또한 나라 이름을 당으로 바꾸고 환족 제후국들을 무참히 격멸하여 네 마음대로 9주를 만들었으니 이것이 너의 두 번째 반역이다.

무릇 음양과 오행을 지키는 환족과 제후국들은 배달국과 아사달의 오행에 따라 다섯 분의 신들을 모시고 있다. 수화목금토의 오행은 각기 독립적이고 평등하여 서로 지배하고 지배받는 위치에 있는 것이 아니다. 또한 우주는 동서남북중의 5방과 상하의 2방이 합친 7빙의 둥근 우주로서 중은 교차의 뜻이지 가운데에서 지배하는 것이 아니다. 그럼에도 불구하고 너는 어찌하여 5토(中)가 가운데에서 사방을 지배한다고 보고 백성들에게 망설(妄說)을 퍼뜨려 미혹하였느냐? 이것이 너의 세 번째 반역이다.

또한 배달국에 이어 아사달에서도 사용하는 칠회제신력은 일곱 분의 신을 모시며 아사달과 제후국들을 한 방향으로 일치시키는 배달국 자오지 천왕 시대부터 내려오는 달력인데, 너는 이 달력을 폐기하고 새 달력을 만들어 사용하고 있다. 이는 단군 왕검의 아사달을 따르지 않겠다는 뜻이므로 네 번째 반역이다.

다섯 번째로 네가 저지른 가장 큰 반역은 평양에 별도로 제단을 만든 것이다. 하늘님을 모시는 제사는 하늘님의 아들로서 하늘님을 대신하여 세상을 다스리는 천제(天帝)이신 단군 왕검만이 드릴 수 있는데 너는 하늘님까지 모욕하는 크나큰 반역을 저질렀다. 너는 마땅히 단군 왕검의 큰 벌을 받을 것이다."

말을 마친 유호는 방훈의 당나라 병권을 맏아들 중화에게 넘기고 단군 왕검의 조치가 있을 때까지 9주를 다스리게 하였다. 유호는 당나라의 제단을 헐어내어 방훈에게는 제사장의 권한이 없음을 확실히 함과 동시에 음력을 폐지하고 다시 칠회제신력을 사용하도록 하여 오행의 본래 뜻을 따르도록 했다. 방훈이 설치한 9주는 중화에게 맡기고 그대로 두었으나 다른 반역 사항은 모두 폐지하여 방훈의 당을 단군 왕검 아사달의 제후국으로 되돌렸다. 조치를 마친 유호는 방훈을 단군 왕검에게로 끌고 갔다.

"단군이시여, 분부하신 대로 아사달을 배신한 역적 방훈을 잡아 대령하였나이다."

"오, 호국의 유호 왕은 정말 수고가 많으셨소."

왕검은 자신 앞에 엎드려 있는 방훈을 내려다보았다.

"방훈은 듣거라. 너의 반역죄는 네 스스로가 잘 알 것이다. 너를 죽여야 마땅하지만 그것은 하늘님의 뜻이 아니다. 너를 멀리 섬도로 유배 보낼 것이니 그리 알고 있거라."

왕검 앞에 엎드린 채로 방훈이 말하였다.

"단군 왕검이시여, 저 방훈은 단군님과 아사달의 모든 환족에게 크나큰 죄를 지었나이다. 죽어 마땅하오나 부디 한 번만 용서해 주신다면 아사달을 위해 이 목숨 바치겠습니다."

"물러가 있거라."

단군 왕검은 방훈을 물러가게 하고 삼백과 오가, 유호 등과 상의했다.

"방훈을 어떻게 하는 게 좋겠소?"

풍백이 말했다.

"반역이라는 큰 죄를 지었으니 당연히 섬도로 보내야지요."

이번에는 아사달의 사법을 책임 진 운사가 말을 받았다.

"하늘님의 하늘소리를 어기고 스스로 환족의 천제가 되겠다는 반역의 죄는 그대로 두면 후환이 크게 두렵습니다. 일찍이 배달국의 자오지 환웅 시절에 공손 헌원이 반역죄를 범하였으나 자오지 환웅은 헌원을 용서하고 배달국의 신하로 대우한 적이 있었습니다. 그때 공손 헌원을 용서한 것이 오늘날 방훈으로 하여금 다시 반역의 죄를 범하는 빌미를 제공한 것입니다. 방훈은 마땅히 섬도로 유배 보내 다시는 이런 일이 일어나지 않도록 해야 할 것입니다."

삼백과 오가의 의견이 방훈의 유배 쪽으로 기울고 있을 때 방훈을 잡아 온 호국의 유호가 말하였다.

"풍백과 운사의 의견은 아주 훌륭합니다. 지은 죄로 보아서는 마땅히 방훈을 섬도로 보내야 합니다. 그러나 제가 단군 왕검의 명을 받고 방훈을 잡으러 당도에 가자마자 방훈은 바로 달려나와 엎드려 항복을 표하며 당의 병권을 저에게 넘기고 자신의 죄를 뉘우쳤습니다. 이에 저 유호는 그가 저지른 반역죄를 일일이 열거하며 죄를 물었습니다.

방훈은 첫째, 유웅국 제지를 죽이고 왕위를 찬탈하였으며, 둘째, 배달국의 제후국들을 공격하여 처단하고 9주를 세웠으며, 셋째, 9주의 가운데에서 5토(中)가 천하를 지배한다고 오행을 잘못 해석해 백성들에게 퍼뜨렸으며, 넷째, 배달국의 칠회제신력을 버리고 음력을 택하는 큰 죄를 지었으며, 다섯째로 가장 큰 반역은 바로 평양에 제단을 쌓고 하늘님께 제사를 드렸다는 것입니다. 하늘님께 제사를 드리는 권한을 가진 천제(天帝)는 이 세상에 오직 한 분, 즉 하늘님의 아들이시며 천제인 우리 단군님 뿐인데, 이는 바로 방훈이 단군님을 참칭한 것입니다.

저 유호는 바로 당나라의 제단을 헐어버렸으며, 음력을 버리고 다시 칠회제신력을 사용하도록 조치하였고, 방훈이 잘못 퍼뜨린 오행을 바로 잡도록 하였으며, 방훈이 세운 9주에는 환부 중화를 남겨 감독하게 하였습니다. 이와 같이 방훈의 반역에 대하여 모든 조치를 취하였으므로 단군님과 삼백과 오가는 이 점을 고려하여 주시기 바라옵니다."

유호의 말이 끝나자 왕검을 비롯한 삼백과 오가는 방훈의 유배 문제를 두고 다시 숙고를 거듭했다. 이윽고 왕검이 말했다.

"방훈은 유호에게 항복하였소. 유호는 방훈의 반역 행위를 모두 원상회복하였고 당의 9주는 중화로 하여금 감독하게 조치하였소. 방훈도 환족으로서 자신의 반역 행위를 뉘우치고 있으니 감독을 철저히 하도록 하고 용서함이 어떨까 하오."

이렇게 하여 방훈은 유배를 면했다. 방훈을 당에 복귀시키되 중화를 당에 남겨 방훈을 감독하게 하였다. 방훈의 지위를 제후로 낮추어 당을 아사달의 제후국으로 하였다. 그리고 특별히 방훈은 5년마다 한 번씩 단군 왕검에게 예를 올리고 조공을 바치게 했다. 그때 방훈이 머물 곳을 마련하고 이름을 장당경(藏唐京)이라 했다. 당의 방훈을 장치한 곳이라는 뜻이다.

'아, 일단 유배는 면했다.'

섬도로 유배를 가게 되면 다시 돌아올 수 없으므로 평생을 징역 사는 것과 같다. 단군 왕검에게 용서를 받고 당으로 돌아온 방훈은 중화의 감독을 받으며 9주는 다스릴 수 있었지만 제후국으로 격이 낮아졌다. 매년 아사달에 조공을 바치고 5년마다 장당경에서 단군에게 예를 드려야 했다.

그렇게 몇 년이 지났다. 방훈은 중화의 감독을 받으며 당을 다스렸고 매년 아사달에 조공을 바치고 5년째에는 장당경에 머물며 아사달의 단군 왕검에게 예를 올렸다. 모든 것이 평화로웠다.

감독관인 중화가 당을 감시하고 있으나 유호의 눈에는 방훈뿐만 아니라 아들 중화도 의심스러워 보여 그를 불러 타일렀다.

"방훈이 비록 항복하였다 하나 그의 눈에는 아직도 야심이 가득 차 있음을 볼 수 있다. 너는 아사달 단군 왕검의 신하이므로 신하로서 본분을 다하여 단군 왕검을 받들어 방훈을 감독하는 데 한 치의 소홀함도 있어서는 안 되느니라."

어느 날 방훈은 중화를 크게 대접하였다.

"중화님께서는 한 잔 더 드시지요."

"예, 감사합니다. 그런데 방훈님은 같은 형제인데 어찌 제지를 죽이고 왕위를 찬탈하였소?"

"나는 둘째 아들이라 왕이 될 수 없었지요. 그렇다고 능력이 부족한 제지를 두고만 볼 수 없었습니다."

방훈과 중화는 그날 밤이 이슥하도록 술잔을 기울이며 서로 속마음을 털어놓았다. 중화도 천하 제패의 야심이 가득하여 호국을 이어받는다 해도 제후국의 왕에 불과하므로 이에 만족할 수는 없었다.

"방훈님, 저도 생각이 있습니다."

방훈과 중화는 제후국 당의 왕과 아사달에서 파견된 감독관이라는 관계에서 차츰 동지의 관계로 변해갔다. 중화가 30세가 된 어느 날 방훈이 중화에게 말했다.

"중화님, 내게 과년한 딸이 둘 있는데 중화님에게 어떠신지요?"

중화는 그만 방훈의 꾐에 넘어가 방훈의 두 딸 아황과 여영을 아내로 맞이함으로써 아버지 유호의 경고에도 불구하고 유호와 단군 왕검을 배반하였다. 중화는 불충불효의 길을 택한 마당에 자신의 결혼을 부친 유호에게 알릴 수도 없었다. 이제 장인과 사위가 된 두 사람은 한마음 한뜻이 되었다. 아사달을 궤멸시키고 천하의 패자가 되는 것이다.

유호는 방훈의 눈빛에서 아직도 야심을 버리지 않았음을 간파하고 아들 중화도 못미더워 방훈의 당과 번한의 경계에 방어선을 구축할 것을 건의하였다. 왕검은 번한 왕 치두남으로 하여금 영정하 좌우측에 12개의 성을 쌓게 하였다. 그동안 치두남이 죽고 이 성은 번한 2세 왕 낭야 시절에 완성되었는데 번한의 수도인 험독(險瀆)과 영지(令支), 탕지(湯池), 통도(桶道), 거용(渠鄘), 한성(汗城), 개평(蓋平), 대방(帶方), 백제(百濟), 장령(長嶺), 갈산(碣山), 여성(黎城) 등 열두 곳이었다.

방훈에게는 아들 주(朱)가 있었는데 방훈은 주를 단연(丹淵) 지역에 봉하였으므로 단주(丹朱)라고 불렀다. 방훈이 자신의 후계자를 정하기 전에 주변 신하들에게 인재를 천거하도록 하였더니 방제라는 신하가 단주를 천거하였다.

"방훈님의 맏아들 단주가 현명하고 성품도 밝아 백성들과 잘 어울리므로 등용할 만하나이다."

단주에게는 꿈이 있었다.

'나의 선조들은 다 환족인데 아버지 방훈이 다스리는 당은 이민족과 환족이 혼합되어 있다. 옛날 배달국의 우사 방아는 이민족도 환족처럼 잘 살게 하여 진나라가 되었고 소전의 아들 석년도 이민족에게로 가 배달의 문명을 심고 신농국을 이루었다. 지금 단군 왕검의 아사달도 배달국을 이어 재세이화 홍익인간을 실천하고 있는데 나도 그렇게 하고 싶다.'

단주는 부지런히 돌아다니며 백성들의 삶을 살폈고 가가호호 백성들과 함께 즐거움과 슬픔을 나누며 지역 차별 없이 천하가 한 가족을 이루는 대동 세계(大同世界), 즉 환족과 이민족의 통합을 꿈꾸었다. 아사달의 단군 왕검과 같은 사상이었다.

그러나 이런 생활을 본 방훈은 아들 단주가 어리석고 게을러 놀기만 좋아하며 백성들과 어울려 말다툼만 한다고 물리쳤다. 단주가 단군 왕검의 재세이화 홍익인간 사상을 가지고 있음을 알았기 때문이었다. 그리고 자신이 점찍어 둔 중화를 당나라의 제2인자인 섭정으로 봉하였다. 기원전 2294년, 중화가 50세가 되던 해였다. 방훈이 중화에게 말했다.

"중화는 듣거라. 하늘의 역수(曆數)가 네 몸에 있으니 진실로 그 중(中)을 잡아라. 사해가 곤궁하면 하늘의 녹(祿)이 영원히 끊어지리라."

중화에게 '하늘의 역수가 네 몸에 있다'고 한 것은 바로 네가 제왕이 될 것이니 단군 왕검을 치라는 것이고 '진실로 그 중(中)을 잡으라'는 것은 방훈이 아직도 5토(中)가 가운데에서 사방을 제압한다는 망령된 오행을 버리지 않았음을 의미했다. 중화는 아사달의 왕검에게는 반역자가 되고 아버지 유호에게는 불효자가 되는 길을 택한 결과, 당의 섭정이 됨으로써 일단 옛날에 방훈이 제지를 쳤던 때처럼 1차 목표를 달성하였다.

중화(순, 舜)의 반역

중화가 섭정을 한 지 7년째인 기원전 2288년, 양자강을 비롯한 인근 강에 대홍수가 발생하였다. 중국 역사상 9년 대홍수로 언급되는 홍수다. 중화는 홍수를 다스리기 위해 곤(鯀)에게 치수 임무를 부여하고 물길을 다스리게 했다. 곤은 전욱 고양(顓頊高陽)의 6대 후손으로서 소전의 후예요 공손 헌원의 후예인 환족이다. 그러나 곤은 9년 동안 노력하였음에도 불구하고 물길을 잡지 못했다.

기원전 2284년 아사달을 둘러싸고 흐르는 송화강의 지류인 우수하(牛首河)에서도 홍수가 발생하였다. 단군 왕검은 풍백 팽우로 하여금 오행치수로 홍수를 다스리게 하고 직접 감독하였다.

왕검이 치수에 정신없는 틈을 타 중화는 방훈을 유폐시키고 그 자리를 빼앗았다. 당의 천자 자리를 차지한 중화는 방훈의 신하 공공(共工)과 환두(驩兜)도 유배 보냈다. 두 사람 다 환족의 단군 왕검에게 호의적이었으며 방훈의 5토(中) 오행설에 반대하던 인물들이었다.

그리고 황하 유역에 살고 있던 묘족들을 양자강 부근으로 추방시켰다. 반고의 후예인 묘족 무리 중 일부는 황하 유역으로 이동해 살고 있었는데 이들은 태호 복희, 즉 우사 방아의 가르침을 받았고 후에 자오지 환웅이 공손 헌원을 칠 때 자오지 환웅을 도왔으므로 공손 헌원의 유웅국 후예들이 싫어하였기 때문이었다. 이어 단주도 묘족을 추방한 양자강 지역으로 유배를 보내버렸다.

공손 헌원의 실패를 되풀이하지 않겠다고 다짐하며 시작한 방훈이었으나 자신이 선택한 중화에게 반역을 당했다. 반역은 반역을 낳는 법이다.

9주를 완전히 차지한 중화는 나라 이름을 당(唐)에서 우(虞)로 바꾸고 과감히 아사달의 단군 왕검에게 맞서 자신이 하늘의 아들이라며 천자(天子)를 참칭했다.

'역수(曆數)가 바로 내 몸에 있다.'

방훈을 유폐시킨 중화는 방훈이 말한 대로 아사달과 관계를 완전히 끊고 칠회제신력을 폐기하고 다시 음력을 부활시켰다.

'5토(中)를 잡아야 한다.'

9주의 중앙인 예주에서 볼 때 북쪽의 기주가 좀 컸다. 중화는 기주를 나누어 병주(幷州)와 유주(幽州)를 추가 설치하였고 북동쪽의 연주를 나누어 영주(營州)를 추가 설치하여 12개 주로 개편하였다. 이 모든 조치가 왕검의 허락 없이 이루어진 것이므로 중화는 아사달에 대역죄를 범했다. 유호는 아들 중화의 반역을 왕검에게 고하고 당장 중화를 사로잡아 처단하자고 하였으나 왕검은 중화가 어떻게 나오는지 좀 더 지켜보자고 하였다.

문명(우, 禹), 낙수에서 낙서를 얻다

양자강의 치수를 맡은 곤은 9년이 지나도 홍수를 다스리지 못하고 있었으므로 중화는 곤을 처형하고 당시 건설 직책인 사공(司空)을 담당하고 있던 곤의 아들 문명(文命)을 임명하여 양자강의 치수 임무를 맡겼다. 아버지 곤이 중화에게 처형당하는 것을 보았지만 문명은 중화의 명을 거절할 수 없었다.

문명은 자신도 처형당하지 않으려면 반드시 치수에 성공하여야 했다. 문명은 밤잠도 자지 않고 집에도 들르지 않고 마른 길은 수레를 타고, 물 위는 배를 타고, 진흙길은 썰매를 타고, 산길에서는 쇠못이 박힌 덧신을 신고 이동하는 등 수많은 산과 강과 물길을 다니며 13년 동안 모든 노력을 다하였으나 치수에 성공하지 못했다.

그러던 어느 날, 문명은 낙양성 남쪽에 있는 낙수(洛水)에 이르러 물길을 살펴보다가 피곤이 몰려 깜빡 잠이 들었다.

"나는 창수사자(蒼水使者)다. 네가 양자강의 대홍수를 다스리느라 불철주야 애쓰고 있는 것을 내가 잘 알고 있다. 이제 내가 너에게 홍수 다스리는 방법을 알려주리라."

말을 마친 창수사자는 문명의 눈 앞에 짐승 가죽에 그린 그림 한 장을 펼쳐 보였다. 자세히 보니 그것은 문명도 잘 알고 있는 배달국 우사 방아가 천하에서 꿈에 나반 선조로부터 받았다는 하도(河圖)와 비슷한 듯하면서도 많이 달랐다.

"아, 창수사자님, 진정 이 그림으로 홍수를 다스릴 수 있나이까?"

그림을 받은 문명이 감격에 겨워 창수사자에게 엎드려 절하는 사이 창수사자는 홀연히 사라졌다. 문명도 잠에서 깨어났다.

"아, 홍수. 홍수를 다스리는 법."

그러나 꿈에서 본 창수사자가 준 그림은 문명의 손에 없었다. 문명은 즉시 짐승 가죽 위에 꿈에서 창수사자가 건네준 그림을 그렸다.

'이 그림이 무슨 의미인가? 홍수를 다스리는 방법이 여기에 있다고 했는데?'

그러나 문명은 이것이 무슨 의미인지, 이 그림으로 어떻게 홍수를 다스릴 수 있는지 이해할 수 없었다. 문명은 일단 우사 방아의 하도와 비교해 보았다.

'위치가 다르다.'

바로 눈에 띄는 것은 수들이 놓인 위치가 달랐다. 찬찬히 비교해 보니 가운데에 5만 있고 10이 없었다. 하도(河圖)에는 수들이 두 개씩 동서남북중에 위치해 있는데 낙수에서 얻은 그림에는 수들이 하나씩 동서남북과 남동 남서 북동 북서 등 사방팔방에 배치되어 있었다. 중에는 5만 있고 10은 없었다. 각 수의 색은 하도와 같아서 홀수가 흰색이고 짝수가 검은색이었다.

'이게 무슨 뜻일까? 홍수는 어떻게 다스려야 하는가?'

문명 혼자서 아무리 머리를 싸매고 살펴봐도 그 그림에서 홍수를 다스리는 방법을 알아낼 수가 없었다. 며칠을 고민하던 문명은 회계산(會稽山)에 있는 자허 선

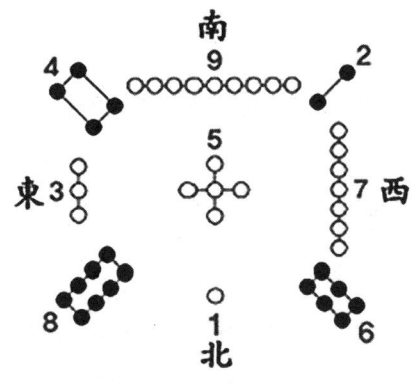

〈문명(우)의 낙서(洛書)〉

인(紫虛仙人)을 찾아뵙고 물어보기로 했다.

"자허 선인이시여, 우(虞)나라의 사공 문명이 인사 여쭙습니다."

"예, 어서 오시지요. 치수에 여념이 없으실 문명 사공께서 여긴 어쩐 일로 오셨습니까?"

"저의 부친 곤이 9년간이나 물길과 싸웠고 저도 지금 13년째 양자강 물길을 잡기 위해 애쓰고 있으나 도무지 물길을 다스릴 수가 없습니다. 선인께는 어떤 좋은 생각이 있는지 여쭙기 위해 이렇게 찾아 뵙게 되었습니다. 부디 가르침을 주시기 바랍니다."

"그러시군요. 제가 보기에 양자강 유역 물길은 상당히 넓고 깁니다. 22년 전부터 시작된 이 홍수는 처음에는 우나라 땅에서 일어났지만 후에는 단군 왕검 아사달의 관경 안인 번한 땅 산동성에서 시작되어 양자강의 광대한 유역에 넘쳐흐른 것이므로 산동성 지역을 다스리지 않고서는 해결할 수가 없습니다. 필히 단군 왕검의 도움을 받아야 할 것입니다."

"아, 그렇군요. 선인께서는 저에게 큰 도움을 주셨습니다."

"아니지요. 조금이나마 도움이 되기를 바랄 뿐입니다."

자허 선인이 그렇게 말한 것은 아사달의 단군 왕검과 우나라 중화의 관계를 알고 있었기 때문이었다. 문명이 다시 자허 선인에게 말했다.

"자허 선인시이여, 선인께 여쭈어볼 것이 더 있습니다."

"네, 무엇인지요? 어서 말씀하시지요."

문명은 품에서 꿈에 나타난 창수사자가 보여 준 그림을 꺼내 놓으며 낙양성 남쪽 낙수에서 꾼 꿈 이야기를 자세히 했다.

"그런데 창수사자란 분이 누구인지요?"

자허 선인은 대답 대신 그림을 뚫어지게 보고 있었다. 문명의 질문을 못 들었는지 반응이 없었다. 자허 선인은 낙서의 가운데에 5가 혼자 자리 잡고 있는 것을 보았다. 중앙은 5토(中)다. 방훈과 중화가 5토(中)를 차지하기 위해 단군 왕검에게 반역하고 다투다가 방훈은 중화에게 유폐를 당했고 중화도 지금 대홍수를 당해 위태롭기 그지없다. 그런데 문명이 꿈에 창수사자로부터 얻은 그림의 중앙에 5가 자리 잡고 있었다. 5토(中)다. 창수사자는 문명을 선택했다. 자허 선인은 문명을 그윽한 눈으로 응시했다.

"자허 선인님!"

"아, 네. 문명 사공님."

문명이 큰 소리로 부르자 자허 선인이 대답했다. 그리고 오히려 문명에게 질문을 던졌다.

"문명 사공님, 이 그림을 누구에게 보여 준 적이 있습니까?"

"아니오, 자허 선인께 처음 보여드리는 것입니다."

"그렇군요. 그렇다면 당분간 이 그림을 다른 사람들에게는 보여 주지 마십시오. 특히 중화가 알아서는 안됩니다."

중화가 알게 되면 문명의 목숨이 위태로울 수도 있기 때문이었다.

"무슨 일인지요? 그림에 이상한 점이 있는지요?"

"그건 나중에 말씀드리지요. 중요한 것은 일단 아무에게도 이 그림을 보여 주지 말라는 것입니다."

"네, 말씀대로 하겠습니다."

"그런데 무엇을 물으셨는지요?"

"아, 네. 꿈에 나타난 창수사자가 어떤 분인지 여쭈었습니다."

"창수란 검푸른 바다, 즉 발해(渤海)를 말하는 것이지요. 이곳에서 북쪽 끝까지 가면 바닷물이 푸르다 못해 검푸르게 보이는 바다가 있습니다. 그 바다 북쪽에 현이(玄夷)가 살고 있는데 현이는 지금의 아사달입니다. 아사달은 멀리 동북쪽 웅심국으로 옮겨 갔으므로 지금은 그곳에 아사달 삼한 중의 하나인 번한의 낭야가 자리 잡고 있지요. 창수사자란 바로 현이의 사자, 즉 아사달의 태자 부루를 말하고 있습니다."

"그러면 아사달의 태자 부루가 꿈에 제게 이 그림을 주었다는 것이군요?"

"그런 셈이 되지요. 그리고 홍수를 다스리시려면 아까 말씀드린 대로 속히 단군 왕검에게 도움을 청하는 것이 좋겠습니다."

"알겠습니다. 그런데 꿈에서 창수사자는 이 그림에 홍수를 다스리는 법이 있다고 했거든요?"

"예, 그림을 보며 설명을 드리지요."

자허 선인은 문명과 함께 그 그림을 보며 설명했다.

"이 그림을 자세히 보면 그림의 아래측, 즉 북쪽에 1, 그림의 좌측인 동쪽에 3, 가운데 중에 5, 서쪽인 우측에 7, 그리고 그림의 위인 남쪽에 9 등 홀수가 배치되어 있습니다. 이는 양수(陽數)인 홀수가 동서남북중의 정방향에 자리 잡고 있는 형태입니다. 그리고 음수(陰數)인 2는 남서쪽에, 4는 남동쪽에, 6은 북서쪽에, 8은 북동쪽에 자리를 잡았습니다. 오행의 배치를 보면 수(水)인 1과 6은 북과 북서쪽, 화(火)인 2와 7은 남서쪽과 서쪽, 목(木)인 3과 8은 동쪽과 북동쪽에, 금인 4와 9는 남동쪽과 남쪽에 있습니다. 그리고 토인 5는 혼자서 중의 자리에 있습니다. 오행인 수화목금토도 음과 양 둘씩 짝을 지어 서로 균형을 잡고 있지요.

하도에서는 이 오행의 숫자가 둘씩 짝을 지어 동서남북중에 위치해 있는데 이 그림에서는 같이 짝을 지어 나란히 있지만 팔방위에 자리 잡고 있으며 가운데 중에는 5 혼자만 있다는 것이 차이점이지요.

먼저 우리가 잘 알고 있는 하도의 오행을 보면 동에 목, 남에 화, 중에 토, 서에 금, 그리고 북에 수가 있습니다. 오행이 걸어갈 때 해의 방향과 같이 동에서 서로 우선(右旋)하면서 목생화(木生火), 화생토(火生土), 토생금(土生金), 금생수(金生水), 수생목(水生木)의 상생 작용을 하고 있습니다. 그런데 지금 보시는 그림에서는 오행의 위치가 화와 금이 서로 바뀌어 있습니다. 즉 화가 서쪽에, 금이 남쪽에 위치하게 되는 것이지요.

하도의 음양 위치와 이 그림의 음양 위치가 서로 다른 것은 바로 이렇습니다.

하도(河圖)는 본래 환국 시대 안파견 환인의 음과 양 음양론, 배달국 시대 거불환 환웅의 기화수토 우주 창조론, 우사 방아의 목화수토 생명 탄생론에다가 쇠가 발견된 후 자부 선인이 우사 방아의 목화수토 생명 탄생 4요소에 금을 더하여 수화목금토 오행으로 이어진 것을 표시한 그림입니다. 이 오행이 우선(右旋)하면서 목생화(木生火), 화생토(火生土), 토생금(土生金), 금생수(金生水), 수생목(水生木)의 고리를 이루어 생명체의 번성을 이루는 상생 작용을 나타내는데 이것은 우주가 창조되어 하늘과 땅을 이루고 땅 위에서 사람을 비롯한 생명체가 번성하는 것을 나타내고 있습니다.

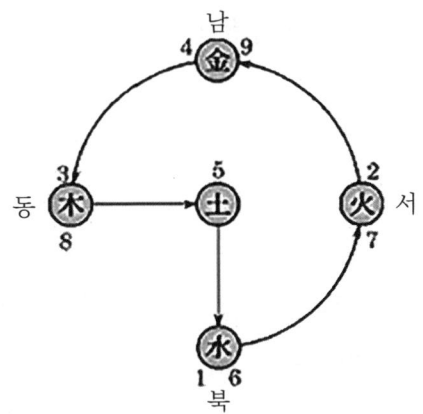

좌선 상극도(左旋相剋圖)

문명님이 꿈에서 창수사자로부터 받은 그림은 하도의 오행 중 화와 금의 위치를 바꿈으로써 이 오행이 사람이 살아가는 데에 어떤 영향을 주는지를 보여 주고 있습니다. 즉 이 오행이 하도에서와는 반대로 좌선(左旋)하면서 화극금(火克金), 금극목(金克木), 목극토(木克土), 토극수(土克水), 수극화(水克火)의 상극 작용을 하고 있습니다. 창수사자님은 꿈에서 바로 이 오행의 상극 작용을 의미한 것으로 보입니다."

긴 설명을 마친 자허 선인은 문명을 돌아보았다. 자허 선인의 설명을 들은 문명은 깜깜했던 굴속에 커다란 광명이 비치는 것 같은 희망을 느꼈다.

"자허 선인의 설명을 듣고 나니 제가 깜깜한 굴속에 있다가 광명이 환한 굴 밖으로 나온 것과 같습니다. 선인님 말씀대로 아사달의 단군왕검님을 뵙도록 하겠습니다."

"예, 꼭 치수에 성공하시기 바랍니다. 그리고 치수가 끝날 때까지 이 사실을 아무에게도 이야기해서는 안 됩니다."

자허 선인은 문명을 향해 마치 왕에게 하듯이 큰 예를 올렸다.

태자 부루가 문명에게 오행치수법을 전하다

자허 선인 앞을 물러나온 사공 문명은 큰 고민에 빠졌다. 번한 땅의 물길을 다스리기 위해서는 왕검에게 도움을 청해야 하는데 우나라의 사공 신분으로서는 단군 왕검을 감히 쳐다볼 수도 없었기 때문이었다.

'이 문제는 우왕 중화가 풀어야 하는데…….'

그러나 중화는 단군 왕검과 접촉할 수 없는 입장이었다. 비록 아사달의 제후국인 호의 왕 유호의 아들이지만 반역 행위로 중화는 완전히 불충이요 불효자가 되었기 때문이었다.

'치수가 더 이상 늦어지면 나도 처형당할 것이다.'

생각을 거듭하던 문명은 달리 방법이 없었으므로 중화를 찾아갔다.

"사공 문명이 천자(天子)께 문안드립니다."

단군 왕검에게 반역한 중화는 자신을 천자로 칭하고 있었다.

"사공은 어서 들어오시지요."

"양자강 치수와 관련하여 오랫동안 노력하였음에도 불구하고 물길을 잡지 못해 대단히 죄송합니다. 얼마 전 회계산의 자허 선인을 만나서 좋은 조언을 들었습니다만 천자님께 말씀 올리기가 송구스럽습니다."

"무슨 말씀을 하시던가요?"

문명은 꿈에서 만난 창수사자의 얘기는 빼고 중화에게 상황을 상세히 설명했다. 그래서 해결책은 천자 중화가 직접 단군 왕검에게 도움을 청하는 것뿐임도 알렸다. 문명의 말을 들은 중화는 큰 고민에 빠졌다.

'아, 이를 어떻게 하나?'

며칠을 고민하던 중화는 방훈의 처신을 생각했다. 방훈은 아사달에 반역한 후 유호가 군대를 거느리고 오자 자신의 위기 상황을 파악하고는 즉시 유호 앞에 엎드려 항복을 했었다. 살아남는 것이 우선이요 야망을 달성하는 것은 후일임을 알았기 때문이었다.

'내가 이 홍수를 잡지 못하면 단군 왕검에게보다 먼저 백성들에게 죽고 말 것이다.'

중화도 우선 살아남기 위해 큰 결심을 하고 단군 왕검에게 상소문을 올렸다.

"아사달의 신하 중화가 단군 왕검님께 글을 올립니다.

방훈이 아사달에 반역을 하였을 당시 저 중화는 호국 왕 유호의 아들로서 환부의 직책을 맡아 유호, 유상과 함께 방훈의 토벌에 나섰습니다. 방훈이 항복한 이후 유호의 명에 의하여 당(唐)의 방훈을 감독하는 위치에 있었습니다.

저의 짧은 생각에 저 중화는 오로지 단군 왕검의 재세이화 홍익인간을 실천하고 당의 백성들도 환족과 같이 조화롭게 살도록 하기 위해 방훈에게 협조한다는 생각으로 당의 비왕이 되어 당을 다스렸으나, 결과적으로는 아사달의 단군 왕검께 크게 불충한 것이고 호국 유호 왕에게도 크나큰 불효를 저지른 것이 되고 말았습니다.

비록 방훈이 아사달에 항복을 하였으나 또다시 단군 왕검을 배반할 야심을 드러내기 시작했으므로 저 중화는 단군 왕검을 생각하고 유호 왕을 생각하고 당의 백성들을 생각하여 모두가 조화롭게 살 수 있는 방법은 방훈을 처단하는 방법뿐이라는 생각에 방훈을 유폐에 처하게 되었습니다.

당을 감독하는 입장에서 먼저 단군 왕검께 고하여야 했으나 저 중화가 당의 백성들을 다스린다면 방훈보다는 더 잘 할 수 있다는 교만한 생각 때문에 그만 용서받을 수 없는 크나큰 불충과 불효 행위를 저지르고 말았습니다. 지금 저의 죄를 묻자 하오면 저는 죽어 마땅하오나 이는 오로지 재세이화 홍익인간이라는 단군 왕검님의 뜻을 제 스스로 실현해 보겠다는 저의 우매한 생각에서 비롯되었음을 통촉하여 주시기 바라옵니다.

아울러 지금 우(虞)나라의 사정을 말씀드리면, 22년간에 걸친 대홍수로 천하가 모두 물에 덮여 바다로 변해 버렸고 수많은 백성이 목숨을 잃은 데다 수십 년간 농작물을 기를 수도 없어 살아남은 백성들도 식량이 부족하고 입을 것도 없어 도탄에 허덕이고 있습니다. 비록 우의 백성들이라 하나 우의 백성도 모두 아사달 단군 왕검의 백성 아니겠습니까? 이 백성들을 구하기 위해서는 물길을 잡는 것이 최우선이므로 불효불충한 저 중화는 홍수를 다스린 후에 단군 왕검의 어떠한 처단도 달게 받겠으니 부디 저희의 치수 사업에 도움 주시기를 간절히 바라오니 통촉하여 주시옵소서.”

중화의 상소문을 읽은 단군 왕검은 삼백과 오가, 유호에게도 중화의 상소문을 보여 주고 대책을 상의하였다,

“중화가 양자강의 치수를 도와달라고 요청하는데 이를 어찌하면 좋겠소?”

형벌을 담당하는 구가의 주형이 대답하였다.

“단군께서도 잘 아시다시피 중화는 유호의 아들로서 방훈을 사로잡

기 위해 파견되었습니다. 그후 방훈이 항복하고 다시 당에 제후로 봉해졌을 때 중화는 방훈을 감독하는 위치에 있었습니다. 그럼에도 불구하고 중화는 오히려 방훈의 꾐에 빠져 그의 두 딸과 결혼한 후 그를 도와 당의 비왕이 되었습니다. 그리고 방훈을 유폐시키고 스스로 천자를 참칭하는 대반역죄를 저질렀습니다. 우나라의 홍수도 큰 일이지만 이런 대반역을 저지른 자를 그냥 두어서는 안 되므로 먼저 중화를 처단한 후에 홍수를 다스림이 옳은 일인 줄로 아뢰옵니다."

우사가 말을 이었다.

"중화가 자신의 죄를 뉘우치는 것 같지만 상소문을 자세히 보면 이는 거짓임을 알 수 있습니다. 중화는 반드시 이중 마음을 가지고 있을 것이므로 속아서는 안 됩니다."

"비록 중화가 저의 큰 자식이기는 하옵니다만 제 자식이 저지른 대역죄에 대해서는 반드시 먼저 처단하는 것이 옳다고 생각합니다."

아버지인 유호도 강력하게 먼저 중화를 처단할 것을 주장했다. 그러나 단군 왕검의 생각은 달랐다.

"아비임에도 불구하고 호국의 유호 왕도 중화를 처단하자고 하나 내 생각은 좀 다르오. 중화 한 사람을 처단하는 것은 어렵지 않으나 지금 우나라의 수많은 백성들이 오랜 기간 동안 홍수 때문에 도탄에 빠져 있소. 먼저 홍수를 다스린 후에 중화를 처단해도 늦지 않을 것이오."

아사달은 수십 년 전에 우수하에서 홍수가 일어났을 때 오행치수법으로 1년 만에 홍수를 다스린 경험이 있었다. 왕검의 결정에 따라 그때의 경험을 살려 우나라의 대홍수부터 다스리기로 하고 진한의 비왕인 아사달의 태자 부루를 보내기로 하였다.

태자 부루는 시종들과 함께 천부왕인(天符王印)과 신침(神針)과 황구종

(皇矩倧)을 가지고 산동 지역의 도산(塗山)으로 갔다. 천부왕인은 왕권을 증명하는 증표이고 신침은 물길을 측정하는 자이며 황구종은 단군 왕검이 가르치는 홍범(洪範)으로서 치수법이 담겨 있었다.

기원전 2267년, 태자 부루는 도산으로 가는 도중 번한의 수도인 험독에 들러 민심을 듣고 태산(泰山)에서는 번한 왕 낭야(琅耶)로 하여금 천제(天祭)를 지내게 하였다. 이어 산동반도 남쪽의 낭야성(琅耶城)에 도착하였는데 낭야성은 그전의 가한성(可汗城)을 낭야가 번한의 비왕이 된 후 바꾼 이름이었다.

"아사달의 태자님, 우의 중화가 엎드려 문안드리옵니다."

단군 왕검에게 양자강의 치수를 도와달라는 상소문을 올린 후 태자 부루가 온다는 소식을 접한 중화가 낭야성에서 부루 태자를 영접하였다. 부루는 중화에게 천부왕인을 들어 보이며 크게 꾸짖었다.

"우의 중화는 들으시오. 그대의 반역죄는 마땅히 큰 벌을 받아야 하나 아사달의 천제(天帝) 단군 왕검은 우나라의 백성들을 구하기 위하여 그대를 용서하기로 하였소. 그대도 환족이므로 특별히 용서하시는 것이니 부디 단군 왕검에게 충성하고 유호 왕에게 효도하도록 하시오."

태자 부루는 중화에게 우나라에서 사용하는 음력을 폐기하고 아사달의 태음태양력인 칠회제신력으로 다시 되돌릴 것을 명령하였다. 그리고 방훈의 9주를 중화가 나눈 12주 중 유주와 영주를 회수하여 아사달의 영토로 귀속시켰다. 유주에는 고죽국을 봉하고 영주는 산동 지역에 있던 남국(藍國)에 붙였다. 그리고는 낭야성에 감우소(監虞所)를 설치하였다.

"중화는 들으시오. 단군 왕검은 그대에게 산동 지역과 양자강 지역에 사는 구환족들을 다스리도록 하셨으니 단군님의 뜻에 한 치의 어긋남도 없도록 하시오. 그리고 낭야성에는 그대를 감독할 감우소(監虞所)를 설치하였으니 내가 순행할 때마다 그대는 반드시 감우소에서 우의 국정을 보고하여야 할 것이오."

이리하여 중화는 방훈에 이어 단군 왕검으로부터 또 한 번 용서를 받고 오히려 회수(淮水)와 태산 사이 지역의 구환족을 다스리는 구려분정(九黎分政)까지 맡게 되었다.

이어 회수의 하류에 위치한 도산(塗山)에 도착한 태자 부루는 사공 문명으로부터 현황을 보고받고 오행에 의한 치수법을 전수하였다. 곤이 치수에 실패한 원인은 강의 상류에서 일어난 홍수가 흙을 끌고 내려와 하류의 바닥이 높아져 물이 넘치는데도 불구하고 오로지 흙으로 제방만 쌓아 막으려 했기 때문이었다. 즉 물은 낮은 곳으로만 흘러간다는 최소 작용의 법칙을 알지 못한 까닭이다.

"사공 문명은 들으시오. 무릇 치수는 무턱대고 흙으로 둑만 쌓아 물을 막는 것이 아니라 우주 대자연에 도도히 흐르는 오행의 법칙에 따라야 하오. 물길을 만들 때는 반드시 물이 높은 데서 낮은 데로 흐르도록 길을 터주어야 하오. 위의 강과 아래의 강을 서로 이어주어 물길을 터주시오. 지금의 홍수는 높은 데서 내려오는 물이 흙을 끌고 내려와 아래 강의 바닥을 메우고 있으므로 강 바닥의 흙을 걷어내어 물이 아래로 흐르도록 해야 하오. 그런 다음 오행치수법으로 물길을 다스리도록 하시오.

오행의 법칙으로 말하면, 우선 물을 막기 위해서는 흙으로 둑을 만들어 물길을 잡아야 하오(土克水). 그러나 둑을 쌓기 위해서는 흙이 무너지지 않게 나무로 경계를 만들어야 하며(木克土), 나무로 경계를 만들기 위해서는 단단한 쇠를 활용해 나무를 잘라야 하며(金克木), 쇠로 나무를 자르기 위해서는 우선 불을 활용하여 쇠를 녹여 연장을 만들어야 하오(火克金).

그러므로 사공 그대는 지금부터 강바닥의 흙을 걷어낸 다음에 불로 쇠를 녹여 연장을 만들고 연장으로 나무를 잘라 물길을 따라 둑을 만들고 둑을 만든 후에 흙으로 둑을 채우면 물은 물길을 따라 바다로 흘러가게 되오.

이제 사공 그대에게 단군 왕검의 이 천부왕인을 줄 것이니 이 천부왕인을 가지고 그대가 하는 일은 모두 단군 왕검이 하시는 일과 같으오. 그대는 이 천부왕인으로 그대가 원하는 사람이나 물자를 조달할 수 있으며, 물 속의 깊이를 알기 위해서는 이 신침을 사용하면 될 것이오. 그리고 내가 말한 치수법은 바로 이 황구종의 홍범에 다 기록되어 있으니, 그대가 이 천부왕인(天符王印)과 신침(神針)과 황구종(皇矩宗)을 잘 이용하면 반드시 이 홍수를 다스릴 수 있을 것이오. 황구종의 금간옥첩에는 오행치수법 외에도 널리 나라를 다스리는 홍범이 있으니 문명은 잘 활용하기 바라오."

태자 부루로부터 치수법을 듣고 천부왕인으로 치수 관련 전권을 부여받은 문명은 마침내 22년에 걸친 대홍수를 다스리는 데에 성공하였다. 태자 부루가 가르쳐 준 치수법은 낙수에서 꾼 꿈 속에서 창수사자가 전해 준 치수법과 똑같았다. 꿈에서 만났던 창수사자를 문명은 직접 대면한 것이다.

곤의 9년, 문명의 13년에 걸친 긴 홍수가 끝나고 산동 지역의 물이 빠지자 물에 잠겨 있던 땅이 드러났다. 문명은 백성들로 하여금 농지를 정리하여 유실되었던 자신들의 농토를 되찾게 하고 농지 위치를 분간 못하는 백성들을 위해 농지를 찾아주는 등 우(虞)나라의 백성들을 위해

동분서주하였다. 그리고 인근 지역 부족들을 모아 식량이 남는 부족은 부족한 부족에게 나누어 주도록 함으로써 무여율법을 실행하였다. 백성들은 대홍수를 해결하고 먹을 것을 나누어 주고 농토까지 찾아준 문명을 크게 칭송하였다.

22년간에 걸친 대홍수를 다스리고 백성들의 유실된 농지까지 되찾아준 문명은 우왕 중화에게 이 사실을 보고하고 중화로 하여금 단군 왕검에게 보고하도록 함으로써 자신의 공을 양보하였다.

홍범구주(洪範九疇)

수십 년 만에 여유를 갖게 된 문명은 이제야 시간이 생겨 태자 부루가 주고 간 금간옥첩, 즉 황구종(皇矩倧)을 펼쳤다. 황구종은 임금의 큰 가르침이란 뜻으로 홍범(洪範)을 의미하였다. 아홉 개의 조문으로 되어 있어 홍범구주(洪範九疇)라고도 불렀다. 이 아홉 개의 조문에는 오행치수법 외에도 널리 나라를 다스리는 이치가 담겨 있었다. 홍범구주는 배달국 거발환 환웅 이래 아사달 단군 왕검까지의 통치 원칙을 한곳에 모은 것으로서 바로 배달국과 아사달의 재세이화 홍익인간을 위한 통치 이념이었다.

첫째는 오행(五行)이다. 오행은 수화목금토 다섯 요소로서 우주 창조 및 생명 탄생과 관련된 다섯 요소다. 기화수토의 4요소로 창조된 우주는 수화목금토의 5요소로 땅 위에서 상생과 상극으로 세상 만물을 번성하게 한다. 태자 부루는 오행으로써 홍수를 다스리는 법을 알려주었다.

둘째는 경용오사(敬用五事)다. 오사란 사람의 얼굴, 입, 눈, 귀, 생각을 말하며 용모를 단정히 하고 말조심하며 보고 듣는 것과 생각을 공경스럽게 사용하라는 것이다.

셋째는 농용팔정(農用八政)이다. 농경 일에도 팔정(八政)을 사용하라는 것으로, 팔정은 식(食), 재(財), 사(祀), 사공(司空), 사도(司徒), 사구(司寇), 빈(賓), 사(師)로서 나라를 다스릴 때 먹을 것과 재물이 풍부하게 하고 제사를 잘 모시며 건설, 교육, 형벌을 잘 관리하며 외빈 접대와 군사를 튼튼히 하듯이 농경도 같은 방법으로 할 것을 권하고 있다.

넷째는 협용오기(協用五紀)다. 오기는 해(歲), 달(月), 날(日), 성진(星辰), 역수(曆數)로서 달력을 협의해서 사용하라는 의미다.

다섯째는 건용황극(建用皇極)이다. 황극은 한 나라의 왕의 자리를 말하는데 황극을 세워 사용하라는 의미다. 황극을 세운다는 것은 왕은 왕으로서 백성들보다 월등한 덕을 가져야 한다는 것으로, 곧 백성들의 추앙을 받아 왕이 될 수 있도록 하라는 뜻이다.

여섯째는 예용삼덕(乂用三德)이다. 삼덕은 정직(正直), 강극(剛克), 유극(柔克)으로 편안함과 굳셈과 온화함을 절도 있게 행하라는 의미이며 왕과 신하, 관리와 백성들이 각각 지켜야 할 분수에 따르라는 것이다.

일곱째는 명용계의(明用稽疑)다. 의심나는 것이 있으면 그것을 명확히 밝히고 사용하라는 것이다. 왕이 백성들을 위한 어떤 결정을 할 때 혼자 결정하기 어려우면 신하들과 상의하고 그래도 의심스러우면 백성들에게 물어보고 그래도 결정하기 어려우면 점을 치되 점괘의 결정에 따르라는 것이다.

여덟째는 염용서징(念用庶徵)이다. 여러 징후들을 신중히 생각하여 행하라는 의미로 서징이란 우(雨), 양(陽), 욱(燠), 한(寒), 풍(風)으로 비와 햇빛, 따뜻함과 차가움, 바람이다. 즉 징후를 살펴 생각하고 백성들의 요구에 맞춰 정치를 베풀라는 뜻이다.

아홉째는 향용오복 위용육극(嚮用五服 威用六極)이다. 오복은 백성들에게 베푸는 다섯 가지 상으로서 수(壽), 부(富), 강녕(康寧), 유호덕(攸好德), 고종명(考終命)이다. 즉 오래 살고 부유하고 건강하며 덕을 쌓으며 살고 제 명대로 살다가 편안히 죽도록 배려하는 것을 말한다. 육극은 백성들에게 내리는 여섯 가지 벌로서 흉단절(兇短折), 질(疾), 우(憂), 빈(貧), 악(惡), 약(弱)이다. 즉 단명하여 일찍 죽거나(사형에 처하거나) 병, 걱정, 가난, 악함과 나약함을 내리는 것을 말한다.

홍범구주와 낙서에 숨겨진 비밀

금간옥첩의 홍범구주를 다 읽은 문명은 내심 깜짝 놀랐다.

'아니, 태자 부루가 이런 홍범구주를 내게 주시다니!'

첫째 항목을 포함한 홍범구주의 아홉 항목 전체가 사공 직책에 불과한 문명을 위한 것이 아니라 태자 부루나 단군 왕검이 지켜야 할 백성들의 통치에 관한 것이기 때문이었다. 문명은 온몸이 떨려 옴을 느꼈다. 문명은 문득 자허 선인의 말이 떠올랐다.

"이것을 치수가 끝날 때까지는 누구에게도 보여 주어서는 안됩니다."

문명은 숨겨 두었던 창수사자의 그림을 찾아 펼쳐 보았다.

"앗! 이건?"

그림의 수는 아홉 개였고 홍범도 구주다. 우연인가? 우연이기에는 너무 기이했다. 그 그림에는 5가 가운데에 있었다. 5토(中)다. 5토(中)

때문에 방훈이 아사달에 반기를 들었다가 중화에게 유폐되었고 중화가 또 아사달에 반역했다. 그리고 홍범구주의 다섯 번째 항목은 건용황극(建用皇極)이다. 황극은 왕의 자리를 말하는데 하필 홍범구주의 다섯 번째 항목이다. 그림의 5와 관련이 있었다. 5토(中)와 황극. 그리고 태자 부루와 문명. 그 그림은 낙수에서 꿈에 나타난 창수사자가 준 것이고 홍범구주는 도산에서 태자 부루가 직접 준 것이다. 자허 선인은 창수사자가 태자 부루라고 했다.

'그럼 태자 부루가 나를?'

문명은 지난 번 청수사자의 그림을 가지고 자허 선인을 찾았을 때 자신에게 깍듯이 예를 표하던 것과 그 그림을 특히 중화에게 보여 주지 말라고 했던 것이 기억났다.

'중화가 안다면 나는 죽음이다!'

문명은 서둘러 그림과 홍범구주를 깊숙이 감추어 두고는 중화를 찾아갔다.

"사공 문명이 천자께 문안드립니다."

"예, 사공은 어서 오시지요."

"치수 사업도 다 끝났고 유실되었던 백성들의 농지도 찾아주었습니다. 이제 나라가 편안해질 것입니다."

"그동안 사공은 정말 수고가 많으셨소."

"그러나 언제 또다시 홍수가 올지는 알 수가 없습니다. 그러므로 미리 대처할 필요가 있습니다."

"사공은 무슨 생각이 있으신지요?"

"예, 제가 전국 방방곡곡의 산과 강의 물길을 조사하여 산과 물을 다스리는 방법을 미리 알아둘까 합니다. 그러면 이런 홍수가 발생했을 때에 빨리 대처를 할 수 있을 것입니다."

"사공은 참 좋은 생각을 하셨습니다. 그렇게 하도록 하시지요."

중화의 승낙을 얻은 문명은 그날로 신하 백익(伯益)과 함께 중화를 떠나 전국 방방곡곡의 산과 강을 찾아 나섰다. 창수사자의 그림과 홍범구주도 깊숙이 감추었고 중화의 곁도 떠났으니 문명은 한시름 놓았다.

이렇게 중화의 곁을 떠난 문명은 향후 또 발생할 수도 있는 홍수에 대비하기 위하여 백익과 함께 전국 방방곡곡의 산과 강을 찾아다니며 위치와 거리, 산의 높이와 물의 깊이 등을 기록하였다. 꿈에 나타났던 창수사자가 산다는 발해의 북쪽 현이 땅도 방문하여 기록으로 남겼다. 사공 문명이 가는 곳마다 그곳 백성들은 문명에게 깊은 감사를 표하였다.

20여 년에 걸쳐 전국의 산과 강의 위치와 거리, 산의 높이와 강의 깊이를 측정한 결과를 책으로 남겼는데 이 책이 바로《산해경(山海經)》이다.

그리고 치수법을 가르쳐 준 태자 부루의 공덕을 기리기 위하여 문명은 대홍수의 중심이던 양자강 남쪽에 자리한 남악(南嶽) 형산(衡山) 정상에 치수 기념 부루 공덕비를 세웠다.

중화(순, 舜)의 2차 반역과 형제 전쟁

아사달의 태자 부루는 5년마다 감우소에 들러 중화로부터 우나라의 국정을 보고받았고 중화도 매년 아사달에 조공을 바쳤는데 이를 우공(虞貢)이라고 한다. 우나라의 중화가 아사달에 조공을 바쳤다는 뜻이다. 태자 부루가 감우소에서 중화로부터 우나라의 현황을 보고받은 것이 네 번 지나고 다섯 번째에 태자 부루는 오지 못했다. 단군 왕검이 위독했기 때문이었다.

중화는 20년 넘게 기다려 온 이 기회를 놓치지 않았다. 중화는 즉시 그동안 숨겨 두었던 야심을 발동시켜 발해 부근 번한의 영토를 침범하고 유주와 영주를 다시 설치하여 단군 왕검의 아사달에 두 번째로 반역하였다.

기원전 2241년, 단군 왕검이 붕어하였다. 단군 왕검은 기원전 2370년에 태어나서 배달국(단국) 태자로서, 그리고 단웅국 비왕으로서 백성들의 삶을 보살피다가 기원전 2333년에 배달국을 계승하여 구환족의 대통합을 이룩한 아사달의 건국 시조였다. 태자 부루는 왕검을 아사달에서 10리 떨어진 곳에 장사 지냈다. 삼한의 환족은 단군 왕검의 붕어를 슬퍼하며 모두 머리에 단기(檀旗)를 매고 추모하였다. 백성들이 머리에 맨 추모의 이 단기는 후세에 댕기머리가 되었다.

태자 부루는 왕검의 장례를 치른 다음 해인 기원전 2240년 단군 왕검을 이어서 아사달의 2세 단군이 되었다.

단군 부루는 즉시 군사들을 이끌고 산동 지역의 유주, 영주를 회복하여 아사달 번한의 영토로 편입시키고 유호에게 명하여 중화를 조치하도록 하였다. 유호는 곧 둘째 아들 상과 우나라의 치수에 공이 큰 문명을 불렀다.

"상과 문명은 들어 보시오. 중화는 아사달이 우수하의 홍수를 막기 위하여 바쁜 틈을 노려 붕어하신 단군 왕검의 허락 없이 방훈을 유폐시키고 12주를 설치하는 등 아사달에 대역죄를 범하였소. 문명도 잘 알다시피 그 후 산동 지역에 일어난 22년간에 걸친 대홍수를 지금의 부루 단군이 해결하셨소. 중화가 아사달에 자신의 반역 행위를 뉘우치고 도움을 요청하였기 때문이었소. 그러나 중화는 단군 왕검이 위독하신 틈을 타 또다시 약속을 어기고 유주, 영주를 설치하여 반역하였으니 비록 중화가 나의 큰아들이라 하나 이제 더 이상 두고 볼 수 없소. 부루 단군께서 특별히 중화를 처단하라고 명하셨으니, 중화가 나의 아들이며 상의 형이요 문명의 왕이라고 하더라도 아사달을 위하여 개인적인 감정은 접어두고 반드시 중화를 처단하기 바라오."

이리하여 상과 문명이 중화를 처단하기 위해 일어섰다. 문명에게 중화는 자신이 모시는 왕이었지만 치수에 실패한 죄로 아버지 곤을 처단한 악연도 있었다. 문명은 이번 기회를 아버지의 원수를 갚을 기회로 삼았다.

"유상님, 중화를 처단하는 데에 유상님까지 수고를 끼칠 필요가 있겠습니까? 저 문명에게 맡겨주시면 제가 처리하겠습니다."

"문명 사공께서 원하신다면 그렇게 하시지요. 만일의 경우를 대비해서 저는 뒤에서 대기하고 있겠습니다."

유상도 문명의 아버지 곤과 중화 사이의 일을 알고 있었으므로 중화의 처단을 문명에게 양보하였다.

이때 단주와 묘족도 중화를 치기로 하고 군사들을 모아 힘을 기르고 있었다. 중화는 이 소식을 접하고 오히려 묘족을 치기 위해 출병하였다. 양자강 유역에서 중화의 군대와 단주의 묘족이 격돌하였으나 묘족은 9주의 군대를 모은 중화를 당해 낼 수가 없었다. 묘족은 크게 패하고 단주는 중화의 군대에 죽임을 당하였다. 단군 왕검의 재세이화 홍익인간을 이상으로 여기고 대동 세계를 이루기 위해 아버지 방훈과 맞섰던 단주의 꿈은 무참히 꺾이고 말았다. 중화는 묘족을 다시 삼위산 지역으로 내쫓았다.

유상과 문명은 중화가 묘족을 치고 단주를 죽인 후 묘족을 삼위산 지역으로 추방시키는 것을 보았다. 유상은 우나라 서쪽의 호 땅에서, 문명은 회수 하류 도산 지역에서 힘을 길렀다.

유상은 우나라의 서쪽 감(甘) 땅에서 중화의 군대와 맞섰다. 중화가 비록 상의 형이라 하나 이제는 서로가 적이었다.

"중화는 들으시오. 그대는 나와 아버지와 함께 5토(中)의 망령된 이론에 빠진 방훈을 처단하러 갔다가 오히려 그의 꾐에 빠져 두 번이나 단군 왕검을 배신하였소. 단군 왕검의 재세이화 홍익인간을 따르는 신하들을 유배 보내고 방훈의 아들 단주도 죽여버렸소. 비록 우리가 형제간이라 하나 그대는 반역이라는 죽어 마땅한 죄를 범하였소. 이에 아사달 단군 부루의 명으로 그대를 처단하려 하니 중화는 즉시 나와 명을 받으시오."

그러나 중화는 우나라 군대를 이끌고 유상을 향해 돌진하였다. 유상과 중화 두 형제는 서로 목숨을 걸고 수십 합을 겨루었으나 승부를 내지 못하였다. 다음 날도 그 다음 날도 격돌했으나 승부를 가리지 못했다. 유상의 연합군인 문명의 군대가 도산에서 감에 도착하자 중화는 군사를 물려 돌아갔다.

다음 날, 문명과 중화의 양군이 대치한 가운데 이번에는 문명이 나섰다.

"중화는 들으시오. 그대가 비록 우의 왕이라 하나 그대는 방훈을 배신하고 단군 왕검에게 반역하였소. 9년 홍수를 다스리지 못했다고 내 아버지 곤을 처단하였소. 부루 단군의 도움으로 22년 동안의 물난리를 다스렸으나 그대는 오직 천하 제패만을 꿈꾸며 또다시 부루 단군에게 반역하였소. 두 번에 걸친 그대의 반역이야말로 죽음으로써 속죄하여야 할 것이오."

말을 마친 문명은 중화를 향해 말을 몰아 돌진했다. 중화도 달려 나와 두 사람은 수십 합을 겨루었으나 역시 승패가 나지 않았다. 이후 유상과 문명의 연합군과 중화는 서로 쫓고 쫓기면서 수 년을 두고 서로 겨루었으나 승패를 가리지 못했다. 중화는 유상과 문명의 연합군에 쫓겨 멀리 남쪽 창오까지 밀려가게 되었다.

넓은 창오 벌판에 고갯길이 하나 있었다. 유상은 뒤에서 중화를 쫓고 문명은 고갯길 좌우에 매복을 하고 기다리고 있었다. 문명은 복병들에게 중화가 고개를 넘어 아랫길로 접어드는 순간 공격해 처치하라고 명령을 내렸다. 과연 중화의 일행은 좁은 고갯길에서 일렬로 고개를 오를 수밖에 없었다. 중화가 고갯길 정상에서 사방을 둘러보며 잠시 멈춘 순간, 매복한 궁수의 화살이 정확하게 중화의 가슴을 관통했다.

"윽!"

비명과 함께 중화가 쓰러지자 군사들이 황급히 중화를 에워쌌다. 곧이어 고갯길 양옆에 매복해 있던 복병들이 공격하자 예상 못한 기습을 당한 중화의 군대는 서둘러 중화를 호위하여 우나라로 돌아가고 말았다. 문명은 아버지의 원수를 갚았다.

창오의 고갯길에서 문명의 부하 궁수의 화살을 맞고 우나라로 돌아온 중화는 며칠 앓다가 화살 독 때문에 그만 숨을 거두고 말았다.

유상과 문명은 서로를 위로하며 함께 단군 부루에게 중화의 처단을 보고했다. 유상은 호 땅으로 되돌아가 아사달의 분조인 호국의 왕이 되었고 문명은 도산으로 돌아갔다.

대련 선인, 3년상의 기원

　유상과 문명의 연합군이 중화와 전쟁을 하던 기원전 2240년, 아사달의 2세 단군으로 즉위한 부루는 삼한의 내치에 힘을 쏟았다.

　어느 날, 단군 부루는 나라 다스리는 데 자문을 구하려고 대련(大連)과 소련(小連) 형제를 불렀다. 대련과 소련은 효성이 극진하여 부모 살아 계실 때 정성을 다하여 모시고 부모의 말이면 거절하는 법이 없었다. 부친이 돌아가시자 대련과 소련은 부친상도 극진히 모셨다. 처음 사흘 동안은 부친이 살아 계신 듯이 식사를 모셨으며 장례를 치른 후 석 달 동안 아침저녁으로 문안을 드렸고 삼 년 동안 근신하며 지냈다. 대련과 소련은 이 모든 일에 태만하거나 게으르지 않았다. 진심에서 우러나온 상례(喪禮)였다.

　대련과 소련 형제의 부친상 예절은 아사달 전체로 퍼져나가 모르는 사람이 없었다. 환족이 모두 대련과 소련을 본받아 상(喪)을 당하면 다섯 달 동안 정상(停喪)을 하였으며 오래도록 상(喪)을 모시는 것을 큰 효로 여겼다. 후세에 3년상을 치르는 풍속은 부루 단군 시절의 대련과 소련에서 비롯되었다. 단군 부루가 대련에게 물었다.

　"대련은 나라를 다스리는 데 가장 근본을 무어라 생각하시는지요?"

　대련이 머리를 조아려 예를 표하고 답하였다.

　"아뢰옵기 황송하오나 소인의 생각으로는 부모에게 효도하는 것이 가장 근본이 아닌가 하옵니다.

　사람이 살아가면서 가장 근본적으로 받들어야 할 분들은 첫째 나를 낳고 기르신 부모요, 둘째 나를 가르치신 스승이요, 셋째 내가 살아가도록 애쓰시는 단군이십니다. 그러나 이 세 분은 어느 분이 더 중요하고 덜 중요하다는 차이가 있는 것이 아니고 모두 똑같이 중요한 분이십니다. 이것은 또한 하늘님이 삼신(三神)으로 계시면서 우리를 낳고 기르고 다스리는 것과 동일합니다.

무릇 효란 사람을 사랑하고 세상을 이롭게 하는 근본이므로 부모가 살아 계실 때는 물론이고 돌아가셨어도 살아 계신 듯이 정성을 다해 모시면 스승과 단군님도 잘 모시게 되고 삼신으로 계시는 하늘님도 잘 모시게 되니, 효야말로 이 세상을 다스리는 데 가장 근본이라 생각하옵니다.”

“호오, 그렇군요. 대련께서는 훌륭한 말씀을 해주셨습니다.”

군사부(君師父) 일체라는 말은 단군 부루 시절의 대련에게 그 기원을 두고 있다.

단군 부루는 그날로 대련을 섭사(攝祀)의 직책에 임명하고 소련에게는 사도(司徒)의 관직을 주었다. 섭사는 환족의 장례를 돕는 직책이고 사도는 환족을 위한 교육 기관이다.

‘먹짐단줌’과 정전법

백성들이 편안하게 살기 위해서는 무엇보다도 먹을 것, 입을 것이 풍족해야 했다. 부루의 삼한에서도 농경에 필요한 해의 운행을 기준으로 한 칠회제신력과 배달국 우사 방아의 24절기를 활용하고 있었다. 그러나 단군 부루 시절에도 농경지는 균등하게 돌아가지 않았다. 황궁 시대 이래 마을 단위로 함께 경작을 하며 수확물을 공동 배분하고 나라에 내는 세금도 공동 부담하는 형태였으나 각 가족별 소비 성향이나 저축 성향이 다르니 식량이 남는 가족도 있었고 부족한 가족도 있었다. 더구나 남는 식량을 장래 부족할지도 모르는 예비 수요에까지 대비하다 보니 배달국 시대에는 거발환 환웅이 무여율법을 제정하기도 했었다.

문제는 토지, 즉 경작지였다. 가족 단위로 1년 식량이 풍족하기 위해서는 경작지부터 균등하게 할 필요가 있었다. 그러나 어떤 기준으로 어떻게 배분해야 하는지가 문제였다. 단군 부루는 삼백과 오가들과 대인들, 샤먼들과 머리를 맞댔다.

"다들 아시다시피 지금 삼한의 환족은 식량이 남는 가족도 있고 부족한 가족도 있소. 배달 시대의 무여율법이 있으나 지금은 거의 역할을 못하고 있소. 모든 환족에게 식량이 충분하도록 하고 싶은데 경들 생각은 어떠시오?"

단군 부루의 말에 행정을 책임지고 있는 우사가 말했다.

"마을 전체가 공동 생산해서 식량을 가족 단위로 분배하기보다는 아예 농지를 가족별로 배정하고 가족 단위로 경작하게 하면 분배의 문제는 해결됩니다."

그러자 무여율법에 따라 식량 분배를 감독하는 환부가 말했다.

"우사의 생각은 옳습니다. 농지를 분배하면 식량 분배의 문제는 사라집니다."

그래서 각 가족에게 농지를 배분하는 쪽으로 의견이 모아졌다. 그러나 농지를 나누는 기준을 무엇으로 할지가 문제였다. 식량 생산 일을 맡고 있는 주곡이 답했다.

"지역에 따라 농지의 질도 다릅니다. 비옥한 토지도 있고 척박한 토지도 있습니다. 어느 지역의 농지는 생산량이 많고 어느 지역은 생산량이 적습니다. 농지의 질에 따른 생산량의 차이도 고려해야 할 것입니다.”

　모두 맞는 말이었다. 단군 부루의 지시에 따라 삼백과 오가들은 머리를 맞대고 해결책 찾기에 고심하였다. 농지의 품질에 따라 생산량이 다르니 생산량이 균등하게 분배되는 기준을 찾아야 했다.

　당시 기준으로 장정 한 사람이 한 번에 질 수 있는 양을 한 ‘짐’이라 했는데 100짐은 대략 한 가족 1년 양식에 해당한다. 따라서 1년 동안 한 가족이 먹고 지낼 수 있는 농지는 100짐 정도의 식량이 나올 수 있는 면적을 표준으로 삼고 이 면적을 1먹이라 했다. 1먹은 장정의 걸음으로 사방 100보의 면적이다. 즉 1먹은 100짐이다. 또 1짐의 1/10을 1단이라 하고 1단의 1/10을 1줌이라 하기로 했다.

　삼백과 오가들은 1먹을 100짐, 1짐을 10단, 1단을 10줌으로 하는 농지 면적을 정하고 환족의 동의를 얻어 단군 부루와 함께 이 기준을 통일하고 삼한에서 사용하도록 했다. 단군 부루 시절에 정한 ‘먹, 짐, 단, 줌’의 단위는 ‘한 먹, 한 짐, 한 단, 한 줌의 식량을 생산하는 땅’이라는 뜻으로 본래 면적을 표시하는 단위였다.

　오늘날에도 한 줌의 흙, 볏짚 한 단, 등짐 한 짐 등의 표현이 남아 있지만 한 줌, 한 단, 한 짐 등의 부피, 또는 무게를 뜻하는 것으로 변형되었다. 또 ‘먹, 짐, 단, 줌’의 면적 단위는 후대에 ‘결(結), 부(負), 속(束), 파(把)’로 명칭이 바뀌었다.

　농지 면적의 단위를 확정한 단군 부루는 삼백과 오가들에게 명하여 새로 정한 면적 기준에 따라 환족에게 농지를 배분하게 했다. 사방 300보 정도의 농지를 정(井)자 형으로 나누어 사방 100보 단위로, 즉 9먹으로 나누어 여덟 가족에게 8먹의 농지를 배분하고 한가운데 1먹은 여덟 가족이 공동 경작하여 나라에 내는 세금에 충당하도록 했다. 생산량의

1/9을 세금으로 내므로 조세 부담이 상당히 큰 것으로 보이나 이는 여덟 가족에 대한 세금이므로 1/9 세금을 여덟 가족으로 나누면 가족당 세금은 1년 산출량의 1/72로서 약 1.4% 정도다.

단군 부루는 먹짐단줌(결부속파)법의 면적 단위 외에도 1보를 기준으로 한 길이 단위, 한 짐을 기준으로 한 무게 단위도 새로 제정하여 삼한에서 사용하도록 했다. 도량형(度量衡)의 기준이 통일된 것은 단군 부루 시절인 기원전 2238년이었고 정전법이 시행된 것은 기원전 2231년이었다. 그러나 기원전 2284년 오행으로 홍수를 다스릴 때 물의 깊이를 재는 신침(神針)이 사용되었으므로 이것은 통일되지 않은 도량형이 전부터 사용되고 있었다는 것을 뜻한다.

문명(우, 禹), 하나라를 세우다

한편, 유상과 함께 중화를 처단하고 도산으로 돌아온 문명은 위험 요인이 제거되었으므로 창수사자의 그림과 홍범구주를 꺼냈다.

'5토(中)다.'

그림에는 5가 가운데에 혼자 버티고 있고 사방팔방에는 5를 제외한 1부터 9까지의 수가 배치되어 있었다. 방훈이 아사달에 반역하고 5토(中)를 차지하였지만 그것은 무력으로 주위의 제후국들을 쳐부수고 차지한 자리였다. 중화도 역시 반역으로 5토(中)의 자리를 차지하였지만 신하들과 백성들의 존경을 받기보다는 형벌로써 다스렸다. 방훈과 중화 모두 위로는 아사달에 반역했고 아래로는 백성들의 추앙도 받지 못했다.

홍범구주의 다섯째 항목은 건용황극(建用皇極)이다. 황극은 왕의 자리를 말하는데 왕의 자리를 차지하려면 방훈이나 중화와는 달리 백성들의 추앙을 받아야 했다. 문명은 아사달에 반역하지도 않았고 오히려 태자 부루로부터 홍범구주를 받고 우나라의 22년 대홍수를 오행치수법으로 다스렸다. 그리고 치수 공로와 백성들에게 먹을 것을 나누게 하고 농지를 찾아준 공로를 인정받아 도산 지역을 비롯한 홍수 유역 백성들은 문명을 신뢰하고 있었다.

'때는 지금이다.'

문명은 북쪽을 향하여 단군이 되신 부루에게 큰 절을 올렸다.

며칠이 지나자 우왕 중화가 창오를 순시하던 도중 병을 얻어 사망하였다는 소문이 들려왔다. 중화가 신하인 문명과 싸우다가 죽었다는 소식을 감춘 것이다. 문명은 중화의 장례가 치러지는 우나라의 도읍지인 포판(蒲坂)으로 올라갔다. 우나라의 제후들이 중화의 죽음을 애도하며 치수에 공이 많은 문명을 후계자로 천거했다. 그러나 문명은 중화에게는 아들 상균(相均)이 있으니 상균이 왕이 되어야 한다며 사양하고 양성(陽城)으로 피해 갔다.

그러나 당시 상균은 백성들의 신임을 받지 못하고 있어서 제후들이 모두 상균을 떠나 문명에게로 왔다. 이에 문명은 제후들의 추천을 받아 기원전 2224년에 왕의 자리에 올랐다. 문명의 여러 씨족 중 하후씨(夏后氏)가 우두머리였으므로 문명은 하후씨를 따라 하(夏)를 나라 이름으로 하였으며 수도는 양성(陽城)이었다. 그리고 도산에서 치수 사업을 할 때부터 치수가 끝나고 전국의 산과 강을 돌며 현장 조사를 할 때도 함께 한 익(益)을 등용해 정사를 맡겼다.

하나라의 왕위에 오른 문명은 스스로 천자라 참칭한 방훈과 중화의 뒤를 따르지 않고 자신을 아사달의 신하로 자처하며 스스로 몸을 낮춰 아사달의 제후국이 되었다. 그리고 단군 부루에게 매년 조공을 바쳤다. 문명이 하나라의 왕이 된 것은 모두 단군 부루가 도와준 덕분이었다.

문명은 방훈과 중화의 9주를 그대로 유지하면서 홍수에 대비하여 각 지방의 강 물길을 정비하고 강 주변의 토지를 개간해 농지를 넓혔으며 백성들의 세금도 면제하는 등 홍범구주에 따라 백성들을 위한 정책을 폈다. 문명 스스로 근검절약 생활을 하며 솔선수범했다.

어느 날 문명은 아들 계(啓)를 시켜 감추어 두었던 창수사자의 그림을 가져오게 하고 신하들과 제후들에게 공개하였다.

"이 그림은 내가 잠잘 시간도 없이 치수에 몰두하여 이곳 강 저곳 산을 다니다가 낙양성 남쪽의 낙수에 이르렀을 때 꿈에서 창수사자가 내게 전해 준 것이오. 이 그림에 나타난 대로 오행의 움직임에 따라 물길을 다스려 나는 홍수를 막을 수 있었소. 오행의 상생과 상극 작용은 우리 백성들의 생활과 아주 밀접한 관계를 가지고 있소. 따라서 여러 백관들과 제후들은 이 그림을 보시고 명심하여 백성들이 모두 편안하고 풍부한 삶을 살도록 오행으로써 다스려 주기 바라오."

"예, 분부대로 따르겠습니다."

그때부터 그 그림을 낙서(洛書)라 부르게 되었는데 낙수에서 얻었기 때문이었다. 여러 백관들과 제후들이 문명의 분부를 따를 때, 문명의 아들 계(啓)는 낙서를 뚫어지게 쳐다보고 있었다.

"저 그림은……."

계는 낙서의 가운데 수 5에 주목했다. 나머지 여덟 개의 수들은 동서 남북 사방과 팔방에 배치되어 있었다.

"바로 5토(中)다."

문명은 낙서를 아들 계에게 주었다.

방훈과 중화가 그토록 주장했던 5토(中)를 계는 보았다. 5토가 중앙에서 사방팔방을 지배하는 구조였다. 5토(中)를 확인한 계는 문명이 준 낙서를 가지고 다른 신하들과 함께 문명 앞을 물러 나왔다. 그때부터 계는 하나라의 백성들과 어울려 함께 슬픔과 기쁨을 나누며 오행의 상생 상극 작용을 백성들의 생활에 적용하는 등 자신의 일거수일투족에 조심하였다.

기원전 2198년, 문명은 회계 지역으로 순시를 갔다가 그곳에서 병을 얻어 죽었다.

계의 반란

문명의 장례를 지낸 후 익(益)이 뒤를 물려받았는데 당시에는 왕위를 세습한다는 개념이 없었다. 하나라의 백관이나 제후 중에 백익(伯益)만큼 오래 문명을 보좌했던 사람은 없었으므로 익이 문명의 뒤를 이어 왕이 되는 것은 자연스러워 보였다. 그러나 낙서의 5토(中)를 가슴 깊이 새긴 계는 그렇게 생각하지 않았다.

'아버지 문명은 낙서를 내게 주었다. 5토(중)는 내 것이다. 내가 가운데에서 제패한다.'

어느 날 계는 익을 찾아갔다.

"익이시여, 계가 문안드립니다."

"나는 하나라의 왕이오. 왕에 대한 예를 지키시오."

"아버지 문명은 낙서 그림을 제게 주었습니다. 그러므로 낙서에 있는 5토(中)는 이 계의 것입니다."

"나는 문명으로부터 선양을 받았으므로 내가 하나라의 왕이오. 5토 (中)는 나의 것이오."

협상은 이루어지지 않았고 계는 소득 없이 물러 나왔다. 그러나 포기 할 계가 아니었다. 얼마 뒤 천자 익의 취임 축하를 위한 사냥 대회가 있 었다. 모든 백관과 제후들은 물론이고 계도 참석 대상이었다. 계는 이 기회를 이용하기로 마음 먹었다.

계는 사냥터 요소마다 심복들을 매복시켜 두고 사냥이 한창일 때 사 냥하는 척, 익을 쏘라고 지시했다. 과연 사냥 대회 도중 누가 쏜지도 모 르는 화살을 맞고 익은 말에서 떨어졌다. 익이 사고로 죽자 제후들은 그동안 신뢰를 구축해 둔 문명의 아들 계를 하나라의 왕으로 추대하였 다. 계는 마침내 5토(中)를 잡았다.

기원전 2197년, 왕위에 오른 계는 방훈과 중화를 따라 스스로 천자 라 참칭하고 5토(中)에서 천하를 다스린다고 공포하였다. 역법을 다시 음력으로 바꾸고 아사달에 대한 조공도 중단하였다. 아사달의 제후국 이 아니라 독립국임을 선포한 것이다.

이에 단군 부루가 감 땅의 유상을 보내 계를 정벌하게 하였다. 하나 라 계보다 앞 시대에 유호 유상 부자는 방훈과 중화의 반역 행위를 두 고 서로 크게 전쟁을 벌인 경험이 있었다. 그 원인이 바로 5토(中)였다. 다시 계가 5토(中)를 들고 나와 아사달에 반역하자 단군 부루가 유상을 불렀던 것이다.

계는 출전에 앞서 하나라의 군사들 앞에서 경고했다.

"하나라의 군사들이여, 유상은 오행을 어지럽혔다. 하나라를 세우신 나의 아버지 문명은 낙수에서 얻은 낙서의 오행치수법으로 대홍수를 다스렸다. 낙서는 바로 5토(中)다. 5토(中)가 바로 가운데에서 천하를 지배한다. 그럼에도 불구하고 유상과 아사달은 5토(中)가 교차의 뜻이지 지배가 아니라고 망발하고 있다.

하나라 군사들이여, 나는 그대들에게 경고한다. 그대들이 유상을 공격하지 않는 것은 오행의 뜻을 어긴 것이다. 반드시 유상을 멸하라. 오행의 5토(中)를 따르지 않는 사람은 그의 처자까지도 천벌을 받을 것이다."

계의 강력한 경고와 함께 하나라 군대는 유상의 군대를 향해 쳐들어 갔다. 하나라 군사들의 숫자가 유상의 군사들보다 두 배나 더 많았으나 양측 군대는 승패를 가리지 못했다. 군사들의 수가 월등히 열세임에도 불구하고 유상의 군대는 하나라 군대를 압박했다. 다음날도 또 다음날도 승패를 가리지 못했다. 양측 군사들은 수년을 두고 겨루었으나 계는 우세한 군사력으로도 유상의 군대를 섬멸하지 못하자 스스로 군사를 물려 돌아가고 말았다. 유상은 아버지 유호와 함께 아사달의 오행을 따르지 않고 반역한 방훈, 중화, 그리고 계까지 세 번이나 전쟁을 벌였으나 끝내 아사달을 배반한 계와 계의 백성들을 복본시키지 못하고 포기하고 말았다.

〈어아가〉

1세 단군 왕검이 아사달을 건국하기 전 배달 시대부터 방훈(요, 堯)의 반역이 있었고 이어 중화(순, 舜)와 계(啓)의 반역이 연이어 일어났다. 이는 모두 생명체로서 살아남기 위한 본능이라기보다는 최소 작용의 법칙을 넘어서 5토(中)에서 천하를 지배하겠다는 권력을 향한 과도한 욕심(慾心) 때문에 일어난 것이었다. 자신들의 허황된 욕심에 오행을 끌어들였다. 1세 단군 왕검과 2세 단군 부루는 같은 환족인 방훈, 중화, 계를 설득하여 복본하도록 노력하였으나 이어지는 반역에 부루도 더 이상 노력하지 않고 포기하고 말았다.

도량형이 통일되고 정전법의 시행으로 환족에게 농지가 균등 배분되자 생산량이 증가하였다. 나에게 분배된 땅에서 내가 생산한 농작물을 내가 먹으니 의욕이 증가한 덕분이었다. 이때부터 토지에 대한 사유재산 개념이 생겨났다.

추수가 끝나고 단군 부루가 하늘님께 제사를 드렸다. 배달에 이어 아사달 시대에도 추수가 끝나는 시기를 한 해가 끝나고 다음 해가 시작하는 시기로 삼고 있었다. 단군 부루 시대의 하늘신 제사 때부터 〈어아가〉라는 음악이 사용되었다. '어아'는 기쁨과 흥에 겨워 내는 감탄사인데 노래 제목이기도 하였다.

〈어아가〉

어아어아 우리 대조신의 대은덕은
배달의 아들딸 모두 백백천천 영세토록 잊지 못하오리다
어아어아 착한 마음 큰 활되고 악한 마음 과녁되네
백백천천 우리 모두 큰 활줄 같이 하나되고
착한 마음 곧은 화살처럼 한 마음 되리라
어아어아 백백천천 우리 모두 큰 활처럼 하나되어
수많은 과녁을 꿰뚫어 버리리라
끓어오르는 물 같은 착한 마음속에서

한 덩이 눈 같은 게 악한 마음이라네

어아어아 백백천천 우리 모두 큰 활처럼 하나되어

굳세게 한마음되니 배달나라 영광이로세

백백천천 오랜 세월 크나큰 은덕이시여!

우리 대조신이로세 우리 대조신이로세

이 〈어아가〉에 나오는 대조신(大祖神)은 환족이 신봉하는 하늘신이고 '착한 마음'이나 '악한 마음' 등은 배달국 시절의 팔훈에서 따온 것이다.

단군 부루는 기원전 2183년에 붕어하였는데 그의 죽음을 슬퍼하듯 이날 하늘에는 개기 일식이 있었다. 단군 부루는 재위 기간 동안 오행 치수법으로 홍수를 다스리고 환족의 편안한 생활을 위해 도량형을 통일하고 정전법으로 환족들에게 생산량이 균등하게 되도록 농지를 배분하였다. 중화의 반란을 진압하고 문명을 지원하여 하나라를 제후국으로 하였으나 연이은 계의 반란에 하나라의 복본을 포기하였다. 그러나 하나라는 후에 아사달에 다시 조공을 바쳤다.

환족은 정전법과 도량형 통일로 많은 혜택을 준 단군 부루를 기억하여 집 안에 제단을 설치하고 곡식을 담은 항아리를 올려놓고 제사를 드렸는데 이를 부루단지라고 한다.

신왕종전(神王倧佺), 그리고 선(仙)

단군 부루가 붕어하자 태자 가륵(嘉勒)이 3세 단군으로 즉위하였다.

단군 가륵 시절에는 반란이나 전쟁이 없어 가륵은 내치에 집중하였다. 단군 가륵은 삼랑 을보륵(乙普勒)을 불렀다. 삼랑(三郞)은 삼신시종랑(三神侍從郞)으로 삼신, 즉 하늘신을 모시고 제사를 모시는 직책이다.

"선인께서는 어서 오시지요. 오늘 이렇게 선인을 부른 것은 신(神)과 왕(王)과 종(倧)과 전(佺)의 도(道)를 여쭙고자 함입니다. 부디 선인께서는 저와 환족을 위해 도를 들려주시지요."

삼랑 을보륵은 깊은 산에서 도를 닦는 선인이기도 했다.

"신(神, 하늘신)은 삼신으로 존재하시며 세상을 만드시고 만물을 기르시며 다스리시니 신의 오묘한 조화를 백성들이 모두 믿고 따르며 의지하게 되지요. 왕(王)은 신을 대신하여 덕과 의로써 백성들을 다스려 생명을 안전하게 해주시니 백성들은 왕을 믿고 따릅니다. 종(倧)은 나라에서 선발한 스승으로 전체 백성들의 스승이요, 전(佺)은 백성들이 천거한 스승으로 세 고을 백성들의 스승입니다. 또한 선(仙)은 깊은 산중에서 심신을 단련하며 도를 실천하는 사람으로서 종(倧)도 될 수 있고 전(佺)도 될 수 있지요.

도(道)로 말씀드리자면 도란, 아비는 아비다워야 하고 왕은 왕다워야 하며 스승은 스승다워야 하는 것이지요. 마찬가지로 아들은 아들다워야 하고 신하는 신하다워야 하며 제자는 제자다워야 하는 것입니다.

배달 시대의 거발환 환웅이 하늘님의 가르침을 베푸시니 하늘님은 덕과 지혜와 큰 힘으로 세상을 창조하시고 다스려 한 곳도 빠뜨리지 않고 세상을 복되게 하십니다. 왕이 하늘님을 대신하여 백성을 다스릴 때 도를 널리 펴서 세상을 이롭게 하며, 백성들의 병을 없애고 원한을 풀어주는 데 있어 한 사람도 빠뜨리지 않도록 해야 합니다. 또한 백성에게는 '온전한 사람이 되는 계율'을 굳게 지키도록 하여 그릇된 마음을 고쳐 참되게 하여야 합니다. 온전한 사람이란 도를 지켜 사람다운 사람이 되는 것이므로, 조정에는 종훈(倧訓)이 바로 서고 민간에는 전계(佺戒)가 바로 서게 하여야 합니다. 이로써 우주 정기가 삼한의 온 천하에 퍼지게 될 것입니다."

"오, 삼랑께서는 좋은 말씀을 해주셨습니다. 삼랑의 말씀을 깊이 새기고 전파하여 모든 환족이 지키도록 하여야 할 것입니다."

전계(佺戒)는 온전한 사람, 사람다운 사람이 되기 위하여 지켜야 할 계율을 말한다. 참전(參佺)은 완전한 인간이 되는 길에 참여한다는 뜻이므로, 《참전계경(參佺戒經)》은 완전한 인간이 되기 위하여 지켜야 할 계율을 담은 경전을 의미한다. 우리가 알고 있는 《참전계경》은 당시에는 존재하지 않았고 안파견 환인의 오훈, 거발환 환웅의 팔훈의 실천 항목으로 300여 항목이 민간에서 행해지고 있었는데, 후에 고구려 시대 국상(國相) 을파소가 《참전계경》이란 이름으로 팔리훈 366항목을 정리하였다.

삼랑 을보륵 선인으로부터 신과 왕과 종과 전에 대한 가르침을 들은 단군 가륵은 이를 마음 깊이 새겼다. 그리고 삼한의 환족에게 전파할 필요성을 느꼈다. 3세 단군 가륵이 다스릴 때 번한의 비왕은 1세 치두남, 2세 낭야, 3세 물길(勿吉)에 이어 4세 애친(愛親)이었으며, 마한은 1세 웅백다, 2세 노덕리(盧德利), 3세 불여래(弗如來)에 이어 4세 두라문(杜羅門) 비왕이 다스리고 있었다. 단군 가륵은 삼한의 비왕들에게 조칙을 내리고 환족에게 전파하도록 하였다.

"천하의 큰 근본은 바로 내 마음속 중일(中一)의 자리에 있소. 중일이란 중심을 하나로 하는 것이오. 사람은 마음을 중심으로 정신을 집중하여 하나로 통일하여야 만사를 이룰 수 있으며, 물체는 중심이 잡혀야 바로 서고 넘어지지 아니하오. 임금의 마음은 항상 위태위태하고 백성들의 마음은 사소한 것만을 생각하는데, 사람들은 모두 균등하게 가지고 태어난 성품을 잘 닦고 간직하여 그 조화의 중심 자리를 확립한 후에야 중일(中一)의 자리에 확실히 정착하게 되오.

그러므로 중일(中一)의 도(道)는 아비는 아비다워야 하고 왕은 왕다워야 하며 스승은 스승다워야 하는 것이오. 마찬가지로 아들은 아들다워야 하고 신하는 신하다워야 하며 제자는 제자다워야 하오. 아비는 마땅히 자애롭고 자식은 마땅히 효도하며 왕이 된 자 마땅히 의롭고 신하 된 자 마땅히 충성하며 부부 된 자 마땅히 서로 공경하고 형제 된 자 마땅히 서로 우애가 있고 노인과 젊은이가 마땅히 차례를 잘 지키고 친구끼리 마땅히 서로 믿음을 가져야 하는 것이오."

삼한의 환족은 가륵 단군의 가르침에 따라 중일(中一)의 정신으로 모두 자신의 위치에 따라 '답게' 살기 위해 노력하였다. 삼랑 을보륵과 단군 가륵의 가르침은 아사달과 하나라 등 제후국들에 널리 퍼져 먼 후세에 중국 유가(儒家)의 삼강오륜(三綱五倫)으로 발전하였다.

가림다 문자를 만들다

단군 가륵은 삼한의 백성들에게 중일(中一)의 도에 대한 조칙을 내렸다. 왕과 신하, 스승과 제자, 부모와 자식, 형제간, 부부간, 노인과 젊은이 등이 각자의 위치에 '답게' 살아 모든 환족이 하늘님의 뜻에 맞게 조화롭게 살도록 가르침을 준 것이다.

그러나 지역마다 풍속이 조금씩 다르고 지방마다 말이 서로 달랐다.

열 가구 정도 모인 마을에서도 말이 통하지 않는 것이 많았고 백 리 정도 떨어진 마을에서는 문자를 서로 이해하기 어려웠다. 거발환 환웅 시대의 녹도문뿐만 아니라 배달 시대 우사 방아의 문자, 전서(篆書), 우서(雨書) 등 여러 명칭의 문자들이 통일되지 않고 각 마을 단위로 독립적으로 사용되고 있었으므로 단군 가륵이 사용하던 문자를 모든 환족이 동시에 이해할 수 없었다. 이에 가륵은 삼랑 을보륵을 다시 불렀다.

"삼랑은 어서 오시지요. 삼랑께서는 신과 왕과 종과 전의 도에 대해 좋은 가르침을 주셨습니다."

"단군께서는 과찬의 말씀이시지요."

"이번에 또 삼랑을 오시게 한 것은 다름이 아니라 삼랑의 가르침을 중일의 도로 하여 조칙을 내려 삼한의 환족들에게 전파하게 하였지만, 마을마다 말이 조금씩 다르고 고을마다 문자가 서로 다르니 제대로 전파될 수 있을지 걱정이오."

"예, 단군께서도 그런 걱정을 하시지만 저도 그렇고 삼한의 비왕들도 그 점을 걱정하고 있습니다."

"좋은 방법이 있겠소?"

"선왕이신 부루 단군께서는 도량형을 통일함으로써 척박한 땅이나 비옥한 땅에서도 균등한 식량이 나오도록 토지를 생산량에 맞춰 배분하였습니다. 이와 마찬가지로 각 지방마다 달리 쓰이고 있는 말과 글도 모두가 이해할 수 있도록 통일하여야 하는 줄로 아옵니다."

"누가 그렇게 할 수 있겠소?"

"예, 제가 서자부의 대인들과 방법을 찾아보겠습니다."

"아, 그것 참 좋은 생각이십니다. 부디 삼랑께서는 사용하기 편하도록 말과 문자를 통일하는 방법을 찾아주시기 바라오."

이리하여 삼랑 을보륵 선인은 서자부 대인들과 여러 문자들을 놓고 방안을 강구하기 시작하였다.

거발환 환웅 시대 신지 혁덕이 녹도문을 만들었다. 이 녹도문은 사슴의 발자국을 보고 사슴이 지나간 것을 알듯이 사슴 발자국 모양을 본뜬 글자를 보고 사슴이라고 읽는 방식이다. 안파견 환인의 〈하늘님께 드리는 기도〉를 녹도문으로 표기하면서 하늘, 땅, 사람을 '○□△'으로 표기하였다. 즉 '○'이라 쓰고 '하늘'이라 읽고 '□'이라 쓰고 '땅'이라 읽고 '△'이라 쓰고 '사람'이라 읽는 식이다. 바로 뜻글자로서 표의문자다. 이와 비슷한 방법으로 우사 방아도, 창힐도 문자를 만들어서 사용한 결과, 지역에 따라 말과 글이 조금씩 달라지게 되었다.

삼랑 을보륵 선인은 녹도문의 쓰고 읽는 방법에 집중했다.

"대인들은 들어 보시오. 신지 혁덕의 녹도문에서는 '○'이라 쓰고 '하늘(天)'이라 읽고 '□'이라 쓰고 '땅(地)'이라 읽고 '△'이라 쓰고 '사람(人)'이라 읽고 있소. 말(音)과 문자(訓)가 서로 다른 것이 아니라 오히려 같은 것이 아니겠소?"

대인들이 들어 보니 그것은 맞는 말이었다. 뜻을 나타내는 문자마다 그것에 대한 소리가 있었다. 즉 사슴을 나타내는 사슴 발자국 그림을 보고 '사슴'이라고 읽고 양을 나타내는 그림을 보고 '양'이라고 읽고 있었다.

그림 글자가 나타내는 대상이 없다고 생각하면, '△'이라 쓰고 '사람'이란 소리로 읽고 '□'이라 쓰고 '땅'이란 소리로 읽고 '○'으로 쓰고 '하늘'이란 소리로 읽는 것과 다를 바 없다. 바로 '사람'이란 소리는 '△', '하늘'이란 소리를 '○', '땅'이란 소리를 '□'으로 쓰는 것과 같은 이치다.

"선인의 말씀은 지당하옵니다."

이때부터 삼랑 을보륵 선인과 서자부의 대인들은 '사람'이란 소리를 '△'으로 쓰고 '땅'이란 소리를 '□'이라 쓰며 '하늘'이란 소리를 '○'이라 쓰는 것에 착안해서 우리 말의 소리에 해당하는 부호들을 만들었다. 당시에 소리, 즉 말은 이미 나반 선조 이전부터 있었으므로 말을 구성하는 소리를 여러 요소로 나누고 그 소리에 맞는 부호를 만들었다.

가림다 문자 38자

삼랑 을보륵 선인과 서자부 대인들은 수년 동안 각고의 노력 끝에 소리를 나타내는 글자 38자를 새로 만들고 그것들을 조합하여 모든 소리를 표현할 수 있었다. 이 문자를 '가림다' 또는 '가림토'라고 한다. '가림'은 '사물을 분명하게 가린다'는 뜻이고 '토'는 '사물의 뜻을 분명히 한다'는 것이다. 이로써 삼한에서는 소리글자를 사용함으로써 말과 문자가 서로 통일되어 가륵 단군의 조칙이 전 환족에게 전파될 수 있었다.

삼랑 을보륵의 각고의 노력으로 소리글자인 가림토가 만들어지자 단군 가륵은 가림토로 중일(中一)의 도를 기록하여 삼한의 전 환족들에게 전파하게 하였고, 기원전 2180년에는 신지 고글(高契)에게 명하여 거발환 환웅 이래 배달국의 역사인 배달유기(倍達留記)를 편찬하게 하였으니 바로 환족 최초의 역사서다.

아사달, 흉노와 몽골에 가르침을 주다

아사달 3세 단군 가륵 시절, 번한 땅의 열양(列陽) 지역에 삭정(索靖)이라는 욕살(褥薩)이 있었다. 열양은 중국 천진 근처인데 그곳을 지나 흐르는 강을 열수(列水)라고 불렀다. 당시 열양에서는 매년 대규모 해시(海市)가 열려 사람들의 왕래가 많고 물자의 교역이 많았으므로 단군 가륵은 열양에 욕살부를 설치하여 치안을 유지하고 세금을 징수하였다. 열양 욕살 삭정은 군대도 유지하면서 권력이 막강하였다.

어느 날 삭정은 부(富)에 눈이 어두워 서역에서 온 저갈장필(猪羯長畢)이라는 상인으로부터 막대한 뇌물을 받고 그의 편의를 봐주었다. 또 그에게 아름다운 딸이 있음을 알게 되자 열양의 군사들을 동원하여 장부를 속였다는 누명을 씌워 감옥에 가두고 그의 딸을 차지하였다. 욕살 삭정의 이러한 행위는 즉시 아사달의 가륵 단군에게 알려졌다.

"삼백과 오가들은 들어 보시오. 열양 욕살 삭정은 백성들이 이롭도록 정사(政事)를 펼쳐야 함에도 불구하고 하늘님의 뜻과 안파견 환인의 오훈과 거발환 환웅의 팔훈과 단군 왕검의 천범을 모두 위배하였소. 욕살 삭정이 범한 죄는 용서할 수 없으니 관직을 박탈하고 종신토록 약수(弱水)에 유배를 보내도록 하시오."

가륵 단군은 삭정의 관직을 박탈하고 멀리 약수 지역으로 평생토록 유배를 보냈다.

약수 땅에는 먼 옛날 황궁 시대에 헤어진 환족의 일부가 살고 있었는데 그들은 후세에 중국으로부터 흉노(匈奴)라는 이름으로 불리게 된다. 약수 지역 환족은 초원 지대가 많은 주변 환경에 따라 농경보다는 양과 염소, 말, 소 등을 방목하는 생활을 하고 있었다. 한곳에 정착하지 않고 유목 생활을 하다 보니 아사달의 환족과는 생활 방식이 많이 달랐다. 하늘신을 모시지도 않으며 젊은이들이 노인들을 공경하지도 않고 음식을 익히지 않고 먹기도 했다.

비록 약수로 유배를 갔지만 삭정은 생각이 있어 약수 지역 환족에게 가르침을 주기 시작했다. 환경 여건상 유목 생활을 정착 생활로 바꾸기는 어려웠기에 삭정은 음식을 익혀 먹는 방법부터 옷을 입는 방법, 집을 꾸미는 방법 등 생활에 직접적인 편리함을 주는 부분부터 가르침을 주었다.

삭정은 안파견 환인의 〈하늘님께 드리는 기도〉를 중심으로 하늘신 사상도 전파하였다. 천상에 계시는 하늘신이 하늘을 만들고 땅을 만들고 사람을 만들었으므로, 사람들은 하늘소리에 따라 조화롭게 살아야 한다는 하늘신 사상은 약수의 환족으로부터 큰 호응을 받았다. 약수 환족의 우두머리는 하늘신의 아들이 되어 약수 환족을 하나로 통합하고 한 방향으로 이끌 수 있었다.

삭정의 가르침을 받은 유목민 소식을 들은 이웃 무리가 삭정을 찾아와 가르침을 받고 돌아가기도 했다. 이들은 이동하는 유목 생활을 하면서도 하늘신 믿음을 가지게 되어 점차 그들의 생활도 질서가 잡히고 안정되어 갔다. 삭정은 약수 지역 유목민들에게 환족의 생활 방식을 가르쳐 주고 그들의 커다란 스승이 되었다.

삭정이 그 지역 환족에게 하늘신 믿음을 주고 재세이화 홍익인간의 가르침을 주었다는 소식이 전해지자 아사달의 가륵 단군은 삭정을 유배의 형벌에서 면하고 약수 지역 제후로 봉하였다. 따라서 약수의 환족은 아사달의 제후국이 되었다.

열양 욕살 삭정의 반란 2년 후에, 두지주(豆只州)의 예읍(濊邑) 추장 소시모리(素尸毛犁)가 반란을 일으키자 단군 가륵은 예국(濊國)의 제후 여수기(余守己)로 하여금 소시모리의 목을 베게 했다. 이때부터 그 땅을 소시모리라고 불렀다. 소머리 나라라는 뜻으로 한자로는 우수국(牛首國)이라고 하는데 오늘날의 두만강 유역이다.

반란으로 처형을 당한 소시모리의 후손들은 두지주에서 살지 못하고 멀리 마한 지역으로 이주해 갔다. 먼 훗날 35세 단군 사벌 시절, 일본 열도인 삼도(三島)에서 도적들의 반란이 일어나자 단군 사벌과 마조선의 비왕 사우는 장군 언파불합을 보내 평정하였는데 이 언파불합이 소시모리의 후손이다.

그로부터 약 40년이 지난 후, 단군 가륵이 붕어하자 4세 단군으로 태자 오사구(烏斯丘)가 즉위하였다. 어느 날, 오사구 단군의 아우 오사달(烏斯達)이 단군을 찾아왔다.

"아우님은 어서 오시지요. 어떤 일로 아우님께서 오셨습니까?"

"예, 단군께서는 환족을 위해 애를 많이 쓰십니다. 요즘 아사달의 환족은 선친 가륵 단군님을 크게 칭송하고 있습니다."

"아, 그렇군요. 무슨 까닭인지요?"

"예. 선친 가륵 단군 시절에 열양의 욕살 삭정을 약수로 유배 보내신 적이 있습니다. 약수로 유배를 간 삭정은 그곳에서 약수의 환족에게 먹을 것, 입을 것을 마련해 주고 거주지도 마련해 주었습니다. 그뿐만 아니라 하늘님 신앙도 전파하고 약수의 환족을 교화해서 배달 이래 아사달의 국시인 재세이화 홍익인간을 달성하였습니다."

"예, 그렇지요. 비록 죄인이지만 욕살 삭정은 큰일을 하였습니다."

"그래서 선친 가륵 단군께서는 삭정을 용서하시고 약수의 제후로 임명하셨지요."

"아우님도 어떤 생각이 있으신지요?"

"단군님, 아사달의 재세이화 홍익인간은 우리 환족뿐만 아니라 세상 모든 사람들을 위한 것이 아니겠습니까? 지금 아사달의 북쪽 지역에는 삭정의 환족뿐만 아니라 이웃 환족이 아직 하늘님을 모르고 유목 생활을 하고 있습니다. 배달 시대의 우사 방아와 소전의 아들 석년을 본받아 저도 삭정처럼 하늘님을 모르는 이웃들에게 가르침을 주고자 하오니 허락하여 주시기 바랍니다."

"오호, 아우님의 뜻이 갸륵합니다. 어느 지역으로 가시려 합니까?"

"예, 북쪽에 다른 유목 민족이 있는데 그 지역으로 갈까 합니다."

"아우님, 정말 큰 결심을 하셨소. 부디 결심하신 대로 재세이화 홍익인간을 이루어 주시기 바라오."

4세 단군 오사구는 아우 오사달을 몽골 지역의 한(汗)으로 봉하고 많은 인력과 물자도 지원하였다. 한(汗)은 우두머리, 또는 군주라는 뜻으로, 몽골이라는 이름은 당시에는 없었고 후세인 당나라 때에 생긴 이름이다.

하나라의 혼란과 아사달의 정벌

문명이 건국한 하나라는 기원전 2197년 즉위한 2세 왕 계(啓) 때에 아사달의 유상과 5토(中)를 두고 전투를 벌이다가 철수한 이후 기원전 2188년 계의 아들 태강(太康)이 3세 왕으로 다스렸다. 그러나 태강은 할아버지 문명의 덕을 믿고 정사(政事)를 태만히 하고 사냥에만 몰두했다.

그러던 중 태강의 행위를 견디지 못한 하나라의 제후국인 유궁국(有

窮國)의 예(羿)가 태강이 낙수로 사냥을 간 사이에 반란을 일으켜 돌아오지 못하게 쫓아버리고 기원전 2159년 태강의 동생 중강(仲康)을 4세 왕으로 추대하였다. 유궁국 예는 환족이었다. 그러나 중강 또한 정사에 관심이 없는 데다가 천문을 담당하던 신하 희씨와 화씨가 주색에 빠져 천문을 어지럽히자 예가 중강을 폐하고 기원전 2146년 중강의 아들 상(相)을 5세 왕으로 옹립하였다.

이 무렵 아사달은 기원전 2137년 4세 단군 오사구가 즉위하였는데 극심한 혼란에 빠진 하나라의 백성들이 번한 땅으로 피난 오자 번한의 5세 비왕 도무(道茂)는 단군 오사구에게 소를 올렸다.

"번한의 비왕 도무가 아룁니다. 지금 하나라에서는 반역이 일어나 태강의 신하인 예가 태강을 폐하고 중강을 왕으로 옹립하였습니다. 중강 또한 무능하므로 예가 다시 중강의 아들 상을 하나라 왕으로 옹립하였습니다. 이처럼 하나라가 혼란에 빠지자 그 백성들이 번한 땅으로 피난을 와 우리 백성들이 피해를 보고 있습니다. 그러므로 하나라의 혼란을 평정할 필요성이 있음을 보고드립니다."

번한 비왕의 보고를 받은 오사구 단군은 장군 식달(息達)을 총대장으로 임명하고 진한과 번한, 그리고 제후국인 남국(藍國)의 군사들을 모아 하나라로 진격하여 환족인 예로 하여금 상을 도와 하나라의 질서를 바로 잡도록 하였다. 식달의 군대를 본 온 천하가 아사달에 복종하였다.

그런데 상도 정사를 잘하지 못하므로 예가 상을 죽이고 스스로 왕이 되었으나 예 또한 자신의 궁술(弓術)만 믿고 사냥을 일삼자 부하 한착(寒浞)이 예를 죽이고 왕의 자리를 찬탈하였다. 이처럼 문명의 건국 이래 100년이 넘도록 하나라는 극심한 혼란에 처해 있었다.

이러한 하나라의 혼란은 상의 유복자인 소강(小康)이 한착을 물리치고 예와 한착에 이어 기원전 2079년 8세 왕이 됨으로써 진정되었다. 이후 소강은 오사구 단군에게서 얻은 신서(神書)를 보고 군신의 예를 깨우쳤으며 5세 단군 구을(丘乙)을 이은 6세 단군 달문(達門)에게 조공을 바치고 다시 아사달의 제후국이 되었다.

이후 하나라는 아사달에 매년 조공을 하며 마지막 왕 걸(桀)때까지 큰 혼란은 없었다. 골칫거리였던 하나라의 문제가 해결되자 아사달은 내치에 주력하였다.

서효사(誓効詞)

5세 단군 구을은 계가(鷄加) 출신이고 그 뒤를 이은 6세 단군 달문은 우가(牛加) 출신이었다. 단군의 출신이 다른 것은 선대 단군이 아들이 없이 서거하자 화백회의에서 후임 단군을 추대하였기 때문이었다.

6세 단군 달문은 삼백과 오가 및 삼한의 여러 제후국 왕들과 함께 상춘(常春) 구월산에서 삼신께 제사를 지냈다. 상춘은 장춘(長春)이라고도 하며 지금의 중국 길림성 성도(城都)다. 이 제사에서 단군 달문은 신지 발리(發理)로 하여금 하늘신께 맹세하는 글을 지어 올리게 했는데 이를 〈서효사(誓効詞)〉라고 하였다. 신지 발리가 지은 '비밀스럽게 간직해야 할 글'이라 하여 신지비사(神誌祕詞)라고도 불렀다.

〈서효사(誓効詞)〉

아침 햇빛 먼저 받는 이 땅에

삼신께서 밝게 세상에 임하셨고

환인천제 먼저 법을 내셔서

덕을 심으심에 크고도 깊사옵니다

모든 신이 의논하여 환웅을 보내셔서

환인천제 조칙 받들어 처음으로 나라 여셨사옵니다

치우천왕 청구에서 일어나 만고에 무용을 떨치셔서

회수 태산 모두 천왕께 귀순하니

천하의 그 누구도 침범할 수 없었사옵니다

물고기 물 만난 듯 백성들이 소생하고

풀잎에 부는 바람처럼 덕화가 새로워졌사옵니다

원한 맺힌 자 원한 먼저 풀어주고

병든 자 먼저 낫게 하셨사옵니다

일심으로 인과 효를 행하시니

사해에 광명이 넘치옵니다

진한이 나라 안을 안정시키니

정치의 도는 모두 새로워졌사옵니다

모한은 왼쪽을 지키고

번한은 남쪽을 제압하옵니다

깎아지른 바위가 사방 벽으로 둘러쌌는데

거룩하신 임금께서 새서울에 행차하셨사옵니다

삼한 형세 저울대 저울추 저울판 같으니

저울판은 백아강이요

저울대는 소밀랑이요

저울추는 안덕향이라

머리와 꼬리가 서로 균형 이루니

그 덕에 힘입어 삼신 정기 보호하옵니다

나라를 흥성하게 하여 태평세월 보전하니

일흔 나라 조공하며 복종하였사옵니다

길이 삼한관경제 보전해야

왕업이 흥하고 번성할 것이옵니다

나라의 흥망을 말하지 말지니

천신님(하늘님) 섬기는 데 정성을 다하겠사옵니다

6세 단군 달문 시대는 하나라의 왕 소강이 다시 아사달에 조공을 바치면서 제후국으로 복귀하는 등 천하가 태평한 시대였다. 진한, 번한, 마한의 삼한도 마치 저울대와 저울추와 저울판이 균형을 이루듯이 삼한관경제가 자리를 잡고 있었다. 이는 하나라의 왕 태강, 중강, 상 시대의 혼란상을 식달이 진한, 번한과 남국의 연합군으로 평정한 것으로 증명된다.

이에 자신감을 얻은 6세 단군 달문이 신지 발리로 하여금 〈서효사〉를 짓게 하여 환족이 신봉하는 하늘신에 대한 믿음을 맹세하고 환국의 환인 선조와 배달국을 세운 환웅 선조, 배달 시대 치우천왕 등 선조들을 칭송하며, 하늘신과 선조들의 도움으로 삼한과 여러 제후국들이 저울대, 저울추, 저울판이 균형을 이루듯이 서로 균형을 이루어 삼한관경제의 아사달이 영원토록 흥성하기를 하늘신께 정성을 다하여 맹세하자고 삼한의 여러 제후들에게 당부하고 있다.

저울판 백아강(白牙岡)은 마한의 수도이고 저울대 소밀랑(蘇密浪)은 진한의 수도인 아사달을 말하며 저울추 안덕향(安德鄕)은 번한의 수도다. 번한의 첫 수도는 험독(險瀆)인데 후에 탕지보(湯池堡), 한성(汗城), 안덕향(安德鄕), 낭야성(琅耶城) 등 다섯 곳을 번갈아 수도로 사용하였다.

이중 낭야성은 산동반도에 있지만 나머지 네 곳은 기원전 2301년 번한 비왕 낭야 시절에 방훈의 반란에 대비하여 영정하의 좌우측에 쌓은 요중(療中) 12개의 성에 해당한다. 안덕향은 12성 중 개평(蓋平)을 말하며 6세 단군 달문 시절에 번한의 수도였다. 번한의 이 다섯 곳 수도를 오덕지(五德地)라고도 한다.

단군 달문은 하늘신 제사에 참여한 왕들에게 말했다.

"무릇 나와 함께 맹세를 한 왕들은 환국의 오훈(五訓)과 배달의 오사(五事)를 영구히 준수할 법도로 삼아야 할 것이오. 하늘님에 대한 제천 의례는 사람을 근본으로 삼고, 나라를 다스리는 도는 먹는 것을 우선으로 하도록 하시오. 농사는 만사의 근본이요, 제사는 모든 가르침의 근본이므로 마땅히 백성과 함께 일하고 생산하되 먼저 겨레를 중히 여기도록 하여야 하오. 포로와 죄수들을 용서하고 사형을 없애도록 하시오. 책화(責禍) 제도를 두어 경계를 보존하고 화백(和白)을 공의로 삼으시오. 오로지 한결같이 화합하는 마음을 베풀어 겸양의 덕을 길러야 어진 정치를 하는 기틀이 열릴 것이오."

6세 단군 달문의 '농사는 만사의 근본'이라는 말은 후세에 길이길이 전해져 '농자천하지대본(農者天下之大本)'으로 널리 알려져 있다. 책화란 각 마을 단위로 경계를 구분하여 다른 마을 사람이 무단으로 침입하지 못하도록 한 것으로, 대부분의 마을이 자급자족 경제 생활을 하는 것과 관련이 있다. 무단 침입한 사람은 소나 말 등으로 보상을 하여야 했다.

하늘신에 대한 이 제사에서 맹세하고 폐백을 바친 제후들은 삼한의 비왕들인 번한, 마한의 두 큰 나라와 청구, 남국, 구려, 진번, 부여, 숙신, 예, 개마, 옥저, 졸본, 비류, 고죽, 몽골, 선비, 흉노, 낙랑 등 기타 소국 스물과 하나라와 작은 읍락이 3,624곳이었다.

감성(監星)과 국선소도(國仙蘇塗)를 설치하다

6세 단군 달문, 7세 단군 한율(翰栗), 8세 단군 우서한(于西翰), 9세 단군 아술(阿述)에 이은 10세 단군 노을(魯乙) 시대에 별을 관측하는 감성(監星)을 설치하였다. 달력 제작과 점을 치기 위하여 샤먼들은 해, 달, 별 등 천체들을 지속적으로 관측해오고 있었는데 10세 단군 노을은 감성이란 관청을 설치함으로써 천체 관측 업무를 국가의 공식 업무로 상향 조정하였다.

당시 아사달은 해의 운행을 기준으로 하는 태양력인 칠회제신력을 사용하고 있었고 농경 일에 꼭 필요한 24절기도 태양력이었다. 이 태양력에 달의 주기도 함께 기록하였으므로 이는 태음태양력이었다. 따라서 농경 일에 지대한 영향을 미치는 해, 달, 별 등 천체 관측을 통하여 날씨를 예측하고 백성들의 길흉을 점치는 것은 아사달 왕실의 주요한 일이었다.

10세 단군 노을이 붕어하자 태자 도해(道奚)가 11세 단군이 되었다. 그때 도해 단군의 스승이며 국자랑(國子郞)을 가르치는 유위자(有爲子) 선인이 있었는데 국자랑은 깊은 산중에서 심신을 단련하며 도를 실천하는 젊은이들이었다. 환국 시대의 자부 선인이 황궁 이래의 천신교(天神教), 즉 하늘신 사상을 이론적으로 체계화하였다면 아사달 시대의 유위자 선인은 천신교를 학문적으로 집대성한 분이다. 유위자 선인은 스승으로서 단군 도해를 만났다.

"단군님의 만수무강을 기원합니다. 우리 아사달은 배달국의 거발환 환웅 이래 백성들에게 전(佺)의 도로써 계율을 세워 교화하였습니다. 〈하늘님께 드리는 기도〉와 〈하늘님이 하신 말씀〉으로 백성들을 한마음으로 인도하였으며 백성들은 의관을 갖추고 칼을 차고 다니는 풍속을 즐거이 따랐습니다.

이에 백성들은 법을 범하지 않고 한결같이 잘 지켰으며 도적이 없어 우리 아사달은 저절로 평안하게 되었습니다. 온 백성들이 병이 없어 장수하고 흉년이 없어 풍족하니 온 나라 곳곳에 단군님의 덕화가 미치지 않은 곳이 없고 흥하지 않은 곳이 없습니다. 단군님의 덕과 가르침이 온 백성에 미치고 칭송하는 소리가 그치지 않습니다. 단군께서는 오래도록 아사달의 백성들을 다스려 주시기를 간청하나이다."

이는 바로 도해 단군의 시대가 태평성대임을 말하는 것이다.

"선인의 말씀 깊이 새기겠습니다. 환국의 안파견 환인 시대, 아니 황궁 선조 시대부터 우리 아사달은 하늘님을 모셔왔고 배달국의 거불환 환웅 시대 이래로 전(佺)의 도를 지켜왔지요. 선인께서는 도(道)에 대해서도 가르침을 주시지요."

"도의 큰 근원은 하늘님(三神)으로부터 나옵니다. 도에는 대립도 없고 이름도 없으니 대립이 있으면 도가 아니요 이름이 있어도 도가 아닙니다. 도에는 고정불변의 도가 없으니 도는 천지의 때를 따르는 것을 귀하게 여깁니다. 도에는 일정한 이름이 없으니 백성을 편안하게 함이

도가 담고 있는 뜻입니다. 밖이 없는 극대 세계와 안이 없는 극미 세계에 이르기까지 도가 품지 않는 바가 없습니다.

하늘에 있는 기틀이 내 마음의 기틀에 나타나고 땅에 있는 상(象)이 내 몸의 상에 나타나며 만물의 주재는 내 몸의 기(氣)의 주재에서 나타나니 이것이 바로 하나(一氣)에는 셋(三神, 하늘님)이 깃들어 있고 세 손길로 작용하는 하늘님(三神)이 하나의 근원으로 돌아가는 원리입니다.

일신(一神)이 내려주신 바가 만물의 이치이니 바로 천일(天一)이 물을 생하는 도입니다. 인간의 본래 성품이 광명에 통해 있는 것이 생명의 이치이니 바로 지이(地二)가 불을 생하는 도입니다. 세상을 하늘님(三神上帝)의 다스림으로 깨우치는 것이 마음의 이치이니 바로 인삼(人三)이 나무를 생하는 도입니다.

대개 대시(大始)에 하늘님께서 천지인 삼계를 만드실 때 물로써 하늘을 상징하고 불로써 땅을 상징하고 나무로써 사람을 상징하였습니다. 무릇 나무란 땅에 뿌리를 내리고 하늘로 솟아나온 것인데 사람이 땅에 우뚝 서서 하늘을 대신하는 것과 같습니다."

유위자 선인은 황궁 선조 이래 환족이 믿어온 하늘신 신앙에다 유인의 삼신일체, 안파견 환인의 천지인 사상, 거불환 환웅의 기화수토 우주 창조론, 우사 방아의 목화수토 생명 탄생론을 포괄적으로 도(道)로써 설명하였다.

단군 도해가 답하였다.

"선인께서는 참으로 좋은 말씀을 들려 주셨소."

유위자 선인의 전(佺)의 도에 대한 설명을 들은 단군 도해는 하늘신의 도로써 가르침을 세우고 마음속에 품고 있는 뜻을 전하는 글을 지어 백성들에게 선포하니 후세 사람들은 이를 염표문(念標文)이라고 하였다.

〈염표문(念標文)〉

하늘은 아득하고 고요함으로 광대하니

사람의 도는 두루 미치어 원만하고

그 하는 일은 참됨으로

만물을 하나 되게(眞一) 함이니라

땅은 하늘의 기운을 모아서 성대하니

땅의 도는 하늘의 도를 본받아 원만하고

그 하는 일은 쉼 없이 길러

만물을 하나 되게(勤一) 함이니라

사람은 지혜와 능력이 있어 위대하니

사람의 도는 천지의 도를 선택하여 원만하고

그 하는 일은 서로 협력하여

태일의 세계를 만드는 데(協一) 있느니라

그러므로 하늘님(三神)께서 참마음을 내려주셔서

사람의 성품은 하늘님의 대광명에 통해 있으니

하늘님의 가르침으로 세상을 다스리고 깨우쳐

인간을 널리 이롭게 하라

단군 도해는 하늘신의 도를 가르치기 위해 오가에게 명하여 전국의 이름난 명산 열두 곳을 골라 가장 아름다운 곳에 국선소도(國仙蘇塗)를 설치했다. 소도는 천부단을 본뜬 것으로 하늘신께 제사를 드리는 곳이다. 하늘신께 제사를 드리는 곳은 신성한 곳이므로 아무나 함부로 침범하지 못하게 금줄을 치고 높은 솟대를 세웠다.

국선(國仙)은 국자랑(國子郞) 또는 선랑(仙郞)이라고도 하는데 깊은 산 중에서 심신을 단련하며 도를 실천하는 사람들을 말한다. 국선소도는 국선들이 머물면서 수련을 하며 하늘신께 제사를 드림으로써 백성들의 마음을 한곳으로 모으고 하늘신과 조상 숭배, 환인 시대 이래 통치 이념인 재세이화 홍익인간 정신을 수련하는 곳이다.

이 국선소도의 둘레에 박달나무를 심었는데 이것은 환웅 시대 거발환 환웅이 신시에 박달나무를 심고 신단수(神檀樹)라고 부른 것에 기원을 두었다. 그리고 박달나무 중 가장 큰 나무를 골라 웅상(雄常)이라 하였다.

또 국선소도의 옆에는 경당(局堂)을 세우고 국자랑을 교육하였다. 충(忠), 효(孝), 신(信), 용(勇), 인(仁)의 오상(五常)을 핵심으로 글읽기, 활쏘기, 말타기, 예절 및 노래와 음악을 배우며 격투기와 검술 등을 익히게 했다. 국선소도는 경당과 함께 하늘신을 중심으로 백성들을 한곳으로 통합하며 경당에서 젊은이들을 가르침으로써 국민 교육 기관의 역할을 하였다.

이후 삼한의 모든 읍락에서는 국선소도를 본받아 마을마다 소도를 설치하고 세 고을에 파견된 전(佺)이 읍락 백성들의 스승으로서 소도를 관리하며 하늘신에게 제사를 지내고 젊은이들을 교육하였다. 소도는 하늘신을 모시고 제사 지내는 신성한 곳이므로 비록 죄인이라 하더라도 이 소도에 들어가면 함부로 잡을 수 없는 풍습이 이때부터 생겨났다.

단군 도해는 도와 염표문과 국선소도 등에 대한 가르침을 주기 위하여 선인 20명을 하나라에 파견하기도 했다. 이에 하나라 13대 왕 제근(帝根)이 사신을 보내 방물을 바쳤다.

단군 도해는 아사달의 삼한 전체가 먹을 것과 입을 것이 풍부하고 소도와 경당 활동이 활발하며 백성들의 편안함을 보고 전의 도를 가르친 배달의 거불환 환웅을 기려 대시전(大始殿)을 건립하게 하였다. 대시(大始)란 크게 시작하였다는 뜻이고 대시전은 거발환 환웅을 모신 곳이므로 거발환 환웅을 개천(開天)의 시조로 보았다는 뜻이다. 대시전의 가운데에 거발환 환웅의 상을 걸었는데 밑에는 환화(桓花)로 받침대를 만들었다. 환화는 무궁화다.

대시전이 완성되자 단군 도해는 대시전에서 하늘님께 감사의 제사를 올리고 백성들에게 〈하늘님께 드리는 기도〉와 〈하늘님이 하신 말씀〉을 강론하고 준비된 술과 음식으로 백성들을 배불리 먹였다. 그리고 오가에게 말했다.

"이제부터 살생을 금하고 잡은 것은 놓아주며 옥문을 열고, 거지에게 밥을 주고 옥문을 없애라."

삼한의 백성들은 이 소식을 듣고 크게 기뻐하였다.

단군 도해 시절에 아사달의 삼한은 고을마다 소도와 경당이 있었다. 젊은이들은 글읽기, 활쏘기, 말타기, 예절 및 노래와 음악과 격투기와 검술 등을 익히고 나라에 충성하며 부모에 효도하고 동료들 사이에 신의가 있고 싸움에서는 용감하며 윗사람과 아랫사람에게 인으로써 대하니, 아사달의 국력은 크게 신장하였다. 하늘신의 가르침을 통한 전(佺)의 도를 굳건히 세우니 삼한은 태평성대를 구가하였다.

단군 도해가 붕어하고 우가 출신 아한(阿漢)이 12세 단군이 되었다. 단군 아한은 삼한을 순수하며 소도와 경당을 살피고 백성들의 삶을 보살폈다. 번한 지역 요하(遼河)에 이르러서는 요하의 왼쪽에 아사달 역대 단군들의 명호를 새긴 순수관경비(巡狩管境碑)를 세웠는데 요하는 오늘날의 북경 서쪽에서 동남쪽 방향으로 흘러 발해로 들어가는 영정하(永定河)다. 아득한 훗날 번조선 왕 기준(箕準) 시대에 여홍성(黎洪星)이 이곳을 지나다가 오랜 옛날 번한의 국경 표시석인 단군 아한의 순수관경비를 발견하고 감격에 겨워 시를 남기기도 했다.

하나라의 멸망과 상나라 건국

13세 단군 흘달(屹達) 당시 하나라는 극심한 내홍에 처해 있었다. 16세 군주 제공갑(帝孔甲) 이래 서서히 힘을 잃어가던 하나라는 19세 군주 제이계(帝履癸) 시대에 급격히 쇠락의 길로 들어섰다. 이계는 몸집도 크고 힘이 장사여서 맨손으로 호랑이나 늑대 등 맹수들과 싸워서 이길 정도로 용맹한 사람이었다. 그러나 하나라의 군주가 되어서는 정사(政事)를 등한시함은 물론이고 야수와 같은 용맹으로 폭력과 탐욕, 색욕이 지나칠 정도로 과격했다. 작은 제후국들에게 감당하기 어려운 재물을 요구하고 응하지 않으면 군대를 보내 왕과 신하들을 죽이고 무차별 약탈했다. 수많은 제후국과 읍락들이 이계의 폭력 앞에 피폐해졌음은 물론이었다.

그때 유시국(有施國)이라는 작은 제후국이 있었다. 이계가 유시국에 재물을 요구하며 정벌하려 하자 이에 놀란 유시국 왕은 많은 진상품과 함께 유시국에서 가장 아름다운 말희(妹喜)라는 미녀를 바치며 항복했다.

"말희여, 그대에게 우리 유시국 전체의 운명이 달려 있소. 부디 그대의 조국을 잊지 말기 바라오."

이계는 유시국에서 얻은 말희에게 매혹되어 화려한 궁궐을 짓는 등 말희를 기쁘게 하는 일이라면 무엇이든 하였다. 그러나 말희는 유시국을 떠나오던 날 유시국 왕이 해준 말을 잊지 않고 있었다.

'이계를 죽여야 우리가 산다.'

말희는 이런 생각을 하며 이를 악물고 마치 이계를 잡아 찢듯이 비단을 좌악 찢었다. 마침 그때 이계가 들어왔다.

"호호호호호호~~~."

"음? 와하하하하하하~~~. 오, 그대는 비단 찢는 소리를 좋아하는군."

이계도 같이 비단을 좌악 찢으며 웃어제꼈다. 말희는 마치 그것이 사실이라는 양 비단을 찢으며 즐거운 듯이 마구 웃어댔다. 이계는 즉시 신하를 시켜 고운 비단 수백 필을 가져오게 하고 말희와 더불어 비단을 찢으며 크게 기뻐하였다.

이계는 말희와 더불어 새로 지은 궁전에서 살며 온갖 맛있는 고기와 술을 즐겼다. 이계와 신하들이 술판을 벌일 때 계집들이 술을 따르며 비위를 맞추는 것도 말희는 괴로웠다. 이계를 쥐도 새도 모르게 파멸시키는 것이 목적인 말희는 한 가지 계책을 말했다.

"천자님, 소녀에게 좋은 생각이 있습니다만."

"오, 어서 말해 보시오. 그대의 말이라면 무엇이든지 들어 드리리다."

"이 아름다운 정원에 연못을 만들고 술로 연못을 가득 채우시지요. 그리고 배를 띄워 술을 떠서 마시며 놀면 재미있을 것 같습니다. 안주는 숲속 나뭇가지에 걸어두고 따서 먹으면 얼마나 재미있을까요?"

"와하하, 그대는 어찌 그렇게 재미있는 생각을 하셨소?"

이계는 즉시 신하들을 시켜 술 연못을 만들게 하였다. 그리고 신하들과 함께 배를 타고 술을 떠서 마시며 나뭇가지에 매달린 고기 안주를 따먹으면서 가무를 즐겼다. 가히 재미있는 풍경이다. 주지육림(酒池肉林) 이란 고사성어가 탄생한 배경이다.

하나라의 사정이 이러하니 백성들의 원성이 최고조로 높아졌음은 불 문가지였다. 그러나 아무리 포악한 군주라 하더라도 충신은 있게 마련 이어서, 신하들 중 관용봉(關龍逢)이란 충신이 죽음을 각오하고 이계에 게 간언했다.

"천자시여, 지금 많은 백성들이 굶주림과 도탄에 빠져 허덕이고 있 습니다. 부디 백성들에게 덕을 베풀고 백성들을 보살펴야 하늘도 천명 을 거두지 않나이다."

"무슨 소리냐? 나는 천자다. 내가 곧 하늘이다."

오히려 이계는 관용봉을 참해 버렸다. 그리고 평소에 관용봉과 같은 생각을 가지고 있던 신하들도 색출해서 처형했다. 이계의 주위에는 위 (韋)씨, 고(顧)씨, 곤오(昆吾)씨 등 아첨하는 신하들만 모여 있어 이계와 함께 포악한 정치를 하고 약탈을 일삼았다. 이윤(伊尹) 등 뜻이 있는 신 하들은 모두 이계를 떠나 떠오르는 제후국인 상(商)나라의 천을(天乙)에 게로 갔다.

상나라의 천을은 태을(太乙)이라고도 하며 자(字)는 탕(湯)이다. 상나라 의 탕이므로 상탕(商湯)이라고도 하며 나라를 새롭게 일으켜 세웠으므 로 성탕(成湯)이라고도 하였다. 천을은 중화(순, 舜)의 우(虞)나라 때 사도 (司徒)로서 백성들을 가르친 설(契)의 14대 후손인데 설은 제곡 고신의 아들이자 방훈(요, 堯)의 이복형이며 소호 금천의 증손이고 공손 헌원의 현손이다.

중화는 설을 상(商) 땅에 봉하고 제후로 삼았다. 설 이후 상나라는 수 도를 여덟 번이나 옮기며 국력을 신장시켜 왔는데 마지막으로 천을은 수도를 박(亳)으로 옮겼다. 박(亳)은 설의 부친 제곡 고신의 고향으로 지금의 하남성 상구현이다. 상나라 왕 천을은 백성들을 사랑하고 민생을 안정시켰으므로 많은 제후국으로부터 신망을 얻고 있었다.

하나라 충신 관용봉이 이계에게 간하다가 참형을 당했다는 소식이 들려오자 천을은 큰 한숨을 내쉬었다.

'아, 하늘도 무심하시지, 나라가 어떻게 되어가는 건가?'

천을은 충언으로 간하다가 목숨을 잃은 관용봉을 위해 조촐한 제사를 올렸다. 이 소식이 전해지자 점점 세력이 커지며 민심을 얻고 있던 상나라의 천을을 경계하던 이계는 대노하여 즉시 천을을 불러들여 하대(夏臺)에 감금했다. 하대는 하나라의 감옥 이름이다. 이에 놀란 상나라의 이윤 등 신하들은 많은 금은보화와 절색의 미녀를 골라 이계에게 바치니 물욕, 색욕이 있는 이계는 천을을 풀어 주었다.

천을이 무사히 돌아오자 상나라의 백성들은 이계의 폭정에 더 이상 참지 못하고 반기를 들었다. 상나라는 제후국들과 연합하여 먼저 이계에게 아첨하며 함께 폭정을 일삼은 위(韋)씨, 고(顧)씨, 곤오(昆吾)씨 등 제후국들을 쳤다. 다음 목표는 당연히 하나라 이계다. 천을은 제후국 연합군들과 함께 이계를 공격하기 시작했다.

위와 고, 곤오 등이 패하여 사라지자 위기를 느낀 이계는 아사달에게 구원을 요청했다. 기댈 곳이라고는 아사달밖에 없었기 때문이었다.

"아사달의 단군이시여, 지금 신(臣)에게 반역이 일어났습니다. 상의 천을이 하의 충성스런 신하들을 처단하고 이제 신까지 처단하기 위해 군사들을 모으고 있습니다. 부디 하를 구해주시면 아사달 단군님을 위해 충성을 다하겠나이다."

이계가 자신을 신(臣)으로 칭하며 구원을 요청하자 아사달의 13세 단군 흘달(屹達)은 반역이라는 말에 주목하였다. 배달 시대에 공손 헌원의 반역이 있었고 아사달의 초기에도 방훈과 중화의 반역이 잇따라 일어났었다. 공손 헌원과 방훈, 중화의 반역은 제압되었으며 문명이 세운 하나라에서 문명의 아들 계가 또 반역을 일으켰지만 계는 하나라를 계승하였다. 그 하나라에서 또 반역이 일어났다.

'반역은 있어서는 안 된다. 반역은 모든 백성이 조화롭게 살기를 바라는 하늘님의 뜻에 반하는 것이다.'

흘달 단군은 번한의 15세 비왕 소전(少佺)에게 하나라의 반란군을 처단하도록 지시했다. 비왕 소전은 읍차(邑借) 말량(末良)에게 구환의 군대를 주어 하나라로 출병시켰다. 아사달의 군대가 이계를 지원하기 위해 출병했다는 소식을 들은 천을은 큰 고민에 빠졌다. 천을의 군대가 아사달의 적수가 될 수 없음은 불을 보듯이 뻔하기 때문이었다. 천을은 이윤을 불러 물었다.

"아사달이 이계를 도우러 온다니 이를 어이하면 좋겠소?"

"우선 시간이 필요합니다. 일단 이번에는 물러서시고 후일을 기약하도록 하지요. 제가 아사달의 단군님을 만나 뵙겠습니다."

이윤은 내심 다른 생각이 있었다. 이윤의 조언에 따라 천을은 군사를 철수시키고 이계에게 사과하고 공물도 바쳤다.

한편, 이계를 제거할 기회를 호시탐탐 노리고 있던 말희는 상나라의 천을이 반란을 일으키자 이계의 요청으로 아사달의 원군이 온다는 소문을 들었다.

'상나라가 물러서서는 안 된다. 아사달 군대에 진실을 알려야 한다.'

말희는 유시국에서 자신을 따라 함께 온 시종을 불러 은밀히 지시를 내렸다.

"너는 지금 즉시 아무도 모르게 궁을 떠나 상나라의 재상 이윤을 만나러 가거라. 그리고 지금 하나라 내부에서 일어나는 일들을 상세히 알려라. 백성들을 돌보지 않고 오히려 백성들을 약탈하고 함부로 죽이는 포악한 군주는 군주가 아니니라."

말희의 지시를 받은 시종은 그날로 상나라로 달려가 재상 이윤을 만나 하나라의 상황을 상세히 설명하고 도움을 요청했다. 지금 하나라 백성들은 이계의 폭정으로 도탄에 빠져 모두 이계에게 등을 돌렸으며, 하나라 군대도 모두 사기가 떨어져 전투 능력을 상실하였으니 지금이 바로 하나라 이계를 멸망시킬 적기라는 것이다.

이계는 상나라 천을이 사과함과 동시에 공물을 바치자 천을을 용서하였다. 아사달 읍차 말량의 군대도 상나라 천을의 사과 소식을 듣고 회군하려는 중이었다. 그런데 갑자기 이계가 아사달과 하나라의 동맹을 깨뜨리고 군대를 동원해 말량을 공격했다. 이계와 말량이 대치하고 있는 사이, 상나라 재상 이윤은 아사달의 흘달 단군을 만나러 갔다.

"아사달의 흘달 단군이시여, 하나라의 제후국인 상의 이윤이 문안드리옵니다."

"하나라의 제후국 상이라면, 지금 상의 천을이 상국(上國)인 하나라의 이계에게 반역하지 않았소?"

"단군님, 오해이십니다. 신 이윤은 예전에 아사달의 유위자 선인으로부터 가르침을 받았고 지금 상의 천을을 돕고 있습니다. 유위자 선인의 전의 도를 신 이윤이 천을에게 전하고 천을은 하늘님의 가르침에 따라 덕으로써 백성들을 보살피고 있습니다. 하늘님의 도를 따르지 않고 백성들을 도탄에 빠뜨린 것은 상의 천을이 아니라 오히려 하나라의 이계입니다."

이어서 이윤은 하나라 이계의 비 말희의 유시국 이야기, 이계의 폭정과 포악성, 백성들의 이반, 말희의 시종이 전한 하나라의 최신 정보 등을 낱낱이 흘달에게 보고하였다.

"음, 그렇다면 하늘님의 도를 어긴 사람은 하나라 이계이군요."

흘달 단군은 즉시 신지 우량(于亮)에게 명하여 견군, 낙랑군과 합세하여 하나라로 진격시켰다. 동시에 번한의 비왕 소전에게 명하여 상나라 천을과 함께 폭군 이계를 치게 하였다. 상나라 천을과 연합한 번한 장수 치운출(蚩雲出), 읍차 말량, 신지 우량 등 아사달 군대가 쳐들어가자 폭군 이계는 더 이상 견디지 못하고 명조(鳴條)로 달아나고 말았다.

천을은 명조까지 쫓아가 이계를 사로잡아 남소(南巢)로 추방하였고 이계는 3년 뒤 정산(亭山)에서 죽었다. 남소와 정산은 오늘날의 안휘성 소호시에 있다.

이로써 아사달 13세 단군 흘달의 지원을 받은 천을은 하나라를 멸망시키고 나라 이름을 그대로 상(商)이라 하였다. 이계가 죽자 천을은 하나라의 후손을 제후에 봉하고 선조의 제사를 모시게 했다. 그리고 하나라를 이은 상나라 전체에 덕치를 베풀었다.

하나라의 마지막 왕 이계는 후에 걸(桀)이라는 시호로 불렸고 하나라의 제후국이었던 상(商)을 상나라로 중흥시킨 천을은 후에 탕(湯)으로 불렸다. 탕왕 이전의 선조인 설(契)부터 천을까지 14대 선조를 선상(先商) 시대라 부른다.

오성취루(五星聚婁)

13세 단군 흘달 재위 50년(기원전 1734년)에 감성(監星)의 관측 전문가들은 일생에 보기 드문 특이한 천문 현상을 관측하였다. 초가을 어느 날, 해가 진 직후의 서쪽 하늘에 왼쪽부터 초승달과 함께 화성, 수성, 토성, 목성, 금성 순으로 다섯 개의 행성이 거의 일직선 형태로 한 곳에 모였다.

28수의 별자리로 보면 춘분점에 앉힌 백호의 꼬리 바로 위 부분에 해당하는 루(婁)자리에 모였다. 이 현상을 후대의 역사가들은 오성취루(五星聚婁)라 하였다. 오성이 루(婁)자리에 모였다는 뜻이다. 해는 산 아래로 넘어가 보이지 않았다. 관측 전문가들은 하늘에 나타난 이 신비롭고 기이한 천문 현상에 대해 깊이 생각했다.

'수성, 화성, 목성, 금성, 토성의 다섯 행성은 하늘에서 황도, 백도와 비슷한 행로를 떠돈다. 붙박이별들을 배경으로 하늘에서 황도와 백도를 따라 앞으로 가기도 하고 뒤로 가기도 하면서 천구와 함께 지구를 한 바퀴 돈다. 이 다섯 개의 떠돌이별들은 각자 지구를 한 바퀴 도는 시간이 서로 다르기 때문에 이들이 한 곳에 모이는 현상은 아주 드물게 일어난다.

오행의 이름을 따서 붙인 오성이 한곳에 모였으므로 이는 오행이 한곳에 모인 것과 같다. 우주 창조의 구성 요소이며 모든 생명체 탄생의 기본 요소인 오행이 한곳에 모였다는 것은 새로운 우주를 창조하고 새로운 생명체를 탄생시키는 것과 같다. 이를 아사달에 적용하면 아사달은 마치 새로 태어나듯이 발전을 거듭할 것이다. 이것은 바로 하늘님의 하늘소리다 …….'

이와 같은 결론에 도달한 감성의 관측 전문가들은 흘달 단군에게 이 현상을 보고하였다.

"단군이시여, 요즘 해가 지고 난 서쪽의 저녁 하늘에 오성이 한 줄로 모이는 신비한 현상이 나타났나이다."

"호오, 하늘의 오성이라면, 우리가 매일 제사를 드리는 달력의 오성이 아니오?"

"그러하옵니다. 이 신비스런 현상은 수백 년에 한 번씩 찾아오는 하늘님의 하늘소리입니다."

"하늘님이 전하는 하늘소리는 무슨 뜻인가요?"

"오성이 한곳에 모였다는 것은 바로 오행이 한곳에 모인 것을 의미합니다. 배달 시대 치우천왕 이래 오행은 우주 창조의 기본 요소이자 이 땅에 생명 탄생의 기본 요소입니다. 따라서 아사달의 삼한에는 이 오성의 정기를 받아 백성과 가축 등 많은 생명체들이 탄생하여 번성할 것이며, 밖으로는 많은 나라들이 아사달에 협력하며 모든 세상이 조화롭게 번영할 것입니다.

그러므로 단군님께서는 안으로는 백성들을 도로써 다스리시고, 밖으로는 모든 제후국들이 번영하도록 덕을 베푸시면 아사달의 안과 밖, 세상의 모든 사람들이 하늘님의 하늘소리에 따라 조화롭고 평화롭게 될 것입니다."

"하늘님의 하늘소리를 따르도록 하지요. 감성관들은 이 사실을 삼한의 백성들에게 널리 전파하여 모두 이웃과 더불어 조화로운 삶을 살도록 하시오."

하늘의 다섯 행성이 한곳에 모인 하늘소리에 따라 흘달 단군은 도와 덕으로써 천하를 다스리고 백성들도 나라에 충성하며 부모와 어른들을 공경하고 이웃과 친밀하게 지내며 아랫사람을 보살피는 조화로운 삶을 살았다.

13세 단군 흘달 이래 14세 단군 고불(古弗), 15세 단군 대음(大音), 16세 단군 위나(尉那), 17세 단군 여을(余乙), 18세 단군 동엄(冬奄), 19세 단군 구모소(緱牟蘇), 20세 단군 고홀(固忽)에 이르기까지 약 400년 동안 아사달 삼한은 태평성대를 구가하였다.

14세 단군 고불은 자모전(화폐)을 주조하여 사용하게 하였고 아사달의 총 인구를 조사하니 1억 8,000만 명이었다.

15세 단군 대음 시절 상나라의 7세 왕 소갑(小甲)이 번한을 침범했다가 패퇴하자 사신을 보내 화친을 청해왔으며 9세 왕 태무(太戊)는 번한에 조공을 바쳤다. 양운국과 수밀이국이 진한에 조공을 바쳤고 우루(虞婁) 사람 20가(家) 약 4,000여 명이 투항해왔다. 세법을 고쳐 80분의 1 세금을 부과하였고 흉년, 홍수 등 천재지변이 일어나면 쌓아두었던 곡식을 풀어 백성들을 구휼하였다.

16세 단군 위나 시절에는 탐모라(오늘날의 제주도)가 마한에 조공을 바쳤으며 병법가(兵法家) 신우천(新尤天)은 새로운 병서(兵書)를 지어 단군에게 바쳤다.

17세 단군 여을 시절 마한 비왕 두막해(豆莫奚)가 마리산 참성단에서 하늘님께 제사를 드릴 때 상나라 11세 왕 외임(外任)이 사신을 보내 제사를 도왔으며 12세 왕 하단갑(河亶甲)은 번한에 조공을 바쳤다.

18세 단군 동엄 시절 상나라 15세 왕 옥갑(沃甲)의 사절이 번한에 사례하였고 고수노(高叟老)가 국사(國史) 18권을 편찬하여 단군에게 바쳤다(기원전 1480년). 이는 3세 단군 가륵 시절 신지 고글이 배달유기(倍達留記)를 편찬한 이후 두 번째 역사서다.

19세 단군 구모소는 패엽전(貝葉錢)을 주조하여 경제 생활에 편의를 가져왔으며 닥종이로 한지(韓紙)를 만들고 칡으로 옷(葛衣)을 만들었으며 송화강변에 조선소를 건립하였다.

20세 단군 고홀 시절에도 상나라가 조공을 바쳤으며 북흉노의 반란을 진압하였고 영고탑을 개축하여 이궁(離宮)을 지었다.

이와 같이 13세 단군 흘달부터 20세 단군 고홀까지 약 400년 동안 아사달은 안으로는 삼한의 백성들이 먹을 것, 입을 것 걱정 없이 편안하게 살도록 힘썼으며, 밖으로는 상나라와 양운국, 수밀이국 등의 조공을 받고 귀화한 우루 사람들을 받아들였으며 상나라 사신이 아사달의 하늘신 제사에 참여하게 하는 등 하늘 아래 전 인류를 위해 재세이화 홍익인간의 정신을 실천하였다.

이 시기는 태평성대를 구가한 아사달의 황금시대였다.

고등과 색불루의 쿠데타

아사달의 황금시대는 20세 단군 고홀 시대에 들어서면서 서서히 어지러워지기 시작하였다. 13세 단군 흘달 이래 20세 단군 고홀 시대까지 약 400년 동안 큰 전쟁도 없었고 반란 사건도 없어서 아사달의 단군들은 내치에 주력하였다.

그러나 그동안 단군의 권력 통제력이 약해지면서 20세 고홀 단군 시대에는 군사력이 강한 개사원(蓋斯原) 욕살 고등(高登)과 해성(海城) 욕살 서우여(徐于餘)가 서로 경쟁과 반목을 하고 있었다. 개사원과 해성은 변한 관경인 요동에 있는 성이고 욕살은 지방 장관이다.

단군 고흘 시대에 번한의 해모라(奚牟羅)가 비왕으로 봉해지자마자 사망하고 뒤를 이을 아들도 없어서 고등과 서우여가 번한 비왕 자리를 놓고 다투었으나 우사 소정(小亭)의 간언을 들은 고흘 단군은 누구도 봉하지 않았으므로 번한 비왕 자리는 20년 가량 공석이었다. 따라서 나라가 어수선하였고 백성들도 불안하였다. 자신의 죽음이 가까운 것을 안 단군 고흘은 태자 소태에게 당부하였다.

"지금 개사원 욕살 고등과 해성 욕살 서우여가 서로 우현왕(右賢王)을 노리고 다투고 있소. 누가 되더라도 위태롭기는 마찬가지이니 부디 태자는 현명하게 조치하시기 바라오."

우현왕은 번한의 비왕이고 좌현왕은 마한의 비왕이다. 고등과 서우여는 둘 다 군사력도 비슷하고 권력욕도 강해서 누구라도 우현왕이 된다면 큰 세력 다툼이 일어날 것임은 불을 보듯 했다. 그래서 단군 고흘의 우사 소정(小丁)은 그 자리를 비워 둘 것을 단군에게 건의했었다.

고흘이 붕어하자 태자 소태(蘇台)가 21세 단군으로 즉위하였다. 즉위 원년(기원전 1337년)에 상나라의 21세 왕 소을(小乙)이 사신을 보내 단군의 즉위를 축하함과 동시에 조공을 바쳤다.

어느 날, 개사원 욕살 고등이 아사달로 소태 단군을 찾아왔다.

"단군이시여, 개사원의 욕살 고등이 문안드리옵니다."

"오, 고등 욕살. 어서 오시오."

"단군이시여, 우현왕은 해모라가 죽은 이후 20년 가까이 비어 있습니다. 단군님을 보좌하는 우현왕을 이렇게 오래 비워 둘 수가 없으니 단군께서는 하루빨리 우현왕을 봉해 주시기 바라옵니다."

"누구를 봉하면 좋겠소?"

"신의 생각으로는 아사달의 우사 소정이 적임자입니다. 소정은 우사로서 오랫동안 단군 고홀을 보좌하여 아사달의 삼한을 모두 파악하고 있으므로 우사 소정을 봉함이 옳다고 생각합니다."

욕살 고등이 우사 소정을 우현왕으로 천거한 데는 다른 뜻이 있었다. 현명한 소정을 소태 단군과 분리시켜 자신의 영향력 아래 둠으로써 후일을 기약하기 위한 것이었다. 소태 단군은 막강한 군사력을 가진 고등을 무시할 수도 없었고 우현왕 자리도 너무 오래 비어 있었으므로 소정을 우현왕으로 봉함으로써 혼란을 헤쳐 나갔다.

단군 소태 즉위 47년째인 기원전 1291년, 상나라 22세 왕 무정(武丁)이 전쟁을 일으켜 북쪽의 귀방(鬼方)을 치고 삭도(索度)와 영지(令支)를 침공하였다. 귀방은 북쪽 내몽골 지역 족속이며 영지는 번한의 요중(遼中) 12성의 하나다. 우현왕인 번한 비왕 소정은 관할 욕살들에 대한 자신의 권한으로 개사원 욕살 고등과 해성 욕살 서우여를 보내 상나라 무정을 치게 하였다. 고등과 서우여는 강력한 군사력으로 귀방을 습격하여 멸망시키고 삭도에 이르러 상나라 무정을 격파하였다.

고등은 군사들의 수도 많이 증가하고 서북의 땅을 공략하여 차지하니 세력이 막강해졌다. 막강해진 군사력으로 고등은 단군 소태에게 다시 우현왕 자리를 요구하였다. 그러나 현명한 우현왕 소정이 고등의 영향력을 벗어난 데다가 단군 소태는 서우여의 반발을 예상하여 승낙하지 않았다.

이 소식을 들은 해성 욕살 서우여는 삭도 공격에 이어 즉시 상나라의 12세 왕 하단갑의 수도였던 북박(北亳)을 습격하여 격파하였다. 그리고 군사들을 탕지산(蕩池山)에 주둔시키고 번한의 험독(險瀆)으로 자객을 보내 우현왕인 소정을 살해했다. 탕지산은 단군 왕검 시대 요중(遼中) 12성의 하나인 탕지(蕩池)에 있는 산이다. 우현왕 소정이 살해되자 우현왕

자리는 다시 공석이 되었다.

일이 이렇게 되자 고등은 반란을 일으키고 개사원(蓋斯原)에서 단군 소태에게 항거하면서 자신을 우현왕으로 봉해줄 것을 거듭 요청하였다. 고등이 막강한 군사력을 배경으로 거듭 강력히 요구하자 소태 단군은 하는 수 없이 이를 허락하고 고등을 우현왕 두막루(豆莫婁)라 부르게 하였다.

"아사달의 삼한은 들으시오. 개사원 욕살 고등을 번한을 다스리는 비왕으로 봉하니 삼한은 모두 일심으로 단결하여 아사달의 번영을 위해 힘써 주기 바라오."

한편, 개사원 욕살 고등의 반란 소식을 들은 마한의 비왕인 좌현왕 아라사(阿羅斯)는 즉시 군사들을 이끌고 고등을 토벌하고자 진격하였다. 그러나 아라사의 군대가 개사원에 도착하기 전 단군 소태가 고등을 우현왕으로 봉하였다는 소식을 접한 아라사는 토벌을 멈추고 군사를 돌려 회군하였다.

아사달의 상황은 긴박하게 돌아가고 있었다. 고등이 우현왕이 되자 해성 욕살 서우여의 계획이 틀어졌다. 서우여는 소정을 살해하고 막강한 군사력으로 단군 소태를 압박하여 우현왕을 차지할 계획이었는데 오히려 고등에게 빼앗기고 말았다.

'이래서는 안 되겠다.'

서우여는 단군 소태에게 번한 지역 순수를 요청하였다. 단군 소태는 서우여가 머물고 있는 해성에 들러 주변 백여 리를 둘러보았다. 해성에 머무는 동안 단군 소태는 서우여의 강력한 군대에 압박감을 느꼈다. 서우여가 소태 단군에게 건의했다.

"단군이시여, 오늘날 아사달은 혼란에 빠져 있습니다. 우현왕 고등은 이미 나이가 많이 들었으나 아들은 없고 손자는 아직 어립니다. 좌현왕 아라사는 멀리 있습니다. 아사달의 이 혼란을 잠재울 수 있는 사람은 저 서우여입뿐니다. 단군께서는 아사달의 미래를 내다보시기 바랍니다."

말이 건의이지 사실상 서우여가 단군을 자신의 아성에 감금하고 막강한 군사력으로 협박한 것이다. 서우여는 아사달 단군 자리의 선양을 요구했다. 아사달의 단군 자리를 내놓으라는 것이다. 단군 소태는 며칠을 서우여의 압박에 시달리다 결국 서우여를 살수(薩水) 주위의 기수(奇首)에 섭주(攝主)로 봉하기로 하고 이를 아사달의 삼한에 전파했다. 그리고 송화강 유역의 아사달로 돌아왔다.

아사달의 섭주(攝主)는 단군 대신 섭정(攝政)을 하며 단군이 붕어하면 다음 단군 자리를 잇는 자리다. 선양(禪讓)이다. 이 소식을 접한 좌현왕 아라사와 우현왕 고등은 즉각 반대하며 불가함을 주장하였다. 아사달 1세 단군 왕검 이래 1,000년이 넘는 세월이 흐르는 동안 태자가 없을 경우 오가가 합의하여 단군을 모시는 화백제도에 따라 후임 단군이 즉위하였다. 서우여의 경우처럼 현직 단군이 혼자서 후임을 선택하고 선양한 사례는 없었다.

그러는 동안에 우현왕 고등이 사망하고 그의 손자 색불루(索弗婁)가 뒤를 이어 우현왕이 되었다. 색불루는 번한의 욕살들뿐만 아니라 좌현왕 아라사, 삼한의 욕살들과 함께 서우여에게 선양함이 부당하니 중지하여 줄 것을 단군 소태에게 강력히 요청하였다. 그러나 해성 욕살 서우여에 굴복한 소태 단군은 좌우현왕들의 요구를 들으려 하지 않았다. 색불루는 서우여가 생각했던 것처럼 어린아이가 아니었다. 색불루는 자신의 측근 여원흥(黎元興), 개천령(蓋天齡)을 불렀다.

"소태 단군이 섭주 서우여를 폐하려 하지 않으니 무슨 방법이 없겠소?"

"이대로 그냥 두면 서우여가 단군이 됩니다. 서우여와 소태 단군을 함께 치는 수밖에 없습니다."

"그러면 그것은 반역이 아니오?"

"지금 우리뿐만 아니라 좌현왕이나 삼한의 욕살들도 서우여에게 선양하는 것을 반대하고 있습니다. 그들의 뜻을 모으면 서우여와 소태 단군을 치지 않고도 단군이 될 수 있습니다."

우현왕 색불루와 여원흥, 개천령 등은 서우여의 선양을 반대하는 지방 토호들의 세력을 규합하여 단군 소태와 서우여를 치지 않고도 부여(夫餘)의 신궁(新宮)에서 스스로 단군으로 즉위하였다. 부여는 아사달 서북쪽 평원에 1세 단군 왕검의 넷째 아들 부여가 봉함을 받은 나라였다.

"나 우현왕 색불루는 우리 아사달 삼한 백성들의 번영을 위하여 스스로 단군에 올랐소. 지금의 소태 단군은 해성 욕살 서우여를 아사달의 섭주에 봉하고 선양하기로 하였소. 그러나 이는 명백히 선대 단군들의 가르침을 위반한 것이오. 나 색불루는 소태 단군과 서우여의 부당한 선양을 막고 위로 선대 단군들의 위업을 이어받고 하늘님을 받들어 모시며 아래로 우리 환족 백성들이 모두 조화로운 삶을 살도록 모든 힘을 다할 작정이오."

그러나 색불루가 소태 단군을 치지 않고 단군이 된다고 해서 반역이 정당한 것은 아니었다. 서우여는 비록 소태 단군을 협박하기는 했으나 선양이라는 최소한의 절차는 거쳐서 섭주로 봉함을 받았다. 그러나 색불루는 그마저도 없이 스스로 단군에 올랐으므로 이는 반역이며 쿠데타였다. 색불루가 부여에서 스스로 단군에 올랐다는 소식을 들은 좌현왕 아라사는 깜짝 놀랐다.

"색불루가 반역을 일으켰다. 이는 반역이다!"

아라사는 마한의 군사들을 소집하고 즉시 부여를 공격하기 위해 출정했다. 아사달에 내전이 일어난 것이다. 아라사가 마한의 전 군사들을 이끌고 공격해 온다는 소식을 들은 색불루는 측근인 개천령을 보내 막게 했다. 아라사의 마한군이 많다고는 하나 상나라와 치른 여러 전투 경험으로 단련된 색불루 군대의 적수가 되지는 못했다. 이 전투에서 아라사는 개천령에게 살해당하고 마한군은 대패하였다.

색불루의 반역으로 아사달에 두 명의 단군이 있게 되었다. 하늘에 해가 하나이듯이 아사달도 단군은 한 분이라야 한다. 두 명의 단군이 있을 수 없다. 이에 아사달의 제후국인 고죽국(孤竹國)의 태자 백이(伯夷)와 그의 동생 숙제(叔弟)는 아사달 하늘에 해가 두 개가 있을 수 없다 하여 고죽국을 버리고 동해, 즉 발해만의 물가로 피하여 고사리를 캐 먹고 살았다.

좌현왕의 군대가 색불루의 개천령에게 대패하고 아라사가 전사했다는 소식이 전해지자 색불루의 단군 즉위에 반대하던 삼한의 욕살들은 대부분 색불루에게로 돌아섰다. 마지막까지 반대하던 몇몇 욕살들도 색불루의 측근 여원흥과 개천령의 설득으로 마음을 바꿨다.

상황이 급격하게 바뀌자 단군 소태도 더 이상 버틸 수가 없어 서우여를 아사달의 섭주에서 폐하고 자신도 단군의 지위를 내려놓았다.

"아사달의 삼한은 들으시오. 오늘날 아사달은 1세 단군 왕검 이래 1,000년이 넘는 세월 동안 하늘님을 모시며 조화롭게 살아왔으나 나 소태의 시절에 어려움을 당하여 환족이 최대의 위기에 봉착해 있소. 이는 모두 나 소태의 부덕함 때문에 일어난 일들이오. 따라서 서우여를

아사달의 섭주에서 폐하고 나 소태도 이 천부인을 우현왕 색불루에게
전하고 자리를 넘겨주기로 하였소. 부디 새로 단군이 되신 색불루를 잘
보좌하여 우리 아사달 삼한 모두 영원토록 번영하기 바라오."

　21세 단군 소태는 천부인을 색불루에게 넘겨 주고 평민의 신분이 되
어 아사달에서 여생을 마쳤다.

　그러나 평민으로 돌아간 서우여는 그냥 주저앉지 않았다. 그는 몰래
자신의 근거지인 좌원(坐原)으로 돌아가 군사들을 모았다. 다시 세력을
구축한 서우여는 부여의 색불루 단군을 공격하였다. 색불루는 개천령
을 보내 서우여를 치게 하였으나 개천령이 전사하고 말았다. 그러자 색
불루가 직접 서우여를 토벌하러 나섰다. 그러나 서우여의 세력이 매우
강하여 두 군사가 맞붙으면 승패를 떠나 양쪽 다 큰 손실을 피할 수 없
었다. 더구나 반역에 또 반역이 일어나면서 나라는 큰 혼란에 빠질 것
이다. 서우여가 원하는 것은 우현왕 자리이므로 이 사실을 간파한 색불
루는 서우여에게 몰래 사람을 보내 밀약을 맺었다.

　"해성 욕살 서우여! 그대가 이번 전투에서 물러나면 그대의 오랜 바
람대로 그대를 우현왕으로 봉할 것을 약속하니 부디 아사달 삼한이 번
영하도록 나를 도와주길 바라오."

　이에 서우여가 색불루의 약속을 믿고 군사를 거두니 색불루의 쿠데
타에 저항하는 세력은 모두 평정되었다.

색불루의 개혁

　단군 소태로부터 무력으로 천부인을 넘겨받은 색불루는 저항 세력을

모두 평정하고 아사달의 22세 단군이 되었다. 그러나 색불루의 반역으로 입은 아사달의 상처는 매우 깊었다.

최소 작용의 법칙을 넘어 권력욕으로 일어난 반역은 또 다른 반역을 낳는 법이다. 22세 단군 색불루는 이러한 사실을 잘 알았다. 색불루는 무엇보다도 반역의 정당성을 확보하고 아사달의 정통성을 계승하는 조치가 급하였다. 색불루는 삼한의 백성들에게 조서(詔書)를 내렸다.

"나 색불루는 21세 단군 소태로부터 천부인을 받음으로써 선양을 받았소. 과거의 전쟁과 혼란은 모두 종결되었으므로 나 단군 색불루는 단군이라는 칭호부터 아사달의 영토와 하늘님을 모시는 제사까지 1세 단군 왕검부터 내려오는 아사달의 모든 것을 변함없이 그대로 지키고 이어갈 것이오. 그러므로 삼한의 백성들은 변함없이 하늘님을 모시고 나라에 충성하며 부모에 효도하고 상하 간에 서로 돕고 의지하며 살기 바라오."

색불루는 선양으로 단군 자리의 정당성을 설명하였다. 비록 모든 것이 변함없이 지켜질 것이라고 하였으나 쿠데타로 권력을 쟁취하였으니 백성들의 마음을 사로잡기 위해서는 무언가 가시적 성과를 보여주어야 했다. 단군 색불루는 첫 번째 조치로 아사달의 수도를 송화강 유역에서 상춘(常春)에 있는 백악산으로 옮겨 백악산 줄기인 녹산(鹿山)에 있던 이궁(離宮)을 새로이 단장하고 신궁으로 삼았다. 상춘은 오늘날의 장춘(長春)이다. 1세 단군 왕검부터 시작된 송화강아사달 시대가 1,048년 만에 끝나고 백악산아사달 시대에 자리를 넘기게 되었다.

약속대로 단군 색불루는 서우여를 우현왕, 즉 번한 비왕에 봉하고 좌현왕인 마한 비왕에는 여원흥을 봉하였다. 그리고 단군 왕검 이래 내려오던 삼한의 이름을 바꾸어 진한을 진조선(辰朝鮮), 마한을 마조선(馬朝

鮮), 번한을 번조선(番朝鮮)이라 하고, 삼한관경제를 단군관경제로 하였다. 그리고 삼조선을 합친 나라의 명칭을 진조선(辰朝鮮)의 진(辰)을 따라 진국(辰國)으로 하였는데, 진(辰)은 우리말로 신, 즉 으뜸 또는 크다라는 의미다. 국방과 외교는 삼한관경제와 같이 단군에게로 집중하였다.

일단 새 체제에 필요한 조치를 완료한 색불루는 백악산아사달의 제천단에서 하늘신에게 제사를 올렸다.

"단군 색불루는 하늘님께 머리 숙여 제를 드리옵니다. 선대 단군 소태로부터 선양을 받은 저 색불루는 아사달을 세우신 단군 왕검의 국시를 세세대대로 이어감으로써 위로 하늘님을 모시고 아래로 백성들이 먹을 것, 입을 것 걱정 없이 조화롭게 살도록 하겠나이다. 하늘님께서는 진국(아사달)이 부강해지고 백성들이 번창하도록 보살펴 주시기를 기원하옵니다."

비록 무력으로 선양을 받았다 하더라도 아사달을 세운 단군 왕검의 국시를 잇고 하늘소리에 따라 백성들을 조화롭게 살도록 하겠다고 함으로써 아사달의 정통성을 확보하였다.

하늘신께 드리는 제사를 마친 색불루는 삼조선에 칙문을 내려 위로는 하늘신을 받들고 아래로는 뭇 백성들을 잘 교화하라고 전하였다. 이에 따라 삼조선에서는 백성들에게 예절과 의리, 농사일과 누에치기, 길쌈, 활쏘기, 글읽기 등을 가르치며 백성들의 조화로운 삶을 향상시키기 위하여 노력하였다.

백성들에게 조칙을 내리고 수도를 옮기고 궁전을 단장하고 비왕을 봉하고 관제를 개혁하고 하늘신에게 제사를 모시는 등 체제를 정비한 색불루는 시선을 밖으로 돌렸다.

조공을 바치면서도 자주 변방을 침략하는 상나라를 확실히 정벌할 필요성이 있었다. 몇 해 전만 하더라도 상의 무정은 번조선을 침략하여 할아버지 고등과 서우여가 출병하는 등 상나라는 진국의 골칫거리였다. 색불루는 삼조선의 군사들을 동원하여 상의 무정을 공격하였다. 상나라 수도 박(亳)을 함락시킨 후 번조선의 백성들을 산동성 회수(淮水)와 대종(垈宗, 泰山) 사이를 일컫는 회대 지역으로 대거 이주시켜 가축을 기르고 농사를 짓게 하였다.

이웃 상나라를 정비한 단군 색불루는 백성들을 위하여 삼조선 전체에 8조의 금법을 발표하였다.

　　제1조 : 살인한 자는 즉시 사형에 처한다.

　　제2조 : 상해를 입힌 자는 곡식으로 보상한다.

　　제3조 : 도둑질한 자 중에서 남자는 거두어들여 그의 집 노(奴)로
　　　　　　 삼고 여자는 비(婢)로 삼는다.

　　제4조 : 소도를 훼손한 자는 금고형에 처한다.

　　제5조 : 예의를 잃은 자는 군에 복역시킨다.

　　제6조 : 게으른 자는 부역에 동원시킨다.

　　제7조 : 음란한 자는 태형으로 다스린다.

　　제8조 : 남을 속인 자는 잘 타일러 방면한다.

1조와 2조는 사람의 생명과 신체에 대한 것이고 3조는 사유 재산, 4조는 종교, 5~8조는 생활에 관한 것이다. 단군 색불루는 진국 삼조선의 모든 환족이 신체와 재산에 대한 걱정 없이 살도록 형벌을 담당하는 구가와 선악을 담당하는 양가에게 특별한 지시를 내렸다. 자신의 잘못을 속죄한 사람은 죄를 면할 수 있었지만 당시 풍속이 이를 수치스럽게

여겼으므로 비록 속죄하였다 하더라도 일단 죄를 범한 사람은 결혼할 수 없었다. 이리하여 나라에는 도적이 없어 문을 열어 놓고 살았으며 여인들은 정숙하고 노소 사이에는 예를 지키는 데에 게으르지 않았다.

색불루는 할아버지 우현왕 고등이 사망하자 뒤를 이어 우현왕이 된 후 군사를 일으켜 힘으로 선양을 이끌어냈으나, 하늘신을 모시고 아사달의 국시를 이어받을 것을 약속하였다. 밖으로는 상나라를 공략하여 회대 지역을 확보하고 상나라 무정의 조공을 받았으며 안으로는 8조의 금법으로 삼조선을 다스림으로써 신뢰를 회복하는 등 진국은 안정을 되찾았다.

23세 단군 아홀(阿忽)은 숙부 고불가(固弗加)에게 명하여 낙랑홀(樂浪忽)을 다스리게 했는데 낙랑홀은 습수(濕水) 지역에 자리 잡은 아사달의 제후국이다. 홀(忽)은 성(城)을 뜻하며 습수는 하북성 북경 지역을 흐르는 오늘날의 영정하의 지류이므로 영정하라고도 한다. 기원전 1236년 선대 단군 색불루에 이어 장군 웅갈손(熊乫孫)을 보내 남국(藍國)과 함께 회대(淮岱) 지역을 평정하고 환족들을 이주시켜 제후국 엄(淹), 서(徐), 회(淮)를 세웠다. 엄국에는 포고(蒲古)씨를 봉하고 서국에는 영고(盈古)씨, 회국에는 방고(邦古)씨를 봉하였다.

회대 지역은 배달의 치우천왕이 이 지역을 확보한 이후 배달 및 아사달과 당(唐), 우(虞), 하(夏), 상(商) 사이에 서로 뺏고 뺏기며 각축(角逐)을 벌이던 지역이었다. 단군 아홀은 이곳에 제후국 엄, 서, 회를 세움으로써 서쪽의 상나라를 견제하고 통합하려는 전초 기지로 삼았다.

24세 단군 연나(延那)가 병으로 일찍 붕어한 후 25세 단군 솔나(率那)가 즉위하였다. 단군 솔나가 다스리던 기원전 1122년경 상나라의 제후국인 주(周)나라가 상국(上國)인 상을 치는 반란을 일으켰다. 이후 상의 왕족인 자서여(子胥餘)가 군사 5,000명을 거느리고 동쪽으로 갔다는 소식을 접한 번조선 왕 임나(任那)와 마조선 왕 아도(阿闍)는 관경 내 주(州)와 군(郡)을 샅샅이 수색하고 관경을 수호하였다.

상나라의 정세

13세 단군 흘달의 재위 시기인 기원전 1766년, 천을(탕, 湯)이 하나라의 왕 이계(걸, 傑)를 치고 상(商)나라를 건국하였다. 건국 초기 상은 1세 왕 탕(湯)과 재상 이윤의 노력으로 국력을 신장하였다. 탕은 상의 수도를 박(毫)으로 옮겼는데 박(毫)은 오늘날의 중국 하남성 상구(商丘)이며 설의 아버지인 제곡 고신이 도읍으로 삼았던 땅이다. 4세 왕 태갑(太甲)이 정치를 잘못하자 이윤이 태갑을 동궁으로 추방했으나 태갑이 뉘우치고 돌아오자 이윤은 다시 정사를 넘겨주었다. 상나라의 국운은 이 시기부터 기울기 시작했다.

10세 왕 중정(仲丁)이 박에서 오(隞)로 천도한 이후 12세 왕 하단갑이 다시 상(相)으로, 13세 왕 조을(祖乙)은 형(邢)으로, 17세 왕 남경(南庚)은 엄(奄)으로, 19세 왕 반경은 1세 왕 탕이 도읍했던 박(毫)으로 천도하였다가 다시 은(殷)으로 천도했다. 이런 잦은 천도는 주로 홍수가 그 원인이었으나 왕을 따라 이동해야 하는 백성들의 원성이 커지는 것은 당연했다. 그러나 19세 왕 반경(盤庚)의 은(殷) 천도 이후 더 이상의 천도는 없었고 반경은 상나라를 다시 중흥시켰다.

반경은 나라를 다스리는 데에 백성들의 의견을 많이 반영했다. 반경은 왕으로서 혼자 결정하기 어려운 일이 있으면 신하들과 상의하고 그래도 의심스러우면 백성들에게 물어보고 그래도 결정하기 어려우면 점을 쳤다. 배달국의 우사 방아가 팔괘를 창안한 이래 배달국의 제후국들과 아사달, 그리고 아사달의 제후국들에서는 결정하기 어려운 일이 있을 때 점을 쳐서 해결했다. 그러나 무조건 처음부터 점을 쳐서 결론을 얻은 것은 아니었다.

반경은 거북의 등 껍질을 태워 결론을 얻었다. 거북의 등 껍질에 금이 가지 않으면 길하고 금이 가면 불길하다. 이렇게 백성들의 동의를 얻어 반경은 상을 중흥시켰다. 그러나 후대의 왕들은 거북점을 남발하는 바람에 오히려 국운이 기울었다.

이처럼 거북의 등 껍질에 쓰인 점괘들이 머나먼 후대에 은(殷) 땅에서 대량 발견됨으로써 나라의 존재 실체가 밝혀졌고 이때부터 19세 왕 반경이 은으로 천도한 이후의 상(商)나라를 은(殷)나라라고 부르기도 한다.

1세 왕 탕이 아사달의 도움으로 하의 걸왕을 친 이후 상나라 왕들은 아사달에 조공을 바치기도 하고 침략도 하였으며 아사달의 반격을 받으면 곧바로 화친도 하면서 30세 왕에 이르렀다.

상나라 30세 왕은 제신(帝辛)이다. 신(辛)은 총명하고 말을 잘했으며 행동이 민첩하고 힘도 아주 세서 사나운 짐승도 맨손으로 때려잡았다. 29세 제을(帝乙)과 정비(正妃)의 아들로서 이복형 계(啓)를 물리치고 왕이 된 후 제후국들을 장악하였다. 하늘신과 조상들에 대한 제사를 충실하게 지냈고 아사달과 상의 중간에 있는 여러 무리들을 평정해 세력을 키웠다. 이렇게 제신은 동쪽의 아사달을 정벌할 계획을 착실히 진행하고 있었다. 이는 국력을 길러 대외 대응력을 높이기 위한 것이었다.

그러나 이 과정이 매끄럽지 못했다. 제신은 조공을 바치지 않거나 무거운 세금에 반발하는 제후국들을 강력하게 진압하여 복속시켰다. 제신의 비(妃)는 미모가 뛰어난 달기(妲己)였는데 색욕이 강한 제신은 달기의 말이라면 아무리 포악한 요구라도 들어주었다. 재물을 좋아하는 달기를 위해 제신은 녹대(鹿臺)라는 어마어마하게 큰 창고를 만들어 놓고 제후들의 여러 진귀한 보물들을 강탈하여 쌓았다.

사정이 이러하니 제신의 폭정에 시달리고 달기의 포악함에 실망한 백성들과 제후들이 배신하자 제신은 그들에게 강한 형벌을 내려 처형하기도 했다.

제신에게는 창(昌), 구후(九侯), 악후(鄂侯)라는 삼공(三公)이 있었는데 창은 제신에게 아첨하는 신하의 험담으로 미움을 받아 유리(羑里)에 감금당하였다. 유리는 오늘날 하남성에 있는 성읍 이름이다.

창은 유리에 수감되어 있는 동안 우사 방아의 팔괘를 연구하였다. 우사 방아의 팔괘는 두 개의 효(爻, -- 또는 ―)를 중복을 허락해서 세 개씩 쌓은 괘(卦) 여덟 개를 말하는데 건(乾, ☰), 태(兌, ☱), 이(離, ☲), 진(震, ☳), 손(巽, ☴), 감(坎, ☵), 간(艮, ☶), 곤(坤, ☷)이다. 순서대로 하늘, 연못, 불, 우레, 바람, 물, 산, 땅 등 사물을 뜻한다.

창은 우사 방아의 여덟 괘를 중복을 허락해서 두 개씩 쌓아 총 64개의 괘 쌍을 만들었으니 이것을 64괘라고 한다. 8괘가 여덟 가지 사물을 뜻하는 데에 비해 64괘는 64가지 사물의 변화, 즉 사건을 뜻한다. 우사 방아 시대에는 8괘로 미래를 예측하는 점을 쳤으므로 상대적으로 단순하다면, 창의 시대, 즉 상(商)나라 말기부터는 64괘로써 점을 쳤으므로 세상이 그만큼 복잡해졌다는 의미이기도 하다.

그 후 창은 제신에게 뇌물을 바치고 사면되어 서백(西伯)에 봉해졌다. 서백은 창의 고향인 제후국 주(周)를 포함해서 제신의 수도 은(殷)보다 서쪽에 있는 여러 제후국들을 다스리는 직책이었다. 상국(上國)인 상나라를 대신하여 서쪽의 제후국들을 다스리는 큰 제후국이므로 서백(西伯)이라고 했다.

창의 할아버지 고공단보(古公亶父)는 제곡 고신의 아들인 후직(后稷)의 후손으로서 주(周)를 다스리고 있었다. 고공단보가 덕을 베푼 데다 그의 손자 서백 창도 덕치를 행하자 많은 제후국들이 창에게로 왔다. 상의 제후국인 주는 상에 대항할 정도로 강력해졌다.

제신이 동쪽을 정벌할 준비를 하면서도 백성들에 대한 폭압을 계속하자 제신의 이복형 미자계(微子啓), 숙부 비간(比干)과 자서여(子胥餘)가 간하였다. 이복형 계는 미(微) 땅에 봉해졌으므로 미자계라고 불렸다. 미 땅에 봉함을 받은 자작 계라는 뜻이다. 그러나 제신이 비간을 처형하자 미자계는 제신을 떠났고 자서여는 미친 척 행동하여 옥에 갇혔다.

한편 제후국 주에서는 서백 창이 죽고 태자 발(發)이 즉위하였다.

발은 강대해진 주의 힘을 바탕으로 폭군 제신을 칠 계획을 세웠다. 제신이 달기와 색욕에만 빠져 나라를 돌보지 않고 백성과 제후들에게 잔혹한 형벌을 내리며 폭정을 일삼았기 때문이었다.

발은 강상(姜尙)을 군사로 삼고 동생 단(旦)을 보(輔)로, 석(奭)과 고(告)를 좌우 보좌로 삼았다. 주(周)의 제후 발이 군사를 일으켰다는 소식에 스스로 주나라로 달려온 상의 제후들이 800명이나 되었다. 이때 모인 제후들은 용(庸), 촉(蜀), 강(羌), 무(髳), 노(纑), 팽(彭), 복(濮) 등 서쪽 지방에 사는 종족들이었다. 군대를 사열하며 주의 왕 발은 말했다.

"나는 선조의 공업(功業)을 물려받았으니 상과 벌을 세워서 그 공업을 이룩하겠소. 모두 몸을 단정히 하고 언행을 조심하시오."

이어 군사인 강상이 호령했다.

"여기 모인 우리는 모두 한마음으로 상의 제신을 멸하기로 하였소.

모두 질서를 지켜 군령을 따르시오. 거역하는 자는 목을 벨 것이오."

주의 왕 발과 강상을 비롯한 여러 종족의 연합군들은 제신을 치기 위해 상의 교외인 목야(牧野)에 집결했다. 발은 군사 앞에서 말했다.

"여러 제후들과 군사들은 먼 길을 오셨소. 그러나 우리가 이곳에 모인 이유는 다들 아시다시피 폭군 제신과 요녀 달기를 처치하고 상나라의 모든 백성들이 마음 놓고 편안하게 살게 하기 위함이오. 모두 군령에 따라 진격하시오. 물러서는 자는 그 자리에서 참할 것이오."

발의 명령에 주의 연합 군대는 상의 수도 은을 향하여 물밀듯이 밀고 들어갔다. 제신도 대군을 이끌고 주의 연합군에 대응하여 달려 나왔다. 대군이라 하나 상의 군사들도 제신의 폭압 정치에 시달리고 있었으므로 속으로는 주나라의 군대가 빨리 쳐들어오기만을 바랐다.

주의 군사들이 치고 들어오자 상의 군사들은 창을 거꾸로 잡고 오히려 길을 터주거나 주의 군대에 합류하기도 했다. 군사들의 수가 월등함에도 불구하고 상의 군사들은 지리멸렬하여 크게 패하였다.

제신은 달아나 녹대(鹿臺) 위로 올라가 옥으로 장식한 옷을 입고 스스로 불 속으로 뛰어들어 자결하였다. 제신의 불탄 시체를 찾아낸 주나라의 군사들이 주변을 수색하여 목을 매단 달기의 시체도 발견하였다. 왕 제신과 그의 비 달기가 모두 자결함으로써 상나라는 종말을 고하였다.

주나라의 건국

상나라를 멸망시킨 발은 나라 이름을 제후국 이름 그대로 주(周)라 하고 수도를 호경(鎬京)에 두었다. 호경은 은보다 서쪽에 있다. 주를 세운 발은 먼저 하늘신에게 제사를 올렸다.

"하늘님이시여, 상나라 시절의 백성들은 제신의 폭정과 요녀 달기의 탐욕으로 많은 고통을 당하고 삶이 핍박해졌습니다. 나 발은 상나라의 백성들을 수렁에서 구해내기 위해 서방의 여러 종족들과 연합하여 폭군 제신과 요녀 달기를 처단하고 새로이 주나라를 세웠습니다. 주나라로 편입된 상나라의 백성들과 제후들이 지금부터는 폭정과 고통을 당하지 않고 편안히 살도록 힘쓰겠으니 하늘님께서도 주나라를 보살펴 주시기를 기원하나이다."

반역으로 상을 무너뜨리고 주를 세운 발은 정통성을 확보해야 했다. 주가 상을 친 것은 제신의 폭정과 달기의 탐욕으로 인한 고통에서 상의 백성들을 구해내고 편안한 삶을 보장해주기 위함이었다. 발은 하늘신에게 제사를 드림으로써 반역의 정당성을 확보했다.

발은 제신의 아들 무경(武庚)을 상나라의 백성들을 다스리는 은에 봉하고 동생인 관숙 선(鮮)과 채숙 도(度), 곽숙 처(處)로 하여금 무경을 돕도록 하였다. 옥에 갇혀 있던 자서여(子胥餘)와 백성들도 석방하였다. 군사 강상(姜尙)을 제(齊)에 봉하고 주공 단을 노(魯)에 봉하고 소공 석(奭)을 연(燕)에 봉하고 관숙 선(鮮)을 관(管)에 봉하고 채숙 도(度)를 채(蔡)에 봉했다. 그 외 공이 있는 여러 제후들도 중원의 땅에 봉하였다.

제후를 어느 땅에 봉(封)한다는 것은 그에게 그 땅을 다스리는 권한을 줌과 동시에 상국(上國)에 세금을 바칠 의무를 부과하는 것이니, 봉함을 받은 제후는 그 땅에 속한 사람들과 생산물을 다스려서 봉함 받은 땅의 백성들이 먹고 살게 하여야 하며 세금을 걷고 군대도 조직할 수 있지만 상국에 조공을 바쳐야 했다.

주나라를 세운 발은 패권을 완전히 장악하지 못한 채 병사하고 말았다. 발의 아들 송(誦)은 아직 나이가 어려 숙부인 주공 단이 섭정을 했다. 이에 반발하여 무경과 관숙 선, 채숙 도, 곽숙 처가 반란을 일으키자 주공 단은 송의 명을 받아 진압하고 무경과 관숙 선을 죽였다. 송이 성장하여 왕권을 행사하게 되자 주는 패권을 확립하게 되었다.

상나라 마지막 왕 제신은 후에 주(紂)왕으로 불렸는데 주(紂)는 도리를 잃고 선을 해친다는 뜻이다. 주(周)나라를 세운 발(發)은 후에 무왕(武王)이란 시호를 얻었고 아들 송은 성왕(成王)이란 시호를 얻었으며 무왕의 아버지 서백 창은 문왕(文王), 할아버지 계력(季歷)은 왕계(王季), 증조 할아버지 고공단보는 태왕(太王), 고조 할아버지 공조(公祖)는 태공(太公)으로 추존되었다.

산동 지방의 제(齊)에 봉함을 받은 문왕의 군사 강상(姜尙)은 환족으로서 강태공(姜太公)으로 더 잘 알려져 있다. 무경이 죽은 후 무경의 백부 미자계(微子啓)가 봉함을 받고 송(宋)이라 하여 상나라의 제사를 이어갔다.

주나라 시대에는 이후에도 많은 왕족과 제후들이 여러 곳에 봉함을 받았는데 주나라의 분봉은 주 왕실 일족이 56개국, 그렇지 않은 귀족이 70여 국이었다. 각 제후국은 중심지인 도성을 거점으로 가까운 지역에 영향력을 미치는 정도의 성읍 국가였으며 영역 국가는 아니었다. 전체 약 130 내지 180개의 성읍 국가 제후국이 있었으므로 서주(西周) 시대에 오늘날 중국 땅의 대부분을 봉함 받은 제후들이 차지하고 있었다. 주나라에서 시행된 봉건제도(封建制度)다.

자서여(子胥餘), 아사달로 망명하다

주나라 무왕에 의해 석방된 자서여(子胥餘)는 수유(須臾)라고도 불렸다. 상나라의 마지막 주(紂)왕의 숙부로서 황하 유역에 있는 기(箕) 땅에 봉함을 받았으므로 기자(箕子), 즉 기국의 백작이며 이름인 자서여보다는 기자로 불렸다. 자서여는 주왕의 폭정으로 백성들의 원성이 높아지자 주왕에게 간하였다가 도리어 투옥되었다. 무왕이 제신(주, 紂)을 멸한 후 자서여를 석방하여 신하로 삼고자 하였으나 자서여는 주나라의 신하 되기를 거절하고 식솔 5,000명을 이끌고 주 무왕을 피해 아사달 영역인 서화(西華)로 망명하였다. 서화는 고죽국 서쪽에 있는 땅으로 오늘날의 하남성 개봉(開封) 남쪽이다.

서화에 자서여가 이끄는 상나라 패잔병들이 왔다는 소식을 들은 번조선 왕 임나(任那)는 즉각 고죽국과 함께 군대를 동원하여 기자, 즉 자서여를 치러 갔다. 양측 군대가 대치한 가운데 번조선 왕 임나가 자서여에게 소리쳤다.

"상나라의 자서여! 그대는 무슨 일로 진국을 침략하느냐?"

자서여가 나섰다.

"번조선 왕 임나시여! 저희는 진국을 침략하려고 온 것이 아니라 본국의 반란을 피하여 이곳으로 이동해 왔사옵니다. 통촉하여 주시옵소서. 지금 상나라에서는 제후국 주의 왕 발이 반란을 일으켜 상국인 상나라의 왕 제신을 죽이고 새로이 주나라를 세웠습니다. 신(臣) 자서여는 상나라의 왕족으로서 주의 신하가 되어 두 임금을 섬길 수 없으므로 주의 발을 떠나 진국으로 왔습니다.

진국은 하늘님을 모시며 하늘소리에 따라 세상 사람들을 재세이화 홍익인간으로 다스린다는 것을 익히 알고 있습니다. 이곳에 온 저희는 앞으로 진국의 신하가 되어 단군 솔나와 번조선 왕 임나를 모시고 환족과 더불어 조화롭게 살기를 원하오니 부디 받아주시기를 앙청하나이다."

자서여는 자신을 번조선 왕의 신하로 칭하며 망명을 받아주기를 간청하였다. 번조선 왕 임나는 즉시 단군 솔나에게 보고하고 윤허를 받아 자서여 일행의 망명을 받아들였다. 자서여를 비롯한 상의 망명객들을 서화에 살게 하고 번조선의 제후국으로 삼았다. 나라 이름은 자서여의 다른 이름인 수유(須臾)를 따라 수유국(須臾國)으로 하였다. 단군 솔나로부터 수유국의 제후로 봉함을 받은 자서여는 진국과 번조선에 충성을 맹세한 후 서화 지역에 머물면서 외부와 접촉을 일체 피하고 조용히 번조선의 제후국으로 살았다.

진국(아사달)의 태평성대

25세 단군 솔나 시절인 기원전 1122년, 상나라가 주나라로 교체되었다. 그리고 기원전 1120년 상나라의 자서여가 번조선으로 망명을 와 번조선의 제후국이 되었다.

그 후 주나라는 왕족과 건국에 공이 있는 주요 신하들을 여러 성읍에 제후로 봉하였다. 번조선 국경과 가까운 계구(薊丘, 오늘날의 북경)에 상나라 1세 무왕의 동생 소공 석을 봉하여 연(燕)이라 하고 연의 남쪽 영구(營丘, 산동성 치박시)에 무왕의 군사 강상(강태공)을 봉하여 제(齊)라고 했다. 연(燕)과 제(齊)는 진국과 많은 접촉이 있었던 주나라의 제후국이다.

진국은 밖으로는 주나라를 비롯한 여러 제후국들의 조공을 받으면서 안으로는 내치(內治)에 주력하였다.

25세 단군 솔나(率那)가 상소도(上蘇塗)에서 신하들과 강론(講論)을 하다가 질문을 했다.

"영신(佞臣)과 직신(直臣)의 차이는 무엇이오?"

삼랑 홍운성(洪雲性)이 답하였다.

"올바른 이치를 굳게 지켜 굽히지 않는 자는 직신(直臣)이요, 권위를 두려워하여 자기 뜻을 굽혀 복종하는 자는 영신(佞臣)이라 하옵니다. 임금은 근원이요 신하는 지류이니, 근원이 이미 탁하거늘 지류가 맑기를 바란다면 이는 옳지 않나이다. 그러므로 군왕이 성군이라야 신하가 올곧은 신하가 되는 것이옵니다."

"그대 말이 옳도다."

단군 솔나가 삼랑의 말을 듣고 옳다고 하였다. 올곧은 단군을 모시는 신하들도 올곧으니 백성들이 모두 올곧았다.

26세 단군 추로(鄒魯) 시절에 주나라 4세 소왕(昭王) 하(瑕)가 번조선 왕 을나에게 사신을 보내 조공을 바쳤다. 상나라에 이어 주나라도 번조선의 제후국임을 인정한 것이다.

27세 단군 두밀(豆密) 시절에 수밀이국, 양운국, 구다천국이 사신을 보내 방물을 바쳤다. 세 나라 모두 환국 시대 12환국(桓國)에 속한 환족의 나라인데 수밀이국은 송화강, 우수리강, 흑룡강 유역에 소재한 나라이며, 양운국은 바이칼호의 서쪽에 자리 잡은 나라였고, 구다천국은 독로국이라고도 불렸는데 대흥안령산맥 서쪽에 위치하였다.

27세 단군 두밀(豆密) 시대에 서국(徐國)의 언왕(偃王)이 주나라를 공격해서 36개의 군(郡)을 차지했다. 서국은 23세 단군 아홀 시대에 장군 웅갈손(熊乫孫)이 남국과 함께 산동의 회대 지역을 점령하고 환족들을 이주시켜 거주하게 한 나라다. 서국 외에 엄국과 회국도 회대 지역에 있었다. 아사달의 제후국인 환족의 서국 언왕은 주나라의 반경 500리 땅을 차지하고 36개의 군을 다스렸다. 가히 주나라에 필적할 만하였다. 서국은 23세 단군 아홀 시절인 기원전 1236년에 건국해서 40세 단군 달음(達音) 시절인 기원전 512년에 오(吳)나라 합려에게 망하기까지 725년 동안 존속하였다.

28세 단군 해모(奚牟) 시절에는 북쪽의 빙해(氷海) 지역에 자리 잡은 여러 제후들이 사신을 보내 조공을 바쳤다. 이들은 북극해에 가까운 북시베리아 지역의 제후들이었다.

29세 단군 마휴(摩休) 시절, 주의 6세 공왕(共王)이 사람을 보내 공물을 바쳤다.

30세 단군 내휴(奈休) 시절 흉노가 찾아와서 조공을 바쳤다. 흉노는 3세 단군 가륵 시절 열양 욕살 삭정이 약수로 귀양 가서 그들의 스승이 되었으므로 조공을 온 흉노는 삭정의 가르침을 받은 흉노족의 후손이었다. 내휴(奈休) 시절에는 형제가(兄弟歌)가 온 나라에 퍼졌다. 번조선왕 누사(婁沙)가 진조선의 조정에 들어가 단군 내휴에게 문안을 드리고 태자 등올(登屼)과 소자 등리(登里)를 만나서 함께 지내며 태자 형제를 위하여 이 노래를 불렀다.

형은 반드시 아우를 사랑하고
아우는 마땅히 형을 공경할지니라
항상 작은 일로써 골육의 정을 상하게 하지 마소
말도 같은 구유에서 먹고

기러기도 한 줄을 지어 가니

방 안에서는 비록 즐거우나

이간하는 말일랑 삼가 듣지 마소

이 노래를 들은 삼조선 사람들은 형제 간에 우의를 더욱 돈독히 하고 부모와 자식 및 이웃 간에, 윗사람과 아랫사람 간에 예를 지켜 조화롭게 지냈다.

또 단군 내휴(奈休)는 남쪽으로 순수하여 청구(靑邱)의 정치 상황을 둘러보고 배달국 14세 환웅 치우천왕의 공덕비를 새웠다. 청구는 치우천왕이 배달국의 수도로 삼은 곳이었으나 16세 축다리 환웅이 다시 수도를 단허로 옮긴 이후에는 배달국의 제후국으로서 반성하고 있던 곳이었다.

이어 서쪽의 엄독홀(淹瀆忽)에서 여러 군후(君侯)들과 회합하여 열병의식을 진행하고 하늘신에게 제사를 드렸는데 엄독홀은 엄독이라는 강가의 고을로서 엄국(淹國)이 봉함을 받은 곳이었다.

이때 모인 아사달의 군후국은 엄(淹), 서(徐), 회(淮), 남국(藍國), 청구(靑邱), 고죽(孤竹), 래(萊), 우(隅), 양(陽), 개(介) 등 산동 지역과 회대 지역의 제후국들이었는데, 서국이 주나라의 36개 군을 정벌하여 다스리는 등 막강하게 되자 내휴 단군이 서국을 격려함과 동시에 산동, 회대 지역 제후국들에게 힘을 싣기 위함이었다.

31세 단군 등올(登屼)을 이은 32세 단군 추밀(鄒密) 시절인 기원전 842년, 번조선 44세 왕 이벌(伊伐)이 상장 고력합(高力合)을 보내 회국(淮國)의 군대와 함께 주나라를 정벌하였다. 이는 26세 단군 추로(鄒魯) 시절 번조선 왕 을나(乙那)에게 조공을 바친 이후 주나라가 번조선에게는 조공을 바치지 않았기 때문이었다. 번조선 왕 이벌(伊伐)의 공격을 받은 주나라는 10세 이왕(夷王) 때에 번조선 45세 왕 아륵(阿勒)에게 다시 조공을 바쳤다.

32세 추밀(鄒密) 단군 시절 선비의 조공이 있었고 33세 감물 시절에는 주나라가 호랑이와 코끼리의 가죽을 바쳤다.

33세 단군 감물(甘勿)은 즉위 후 영고탑 밖의 감물산 밑에 삼성사(三聖祠)를 짓고 제를 올렸다. 삼성사는 세 분의 성인, 즉 환국의 시조 안파견 환인, 배달국 시조 거발환 환웅, 아사달의 시조 단군 왕검 세 분을 모시는 사당을 말한다. 세 분의 은덕으로 아사달의 환족이 수천 년 동안 번영을 누려왔으며 22세 단군 색불루 이래 500년 동안 태평성대를 누렸으니 모두 세분 성인의 돌보심 덕분이었다. 단군 감물은 제를 올리면서 세 분 성조(聖祖)에게 맹세하는 서고문(誓告文)을 바쳤다.

서고문(誓告文)

삼성(세 분 성조)의 높고도 귀하심은

삼신과 더불어 공덕이 같으시고

삼신의 덕은 삼성으로 말미암아 더욱 성대해지도다

텅 빔(虛)과 꽉 참(組)은 한 몸이요

낱낱(個)과 전체(全)는 하나이니

지혜와 삶 함께 닦아

내 몸과 영혼 함께 뻗어나가네

참된 가르침이 이에 세워져

믿음이 오래면 스스로 밝아지리라

삼신의 힘을 타면 존귀해지나니

빛을 돌려 내 몸을 살펴보세

저 높고 가파른 백악산은

만고에 변함없이 푸르구나

역대 성조께서 대를 이어

예악을 찬란히 부흥시키셨으니

그 규모 이토록 위대하여

신교의 도술 깊고도 광대하여라

하나(一氣) 속에 셋(三神)이 깃들어 있고

세 손길로 작용하는 삼신은

하나의 근원으로 돌아가나니

하늘의 계율 널리 펴서

영세토록 법으로 삼으리

34세 단군 오루문 재위 시절에는 해마다 풍년이 들었다. 삶이 넉넉하니 백성들의 마음도 넉넉하였다. 풍요로운 삶을 노래하는 〈도리가〉라는 노래가 민중 사이에 전해오고 있었는데 도리가는 '드리 노래,' 즉헌가(獻歌)를 말하며 2세 단군 부루 시절 역시 민중에서 부른 〈어아가〉와 같은 유형의 민중 음악이다.

〈도리가〉

하늘에 아침 해 솟아 밝은 빛 비추고

나라에 성인이 계셔 후덕한 가르침 널리 미치도다

큰 나라 우리 배달 성조여!

많고 많은 사람들 가혹한 정치 당하지 않아

즐겁고 화평하게 노래하니 늘 태평성대이로세!

아사달의 태평성대는 25세 단군 솔나(率那) 시대부터 42세 단군 을우지(乙于支) 시대까지 약 700년 동안 지속되었다.

동주 시대의 시작과 진국(아사달)의 외치

주나라는 1세 무왕 이래 3세 강왕(康王) 때까지는 '천하가 안정되어 형벌이 40여 년간 행해지지 않았다'고 할 정도로 나라가 안정되었으나 4세 소왕(昭王) 이후 정세가 불안정해지기 시작하였다.

주나라의 12세 유왕(幽王)은 후궁 포사(褒姒)에 빠졌다. 포나라에서 자랐으므로 포사가 이름이 되었다. 유왕은 절세 미녀인 포사에 빠져 정비(正妃)의 아들인 태자 의구(宜臼)를 폐하고 포사의 아들 백복(伯服)을 태자로 삼았다. 포사는 절세 미녀이면서도 절대로 웃지를 않아 유왕이 온갖 노력을 기울여도 포사를 웃게 할 수 없었다.

어느 날 실수로 봉화가 잘못 올려져 제후들이 모두 달려왔으나 과실임을 알고는 실망하여 돌아갔다. 그런데 그 광경을 보고 포사가 처음으로 배시시 웃음을 터뜨렸다.

'옳지, 이거구나. 봉화를 보고 포사가 웃었다!'

유왕은 봉화를 올렸고 봉화를 보고 달려온 제후들이 헛되이 되돌아가자 포사는 또 웃었다. 이런 일이 몇 번 되풀이되자 제후들의 마음은 완전히 유왕에게서 돌아섰고 아첨하는 신하들만 남았다. 백성들의 원성도 높아지자 정비(正妃)의 아버지, 즉 유왕의 장인 신후(申侯)가 견융(犬戎)과 함께 반란을 일으켜 유왕을 살해하였다.

신후는 자신의 외손자인 폐세자 의구(宜臼)를 13세 왕으로 옹립하였다. 이 난으로 도읍인 호경(鎬京)이 파괴되어 13세 평왕(平王)은 호경의 동쪽에 있는 낙읍(洛邑)으로 천도하였다. 후대의 역사가들은 평왕 이전 시대를 서주(西周)라 하고 평왕 이후를 동주(東周)라 하였다. 동주 시절의 주 왕실은 그야말로 유명무실해져 유력 제후국들이 주의 왕을 등에 업고 천하를 좌우하는 춘추시대(春秋時代), 전국시대(戰國時代)가 펼쳐졌다. 동주 시절 진국은 유명무실해진 주 왕실 대신에 주의 제후국으로서 인접해 있는 연(燕), 제(齊)나라와 접촉이 활발하였다.

35세 단군 사벌(沙伐) 시절인 기원전 753년, 주나라 13세 평왕 의구가 마조선에 사신을 보내 비왕 사우(斯虞)에게 신년 하례를 하였다. 마조선을 상국으로 받든다는 의미였다.

14세 환왕(桓王) 시기에는 주나라의 여러 제후국 중에서 초(楚)나라의 무왕(기원전 741년 ~ 기원전 690년)이 제일 먼저 왕을 참칭하였다. 제후국의 제후가 상국(上國)과 동일하게 왕으로 참칭했으니 그만큼 상국인 주나라의 힘이 약해지고 권위가 떨어졌다는 의미이기도 하나, 초나라는 양자강 남쪽의 묘족이 세운 나라여서 주나라에 대한 충성도가 강하지 않았기 때문이기도 하였다.

기원전 723년, 단군 사벌은 마조선의 통제를 받는 삼도(三島), 즉 오늘날의 일본 열도(큐슈, 시코쿠, 혼슈)에서 도적들이 난을 일으키자 마조선 비왕 사우(斯虞)에게 명하여 삼도의 도적들을 평정하도록 했다. 비왕 사우는 장군 언파불합을 보내 구주(九州)에 있는 웅습(熊襲, 구마모토)의 도적들을 토벌하게 하고 언파불합을 구주의 남쪽 협야(狹野) 땅의 제후로 봉하였다.

기원전 707년에는 산동성에 위치한 주나라의 제후국 제(齊)나라가 번조선의 제후국인 래국(萊國)을 침략하여 병탄하는 일이 벌어졌다. 이에 단군 사벌은 장군 조을(祖乙)을 파견하였다. 조을은 연(燕)나라의 수도를 관통하여 제나라의 땅에 이르러 제나라 군대를 완파하고 래국을 구하였다.

36세 단군 매륵(買勒) 시절이었다. 마조선의 태자 궁홀(弓忽)이 비왕으로 즉위한 해인 기원전 667년, 구주의 삼도에서 또 반란이 일어나자 궁홀은 단군 매륵(買勒)의 명을 받아 협야후 배반명(裵槃命)을 웅습으로 보냈다. 배반명은 그전에 웅습의 도적들을 평정한 아버지 언파불합이 협야의 제후로 봉함을 받았으므로 아들 배반명도 협야의 제후였다. 배반명은 형제 3명과 함께 수백 척의 전선(戰船)을 이끌고 삼도에 도착해 삼도의 도적들을 모두 평정하였다.

이때 막내 아우인 반여언(磐余彦)이 반란을 일으켜 형들을 다 죽이고 동쪽으로 가서 스스로 천황(天皇)이라 참칭하고 진국의 제도를 흉내내어 나라를 다스리니, 이로써 반여언은 일본의 시조인 신무천황(神武天皇)이 되었다. 반여언은 협야후 배반명의 동생이며 언파불합의 아들인데, 언파불합은 3세 단군 가륵 시절 두지주 예읍에서 반란을 일으켰다가 처형을 당한 소시모리의 후손이었다. 소시모리가 처형 당한 후 그 후손들이 마한 지역으로 이동해 자리를 잡았고 그 후손인 언파불합이 마조선의 장군이 되었던 것이다.

기원전 665년 제나라의 환공(桓公)이 영지국과 고죽국을 정벌하였다. 환공은 춘추오패(春秋五霸)의 첫 패자(霸者)로서 이웃 제후국들을 힘으로 병합하던 중 번조선의 제후국인 영지국과 고죽국을 정벌한 것이다. 이에 대항하여 매륵 단군이 기원전 653년 수유국(須臾國)과 함께 연나라를 정벌하자 연나라는 패자국(覇者國)인 제나라에 원병을 요청하였다. 이에 제나라 군대가 고죽국을 공격하였으나 오히려 고죽국의 매복 작전에 걸려 제대로 싸우지도 못하고 화평을 구하고 물러갔다.

그러나 고죽국과 수유국은 기원전 651년 재침략한 제나라에 결국 망하고 말았다. 고죽국은 1세 단군 왕검 시절인 기원전 2267년 양자강의 홍수를 도와주러 간 태자 부루가 중화(순, 舜)가 제멋대로 설치한 유주(幽州)를 폐하고 봉한 아사달의 제후국으로서 1,617년 동안 존속하였다. 고죽국과 수유국의 유민들은 번조선 관경 안으로 이주하였는데 주나라의 망명객인 수유국은 번조선 안에 거주하는 하나의 종족(種族)으로서 명맥을 이어갔다.

사냥꾼 우화충(于和冲)의 반란

43세 단군 물리(勿理) 시절인 기원전 426년, 진국의 수도 백악산아사달의 서쪽 지방인 융안(隆安)에 우화충(于和冲)이라는 사냥꾼이 있었다. 몸집이 크고 창, 칼, 활 등을 사용하여 사냥하는 기술이 매우 뛰어나 호랑이 같은 맹수들도 쉽게 잡을 수 있었다. 사냥술이 뛰어나니 사냥꾼 무리의 우두머리가 되었다. 사냥은 식량을 얻기 위한 생존 수단이어서 사냥술이 발달하자 사냥꾼 조직은 군대보다 더 강했다. 삼조선의 조정에서는 사냥 대회를 개최하기도 했는데 이는 전투를 대비한 군사 훈련이기도 하였다.

'우리도 장군도 될 수 있고 왕도 될 수 있다.'

사냥꾼들은 혼자서 사냥하지 않는다. 먼 옛날 나반의 시대에서 보았 듯이 적게는 수 명씩, 많게는 수십 명씩 무리를 지어 협동으로 사냥하 였다. 지역별로도 조직화되어 있어 필요할 경우 만나서 사냥 정보도 교 환하고 있었다. 우화충은 인근 사냥꾼 조직의 장들을 불러 모았다.

"우리가 이렇게 사냥을 하며 살고 있지만 우리가 힘을 모으면 나라 도 세울 수 있소."

"우장군께서는 어떻게 그런 생각을 할 수 있었소? 우리도 나라를 세 워 장군도 되고 왕도 되어 봅시다."

최소 작용의 법칙을 넘은 타인 지배의 과도한 욕심의 발로였다. 그들 은 스스로 각자를 장군이라 부르고 있었다. 우화충이 대장군이 되고 무 리의 우두머리 중에서 좌장군을 정하고 우장군을 정했다. 인근의 동원 가능한 사냥꾼들이 대략 3만 명이나 되므로 우화충은 사냥꾼들을 군대 처럼 조직했다.

우화충이 나라를 새로 세우자고 했지만 실제로는 진국의 단군 자리 를 탈취하자는 것이었다. 각 지역 단위로 조직된 우화충의 사냥꾼 부대 는 같은 날 일시에 각 지역의 군(郡)을 공격하여 우화충의 사냥꾼 부대 가 접수한 군은 백악산아사달 서쪽의 36개 군에 이르렀다. 이에 용기 를 얻은 우화충은 진조선의 수도 백악산아사달을 공격하였다. 우화충 의 반란 소식에 마조선의 33세 비왕 가리(加利)가 백악산아사달을 구하 기 위해 출전하였으나 날아오는 화살을 맞고 전사하고 말았다.

우화충의 반란 소식을 들은 백민성 욕살 구물(丘勿)이 즉시 군사들을 끌고 단군 물리(勿理)에게로 달려왔다. 그러나 구물의 부대만으로는 우 화충의 사냥꾼 부대에 대항할 수 없었다. 단군 물리가 욕살 구물에게 당부하였다.

"지금 사냥꾼들이 난을 일으켜 2,000년 사직이 풍전등화에 있소. 백민성 욕살은 백성들을 위해 부디 이 난을 평정해주기 바라오."

욕살 구물에게 우화충의 반란을 평정하도록 지시한 단군 물리는 급히 종묘사직의 신주(神主)를 받들어 모시고 배를 타고 해두(海頭)로 피해 갔다가 그만 그곳에서 붕어하고 말았다.

단군 물리의 어명을 받은 욕살 구물은 장당경을 점령하여 진압군의 기지로 삼고 인근 지역의 욕살들에게 어명을 전하며 원병을 요청하였다. 이에 동압록과 서압록 사이의 18개 성이 모두 원병을 보내 지원하였다. 동압록은 오늘날의 압록강이고 서압록은 오늘날의 요하다.

1년 뒤인 기원전 425년, 큰 홍수가 나 수도 백악산아사달을 덮치는 바람에 반란을 일으킨 우화충의 사냥꾼 부대가 큰 혼란에 빠졌다. 이는 위기에 대응하는 군사적 훈련을 받지 않은 사냥꾼 무리이기 때문이었다. 이 틈을 타 욕살 구물의 군대가 우화충을 정벌하니, 우화충의 사냥꾼 부대는 제대로 싸워보지도 못하고 괴멸되고 말았다. 욕살 구물이 우화충의 목을 베어버림으로써 우화충의 일장춘몽은 끝이 났다.

우화충의 난을 평정한 구물은 모든 장수들의 추대를 받아 44세 단군으로 즉위하였다. 구물은 진압군의 기지로 삼았던 장당경에 단을 쌓고 하늘에 제사를 드림으로써 단군 취임을 하늘신께 고하였다.

단군 구물이 백악산아사달에 있던 도읍지를 토벌군의 근거지인 장당경으로 옮김으로써 장당경아사달 시대가 열렸다. 장당경(藏唐京)은 배달국의 거불단 환웅 시절에 반란을 일으킨 방훈(요, 堯)을 아사달 1세 단군 왕검 시절 유인이 진압한 후, 방훈이 단군에게 예를 올릴 때 거처하도록 장치한 곳이다.

이어 단군 구물은 진조선의 이름을 대부여(大夫餘)로 고쳤다. 부여는 벌 또는 너른 들판, 즉 평야(平野)를 의미한다. 1세 단군 왕검은 넷째 아들 부여(夫餘)를 오늘날의 장춘(長春) 너른 벌판에 제후로 봉하여 국경을 지키게 하였는데 그의 이름을 따서 부여(夫餘)라 하였다. 부여는 상국인 아사달을 지키려고 너른 들판에 새로 제후국을 세운 것이므로 이를 '부여 정신'이라 한다. '군사력을 기르고 나라 경영에 힘을 쏟아 단군의 정신을 다시 일으킨다'는 뜻이다.

단군 구물은 우화충의 난을 평정한 후 다시 나라를 세운다는 일념으로 '부여 정신'을 이어받아 진조선의 이름을 대부여(大夫餘)로 바꿨다.

22세 단군 색불루 이래 삼한을 삼조선으로 하고 삼한관경제를 단군 관경제로 하였으나 외교와 병권은 삼신일체(三神一體) 사상 그대로 단군이 통합하여 행사하고 있었다. 이는 분조관경제(分朝管境制)로서 조정을 나눈 것이므로 진조선 단군을 중심으로 번조선과 마조선의 비왕이 보좌하는 형태다.

그러나 단군 구물은 삼조선관경제, 즉 하나의 단군 체제를 유지하되 외교와 병권을 삼조선의 왕들이 각자 행사하게 하였다. 즉 형식상으로는 삼조선을 단군이 통합하나 대외적으로 실질적 권한인 외교와 병권을 삼조선의 왕들이 행사하게 한 것이다. 이는 국가의 권한을 나눈 것이므로 분권관경제(分權管境制)다.

이는 1세 단군 왕검 이래 유지해 온 하늘신의 삼신일체 사상이 붕괴되었음을 뜻함과 동시에 단군의 삼조선 통할 능력이 실질적으로 붕괴되었음을 뜻한다. 즉 진조선, 번조선, 마조선 등 세 나라가 진조선의 단군을 중심으로 번조선, 마조선이 좌우의 비왕으로서 보좌하는 연방제 국가의 개념에서 각각 단독 국가로 독립한 형태로서, 단군 구물은 진조선의 이름을 대부여로 고친 것이다.

　도읍지를 옮기고 나라 이름도 바꾸어 외교와 병권이 분리된 삼조선 체제를 갖춘 단군 구물은 내치에 주력하였다. 기원전 409년 삼조선의 기강을 바로 잡기 위해 감찰관을 삼조선 각 주와 군에 파견하여 관리들과 백성들의 동정을 살피게 하였다. 동시에 효도상과 청백리상을 제정하여 삼조선에서 부모에게 지극한 효도를 바친 효자 효녀를 선발하고 관리들 중에서 청렴결백하게 임무를 수행한 관리들을 선발하여 백성들과 관리들의 모범으로 삼으니 온 나라에 태평가가 울려 퍼졌다.

　기원전 403년, 연(燕)나라에서 사신을 보내 신년 인사를 하였다.

구서지회(九誓之會)

　사냥꾼 우화충의 반역을 진압하고 도읍지를 옮기고 외교와 병권을 분리하는 등 대부여의 국가 체제를 정비한 단군 구물은 백성들의 의식을 혁신시킬 필요성을 느꼈다. 먼 옛날 환국 시대 안파견 환인의 〈하늘님께 드리는 기도〉와 오훈, 배달 시대 거발환 환웅의 〈하늘님이 하신 말씀〉과 무여율법과 팔훈, 아사달 시대 단군 왕검의 8조 천범과 단군 색불루의 8조 금법 등 환족 백성들의 생활을 지도하는 규범들은 많이 있었다. 문제는 부모에게 효도하고 형제간 우애가 깊으며 스승을 존경하고 나라에 충성하여 먹을 것, 입을 것 걱정 없이 모두가 잘 살도록 하는 규범들을 행동으로 실천하게 하는 데에 있었다.

　추수가 끝나고 천제를 드리는 날, 단군 구물은 환족 백성들과 함께 천제를 지냈다. 천제가 끝난 후 평소에는 하늘님께 드린 제수와 제주를 모두 함께 먹고 마시며 밤늦도록 즐겁게 놀았지만, 단군 구물은 환족들에게 여러 규범들의 실천을 맹세하게 하는 대회를 먼저 열었다.

"대부여의 백성들은 들어 보시오. 몇 년 전에는 우화충이라는 사냥꾼이 반역을 하기도 했으나 우리 환족은 단군 왕검 이래 2,000년 가까운 세월 동안 먹을 것, 입을 것 걱정 없이 부모 형제 사이에, 스승과 제자 사이에, 단군과 신하 사이에 서로 아끼고 공경하며 살아왔소. 우리는 선조들부터 내려오는 이런 좋은 전통을 더욱 굳건하게 하여 우리 대부여의 영원한 번영을 기원하고자 합니다. 이를 위하여 우리 모두가 맹세의 장을 마련하고자 하는데 백성들 생각은 어떠시오?"

"단군님 분부대로 행하겠나이다."

백성들이 이구동성으로 찬성하였다.

"자, 그러면 모두 나이 순서에 따라 자리를 정돈하시기 바라오. 그리고 두 사람씩 짝을 지어 술잔에 술을 따르시고 예를 표하시오."

백성들이 두 사람씩 마주 보고 술을 따르고 예를 표하자 단군 구물이 술잔을 높이 들고 말했다.

"우리의 첫 번째 맹세는 이것이오. 우리는 모두 가정에 부모와 처자가 있으니 성심을 다해 부모에게 효도해야 하오. 효도와 자애로움과 순종과 예의(孝慈順禮, 효자순례)를 누가 감히 수행하지 않으리오?"

"옳습니다. 따르지 않는 자는 쫓아내야 할 것입니다."

백성들은 술잔을 비우고 짝을 바꾸어 잔을 돌리고 술을 따르고 재배(再拜)했다.

"우리의 두 번째 맹세는 이것이오. 형제는 부모가 나누어진 바이니 형제 사이에 우애 있게 지내야 하오. 우애와 화목과 어진 마음과 용서하는 도리(友睦仁恕, 우목인서)를 누가 감히 수행하지 않으리오?"

"옳습니다. 따르지 않는 자는 쫓아내야 할 것입니다."

백성들은 술잔을 비우고 짝을 바꾸어 잔을 돌리고 술을 따르고 삼배(三拜)했다.

"우리의 세 번째 맹세는 이것이오. 스승과 벗 사이에도 도법(道法)을 세워야 하니, 스승과 벗에게 믿음으로 행동하여야 하오. 믿음과 진실과 성실과 근면(信實誠勤, 신실성근)을 누가 감히 수행하지 않으리오?"

"옳습니다. 따르지 않는 자는 쫓아내야 할 것입니다."

백성들은 술잔을 비우고 짝을 바꾸어 잔을 돌리고 술을 따르고 사배(四拜)했다.

"우리의 네 번째 맹세는 이것이오. 나라는 선왕께서 세우신 것이고 오늘날 우리가 먹고 사는 곳이니, 나라에 충성하도록 힘써야 하오. 충성과 정의와 기개와 절개(忠義氣節, 충의기절)를 누가 감히 수행하지 않으리오?"

"옳습니다. 따르지 않는 자는 쫓아내야 할 것입니다."

백성들은 술잔을 비우고 짝을 바꾸어 잔을 돌리고 술을 따르고 오배(五拜)했다.

"우리의 다섯 번째 맹세는 이것이오. 사람은 모두 하늘님의 백성이며 똑같이 삼진(三眞 : 성명정)을 받았으니, 세상 사람들에게 공손히 대하도록 힘써야 하오. 겸손과 겸양과 공경과 삼감(遜謙恭謹, 손겸공근)을 누가 감히 수행하지 않으리오?"

"옳습니다. 따르지 않는 자는 쫓아내야 할 것입니다."

백성들은 술잔을 비우고 짝을 바꾸어 잔을 돌리고 술을 따르고 육배(六拜)했다.

"우리의 여섯 번째 맹세는 이것이오. 정사(政事)는 세상이 잘 다스려

지는 것과 어지러워지는 것이 관건이니, 정사를 분명하게 잘 알도록 힘써야 하오. 밝은 지혜와 탁월한 식견(明知達見, 명지달견)을 누가 감히 수행하지 않으리오?"

"옳습니다. 따르지 않는 자는 쫓아내야 할 것입니다."

백성들은 술잔을 비우고 짝을 바꾸어 잔을 돌리고 술을 따르고 칠배(七拜)했다.

"우리의 일곱 번째 맹세는 이것이오, 전쟁터는 나라의 존망이 결정되는 곳이니, 전쟁터에서 용감하도록 힘써야 하오. 용기와 담대와 강건과 의협 정신(勇膽巫峽, 용담무협)을 누가 감히 수행하지 않으리오?"

"옳습니다. 따르지 않는 자는 쫓아내야 할 것입니다."

백성들은 술잔을 비우고 짝을 바꾸어 잔을 돌리고 술을 따르고 팔배(八拜)했다.

"우리의 여덟 번째 맹세는 이것이오. 행동이 청렴하지 않으면 양심이 저절로 어두워지니, 몸가짐에 청렴하도록 힘써야 하오. 청렴과 강직과 순결과 맑은 마음(廉直潔淸, 염직결청)을 누가 감히 수행하지 않으리오?"

"옳습니다. 따르지 않는 자는 쫓아내야 할 것입니다."

백성들은 술잔을 비우고 짝을 바꾸어 잔을 돌리고 술을 따르고 구배(九拜)했다.

"우리의 아홉 번째 맹세는 이것이오. 사람이 직업을 가지면 반드시 책임이 뒤따르느니, 직업을 가짐에 의롭게 행하도록 힘써야 하오. 의로움이란 여러 사람의 단합된 힘이 일어나는 곳이고 정도(正道)의 기운을 발하는 곳이니, 이처럼 정의롭고 보편적인 이치(正義公理, 정의공리)를 누가 감히 수행하지 않으리오?"

백성들이 다 함께 대답하였다.

"옳습니다. 따르지 않는 자는 쫓아내야 할 것입니다."

이리하여 천제를 드리는 날 단군 구물과 함께 한 맹세 행사는 끝났다. 천제를 드리는 날 단군과 백성들이 함께 모여 아홉 가지 맹세를 한 행사를 후대 사람들은 구서지회(九誓之會)라고 불렀다. 이렇게 단군 구물은 백성들을 한마음으로 모아 국력을 신장하였다.

동주, 춘추오패에서 전국칠웅으로

주나라 건국 이후 주 왕실로부터 봉함을 받은 제후국의 수는 한때 180여 국까지 이르렀으나 세월이 흐르면서 서로 합쳐지고 없어지고 하여 수도를 동쪽 낙읍으로 옮긴 13세 평왕 이후 동주 시대에는 약 20여 개의 제후국들만 있었다. 그중 제(齊), 진(晉), 초(楚), 오(吳), 월(越) 등 5개국이 돌아가며 패권(霸權)을 쥐었는데 당시의 패권은 실권을 잃고 유명무실해진 주(周) 왕실을 등에 업고 그 권위를 활용하여 전국을 지배한 권력이었다. 제나라의 환공, 진나라의 문공, 초나라의 장왕, 오나라의 합려, 월나라의 구천이 춘추오패다.

제(齊)나라는 주나라의 군사였던 강상(강태공)이 산동성 지역에 봉함을 받은 나라로서 기원전 685년경 즉위한 환공(桓公)이 주나라 5개 제후국의 첫 번째 패자(霸者)가 되었다.

진(晉)나라는 주나라 1세 무왕의 둘째 아들 당숙 우(唐叔虞)가 봉해진 나라인데 기원전 635년경 제위에 오른 문공(文公)이 두 번째 패자다.

초(楚)나라는 주나라 2세 성왕의 신하가 장강(양자강) 유역 묘족의 땅에 봉함을 받은 나라이며 기원전 612년경 제위에 오른 장왕(莊王)이 세 번째 패자다.

오(吳)나라는 주 문왕 창(昌)의 백부(伯父)인 태백과 중옹이 장강의 남쪽 지역으로 떠나가서 세운 나라다. 태백과 중옹, 계력 삼형제의 부친인 고공단보(古公亶父)는 상의 제후국 주(周)의 왕이었다. 고공단보는 삼남인 계력의 아들 창에게 길조가 있음을 알고 창이 자신의 뒤를 잇기를 원했다. 부친의 뜻을 헤아린 태백과 중옹은 동생 계력에게 왕위를 양보하려고 남쪽으로 떠나가서 오(吳)나라를 세웠다. 기원전 514년 즉위한 합려가 네 번째 패자다. 계력의 아들 창은 백부(伯父)들의 양보로 계력의 뒤를 이어 서백이 되었고 창이 죽자 태자 발(發)이 상을 멸하고 주나라를 세웠다. 서백 창은 문왕이라는 시호로 추존되었다.

월(越)나라는 하나라 8세 소강왕의 서자 무여(無餘)가 장강 하류의 땅에 봉함을 받은 나라로서 기원전 496년에 즉위한 구천이 다섯 번째 패자다.

이 춘추시대 다섯 나라가 패권을 다투는 동안 많은 제후국들이 이들 다섯 나라에 통합됨과 동시에 진(晉)나라에서는 33세 경공(頃公)이 정치를 잘못하는 바람에 경대부인 한씨(韓氏), 위씨(魏氏), 조씨(趙氏)가 자신들의 영지를 차지하였고 38세 열공(烈公) 때인 기원전 403년 각각 독립하여 한(韓)나라, 위(魏)나라, 조(趙)나라를 세웠다. 진(晉)나라에서 독립하였으므로 이 세 나라를 삼진(三晉)이라 부르기도 하며 진(晉)나라는 기원전 349년에 종말을 고하였다.

진(晉)나라에서 독립한 한(韓), 위(魏), 조(趙) 삼국과 춘추오패 중 제(齊)나라와 초(楚)나라, 그 외 진(秦)나라와 연(燕)나라를 합하여 일곱 제후국이 주 왕실을 업고 패권을 다투는 전국시대(戰國時代)의 칠웅(七雄)들이다.

연나라는 춘추오패에는 들지 못했지만 주 1세 무왕의 동생 소공 석이 봉해진 나라로서 춘추시대(春秋時代)에도 망하지 않고 살아남았으며 지역적으로 번조선과 가까워서 진국의 삼조선에 조공을 바치기도 하고 싸우기도 하면서 많은 접촉이 있었다.

진(秦)나라는 기원전 900년 무렵 주나라 8세 효왕의 시종 비자(非子)가 서쪽 진(秦) 땅에 봉함을 받은 나라인데 역시 춘추오패에는 들지 못했지만 매우 강력한 세력을 구축한 나라로서 후에 일곱 나라를 통일하여 최초의 통일 국가를 건설했다.

아사달은 동주 시대의 여러 제후국 중에서 지리적으로 가까이 있었던 연나라 및 제나라와 많은 접촉이 있었다.

번조선과 연나라의 잦은 충돌

기원전 396년, 44세 단군 구물이 붕어하고 45세 단군 여루(余婁)가 즉위하였다. 그해 제(齊)나라에서 사신을 보내 단군 여루의 즉위를 축하하였다. 연나라와 제나라는 35세 단군 사벌 시절인 기원전 707년과 36세 단군 매륵 시절인 기원전 665년에 아사달과 큰 전쟁을 벌였으나 아사달에 새로운 단군이 즉위하자 제나라는 사신을 보내 축하 인사를 드림으로써 아사달을 상국으로 대우하였다.

그러나 번조선과 국경을 직접 접한 연나라와는 잦은 군사적 충돌이 있었다. 45세 단군 여루 시절인 기원전 380년, 연나라 군대가 대부여의 변방을 침략했다. 단군 여루는 변방을 지키고 있던 장군 묘장춘(苗長春)을 보내 연나라 군대를 격파하였다.

기원전 365년에는 연나라 사람 배도(倍道)가 번조선을 침략하여 요서를 함락하고 이어 운장(雲障)을 압박하였다. 당시 진국, 즉 삼조선이 말하는 요서(遼西)는 영정하의 동쪽, 난하 서쪽의 땅으로서 연나라에서 보면 요동(遼東)이다. 번조선 왕 가색(哥索)은 상장 우문언(于文言)에게 명하여 연나라 군대를 막도록 하였다. 연나라가 대규모의 병력을 동원하여 번조선을 침략하자 번조선 왕 가색은 대부여와 마조선에 지원을 요청하여 연합군을 구성하였다. 삼조선 연합군이 연나라 병사들을 치니 연나라는 요서 밖으로 물러나 번조선은 요서 지방의 성들을 모두 탈환하였다.

기원전 350년에는 북막(北漠, 북쪽 사막 지역)의 추장 액니거길(厄尼車吉)과 연합하여 연나라 상곡(上谷)을 함락하고 성읍을 설치하였다. 상곡은 북경 북쪽에 위치한 하북성 회래현이다.

이후에도 연나라는 해마다 쳐들어오다가 기원전 343년 사신을 보내 강화를 요청하였다. 양국 간에 전쟁을 그치고 평화롭게 지내자는 것이니 주의 제후국 연나라 문공과 대부여 단군 여루는 강화 조약을 맺고 조양(造陽)의 서쪽을 경계로 삼았다. 조양은 상곡 내에 있었으며 북경 북쪽 만리장성 부근이다.

연나라 문공, 번조선 왕 암살

주의 제후국인 연나라는 서주 시대와 동주 시대를 통틀어 강력한 제후국이 아니었다. 망할 뻔했던 적도 몇 번 있었다. 전국 시대에 전국 칠웅에 든 것도 연나라가 강해서라기보다는 망하지 않고 오래 버텨왔기 때문이었다.

동주 시대 초기인 춘추 시대에는 최초로 제후국의 패권을 쥔 제나라의 지배를 받았으므로 제나라는 연나라의 숙적이었다. 따라서 연나라의 관심은 주 왕실을 비롯한 여러 제후국들, 특히 제나라 정벌에 있었고 후방의 번조선은 주 관심이 아니었다.

다만, 번조선이 제나라와는 우호적인 관계를 유지하고 있었으므로 번조선과 제나라 사이에 끼어 있는 연나라는 후방의 번조선을 쳐서 후환을 없애야 제나라에 대항할 수 있었다. 이것이 그동안 연나라가 지속적으로 대부여와 번조선을 공격한 이유였다.

기원전 341년, 대부여의 45세 단군 여루가 붕어하고 태자 보을(甫乙)이 46세 단군으로 즉위하였다. 연이어 번조선 왕 가색이 세상을 떠나고 아들 해인(解仁)이 번조선 68세 왕이 되었다. 대부여의 단군과 번조선 왕이 거의 동시에 교체되었으니 변방에 신경을 크게 쓸 수가 없었다.

'옳지, 때는 지금이다.'

연나라 36세 제후 문공은 번조선 해인의 즉위를 축하하는 사절단을 조직하고는 동시에 칼을 잘 쓰는 병사 한 명을 은밀히 사절단에 포함시켰다. 문공은 그 병사를 따로 불렀다.

"너는 이번 번조선 왕 즉위식에 사절단과 함께 가거라. 너의 임무는 아무도 모르게 번조선 왕을 제거하는 것이다. 우리 연나라는 후방의 번조선을 없애야 후환이 없이 제나라를 정벌할 수 있다. 이번 일이 성공하면 너와 너의 가족에게는 큰 상을 내릴 것이니 차질 없도록 하여야 한다."

"예, 명심하겠습니다."

이리하여 축하 사절단에 포함된 무명 병사는 번한 왕 해인의 즉위 축하연이 진행되는 동안 그의 예상 이동 경로와 숙소 등을 파악하였다.

축하연이 한창 벌어지고 있는 도중 왕 해인이 후원으로 홀로 이동하는 틈에 연의 자객은 벼락같이 달려들어 그의 등에 비수를 깊숙이 꽂았다.

"아악!"

해인 왕은 단말마의 비명과 함께 쓰러졌다. 자객은 왕의 등에 꽂힌 칼을 뺄 여유도 없이 즉각 연나라를 향해 쏜살같이 도망치고 말았다. 번조선 조정에서는 난리가 났다. 오가들이 나서서 즉시 연나라 사절단을 구금하고 사태를 파악하였다. 연나라 사절단에서는 자객이 사절단에 포함된 사실을 몰랐지만 해인 왕의 등에 꽂힌 비수가 연나라 것임이 드러나자 번조선의 오가들은 연나라 사절단을 모두 처형하였다.

1년 뒤인 기원전 340년, 살해당한 해인 왕의 아들 수한(水韓)이 번조선 69세 왕으로 즉위하였다. 즉위하자마자 수한 왕은 대부여와 마조선에 원군을 요청함과 동시에 병사들을 모으고 훈련시켜 연을 정벌하기 위한 준비를 진행하였다. 그러나 1년 뒤인 기원전 339년 뜻밖에도 연나라 제후 문공의 명을 받은 배도가 수만의 군사를 이끌고 먼저 이틀 길을 하루 만에 달려와 번조선을 공격하였다.

연나라 문공은 자객을 보내 번조선 왕을 시해한 후 혼란한 틈을 이용하려 한 것이다. 26년 전인 기원전 365년에도 침략했다가 번조선 우문언에게 패하고 물러간 적이 있는 배도는 이번에는 번조선의 안촌홀(安寸忽)을 함락하고 수도 험독(險瀆)을 압박하였다. 안촌홀은 번조선의 오덕지(五德地) 중 한 곳으로 지금의 하북성 개평에 있는 탕지보(蕩池堡)다. 고구려 시대 안시성이 바로 이곳이다.

번조선이 위기에 놓였을 때 번조선의 읍차(邑借)인 기후(箕詡)가 젊은 병사 5,000명을 이끌고 달려오니 수한 왕은 잠시 한숨을 돌렸다. 기후는 상나라가 망할 때 번조선으로 망명해 온 자서여, 즉 기자(箕子)의 후손으로서 수유국이 망한 후 망명객 후손들을 이끄는 읍차로 있었다.

수한 왕이 읍차 기후와 대부여, 마조선의 병사들과 연합하여 연나라 군사들을 격파하고 계속해서 연나라의 수도 계성(薊城)까지 밀고 들어가자 문공은 급히 몸을 피해 제나라 쪽으로 달아났다. 계성을 점령한 번조선 연합군은 연의 백성들을 위무하고 문공을 추격하여 제나라 국경 근처에서 연나라 군사와 대치하였다. 수한 왕이 외쳤다.

"연나라 문공은 즉시 나와 내 칼을 받으라. 내가 선왕이신 아버지의 원수를 갚기 위해 왔노라."

제나라와 국경 지대여서 더 달아날 곳도 없어진 문공으로서는 달리 방법이 없었다. 문공은 신하들을 이끌고 수한 왕 앞에 엎드렸다. 문공의 신하가 대신 말하였다.

"수한 왕이시여, 연의 제후 문공의 신하이옵니다. 부디 통촉하여 주시옵소서."

"그대 연나라는 어찌하여 번조선 왕 해인을 시해하였느냐? 오늘 너와 연의 문공을 참하여 아버지의 원수를 갚을까 하노라."

연의 문공이 말을 받았다.

"수한 왕이시여, 부디 통촉하여 주시옵소서. 해인 왕을 시해한 것은 한때 잘못 생각한 저희 연이 큰 죄를 지은 것입니다. 이에 속죄하기 위하여 공자를 인질로 보내드리겠으니 부디 통촉하여 주시옵소서. 엎드려 사죄하나이다."

수한 왕은 엎드린 연 문공을 내려다보며 말했다.

"비명에 돌아가신 선왕을 생각하면 지금이라도 당장 너의 목을 베어야 할 것이나, 엎드려 항복한 적장의 목을 베는 것은 도리가 아니다. 이번에는 네 목숨을 살려 주겠지만 만약 또다시 침략한다면 그때는 추호도 용서가 없으리라."

수한 왕은 연과 강화를 하고 수많은 전리품과 함께 왕족인 진개(秦開)를 인질로 포획하였다. 연나라가 다시 번조선을 침략하면 인질을 죽여도 좋다는 것이다.

번조선과 강화가 체결되자 문공은 어린 공자 진개를 불렀다.

"너는 지금 수한 왕을 따라 번조선으로 가거라. 비록 네가 인질로 잡혀간다 하나 우리가 번조선을 침략하지 않는 한 너에게는 아무런 변고도 없을 것이니 걱정할 것 없다. 대신, 번조선에 머물면서 번조선의 모든 것을 파악하여라."

"예, 명심하겠습니다."

현명한 진개는 문공의 말을 이심전심으로 이해하였다.

'인질이지만 나는 죽지 않는다. 번조선의 모든 것을 알면 번조선을 쉽게 함락시킬 수 있다.'

생각을 가다듬고 마음을 굳힌 진개는 인질이 되어 수한 왕을 따라 번조선으로 갔다. 비록 인질임에도 불구하고 진개는 매일 아침저녁으로 수한 왕에게 문안을 드렸다. 조정의 신하들뿐만 아니라 마을 사람들과도 친숙하게 지내고 조정과 마을의 일도 스스로 도왔다. 진개는 본래부터 번조선 백성인 것처럼 번조선에 완전히 동화되어 갔다. 그러면서 번조선의 지형, 군사들의 수, 훈련 방법과 양, 방어진 위치, 군량미 비축량, 백성들의 삶과 생활상 등 모든 것을 머리 속에 담았다. 하루는 번조선 왕 수한이 진개를 불렀다.

"공자, 요즘 듣기로 공자는 완전히 번조선 사람이 되었다지요?"

"수한 왕이시여, 저는 번조선에 온 이래 한 번도 인질이라 생각하지 않았습니다. 제가 번조선에 온 이상 저는 번조선 왕 수한님의 신하이며 번조선 백성입니다."

"호오, 공자는 이제 완전히 번조선 백성이 되었군요. 그렇다면 번조선을 위해서 연나라의 소식을 좀 알려 주겠소?"

"아, 예. 제가 연나라를 떠나온 지 꽤 세월이 지났지만 제가 번조선으로 온 지 얼마 후에 연나라 사신에게 들은 바에 의하면, 소진(蘇秦)이란 변설가가 저희 문공을 찾아온 적이 있었답니다. 소진은 주나라 제후국들의 관계를 설명했지요. 주나라 왕실은 유명무실하고 연의 문공을 포함한 일곱 제후들이 서로 싸우고 있는데, 서쪽의 진(秦)나라가 강력하다 하나 나머지 여섯 나라가 힘을 합치면 진나라는 여섯 나라의 5분의 1에 불과하다고 했답니다. 그래서 연이 천하를 제패하려면 멀리 떨어져 있는 진나라를 치려고 할 것이 아니라 우선 이웃한 조나라, 제나라, 한나라, 위나라, 초나라와 합종하여 진을 제압하는 것이 옳다고 하였답니다. 그러나 이후의 상황은 저도 모르고 있습니다."

"공자는 어떻게 생각하시오?"

"소진의 말대로라면 여섯 나라가 합종을 했겠지요. 가장 강력한 진나라를 제압한 후에 연나라가 일어서겠지요."

"호오, 그렇군요. 연나라가 일어서겠지요."

'연나라의 목표는 번조선이 아니라 주나라 여섯 제후국이다.'

수한 왕은 연나라의 속사정을 파악했다고 생각했다. 한편 진개는 수한 왕을 손쉽게 속였다. 연나라는 이웃한 제나라를 치기 위해 후환을 없앨 목적으로 배후의 번조선을 치는 것인데 번조선 수한 왕은 진개가 진실을 말한다고 믿고 번조선을 침략하지 않을 것으로 속단하였다. 과연 연나라는 진개가 인질로 잡혀온 후에는 번조선을 침략하지 않았다.

세월은 흘러 기원전 323년, 수한 왕은 후사도 없이 세상을 떠났다.

그러자 읍차 기후가 군사들을 이끌고 궁에 침입하여 스스로 번조선 70세 왕이라고 선포하였다. 번조선의 오가들은 잠시 혼란이 있었으나 수십 년 전 연나라 배도가 침략해 왔을 때 수유의 군사들을 이끌고 참전하여 공을 세운 적이 있었으므로 기후 왕을 받아들였다.

기후는 즉시 장당경아사달의 단군에게 사람을 보내 윤허해 줄 것을 요청하였다. 46세 단군 보을이 연나라와 전쟁에 공이 있는 기후를 윤허하면서 연나라의 침공에 대비하여 방비를 강화하게 함으로써 기후는 번조선 70세 왕으로 즉위하여 정통성을 확보하였다.

기원전 323년, 즉위한 지 10년째인 연나라의 이왕(易王)은 스스로 왕이라 칭하였다. 제나라의 선왕(宣王)은 기원전 334년에, 진나라 혜문왕(惠文王)은 기원전 324년에 이미 스스로 왕이라 칭하고 있었다. 한(韓)나라는 연나라와 같은 기원전 323년에, 위(魏)나라의 애왕(哀王)과 조(趙)나라의 무령왕(武寧王)은 기원전 320년에 왕이라 칭하였다. 초(楚)나라는 이미 일찌감치 무왕(기원전 741년 ~ 기원전 690년) 때부터 왕으로 칭하고 있었다.

일곱 개의 제후국이 모두 왕으로 칭함으로써 유명무실한 주 왕실의 권위는 더욱 떨어졌다.

기원전 316년 번조선 70세 왕 기후가 죽고 뒤를 이어 즉위한 기후의 아들 기욱(箕煜)은 기원전 311년 연나라에서 인질로 와 있던 진개를 본국으로 돌려보냈다. 인질로 끌려온 지 28년이 지난 데다 진개가 진정으로 번조선 백성이 된 것으로 보았기 때문이었다. 진개가 오기 전에는 거의 매년 침략하던 연나라도 그동안에는 침략이 없었으므로 기욱은 연의 목표가 번조선이 아니라 주나라의 제후국들이라는 것을 확신했다. 번조선은 완벽하게 연과 진개에게 속았다.

수유 사람 한개(韓介)의 반란

 연나라의 인질 진개를 귀환시킨 번조선 왕 기욱은 후방은 안전하다고 생각하고 시선을 대부여로 돌렸다. 기욱은 은밀히 같은 수유 사람인 한개(韓介)를 불렀다.

 "한개 장군은 들어 보시오. 장군도 아시다시피 연나라의 인질 진개를 고국으로 돌려보냈소. 진개는 연나라의 목표는 숙적인 제나라를 치고 주 왕실의 제후국 모두를 통일하는 것이라고 하였소. 따라서 우리 번조선을 침략하는 일은 없을 것이오."

 "왕이시여, 그렇다면 우리에게 기회가 온 것이 아니겠습니까?"

 "그렇소. 한개 장군은 즉시 대부여의 단군 보을을 치고 장당경아사달을 점령하시오. 그런 다음 내가 올라가겠소."

 "예, 즉시 준비하겠습니다."

 수유국 출신 사람들은 야망이 있었다. 그들은 상나라가 주나라에 망하자 주나라의 신하 되기를 거부하고 번조선으로 망명 온 자서여의 후손들이므로 왕족이었다.

 '대부여의 제후국에 불과한 번조선 왕으로 만족할 수 없다. 대부여의 단군이 되자.'

 이는 선대 기후 왕이 읍차 시절부터 가지고 있었던 야망이었다. 삼조선이 명목상 대부여를 중심으로 한 삼한관경제는 유지하고 있었으나 각자 병권과 외교권을 가지고 있었으므로 기욱 왕은 후방 연나라의 침략을 걱정할 필요가 없는 지금이 대부여를 칠 적기라고 판단하고 수유의 장군 한개를 시켜 단군 보을을 치게 했다.

 기원전 296년, 자서여의 방계 혈족인 한개는 기욱 왕의 명을 받고 수유의 군사들을 이끌고 장당경아사달로 진격하였다. 한개는 대부여의 궁을 점령하고 스스로 단군이라 칭하였다. 이때 단군 보을은 기원전 304년에 일어난 궁궐 화재 때문에 이궁(離宮)인 해성(海城)에 머물고 있었다.

이에 상장(上將) 고열가(古列加)가 의병을 일으켜 한개의 무리를 격파하고 한개를 처형하였다. 해성의 이궁에서 돌아온 단군 보을은 사면을 단행하는 등 뒷수습을 하였으나 이때부터 나라의 힘이 약해지고 재정도 매우 취약하여 국운이 기울고 있었으며 단군 보을은 후손 없이 그해에 붕어하고 말았다.

한개의 반란 진압에 공이 큰 상장 고열가가 오가의 추대를 받고 47세 단군으로 즉위하였는데 단군 고열가는 43세 단군 물리의 현손이기도 하다. 단군 고열가는 국정을 보살피며 북쪽의 견융이 복종하지 않자 군사를 보내 평정하고 백악산에 단군 왕검의 사당(祠堂)을 세우고 사철마다 제사를 지내게 하는 등 국력 회복을 위하여 많은 노력을 하였다.

연나라 진개의 침략

기원전 290년 무렵, 연나라 소양왕(昭襄王)이 진개를 불렀다. 진개는 기원전 311년에 번조선의 인질에서 석방되어 귀환한 후 연나라의 장군으로 있었다. 연나라 40세 소양왕은 이왕(易王) 이후의 혼란을 수습하고 진개가 귀환한 해에 왕으로 즉위하였다.

"진개 장군, 어서 오시오. 번조선에 잡혀 있느라 고생이 많으셨소."

"다시 돌아오게 되어 무한히 기쁩니다. 모두 다 고국인 연나라에서 이 몸을 잊지 않고 지켜 준 덕택입니다."

"그래, 그동안 살펴 본 번조선은 어떠하오?"

진개는 소양왕에게 28년 동안 머릿속에 담은 번조선의 상황을 상세하게 설명하였다.

연나라는 37세 이왕(易王)이 스스로 왕으로 칭하는 등 국력 신장에 힘썼으나 태자 쾌(噲)가 즉위한 후 국정에 뜻이 없어 재상인 자지(子之)에게 나라를 맡기고 방치했다. 그 사이 재상의 농단으로 국력이 크게 쇠퇴한 데다가 제나라의 침략을 받아 속국으로 전락하고 말았다. 소양왕은 제나라의 속국이 되는 조건으로 연의 40세 왕으로 즉위하였으나 속으로는 제나라를 치고 연나라를 재건하는 데에 목표를 두고 있었으므로, 제나라와 우호적인 관계를 맺고 있는 후방의 번조선을 미리 제압할 필요가 있었다.

"진개 장군, 우리가 힘을 모아 제나라를 공격할 때 번조선이 후방에서 쳐들어오지 못하도록 장군이 막아 주시오. 우리 연나라의 흥망이 달려 있는 일이오."

"명심하겠습니다. 반드시 번조선을 제압하겠습니다."

다음 날부터 진개는 번조선 공략 계획에 몰두했다. 진개의 목표는 연나라가 제나라를 공격할 때 번조선이 후방에서 연나라를 공격하지 못하게끔 전투력을 붕괴시키는 것이다. 당시 연나라와 번조선의 경계는 조양(造陽)을 기준으로 하였다. 조양은 지금의 북경 서쪽 지역이므로 번조선의 영토는 북경을 지나 한참을 서쪽으로 간 지역까지 뻗어 있었다.

진개는 인질로 있는 동안 파악해 둔 번조선의 후방 지역 군사적 거점들을 집중 공략했다. 번조선의 군사적 거점들의 위치와 지형, 군사들의 사기와 장군들의 특성을 훤히 꿰고 있는 진개의 공격에 번조선의 지방성들은 속수무책으로 무너졌다. 결국 번조선은 진개의 공격으로 방(方) 이천 리의 영토를 연나라에 빼앗기고 국경을 조양 서쪽에서 만번한으로 옮겼다. 만번한은 조양의 동쪽이고 난하의 서쪽이다.

방(方) 이천 리는 길이가 아니고 면적이다. 당시의 면적 계산은 가로 곱하기 세로가 아니라 가로 더하기 세로였다. 따라서 방 이천 리는 가로 천 리, 세로 천 리로서 네 변의 길이가 각각 천 리인 정방형의 면적이다. 동서 이천 리, 남북 사천 리는 가로 이천 리, 세로 사천 리 범위의 땅이라는 의미다.

진개의 활약으로 후방 번조선의 위험을 제거한 소양왕은 기원전 285년, 한, 위, 조 등 3개국과 연합하여 제나라를 제압하였으니 소양왕 시기가 연나라의 최전성기였다.

소양왕의 명을 받은 진개가 번조선을 공략할 당시 번조선 왕 기욱은 연나라의 공격은 없을 것이라 오판하고 오히려 대부여에 수유 출신 한개 장군을 보내 반역을 일으킴으로써 국경을 소홀히 한 결과, 연나라에 방 이천 리의 영토를 빼앗기고 2,000년 역사의 아사달(진국)이 멸망하는 단초를 제공하였다.

해모수의 등장

기원전 295년, 수유 사람 한개의 반란을 진압하고 즉위한 47세 단군 고열가는 북쪽의 견융을 평정하고 백악산에 단군 왕검의 사당을 세웠다. 그리고 위나라와 사신을 교환하고 신원함(伸冤函)을 설치하여 백성들의 억울한 민원을 들어주는 등 대부여의 국력 회복을 위해 많은 노력을 하였다. 그러나 이미 기울기 시작한 국력을 회복하는 것은 매우 어려운 일이었다.

기원전 261년, 한 사내아이가 백악산아사달 인근 웅심산(熊心山) 아래에서 태어났다. 백악산아사달은 22세 단군 색불루의 도읍지였다. 이름을 해모수(解慕漱)라 하였는데 어릴 때부터 매우 영특하였다. 나라에서 우수한 젊은 청년들을 교육시키는 국자랑(國子郞)으로 선발되어 학문을 배우고 무예를 익히며 전국 방방곡곡을 순회하며 심신을 단련하였다. 국자랑 해모수는 단군 고열가가 즉위한 경위를 알고 있었다.

'수유 사람 한개가 아사달을 점령하고 스스로 단군으로 즉위하였건만……'

고리국(藁離國), 즉 구려국(句麗國) 출신의 해모수는 왕족은 아니었지만 야망이 있었다.

'수유의 군사들을 이용해 보자.'

해모수는 혼자 마음 속으로 계획을 세웠다.

국자랑 해모수는 대부여와 마조선, 번조선 등 전국을 순회하며 심신을 단련하던 중 번조선에 이르러 73세 왕 기윤(箕潤)의 아들 기비(箕丕)를 만났다. 나이가 엇비슷한 대부여의 국자랑 해모수와 번조선의 태자 기비는 곧 흉금을 터놓고 이야기하는 사이가 되었다. 두 사람이 곡주를 마시며 얘기를 나누는 동안 해모수가 물었다.

"요즘도 서쪽의 연나라가 계속 침략을 하는가요?"

"선왕이신 기욱 왕 때 서쪽 땅 방 이천 리를 빼앗긴 후로 더 이상 침략은 없습니다. 그후에 오히려 조공을 보내왔지요."

"그나저나 지난 번 한개 장군의 실패는 수유의 입장에서는 좀 아쉬웠겠습니다."

"예, 그때 한개 장군이 성공했더라면 기욱 왕이 진국의 단군이 되었겠지요, 아마."

"그러면 태자 기비도 단군이 될 거구요, 하하."

"그랬을지도 모르지요, 하하하."

"그래서 말씀인데……, 자, 한 잔 받으시지요."

해모수와 기비 두 사람은 술잔을 주고받으며 밤이 이슥하도록 얘기를 나누며 밀약을 맺고 굳게 손을 맞잡았다.

다시 웅심산으로 돌아온 해모수는 웅심산 지역 지방 관리들의 민심을 챙기고 군사력을 강화하는 등 지지 세력들을 규합하여 힘을 길렀다. 웅심산에서 남서쪽으로 멀리 떨어져 있는 번조선의 기비와도 연락망을 강화하였다. 모든 준비는 끝났다.

기원전 239년, 47세 단군 고열가가 즉위한 지 57년째 되는 해에 해모수는 웅심산 자락에서 기병하여 옛 도읍지였던 백악산아사달을 점령하였다. 당시 해모수의 나이는 23세였다. 그리고 웅심산 자락에 있는 난빈(蘭濱)에 제실(帝室), 즉 궁을 짓고 스스로 천왕랑(天王郎)이라고 칭하였다. 천왕랑은 천왕은 아니지만 천왕이 될 자격이 있는 사내라는 뜻이다. 해모수는 제실에 단을 쌓고 하늘신에게 제사를 올렸다.

"하늘님이시여, 오늘날 삼조선은 존폐의 위기에 있습니다. 서쪽의 연나라는 매년이다시피 침략하여 번조선이 땅 방 이천 리를 빼앗기는 등 삼조선의 국력은 거의 소진되고 말았습니다. 더구나 선 단군 보을 시대에는 번조선의 장군 한개가 수유의 군사들을 이끌고 대부여 궁을 침범하고 스스로 단군이라 참칭하는 반역까지 일어났습니다. 이러한 삼조선의 위기를 맞아 저 해모수는 국력을 신장하여 삼조선을 구하고 영영세세 번성하도록 하겠습니다. 하늘님께서는 이 해모수에게 힘을 주시어 삼조선을 다시 일으켜 주시기를 앙망하나이다."

하늘신에게 고함을 마친 해모수는 백악산아사달을 중심으로 대부여 북부 지역을 두루 순회하며 정사를 돌보았다. 비록 해모수가 천왕랑을 자처하고 백악산 북녘 대부여 땅을 다스렸지만 나라의 이름도 새로 정하지 않았고 단군을 참칭하지도 않았으므로 공식적으로 대부여가 둘로 나누어진 것은 아니었다. 강력한 지방 세력이 있어 중앙의 단군 윤허를 받지 않고 인접 지역을 다스린 셈이다.

즉위 다음 해인 기원전 238년, 해모수는 연호법(煙戶法)을 제정하였다. 연호법은 밥 짓는 연기를 보고 백성들의 수와 살림 상태를 파악하고 백성들을 다스리는 것이다. 오가의 군사들을 지역별로 나누어 배치하고 둔전(屯田)을 지급하여 군사 업무와 병영 생활을 겸하게 하였다. 둔전은 군량 대신에 스스로 경작하여 군량을 해결하도록 주둔병들에게 지급한 밭을 말한다. 해모수는 그렇게 대부여 백성들의 민심을 얻어갔다.

한편, 47세 단군 고열가에게 천왕랑 해모수의 등장은 큰 위기였다. 해모수가 단군을 참칭하지는 않았지만 나라에 두 명의 단군이 있는 것과 같았다. 해모수가 한개의 반역 때문에 피폐해진 대부여를 구하겠다고 일어섰으나 이 또한 또 다른 반역일 뿐이었다.

'아, 나의 운명이, 대부여의 기운이 다하였구나.'

그러나 단군 고열가에게는 동원할 군사력이 없었으므로 해모수를 진압할 힘도 없었다. 44세 단군 구물이 삼조선 체제를 유지하면서도 병권은 삼조선의 비왕들이 각자 행사하게 함으로써 삼조선관경제의 기초가 허물어졌기 때문이었다. 즉 분조관경제가 아니라 분권관경제다. 대부여의 병력은 단군이 행사할 수 있었지만 지방 병력은 지방 욕살들에게 행사 권한이 있었는데 단군의 통제력이 취약하니 욕살들에 대한 단군의 군령이 제대로 작동하지 않았다.

단군 보을 시대 수유 사람 한개의 반란 때도 고열가는 의병을 동원해 진압했었다. 거기다가 궁실의 재정도 극히 취약하였다. 단군 고열가의 머리 속에는 2,000년 넘게 국력을 길러온 단군의 아사달과 그 이전 환웅의 배달 시대, 환인의 환국 시대가 주마등처럼 스쳐 지나갔다. 환인의 환국 시대로부터 계산하면 7,000년이다.

'우리 환족이 7,000년이나 이어져 왔건만……'

단군 고열가는 선대의 환인들, 환웅들, 단군들에게 큰 죄를 짓게 되어 몹시 착잡하였다. 이윽고 마음을 정한 단군 고열가는 천제단 앞으로 나아가서 제사를 올렸다. 말없이 하늘신에게 제사를 모신 단군 고열가는 오가들을 불러 모았다.

"오가들은 들어 보시오. 1세 단군 왕검께서 나라를 세우신 후 수많은 선대 단군들이 2,000년 넘게 나라를 다스려오면서 우리 진국, 즉 아사달은 큰 번영을 구가하였소. 그러나 나 고열가가 대부여를 다스리면서 덕이 부족하여 군령이 서지 않아 백악산의 해모수를 비롯한 지방의 욕살들이 서로 왕을 다투고 있어도 다스릴 방도가 없소. 이웃의 연나라가 쳐들어와도 물리칠 힘이 부족하여 땅 방 이천 리를 빼앗기고 말았소. 우리 진국 삼조선의 국력이 이렇게 쇠약해진 것은 모두 나 고열가가 덕이 없고 능력이 부족한 탓이므로 선대의 모든 단군들에게 큰 죄를 지었소. 그러므로 나 고열가는 단군 자리를 현인에게 맡기고자 하니 오가는 서로 상의하여 덕망 있고 유능한 현인을 선택하여 단군으로 천거하도록 하시오."

말을 마친 단군 고열가는 천제단에서 하늘신에게 고하고 깊은 산중으로 들어가고 말았다. 기원전 238년의 일이었다.

단군 고열가가 산중으로 들어간 후 대부여는 오가의 공화정 아래 천왕랑 해모수가 북쪽 지역을 다스리고 있었고 번조선은 기후 정권의 73세 비왕 기윤(箕潤)이 건재하고 있었고 마조선은 36세 비왕 맹남(孟男)이 다스리고 있었다.

오가의 공화(共和) 시대

47세 단군 고열가가 후사도 없이 스스로 퇴위하고 산으로 들어가자 오가들은 후임 단군을 정해야 했다. 오가들이 모인 중에 우가가 말했다.

"이 일을 어떻게 하면 좋겠소?"

주형을 담당하는 구가가 답했다.

"지금 북쪽 북악산아사달에서는 천왕랑이라고 칭하는 해모수가 일어났습니다. 비록 단군을 참칭하지도 않고 나라 이름도 정하지 않았지만 이는 반역이지요."

"해모수의 반란 때문에 단군이 퇴위했는데……."

"문제는 반역을 일으킨 해모수를 진압할 사람이 없다는 것입니다."

"대부여에 해모수를 진압할 사람이 없다니 이것 참……. 그렇다고 번조선이나 마조선에 요청할 수도 없고."

번조선은 해모수에게 우호적이고 마조선은 약하였다. 대부여의 오가들은 생각하다 못해 새로운 단군을 선택할 때까지 당분간 오가 합동으로 대부여를 다스리기로 했다. 2,000년 넘는 아사달 역사에 한 번도 없었던 일이었다.

웅심산의 해모수도 단군 고열가가 퇴위하고 산으로 들어갔다는 소식을 들었다.

'무어? 단군이 스스로 퇴위했다고? 기회는 지금이다.'

해모수는 번조선의 태자 기비에게 빠른 전령을 보내 연락을 취했다. 해모수가 북쪽에서 기병을 하고 장당경아사달로 진격하면 기비가 남쪽에서 협공하기로 밀약을 맺었지만 이제 군사를 일으켜 반역을 할 필요가 없어졌다.

"지금 고열가 단군이 스스로 퇴위했다고 합니다. 대부여 협공은 잠시 미루도록 하지요."

즉시 기비의 답신이 왔다.

"지금 대부여의 오가들이 공화정을 실시한다고 합니다. 대부여의 오가들을 만나는 것이 좋겠습니다."

해모수는 생각을 가다듬었다.

'지금 대부여는 한개의 반란 이후 단군이 군사 통제력을 잃고 있다. 지방의 욕살들에게 군령이 서지 않고 있거니와 병권도 삼조선이 각자 행사하고 있다. 오가들은 병권을 행사할 수도 없다. 대부여가 이래서는 안 된다.'

'그렇다. 대부여의 오가들을 만나보자.'

해모수는 반역이라는 오해를 차단하기 위해 소규모의 호위 군사들만 대동하고 장당경아사달을 방문했다. 동시에 기비에게도 연락하여 장당경아사달에서 만나기로 했다.

단군 고열가가 퇴위한 지 6년 뒤인 기원전 232년, 해모수와 기비는 장당경아사달에서 만나 해모수는 오가들과 대좌하고 기비는 밖에서 대기하였다. 해모수가 말했다.

"고열가 단군께서 퇴위하신 건 참으로 유감이오. 단군께서 후임 단군으로 현인을 선택하라고 하셨다는데 오가들께서는 정해 놓은 현인이 있으신지요?"

이에 마가의 주명이 대답했다.

"단군 고열가의 자진 퇴위에는 해모수 천왕랑도 큰 원인을 제공하였지요. 단군 고열가께서 엄연히 건재하심에도 불구하고 윤허도 없이 천왕랑이라 칭하였으니 이는 군령을 위반한 것이오."

"내가 군령을 위반하였다 하나 나는 단군의 명을 따르지 않는 지방 욕살들을 두고 볼 수만 없었습니다. 그리고 나는 단군을 참칭하지도 않았고 나라를 따로 세우지도 않았습니다. 다만 지방 욕살들이 권한을 너무 강하게 사용하지 말고 백성들을 위해 조화롭게 사용하도록 권고하였지요. 북쪽의 욕살들은 제 말을 잘 따르고 있습니다. 지금 밖에는 저 해모수와 의견을 같이하는 번조선의 태자 기비도 와 있습니다."

오가들은 여러 번 해모수의 행위가 반역임을 지적하고 대부여의 단군이 될 수 없다고 하였으나 지방 욕살들의 지지를 받고 있는 해모수를 무시할 수는 없었다. 특히 번조선의 태자인 기비가 함께 왔다는 것은 북부 지방 욕살들과 함께 남쪽의 번조선 기비도 해모수를 지지한다는 압박이었다. 선임인 우가가 정리하였다.

"여러 오가들의 말도 옳고 해모수의 말도 거짓은 아니오. 그는 단군을 참칭하지도 않았고 나라를 세우지도 않았소. 해모수는 단군의 군령을 위반하지 않았다고 하나, 단군의 윤허 없이 지방 욕살들을 자신의 뜻대로 지휘한 것은 해모수의 잘못이오.

지금 대부여는 단군 없이 오가들이 공화정으로 6년을 이끌어왔소. 비록 해모수가 단군의 윤허 없이 군령을 행한 잘못이 있기는 하나 북쪽의 지방 욕살들이 그를 따르고 있고 번조선도 지지하고 있으므로 해모수가 현재 위기에 처한 대부여를 이끌 적임자라고 생각하오. 다른 오가들 생각은 어떻소?"

해모수에게는 분명 단군의 윤허 없이 군령을 행사한 잘못이 있었지만 그렇다고 해모수의 행동이 명확한 반역은 아니었다. 더구나 번조선도 해모수를 지지했다. 압박감을 느낀 오가들은 다른 선택의 여지가 없었으므로 해모수를 단군 고열가의 후임으로 선임하였다.

기원전 232년, 오가들로부터 단군으로 선임된 해모수는 공화정을 철폐하고 단군으로 즉위함으로써 대부여를 승계하였다.

제 5 부

열국(列國) 시대

북부여 1세 단군 해모수

단군 해모수는 7년 전 기병한 웅심산 자락의 난빈(蘭濱)을 도읍지로 하였지만 나라 이름을 그대로 대부여로 하고 다른 모든 제도도 그대로 인수하였다. 해모수는 국호를 새로 정하지 않았으나 후대의 역사가들은 단군 해모수의 나라를 44세 단군 구물의 대부여와 구분하여 북부여라고 부른다. 따라서 기원전 2333년에 건국하여 기원전 232년까지 2,102년 동안 이어져 온 아사달의 대부여(진한, 진조선)는 해모수의 북부여로 계승되었다.

번조선의 74세 왕 기윤은 해모수의 즉위 1년 전인 기원전 233년에 붕어하였으므로 단군이 된 해모수는 태자 기비를 75세 왕으로 봉함으로써 그에게 보답하였다. 기원전 238년 마조선 왕 맹남이 후사가 없이 붕어한 후 대부여의 오가들은 마조선에 왕을 봉할 권한이 없었으므로 왕은 없었지만 조공을 바치던 70여 소국들은 그대로 건재하고 있었다.

해모수는 대부여를 승계하고 번조선 왕 기비는 독립적인 병권과 외교권을 행사하였으며 마조선에는 왕을 봉하지 않고 북부여에 통합하여 단군 직할령으로 하였다. 1세 단군 왕검 이래 43세 단군 물리 시대까지 삼조선관경제로 유지되다가 44세 단군 구물이 삼조선 각자의 병권을 인정함으로써 약해졌던 분권관경제는 단군 해모수 시대에 완전히 붕괴되었다.

오가 공화정을 폐지하고 북부여 단군이 된 해모수는 그해에 특별히 아이를 잉태한 임신부를 보호하는 법을 마련하였는데 후대의 역사가들은 이 법을 공양태모지법(公養胎母之法)이라고 했다. 임신부의 뱃속에 있어 완전한 사람은 아니라 하더라도 단군 해모수는 태아도 사람으로 보고 사람들을 가르칠 때는 반드시 태교부터 시작하게 하였다. 즉 사람은 태아 때부터 사람이다. 우리나라에서 아기가 태어나자마자 한 살로 계산하는 연령 계산법은 단군 해모수의 공양태모지법에 기원을 둔 것이다.

창해역사 여홍성, 진시황 암살 시도

번조선 왕 기비가 상하 운장을 지키고 있을 때, 주나라의 전국 칠웅들 사이에 큰 변화가 일어났다. 유명무실하던 동주 왕실은 기원전 249년 38세 군반 시대에 멸망하였다. 이어 진나라는 기원전 230년에 한나라, 기원전 228년에 조나라, 기원전 225년에 위나라, 기원전 223년에 초나라, 기원전 222년에 연나라, 기원전 221년에 마지막으로 제나라를 멸망시킴으로써 중국 역사상 최초의 통일 제국을 건설하였다.

당시 진나라의 인구는 일곱 나라 전체의 30%, 영토는 1/3, 국부(國富)는 60%를 차지한 매우 강력한 나라였다. 대부여(진조선) 및 번조선과 많은 접촉이 있었던 연나라는 진나라가 한나라와 조나라를 멸망시키자 바람 앞에 등불 신세가 되었다. 강력한 진나라의 왕 정(政)을 제거할 수만 있다면 전국 칠웅의 판도는 달라진다.

연나라는 태자 단(丹)이 검술에 뛰어난 형가(荊軻)를 고용하여 진왕 정암살을 기도하였으나 실패하고 말았다. 이어 형가의 친구 고점리(高漸離)의 암살 기도도 실패하였다. 그 이후 진왕 정은 외부 사람을 만나지 않았다. 막강한 권력을 휘둘러 정권을 마음대로 운영하는 독재자에게는 항상 암살과 쿠데타의 위험이 따르기 때문이었다.

한편, 진왕 정에게 멸망한 한나라 재상의 아들 장량(張良, 장자방)은 망국의 한을 품고 있었다. 진제국이 통일된 이후인 기원전 218년, 장량은 진왕을 살해할 방법을 찾으며 정처 없이 전국을 떠돌다 번조선의 땅에 이르렀다. 창해(蒼海) 바닷가에 이르러 푸른 바다를 바라보다가 큰 한숨을 내쉬었다.

"공자는 무슨 걱정이 그리도 많아 큰 한숨을 내쉬고 있소?"

누군가의 말에 장량이 고개를 들어 바라보니 말을 탄 한 젊은 남자가 온화한 미소를 지으며 자신을 보고 있었다.

"아, 예. 마음이 심란한데 저 푸른 바다를 보니 더욱 심란해지지 뭡니까?"

"나는 창해군이라 하오. 내가 이곳 푸른 바닷가에 살아서 창해군이오. 어디 공자의 얘기나 들어봅시다그려."

두 사람은 푸른 바다가 훤히 내려다보이는 시원한 주막집에 자리를 잡았다. 창해는 발해(渤海)를 일컫는 다른 말이다. 술잔이 서너 차례 오간 후 창해군이 말했다.

"나는 번조선의 왕 기준(基準)을 모시고 있소. 공자는 어디서 온 누구신가요?"

"그러시군요. 나는 한나라에서 온 장량이라고 합니다. 조국을 멸망시킨 진왕을 죽일 방법을 찾지 못해 고민하던 중이었습니다."

술잔을 주고받으며 두 사람은 많은 대화를 나누었다. 통일된 진제국은 7개 제후국으로 나뉘어 있을 때보다 막강하였다. 연나라와 많은 접촉이 있었던 번조선뿐만 아니라 북부여의 입장에서도 막강한 진나라는 큰 위협이었다. 진왕 정을 살해한다면 통일된 진제국에 내분이 일어날 것이고 7국이 경쟁한다면 번조선도 강력한 진제국보다는 분열된 나라를 상대하는 것이 훨씬 유리했다.

"내가 힘이 아주 대단한 역사(力士) 한 사람을 알고 있소. 그는 120근 나가는 철퇴도 거뜬히 휘두를 수 있소."

창해군은 장량에게 여홍성(黎洪星)을 소개해 주었다. 여홍성은 창해에서 가장 힘이 센 사람이라고 인정받아 창해역사(蒼海力士)라고도 불렸다. 창해군과 장량, 여홍성 세 사람은 함께 진왕 정을 암살할 계획을 세웠다. 두 번의 암살 시도 사건 이후 진왕 정은 외부 사람을 만나지 않으므로 마차로 이동할 때 철퇴를 휘둘러 살해하기로 했다. 120근 철퇴는 장량이 마련하였다.

준비를 마친 장량은 진왕이 동쪽으로 순수를 온다는 사실을 알았다. 함양(咸陽)에서 동쪽으로 가려면 반드시 황하 북쪽의 박랑사(博浪沙) 지역을 지나야 한다. 장량과 여홍성은 박랑사에서 진왕을 치기로 하고 그곳으로 갔다.

일행이 요하에 이르렀을 때 여홍성은 비(碑) 하나를 발견하였다. 요하는 오늘날의 영정하이고 영정하는 북경 서쪽에서 동남쪽 방향으로 흘러 발해만으로 들어가는 강이다. 그 비는 기원전 1,834년에 즉위한 아사달의 12세 단군 아한이 삼한 지역을 순수하다 번한 지역 요하에 이르러 세운 순수관경비(巡狩管境碑)였다. 이 비는 단군 아한이 역대 단군들의 명호를 새겨 이 땅이 아사달의 땅임을 표시하기 위하여 세운 것이었는데 1,600여 년이 지난 후 진왕을 암살하러 가던 번조선의 여홍성이 다시 발견한 것이다.

'아, 아한 단군이여, 아사달이여, 번한이여…….'

비석을 어루만지던 여홍성은 감격에 겨워 눈물을 흘렸다. 요하는 연나라에게 땅 방 이천리를 빼앗기기 전만 해도 번조선의 땅이었다. 옛날에는 번성하던 곳이었건만 지금은 폐허가 된 곳에 빛 바랜 비석만이 홀로 서 있었다. 비석을 어루만지던 여홍성은 시를 한 수 읊었다.

이곳 들판 예로부터 번한이라 불렀는데
유난히 특이한 돌 하나 서 있구나
토대는 무너져 철쭉꽃 붉게 피었고
글자는 이지러져 이끼만 푸르네
저 아득한 태고 시절에 만들어져
흥망의 역사 간직한 채 홀로 서 있구나
문헌으로 고증할 길 없지만
이것이 단군 왕검의 자취가 아니겠는가!

장량과 여홍성은 길을 재촉하여 박랑사에 이르렀다. 이곳을 통과하는 길은 하나뿐이어서 왕의 행차일지라도 한 줄로 통과해야만 하는 곳이다. 장량과 여홍성은 길이 잘 보이는 곳에 매복하였다.

"진왕이 탄 마차는 말 여섯 마리가 끌고 있소. 수레가 여러 대라 하더라도 당황할 필요는 없소. 내가 신호를 하거든 그 마차에 철퇴를 던지시오."

이윽고 진왕 정의 행차가 나타났다. 마차의 앞과 뒤, 좌우에는 호위 병사들이 있었다. 그런데 이게 웬일인가? 마차 넉 대가 지나가는데 모두 말 네 필이 끌고 있었다. 여섯 필의 말이 끄는 마차는 없었다. 두 번의 암살 위기를 넘긴 진왕은 외부 사람을 만나지 않을 뿐만 아니라 이동 시 마차의 말도 네 필로 줄이고 똑같은 마차를 넉 대나 준비한 것이었다. 어느 곳에 진왕 정이 있는지 알 수가 없었다.

'아뿔싸!'

장량은 크게 탄식했다. 어느 마차에 진왕 정이 탔는지 알 수 없었지만 이제 와서 달리 방법이 없었다. 장량은 그중 가장 화려하게 보이는 마차를 지목해 여홍성에게 지시했다.

"저 마차를 치시오. 앞에서 두 번째!"

암살에 성공할 확률은 4분의 1이다. 장량의 말을 들은 여홍성은 120근의 철퇴를 가볍게 휘둘러 정확하게 두 번째 마차를 맞춰 박살냈다. 그 마차는 텅 비어 있었다. 철퇴를 맞아 죽었어야 할 진왕 정이 보이지 않았다. 암살은 실패했다.

"아!"

외마디 탄식과 함께 여홍성은 단도로 자신의 목을 찌르고 자결하였고 장량은 매복지를 벗어나 도주하고 말았다.

세 번의 암살 위기를 모면한 진왕 정은 스스로 황제라 칭하고 주(周)시대의 봉건제 대신 군현제를 실시했다. 중국 역사상 최초의 황제이므로 시황제(始皇帝)라고 부른다. 시황제는 흉노족의 침략을 막기 위해 연나라 시절 진개가 쌓은 연장성(燕長成)을 이어 만리장성을 쌓았다.

막강하던 진나라는 기원전 210년 시황제 정이 사망하고 차남인 호해가 2세 황제로 즉위하였다. 그러나 호해의 방탕과 조고(趙高) 등 신하들이 폭정을 일삼자 기원전 209년 농민 진승과 오광이 반란을 일으켰다. '왕후장상(王侯將相)의 씨가 따로 있느냐'라는 반란 구호는 당시 백성들의 많은 호응을 얻었다. 이 반란은 진나라 멸망의 단초가 되었으며 이때 수만 명의 진나라 백성들이 번조선으로 망명해 왔다. 번조선 왕 기준은 이들을 상하 운장에 나누어 수용하고 장수를 보내 지키게 하였다.

결국 황제 호해는 기원전 206년 항우(項羽)에게 죽고 진제국은 망하고 말았다. 항우와 경쟁하던 유방(劉邦)은 항우의 군대를 치고 진제국에 이어 기원전 202년 통일된 나라 이름을 한(漢)이라고 했다. 이때 북부여는 1세 단군 해모수 즉위 38년째이고 번조선은 기준 왕 재위 21년째였다.

최숭의 낙랑국과 후삼한의 건국

단군 해모수가 북부여 단군이 되자 옛 대부여(진조선)의 왕실 세력, 고위직 신하 무리 등 엘리트 계층이 대거 마조선 땅으로 이주하였다. 진조선 서부 지역에 해당하는 옛 고죽국, 수유국, 구려국, 낙랑국, 진번국 등의 유민(遺民)들도 해모수를 피해 마조선 땅으로 이주하였다.

마조선은 해모수가 대부여(진조선)를 승계하면서 마조선 마지막 왕 맹금의 후임을 정하지 않은 데다 단군 직할령이라 하였으나 해모수의 영향력도 거의 미치지 않아 무주공산이었다. 왕은 없었지만 마조선의 70개가 넘는 제후국들은 그대로 유지되고 있었다. 옛 진조선의 유민들은 마조선 땅의 동쪽으로 이동하여 오늘날 경주 부근에 정착하고 나라 이름을 북쪽 고향의 나라 이름을 따서 진한(辰韓)이라고 하였으니 기원전 209년 무렵이었다.

진조선 유민들의 이동과 거의 같은 시기에 번조선과 연나라의 국경 지역인 난하 유역에 살던 사람들과 만리장성 부근에 살던 사람들, 즉 번조선의 유민들도 당시 진제국에서 한제국으로 교체기의 극심한 혼란 상황을 피해 마조선 땅으로 이주하여 한반도의 남쪽 지역에 자리 잡고 변한(弁韓)이라 하였다.

기원전 195년, 오늘날 중국의 난하 유역에 있는 옛 낙랑홀(樂浪忽) 지역에 최숭(崔崇)이라는 부자가 살고 있었다. 최숭의 선대는 본래 낙랑홀의 제후였으나 낙랑홀이 멸망했으므로 최숭은 평민이지만 기품이 있었고 부유하였다.

최숭이 살던 시기의 동북아 정세는 극도로 불안하였다. 진제국의 통일에 이어 진승·오광의 난이 일어나고 다시 진제국이 망한 후 항우와 유방의 전쟁에 이어 유방은 통일된 한(漢)나라를 건국하였다. 이러한 불안정한 정세 속에서 연, 제, 조나라의 유민들이 대거 번조선으로 망명하자 이들을 피하여 연나라의 진개에게 빼앗긴 땅 방 이천 리 지역에 살던 진조선, 번조선의 유민들은 마조선 땅으로 이주하였다.

번조선은 군사력이 약한 데다 이제는 북부여와 공동 운명체가 아니다. 그리고 마조선 땅에 후임 왕이 없었으므로 도읍지였던 백아강(伯牙岡)은 비어 있었다. 상황을 파악한 최숭은 결단을 내렸다.

'백아강으로 가자.'

선대가 다스리던 낙랑홀은 무너졌고 어수선한 정국에 잘못 휘말리면 최숭을 따르고 있는 유민들이 모두 위험에 처할 수 있기 때문이었다. 최숭은 수석 부장(副將)을 불렀다.

"지금부터 즉시 모든 재산을 꾸려 먼 곳으로 옮길 준비를 하라. 목적지는 바다 건너 마조선 땅 백아강이다."

"예, 즉시 준비하겠습니다."

오랫동안 최숭을 주인으로 모셔 온 부장도 상황을 파악하고 있었다. 귀중품, 고가품 중심으로 재산을 추리고 같이 가기를 원하는 사람들을 파악하였다. 부장은 큰 배를 여러 척 준비하여 최숭의 재산을 싣고 함께 갈 낙랑홀의 유민들도 태웠다. 일행을 태운 배는 순조롭게 무사히 백아강 하구에 도착하였다. 거의 40년 가량이나 비어 있어 폐허가 다 되어가던 백아강을 다시 건설하고 최숭은 나라 이름을 자신의 고향 이름을 따서 낙랑국(樂浪國)이라 하였다.

최숭이 세운 낙랑국은 주변의 여러 소국들을 병합하여 대동강 유역 백아강에서 마조선 지역의 대국으로 자리 잡았다. 국가의 기틀을 확실히 마련한 낙랑국은 40여 년 뒤인 기원전 163년 북부여 단군 고해사에게 곡식 300석을 조공으로 바침으로써 북부여의 제후국이 되었다.

기원전 194년에는 위만에게 속아 왕위를 찬탈당한 번조선 왕 기준도 마조선 땅 오늘날 익산(益山)에 도착하여 마한(馬韓)을 세우고 1세 왕이 되었다. 2세 왕은 번조선의 상장 출신으로서 기준에 이어 마조선 땅에 목지국(目支國)을 세웠던 탁(卓)이 이어받았다.

후대의 역사가들은 마조선 땅의 진한, 변한, 마한 세 나라를 아사달 시대의 삼한에 이어 후삼한(後三韓)이라고 불렀다. 진조선과 번조선의 이웃 지역에서 살다가 비슷한 시기에 마조선 땅으로 이주해온 진한과 변한은 합쳐서 변진이라고도 불렸는데 24개의 소국을 거느렸다. 번조선의 왕이었던 기준이 세운 마한은 54개의 소국을 거느리면서 진한, 변한과 함께 후삼국을 구성하고 후삼한을 다스렸다.

위만의 번조선 침략

유방은 평민 출신이었으나 '왕후장상의 씨가 따로 있느냐'라는 진승·오광의 반란 구호처럼 평민 출신으로 통일된 진나라에서 파란만장한 전투를 견딘 끝에 항우를 물리치고 한나라의 황제가 되었다. 유방은 산동성 패현에서 태어났는데 어릴 적 죽마고우인 노관(盧綰)이란 친구가 있었다. 노관은 유방과 생년월일도 같았고 유방이 황제가 될 때도 옆에서 적극 시중을 들었다.

황제가 된 유방은 친구에게 보답하기 위해 능력은 좀 부족하였지만 노관을 제후국인 연나라 왕에 봉했다. 파격적인 대우였다. 그런데 연나라 왕 노관이 상황 판단을 잘못하고 황제 유방에게 반하는 행위를 했다. 유방이 상황을 좀 정확히 알아보려고 노관을 불러들였으나 그는 황제가 자신을 참하려는 줄 알고 그만 북쪽의 흉노에게로 망명하는 사태가 벌어졌다. 노관은 흉노에서 노왕(盧王)에 봉해졌으나 1년 뒤 죽고 말았다.

기원전 195년 최숭이 마조선 땅으로 떠난 직후, 연왕 노관이 흉노로 망명하자 그의 부장(副將)으로 있던 위만(衛滿)이 부하 1,000명을 이끌고 번조선 땅 운장으로 들어갔다.

'노관은 흉노로 도망갔다. 내가 남아 있으면 나는 반드시 처형당할 것이다. 그렇다고 반역자 노관을 따라가기도 싫다.'

운장에는 진승·오광의 난을 피해 번조선으로 이주해 온 연, 제, 조나라 출신 한(漢)인들이 거주하고 있었으니 이들을 이용하면 세력을 형성할 수 있었다. 부하 1,000명과 함께 모두 상투를 틀고 번조선 환족의 복장을 하고 요새를 나와 동쪽으로 도망하여 패수(浿水)를 건너 연과 번조선 사이에 공터로 있는 운장에 이르렀다. 번조선 왕 기준의 명을 받아 상하운장을 지키고 있던 장수가 위만 일행을 막았다.

"그대들은 어디서 온 누구이며 무슨 일로 왔는가?"

"저희는 연나라 노관의 부하였습니다. 저의 상사 노관이 반란을 일으키고 흉노로 망명하였으므로 후환이 두려워 번조선으로 찾아왔습니다. 부디 저희를 받아주시기를 청원하나이다."

번조선의 장수는 일행을 일단 운장에 머물게 하고는 사실을 번조선 왕 기준에게 보고하였다. 운장 방위 장수와 위만은 번조선 왕 기준을 만나러 갔다.

"번조선 왕께 인사드립니다. 신(臣) 위만은 연왕 노관의 부장이었습니다. 노관이 한나라에 반란을 일으키고 흉노로 도망하였으므로 신이 남아 있으면 신은 죄도 없이 황제에게 처형당할 것이고 그렇다고 반역자 노관을 따라갈 수도 없어 번조선을 찾아왔으니 왕께서는 부디 신 위만을 거두어 주시기 바라옵니다. 왕께서 신을 서쪽 변방에 머물게 허락해 주신다면 한제국에서 망명해 온 이주민들과 함께 번조선의 번병(藩屛)이 되어 한제국으로부터 번조선을 지키도록 하겠습니다."

기준 왕이 북부여의 단군 해모수에게 윤허를 구하였으나 단군은 병이 들어 능히 결단을 내릴 수가 없었다. 이에 기준 왕은 자신의 결단으로 망명을 허락하고 위만에게 박사(博士)의 칭호를 부여하며 백리(百里)의 땅을 봉해 주어 서쪽 변경을 지키게 하였다. 박사는 지방의 문제들을 해결하기 위해 중앙에서 파견된 관리들의 직함이다.

번조선 왕으로부터 박사의 관직을 가지고 운장으로 돌아온 위만은 진, 한, 연, 제, 조의 이주민들과 동고동락하며 그들을 규합하였다. 번조선 장수에게는 자신들끼리 자치 운영하는 것으로 속임수를 썼다. 이윽고 준비를 마친 위만은 먼저 상하운장을 방위하는 장수를 치고 번조선 기준 왕에게 거짓 메시지를 전했다.

"왕이시여, 지금 한나라의 군대가 물밀듯이 쳐들어오고 있습니다. 빨리 대비하셔야 하겠습니다. 왕을 호위할 군사가 필요하니 윤허해주시면 신 위만이 즉시 달려가겠습니다."

거짓 정보를 접한 기준 왕은 위만에게 속아 위만의 군사들을 번조선의 궁으로 들어오게 하였다. 기준 왕의 윤허를 얻은 위만은 한나라 이주민들로 구성된 군사들을 이끌고 왕궁으로 밀고 들어갔다. 호랑이에게 그냥 문을 열어준 것이나 마찬가지였다. 위만의 군사들은 한나라의 군사들로부터 왕을 호위한다는 명목으로 기준 왕을 에워싸고 번조선의 왕궁 수비대를 접수하였다.

"기준 왕이시여, 한나라 군사들이 이미 왕궁에 들어와 왕을 에워쌌습니다. 왕께서는 속히 자리를 비켜 목숨을 보전하시기 바랍니다."

위만의 속임수에 철저히 속은 기준은 싸워보지도 못하고 왕위를 찬탈당하고 말았다. 폐위를 당한 기준은 측근들과 함께 배를 타고 마조선 땅으로 떠나갔다. 뒤를 이어 번조선의 오가들도 상장 탁(卓)을 모시고 마조선 땅으로 갔다.

번조선의 왕 기준을 내쫓은 위만은 스스로 조선왕(朝鮮王)이라 칭하며 백성들을 비롯한 모든 제도를 그대로 유지하였다. 조선왕을 참칭한 위만 정권은 한제국의 외신(外臣)임을 자처하며 한제국을 등에 업고 주변국들을 공격하여 영토를 넓히기 시작했다. 외신은 한 나라의 왕이 다른 나라의 왕에게 자신을 낮추어 일컫는 말로서 그 나라의 신하는 아니지만 그 나라의 영향력을 활용하는 것이다.

북부여와 번조선 위만 정권

북부여는 강력한 우방이었던 번조선을 잃었다. 연나라 노관의 부장 위만이라는 도적에게 기준 왕이 왕위를 찬탈당한 것이다. 번조선 왕이 된 위만은 스스로 조선왕(朝鮮王)이라 칭하며 번조선의 백성들과 제도를 그대로 유지하였으며 한제국의 제후국이 아니라 번조선을 이어받은 독립국임을 선언하였다. 지도층의 왕권(王權)은 위만 일행이 장악했지만 그 지배를 받는 백성들은 번조선의 환족이었다.

'번조선을 회복시켜야 한다.'

북부여의 2세 단군 모수리(慕漱離)는 위만을 치고 번조선을 회복할 결심을 굳혔다. 1세 단군 해모수는 위만이 번조선을 차지하기 1년 전에 붕어하였고 기원전 194년에 태자인 모수리가 즉위하여 2세 단군이 되었다. 기원전 193년 단군 모수리는 장군 연타발(延他勃)을 파견하여 위만조선의 북쪽에 있는 해성(海城)에 성책(城柵)을 설치하여 위만을 방어하게 하였고 기원전 192년에는 동생 고진(高辰)으로 하여금 해성을 지키게 하였다. 위만 정권에 대비한 단군 모수리의 해성 강화 정책에 중부여(中扶餘) 일대가 단군 모수리에게 복종하였다. 중부여는 장당경, 해성, 서압록 등을 포함하는 요동반도 지역으로서 백악산에 자리한 북부여의 남쪽이다. 그러나 위만은 더 이상 공격해오지 않았다.

2세 단군 모수리가 붕어하고 기원전 169년 태자 고해사(高奚斯)가 3세 단군으로 즉위하였다. 3세 단군 고해사 때 마조선의 백아강으로 옮겨 간 최숭의 낙랑국이 북부여에 곡식 300섬의 조공을 바쳤다. 기원전 128년 단군 고해사는 직접 만 명의 군사를 이끌고 남쪽의 남여성(南閭城)에서 위만 정권의 군대를 크게 무찌르고 북부여의 장수를 두어 방어하였다.

기원전 121년, 3세 단군 고해사 붕어 후 태자 고우루(高于婁)가 4세 단군으로 즉위하였다. 즉위 이듬해에 위만의 손자 우거가 북부여를 침략하자 단군 고우루는 장수를 보내 막게 하였으나 성공하지 못했다. 3

년이 지난 기원전 118년 우거가 대규모 군사를 일으켜 서압록을 건너와 다시 북부여를 침략하니, 북부여의 장당경 남쪽인 해성 북쪽 50리의 땅이 모두 우거의 땅이 되었다.

서압록은 오늘날의 서요하다. 단군 고우루는 기원전 115년 친히 군사 5,000명을 이끌고 해성을 급습하여 우거를 격파하고 해성을 수복하였다. 이어 진격을 계속하여 살수(薩水)에서 우거를 몰아내어 구려하(九黎河) 동쪽의 땅을 모두 회복하였다. 살수는 오늘날 요동반도에서 요하 하류로 합류하는 지류로서 먼 훗날 고구려 시대에 을지문덕 장군의 살수대첩 배경이 되는 강이다.

이 시기에 우거 정권의 번조선 강역은 서쪽으로는 한나라와 패수(浿水), 즉 오늘날의 난하(灤河)를 경계로 하였고, 동쪽으로는 북부여와 요하(遼河), 서북쪽으로는 북부여와 서요하를 경계로 하였는데 서요하는 상류인 서북쪽에서 동쪽으로 흐르다가 남으로 방향을 꺾어 요하가 되는 강이다. 따라서 번조선의 왕위를 강탈한 위만 정권의 뒤를 이은 우거 정권은 중국의 하북성 발해 연안과 내몽골, 요령성의 남부와 서부 일대에 걸쳐 있었다.

번조선 우거 정권과 한제국의 전쟁

기원전 109년, 우거 정권의 번조선은 남서쪽에 한제국, 북동쪽에 북부여, 남동쪽에 최숭의 낙랑국과 후삼한이 자리 잡고 있었으므로 이들 나라 사이에 끼어 있었다. 이러한 지리적 위치 때문에 남동쪽의 낙랑국이나 후삼한이 한나라와 소통과 무역을 하려면 반드시 우거 정권을 거쳐야 했다. 그러나 우거는 양국 간의 직접 교통을 막고 중계 무역을 통하여 막대한 경제적 이득을 챙겼다. 이러한 상황이 한나라의 효무황제(孝武皇帝) 유철(劉徹)에게 보고되었다.

효무제 유철은 우거를 설득하기 위하여 섭하(涉河)를 사신으로 보냈다. 우거를 만난 섭하는 한나라와 후삼한 사이에 길을 터 줄 것을 요청하면서 그 대안은 제시하지 않았다. 섭하는 황제국인 자신들의 힘만 믿고 강압적으로 밀어붙였으나 우거로서는 당연히 대가 없는 양보는 할 수 없으므로 섭하의 교섭은 실패하였다.

섭하는 빈 손으로 귀국하려니 황제를 뵐 면목이 없었다. 어쩌면 죽임을 당할 수도 있었다. 그때 황제국의 사신을 배웅하기 위해 번조선 비왕 장(長)이 섭하의 귀국길을 동행하고 있었는데, 고민하던 섭하는 국경인 패수(浿水)에 이르렀을 때 느닷없이 자신을 배웅하는 비왕 장을 비수로 찔러 살해하였다. 그리고 서둘러 패수를 건너 한제국으로 도망하였다. 섭하는 효무제 유철 앞에 엎드린 채 결과를 보고하였다.

"황제 폐하, 신은 번조선의 우거왕에게 한제국 황제의 이름으로 길을 터 줄 것을 명하였으나 우거왕은 일언지하에 거절하였습니다. 이는 제후국의 왕에 불과한 우거가 상국인 황제의 명을 거절한 것이므로 그냥 두어서는 안 될 일인 줄로 아옵니다. 우거왕에게는 반드시 대가를 치르도록 하여야 할 것입니다. 그 벌로 신 섭하는 귀국 도중 우거의 장수 한 명을 처형하였습니다. 통촉하여 주시옵소서."

섭하의 보고를 받은 효무제 유철은 분노하였다.

"제후국 주제에 감히 내 명을 거역하다니, 내 우거를 가만 둘 수 없다."

번조선 우거 정권은 한제국의 제후국이 아닌 독립국인데도 황제 유철은 우거 정권을 제후국으로 취급하였다. 황제 유철은 교섭에 실패한 섭하를 처형하는 대신 크게 치하하고 요동 동부도위의 벼슬을 주어 부임하게 하였다.

한편, 우거왕은 섭하를 배웅하러 갔던 비왕 장이 섭하에게 살해당했다는 소식을 듣고 크게 분노하였다.

"내가 반드시 섭하를 죽이리라."

우거가 섭하 제거의 결심을 굳히고 있는 사이에 섭하가 요동 동부도위로 부임하였다는 소식을 들었다. 우거는 즉시 최정예 기병대를 이끌고 요동 동부동위를 급습하여 섭하를 그 자리에서 단칼에 죽여 버렸다. 이 사건은 즉시 효무제 유철에게 보고되었다.

"뭣이, 우거가 섭하를 살해했다고? 번조선을 지상에서 없애 버리겠다."

효무제 유철은 즉시 번조선 정벌을 준비하였다. 전국의 죄수들을 끌어모아 군대를 조직하고 좌장군 순체(荀彘)를 총대장으로 임명하여 육군 오만 명을 이끌게 했다. 동시에 누선장군(樓船將軍) 양복(楊僕)에게는 수군 7,000명을 주어 산동반도에서 발해를 건너 험독으로 진격하게 하였다. 양복의 군대가 먼저 번조선 수도 험독에 도달하자 총대장인 순체는 험독을 수륙 양면에서 연합 공격하기로 계획을 세우고 양복에게 기다릴 것을 명하였다.

그러나 바로 눈앞의 험독을 보니 수비 군사들이 강하지 않은 것처럼 보여 양복은 공을 독차지하기 위해 순체의 말을 듣지 않고 먼저 공격을 감행하였다. 성 안에서 우거가 내려다보니 양복의 군사들이 많아 보이지 않았다. 우거는 즉시 성 안의 군사들에게 돌격 명령을 내렸다.

"번조선의 군사들이여, 한나라 군대가 쳐들어왔다. 즉시 돌격하여 번조선의 강력함을 보여 주자."

명령이 떨어지자 우거의 군사들은 즉시 성문을 열고 달려나와 양복의 군대를 사정없이 쳐부수어 괴멸시켰다. 양복은 군사들을 거의 잃어버리고 호위 군사들만 대동한 채 깊은 산속에 은거하고 말았다.

명령을 따르지 않고 선제 공격을 감행한 양복의 패배 소식을 들은 순체는 크게 낙담하였다. 수륙 연합 작전은 폐기되었다. 순체의 육군은 패수를 건너 험독을 공격하려고 하였으나 우거군의 저항이 완강하여 패수를 건널 수가 없었다.

번조선에 대한 공격이 지지부진하자 효무제 유철은 사신 위산(衛山)을 보내 우거와 협상을 진행함과 동시에 많은 황금으로 우거의 부하들을 매수하게 하였다. 우거와 협상 테이블에 마주 앉은 위산이 말했다.

"지금 번조선 군사들이 한두 번의 전투에서 이겼다고 하나 번조선의 국력으로는 우리 한제국 효무제에 대항할 수 없소. 하루빨리 전쟁을 종식시키는 것이 번조선에는 유리할 것이오."

번조선도 상황이 그러하다는 것을 알고 있었다.

"우선 군사들을 모두 철수하고 국경을 원상회복하시오."

"알겠소. 그러나 번조선이 다시 공격하지 않을 것임을 보증하도록 번조선의 태자를 볼모로 보내시오."

"그렇게 하리다. 태자를 보냄과 동시에 군사들을 철수시키시오."

이렇게 하여 양국의 강화는 성립되었다.

우거가 태자 장항(長降)에게 한제국으로 갈 것을 명하자 태자 장항은 자신의 호위 군사들을 이끌고 순체의 진영으로 갔다. 사신 위산과 좌장군 순체는 인질로 오는 태자의 호위 군사들을 보고 태자가 무장을 해제하고 홀로 진중으로 올 것을 명하였다. 이에 위협을 느낀 태자 장항은 도로 우거의 진중으로 회군하여 버렸다. 이로써 한제국과 번조선의 협상은 무산되었고 전쟁은 계속되었다.

우거는 한 가지 계책을 내어 순체와는 전투를 계속하고 양복에게는 몰래 사람을 보내 효무제에게 항복 의사를 전하게 함으로써 순체와 양복 사이에 이간책을 썼다. 한편 한나라의 사신 위산도 우거의 신하들에게 황금 뇌물을 보내어 매수하였다. 양국 군사들이 서로 진지를 지키기만 하고 공격을 하지 않아 전황은 지지부진하였다.

효무제 유철은 두 나라 사이의 강화가 실패로 돌아가자 사신 위산에게 책임을 물어 참해 버리고 제남태수(齊南太守) 공손수(公孫遂)를 보내 지지부진한 전황을 파악하여 전쟁을 독려하도록 하였다. 진중에 도착한 공손수가 순체에게 물었다.

"좌장군은 어째서 우거를 공격하지 않는 거요?"

"예, 우거의 군대가 강하다고 하나 우리 군사들이 돌격하면 추풍낙엽처럼 쓸어버릴 수 있습니다. 그런데 양복의 군대가 바다에서 협공에 응하지 않고 '우거가 한나라에 항복하겠다'고 말했다면서 다시 강화를 주장하며 제 말을 듣지 않고 있습니다."

순체의 말을 들은 공손수는 즉시 양복을 순체의 진중으로 불러들였다. 공손수가 양복을 힐문했다.

"누선장군은 어찌하여 좌장군 순체와 협공하지 않은 거요?"

"우거가 사람을 보내 항복하겠다고 하는데 좌장군은 제 말을 믿지 않고 계속 공격만 명하고 있습니다. 우거를 다시 만나야 합니다."

"그렇다면 최초 우거를 공격할 때 좌장군이 수륙 연합 공격을 위해 누선장군에게 기다리라고 명령했다는데 왜 명령을 어기고 단독 공격하였소?"

양복은 말문이 막히고 말았다. 두 사람의 말을 들은 공손수는 순체의 말을 신뢰하여 양복을 감금하였다. 그리고 양복의 잔여 군사들을 순체의 군사들과 통합하였다. 이런 전황 보고를 받은 효무제 유철은 공손수가 좌장군과 누선장군을 단합시키라는 황제의 명을 따르지 않고 양복을 감금하고 군사를 통합했다며 소환하여 참해 버렸다. 이러는 사이 순체의 군사들은 험독을 포위한 채 우거의 군사들과 전투다운 전투 한 번 못하고 해를 넘겼다.

이런 상태가 지속되자 우거의 신하들 사이에서도 주전파와 주화파가 나뉘어 내분이 일어났다. 이계상(尼谿相) 참(參)과 한음(韓陰), 장군 왕협(韓陰) 등 주화파의 거듭된 회유에도 우거가 항복을 거부하자 이계상 참이 자객을 보내 우거를 살해하였다. 우거가 죽자 이계상 참과 조선상(朝鮮相) 노인(路人)은 한나라로 도망을 갔고 조선상 역계경(歷谿卿)은 자신의 휘하 2,000여 호를 데리고 마조선 지역으로 들어갔다. 이계상과 조선상은 우거 정권의 관직 이름이었다.

우거가 죽은 후 주전파의 성기(成己)가 우거 대신 군사들을 이끌고 항전을 계속하자 순체는 태자 장항(長降), 조선상 노인의 아들 최(崔) 등을 회유하여 성기를 암살하게 하였다. 순체에게 항거하던 성기가 죽음으로써 번조선과 한제국의 전쟁은 끝이 났다. 그러나 효무제 유철의 입장에서는 사실상 패전한 것이나 다름 없었다.

기원전 108년, 한제국과의 전쟁에서 우거가 죽음으로써 번조선도 멸망하였다. 기원전 2333년 아사달의 삼한 중 번한으로 개국한 이래 2,226년 만이다.

2년에 걸친 우거 정권과의 전쟁이 끝나자 효무제 유철은 장수들을 포상하는 대신 죄를 물었다. 좌장군 순체는 양복과 공을 다투고 실질적으로 전쟁에서 패하였다는 이유로 능지처참을 당하고 사지(四肢)가 도성의 4대문에 걸렸다. 양복은 모든 재산을 압수당하고 노비로 강등되었다. 이 전쟁과 관련하여 섭하는 우거에게 죽었고 사신 위산과 공손수는 처형되었다.

우거와 성기를 죽이고 한제국에 항복한 우거의 신하들은 오늘날의 산동성 지역에 제후로 봉함을 받았다. 효무제 유철은 태자 장항을 기후(幾侯)로, 이계상 참을 홰청후(澅淸侯)로, 장군 왕협(王唊)을 평주후(平州侯)로, 이계상 한음을 적저후(荻苴侯)로, 조선상 노인의 아들 최를 날양후(涅陽侯)로 봉하였다. 그리고 번조선 땅에 낙랑군(樂浪郡), 진번군(眞蕃郡), 임둔군(臨屯郡), 현도군(玄菟郡)을 설치하였다.

졸본의 고두막한, 북부여를 접수하다

기원전 109년부터 2년간 한제국과 번조선이 전쟁을 벌이는 동안 북부여는 번조선을 돕지 않았다. 번조선의 우거 정권은 북부여가 떠돌이 도적 집단으로 여기는 위만 정권의 후예이기도 했지만 몇 년 전 4세 고우루 단군 때 우거 정권과 해성을 두고 서로 뺏고 빼앗기는 전쟁을 했기 때문이었다.

1세 단군 해모수의 증손인 4세 단군 고우루는 해모수 단군의 아들이자 2세 모수리 단군의 동생으로서 자신의 조부 항렬인 고진(高辰)을 발탁하여 서압록을 수비하는 고구려후로 삼고 서압록을 지키는 고리군(槀離郡)의 왕으로 봉했는데 고리군은 북부여의 제후국이었다.

고진이 도적 위만을 토벌한 공로가 있으므로 단군 고우루는 고진의 손자 불리지(弗離支)를 옥저후에 봉하였다. 불리지는 고모수(高慕漱)라고도 한다. 당시 옥저는 동서남북 네 곳에 있었는데 남옥저는 지금의 요동반도, 동옥저는 함경도 지방, 서옥저는 만리장성 부근, 북옥저는 서간도 지방에 있었다. 불리지가 봉함을 받은 남옥저는 서압록을 포함하고 있었다.

한제국 효무제 유철은 영토 욕심이 많았다. 동북아의 패권을 잡으려는 욕심에 번조선을 멸망시킨 유철은 다시 군사를 일으켜 전방위로 북부여를 침공하였다. 4세 단군 고우루 시대의 북부여는 쇠락하고 있어서 한제국의 군사력에 대항할 수준이 아니었다.

번조선이 멸망한 기원전 108년, 북부여의 제후국인 졸본(卒本)에 고두막(高豆莫)이라는 한(汗), 즉 제후가 있어 분연히 일어나 스스로 즉위하여 동명(東明)이라 칭하고 의병을 일으켰다. 후대의 역사가들은 졸본에서 일어난 고두막한을 동명왕이라 칭하고 그가 일으킨 나라를 졸본부여라고 부른다.

"부여의 환족이여, 아사달의 우리 땅을 되찾자."

한 효무제 유철에게 빼앗긴 번조선의 땅은 아사달 1세 단군 왕검 이래 2,200여 년 이상 아사달의 땅이었다. 북부여 제후국 졸본의 한(汗)인 고두막한(高豆莫汗), 즉 동명왕의 고토 회복과 아사달 부흥 부르짖음에 많은 환족이 호응하여 불과 열흘도 안 되어 5,000명의 의병을 모집하였다.

동명왕은 의병들을 이끌고 가는 곳마다 한제국 군사들을 격파하며 구려하(九黎河)를 건너 요동의 서안평(西安平)까지 이르렀다. 서안평은 오늘날 난하의 최상류 지역에 위치한 소요수(小遼水)의 동쪽에 있었다. 기원전 87년에는 한제국의 군대를 또 한 번 크게 격파하고 수비 장수를 사로잡았고, 북부여 단군이 된 후인 기원전 82년에는 옛 번조선 땅에 설치된 진번군(眞蕃郡)과 임둔군(臨屯郡)을 치고 땅을 수복하였다.

기원전 86년은 북부여 단군 고우루 재위 35년이며 졸본의 동명왕 재위 23년이다. 한제국 효무제 유철의 북부여 침략 당시에 이미 쇠퇴의 길에 들어선 북부여는 거의 힘을 쓰지 못한 데 반해 졸본의 동명왕은 적극적으로 아사달 부흥 운동을 일으켜 의병을 모집하고 번조선의 고토를 거의 수복하였으므로 백성들의 큰 호응을 얻고 있었다. 동명왕은 단군 고우루를 찾아갔다.

"지금 북부여에는 두 명의 단군이 있소. 하늘에 태양이 둘이 아니듯이 이는 있을 수 없는 일이오. 더구나 나는 천제자(天帝子)요. 내가 장차 이곳에 도읍하고자 하므로 왕은 이 땅에서 나가 주시오."

동명왕 고두막한은 대부여(진조선)의 47세 단군 고열가의 후손으로서 단군의 후예이므로 천제자라고 한 것이다. 단군 고우루도 구려국 출신 1세 단군 해모수의 후손이지만 해모수는 대부여에 반란을 일으킨 것이나 마찬가지였다. 그런데다 단군 고우루는 쇠락하여 기반도 취약하므로 동명왕의 위협에 고민하다가 병을 얻어 붕어하였다.

4세 단군 고우루는 아들이 없어 동생 해부루가 태제로 있었다. 해부루가 단군으로 즉위한 후에도 동명왕은 계속하여 압박을 가하였다. 이때 북부여의 국상(國相) 아란불(阿蘭佛)이 단군 해부루에게 말하였다.

"해부루 단군이여, 졸본의 동명왕은 막강한 세력을 구축하고 있으므로 저희 북부여로서는 당해낼 수가 없습니다. 더구나 동명왕은 과거 번조선의 영토를 상당 부분 수복하였으므로 백성들이 모두 동명왕에게로 가고 있습니다. 제가 보기에 동쪽 통하의 물가 가섭원(迦葉原) 땅은 넓고 기름지므로 오곡 등 작물 경작이 잘 이루어집니다. 선조들 제사도 모셔야 하므로 단군께서는 일단 가섭원으로 물러나셨다가 훗날을 도모하시지요."

달리 방법이 없었으므로 단군 해부루는 국상 아란불의 말을 듣고 졸본의 동명왕 고두막을 들라 하였다.

"나 해부루는 단군 고우루의 태제로서 단군에 즉위하였으나 아사달의 진한으로 건국한 이래 2,300년의 긴 역사를 자랑하는 부여의 단군 자리를 나보다 더 공이 크신 졸본의 동명왕이 맡는 것이 더욱 타당하다고 생각하오. 부디 동명왕은 부여를 잘 이끄시어 더욱 번성하기 바라오."

이리하여 단군 해부루는 북부여의 단군 자리를 동명왕 고두막에게 양보하고 가섭원으로 옮겨갔다. 졸본의 동명왕 고두막은 북부여의 도읍지 부여성(백악산아사달)으로 입성하여 북부여 5세 단군으로 즉위하고 해부루를 가섭원에 머물게 하며 격을 낮추어 동부여 왕으로 봉하였다. 동부여는 가섭원부여라고도 하며 북부여의 제후국이 되었다. 가섭원부여의 도읍지는 오늘날의 길림(吉林)이다.

해부루는 가섭원 땅에서 국상 아란불과 함께 선정을 펼쳐 주변의 많은 백성들이 몰려왔다. 가섭원 땅에는 오곡이 잘 익었고 특히 보리가 많았다. 또한 범, 표범, 곰, 이리 등 짐승들도 많아 사냥감이 풍부하였다. 풍부한 곡식과 사냥으로 백성들을 잘 살게 하니 백성들은 해부루 왕에게 〈정춘(正春)〉이란 노래를 지어 바쳤다. 정춘은 '진짜 봄'이라는 뜻이다. 비록 북부여의 단군에서 가섭원으로 물러 나와 북부여의 제후 국인 동부여 왕이었지만 해부루에게는 이것이 정춘(正春), 즉 '진짜 봄'이었다.

고주몽의 출생

기원전 79년, 남옥저의 제후 고모수(高慕漱)가 수석 부장(副將)과 함께 순시를 하다가 서압록에 이르렀다. 고모수는 불리지의 다른 이름이다. 마침 서압록의 강가에서는 세 여인이 목욕을 하고 있었다. 멀리서 보아도 눈에 띄게 아리따운 모습이었다. 고모수가 수석 부장에게 물었다.

"저 여인들은 누구인가요?"

"여인들? 오, 저들은 이곳 하백(河伯)의 딸들이지요. 지금 하백은 물길을 살피러 나갔는데 그 사이에 딸들이 호수에서 놀고 있군요. 세 딸들은 유화(柳花), 훤화(萱花), 위화(葦花)라고 부르지요."

"저 여인들을 만나볼 수 있을까요?"

"거야 어렵지 않지요."

수석 부장은 부하를 시켜 세 여인을 불러오게 했다. 수석 부장의 부름을 받은 자매들 중 둘째와 셋째는 부끄럽고 두려워 도망을 갔고 큰언니 유화만 부장에게로 와 인사를 했다.

"부장이시여, 소녀 유화가 인사드립니다."

"유화는 고개를 들라."

유화가 고개를 들자 유화의 아름다운 모습이 고모수에게 한눈에 들어왔다.

"유화는 이분이 누구신지 아느냐? 이분은 옥저후로 계시는 고모수라는 분이시다. 북부여 1세 단군이신 해모수의 증손(曾孫)이시다. 인사드려라."

유화는 몸을 돌려 고모수를 바라보고 절을 하였다.

"소녀 이곳 하백의 딸 유화라고 하옵니다."

"오, 유화라고 하였느냐? 정말 아름답구나."

이 말을 들은 동부여 수석 부장이 고모수에게 물었다.

"이 아이가 마음에 드시는지요?"

"예, 아주 아름답고 영특하게 보입니다."

이에 부장이 유화에게 말하였다.

"유화는 듣거라. 옥저후 고모수께서 유화가 마음에 드신다고 하신다. 비록 아버지 하백이 물길 다스리러 가고 집에 없지만 아버지께는 나중에 내가 잘 말씀드리도록 할 터이니 옥저의 수석 부장인 내가 두 사람 사이에 중매를 서도 좋겠느냐?"

"분부대로 따르겠나이다."

이리하여 고모수와 유화는 수석 부장의 중매로 신방을 차렸다.

고모수와 유화의 꿈 같은 신혼 생활은 어느덧 한 달이 지나갔다. 북부여에서 고모수에게 사냥 대회가 있으니 참가하라는 연락이 왔고 유화의 부친 하백은 아직 돌아오지 않았다.

"유화, 아버지 하백은 못 뵙고 돌아가지만 수석 부장이 중매를 섰으니 유화 그대는 이 고모수의 부인이오. 후에 아들이 태어나거든 북부여의 웅심산으로 나 고모수를 찾아오도록 하시오."

고모수는 유화에게 자신의 도포를 벗어 증표로 주고 북부여로 갔다.

유화의 아버지 하백은 치수 일을 마치고 석 달 만에 집으로 돌아왔다. 동부여 수석 부장이 자초지종을 얘기하자 하백은 유화의 결혼을 승인하였다. 태기가 있던 유화는 열 달이 지나 옥동자를 낳았다. 유화는 고모수가 떠나던 날 '후에 아들이 태어나거든 북부여의 웅심산으로 찾아오라'는 고모수의 말에 따라 어린아이를 안고 웅심산의 서란(舒蘭)으로 갔다. 북부여의 궁에 들어가 유화가 고모수를 찾았으나 유화는 그곳

마가 소속 관리로부터 청천벽력같은 소식을 들어야 했다.

"옥저후 고모수는 몇 달 전 단군 고두막과 사냥을 나갔다가 낙마하여 사망하고 말았소."

남편의 사망 소식에 한동안 정신을 잃었던 유화는 마음을 가다듬고 남편 없는 시대에서 5년을 보냈지만 자리를 잡을 수 없었다.

'이 아이는 1세 단군 해모수의 피를 이어받은 아이다. 여기서 이대로 키울 수는 없다.'

마음을 굳힌 유화는 아들을 자신이 키우기 위해 웅심산의 서란에서 나와 옥저로 돌아왔다. 그러나 돌아온 딸과 손자를 본 하백은 비록 수석 부장이 중매를 섰다 하나 자신의 허락도 없이 결혼한 데다 남편마저 죽고 없으니 유화를 거부하고 밖으로 내쫓았다. 아버지로부터 쫓겨난 유화는 다섯 살 된 아들의 손을 잡고 웅심산 서란으로 다시 돌아갔다. 기회를 엿보기 위해서였다. 유화는 서란의 호숫가에 움막을 짓고 살았다.

어느 날, 동부여 왕 해부루가 웅심산 서란에 왔다가 유화 모자를 발견하였다. 해부루 왕은 고모수와는 6촌 형제간이다. 놀란 해부루가 유화에게 물었다.

"아니, 당신은 옥저후 고모수의 부인 유화가 아니오? 여기서 이렇게 지내다니 무슨 일이오?"

유화로부터 자세한 얘기를 들은 해부루 왕은 유화 부녀를 불쌍히 여겨 가섭원 동부여의 궁으로 들어와 살도록 배려하였다.

유화의 아들은 어릴 적부터 활을 잘 쏘아 이름을 주몽(朱蒙)이라고 하였는데 주몽은 부여에서 활 쏘는 것을 일컫는 말이었다. 동부여의 궁에서 주몽은 태자 금와의 장남인 대소를 비롯한 7형제와 함께 놀며 자랐다. 성장해서는 관가의 말을 기르는 일을 맡았다.

태자 금와는 동부여 왕 해부루가 아들이 없자 왕손 중에서 입양하여 태자가 되었다. 금와의 아들 대소는 커가면서 활 잘 쏘는 주몽을 시기하여 몇 번이나 아버지 금와에게 주몽을 죽여야 한다고 말했으나 금와는 듣지 않았다.

북부여의 5세 단군 고두막이 붕어한 지 1년 뒤인 기원전 59년, 주몽은 어머니 유화 부인의 소개로 예씨(禮氏) 부인을 만나 결혼하였다. 그러나 그동안 끊임없이 주몽을 시기하며 죽여야 한다고 외치던 대소가 주위의 사람들에게 주몽이 장차 동부여에 해를 끼칠 것이라는 소문을 퍼뜨려 동부여 사람들이 주몽을 죽이려고 했다. 이 사실을 알게 된 유화 부인은 급히 주몽을 도망가게 하였다.

"지금 대소의 말을 들은 사람들이 너를 죽이려 하니 즉시 여기를 떠나거라."

주몽은 임신 중인 예씨 부인에게 아들을 낳으면 자신을 찾아오게 하라며 증표를 주었다. 그리고는 오이(烏伊), 마리(摩離), 협보(陜父) 등 뜻을 같이 하는 친구 세 명과 함께 길을 떠나 남쪽으로 도망갔다.

다물흥방(多勿興邦)

주몽을 비롯한 네 사람은 계속 남하하여 모둔곡(毛屯谷)에 이르렀다. 모둔곡은 압록강의 지류인 비류수(沸流水)에 있는 계곡으로서 산세가 험하고 여러 갈래의 계곡이 깊은 곳이었다.

"거기 가는 사람들은 길을 멈추시오."

어디선가 들려오는 우렁찬 소리에 놀라 네 사람은 걸음을 멈추고 사방을 둘러보니 오른쪽 계곡에서 손에 활과 칼, 창 등 무기를 든 세 사람이 나타났다. 검은 옷을 입은 사람이 물었다.

"그대들은 어디서 왔으며 무엇 하는 사람들이오?"

마리가 주몽을 가리키며 나섰다.

"이분은 북부여 해모수 단군의 피를 이어받은 천제자로서 고주몽이라 하오. 지금 졸본으로 단군을 만나러 가는 길이오. 그대들이야말로 누구이길래 길을 막으시오?"

마리의 말을 들은 상대가 갑자기 부드러워졌다.

"아, 그러시군요. 어젯밤 제 꿈이 틀리지 않았나 봅니다. 저는 묵거(默居)라는 사람이고 이쪽은 재사(再思)와 무골(武骨)입니다. 저희 자리로 가서 말씀을 나누시지요."

주몽이 나섰다.

"들으신 바와 같이 나는 천제자인 고주몽이오. 이쪽은 오이, 마리, 협보라고 합니다. 그대들은 무슨 일로 우리 길을 막으시오?"

"그대들을 기다리고 있었습니다. 들어가서 이야기하시지요."

묵거 등이 사는 곳은 햇볕이 잘 드는 골짜기의 물가에 있었다. 세 사람은 옷차림이 특이했는데 묵거는 칡으로 만든 옷, 재사는 삼베옷, 무골은 해초로 만든 옷을 입고 있었다. 주안상을 사이에 두고 일곱 사람은 얘기를 나누었다. 묵거가 말했다.

"어젯밤 꿈에 제가 붕어하신 고두막 단군을 뵈었지 뭡니까? 단군께서는 오늘 모둔곡으로 귀하신 분 네 분이 지나갈 것이니 그분들을 꼭 따르라고 하셨지요."

주몽이 말을 받았다.

"고두막 단군께서는 졸본에서 일어나셔서 의병들과 함께 한제국 군사들을 격파하고 아사달의 고토를 수복하기 위해 노력을 하셨지요. 한 제국 효무제 유철이 번조선 땅에 설치한 진번과 임둔도 쳐부수고 북부여 땅으로 수복하였습니다. 나 주몽을 포함한 우리 네 사람은 단군 고두막의 뜻을 받들어 옛 아사달의 땅 모두를 수복하는 데에 뜻을 같이 하고 있지요."

이 말을 들은 묵거는 주몽의 손을 덥석 잡으며 머리를 숙였다.

"오, 천제자 주몽이시여, 우리 세 사람의 의견도 똑같습니다. 2,300년을 이어온 아사달의 영토를 온전히 보전하여 우리 후손들에게 물려주어야지요. 우리 세 사람, 저 묵거와 재사, 무골은 단군 고두막의 고토 회복에 의병으로서 진번군, 임둔군 수복 전쟁에 참여하였습니다. 붕어하신 단군께서 꿈에 나타나시어 천제자를 만나게 한 것은 고토 회복에 힘을 합치라는 말씀 아니겠습니까?"

"그러면, 우리 일곱 사람 모두가 같은 뜻을 가지고 있군요."

천제자 주몽을 포함한 일곱 사람은 며칠 동안 동거동락하면서 1세 단군 왕검 이래 아사달의 역사를 더듬어보고 고토 회복에 대한 토론으로 밤을 지새기도 하였다. 일곱 사람은 하나로 모아진 그들의 뜻을 확고히 하기 위해 제단을 마련하고 제수를 준비하여 하늘신에게 제사를 올리고 고천문(告天文)을 바치며 함께 맹세하였다.

〈고천문(告天文)〉

하늘님이시여
구환(九桓)이 비추어 내리사
황무지를 바꾸어 밭을 일구고 우리 땅에 우리 곡식으로

오직 우리 진한(辰韓)이 융성하고 부강하게 하소서

7인이 같은 덕(德)으로 큰 원을 회복하고자 맹세하고

도적을 물리쳐 우리 옛 강토를 완전하게 하여

오래된 숙병(宿病)을 제거하고 우리의 누적된 원한을 풀어

기근과 병탄을 일거에 없애고 도를 따라 백성을 사랑하며

삼한(三韓)이 함께 다스려져 서에서 동으로 북에서 남으로

어려서는 반드시 전(佺)을 따르고

늙어서는 종(倧)이 있을 바이다

노래와 춤으로 마땅히 취하고 배부르게 되오며

구환(九桓)이 하나의 땅으로서 오래오래 계승되오리다

이제 소자 과덕하여 근면에 힘씀에 머리 조아려 받드니

하늘님께서는 흠향을 마다하지 마시고

소자들이 가는 정벌에 이롭게 하시고 공을 빛나게 하소서

우리나라를 도우시사 우리 백성들이 오래 살게 하소서

제사를 드리고 하늘신에게 〈고천문〉을 드림으로써 한마음 한뜻이 된 고주몽 등 일곱 사람은 길을 떠나 졸본으로 향하였다.

주몽, 북부여 단군이 되다

기원전 60년 북부여의 5세 단군 고두막이 붕어하였다. 졸본의 한(汗) 으로서 졸본에서 일어나 북부여의 단군이 된 고두막의 유언에 따라 태자 고무서(高無胥)는 졸본에 장사 지냈다. 그리고 1년 후 태자 고무서가

졸본에서 6세 단군으로 즉위하고 도읍도 졸본으로 옮겼다.

　기원전 59년 단군 고무서는 요좌(遼左)에서 한제국의 도적들을 모두 소탕하였다. 요좌는 난하의 동쪽, 현도군(玄菟郡)과 낙랑군(樂浪郡)의 동쪽에 있었다. 한 효무제의 사군(四君) 중 진번군(眞蕃郡)과 임둔군(臨屯郡)은 이미 기원전 82년 5세 단군 고두막이 수복하여 북부여에 귀속시켰다.

　북부여의 새 도읍지 졸본에 도착한 주몽 일행은 고무서 단군을 뵈러 갔다.

　"동부여의 고주몽이 단군께 인사드립니다."

　"어서 오시오, 주몽. 주몽은 옥저후였던 고모수의 아들이지요?"

　"그러하옵니다, 고무서 단군님."

　단군 고무서와 주몽 일행은 붕어하신 고두막 단군의 고토 회복에 대해서 많은 이야기를 나누었다. 고무서도 고토 회복에 애를 써서 요좌의 한제국 도적들을 몰아냈다. 주몽 일행과 고토 회복에 대한 뜻을 같이한 단군 고무서는 주몽의 사람 됨됨이를 알아보고는 그가 맘에 들었다.

　"주몽의 뜻이 매우 훌륭하오. 내게는 아들이 없고 딸만 있는데 마침 과년한 딸이 집에 돌아와 있소. 주몽은 생각이 어떠시오?"

　이 말은 북부여 단군의 사위가 된다는 의미이므로 주몽에게는 대단한 기회였다. 더구나 고무서에게는 아들이 없으니 만약 단군이 붕어한다면 다음 단군 1순위를 보장받는 자리이니 주몽은 이 기회를 놓칠 수가 없었다.

　"단군님의 명에 따르도록 하겠습니다."

　이리하여 고주몽은 고무서의 딸 소서노를 아내로 맞아들였다. 고무서에게는 딸만 셋이 있었는데 동부여의 1세 왕 해부루의 서손(庶孫) 우태(于台)와 결혼했던 둘째 딸 소서노는 남편 우태가 일찍 죽고 혼자 몸이 되자 아들 비류를 데리고 친정에 돌아와 있었다. 당시 소서노는 주몽보다 여덟 살이 더 많았다. 우태는 부여 시대의 관직명이다.

주몽과 소서노의 결혼 후 1년이 지난 기원전 58년, 고무서 단군이 병을 얻어 자리에 누웠다. 병석에 누운 고무서는 딸 소서노와 사위 주몽, 오가의 신하들을 불러 모으고 유언을 했다.

"나는 선친 고두막 단군의 뜻을 이어받아 아사달의 고토를 모두 회복하고 싶었소. 사위는 부디 선친과 나의 뜻을 이루어 주기 바라오."

기원전 57년, 주몽은 장인 고무서의 유언에 따라 북부여의 7세 단군으로 즉위하였다. 주몽이 23세 되던 해였다. 주몽은 백성들을 한마음으로 모아 쇠락해진 북부여를 다시 부강하게 하기 위하여 연호를 다물(多勿)이라 정함으로써 아사달의 고토를 회복하겠다는 의지를 확고히 하였다. 동부여에서 함께 온 오이, 마리, 협보와 모둔곡에서 만난 재사, 무골, 묵거 등을 중용하여 각자의 능력에 따라 고토 회복을 위한 임무를 부여하였다.

신라 건국

기원전 70년, 북부여 서보(西保)를 지키는 장수 박원달(朴元達)이 당시 북부여 태자인 고무서의 딸 파소(婆蘇)와 혼인하였다. 파소는 고무서 단군의 첫째 딸로서 소서노의 언니다.

당시 북부여 서쪽 변방 서보의 방어장 박원달은 고두막 단군이 한제국과 벌인 전쟁에 참여했다가 전사하고 말았다. 뱃속의 태아와 함께 혼자 남겨진 파소는 남편이 없으므로 단군의 왕실에서 제 자리를 찾을 수 없었다. 더구나 뱃속의 아이가 태어나도 이 아이는 애비 없는 자식이 되니 파소는 아이의 장래를 위해 큰 결심을 했다.

'남쪽으로 가자.'

기원전 232년 북부여 1세 단군 해모수가 반란으로 정권을 잡자 해모수에 반대하는 진조선과 번조선의 엘리트 집단들은 왕이 없는 마조선 땅으로 이주하는 것이 당시의 추세였다. 진조선의 골수 후예들은 대부여 시대에 47세 단군 고열가의 윤허 없이 군령을 행사함으로써 결과적으로 반란을 일으킨 해모수를 따를 수 없었기 때문이었다.

북부여 왕실의 피를 이어받은 파소는 왕실에서 소외를 받게 되자 새로운 희망을 찾을 곳으로 마조선 지역을 택했다. 왕이 없는 마조선 땅에 진조선의 유민들이 이주하여 자리를 잡고 있었으니 이 새로운 땅이 파소에게는 기회의 땅이었다. 파소는 임신한 몸으로 자신을 따르는 제실(帝室)의 무리들을 이끌고 함께 동옥저(東沃沮) 땅을 지나 배를 타고 남쪽으로 내려가 진한 땅에 정착하였다.

파소가 이주해 왔을 무렵 진한 땅에는 마조선의 원주민들로 이루어진 열두 개의 소국들이 연맹체 국가를 이루고 있었고 진조선에서 이주한 무리는 경주 부근에서 여섯 개의 촌락을 구성하고 있었다. 알천(閼川)의 양산촌(楊山村), 돌산(突山)의 고허촌(高墟村), 지산(觜山)의 진지촌(珍支村), 무산(茂山)의 대수촌(大樹村), 금산(金山)의 가리촌(加利村), 명활산(明活山)의 고야촌(高耶村)이 그들이다.

기원전 209년, 비록 왕은 없었지만 12개 소국 연맹체와 6촌은 나라 이름을 아사달 진조선의 이름을 따서 진한(辰韓)이라고 하였다.

파소의 일행이 처음 자리 잡은 곳은 경주 부근의 나을촌(那乙村)인데 나을촌은 진조선의 이주민 6촌 중 돌산 고허촌이 자리 잡은 곳이었다. 파소는 고허촌장 소벌도리(蘇伐都利)를 만나러 갔다. 임신한 북부여의 제실녀(帝室女) 파소 일행은 단군의 집안답게 차림새나 행동이 위풍당당하였다.

"소벌도리 촌장님께 인사드립니다. 이 몸은 북부여 태자 고무서의 여식 파소라고 합니다."

"예, 파소 공주님, 어서 오시지요. 먼 길에 수고가 많으셨습니다."

"촌장님께서는 언제 이곳으로 오셨는지요?"

"저희는 오래 되었지요. 해모수가 북부여 단군으로 즉위한 후에 저희 4대 선조이신 소백손(蘇伯孫) 선조께서 이곳에 내려오셔서 정착하시고 고향을 생각하며 나라 이름을 진한(辰韓)으로 했지요. 저희 선조 소백손은 진조선 왕가의 방계 혈족입니다. 그런데 공주님께서는 어떻게 이곳 진한 땅으로 오시게 되었습니까?"

"남편이 한제국과 싸우러 나갔다가 전사하는 바람에 혼자 몸이 되었지요. 남편 없이 제실(帝室)에서 살 수가 없어 일행들과 함께 이곳으로 오게 되었습니다."

"그나저나 몸이 많이 힘드시겠습니다. 제가 거처하실 곳을 마련해 드리지요."

고허촌장 소벌도리도 진조선의 방계 왕족의 후예이지만 북부여의 파소 공주는 남편이 없는 데다 임신한 몸이었다. 소벌도리는 오늘날의 경주 선도산(仙桃山) 자락에 파소의 거처를 마련해 주고 제실 일행들도 극진히 보살폈다. 파소 공주의 이주 소식은 금방 6촌 전체에 퍼지고 6촌의 촌장들을 비롯한 많은 사람이 파소 공주에게 인사를 드렸다. 어느 사이엔가 파소 공주는 6촌 전체의 정신적 지주 역할을 하게 되었다.

기원전 69년, 파소 공주는 드디어 건강한 사내아이를 출산했는데 아이는 몸 전체가 밝은 광채로 빛나고 있었으며 주변의 땅도 훤히 밝아 명지(明地)가 되었다. 파소 공주는 선도산 가장 높은 곳에 제단을 쌓고 아사달 시대를 본받아 하늘신께 제사를 드렸다.

파소는 아이가 밝은 땅에서 태어났다고 하여 '밝음'과 소리가 비슷한 박(朴)을 아이의 성으로 하고 이름을 혁거세(赫居世)라고 하였다. 박은 또한 한제국 도적 토벌 중에 전사한 파소의 남편 박원달의 성이기도 하다.

파소는 아들 혁거세를 북부여 왕실의 법도에 따라 키웠다. 왕실 법도에 따른 교육이란 아사달의 국자랑을 양성하는 교육인데 이 교육은 북부여 시대의 천왕랑 양성 교육으로 이어졌다. 혁거세는 파소를 따라온 제실의 사람들로부터 충(忠), 효(孝), 신(信), 용(勇), 인(仁)의 오상(五常)을 핵심으로 글읽기, 활쏘기, 말타기, 예절 및 노래와 음악을 배우며 격투기와 검술 등을 배웠다. 파소는 선도산 기슭에 소도(蘇塗)를 설치하여 하늘신을 모시는 신성한 지역으로 선포함과 동시에 경당을 설치하여 혁거세와 함께 6촌의 자녀들을 양육하게 되자 국가의 기틀이 더욱 굳건해졌다.

기원전 57년, 혁거세는 어느덧 13세가 되었다. 돌산 고허촌장 소벌도리가 파소 공주를 뵈러 왔다.

"고허촌의 소벌도리가 공주님께 문안드립니다."

"예, 촌장님, 어서 오시지요."

"드릴 말씀은 다름이 아니라 이제 우리 진한도 왕을 세워야 할 때가 되었다고 생각합니다. 지금까지는 마한에 왕이 있어 진한과 변한이 모두 마한 왕을 받들어 왔지만, 공주님께서도 오셨고 아드님도 성장하셨으니 이제 여건이 모두 갖추어졌습니다."

"촌장께서는 생각하신 바가 있으신가요?"

"오래 전부터 우리 여섯 촌장들이 모여 논의한 바에 의하면, 공주님의 아드님 혁거세를 왕으로 옹립하는 것이 가장 좋다는 의견이 모아졌습니다. 아드님 혁거세는 이곳 진한 땅에서 태어나셨으나 북부여 고무서 단군의 외손이시고 제실 사람들로부터 고국에서 가르치는 천왕랑 교육을 모두 받으시고 신체도 건강하시며 총명하시니 이는 하늘이 저희 6촌을 위하여 내려주신 왕이십니다."

"6촌의 의견이 모아졌다니 그렇게 하시지요."

그해 혁거세는 6촌의 추대로 사로국의 왕에 올랐다. 사로국은 경주 분지에 있었으므로 파소가 거주하는 선도산에서 가까웠다. 아들이 사로국 왕이 되자 파소는 자연스레 어린 왕의 섭정을 맡았다. 파소는 할아버지 북부여 5세 단군 고두막과 아버지 6세 단군 고무서의 다물주의(多勿主義)보다는 하늘신을 모시고 천왕랑을 양성하는 선도주의(仙道主義) 정책을 폈다.

혁거세의 후세에 이르러 국호가 신라(新羅)로 바뀌게 되나 신라의 기틀을 굳건히 하는 데는 파소의 역할이 컸다. 파소는 후에 신라의 성모(聖母)로 추앙받게 되며 우리 사학계에서는 혁거세가 사로국 왕이 된 기원전 57년을 신라의 건국 연도로 본다.

소서노가 패대 지역으로 가다

주몽과 소서노의 결혼 생활은 순조로웠다. 우태와 소서노 사이에서 태어난 아들은 비류라 했고 주몽과 소서노 사이에서 태어난 아들은 온조라고 했다. 두 아들 모두 주몽을 잘 따르고 주몽도 두 아들을 귀하게 여겼다. 그러나 소서노에게는 한 가지 큰 걱정이 있었으니, 주몽의 첫 부인이 아들을 낳았다면 그것은 큰 문제였다. 주몽이 소서노와 결혼한 후 소서노에게 말했었다.

"부인, 나도 결혼한 부인이 있었소. 동부여에서 도망 나오기 전에 부인은 임신한 상태여서 함께 올 수가 없었소. 그래서 아들을 낳으면 나를 찾아오라고 했으니 부인은 놀라지 마시오."

"서방님, 그건 저도 마찬가지인데 제 아들을 서방님이 잘 받아주셔서 고맙게 여기고 있습니다. 서방님의 아들도 제 아들이나 다름 없으니 여부가 있겠습니까?"

결혼 당시에 소서노는 주몽에게 그렇게 말했었다. 그런데 결혼 후 15년이 지난 지금 시점에서 생각하니 이는 심각한 문제가 될 수 있었다. 만약 주몽의 첫 부인이 아들을 낳았는데 그 아들이 아버지를 찾아온다면……?

다음 단군이 될 태자는 첫 부인의 아들이 될 것이고 소서노의 아들인 비류와 온조는 밀릴 수밖에 없었다. 생각이 여기에 미친 소서노는 주몽의 첫 부인 아들이 찾아오기 전에 스스로 먼저 떠날 결심을 하고 장소를 물색하였다.

소서노는 패수(浿水)와 대수(帶水) 사이의 패대(浿帶) 지역 땅이 기름지고 물자도 풍부해서 살기 좋다는 말을 여러 사람에게서 들었다. 패수는 지금의 난하이며 대수는 옛 진번국 땅에 있는데 요하 중류에 합류하는 지류다. 즉 패대 지역은 옛 번조선의 땅으로서 진번, 임둔 정복 후 북부여에 편입되어 있었다.

기원전 42년, 소서노는 패대 지역으로 가기로 마음을 굳혔다.

"단군이시여, 졸본은 비류와 온조가 꿈을 펼치기에는 좁습니다. 저 소서노는 비류, 온조와 함께 패대 지역으로 가기로 하였으니 부디 단군께서는 허락하여 주시기 바라옵니다."

패대 지역에 북부여의 제후국이 생긴다면 이는 고토 회복에도 도움이 된다. 단군 고주몽은 흔쾌히 이를 윤허하였다. 이리하여 소서노는 옛 진번 땅인 패대 지역에 자리를 잡고 개척하였다.

유리를 태자로

기원전 37년, 주몽이 북부여 단군으로 즉위한 후 20년이 지난 어느 날, 늠름하고 씩씩한 젊은이 한 사람이 찾아와서 뵙기를 청하였다. 단군 고주몽이 물었다.

"그대는 어디서 온 누구이며 나를 만나자고 한 것은 무슨 일 때문인가?"

"소자는 동부여에서 온 유리(琉璃)라고 하옵니다. 동부여 땅에서 자란 저는 아버지가 없이 할머니 유화 부인과 어머니 예씨 부인과 함께 살았습니다. 어느 날, 저의 아버지가 누구시냐고 여쭈자 어머니께서는 북부여의 단군으로 계시는 분이 너의 아버지이니 찾아가 뵈라고 일러주셨습니다."

"유리라고? 유화 부인? 예씨 부인? 그대는 누구인가?"

"말씀드린 대로 저는 동부여에서 온 유리이고 유화 부인의 손자이며 예씨 부인의 아들입니다. 또한 북부여 단군 고주몽의 아들이기도 하옵니다, 아버님."

"네가 나의 아들이라고? 어디 보자, 으음."

단군 고주몽은 이리저리 여러모로 유리를 살펴보았다. 늠름하고 당당한 모습이 어쩌면 자신을 닮은 것 같았다.

"네가 나의 아들이라면 그것을 증명하는 증표가 있으렷다."

"네, 여기 있습니다."

유리는 품속에서 비단에 싼 물건을 꺼냈다. 그것은 녹슨 쇳조각으로 부러진 칼의 끝 부분이었다. 그것을 받아 들고 이리저리 살펴보던 단군 고주몽이 다시 물었다.

"너는 이것을 어디서 누구한테서 얻었느냐?"

"어머니 예씨 부인이 일곱 모가 난 돌 위에 선 소나무 아래를 찾아보라고 하셔서 제가 찾아냈습니다."

"그 소나무와 돌을 어느 산에서 찾았더냐?"

"그 소나무와 일곱 모 난 돌은 산에 있지 않고 저의 집을 받치고 있는 주춧돌과 소나무 기둥이었습니다. 저는 그 소나무 기둥과 주춧돌 사이에서 그 칼을 찾았습니다."

"으음."

단군 고주몽은 짧은 신음 소리를 내고는 안으로 들어가 역시 비단에 싼 물건을 들고 나왔다. 고주몽 단군이 그 비단을 펼치자 부러진 칼의 손잡이 부분이 나왔다. 역시 녹이 슬어 있었다. 단군 고주몽이 자신의 칼자루와 유리가 가져온 칼끝을 이어보자 한 치의 어긋남도 없이 정확히 들어맞았다.

"오, 정확히 들어맞는구나. 유리, 그대는 나의 아들이 틀림없다."

"네, 아버님!"

두 사람은 감격에 겨워 서로 힘껏 부둥켜안았다. 23년 만의 첫 부자

상봉이었다. 한참 동안 첫 상봉의 기쁨을 나눈 단군 고주몽이 말했다.

"유리가 내 아들이니, 너는 어떤 재주를 가졌는가?"

"예, 저는 활을 잘 쏩니다."

"무어? 활을 잘 쏜다고?"

단군 고주몽은 즉시 자신의 활과 화살을 유리에게 건네주며 말했다.

"이 활로 저기 하늘에 날아가는 새를 맞출 수 있겠느냐?"

"쉬운 일입니다."

아버지 고주몽으로부터 활과 화살을 넘겨받은 유리는 즉시 시위를 당겨 하늘에 날아가는 새를 쏘아 주몽 앞에 떨어뜨렸다.

"오, 유리! 유리는 틀림없이 내 아들이 맞구나."

아버지와 아들은 다시 한 번 포옹을 하였다. 단군 고주몽은 소서노의 소생인 비류와 온조 두 아들이 있었으나 자신의 첫 아들인 유리를 태자로 봉하였다.

국호를 고구려로 바꾸다

기원전 37년, 북부여 단군 고주몽은 나라 이름을 바꾸어 고구려(高句麗)라고 하였다. 이는 고(高)씨의 구려(句麗)국이라는 뜻이다. 고씨는 북부여 1세 단군 해모수의 성이며 구려는 아사달의 제후국으로서 오늘날 요하의 상류인 서압록 지역에 자리 잡고 있었다. 바로 환인의 환한 나라, 환웅의 밝은 나라, 단군의 아사달 중앙에 자리 잡은 나라다. 고주몽이 나라 이름을 '고구려'라고 한 것은 고씨 해모수의 고향 나라였던 구려를 회복하겠다는 다물 정신을 반영한 것이다.

국호를 '고구려'로 바꾼 주몽은 단군이라는 호칭을 황제라고 바꾸고 북부여의 강역을 그대로 인수하였다. 고구려의 황제에 즉위한 고주몽은 하늘에 제사하고 백성들에게 조칙을 내렸다.

하늘님이 만인을 한 모습으로 창조하고
삼진(三眞)을 고르게 부여하셨느니라
이에 사람은 하늘을 대행하여
능히 이 세상에 서게 되었다
하물며 우리나라의 선조는
북부여에서 태어나신 하늘님의 아들이 아니더냐

슬기로운 이는 마음을 비우고 고요하게 하며
계율을 잘 지켜 삿된 기운을 영원히 끊나니
그 마음이 편안하고 태평하면
저절로 세상 사람과 더불어
매사에 올바르게 행동하게 되느니라
군사를 쓰는 것은 침략을 막기 위함이며
형벌의 집행은 죄악을 뿌리 뽑기 위함이니라

그런고로
마음을 비우면 지극한 고요함이 생겨나고
고요함이 지극하면 지혜가 충만하고
지혜가 지극하면 덕이 높아지느니라
따라서

마음을 비워 가르침을 듣고

고요한 마음으로 사리를 판단하고

지혜로 만물을 다스리고

덕으로 사람을 건지느니라

이것이 곧 신시 배달 시대에

사물의 이치를 깨닫고 인간의 마음을 연

교화의 방도이니

하늘님을 위해 본성을 훤히 밝히고

뭇 창생을 위해 법을 세우고

선왕을 위해 공덕을 완수하고

천하 만세를 위해 지혜와 생명을 함께 닦아

교화를 이루느니라

고주몽 황제가 백성들에게 내린 조칙은 신시 배달 시대 이래 환족을 하나로 묶어준 〈하늘님께 드리는 기도〉(천부경, 天符經)와 〈하늘님이 하신 말씀〉(삼일신고, 三一神誥)의 정신을 이어받은 것이다. 동부여에서 함께 온 오이, 마리, 협보와 모둔곡에서 합류한 재사, 무골, 묵거 등 다물흥방의 여섯 명에게는 개인의 능력에 따라 고토 수복을 위해 중요한 일을 맡겼다. 바야흐로 고토 회복이라는 다물 정신이 힘을 얻기 시작하였다.

백제 건국

기원전 42년에 북부여 단군 고주몽의 윤허를 얻어 패대 지역으로 옮겨온 소서노와 비류, 온조 일행은 소금이 많이 생산되는 지역 특성을 이용하여 한제국 등과 무역을 함으로써 부를 축적하고 나라를 부강하게 하였다. 옛 번조선 땅을 탈취한 위만, 우거 정권이 북부여와 마한 지역의 낙랑국, 그리고 한제국의 사이에서 중개 무역을 함으로써 국부를 축적했던 것과 같다.

소서노와 비류, 온조의 나라가 번성하자 기원전 31년 단군 고주몽은 소서노를 제후로 봉하고 나라 이름을 어라하(於羅瑕)라고 하였다. 어라하의 '어라'는 대(大)를 뜻하는 '엄니, 또는 아리'라는 의미이며 '하'는 족장을 가리키는 '가(加)'의 의미다. 어라하는 소서노의 나라 이름임과 동시에 왕을 뜻하기도 한다. 따라서 소서노 어라하는 소서노 왕이라는 뜻이다.

소서노가 어라하의 기초를 다져 놓고 기원전 19년에 사망하자 형인 비류가 대를 이어 새로운 어라하가 되었다. 온조가 비류에게 말했다.

"형님, 어머님의 영도로 우리가 이 땅에 나라를 세웠지만, 바다 건너 마한의 바닷가에서는 더 좋은 소금이 나고 있습니다. 그리고 땅도 기름지고 농작물도 잘 자란다고 합니다. 마한 땅에는 이곳 번조선에 살던 사람들도 많이 이주해서 살고 있다고 합니다. 우리도 마한 땅으로 가서 힘을 길러 보심이 어떨까 합니다."

"아우가 좋은 생각을 했구나. 더 좋다는 그곳 소금을 생산해서 한제국에다 팔면 더 큰 이익을 얻을 수 있겠다."

형제가 따르는 무리들을 이끌고 이동한 곳은 마한 땅, 인천 미추홀 지역이었다.

"여기서 나는 소금이 좋다지. 아, 바닷물도 짜고 햇볕도 강하게 내리쬐고."

비류의 말에 온조가 받았다.

"형님, 조금 더 올라가 봅시다. 물 좋고 땅 좋은 곳이 있다고 합니다."

형제는 배를 타고 강을 거슬러 올라갔다. 형제가 당도한 곳은 오늘날의 서울 하남 지역이었다. 북쪽으로는 높은 산이 둘러싸고 있고 넓은 강의 물줄기가 잔잔하게 흘러가고 있었으며 남쪽으로는 기름진 흙들이 덮고 있는 들녘이 야트막한 구릉 사이로 넓게 펼쳐져 있었다. 온조가 비류에게 말했다.

"형님, 이곳이 아주 좋습니다. 이곳에 자리를 잡지요."

"아우야, 나는 바닷가가 좋다. 바닷물도 짜고 햇볕도 강하니 좋은 소금이 나오지 않겠느냐? 나는 바닷가로 가겠다."

기원전 18년, 이리하여 형 비류는 바다로 갔고 온조는 기름진 땅에 자리 잡았다. 형 비류는 해양 문명을 개척하였고 온조는 농경 문화에 정착하였다. 온조는 마한의 9세 계왕(稽王)으로부터 한강 유역의 그 땅을 사용해도 좋다는 허락을 받고 백제(百濟)를 세웠다. 바다로 갔던 비류 일행은 척박한 땅에서 견디지 못하고 다시 온조에게로 합류하였으나 비류는 부끄러움을 느끼고 그만 자결하였다.

후대의 역사가들은 옛 번한 땅에 세웠던 소서노와 비류의 어라하국을 진번백제(陳蕃百濟)라 부르고 마한 땅에 온조가 세운 백제를 온조백제(溫祚百濟)라고 부르기도 한다.

가야 건국

기원전 209년경 진한과 거의 동시에 세워진 변한은 9간(干)의 화백 정치로 이어져 오다가 42년에 김수로왕과 그의 5형제에 의하여 금관 가야, 대가야, 아라가야, 소가야, 성산가야, 고령가야 등 6가야가 되었 다. 이로써 고구려, 신라, 백제, 가야의 사국(四國) 시대가 시작되었다.

6가야국들은 인접한 백제, 신라와 협력하기도 하고 전쟁을 하기도 하면서 42년부터 대가야가 멸망한 562년까지 521년간 존속하다가 신 라에 차례로 멸망하였다.

동부여, 그 이후

기원전 59년 고주몽이 대소를 비롯한 동부여 사람들의 살해 위협을 피 해 남으로 도주한 이래, 동부여에서는 1세 단군 해부루의 뒤를 이어 기 원전 47년 금와가 2세 단군으로 즉위하였다. 즉위 후 금와왕은 고구려에 방물을 바치는 등 조공을 하였는데, 금와왕의 뒤를 이어 기원전 6년 즉 위한 대소왕은 그해에 고구려의 졸본성을 침략하였으나 실패하였다.

대소왕은 13년 또다시 고구려의 유리왕을 침공하였으나 복병을 만 나 크게 실패하였다. 두 번이나 동부여 대소왕의 공격을 받은 고구려는 22년 3세 대무신왕이 병사들을 일으켜 동부여를 공격하자 대소왕은 직접 전투에 나섰다가 고구려 대장군 괴유(怪由)에게 죽고 말았다. 이리 하여 동부여 대소왕과 고구려의 악연은 막을 내렸다.

동부여의 대소왕이 죽자 같은 해 4월, 그의 동생은 추종자들을 거느리고 동부여 북동쪽 지금의 동만주 압록곡(鴨綠谷)으로 갔다. 마침 사냥을 나온 그 지역 해두왕(海頭王)을 죽이고 그 무리의 왕이 되어 무리를 이끌고 인근 지역 갈사수(曷思水)로 가서 갈사국(曷思國)을 세웠다. 그러나 갈사국은 68년 3세 도두왕이 나날이 부강해지는 고구려에 스스로 항복하니 3세 왕 47년 만에 망하고 말았다. 후대의 역사가들은 이를 갈사부여라고 불렀다.

22년 고구려 대무신왕의 공격으로 대소왕이 죽고 왕의 아우가 추종자들을 이끌고 갈사국을 세워 나가자 그해 10월, 대소왕의 종제(從弟)는 동부여의 유민 만여 명을 이끌고 고구려에 항복하였다. 이로써 동부여는 1세왕 해부루, 2세왕 금와, 3세왕 대소 등 3세 108년 만에 종말을 고하였다.

대무신왕은 항복한 종제에게 낙(絡)씨 성을 주고 동부여 유민들의 왕으로 봉하여 고구려 서쪽 개원(開原) 서북에 있는 연나부(椽那部)에 살게 하였으니 이를 연나부부여라고 한다. 연나부부여는 차츰 세력을 키워 120년경 개원을 떠나 옛 연나라 부근의 백랑산(白狼山) 계곡으로 옮겨 갔는데 지금의 대릉하 서쪽 강변이다. 연나부부여는 후한, 진(晉), 선비(鮮卑) 등 사이에서 270여 년간 존속하다가 494년 고구려 문자왕 때 고구려에 굴복하여 들어갔다.

이로써 아사달의 대부여(진조선)를 계승한 1세 단군 해모수의 북부여는 고구려로 이어지고 북부여에서 갈라져 나왔던 동부여(가섭원부여), 갈사부여, 연나부부여는 모두 다시 고구려에 통합되니, 아사달의 진한 땅이 모두 고구려에 귀속되었다.

고구려의 전성 시대

고주몽이 북부여의 7세 단군이 되고 나라 이름을 고구려로 바꾼 이후, 북쪽의 갈사부여, 연나부부여 등을 통합하거나 제후국으로 봉하여 북쪽의 진조선 땅을 완전히 회복한 고구려는 남쪽으로는 백제와 신라, 서쪽으로는 한나라를 공략하여 다물 정신을 이어갔다.

고구려 3세 대무신왕은 32년 백아강에 있는 낙랑국을 쳐서 복속시켰다. 호동왕자와 낙랑공주의 로맨스와 자명고(自鳴鼓)의 전설을 간직한 낙랑국은 기원전 194년 최숭이 건국한 이래 226년간 존속하다가 32년 최리 시절에 종말을 고하였다.

남쪽의 강대국 낙랑국을 합병한 고구려는 서쪽 옛 번조선 땅으로 눈을 돌렸다. 고구려의 5세 모본왕은 3세 대무신왕의 태자다. 대무신왕이 붕어하였을 때 태자가 어려 대무신왕의 동생이 4세 민중왕이 되었으나 태자가 성장하여 모본왕이 되었다.

49년 모본왕은 아버지 대무신왕의 남쪽 정벌에 이어 서쪽의 한나라를 공격하여 우북평(右北平), 어양(漁陽), 상곡(上谷). 태원(太原) 등을 빼앗았다. 이 땅들은 북경의 북서쪽에서 북동쪽에 걸쳐 이어진 곳으로 번조선 시절인 기원전 290년 무렵 연나라의 진개에게 빼앗긴 땅 방 이천리다. 모본왕이 이 땅을 수복함으로써 340여 년 만에 고토를 회복하였다.

55년 6세 태조왕은 요서 지역 난하의 서쪽에 10개의 성을 쌓아 한나라에 대비하였는데 10성은 안시(安市), 석성(石城), 건안(建安), 건흥(建興), 요동(遼東), 풍성(豊城), 한성(韓城), 옥전보(玉田堡), 택성(澤城), 요택(遼澤)이다. 고구려의 양만춘 장군이 화살로 당 태종의 눈을 쏘아 맞힌 안시성은 압록강 유역이 아니라 중국의 천진에 가까운 난하 하류 서쪽에 있었다. 번조선이 연나라 진개에게 땅 방 이천리를 빼앗긴 후 연나라와 번조선의 국경으로 삼은 강이 난하다. 안시성은 아사달의 번한 1세왕 치두남이 난하 유역에 설치했던 탕지성(湯池城) 자리에 세운 성이다.

태조왕 이후 이어지는 500여 년 동안 고구려와 한나라는 서로 뺏고 뺏기는 침략전쟁을 지속하였다.

190년경, 고구려 9세 고국천왕은 을파소를 국상으로 임명하였다. 당시 고국천왕의 외척인 어비류(於畀留)와 좌가려(左可慮)가 반란을 일으키자 이를 진압하고 혼란한 국정을 바로 잡기 위하여 천거를 받은 사람이 을파소(乙巴素)였다. 을파소는 2세 유리왕 때 대신이었던 을소(乙素)의 자손으로서 세상이 알아주지 않아 농사를 지어 생계를 유지하고 있었다.

고국천왕의 신임을 얻어 국상에 임명된 을파소는 신하들의 기강을 엄격하게 잡아 국정을 안정시키고 봄에 식량이 부족할 때 국가의 창고를 열어 백성들을 구휼하고 가을에 추수할 때에 갚도록 하여 백성들의 생활을 안정시켰다. 후대의 역사가들은 이를 진대법(賑貸法)이라고 불렀다.

국상 을파소는 전국에서 나이 어린 영재들을 뽑아 선인도랑(仙人徒郞)으로 삼았다. 무리 중에서 계율을 잘 지키는 자를 선발하여 참전(叅佺)이라 하였는데 이는 교화를 주관하는 자다. 또 무예를 관장하는 자를 조의(皂衣)라 하였는데 몸가짐을 바르게 하고 규율을 잘 지켜 나라를 위한 일에 몸을 던져 앞장서도록 하였다. 국상 을파소는 이들에게 훈시를 내렸다.

"신시(神市) 시대에 신교(神敎)의 진리로 세상을 다스려 깨우칠 때는 백성의 지혜가 열려 나날이 지극한 다스림에 이르렀으니, 그것은 만세에 걸쳐 바꿀 수 없는 표준이 있었기 때문이었다. 그러므로 참전이 하늘님(상제님)의 말씀을 받들어 백성을 교화하며 한맹(寒盟)을 행함에도 계율을 두어 하늘을 대신해서 공덕을 베푸나니 모두 스스로 심법을 배우고 힘써 노력하여 훗날 세울 공덕에 대비하라."

여기에 나오는 한맹(寒盟)은 고구려 시대의 제천 의식인 동맹(東盟)이며 조의(皂衣)는 환족의 신교 낭가(神敎郞家) 사상으로 무장한 종교 무사단(武士團), 즉 신교의 종교 군대다. 이 조의선인이 바로 조선 시대의 선비로 이어졌는데 환족 고유의 선비는 문사(文士)가 아니라 문무를 겸비한 상무(尙武)적 무사(武士)였다. 선비는 한자 말이 아니라 순수한 우리말이다.

선비의 기원이 된 낭가 제도는 환국 시대의 젊은이들이 안파견 환인의 정해법으로 심신을 단련한 때부터 시작하여 배달국의 제세핵랑(濟世核郞), 아사달의 국자랑(國子郞), 북부여의 천왕랑(天王郞), 고구려의 조의선인(皂衣先人), 백제의 무절(武節), 신라의 화랑(花郞), 고려의 재가화상(在家和尙)으로 이어졌다. 그러나 조선 시대의 선비는 유학의 영향으로 '유학을 공부하는 유생들', 즉 문사(文士)만을 의미하는 것으로 변형되었다.

국상 을파소가 《참전계경》을 정리한 것은 그의 큰 업적 중 하나다. 배달국 시대의 1세 환웅 거발환은 백성들을 조화로운 삶으로 이끌기 위해 환국 안파견 환인의 오훈을 발전시켜 팔훈을 제정하였는데 팔훈은 성(誠), 신(信), 애(愛), 제(濟), 화(禍), 복(福), 보(報), 응(應)이다. 거발환 환웅 시대 이후 배달국과 아사달을 거치면서 백성들이 이를 실천하다 보니 팔훈의 덕목이 구체화되면서 계속 덧붙여져 366가지로 늘어나게 되었으므로 국상 을파소는 이 〈인간 366사〉를 《참전계경》이라는 이름으로 체계적으로 정리하여 조의선인과 백성들이 지켜야 할 최고 경전으로 삼았다.

302년, 15세 미천왕은 한제국이 설치한 현도군을 공격하여 퇴출시키고 313년에는 난하 하류 유역의 낙랑군을 공격하여 멸망시켰다. 이어 314년에는 대방군을 완전히 축출시켰다. 이로써 미천왕 시절에 서쪽 대릉하 유역에 자리 잡은 연나부부여와 남쪽의 신라, 백제를 제외한 옛 아사달의 고유 영토는 모두 회복하였다.

19세 광개토대왕 시절에는 백제, 신라, 왜 등 남쪽 지방을 공략하여 영토를 넓힘과 동시에 북쪽의 거란을 정벌하고 서쪽의 후연을 쳐서 멸망시켰으며, 20세 장수왕은 수도를 대동강 유역 평양으로 옮기고 남쪽 공략에 집중하였다. 이어 21세 문자왕 시절인 494년에 연나부부여가 강대해진 고구려에 항복하고 501년에는 제(齊), 노(魯), 오(吳), 월(越)의 땅이 고구려에 속하니, 이때 고구려의 영토는 최대가 되었다.

수(隋)나라의 침략

한편 효무제의 한제국은 왕망의 신(新)나라를 포함하여 기원전 202년부터 220년까지 400여 년간 존속하였으며 이어 위, 촉, 오의 삼국 시대(220년-265~280년)를 거처 위(魏), 진(晉) 시대(220년-420년), 5호 16국 시대(304년-439년), 남북조 시대(439-589년)를 거쳤다. 이렇게 분열되어 있던 중국을 다시 통일한 사람이 바로 수(隋)나라의 문제 양견이었는데 양견은 남북조 중 하나인 북주(北周)의 선비족 출신이다.

598년, 그동안 옛 아사달의 영토를 전부 회복한 고구려와 신라, 백제 등 후삼국이 옛 마조선 땅인 한반도에서 각축하고 있을 때 수 문제 양견이 30만 대군으로 고구려를 침략하였으나 물난리를 맞아 난하 하류 북쪽에 있는 요택(遼澤)도 넘지 못하고 실패하였다.

604년에 문제 양견의 둘째 아들 양광이 아버지 양견을 살해하고 즉위한 후, 612년에 113만 대군을 거느리고 다시 고구려를 침략하였다. 수 양제(양광)는 직접 요하(오늘날의 난하)를 건너 육로로 진격하고 호서아 장군의 수군으로 하여금 바다를 건너 평양성을 협공하려 하였으나 호서아가 고구려의 고무서 장군에게 대패하는 바람에 수륙 협공 작전을 펼 수가 없었다.

수나라의 육군은 3개월 만에 간신히 요하를 건넜으나 요동성의 저항에 맞서 더 이상 진격이 어렵게 되자 양광은 특단의 조치로 30만 5,000명의 특공대를 조직하고 요동성을 우회하여 평양을 공격하였다. 그러나 보급 문제로 더 이상의 공격이 불가능하므로 수나라 특공대는 진퇴양난의 난관에 직면했다. 고구려의 을지문덕 장군은 수나라의 대장군 우중문(于仲文)에게 퇴각을 권고하는 시를 보냈다.

신책구천문(神策究天文)

묘산궁지리(妙算窮地理)

전승공기고(戰勝功旣高)

지족원운지(知足願云止)

신기한 계책은 하늘의 이치를 다하고

기묘한 계략은 땅의 이치를 통달했도다

전쟁에 이긴 공이 이미 높으니

만족함을 알고 그만 돌아감이 어떠시오

이 시를 받은 우중문은 퇴각의 명분을 줄 것을 은연중에 암시하는 답신을 보내자 을지문덕은 '수나라 군대가 회군한다면 영양왕을 모시고 가서 수 양제에게 조회하고 알현하겠다'는 답신을 보냄으로써 우중문에게 퇴각의 명분을 주었다. 우중문은 수 양제 양광에게 '고구려 영양왕이 항복하였다'는 소식을 전하게 한 후 퇴각을 결정하고 회군하기 시작했다.

우중문의 특공대가 살수(薩水)를 절반쯤 건넜을 무렵, 을지문덕은 천신의 종교 군대인 조의(皂衣) 20만 명과 함께 살수에서 수나라 특공대를 대량 섬멸하였으니, 살아서 돌아간 자가 2,700여 명에 불과하였다. 양광이 사신을 보내 화평을 구걸하였지만 을지문덕은 듣지 않고 수나라의 태원(太原)과 유주(幽州)까지 밀고 들어가 주와 현을 다스리고 백성들을 안심시켰다.

이것이 한국사에 유명한 을지문덕의 살수대첩이다. 살수는 한반도의 청천강이 아니라 요동반도에 있는 요하의 하류에 합류하는 지류로서 북에서 남으로 흐르는 강이다.

을지문덕 장군과 함께 살수대첩에서 혁혁한 전공을 세운 조의(皂衣)는 평소 충(忠), 효(孝), 신(信), 용(勇), 인(仁)의 오계(五戒)로 훈련된 조의선인(皂衣仙人), 즉 천신의 종교 군대였다. 을지문덕 장군은 배달 시대 거발환 환웅의 〈하늘님이 하신 말씀(三一神誥)〉에 따라 평소 하늘님의 도로써 조의선인들을 훈련시켰다.

도로써 하늘님을 섬기고
덕으로써 백성과 나라를 감싸 보호하라
나는 천하에 이런 말이 있는 것을 안다

사람이 삼신일체의 기운(氣)을 받을 때

성품(性)과 목숨(命)과 정기(情)로 나누어 받나니

우리 몸속에 본래 있는 조화의 대광명은

환히 빛나 고요히 있다가 때가 되면 감응하고

이 조화의 대광명이 발현되면 도를 통한다

도를 통하는 것은

삼물(三物)인 덕(德)과 지혜(慧)와 조화력(力)을

몸으로 직접 체득하여 실천하고

삼가(三家)인 마음(心)과 기운(氣)과 몸(身)의 조화를 성취하며

삼도(三途)인 느낌(感)과 호흡(息)과 감촉(觸)이

언제나 기쁨으로 충만하여 이루어지는 것이다

도를 통하는 요체는

날마다 염표문(念標文)을 생각하여 실천하기에 힘쓰고

세상을 신교(神敎)의 진리로 다스려 깨우치고(在世理化)

삼도 십팔경(十八境)을 고요히 잘 닦아

천지광명의 뜻과 대이상을 지상에 성취하는

홍익인간(弘益人間)이 되는 데 있느니라

이 전쟁의 결과, 간안, 건창, 백암, 창려는 안시(安市)에 속하고, 창평, 탁성, 신창, 통도는 여기(餘紀)에 속하고, 고노, 평곡, 조양, 누성, 사구을은 상곡(上谷)에 속하고 화룡, 분주, 환주, 풍성, 압록은 임황(臨潢)에 속했다. 고구려는 강병이 100만이었고 영토는 더욱 커졌다.

수나라는 613년과 614년에도 고구려를 침략하였으나 이 전쟁의 여파로 국운이 기울어 멸망하고 말았다.

당(唐)나라의 침략과 고구려의 멸망

수의 양제(양광)가 고구려를 침략한 전쟁에서 패했음에도 불구하고 사치와 방탕을 일삼자 같은 선비족이며 양광과 이종사촌 형제인 이연은 반란 세력에 동참하여 양제(양광)를 폐위시켰다. 그리고 그의 아들 양유를 옹립하였다가 618년 양유로부터 선양의 형식을 취하여 즉위하고 국호를 당(唐)으로 하였다. 그러나 이연의 둘째 아들 이세민이 자신의 형과 불화를 일으켜 그를 죽이자 이연은 이세민을 태자로 봉하여 양위하였는데 이세민이 당 태종이다.

당시 고구려는 수나라와의 전쟁으로 피폐해진 국토와 흐트러진 국정을 바로잡기 위해 당의 고조(이연)와 우호적인 관계를 유지하였다. 그러나 당 태종 이세민이 즉위하자마자 노골적인 적대 행위를 하므로 고구려는 이에 대비해 동북쪽 부여성에서 서남쪽 해성 바다에 이르는 천리장성을 축조하기 시작했다. 이 과정에서 고구려 조정에 불만을 가진 연개소문이 영류왕과 대신들을 죽이고 영류왕의 조카를 보장왕으로 내세워 정권을 잡는 정변이 일어났다.

한편 당 태종 이세민은 동북 지역의 여러 세력을 복속시키고 강력한 대국이 되었다. 이제 고구려만 남았다. 수나라가 고구려에 당한 패배를 설욕하여야 한다.

그러는 동안 나제동맹을 맺은 신라와 백제가 고구려의 한강 유역을 차지하였으나 약속을 어기고 신라가 한강 유역을 모두 차지하자 백제의 의자왕은 642년 신라의 대야성을 공격하여 김춘추의 사위인 성주 김품석 부부를 살해하였다.

이에 복수심에 불타 오른 김춘추는 고구려의 도움을 얻기 위해 연개소문을 찾아갔다. 그러나 연개소문이 신라가 차지한 고구려의 땅 죽령 이북을 원상회복하라고 요구하여 여제 동맹은 불발되었다. 이때 연개소문은 김춘추를 자신의 집으로 초대하고 다른 제안을 하였다.

"이보시오, 김공. 우리 고구려, 백제, 신라가 비록 지금은 서로 나누어져 다투기도 하고 서로 돕기도 하지만, 우리는 모두 예로부터 한 핏줄 한 가족이 아니오?

백제를 세운 온조 시조는 고구려를 세운 고주몽 선조의 아들이고 신라를 세운 박혁거세 시조는 온조 시조와 이종사촌 사이가 아니오? 당나라는 한 핏줄도 아니고 도의에 어긋나고 불순하여 짐승에 가깝소.

그동안 있었던 우리 세 나라 사이의 여러 가지 사사로운 원한들은 잊어버리고 우리가 힘을 합쳐 당나라를 공격한다면 우리는 반드시 당을 물리치고 아사달의 고토를 모두 회복할 수 있을 것이오. 그리고 우리 세 나라가 아사달의 옛 영토에 연합 정권을 세워 함께 하늘님을 모시고 하늘님 뜻에 따라 인의(仁義)로써 다스리며 서로 침략하지 않고 조화롭게 살기로 약속합시다. 그리고 그 약속을 같은 환족인 우리 세 나라가 영원무궁토록 지켜나가도록 하면 어떻겠소?"

연개소문은 고주몽으로부터 이어져 내려오는 다물 정신(多勿精神)을 얘기하고 있었다. 그러나 김춘추의 신라는 박혁거세의 건국 초기 때부터 파소의 선도주의(仙道主義)에 입각하여 국정을 운영하고 있었으므로 연개소문이 주장한 다물주의에는 크게 관심이 없었다. 협상은 결렬되었고 김춘추는 빈손으로 돌아갔다.

645년, 당 태종이 수륙 양군 50만 명으로 고구려를 침략하였다. 당 태종의 1차 공격이었다.

"요동은 본래 우리 당(唐)나라 땅이다. 수나라가 네 번이나 군사를 일으켰으나 그곳을 얻지 못하였다. 내가 출병하여 우리 선조들의 원수를 갚고자 하노라."

요하는 오늘날의 난하다. 따라서 요동은 요하 동쪽 땅이 아니라 난하 동쪽 땅이다. 난하 동쪽 땅은 옛날 번조선 땅인데 효무제가 침략하여 낙랑군 등 한사군을 설치했던 곳이므로 이를 근거로 당 태종은 '본래 우리 당(唐)나라 땅'이라고 억지를 부렸다. 당 태종 이세민의 1차 공격으로 요택, 신성·건안성 전투, 주필산 전투, 안시성 전투 등 수십 차례 전투가 있었는데 이 공격에서 당 태종은 안시성 성주 양만춘의 화살에 왼쪽 눈을 잃었다.

궁지에 몰린 이세민은 달리 방법이 없어 사람을 보내어 항복을 받아달라고 애원하였다. 막리지 연개소문은 기병 수만 명을 거느리고 북 치고 나팔 부는 군악대를 앞세우고 당의 수도 장안에 입성하였다. 당 태종 이세민은 산서성, 하북성, 산동성, 강좌를 고구려에 속하게 하였다.

648년, 고구려와 여제동맹 결성에 실패한 김춘추는 당 태종을 찾아가 원병 요청과 동시에 당 태종과 밀약을 맺었는데 '신라와 당이 합세하여 고구려, 백제를 토벌한 뒤에 대동강 이북의 땅은 당이 차지하고 대동강 이남은 신라가 차지한다'는 것이다. 고구려의 연개소문이 알았더라면 기절초풍할 노릇이다. 그러나 연개소문이 죽은 후 아들들인 연남건, 연남생의 불화와 반역으로 고구려는 668년에 나당 연합군에게 멸망하고 말았다. 고구려는 기원전 239년 북부여로부터 계산하면 34세 907년, 기원전 37년 고구려로 국호를 바꾼 때부터 계산하면 28세 705년 동안 존속하였다.

고구려가 멸망함으로써 북부여의 5세 단군 고두막한 이래 800년 가까이 이어져 왔던 다물 정신도 종말을 고하였다.

대진국

668년 고구려가 나당 연합군에게 멸망하자 고구려에서는 부흥 운동이 일어났다. 당시 서압록를 지키고 있던 장군 대중상(大仲象)은 이 소식을 듣자 고구려 부흥을 부르짖으며 군사를 일으켜 평양으로 향하였다. 순식간에 따르는 무리가 8,000여 명으로 늘었다. 도중에 보장왕이 당에 항복하고 평양성이 완전히 함락되었다는 소식을 접한 대중상은 방향을 틀어 북서쪽의 동모산(東牟山)에 터를 잡았다. 동모산은 오늘날의 길림성 돈화시 남쪽에 있는 산이다. 대중상은 동모산에 성벽을 굳게 쌓고 나라 이름을 후고구려라 칭하며 고구려의 모든 제도를 그대로 유지하였다.

대중상이 죽자 699년 그의 아들 대조영(大祚榮)이 뒤를 이어 제위에 올랐다. 대조영은 홀한성(忽汗城)을 쌓아 도읍을 옮기고 나라 이름을 대진국(大震國), 연호를 천통(天統)이라 하고 당을 적으로 삼고 복수할 것을 맹세하였다. 홀한성은 대진국 수도인 상경용천부이며 연호인 천통은 환국 → 배달국 → 아사달 → 북부여 → 고구려로 이어지는 환족의 계통을 따른다는 의미다.

국가의 기틀을 확립한 대조영은 말갈 장수 걸사비우(乞四比羽), 거란 장수 이진영(李盡榮)과 연합하여 당나라 장수 이해고(李楷固)를 천문령(天門嶺)에서 크게 쳐부수었다. 이어서 대조영은 여러 장수들로 하여금 군현을 나누어 굳게 지키고 백성들을 안심하게 하니 모두가 대조영을 믿고 따랐다. 대진국은 대동강 이북의 옛 고구려 땅을 모두 회복하고 계승하였다.

이후 대진국은 북쪽의 개마, 흑수, 구다 등 소국들도 복속시키며 친정 체제를 강화하였다. 4세 문황제(文皇帝)는 738년에 태학(太學)을 세우고 〈천부경〉과 〈삼일신고〉을 가르치는가 하면 환단의 옛 역사인 환단고사(桓檀古史)를 강론하고 《국사(國事)》 125권을 편찬하게 하였다.

대진국은 735년경 5경 60주 1군 36현을 둔 강력한 국가로 성장하였으며 인접한 당과 말갈, 거란, 남쪽의 통일신라 등의 나라와 작은 충돌은 있었으나 대규모의 전쟁은 없었고 통일신라로부터 조공을 받기도 하였으나 적극적인 접촉은 이루어지지 않았다.

해동성국(海東盛國)이라 불린 대진국은 발해(渤海)라고도 불렸으며 668년 대중상이 후고구려로 건국하여 926년 거란에게 멸망 당할 때까지 15세 259년 동안 존속하였다.

다물흥방

고주몽을 비롯한 오이, 마리, 협보와 묵거, 재사, 무골 등 일곱 사람의 고토 회복 정신을 후대의 역사가들은 '다물흥방(多勿興邦)'이라고 부른다. '다물'은 '다시 무르다', '되찾다', '회복하다'는 의미를 지닌 순수 우리말이고 '흥방'은 '나라를 흥하게 한다'는 뜻으로서 '다시 되찾아 나라를 부흥시킨다', 즉 아사달의 고토를 회복하자는 정신이다.

다물 정신을 처음 부르짖은 사람은 북부여의 5세 단군 고두막이며 고구려를 세운 고주몽이 본격적으로 실천하였다. 고구려 시대 내내 을지문덕 등이 다물 정신을 이어받았으며 고구려 말기 연개소문까지 지속되었으나 신라 김춘추의 반대로 다물 정신, 즉 고토 회복 정신은 끝나고 말았다.

고구려 22세 왕인 안장왕(519~531) 시절, 을밀(乙密)이라는 조의선인이 있었는데 을밀은 2세 유리왕 때의 재상인 을소, 9세 고국천왕 때의 국상인 을파소의 후손이다. 을밀은 집에서 글을 읽고 활쏘기를 익히고 삼신을 노래하였다. 그리고 무리를 받아들여 수련시키고 정의와 용기로 나라를 위해 힘을 다하였다.

그리하여 을밀은 당대의 이름난 조의(皂衣)가 되었고 따르는 무리가 3천이었다. 그들은 가는 곳마다 〈다물흥방가(多勿興邦歌)〉를 불렀다. 다물흥방가와 함께 자신의 몸을 던져 의를 다하는 기풍을 고취하였다.

을밀 선인은 일찍이 대동강을 내려다보는 깎아지른 절벽 위에 누대를 짓고 거주하며 하늘에 천제를 올리고 수련하는 것을 직분으로 여겼다. 신선의 수련법은 참전으로 계율을 삼고 그 이름을 더욱 굳세게 지켜 서로 영광되게 하고 나의 마음을 비워 만물을 살리고 몸을 던져 정의로움을 온전하게 하는 것이다.

이로써 나라 사람들에게 사표가 되었으며 천추만세에 추앙을 받아 널리 감흥을 불러일으키고 또한 인존(人尊)의 상징이 되었다. 후세 사람들이 그 대(臺)를 을밀대(乙密臺)라 불렀으니 금수강산의 명승(名勝)이다.

〈다물흥방가〉

먼저 가신 선령님은 우리 삶의 법이시고
뒤에 오는 후손들은 조상님을 잘 받드네
선령님을 본받음은 그 정신이 불생불멸
후손들 선령 위함 귀천이 어디 있나
사람은 천지 중심 대천지와 하나이니

마음은 몸과 함께 온 우주의 근본일세

사람이 태일 됨에 차고 비나 같은 경계

우주의 근본이라 신과 만물 둘 아니네

참된 진은 온갖 선의 극치에 이름일세

삼신님은 일심중도 만사만물 주장하네

참과 선의 극치에서 세 가지 참 귀일하고

삼신님이 일심에서 삼신일체 창조할새

하늘 아래 온 땅에서 오직 내가 있음이여

옛 땅 옛 혼 다물하니 나라를 부흥하네

스스로 생존함에 함이 없이 일을 하고

나라를 부흥함에 말이 없이 가르치네

참목숨이 크게 생함 성통광명 이유라네

들어와서 효도하고 나가서는 충성이라

광명하여 모든 선을 다 받들어 행하옵고

효도 충성 다함으로 일체 악행 짓지 말라

만백성의 정의로움 나라 위한 중한 마음

나라가 없다면 내가 어찌 살아가리

백성에게 만물 있어 우리나라 복이 되고

이 나라에 혼이 있어 우리 백성 덕이 되네

우리 혼은 삼혼이니 생함과 깨달음과

신령함이 예 있구나 삶과 지혜 닦아 보세

조화신이 머무르는 천궁이여 이 내 몸이여

몸과 영혼 함께 닦아 영원불멸 얻으리라

우리들 자자손손 나라 잘 다스리고

대광명의 신교 배움 영원한 스승일세

우리 자손 통일되면 우리 모두 잘 살리니

우리 스승 가르침은 새롭고도 새로워라

부록

〈부록1〉 환족을 이끈 사람들

1) 환족의 조상들(3만 년 전~기원전 7197년)

1. 3만 년 전 : 나반(那般)과 아만(阿曼)	- 애니미즘(Animism) 개념 등장 추상적 사고
2. 2만 년 전 : 관측 전문가 그룹 (나반의 후예)	- 샤머니즘(Shamanism) 개념 등장
3. 기원전 10000년경 : 마고(麻姑)	- 토테미즘(Totemism) 개념 등장
4. 기원전 9000년경 : 황궁(皇穹)과 네 씨족(황궁, 청궁, 백소, 흑소) → 파미르고원 시대	- 하늘신 종교의 탄생 - 황궁 : 파미르고원에서 천산주로 이동
5. 기원전 8000년경 : 황궁 → 유인(有因) 시대	- 삼신일체 사상

2) 환국의 환인들(기원전 7197년~기원전 3897년)

1. 안파견(安巴堅) 환인
2. 혁서(赫胥) 환인
3. 고시리(古是利) 환인
4. 주우양(朱于襄) 환인
5. 석제임(釋提壬) 환인
6. 구을리(邱乙利) 환인
7. 지위리(智爲利) 환인

3) 배달국의 환웅들(기원전 3897년~기원전 2333년)

세	환 웅	재 위 기 간	나 이
제1세	거발환(居發桓)	기원전 3897~기원전 3804 (93년)	120세
제2세	거불리(居佛理)	기원전 3804~기원전 3718 (86년)	102세
제3세	우야고(右耶古)	기원전 3718~기원전 3619 (99년)	135세
제4세	모사라(慕士羅)	기원전 3619~기원전 3512 (107년)	129세
제5세	태우의(太虞儀)	기원전 3512~기원전 3419 (93년)	115세
제6세	다의발(多儀發)	기원전 3419~기원전 3321 (98년)	110세
제7세	거련(居連)	기원전 3321~기원전 3240 (81년)	140세
제8세	안부련(安夫連)	기원전 3240~기원전 3167 (73년)	94세
제9세	양운(養雲)	기원전 3167~기원전 3071 (96년)	139세
제10세	갈고(葛古)	기원전 3071~기원전 2971 (100년)	125세
제11세	거야발(居耶發)	기원전 2971~기원전 2879 (92년)	149세
제12세	주무신(州武愼)	기원전 2879~기원전 2774 (105년)	123세
제13세	사와라(斯瓦羅)	기원전 2774~기원전 2707 (67년)	100세
제14세	자오지(慈烏支)	기원전 2707~기원전 2598 (109년)	151세
제15세	치액특(蚩額特)	기원전 2598~기원전 2509 (89년)	118세
제16세	축다리(祝多利)	기원전 2509~기원전 2453 (56년)	99세
제17세	혁다세(赫多世)	기원전 2453~기원전 2381 (72년)	97세
제18세	거불단(居弗檀)	기원전 2381~기원전 2333 (48년)	82세

4) 아사달의 단군들(기원전 2333년~기원전 232년)

아 사 달			하, 상(은), 주
진 한	번 한	마 한	
제1세 왕검(王儉) (전2333~전2241)	제1세 치두남 (蚩頭男) (전2333~전2312) 제2세 낭야(琅邪) (전2311~전2239)	제1세 웅백다 (熊伯多) (전2333~전2279) 제2세 노덕리 (盧德利) (전2278~전2229)	전2357 : 당(唐) 요(堯) 즉위 전2284 : 우(虞) 순(舜) 즉위
제2세 부루(扶婁) (전2240~전2183)	제3세 물길(勿吉) (전2238~전2189)	제3세 불여래 (弗如來) (전2228~전2180)	〈하나라〉 1. 우(전2224) 2. 계(전2197) 3. 태강(전2188) 4. 중강(전2159)
제3세 가륵(嘉勒) (전2182~전2138)	제4세 애친(愛親) (전2188~)	제4세 두라문 (杜羅門) (전2179~전2176) 제5세 을불리 (乙弗利) (전2175~전2137)	
제4세 오사구 (烏斯丘) (전2137~전2100)	제5세 도무(道茂) (~전2099)	제6세 근우지 (近于支) (전2136~전2107)	
제5세 구을(丘乙) (전2099~전2084)	제6세 호갑(虎甲) (전2098~전2073)	제7세 을우지 (乙于支) (전2106~)	5. 상(전2146) 6. 예(2118) : 환족
제6세 달문(達門) (전2083~전2048)	제7세 오라(烏羅) (전2072~전2016) 제8세 이조(伊朝) (전2015~전1976)	제8세 궁호(弓戸) (~전1994)	7. 한착(전2080) 8. 소강(전2079) 9. 저(전2057) 10. 괴(전2040) 11. 망(전2014) 12. 설(전1996)
제7세 한율(翰栗) (전2047~전1994)			
제8세 우서한 (于西翰) (전1993~전1986)			

아 사 달			하, 상(은), 주
진 한	번 한	마 한	
제9세 아술(阿述) (전1985~전1951)	제9세 거세(居世) (전1975~전1961) 제10세 자오사 (慈烏斯) (전1960~전1947)	제9세 막연(莫延) (전1993-전1939)	13. 불항(전1980)
제10세 노을(魯乙) (전1950~전1892)	제11세 산신(散新) (전1946~전1894)	제10세 아화(阿火) (전1938~전1864)	14. 경(전1921) 15. 근(전1900) 16. 공갑(전1879) 17. 고(전1848) 18. 발(전1837) 19. 걸(전1818)
제11세 도해(道奚) (전1891~전1835)	제12세 계전(季佺) (전1893~전1865)		
	제13세 백전(伯佺) (전1864~전1827)	제11세 사리(沙里) (전1863~전1806)	
제12세 아한(阿漢) (전1834~전1783)	제14세 중전(仲佺) (전1826~전1771)		
제13세 흘달(屹達) (전1782~전1722)	제15세 소전(少佺) (전1770~전1728) 제16세 사엄(沙奄) (전1727~)	제12세 아리(阿里) (전1805~전1716)	〈상(은)나라〉 1. 탕(전1766) 2. 외병(전1753) 3. 중임(전1751)
제14세 고불(古弗) (전1721~전1662)	제17세 서한(棲韓) (~전1665)	제13세 갈지(曷智) (전1715~전1634)	
제15세 대음(代音) (전1661~전1611)	제18세 물가(勿駕) (전1664~전1661)		4. 태갑(전1747) 5. 옥정(전1720) 6. 태경(전1691) 7. 소갑(전1666) 8. 옹기(전1649) 9. 태무(전1637) 10. 중정(전1562) 11. 외임(전1549) 12. 하단갑(전1534) 13. 조을(전1525) 14. 조신(전1506) 15. 옥갑(전1490)
제16세 위나(尉那) (전1610~전1553)	제19세 막진(莫眞) (전1660~전1615)	제14세 을아(乙阿) (전1633~전1551)	
제17세 여을(余乙) (전1552~전1485)	제20세 진단(震丹) (전1614~전1549) 제21세 감정(甘丁) (전1548~전1531) 제22세 소밀(蘇密) (전1530~) 제23세 사두막 (沙豆莫) (~)	제15세 두막해 (豆莫奚) (전1550~전1544)	

아 사 달			하, 상(은), 주
진 한	번 한	마 한	
제18세 동엄(冬奄) (전1484~전1436)	제24세 갑비(甲飛) (　　~전1442) 제25세 오립루 (烏立婁) (전1441~　　)	제16세 자오수 (慈烏漱) (전1543~전1497)	16. 조정(전1465) 17. 남경(전1433)
제19세 구모소 (緱牟蘇) (전1435~전1381)	제26세 서시(徐市) (　　~전1394) 제27세 안시(安市) (전1393~전1353)	제17세 독로(瀆盧) (전1496~전1372)	18. 양갑(전1408) 19. 반경(전1401) 20. 소신(전1373) 21. 소을(전1352)
제20세 고홀(固忽) (전1380~전1338)	제28세 해모라 (奚牟羅) (전1352~전1352) 〈비왕 공백〉 (전1351~전1334)	제18세 아루(阿婁) (전1371~전1288)	22. 무정(전1324)
제21세 소태(蘇台) (전1337~전1286)	제29세 소정(小丁) (전1333~전1291) 〈비왕 공백〉 (전1290~전1288) 〈비왕 고등: 전1287〉 〈비왕 색불루: 전1286〉	제19세 아라사 (阿羅斯) (전1287~전1286)	23. 조경(전1265)
제22세 색불루 (索弗婁) (전1285~전1238)	제30세 서우여 (徐于餘) (전1285~전1225)	제20세 여원흥 (黎元興) (전1285~전1233)	24. 조갑(전1258) 25. 늠신(전1225)
제23세 아홀(阿忽) (전1237~전1162)	제31세 아락(阿洛) (전1224~전1185)	제21세 아실(阿實) (전1232~전1123)	26. 경정(전1219) 27. 무을(전1198) 28. 태정(전1194)
제24세 연나(延那) (전1161~전1151)	제32세 솔귀(率歸) (전1184~전1138)		29. 제을(전1191) 30. 제신(전1154)

아 사 달			하, 상(은), 주
진 한	번 한	마 한	
제25세 솔나(率那) (전1150~전1063)	제33세 임나(任那) (전1137~전1106) 제34세 노단(魯丹) (전1105~전1093) 제35세 마밀(馬密) (전1092~전1075) 제36세 모불(牟弗) (전1074~전1055)	제22세 아도(阿闍) (전1122~전1092) 제23세 아화지 (阿火只) (전1091~전996)	〈주나라〉 1.무왕(전1122) 2. 성왕(전1115) 3. 강왕(전1078)
제26세 추로(鄒魯) (전1062~전998)	제37세 을나(乙那) (전1054~전1015) 제38세 마휴(麻庥) (전1014~전1013) 제39세 등나(登那) (전1012~전984)		4. 소왕(전1052)
제27세 두밀(豆密) (전997~전972)	제40세 해수(奚壽) (전983~전974)	제24세 아사지 (阿斯智) (전995~전935)	5. 목왕(전1001)
제28세 해모(奚牟) (전971~전944)	제41세 물한(勿韓) (전973~전967)		
제29세 마휴(麻休) (전943~전910)	제42세 오문루 (奧門婁) (전966~전955)	제25세 아리손 (阿里遜) (전934~)	6. 공왕(전946) 7. 의왕(전935) 8. 효왕(전910) 9. 이왕(전895) 10. 여왕(전878)
제30세 내휴(奈休) (전909~전875)	제43세 누사(婁沙) (전954~전927)		
제31세 등올(登屼) (전874~전850)	제44세 이벌(伊伐) (전926~전901)		11. 선왕(전827)
제32세 추밀(鄒密) (전849~전820)	제45세 아륵(阿勒) (전900~전837)		

아 사 달			하, 상(은), 주
진 한	번 한	마 한	
제33세 감물(甘勿) (전819~전796)	제46세 마휴(麻休) (전836~전786)	제26세 소이(所伊) (~전755)	12. 유왕(전781) 13. 평왕(전770)
제34세 오루문 (奧婁門) (전795~전773)	제47세 다두(多斗) (전785~전753)		
제35세 사벌(沙伐) (전772~전705)	제48세 내이(奈伊) (전752~전723) 제49세 차음(次音) (전722~전713)	제27세 사우(斯虞) (전754~전678)	14. 환왕(전719) 15. 장왕(전696)
제36세 매륵(買勒) (전704~전647)	제50세 불리(不理) (전712~전653) 제51세 여을(餘乙) (전652~전648)	제28세 궁홀(弓忽) (전677~)	16. 이왕(전681) 17. 혜왕(전676) 18. 양왕(전651)
제37세 마물(麻勿) (전646~전591)	제52세 엄루(奄婁) (전647~) 제53세 감위(甘尉) (~전614) 제54세 술리(述理) (전613~전604) 제55세 아갑(阿甲) (전603~전589)	제29세 동기(東杞) (~전589)	19. 경왕(전618) 20. 광왕(전612) 21. 장왕(전606) 22. 간왕(전585)
제38세 다물(多勿) (전590~전546)	제56세 고태(固台) (전588~전575) 제57세 소태이 (蘇台爾) (전574~전557) 제58세 마건(馬乾) (전556~전546)	제30세 다도(多都) (전588~전510)	23. 영왕(전571) 24. 경왕(전544)

아 사 달			하, 상(은), 주
진 한	번 한	마 한	
제39세 두홀(豆忽) (전545~전510)	제59세 천한(天韓) (전545~전536) 제60세 노물(老勿) (전535~전521) 제61세 도을(道乙) (전520~전506)		25. 도왕(전519) 26. 경왕(전518)
제40세 달음(達音) (전509~전492) 제41세 음차(音次) (전491~전472)	제62세 술휴(述休) (전505~전472)	제31세 사라(斯羅) (전509~)	27. 원왕(전474)
제42세 을우지 (乙于支) (전471~전462)	제63세 사량(沙良) (전471~전454)	제32세 가섭라 (迦葉羅) (~전488)	28. 정정왕(전468)
제43세 물리(勿理) (전461~전426)	제64세 지한(地韓) (전453~전439) 제65세 인한(人韓) (전438~전401)	제33세 가리(加利) (전487~전426)	29. 애왕(전439) 30. 사왕(전439) 31. 고왕(전438) 32. 위열왕(전425) 33. 안왕(전401)
〈대부여〉 제44세 구물(丘勿) (전425~전397)	제66세 서울(西蔚) (전400~전376)	제34세 전내(典奈) (전425~) 제35세 진을례 (進乙禮) (~전367)	34. 열왕(전374) 35. 현왕(전367)
제45세 여루(余婁) (전396~전342)	제67세 가색(哥索) (전375~전342)		
제46세 보을(普乙) (전341~전296)	제68세 해인(解仁) (전341~전341) 제69세 수한(水韓) (전340~전323) 제70세 기후(箕詡) (전322~전316) 제71세 기욱(箕煜) (전315~전291)	제36세 맹남(孟男) (전366~전238)	36. 신정왕(전319) 37. 난왕(전313)

아 사 달			하, 상(은), 주
진 한	**번 한**	**마 한**	
제47세 고열가 (古列加) (전295~전238)	제72세 기석(箕釋) (전290~전252) 제73세 기윤(箕潤) (전251~전233)		38. 군반(전255) 〈**주 멸망(전249)**〉
〈**오가 공화정**〉 (전237~전232) 〈**북부여**〉 (전232~전37)	제74세 기비(箕丕) (전232~전222) 제75세 기준(箕準) (전221~전194)		
	〈**위만조선**〉 1.위만 (전194~ ?) 2. 3. 우거왕 (? ~ 전108) 〈**한나라에 망**〉		〈**진제국**〉 1. 진시황(전221) 2. 호해왕(전210) 〈**한제국**〉 1.한고조유방 (전202)

5) 열국 시대(기원전 232년 ~ 668년)

가섭원부여 갈사부여 연나부부여	대부여 (진조선) 북부여	번조선	마조선 땅	
	〈오가공화정〉 (전237~전232)	73. 기윤(箕潤) (전251~전233)	36세 맹남 (전366~전238)	
	〈북부여〉 1세 해모수 (전232~전195) 2세 모수리 (전194~전170)	74. 기비(箕丕) (전232~전222) 75. 기준(箕準) (전221~전194) 〈위만 조선〉 1. 위만 (전194~ ?)	〈북부여 단군 직할령〉 (전232~전37) 〈최숭 낙랑국〉 1. 최숭 (전195~)	
〈가섭원부여〉 (동부여) 1. 해부루 (전86~전48)	3세 고해사 (전169~전121) 4세 고우루 (전120~전86) 〈해부루(전86)〉 5세 고두막한 (전108~전60) 6세 고무서 (전59~전58) 7세 고주몽 (전57~전37)	2. 3. 우거왕 (? ~ 전108) 〈한나라에 망〉		
2. 금와 (전47~전7)				
3. 대소 (전6~후22) 〈갈사부여〉 1. 대소왕 동생 (22~ ?) 〈연나부부여〉 1. 대소왕종제 (22~ ?)	〈고구려〉 1. 고주몽 (전37~전20) 2. 유리왕 (전19~후18) 3. 대무신왕 (18~44) 4. 민중원왕 (44~48)	〈신라 건국〉 1. 박혁거세 (전57~후4)	2. 최리 (~ 후32) 〈고구려에 멸망〉 〈백제 건국〉 1. 온조 (전18~후28) 2. 다루 (28~77)	

가섭원부여 갈사부여 연나부부여	고구려	신라	가야	백제
2 3. 도두왕 　(? ~68) 〈갈사부여, 도두 왕이 고구려에 항 복(68년)〉	5. 모본왕 　　(48~53) 6. 태조왕 　　(53~146) 7. 차대왕 　　(146~165) 8. 신대왕 　　(165~179) 9. 고국천왕 　　(179~197) 10. 산상왕 　　(197~229) 11. 동천왕 　　(229~247) 12. 중천왕 　　(247~270) 13. 서천왕 　　(270~292) 14. 봉상왕 　　(292~300) 15. 미천왕 　　(300~330) 16. 고국원왕 　　(330~371) 17. 소수림왕 　　(371~384) 18. 고국양왕 　　(384~391) 19. 광개토왕 　　(391~412) 20. 장수왕 　　(412~491)		〈가야 건국〉 1. 김수로왕 　　(42~199)	

가섭원부여 갈사부여 연나부부여	고구려	신라	가야	백제
〈연나부부여, 고구려에 멸망 (494년)〉	21. 문자왕 　　(491~519) 22. 안장왕 　　(519~531) 23. 안원왕 　　(531~545) 24. 양원왕 　　(545~559) 25. 평원왕 　　(559~590) 26. 영양왕 　　(590~618) 27. 영류왕 　　(618~642) 28. 보장왕 　　(642~668) 〈고구려멸망〉	〈통일신라〉 (668년)	〈대가야, 신라에 멸망 (562년)〉	〈백제, 나당연 합군에 멸망 (660년)〉

〈부록2〉 연대표

1) 환족(桓族)의 조상들(3만 년 전 ~ 기원전 7197년)

시대 구분	주 요 사 건
3만 년 전 무렵	나반과 아만(환족 최초의 조상) - 바이칼호 부근, 50명 정도의 호모 사피엔스 무리가 도착 - 나반의 과학적 사고 : '왜?'라는 의문 - 해의 주기성 발견 → '하루'라는 시간 개념 - 천체의 움직임 및 자연 현상 관찰 - 영(靈)의 개념을 깨닫다 → 애니미즘 개념의 등장 - 사냥감에 대한 제사 의식(儀式) - 아버지의 시신을 매장하다 → 인류 최초의 장례 의식(儀式) - 인류 최초의 과학자, 종교가, 제사장, 철학자 * 죽음과 탄생 등 생의 의미 탐구

2만 년 전 무렵	관찰 전문가의 탄생
	- 자연 현상을 관찰하고 예측력을 기르다
	  → 검은 구름, 바람, 큰비, 가뭄 등 날씨 변화의 영향 예측
	- 해의 영이 노하면 큰비, 가뭄 등 자연 현상이 나타난다고 생각하다
	- 샤먼의 탄생 : 관찰 전문가들이 해의 노여움을 푸는 제사를 드리다
	  → 샤먼, 샤머니즘 개념 등장
	- 나반의 후손들을 비롯한 호모 사피엔스들이 분가하고 합치기도 하면서
	  전세계 각 지역으로 퍼져나가다

기원전 10000년 무렵	마고의 모계 사회
	- 마지막 빙하기가 물러가다 : 농경 생활의 시작
	  * 버린 씨앗에서 싹이 난 것을 발견하다
	  * 과일, 곡식 등 작물 경작, 양, 사슴 등 사육
	- 산파 역할 : 아이들을 받아 기르다
	- 독수리가 품은 쌍둥이 여아를 살리다
	  * 새의 알에서 태어난 아이들 → 토테미즘 개념 등장
	- 해와 달에 제사 : 곡식 잘 되게, 자식들 번식 잘 되게
	- 10이 넘는 수의 계산 개념 : 10을 한 묶음으로 떼어 놓다
	- 달(月)의 주기 발견 : 29일 또는 30일

시대 구분	주 요 사 건

기원전 9000년경 (파미르 고원 시대)	황궁의 시대 : 파미르 고원 정착. 네 씨족
	하늘신의 전설 → 네 씨족 공동의 전설
	 - 하늘신 : 암흑 속의 한 줄기 밝은 빛
	 - 나반과 아만, 마고
	 - 알에서 태어난 아이 : 궁희, 소희 → 황궁, 청궁, 백소, 흑소를 낳다
	정주 생활
	 - 신석기 시대 : 농경 생활, 인구 증가
	 - 도기(陶器) 발명
	 - 막대기 그림자의 길이 측정으로 해의 한 주기 날 수를 알아내다
	창조신 종교의 탄생
	 - 황궁 : 한분이신 하늘신(有一神). 유일신(唯一神)의 의미가 아님
	 - 하늘신과 하늘소리 → 조화로운 삶
	 - 하늘소리 : 팔음(八音), 해, 달, 별의 움직임, 세상의 모든 소리
	하늘신, 나반, 마고에 제사 : 추수 감사 제사, 연1회, 마음껏 놀다
	 - 3층 제단 마련 : 하늘, 땅, 사람
	 - 마고성을 쌓다
	자재율에 따라 살다
	 - 식량 부족 사태 : 배고픈 지소가 이웃의 식량을 훔치다
	  → 인류 최초의 집단 싸움과 살인이 일어나다
	 - 신표(천부삼인)를 주고 서로 헤어지다
	  → 황궁 : 북 천산주, 청궁 : 동 운해주,
	   백소 : 서 월식주, 흑소 : 남 성생주

기원전 8000년경 (천산주 시대)	황궁의 시대 : 황궁 씨족이 천산주로 이동 - 황궁이 자재율을 회복하다 → 둘째, 셋째 아들을 각 주로 보내다 유인의 시대 - 삼신일체(三神一體) → 하늘, 땅, 사람의 형태로 작용하시는 하늘신 - 자재율이 깨어지다 : 최소 작용의 법칙이 적용되다
기원전 7300년경 (천산주 시대)	사만의 등장 - 환족(桓族) : 환하게 밝은 하늘을 숭상하는 민족 - 연 1회 하늘신에게 제사 → 추수가 끝난 후, 새로운 한 해의 시작 사만, 샤먼 수련생으로 선발되다 - 하늘신을 만나러 천산에 오르다 - 등나무 줄기로 태양력, 태음태양력을 만들다 - 명상 수련하다 - 하늘소리의 암호 : 손가락 수 → 추상적 개념을 헤아리다 → 1년의 개념을 파악하다 - 사만의 귀향 - 돌판 달력 제작 : 태음태양력 → 농경 생활에 큰 변화

2) 환한 땅, 환국(桓國)(기원전 7197년 ~ 기원전 3897년)

환인들	주 요 사 건

1. 안파견(安巴堅)
(기원전 7197년경)
	안파견 환인
	  - 기원전 7197년 : 족장이 되다
	  - 800여 명의 환족들이 10개 마을로 나뉘어 살다
	  - 마을에 돌판 달력과 샤먼 1명 배치 : 마을별로 간단한 제사를 드리다
	  - 기도문 만들다 : 〈하늘님께 드리는 기도(천부경)〉
	  - 하루 두 번(아침, 저녁) 기도를 바치다
	  - 다섯 가지 규범을 만들다 : 오훈
	  - 흩어진 씨족에게 샤먼들 파견 : 9황 64민 → 9환 12환국
	  - 사만을 안파견 환인이라 부르다
	무리 사회 단계

2. 혁서(赫胥)	
3. 고시리(古是利)	
4. 주우양(朱于襄)	
5. 석제임(釋提壬)	

6. 구을리(邱乙利)
(기원전 5000년경)
	2,000여 명의 환족들
	  - 삼백(三伯) 제도 시행 : 풍백, 우사, 운사
	  - 오가(五加) 제도 시행 : 우가, 마가, 저가, 양가, 구가
	  - 서자부(庶子部) 설치 : 교육 기관, 대인(大人)

7. 지위리(智爲利)
(기원전 4000년경)
	인구가 늘어나 식량 부족 사태가 발생 : 30개 마을 3,000명
	  → 넓은 땅으로 이전하여야 할 필요성
	  - 서자부의 거발환으로 하여금 백산흑수의 땅으로 환족을 이끌게 하다
	  - 재세이화 홍익인간(在世理化 弘益人間)의 통치 이념을 전수하다
	  - 반고가 헤어지기를 원하여 먼저 이동하다
	  - 거발환은 삼위태백의 동쪽, 백산흑수 지역으로 떠나다

3) 밝은 땅, 배달국(倍達國)(기원전 3897년 ~ 기원전 2333년)

환웅들	주 요 사 건	등장 인물
제1세 거발환(居發桓) (전3897~전3804)	- 흑수백산 사이에 자리 잡다(사얀산맥과 바이칼호 남쪽) → 신시(神市),, 신단수(神檀樹) - '재세이화 홍익인간'을 국시로 하다 - 팔훈 제정 - 무여율법(無餘律法) : 인류 최초의 강제 법령, 환부를 두다 - 오가를 중앙 조직인 오사(五事) 제도로 변경 　* 우가-주곡(主穀), 마가-주명(主命), 저가-주병 (主病), 양가-주선악(主善惡), 구가-주형 (主刑) - 마을 사회 단계 - 〈하늘님이 하신 말씀(삼일신고)〉 　* 하늘, 하늘신, 하늘 궁전, 세상 창조, 하늘 궁전에 들어가기 　* 하늘궁전 개념의 도입 - 녹도문을 만들다 : 신지 혁덕 - 웅족과 결합하다(웅족 : 신시 남동쪽) 　* 〈하늘님께 드리는 기도〉, 〈하늘님이 하신 말씀〉을 외다 　* 웅족 개혁단 : 하늘신팀, 돌판 달력팀 　* 거발환 환웅과 웅족 여왕의 결혼 　* 단허(檀墟) : 웅족의 수도. 홍산 문화의 우하량 유적지	- 반고, 공공, 유소, 유묘, 유수 - 신지 혁덕 - 호족 여왕 - 웅족 여왕
제2세 거불리(居佛理) (전3804~전3718)		
제3세 우야고(右耶古) (전3718~전3619)		
제4세 모사라(慕士羅) (전3619~전3512)		
제5세 태우의(太虞儀) (전3512~전3419)	기원전 3450년경 : 방아 출생 - 5세 태우의 환웅의 열두 아들 중 막내 아들로 태어남	우사 방아 (태호 복희) 발귀리 선인
제6세 다의발(多儀發) (전3419~전3321)		

환웅들	주 요 사 건	등장 인물
제7세 거련(居連) (전3321~전3240)	기원전 3450-기원전 3250년경 : 우사 방아 (태호 복희) - 24절기의 창안 - 발귀리 선인의 송가 - 환국 안파견 환인의 음양 이론을 깨닫다 - 천하에서 하도를 얻다 → 거발환 환웅의 기화수토 : 우주 창조론 → 우사 방아의 목화수토 : 생명 탄생론 - 음양 이론을 확대하여 팔괘를 만들다 : 복 희 팔괘 - 하늘님의 하늘소리를 미리 알 수 있는 방법 을 찾아내다 → 점을 치다 - 다른 무리들에게 전파하다 : 진(陳)국 → 재세이화 홍익인간(在世理化 弘益人間)	수인, 유소
제8세 안부련(安夫連) (전3240~전3167)	기원전 3240년경 : - 소전의 아들 석년, 열산으로 가다 → 신농국 : 재세이화 홍익인간을 실천 - 고을 나라	소전, 고시 예 석년(신농) 욱(공손씨 선 조)
제9세 양운(養雲) (전3167~전3071)	기원전 3100년-기원전 2700년경 : 청동기 문 명의 탄생	
제10세 갈고(葛古) (전3071~2971)		
제11세 거야발(居耶發) (전2971~전2879)		
제12세 주무신(州武愼) (전2879~전2774)		
제13세 사와라(斯瓦羅) (전2774~전2707)	기원전 2770년경 : 사와라 환웅, 비서갑의 웅 심국 방문 - 웅족 개혁단 --- 하늘신팀, 하늘소리팀 - 욱의 후손 공손씨가 부정한 짓을 하여 헌구 로 귀양 보내다 - 공손씨의 후예 공손 헌원 → 유웅국 기원전 2749년 : 자오지(慈烏支)가 태어나다	려 공손씨 공손 헌원

환웅들	주 요 사 건	등장 인물
제14세 자오지(慈烏支) (전2707~전2598)	자오지 환웅의 시대 - 유망과 전쟁 여부를 정하기 위해 점을 치다 - 자부 선인의《삼황내문경》: 천황, 지황, 인황 - 신농국 유망을 정벌하다 → 청동제 무기와 　오방진 기원전 2698년 : 신농국 멸망 - 공손 헌원의 야심과 배반 - 탁록대전 : 공손 헌원을 무장해제시켜 헌구 　로 보내다 - 유웅국 : 공손 헌원의 뒤를 이어 소호 금천 　이 왕이 되다 - 단웅국 : 유망의 아들 괴를 왕으로 하다 - 배달국 : 대릉하 유역 청구로 수도를 옮기다 　* 청구국 자부 선인의 칠회제신력 : 일월수화목금토	유망 공손 헌원 (황제 헌원) 자부 선인 소호 금천 (청양) 전욱 고양 제곡 고신 제괴, 제망, 제 성, 태제, 홍제 왕검
제15세 치액특(蚩額特) (전2598~전2509)	민간이 주도한 음양오행 이론 - 색, 방위, 계절 등 대부분을 5요소(수화목 　금토)로 대체 - 5요소가 오행(五行)으로 발전 → 오행의 상 　생 이론 음양오행 → 오운육기 → 간지법(干支法)으로 진화 - 점을 쳐서 언제 어떤 일이 일어날 것인지 　알아보다 　* 간지법으로 '언제'의 날짜를 특정하다 28수와 배달국의 천체 관측 - 봄 철 밤하늘 : 추분점(청룡 : 각항저방심미기) - 여름철 밤하늘 : 동지점(현무 : 두우여허위실벽) - 가을철 밤하늘 : 춘분점(백호 : 규루위묘필자삼) - 겨울철 밤하늘 : 하지점(주작 : 정귀류성장익진) 오행이 하늘로 올라가다 - 해(양) - 수성(음), 금성(음), 화성(양), 목성 　(양), 토성	
제16세 축다리(祝多利) (전2509~전2453)	기원전 2500년경 : 청구에서 단허로 옮기다 → 단국(檀國) 배달국의 제후국들 : 웅심국, 단웅국, 유웅국 (황제) - 창힐, 대요, 축융, 소호 → 청제, 흑제, 백제, 적제	

환웅들	주요 사건	등장 인물
제17세 혁다세(赫多世) (전2453~전2381)	방훈(요)의 반역 - 전2401 : 방훈 출생 → 제곡 고신 아들, 지의 이복 동생	
제18세 거불단(居弗檀) (전2381~전2333)	- 전2382 : 제곡 고신으로부터 도(陶)에 봉함을 받다 - 전2366 : 제곡 고신 사망, 지가 단웅국 왕으로 즉위 → 제지(帝摯) - 전2357 : 방훈(요)이 제지를 찬탈 　　　　　 → 국호 당(唐), 수도 평양(平陽) - 구주 설치 : 예주, 기주, 연주, 청주, 서주, 양주(揚州), 형주, 양주(梁州), 옹주 - 5토(中)에서 사방 지배 → 중화사상의 기원 - 희씨와 화씨 : 음력으로 개력 단군 왕검의 등장 - 전2370 : 왕검 출생(거불단 환웅과 단웅국 홍제의 딸) - 전2357 : 단웅국의 비왕이 되다 - 전2340 : 비서갑의 웅심국을 순시하다 　왕검 태자, 웅심국 하백의 딸과 결혼하여 아들 부루(扶婁)를 얻다 방훈(요)의 단웅국 급습 - 전2334 : 단웅국 홍제가 전사하다 - 전2333 : 거불단 환웅, 천부인을 왕검에게 인계하고 사망하다	제지, 방훈(요) 홍제 부루

4) 아침의 땅, 아사달(朝鮮)(기원전 2333년 ~ 기원전 232년)

단군들	주 요 사 건	등장 인물

제1세 왕검(王儉)
(전2333~전2241)
	전2333 : 왕검이 거불단으로부터 천부인 인수
	* 800명의 재세핵랑
	* 배달국과 단웅국, 웅심국 통합
	* 구환족 전체 화백회의, 천부단을 쌓다
	* 아사달을 삼한(신한, 번한, 말한)으로 나누어
	  다스리다 → 삼한관경제
	* 삼한의 비왕(수도)
	  → 진한 : 부루(아사달), 번한 : 치두남(험독),
	    말한 : 웅백다(백아강)
	* 8조 천범을 공포하고 신시와 해시를 열다
	전2324년 : 방훈(요)을 처단하다
	* 방훈(요)의 반역 행위
	  1. 유웅국 왕 제지를 죽이고 왕위 찬탈
	  2. 단군의 윤허 없이 9주 설치
	  3. 5토(중)의 허위 오행설
	  4. 칠회제신력을 폐지하고 음력을 사용
	  5. 하늘신께 제사를 드림으로써 단군 참칭
	* 당을 제후국으로 강등, 장당경 설치
	* 중화(순)가 감독관으로서 당을 감시하다
	전2314 : 중화(순)가 방훈(요)의 꾐에 넘어가다
	전2311-2301 : 요중 12성 축조 완료
	전2294 : 중화(순)가 방훈(요)의 당나라 섭정이 되다
	전2288 : 양자강 유역 대홍수 발생
	전2284 : 아사달 우수하의 홍수 발생
	* 중화(순)가 방훈(요)을 유폐시키다
	* 중화(순)의 반란 : 나라 이름을 바꾸다
	  당(唐) → 우(虞)
	* 곤의 양자강 치수 실패
	* 중화(순)가 문명(우)에게 양자강 치수를 맡기다
	* 문명(우) : 낙수에서 창수사자로부터 낙서를 얻다
	* 자허 선인 : 문명(우)에게 낙서의 상극 작용 설명
	전2267 : 태자 부루, 도산에서 문명에게 치수법
	을 전하다
	* 유주에 고죽국을 봉하다
	* 문명, 홍범구주의 오행치수법으로 홍수를 막다
	전2267-전2247 : 문명, 《산해경》을 편찬하다
	전2241 : 단군 왕검 붕어
		부루
		팽우, 성조,
		신지, 기성,
		나을, 희, 우
		치두남,
		웅백다
		방훈(요)
		유호, 유상
		중화(순),
		단주
		공공, 환두
		아황, 여영
		곤
		문명(우)
		자허 선인

단군들	주 요 사 건	등장 인물
제2세 부루(扶婁) (전2240~전2183)	전2240 : 단군 부루 즉위 전2240-전2224 : 유상, 문명(우)과 중화(순)의 전쟁 * 문명(우), 중화(순)를 처단하다 전2239 : 단군 부루, 대련과 소련에게 나라 다스 리는 방도를 묻다 → 군사부(君師父) 일체 전2238 : 도량형 통일 → 먹짐단줌(결부속파)법 전2231 : 정전법 시행 전2224 : 중화(순) 사망. 문명(우)이 하나라를 세 우다 전2198 : 문명(우) 사망 전2197 : 계가 하나라의 왕이 되다 * 계의 반란 * 유상과 계의 전쟁 : 유상이 계를 포기하다 전2183 : 단군 부루 붕어 : 부루단지	소련, 대련 백익, 계
제3세 가륵(嘉勒) (전2182~전2138)	전2182 : 3세 단군 가륵 즉위 - 신왕종전(神王倧佺)의 도, 중일(中一)의 도 - 삼랑 을보륵 : 가림다 문자를 만들다 전2180 : 신지 고글이 배달유기(倍達留記)를 편찬 하다 - 열양 욕살 삭정 : 흉노의 스승이 되다	삼랑 을보륵 신지 고글 삭정
제4세 오사구(烏斯丘) (전2137~전2100)	전2137 : 4세 단군 오사구 즉위 * 단군의 아우 오사달을 몽골의 한으로 봉하다 전2120~전2100년 무렵 : 하나라의 난 평정 (예, 한착 등)	예, 한착 오사달, 식달
제5세 구을(丘乙) (전2099~전2084)	전2099 : 5세 단군 구을 즉위(계가 출신)	
제6세 달문(達門) (전2083~전2048)	전2083 : 6세 단군 달문 즉위(우가 출신) * 상춘 구월산에서 삼신께 제사 : 신지 발리의 〈서효사〉	신지 발리
제7세 한율(翰栗) (전2047~전1994)		
제8세 우서한(于西翰) (전1993~전1986)		

단군들	주 요 사 건	등장 인물
제9세 아술(阿述) (전1985~전1951)		
제10세 노을(魯乙) (전1950~전1892)	감성(監星) 설치 : 천체 관측 업무를 하는 관청	
제11세 도해(道奚) (전1891~전1835)	유위자 선인 : 국자랑의 사부, 신교를 학문적으로 집대성(환국 시대 자부 선인 : 신교를 이론적으로 체계화하다) * 전(佺)의 도를 설파하다 단군 도해 : 염표문(念標文)을 지어 공포하다 국선소도 12곳 설치 경당 : 국자랑 교육 → 충(忠) 효(孝) 신(信) 용(勇) 인(仁) 글읽기, 활쏘기, 말타기, 예절, 노래, 음악, 격투기, 검술 하나라에 선인 20명 파견, 가르침을 주다 하나라 제12대 왕 제근이 사신을 보내 방물을 바치다 대시전(大始殿) 건립 : 배달국 거발환 환웅을 모시다	유위자 선인
제12세 아한(阿漢) (전1834~전1783)	요하 왼쪽에 역대 아사달 단군들의 명호를 새긴 순수관경비를 세우다(요하는 영정하)	
제13세 흘달(屹達) (전1782~전1722)	유시국 말희 → 주지육림(酒池肉林)의 기원 하나라의 이계, 천을의 반역으로 아사달에 원병을 청하다 단군 흘달이 신지 우량 등을 보내 하나라의 이계를 치다 전1766 : 천을(탕), 상(商)나라를 건국하다 전1734 : 오성(五星)이 루자리에 결집하다(五星聚婁) * 오성 결집은 오행 결집 → 아사달의 번성 예언	이계, 말희, 관용봉, 천을, 위, 고, 곤오, 이윤, 말량, 신지 우량, 치운출
제14세 고불(古弗) (전1721~전1662)	자모전(화폐) 주조 아사달의 총 인구 조사 : 1억 8,000만 명	
제15세 대음(代音) (전1661~전1611)	상나라 7세 왕 소갑, 9세 왕 태무 : 번한에 조공 우루 사람 20가(家) 4,000여 명 투항	

단군들	주요 사 건	등장 인물
제16세 위나(尉那) (전1610~전1553)	탐모라(오늘날의 제주도)가 마한에 조공 병법가 신우천 : 새로운 병서 지어 바치다	
제17세 여을(余乙) (전1552~전1485)	상나라 11세 왕 외임 : 마한 천제 때 사신을 보내 돕다 상나라 12세 왕 하단갑 : 번한에 조공	
제18세 동엄(冬奄) (전1484~전1436)	전1480 : 고수노가 국사(國史) 18권 편찬 　(3세 단군 가륵 시절 신지 고글이 배달유기(倍達 留記)를 편찬한 이후 두 번째 역사서)	
제19세 구모소(緱牟蘇) (전1435~전1381)	패엽전, 한지, 칡옷 송화강변에 조선소 건립	
제20세 고홀(固笏) (전1380~전1338)	상나라가 조공, 북흉노의 반란을 진압 영고탑을 개축하고 이궁(離宮)을 짓다 번한 비왕(우현왕) : 20여 년간 공석(전1351~전 1334)	
제21세 소태(蘇台) (전1337~전1286)	전1337 : 상나라 21세 왕 소을, 축하 사절과 조공 전1333 : 우사 소정을 번한 비왕(우현왕)으로 봉하다 전1291 : 상나라 22세 왕 무정 : 귀방, 삭도, 영지 침공 　* 해성 욕살 서우여 : 자객을 보내 우현왕 소정 살해 전1287 : 개사원 욕살 고등을 우현왕으로 봉하다 　* 해성 욕살 서우여를 아사달 섭정으로 봉하다 전1286 : 고등 사망, 손자 색불루가 우현왕이 되다 　* 색불루의 쿠데타 : 부여에서 즉위하고 단군이 　라 칭하다 - 마한 비왕 아라사가 개천령에게 전사하다 전1285 : 단군 소태, 색불루에게 선양하고 평민으 로 돌아가다	개사원 욕살 고등 해성 욕살 서우여 우사 소정 색불루, 여원흥, 개천령 좌현왕 아라사
제22세 색불루(索弗婁) (전1285~전1238)	색불루 : 서우여를 우현왕으로 봉하다 　(색불루와 서우여의 밀약) 수도를 옮기다 : 송화강아사달 → 백악산아사달 (장춘) 한〈삼한관경제〉 → 진〈삼조선관경제〉 상나라를 침략 : 회대 지역으로 백성들을 이주시 키다 삼조선에 8조 금법 시행	

단군들	주 요 사 건	등장 인물
제23세 아홀(阿忽) (전1237~전1162)	숙부 고불가에게 낙랑홀을 다스리게 하다 전1236 : 회대 지역에 엄(淹), 서(徐), 회(淮)국을 세 우다	고불가 웅갈손
제24세 연나(延那) (전1161~전1151)		

제25세 솔나(率那)
(전1150~전1063)
	전1122 : 주나라의 반역으로 상나라가 망하다
	  * 번조선 왕 임나와 마조선 왕 아도가 관경을
	    수호하다
	전1120 : 상나라 자서여와 군사 5,000명 번한에
	망명 → 수유국(번조선의 제후국)
	삼랑 홍운성 : 영신과 직신의 차이(상소도에서 강론)
		자서여
		홍운성

제26세 추로(鄒魯) (전1062~전998)	상나라 4세 소왕(昭王) 하(瑕)가 번조선 왕 을나에 게 사신을 보내 조공	

제27세 두밀(豆密)
(전997~전972)
	수밀이국, 양운국, 구다천국이 방물을 바치다
	서국(徐國) 언왕(偃王) → 주나라의 36개의 군(郡)
	을 차지
	  * 725년간 존속(기원전 1236-기원전 512)
	  * 오 합려에게 멸망	

제28세 해모(奚牟) (전971~전944)	북쪽의 빙해(氷海) 지역에 자리 잡은 여러 제후들 이 사신을 보내 조공	
제29세 마휴(麻休) (전943~전910)	주의 6세 공왕(共王)이 단군 마휴에게 사람을 보 내 공물을 바치다	

제30세 내휴(柰休)
(전909~전875)
	흉노가 찾아와 조공을 바치다
	형제가 온 누리에 퍼지다
	  * 번조선 왕 누사(婁沙) ; 진조선 태자 등올(登屼)
	    과 소자 등리(登里)와 함께 태자 형제를 위하
	    여 부른 노래
	엄독홀에서 산동, 회대 지역 제후국 열병과 격려
		누사, 등올,
		등리

제31세 등올(登屼) (전874~전850)		
제32세 추밀(鄒密) (전849~전820)	전842 : 44세 번조선 왕 이벌(伊伐)이 상장 고력 합(高力合)을 보내 회국(淮國)의 군대와 함께 주나 라를 정벌	상장 고력합

단군들	주요 사건	등장 인물
제33세 감물(甘勿) (전819~전796)	영고탑 밖의 감물산 밑에 삼성사(三聖祠)를 짓고 제를 올리다 삼성에 서고문을 바치다(세 분 성조에게 맹세하는 글)	
제34세 오루문(奧婁門) (전795~전773)	태평성대를 노래하는 〈도리가〉가 백성들 사이에 퍼지다	
제35세 사벌(沙伐) (전772~전705)	전770 : 동주(東周) 시대 시작 전753 : 주나라 13세 평왕 의구가 마조선에 사신을 보내 비왕 사우(斯虞)에게 신년 하례 전723 : 바다 건너 삼도(三島, 일본열도)의 도적 평정 * 언파불합을 구주 남쪽의 협야에 제후로 봉함 전707 : 주의 제후국 제(齊)가 번조선의 제후국인 래국(萊國)을 침략하여 병탄 * 장군 조을을 보내 래국을 구하다	장군 조을, 언파불합
제36세 매륵(買勒) (전704~전647)	전667 : 협야후 배반명이 다시 삼도를 정벌 * 마조선 비왕 궁홀이 협야후를 삼도로 보내다 * 배반명 아우 반여언 : 일본의 시조 신무천황이 되다 전665 : 제나라의 환공(桓公)이 영지국과 고죽국을 정벌 전651 : 고죽국과 수유국은 재침략한 제나라에 멸망	협야후 배반명, 반여언
제37세 마물(麻勿) (전646~전591)		
제38세 다물(多勿) (전590~전546)		
제39세 두홀(豆忽) (전545~전510)		
제40세 달음(達音) (전509~전492)		
제41세 음차(音次) (전491~전472)		
제42세 을우지(乙于支) (전471~전462)		

단군들	주 요 사 건	등장 인물
제43세 물리(勿理) (전461~전426)	전426 : 우화충의 반란 ＊백민성 욕살 구물이 단군 물리의 명을 받아 진압하다	우화충
제44세 구물(丘勿) (전425~전397)	전425 : 44세 단군 구물 즉위 ＊수도를 옮기다 : 백악산아사달 → 장당경아사달 ＊삼조선관경제는 유지하되 외교와 병권을 삼조선이 각자 행사 ＊국호를 바꾸다 : 진조선 → 대부여 전409 : 삼조선에 감찰관 파견, 효도상, 청백리상 수여 전403 : 연나라에서 사신을 보내 새해 인사를 하다 구서지회(九誓之會)를 열다	
제45세 여루(余婁) (전396~전342)	전380 : 연나라가 진조선 변방 침략, 묘장춘이 격파 전365 : 연나라 배도가 번조선의 요서 함락 ＊번조선 왕 가색 – 우문언을 보내 막다(삼조선 연합) 전350 : 북막 추장 액니거길과 연합, 연나라 상곡 함락 전343 : 연나라와 강화 – 조양을 경계로 삼다	묘장춘, 우문언 배도, 액니거길
제46세 보을(普乙) (전341~전296)	전341 : 대부여(진조선) 46세 단군 보을 즉위 　　　　번조선 68세 비왕 해인 즉위 ＊해인이 연나라의 자객에게 암살 당하다 전340 : 해인의 아들 수한이 번조선 비왕 즉위 전339 : 연나라 배도의 번조선 재침략 ＊번조선 읍차 기후가 5,000명 군사를 데리고 오다 ＊수한 : 대부여, 마조선과 함께 연나라 문공을 치다 ＊연나라가 공자 진개를 인질로 번조선에 보내다 전323 : 기후가 70세 번조선 왕으로 즉위 전311 : 번조선 71세 왕 기욱이 진개를 돌려보내다 전296 : 기욱의 명을 받은 수유 사람 한개가 장당 　　　　경아사달을 점령하고 스스로 단군이라 　　　　칭하다 ＊상장 고열가가 한개를 처형하다	진개 한개

단군들	주 요 사 건	등장 인물
제47세 고열가(古列加) (전295~전238)	전295 : 고열가가 47세 단군으로 즉위 전290년 무렵 : 진개의 번조선 침략 　* 만번한으로 국경을 삼다 : 땅 방 이천리를 빼 　　앗기다 전285 : 연나라 등 4개 연합국이 제나라를 제압하다 전261 : 웅심산 인근에서 해모수가 태어나다 　* 해모수와 번조선 태자 기비의 밀약 전239 : 해모수가 웅심산 자락에서 기병하고 천 왕랑이라 칭하다 전238 : 해모수, 연호법 제정 및 둔전제도 시행 전238 : 단군 고열가, 퇴위하다	
〈오가 공화정〉 (전237~전232)	• 대부여(진조선) : 〈오가 공화정〉 (전237-전232) 　* 전232 : 해모수와 오가의 담판 • 번조선 : 73세 왕 기윤(전251-전233) • 마조선 : 36세 왕 맹남(전366-전238)	

5) 열국(列國) 시대(기원전 232년 ~ 668년)

북부여·고구려	주요 사건	등장인물
〈북부여〉 제1세 해모수(解慕漱) (전232~전195)	전232 : 해모수, 북부여 1세 단군 즉위 * 번조선 태자 기비를 74세 번조선 왕으로 봉하다 * 마조선을 직할령으로 함(마조선 왕 봉하지 않음) * 공양태모지법 제정 : 태아 교육 전221 : 기준을 번조선 75세 왕으로 봉하다 * 난하 상하의 운장을 지키게 하다 * 장량과 번조선 창해역사 여홍성, 진왕 정 암 　살 실패 전210 : 진시황 사망, 차남 호해가 2세 황제로 즉위 전209 : 진제국, 진승·오광의 난 * 진조선 유민들, 마한 땅 동쪽에 진한(辰韓)을 　세우다 * 번조선 유민들, 마한 당 남쪽에 변한(弁韓)을 　세우다 전202 : 유방이 재통일, 한(漢)제국을 세우다 전195 : 낙랑홀 출신 최숭이 백아강에 낙랑국을 세우다 * 연나라 위만이 번조선에 망명을 요청하다 전194 : 번조선이 위만에게 왕위를 찬탈 당하다 * 번조선 기준 왕, 마한 땅에 마한(馬韓)을 세우다	창해군, 장량 창해역사 여홍성 최숭 노관, 위만
제2세 모수리(慕漱離) (전194~전170)	전193 : 해성 강화 정책(연타발 장군 – 성책 설치) 전192 : 고진을 해성 수비 장수로 임명	연타발, 고진
제3세 고해사(高奚斯) (전169~전121)	전163 : 낙랑국 최숭이 곡식 300석을 조공으로 바치다 전128 : 남여성에서 위만 정권 군대를 무찌르다	
제4세 고우루(高于婁) (전120~전86) 〈해부루 단군(전86)〉	전118 : 우거에게 해성 북쪽 50리를 빼앗기다 전115 : 해성 회복, 구려하 동쪽 땅 회복 전109 : 한제국 효무제 유철이 번조선을 공격하다 전108 : 우거와 성기가 사망, 번조선 멸망 * 한사군 설치 : 낙랑군, 진번군, 임둔군, 현도군 전108 : 졸본의 고두막한이 스스로 즉위 → 동명왕 * 아사달 고토 회복 운동 전86 : 고두막한, 고우루에게 양위를 협박 * 태제 해부루가 고두막에게 양위하다	섭하, 양복, 순체, 위산, 공손수, 성기 참, 한음, 왕협, 노인, 역계경, 최, 장항 아란불

북부여 · 고구려	주 요 사 건	등 장 인 물
제5세 고두막(高豆莫) (전108~전60)	전86 : 고두막, 5세 단군으로 즉위 　* 해부루를 격을 낮춰 동부여 제후로 봉함(가섭 　　원부여) 전82 : 진번군와 임둔군을 멸하고 영토를 회복하다 전79 : 옥저후 고모수와 유화 사이에 고주몽 태 어나다 전70 : 태자 고무서의 딸 파소가 서보의 장수 박 원달과 결혼하다 전69 : 파소가 아들을 낳고 박혁거세라 하다 전60 : 고두막 단군 붕어 --- 졸본에 장사 지내다	불리지(고모수), 유화, 훤화, 위화 주몽, 오이, 마리, 협보, 묵거, 재사, 무골 파소, 박혁거세
제6세 고무서(高武胥) (전59~전58)	전59 : 고무서 단군 즉위 --- 졸본을 수도로 하다 전59 : 고주몽, 예씨 부인과 결혼하다 　* 주몽이 대소를 피해 오이, 마리, 협보와 함께 　　남으로 달아나다 　* 7인의 서약 : 서고문 　* 고주몽 : 단둔 고무서의 사위가 되다(소서노 　　와 결혼) 전58 : 단군 고무서 붕어하다	예씨부인, 소서노
제7세 고주몽(高朱蒙) (전57~전37, 북부여)	전57 : 고주몽, 북부여 단군으로 즉위 – 연호 다 물(多勿) 전57 : 박혁거세, 사로국(신라) 왕이 되다 전47 : 금와가 동부여의 2세 단군이 되다 전42 : 소서노가 비류, 온조와 함께 패대지역으 로 떠나다	파소, 박혁거세, 박원달, 소백손, 소벌도리 비류, 온조
〈고구려〉 제1세 고주몽 (전37~전20)	전37 : 국호를 북부여에서 고구려로 바꾸다 　* 단군 칭호 대신 황제라 칭하다 　* 아들 유리를 고구려 태자로 봉하다 　* 백성들에게 조칙을 내리다 전31 : 소서노를 어라하에 봉하다(아라하는 국 명과 칭호) 전19 : 소서노 사망, 비류가 2세 어라하가 되다 전19 : 고주몽이 붕어하다	
제2세 유리왕 (전19~후18)	전18 : 유리 태자, 고구려 2세 왕으로 즉위 전18 : 온조가 백제를 세우다 전6 : 대소가 동부여의 3세 단군이 되다 　* 전6년, 후13년 두 차례 고구려 침략 실패	

고구려	주 요 사 건	등 장 인 물
제3세 대무신왕 (18~44)	22 : 동부여의 대소를 침략하여 멸망시키다 22 : 대소의 동생이 동압록에서 갈사부여를 세우다 22 : 항복한 대소의 종제를 연나부에 왕으로 봉하다 → 연나부부여 : 474년 문자왕 때 멸망 32 : 최리의 낙랑국을 멸망시키다 42 : 가야 건국	
제4세 민중원왕 (44~48)		
제5세 모본왕 (48~53)	49년 : 한나라의 우북명, 상곡, 어양, 태원 공격 하여 수 복하다	
제6세 태조왕 (53~146)	55년 : 요서 난하 서쪽에 10개의 성을 쌓다 (안시, 석성, 건안, 건흥, 요동, 풍성, 한 성, 옥전보, 택성, 요택)	
제7세 차대왕 (146~165)		
제8세 신대왕 (165~179)		
제9세 고국천왕 (179~197)	190 : 을파소를 국상으로 등용하다. 진대법 시행 * 어린 영재들을 선인도랑으로 선발 --- 참전, 조의 * 거발환의 팔훈, 인간 366사를 《참전계경》으 로 정리	을파소
제10세 산상왕 (197~229)		
제11세 동천왕 (229~247)		
제12세 중천왕 (247~270)		
제13세 서천왕 (270~292)		
제14세 봉상왕 (292~300)		

고구려	주 요 사 건	등 장 인 물
제15세 미천왕 (300~330)	302 : 현도군을 쳐서 수복하다 313 : 낙랑군을 쳐서 수복하다 314 : 대방군을 완전히 축출하다	
제16세 고국원왕 (330~371)		
제17세 소수림왕 (371~384)		
제18세 고국양왕 (384~391)		
제19세 광개토왕 (391~412)	신라, 백제, 왜 등 남쪽 지방 공략 북쪽의 거란, 서쪽의 후연 정벌	
제20세 장수왕 (412~491)	수도를 대동강 유역 평양으로 옮김	
제21세 문자왕 (491~519)	494 : 연나부부여가 고구려에 항복 501 : 제, 노, 오, 월 복속 → 고구려 영토가 최대	
제22세 안장왕 (519~531)		
제23세 안원왕 (531~545)		
제24세 양원왕 (545~559)		
제25세 평원왕 (559~590)		
제26세 영양왕 (590~618)	598 : 수 문제(양견) 침략, 요택을 넘지 못하다 612 : 수 양제(양광)의 113만 대군으로 고구려 공략 * 을지문덕의 살수대첩(오늘날의 요하 지류) * 수 양제의 화평을 거부하고 태원, 유주까지 공격하다 - 을지문덕 장군은 평소 하늘님의 도로써 조의 선인들을 훈련시켰다	수 문제(양견) 수 양제(양광) 을지문덕

고구려	주 요 사 건	등 장 인 물
제27세 영류왕 (618~642)	618 : 당나라 건국(당 고조 이연) 천리장성을 축조하다(서북의 부여성~동남의 해성)	당고조(이연) 당태종(이세연)
제28세 보장왕 (642~668)	642 : 연개소문이 조정과 불화로 영류왕을 죽이 고 보장왕을 세우다 연개소문의 김춘추 설득 실패 (연개소문의 고구려, 백제, 신라가 연합하여 아 사달을 회복하자는 다물 정신에 김춘추가 반대 하다) 645 : 당태종의 1차 공격(30만 대군) * 당 태종 : 양만춘의 화살에 왼쪽 눈을 잃다 * 당 태종의 항복을 거부한 연개소문은 장안에 입성 * 산서성, 하북성, 산동성, 강좌를 고구려에 할양 648 : 김춘추, 나당연합을 결성하고 당 태종과 밀약을 맺다(대동강 이북은 당, 대동강 이남은 신라) 668 : 고구려가 멸망하다	연개소문, 양만춘 김춘추

〈부록3〉 오늘날까지 전해져온 상고 시대 환족의 풍습

번호	쪽수	수	내 용
1	44	8~9	오늘날 술잔을 서로 돌려가며 마시던 풍습이 여기에서 나왔다.
2	53	3	둥글게 모여 춤을 추며 늦게까지 놀았다.
3	63	하10~하8	그들은 스스로 자신들을 환한 무리라고 불렀다. 오늘날 우리가 부르는 환족(桓族)이다.
4	90	하9~하8	이것이 훗날 각 마을마다 지내는 동제(洞祭)의 기원이 되었다.
5	183	3~5	음식을 먹기 전 음식을 조금 떠서 '고시레~', 또는 '고시내!'라고 외치며 주위에 세 번 뿌렸다는 이 풍속은 1960년대까지도 우리나라에서 행해졌다.
6	253	5~7	천범에 나오는 말 중 '하늘이 무너져도 솟아날 구멍이 있다', '헌 신도 짝이 있다', '열 손가락 깨물어 안 아픈 손가락이 없다' 등은 오늘날까지도 전해져 속담으로 우리가 흔히 사용하는 표현들이다.
7	284	12~13	백성들이 머리에 맨 추모의 이 단기는 후세에 댕기머리가 되었다.
8	288	하9~하8	후세에 3년상을 치르는 풍속은 부루 단군 시절의 대련과 소련에서 비롯되었다.
9	289	10~11	군사부(君師父) 일체라는 말은 단군 부루 시절의 대련에게 그 기원을 두고 있다.
10	291	하9~하7	오늘날에도 한 줌의 흙, 볏짚 한 단, 등짐 한 짐 등의 표현이 남아 있지만 한 줌, 한 단, 한 짐 등의 부피 또는 무게를 뜻하는 것으로 변형되었다.
11	299	하5~하3	환족은 정전법과 도량형 통일로 많은 혜택을 준 단군 부루를 기억하여 집 안에 제단을 설치하고 곡식을 담은 항아리를 올려놓고 제사를 드렸는데 이를 부루단지라고 한다.
12	314	하4~하3	6세 단군 달문의 '농사는 만사의 근본'이라는 말은 후세에 길이길이 전해져 '농자천하지대본農者天下之大本'으로 널리 알려져 있다.
13	394	2~4	우리나라에서 아기가 태어나자마자 한 살로 계산하는 연령 계산법은 단군 해모수의 공양태모지법에 기원을 둔 것이다.

⟨부록4⟩ 주석

1) 환족(桓族)의 조상들

주	쪽	행	주 석
1)	23 25	2, 11, 하1	– (본문) 약 3만 년 전 어느 날, 나반(那般), 아만(阿曼) – (주) 참고문헌 2. 《환단고기(보급판)》184쪽에서 나반과 아만 이름 차용. 나반의 활동 시기를 인류가 달의 한 달 주기를 뼛조각에 기록하는 등 정신 수준이 현대인과 큰 차이가 나지 않는 3만 년 전으로 설정했다. – (주) 참고문헌 1. 《시간에 대한 거의 모든 것들》59-61쪽 : '기원전 3만 년경'
2)	36	하6 ~ 하4	– (본문) 후대의 인류는 동물 뼛조각에 새겨진 이 눈금들이 아직 확실하게 밝혀지지는 않았지만, 달(月)의 한 달 주기, 즉 월력을 표시한 것이라고 해석하기도 하였다. – (주) 참고문헌 1. 《시간에 대한 거의 모든 것들》59-61쪽
3)	39	7~8	– (본문) 그녀의 이름은 마고(麻姑)였다. – (주) 참고문헌 4. 《부도지》18쪽과 우리나라 마고 전설에서 차용
4)	43	하10	– (본문) 기원전 9000년경 – (주) 참고문헌 28. 《고조선의 오행과 역법 연구》276쪽
5)	43	하9 ~ 하8	– (본문) 그들은 네 개의 씨족 단위로 살고 있었는데 각각 황궁(皇穹) 씨족, 청궁(靑穹) 씨족, 백소(白巢) 씨족, 흑소(黑巢) 씨족이었다. – (주) 참고문헌 4. 《부도지》14쪽, 16-17쪽
6)	44	7 ~ 8	– (본문) 결혼식 날 그들은 청수(淸水)를 떠 놓고 하늘에 고한 다음 둘이서 돌려가며 마셨다. – (주) 참고문헌 2. 《환단고기(보급판)》316쪽. 인류 시원 조상의 혼례
7)	45	5 ~ 6	– (본문) 마고는 알에서 태어난 여자아이들을 자신의 딸로 삼고 각각 궁희(穹姬)와 소희(巢姬)라고 불렀는데 – (주) 참고문헌 4. 《부도지》18쪽
8)	49	8 ~ 9	– (본문) 그 재료들은 쇠(金), 돌(石), 실(絲), 대나무(竹), 바가지(匏), 흙(土), 가죽(革), 나무(木) 등이었다. – (주) 참고문헌 4. 《부도지》19쪽 3. 팔려의 음

주	쪽	행	주 석
9)	49	하13 ~ 하10	- (본문) 황궁의 후손들은 황궁이 만든 여덟 가지 자연물에서 나오는 음을 팔음(八音)이라고 불렀고 팔음에서 나오는 하늘소리를 율려(律呂)라고 불렀다. 하늘소리이며 천지본음(天地本音)인 이 율려를 형상화한 것이 바로 천부(天符), 즉 하늘의 부호다.
			- (주) 참고문헌 4.《부도지》21쪽 6. 율려(律呂)
10)	53	하1	- (본문) 이 성을 마고성이라 불렀다.
			- (주) 참고문헌 4.《부도지》15쪽 2. 마고성
11)	54	5 ~ 6	- (본문) 후대 사람들은 이를 자재율(自在律)이라 했다.
			- (주) 참고문헌 4.《부도지》36쪽 2. 자재율
12)	55	11	- (본문) 어느 날 백소 씨족 내에서 절도 사건이 일어났다.
			- (주) 참고문헌 4.《부도지》32-37쪽.《부도지》에서는 배가 고픈 지소가 오미(五味)의 난을 일으켰다고 하였으나 이 글에서는 절도 사건으로 묘사하였다.
13)	56	5	- (본문) 떠나는 사람들에게 복본(複本), 즉 근본의 회복을 향한 당부였다.
			- (주) 참고문헌 4.《부도지》38쪽
14)	57	하9 ~ 하7	- (본문) 하늘신 제단에 작별을 고한 황궁 씨족은 북쪽 천산주(天山洲)로, 청궁 씨족은 동쪽 운해주(雲海洲)로, 백소 씨족은 서쪽 월식주(月息洲)로, 흑소 씨족은 남쪽 성생주(星生洲)로 떠나갔다.
			- (주) 참고문헌 4.《부도지》45쪽
15)	58	7	- (본문) 기원전 8000년경
			- (주) 참고문헌 28.《고조선의 오행과 역법 연구》276쪽
16)	58	하11 ~ 하10	- (본문) 파내류는 '하늘'이란 우리 말의 음을 한자로 표기한 것이다(파 → 하, 내 → ㄴ, 류 → ㄹ).
			- (주) 참고문헌 7.《실증 환국사 Ⅱ》36쪽 7-10줄
17)	59	9	- (본문) 첫째 아들인 유인(有因)
			- (주) 참고문헌 4.《부도지》50쪽
18)	64	3	- (본문) 삼신일체(三神一體)
			- (주) 참고문헌 2.《환단고기(桓檀古記)》306-307쪽

2) 환한 땅, 환국(桓國)

주	쪽	행	주 석
1)	92	1 ~ 하1	– (본문) 하늘님께 드리는 기도 – (주) 참고문헌 2.《환단고기(보급판)》422쪽을 위주로 참고문헌 9. 이찬구《천부경》, 참고문헌 8. 한상연《천부경》, 참고문헌 10. 이현숙《천부경 하나부터 열까지》및 참고문헌 11, 12, 13, 14. 인터넷 천부경 관련 자료를 참고하여 본래 뜻의 범위 내에서 글 내용에 맞게 각색하였음 – (주) 참고문헌 9.《천부경》12쪽. 천제환국구전지서(天帝桓國口傳之書)
2)	92	하9 ~ 하8	– (본문) 하늘소리는 아래위로 울리고 사방으로 퍼져나가 온 누리 사람들에게 5방 7방으로 둥글게 퍼지니 – (주) 참고문헌 15.《홍익인간 7만 년 역사 Ⅰ》115쪽 7-10줄
3)	96	하11 ~ 하7	– (본문) 오훈 – (주) 참고문헌 2.《환단고기(보급판)》332쪽을 참고하여 본래 뜻의 범위 내에서 글 내용에 맞게 각색하였음.
4)	97	하1	– (본문) 남북 5만 리, 동서 2만 리 – (주) 참고문헌 2.《환단고기(보급판)》330쪽 3줄 〈단일 통치 영역이라기보다는 정신, 사상적으로 영향이 미치는 범위로 추정할 수 있다.〉
5)	100	2	– (본문) 9황 64민 – (주) 참고문헌 2.《환단고기(보급판)》324쪽 8) 9황 64민
6)	101	5~7	– (본문) 사만에게 안파견(安巴堅)이라는 이름을 붙였다. 안파견은 부(父)를 의미하는 말로서 안파(安巴)는 그 소리를 따라 '아빠'라는 의미다. – (주) 참고문헌 2.《환단고기(보급판)》181쪽 좌열 2) 안파견
7)	101	하13 ~ 하11	– (본문) 고서에서 전하는 환인은 안파견(安巴堅) 환인 지위리(智爲利) …… 등 환인 일곱 분이다. – (주) 참고문헌 2.《환단고기(보급판)》184쪽 하2-하1
8)	101	하7 ~ 하4	– (본문) 9환(桓)은 기원전 9000년경 파미르고원에 …… 남족(藍族), 적족(赤族), 백족(白足), 현족(玄族)이다. – (주) 참고문헌 15.《홍익인간 7만년 역사 Ⅰ》87-88쪽

주	쪽	행	주석
9)	101 ~ 102	하3 ~ 1	– (본문) 12환국은 9환이 모여 이룬 나라로서 비리국(卑離國) …… 수밀이국(須密爾國)이 그들이다. – (주) 참고문헌 2. 《환단고기(보급판)》 185쪽 5-7줄 – (주) 참고문헌 15. 《홍익인간 7만년 역사 Ⅰ》 92-96쪽
10)	106	8 ~ 10	– (본문) 이 교육 기관을 서자부(庶子部)라 하였는데 서자부란 여러 아이들을 모아 가르치는 일을 하는 부서다. 그리고 아이들을 가르치는 일을 하는 사람을 대인(大人)이라고 불렀다. – (주) 참고문헌 97. 네이버 블로그. 화암, 〈환국의 교육 기관, 서자부(庶子部)〉
11)	107	6 ~ 7	– (본문) 고고학자들에 의해 알려진 수메르 최초의 원주민 유적은 이라크 남부 지방에서 발견된 최초의 마을 유적이며 – (주) 참고문헌 92. 《최초의 역사 수메르》 26쪽 주 6)
12)	109	하1	– (본문) 서자부에 거발환(居發桓)이라는 대인이 있습니다. – (주) 참고문헌 2. 《환단고기(보급판)》 186쪽 3-5줄
13)	111	9	– (본문) 당시 환족 중에는 반고(盤固)라는 자가 있었다. – (주) 참고문헌 2. 《환단고기(보급판)》 186쪽 하5줄

3) 밝은 땅, 배달국(倍達國)

주	쪽	행	주 석
1)	115	하12 ~ 하10	– (본문) 흑수는 후에 천해, 천하, 또는 북해라고도 불렸던 바이칼 호수이고 백산은 흑수 인근의 높은 산들인 사얀산맥이다. – (주) 참고문헌 16.《한국 상고사 환국》144쪽
2)	118 ~ 119	하12 ~ 하1	– (본문) 거발환의〈팔훈〉 그 첫째는 성실하게 하늘님을 믿는 것이니(誠), …… 악한 감정이 크면 응함도 크며(大), 작으면 응함도 작게 되오(小). – (주) 참고문헌 2.《환단고기(보급판)》448-449쪽 – (주) 참고문헌 96. 민족사관 홈페이지,〈치화경(참전계경)〉중에서 팔훈을 선택하여 본래의 의미 범위 내에서 글 내용에 맞게 각색하였음 – (주) 참고문헌 21. 네이버 블로그,〈참전계경 팔리훈 강령 차례〉
3)	122 ~ 123	하12 ~ 2	– (본문)〈무여율법(無餘律法)〉 첫째, 사람의 행적은 항상 분명하고 가지런하게 하라. …… 죽은 후에는 그 시체를 태워 죄업이 지상에 남지 않게 하라. – (주) 참고문헌 4.《부도지》58-59쪽
4)	127 ~ 128	6 ~ 하4	– (본문)〈3관, 3방, 3문〉 세상 사람들은 제각기 하늘님으로부터 성품(性)과 목숨(命)과 정기(精)를 온전하게 받았다. …… 삼망(三妄)을 바로 잡고 삼진(三眞)으로 나아갈 때에 하늘님의 하늘소리를 듣고 실천하여 하늘궁전에 들게 된다. – (주) 참고문헌 2.《환단고기(보급판)》309-311쪽의 내용을 재해석하여 본문의 흐름에 맞추어 각색하였음
5)	129 ~ 132	하9 ~ 하9	– (본문)〈하늘님이 하신 말씀〉 환족들이여, 저 푸른 것이 하늘이 아니요 …… 그 공덕을 완수한다는 것은 이를 두고 하는 말이니라 – (주) 참고문헌 2.《환단고기(보급판)》426-429쪽의 내용을 본래의 의미 범위 내에서 글 내용에 맞게 각색하였음
6)	134 ~ 135	하1 ~ 1	– (본문) 후대의 역사가들은 신지 혁덕의 아이디어로 만들어진 글자를 녹도문(鹿圖文)이라고 불렀다. – (주) 참고문헌 2.《환단고기(보급판)》421쪽 하1줄
7)	137	11 ~ 14	– (본문) 그대들에게〈하늘님께 드리는 기도〉와〈하늘님이 하신 말씀〉등 두 가지 기도문을 알려 드릴 테니 앞으로 100일 동안 햇빛이 없는 동굴 속에서 지내며 모두 암송하고 하늘님을 알기 바라오. – (주) 참고문헌 15.《홍익인간 7만년 역사Ⅰ》146쪽 하7-하4줄

주	쪽	행	주 석
8)	137	하6 ~ 하5	– (본문) 이 명상 수련을 후대 사람들은 정해법(靜解法)이라 했다.
			– (주) 참고 문헌 2.《환단고기(보급판)》187쪽 하단 주석
9)	148	7 ~ 10	– (본문) 웅족 무리가 거주하던 중심 도시는 백산흑수 아래 신시에서 동남쪽으로 떨어진 곳에 있었는데 발해만 북쪽, 지금의 중국 요서 지역의 대릉하 유역이다. 즉 오늘날의 난하와 요하 사이 홍산 문화의 우하량 유적지 일대다.
			– (주) 참고문헌 27.《홍산문화의 인류학적 조명》319쪽 본문 및 323쪽, 324쪽 지도 참고
10)	150	하4 ~ 하3	– (본문) 이름을 방아(方牙)라고 짓고 늘 가까이에 두었다.
			– (주) 참고문헌 98. 동방의 빛 블로그, 〈17. 태호 복희〉
11)	155 ~ 156	〈도표〉	– (본문) 〈오늘날 사용되는 24절기표(입춘부터 시작)〉
			– (주) 참고문헌 99. 티스토리, 〈삼라만상〉, 24절기의 유래
12)	157	5 ~ 6	– (본문) 환족에 융화되기 전 웅족의 집단 거주지였던 대릉하(大陵河) 유역 풍산(風山) 마을을 방문한 발귀리
			– (주) 참고문헌 2.《환단고기(보급판)》418쪽 주석 발귀리, 풍산
13)	161 ~ 162	하9 ~ 하6	– (본문) 발귀리의 송가 〈만물의 큰 시원(大一)이 되는 지극한 생명이여! …… 천지의 주인인 인간의 태극(太極) 정신이로다〉
			– (주) 참고문헌 2.《환단고기(보급판)》418-419쪽
14)	167	3 ~ 5	– (본문) 이 세상 만물은 스스로 발하시는 숨결(氣)로 하늘님이 만드신 불(火), 물(水), 땅(土) 등 네 가지 요소에 의해 모두 조화를 이루며 번성하고 있다.
			– (주) 참고문헌 4.《부도지》25쪽 1줄
15)	171	하11 ~ 하10	– (본문) 우사 방아는 거발환 환웅의 하늘소리 중 기(氣) 대신에 목(木)을 넣어 목, 화, 수, 토를 생명체의 기본으로 보았다.
			– (주) 참고문헌 28.《고조선의 오행과 역법 연구》109쪽 하7-하2줄
16)	177	〈도표〉	– (본문) 〈우사 방아의 팔괘도〉
			– (주) 참고문헌 26.《음양오행으로 가는 길》306쪽

주	쪽	행	주석
17)	176 ~ 178	하2 ~ 4	– (본문) 이 효 세 개가 쌓인 ☰, ☷ 등 여덟 가지를 괘(卦)라고 하며 …… 유순하게 순응하는 것이란 의미가 있다.
			– (주) 참고문헌 100. 네이버 블로그. 무성거사, 〈8괘 : 팔괘의 방위 방향 점보기 특성 음양 사상 주역 의미〉
18)	180	9 ~ 하6	– (본문) 신시를 떠난 태호 방아는 청구와 낙랑 …… 서토(西土)에 나라를 세웠는데 이를 진(陳)국이라 이름하였다.
			– (주) 참고문헌 2. 《환단고기(보급판)》 349쪽 6-7줄 – (주) 청구 위치 : * 참고문헌 101. 문화정보(포스트), 〈대한사관의 진실〉, 산해경 – (주) 낙랑 위치 : * 참고문헌 2. 《환단고기(보급판)》 246쪽 주석 – (주) 서토 위치 : * 참고문헌 2. 《환단고기(보급판)》 348쪽 주석
19)	182	하6 ~ 하4	– (본문) 소전(小典)이라는 신하가 환웅의 명을 받고 강수(姜水) 지역에서 군사들을 조련하고 있었다. 강수는 황하 중상류 지역인 서안(西安) 부근에 있었다.
			– (주) 참고문헌 15. 《홍익인간 7만년 역사 Ⅰ》 191쪽 9줄
20)	183	6 ~ 7	– (본문) 이 고시 예의 후손인 소전에게는 웅족의 여인에게서 얻은 아들이 둘 있었는데 첫째 아들은 석년(石年)이고 둘째 아들은 욱(勗)이었다.
			– (주) 참고문헌 102. 선도문화진흥회, 〈소전씨의 아들 공손 헌원〉
21)	184	4 ~ 6	– (본문) 열산(烈山)은 서안 부근의 강수 지역에 있었으며 지금의 호북성 수주시 여산진이다.
			– (주) 참고문헌 15. 《홍익인간 7만년 역사 Ⅰ》 192쪽 2-9줄 – (주) 참고문헌 2. 《환단고기(보급판)》 350쪽 주석 '열산'
22)	184	하6 ~ 하4	– (본문) 신농국의 수도인 공상(空桑, 오늘날 하남성 진류현) 일대를 경계로 하여 동쪽을 배달국의 영토로, 서쪽을 신농국의 영토로 하였다.
			– (주) 참고문헌 2. 《환단고기(보급판)》 352쪽 주석 '공상'
23)	185	하12 ~ 하10	– (본문) 기원전 3100년 ~ 기원전 2700년경 구리와 주석 등 금속류가 산동성에 있는 배달국의 갈로산(葛盧山)에서 처음 발견되었다.
			– (주) 참고문헌 103. 위키백과, 〈청동기 시대〉 – (주) 참고문헌 2. 《환단고기(보급판)》 351쪽 주석 '갈로산'

주	쪽	행	주 석
24)	186	하8	– (본문) 비서갑은 오늘날 송화강 유역의 만주 하얼빈이다.
			– (주) 참고문헌 2.《환단고기(보급판)》177쪽 주석 '비서갑'
25)	188	하7 ~ 하4	– (본문) 비서갑에서 하늘신께 드리는 최초의 천제(天祭)였다. 이때 풍백은 〈하늘님께 드리는 기도〉가 새겨진 거울을 진상하고 우사는 북에 맞추어 둥글게 춤을 추고 운사는 백 명의 군사들을 칼로 무장시켜 호위하게 하였다.
			– (주) 참고문헌 2.《환단고기(보급판)》378쪽 6-8줄
26)	189	하7 ~ 하5	– (본문) "부모를 공경하고 처자를 잘 보호하여라. 형제를 사랑하고 아끼며 노인과 어른을 잘 받들어라. 어린아이와 약한 자에게 은혜를 베풀고 뭇 백성은 서로 믿어야 하느니라."
			– (주) 참고문헌 2.《환단고기(보급판)》379쪽 3-5줄
27)	190	1 ~ 3	– (본문) 공손씨는 배달국 8세 안부련 환웅 때 섬서성 기산현 강수(姜水)에서 병사들을 조련하던 감독관 소전의 후손이다.
			– (주) 참고문헌 2.《환단고기(보급판)》379쪽 주석 '강수'
28)	190	11 ~ 12	– (본문) 이에 사와라 환웅이 노하여 공손씨를 헌구(軒丘)로 귀양보냈다. 헌구는 오늘날의 하남성 신정현이다.
			– (주) 참고문헌 2.《환단고기(보급판)》379쪽 주석 '헌구'
29)	204	10	– (본문) 탁록은 지금의 북경 인근의 하북성 탁록현이다.
			– (주) 참고문헌 2.《환단고기(보급판)》383쪽 주석 '탁록'
30)	213	6 ~ 9	– (본문) 자부 선인과 샤먼들은 7일씩 4주기, 즉 28일을 1기(期)로 하고 1년을 13기와 설날 1일을 추가하여 365일로 하였다. 이리하여 7일 1요, 1기 4요 28일, 1년 13기 52요 364일과 설날을 합한 365일의 새 달력이 완성되었다.
			– (주) 참고문헌 28.《고조선의 오행과 역법 연구》141쪽
31)	214	1 ~ 3	– (본문) 이 4년마다 하루 추가되는 날을 자부 선인과 샤먼들은 4년째의 하지 다음 날에 두기로 했다.
			– (주) 참고문헌 28.《고조선의 오행과 역법 연구》150-151쪽
32)	215	1 ~ 2	– (본문) 배달국의 14세 자오지 환웅은 치우천왕(蚩尤天王)으로 더 많이 알려져 있는데 치우란 뇌우가 크게 일어 산하가 뒤바뀐다는 뜻이다.
			– (주) 참고문헌 2.《환단고기(보급판)》190쪽 8-9줄

주	쪽	행	주석
33)	218	6 ~ 9	– (본문) 목으로 대표되는 식물들은 봄 → 여름 → 가을 → 겨울에 생(生) → 장(長) → 수(收) → 장(藏)의 4단계를 거쳐
			– (주) 참고문헌 25. 《오행은 뭘까?》 37쪽, 40쪽
34)	219	4 ~ 하8	– (본문) 이 오행의 음양들이 하늘의 해, 달, 별들의 기운을 받아 …… 육기도 각각 음양의 두 가지로 나뉘어 열두 가지가 된다.
			– (주) 참고문헌 30. 나혁진·김기승, 〈십간십이지의 기원에 관한 고찰〉 – (주) 참고문헌 31. 김경호 한의원, 〈오운(五運)과 육기(六氣) 개념, 십간, 십이지, 간지 등 주요 용어의 뜻〉 – (주) 참고문헌 104. 한국학설지 인용 색인(KCI), 김봉만·김만태, 〈『황제내경』 오운육기 학설과 명리학의 상응·대비 관련 고찰〉 – (주) 참고문헌 105. 네이버 블로그, hkpak21, 〈십간십이지〉
35)	219	하7 ~ 하2	– (본문) 배달 시대의 민간에서는 이 오운의 열 가지를 …… – (본문) 또 육기의 열두 가지는 …… 지우리(支于離)라고 했다.
			– (주) 참고문헌 2. 《환단고기(보급판)》 346쪽 5-10줄 – (주) 참고문헌 28. 《고조선의 오행과 역법 연구》 68쪽 3-8줄, 중간 도표
36)	220	하13 ~ 하11	– (본문) 그런데 유웅국을 비롯한 오늘날의 중국, 즉 화하족들은 배달국과는 달리 오운육기의 이름들을 달리 부르고 있었다.
			– (주) 참고문헌 28. 《고조선의 오행과 역법 연구》 68쪽 하7-하1줄 – (주) 참고문헌 105. 네이버 블로그, hkpak21, 〈십간십이지〉
37)	221	7 ~ 9	– (본문) 십간과 십이지의 각 글자들은 뜻이 없이 다만 몇 번째 천간, 몇 번째 지지를 뜻하는 부호일 뿐이며 우리가 흔히 알고 있는 열두 동물과도 관련이 없다.
			– (주) 참고문헌 106. 나무위키, 〈십이지〉
38)	221	하6 ~ 하4	– (본문) 그러나 십간십이지, 즉 육십간지가 해(年)를 나타내는 데에 쓰인 것은 기원전 105년 병자년 때부터다.
			– (주) 참고문헌 107. 한국학술지 인용색인, 나혁진·김기승, 〈간지기년의 형성 과정〉 – (주) 참고문헌 108. 서울과기대신문, 백제완, 〈연도별 갑자 및 띠, 육십갑자〉
39)	221 ~ 222	하1 ~ 〈도표〉	– (본문) 한자가 형성된 후 천가지지의 명칭은 다음 쪽의 표와 같다.
			– (주) 참고문헌 109. 시니어매일, 김종기, 〈천간과 지지〉

주	쪽	행	주 석
40)	222	1 ~ 4	– (본문) 화하족(중국)이 사용했던 고갑자 명칭은 조선 현종 15년(1674년) 당시 기록된 천관서(天官書)에 "숭정(崇禎) 알봉(閼逢) 섭제격(攝提格) 맹하(孟夏)일에 은진(恩津) 송시열(宋時烈)이 기록하다"라고 실제로 사용된 기록이 있다.
			– (주) 참고문헌 28.《고조선의 오행과 역법 연구》69쪽 주 77)
41)	224	하14 ~ 하3	– (본문) 그러나 별들은 낮에는 보이지 않고 밤에만 보이므로 …… 이것이 바로 28수다.
			– (주) 참고문헌 34.〈28수에 대한 고찰〉168-171쪽. 171쪽 그림2. 계절과 28수의 방위를 그림으로 정리한 것. – (주) 참고 문헌 26.《음약오행으로 가는 길》, 108-112쪽
42)	227	하5	– (본문) 일수일산 각위일국(一水一山各爲一國)
			– (주) 참고문헌 2.《환단고기(보급판)》316쪽 아래 박스 안 2줄
43)	229	1 ~ 3	– (본문) 제곡 고신은 네 명의 비로부터 네 명의 아들이 있었는데 후직(后稷), 설(卨), 방훈(放勳), 지(摯)가 그들이다. 이들 중 가장 나이가 많은 지가 제곡 고신을 이었으므로 제지(帝摯)라고 부른다.
			– (주) 참고문헌 35.《신주사기(史記) ① 오제본기》201-214쪽
44)	231	1 ~ 2	– (본문) 이름을 당(唐)이라 하고 수도를 평양(平陽)으로 옮겼다. 평양은 산서성 양분현에 있는 도사(陶寺) 유적지다.
			– (주) 참고 문헌 28.《고조선의 오행과 역법 연구》32쪽 10-11줄 – (주) 참고문헌 110. 서울신문, 이덕일, 〈이덕일의 새롭게 보는 역사〉
45)	232	6 ~ 9	– (본문) 방훈은 이 5방위를 잘못 해석하여 가운데의 5토(中)가 주위의 1수(北), 2화(南), 3목(東), 4금(西)을 지배한다고 보았다. …… 그러나 5토(中)는 교차점일 뿐 중앙점이 되는 것은 아니었다.
			– (주) 참고문헌 28.《고조선의 오행과 역법 연구》160쪽 10-12줄
46)	233	8 ~ 11	– (본문) 배달국 당시의 임금의 순서는 천제(天帝), 천왕(天王), 천군(天君)이며 그 아래의 제후국들은 작위명 앞에 천(天)자를 붙여 순서대로 천공(天公), 천후(天侯), 천백(天伯), 천자(天子), 천남(天南)이라 불렀다.
			– (주) 참고문헌 15.《홍익인간 7만년 역사 Ⅰ》424쪽 8-11줄
47)	234	하13	– (본문) 희씨(羲氏)와 화씨(和氏)
			– (주) 참고문헌 26.《음양오행으로 가는 길》27-29쪽

4) 아침의 땅, 아사달(朝鮮)

주	쪽	행	주 석
1)	246 ~ 247	하5 ~ 2	– (본문) 팽우(彭虞)에게는 토지를 개간하여 …… 우(尤)에게는 병마를 맡겼다. – (주) 참고문헌 2.《환단고기(보급판)》213쪽 하6-히3줄
2)	248 ~ 249	하1 ~ 2	– (본문) 한은 '하나', '크다' 또는 '왕'이란 뜻을 가진 순 우리말인데 후에 한자어 한(韓)으로 표기하였다. – (주) 참고문헌 36.《조선상고사》96쪽
3)	249	8 ~ 9	– (본문) 신한의 '신'은 으뜸, 우두머리, 또는 크다(大)라는 의미 – (주) 참고문헌 36.《조선상고사》93쪽 3줄, 12줄
4)	251	8 ~ 9	– (본문) 수도를 험독(險瀆)으로 하였다. 험독은 중국의 산해관이다. – (주) 참고문헌 112. 참한 역사신문, 조홍근, 〈상고대 한국의 수도〉
5)	252 ~ 253	1 ~ 2	– (본문) 8조 천범 　첫째, 하늘의 법도는 오직 하나요 …… 복록이 무궁하리라. – (주) 참고문헌 2.《환단고기(보급판)》211-213쪽 – (주) 참고문헌 15.《홍익인간 7만년 역사 Ⅰ》253-255쪽
6)	253	하10 ~ 하9	– (본문) 배달국 수도에서 행해지던 시장 이름을 따서 이를 신시(神市)라고 하였다. – (주) 참고문헌 4.《부도지》83쪽
7)	253 ~ 254	하2 ~ 1	– (본문) 발해만과 황해 주위의 번한과 마한의 해안에 1,000리 간격으로 네 곳의 나루와 네 곳의 포구 등 여덟 곳에 해시(海市)를 만들고 1년에 한 번씩 시장을 열게 하였다. – (주) 참고문헌 4.《부도지》88-89쪽 2. 팔택, 3. 해시
8)	255	3 ~ 5	– (본문) 왕검은 한국의 제후국인 호국(扈國)의 유호(有扈)를 불렀다. 유호는 먼 옛날 천산 시대 유인의 후예로서 방훈이 자리 잡은 평양 당도의 남서쪽 서안의 감(甘) 땅 호(戶)현 일대에 자리 잡고 있었다. – (주) 참고문헌 28.《고조선의 오행과 역법 연구》173쪽
9)	256	6 ~ 8	– (본문) 아들들도 방훈의 반역을 잘 알고 있었으므로 왕검의 지시에 따라 중화는 환부(鰥夫)로서, 상은 권사(權士)로서 방훈을 치는 데에 유호와 동참하기로 했다. – (주) 참고문헌 15.《홍익인간 7만년 역사 Ⅰ》275쪽 5-6줄

주	쪽	행	주 석
10)	262	3 ~ 4	– (본문) 왕검은 번한 왕 치두남으로 하여금 영정하 좌우측에 12개의 성을 쌓게 하였다.
			– (주) 참고문헌 15. 《홍익인간 7만년 역사 Ⅰ》 278쪽 2-6줄, 하5-하3줄
11)	262 ~ 263	8 ~ 2	– (본문) 방훈에게는 아들 주(朱)가 있었는데 …… 백성들과 어울려 말다툼만 한다고 물리쳤다.
			– (주) 참고문헌 35. 《신주사기 ①오제본기》 241쪽
12)	263	7 ~ 8	– (본문) "중화는 듣거라. 하늘의 역수(曆數)가 네 몸에 있으니 진실로 그 중(中)을 잡아라. 사해가 곤궁하면 하늘의 녹(綠)이 영원히 끊어지리라."
			– (주) 참고문헌 28. 《고조선의 오행과 역법 연구》 72쪽
13)	264	2 ~ 3	– (본문) 기원전 2284년 아사달을 둘러싸고 흐르는 송화강의 지류인 우수하(牛首河)에서도 홍수가 발생하였다.
			– (주) 참고문헌 2. 《환단고기(보급판)》 214쪽
14)	275 ~ 276	하1 ~ 1	– (본문) 태자 부루는 시종들과 함께 천부왕인(天符王印)과 신침(神針)과 황구종(皇矩倧)을 가지고 산동 지역의 도산(塗山)으로 갔다.
			– (주) 참고문헌 15. 《홍익인간 7만년 역사 Ⅰ》 291쪽
15)	279 ~ 281	하5 ~ 8	– (본문) 홍범구주 첫째는 오행(五行)이다 …… 병, 걱정, 가난, 악함과 나약함을 내리는 것을 말한다.
			– (주) 참고문헌 15. 《홍익인간 7만년 역사 Ⅰ》 305-326쪽 요약
16)	284	11 ~ 12	– (본문) 삼한의 환족은 단군 왕검의 붕어를 슬퍼하며 모두 머리에 단기(檀旂)를 매고 추모하였다.
			– (주) 참고문헌 2. 《환단고기(보급판)》 216쪽 2줄 – (주) 참고문헌 15. 《홍익인간 7만년 역사 Ⅰ》 341쪽
17)	288	4 ~ 5	– (본문) 단군 부루는 나라 다스리는 데 자문을 구하려고 대련(大連)과 소련(小連) 형제를 불렀다.
			– (주) 참고문헌 2. 《환단고기(보급판)》 218쪽
18)	291	8 ~ 10	– (본문) 1먹은 장정의 걸음으로 사방 100보의 면적이다. 즉 1먹은 100짐이다. 또 1짐의 1/10을 1단이라 하고 1단의 1/10을 1줌이라 하기로 했다.

주	쪽	행	주석
18)	291	8 ~ 10	– (주) 참고문헌 40. 우리역사넷, 〈(3) 통일신라의 결부속파법과 10지척〉 – (주) 참고문헌 39. 코리아사이언스, 유경회, 〈'평'은 우리 전통 단위가 아닙니다〉
19)	291	하7 ~ 하6	– (본문) '먹, 짐, 단, 줌'의 면적 단위는 후대에 '결(結), 부(負), 속(束), 파(把)'법으로 명칭이 바뀌었다. – (주) 참고문헌 38. 코리아사이언스, 유경회, 〈면적을 나타내는 단위〉
20)	292	6 ~ 8	– (본문) 도량형(度量衡)의 기준이 통일된 것은 단군 부루 시절인 기원전 2238년이었고 정전법이 시행된 것은 기원전 2231년이었다. – (주) 참고문헌 41. 이형모, [역사산책] 고조선의 경제적 토대를 완성한 부루단군
21)	298 ~ 299	하9 ~ 5	– (본문) 〈어아가〉 어아어아 우리 대조신의 대은덕은 …… 우리 대조신이로세 우리 대조신이로세 – (주) 참고문헌 2. 《환단고기(보급판)》 217쪽
22)	299	하3	– (본문) 부루단지 – (주) 참고문헌 2. 《환단고기(보급판)》 219쪽
23)	300 ~ 301	8 ~ 4	– (본문) 신왕종전(神王倧佺)의 도 "신(神, 하늘신)은 삼신으로 존재하시며 …… 우주 정기가 삼한의 온 천하에 퍼지게 될 것입니다." – (주) 참고문헌 2. 《환단고기(보급판)》 220-221쪽의 내용을 참고하여 본문의 취지에 맞게 각색하였음 – (주) 논어(論語) 안연(顏淵) : 군군 신신 부부 자자(君君 臣臣 父父 子子)
24)	301	7 ~ 8	– (본문) 전계(佺戒)는 온전한 사람, 사람다운 사람이 되기 위하여 지켜야 할 계율을 말한다. – (주) 참고문헌 2. 《환단고기(보급판)》 221쪽 주석 '전계'
25)	301 ~ 302	하3 ~ 11	– (본문) 중일(中一)의 도 "천하의 큰 근본은 바로 내 마음 속의 중일(中一)의 자리에 있소. …… 친구끼리 마땅히 서로 믿음을 가져야 하는 것이오." – (주) 참고문헌 2. 《환단고기(보급판)》 387-388쪽의 내용을 참고하여 본문의 취지에 맞게 각색한 것임

주	쪽	행	주 석
26)	305	하9~하8	– (본문) '가림'은 '사물을 분명하게 가린다'는 뜻이고 '토'는 '사물의 뜻을 분명히 한다'는 것이다.
			– (주) 참고문헌 15.《홍익인간 7만년 역사 Ⅰ》380쪽
27)	305	하3~하1	– (본문) 기원전 2180년에는 신지 고글(高契)에게 명하여 거발환 환웅 이래 배달국의 역사인 배달유기(倍達留記)를 편찬하게 하였으니 바로 환족 최초의 역사서다.
			– (주) 참고문헌 2.《환단고기(보급판)》222쪽 주석 '배달유기' – (주) 참고문헌 15.《홍익인간 7만년 역사 Ⅰ》415쪽
28)	306	8~9	– (본문) 어느 날 삭정은 부(富)에 눈이 어두워 서역에서 온 저갈장필(猪鞨長畢)이라는 상인으로부터 막대한 뇌물을 받고 그의 편의를 봐주었다.
			– (주) 참고문헌 42. 만오(晩悟) 김용욱,〈弓談故事–상고시대의 편전 이야기〉
29)	307~308	하1~2	– (본문) 두지주(뮤只州)의 예읍(濊邑) 추장 소시모리(素尸毛犁)가 반란을 일으키자 단군 가륵은 예국(濊國)의 제후 여수기(余守己)로 하여금 소시모리의 목을 베게 했다.
			– (주) 참고문헌 2.《환단고기(보급판)》223쪽
30)	309~310	하4~6	– (본문) 기원전 2188년 계의 아들 태강(太康)이 3세 왕으로 하나라를 다스렸다 …… 기원전 2146년 중강의 아들 상(相)을 5세 왕으로 옹립하였다.
			– (주) 참고문헌 43.《신주사기(史記) ② 하본기》223-231쪽 – (주) 참고문헌 15.《홍익인간 7만년 역사 Ⅲ》27-34쪽
31)	312~313	1~11	– (본문) 서효사
			– (주) 참고문헌 2.《환단고기(보급판)》226-227쪽
32)	314	4~10	– (본문) 번한의 첫 수도는 험독(險瀆)인데 후에 탕지보(湯池堡) …… 번한의 이 다섯 곳 수도를 오덕지(五德地)라고도 한다.
			– (주) 참고문헌 112. 참한 역사신문, 조홍근,〈상고대 삼한의 수도3〉
33)	315	2~5	– (본문) 하늘신에 대한 이 제사에서 맹세하고 폐백을 바친 제후들은 삼한의 비왕들인 번한, 마한의 두 큰 나라와 청구, 남국, 구려, 진번, 부여, 숙신, 예, 개마, 옥저, 졸본, 비류, 고죽, 몽골, 선비, 흉노, 낙랑 등 기타 소국 스물과 하나라와 작은 읍락이 3,624곳이었다.
			– (주) 참고문헌 15.《홍익인간 7만년 역사 Ⅰ》452쪽 하2-하1줄 – (주) 참고문헌 2.《환단고기(보급판)》228쪽

주	쪽	행	주석
34)	316	1 ~ 3	– (본문) 환국 시대의 자부 선인이 황궁 이래의 신교(神敎)를 이론적으로 체계화하였다면 아사달 시대의 유위자 선인은 신교를 학문적으로 집대성한 분이다.
			– (주) 참고문헌 2. 《환단고기(보급판)》 232쪽 주석 '유위자'
35)	316 ~ 317	하4 ~ 하10	– (본문) 도(道)의 설명 "도의 큰 근원은 하늘님(三神)으로부터 나옵니다…… 사람이 땅에 우뚝 서서 하늘을 대신하는 것과 같습니다."
			– (주) 참고문헌 2. 《환단고기(보급판)》 384쪽 하3줄부터 385쪽 7줄까지의 내용을 본문의 흐름에 맞게 각색하였음.
36)	318	1 ~ 하6	– (본문) 염표문(念標文)
			– (주) 참고문헌 2. 《환단고기(보급판)》 233쪽
37)	319	하5 ~ 하4	– (본문) 단군 도해는 도와 염표문과 국선소도 등에 대한 가르침을 주기 위하여 선인 20명을 하나라에 파견하기도 했다.
			– (주) 참고문헌 2. 《환단고기(보급판)》 234쪽 4-6줄
38)	320	하4 ~ 하1	– (본문) 번한 지역 요하(遼河)에 이르러서는 요하의 왼쪽에 아사달 역대 단군들의 명호를 새긴 순수관경비(巡狩管境碑)를 세웠는데 요하는 오늘날의 북경 동쪽 지역을 지나는 영정하(永定河)다.
			– (주) 참고문헌 2. 《환단고기(보급판)》 235쪽 4-6줄
39)	321 ~ 327	3 ~ 하1	– (본문) 하나라의 멸망과 상나라 건국(소제목 항목 전체)
			– (주) 참고문헌 43. 《신주사기(史記) ② 하본기》 237-248쪽 – (주) 참고문헌 2. 《환단고기(보급판)》 236쪽 하5줄-237쪽 1줄 – (주) 참고문헌 15. 《홍익인간 7만년 역사 Ⅱ》 55-61쪽 – (주) 참고문헌 15. 《홍익인간 7만년 역사 Ⅲ》 40-43쪽 – (주) 이 문단은 위 참고 문헌들의 역사적인 내용을 본문의 취지에 맞게 재구성한 내용임
40)	323 ~ 324	하1 ~ 2	– (본문) 마지막으로 천을은 상나라 수도를 박(亳)으로 옮겼다. 박(亳)은 설의 부친 제곡 고신의 고향으로 지금의 하남성 상구현이다.
			– (주) 참고문헌 15. 《홍익인간 7만년 역사 Ⅲ》 43쪽 하4-44쪽 1줄 – (주) 참고문헌 113. 위키백과, 상나라
41)	328 ~ 330	1 ~ 2	– (본문) 오성취루(소제목 항목 전체)
			– (주) 참고문헌 45. 《하늘에 새긴 우리 역사》 27-31쪽

주	쪽	행	주 석
42)	328	3~6	– (본문) 초가을 어느 날 저녁, 해가 진 직후의 서쪽 하늘에 왼쪽부터 초승달과 함께 화성, 수성, 토성, 목성, 금성 순으로 다섯 개의 행성이 거의 일직선 형태로 한 곳에 모였다.
			– (주) 참고문헌 114. 재외동포신문, 이형모, 〈오성취루〉
43)	330~331	3~5	– (본문) 13세 단군 흘달 이래 …… 영고탑을 개축하여 이궁(離宮)을 지었다.
			– (주) 참고문헌 2.《환단고기(보급판)》238쪽 12-13줄 – (주) 참고문헌 2.《환단고기(보급판)》236-242쪽 – (주) 참고문헌 15.《홍익인간 7만년 역사 Ⅱ》58-103쪽의 내용을 요약하여 본문의 취지에 맞게 각색하였음
44)	335	8~9	– (본문) 서우여를 살수(薩水) 주위의 기수(奇首)에 섭주(攝主)로 봉하기로 하고 이를 아사달의 삼한에 전파했다.
			– (주) 참고문헌 2.《환단고기(보급판)》244쪽 6-7줄
45)	337	11~14	– (본문) 아사달의 제후국인 고죽국(孤竹國)의 태자 백이(伯夷)와 그의 동생 숙제(叔弟)는 아사달 하늘에 해가 두 개가 있을 수 없다 하여 고죽국을 버리고 동해, 즉 발해의 물가로 피하여 고사리를 캐먹고 살았다.
			– (주) 참고문헌 2.《환단고기(보급판)》244쪽 12-13줄
46)	340	3	– 진국(辰國)
			– (주) 참고문헌 2.《환단고기(보급판)》394쪽 6줄과 주석 – (주) 참고문헌 2.《환단고기(보급판)》245쪽 주석 '관제 개혁'
47)	341	9~17	– (본문) 8조의 금법
			– (주) 참고문헌 2.《환단고기(보급판)》406쪽
48)	342	11~12	– (본문) 낙랑홀은 습수(濕水) 지역에 자리 잡은 아사달의 제후국이다.
			– (주) 참고문헌 2.《환단고기(보급판)》246쪽 주석 '낙랑홀'
49)	342	하11~하8	– (본문) 장군 웅갈손(熊乫孫)을 보내 남국(藍國)과 함께 회대(淮岱) 지역을 평정하고 환족들을 이주시켜 제후국 엄(淹), 서(徐), 회(淮)를 세웠다. 엄국에는 포고(蒲古)씨를 봉하고 서국에는 영고(盈古)씨, 회국에는 방고(邦古)씨를 봉하였다.
			– (주) 참고문헌 15.《홍익인간 7만년 역사 Ⅱ》145쪽 10-13줄 – (주) 참고문헌 2.《환단고기(보급판)》247쪽 8-10줄

주	쪽	행	주석
50)	342 ~ 343	하1 ~ 3	– (본문) 상의 왕족인 자서여(子胥餘)가 군사 5,000명을 거느리고 동쪽으로 갔다는 소식을 접한 번조선 왕 임나(任那)와 마조선 왕 아도(阿道)는 관경 내 주(州)와 군(郡)을 샅샅이 수색하고 관경을 수호하였다.
			– (주) 참고문헌 2. 《환단고기(보급판)》 395쪽 8–11줄
51)	343 ~ 347	4 ~ 하4	– (본문) 상나라의 정세(소제목 항목 전체)
			– (주) 참고문헌 44. 《신주사기(史記) ③ 은본기, 주본기》 65–111쪽
			– (주) 참고문헌 15. 《홍익인간 7만년 역사 Ⅲ》 43–63쪽
			– 위 참고 문헌의 역사적인 내용을 본문의 취지에 맞게 재구성하였음.
52)	343	하9 ~ 하6	– (본문) 10세 왕 중정(仲丁)이 박에서 오(隞)로 천도한 이후 12세 왕 하단갑이 다시 상(相)으로 천도하고 13세 왕 조을(祖乙)은 형(邢)으로 천도하고 17세 왕 남경(南庚)은 엄(奄)으로 천도했으며 19세 왕 반경은 1세 왕 탕이 도읍했던 박(亳)으로 천도하였다가 다시 은(殷)으로 천도했다.
			– (주) 참고문헌 15. 《홍익인간 7만년 역사 Ⅲ》 52쪽 1–10줄
53)	344	11 ~ 12	– (본문) 이때부터 19세 왕 반경이 은으로 천도한 이후의 상(商)나라를 은(殷)나라라고 부르기도 한다.
			– (주) 참고문헌 15. 《홍익인간 7만년 역사 Ⅲ》 51쪽 하2–하1줄
54)	345	하8 ~ 하7	– (본문) 8괘가 여덟 가지 사물을 뜻하는 데에 비해 64괘는 64가지 사물의 변화, 즉 사건을 뜻한다.
			– (주) 참고문헌 48. 한국민족문화대백과사전, 64괘
55)	346	하7 ~ 하5	– (본문) 이때 모인 제후들은 용(庸), 촉(蜀), 강(羌), 무(髳), 노(纑), 팽(彭), 복(濮) 등 서쪽 지방에 사는 종족들이었다.
			– (주) 참고문헌 44. 《신주사기(史記) ③ 은본기, 주본기》 171쪽
56)	347 ~ 349	하3 ~ 하1	– (본문) 주나라의 건국(소제목 항목 전체)
			– (주) 참고문헌 44. 《신주사기(史記) ③ 은본기, 주본기》 117–229쪽
			– (주) 참고문헌 215 《홍익인간 7만년 역사 Ⅲ》 63–103쪽
			– 위 참고 문헌의 역사적인 내용을 본문의 취지에 맞게 재구성하였음.
57)	349	하6 ~ 하3	– (본문) 주나라의 분봉은 주왕실 일족이 56개국, 그렇지 않은 귀족이 70여 국 등 전체 약 130 내지 180개의 성읍 국가 제후국이 있었으므로
			– (주) 참고문헌 49. 위키백과, 주나라 봉건제도

주	쪽	행	주 석
58)	350	7 ~ 10	– (본문) 자서여는 주나라의 신하가 되기를 거절하고 식솔 5,000명을 이끌고 주 무왕을 피해 아사달 영역인 서화(西華)로 망명하였다. 서화는 고죽국 서쪽에 있는 땅으로 오늘날의 하남성 개봉(開封) 남쪽이다.
			– (주) 참고문헌 2.《환단고기(보급판)》248쪽 주석 '서화'
59)	352	3 ~ 14	– (본문) 25세 단군 솔나(率那)가 …… 영신(佞臣)과 직신(直臣)의 차이 ……온 나라 사람들이 모두 올곧았다.
			– (주) 참고문헌 2.《환단고기(보급판)》248쪽
60)	352	하5 ~ 하3	– (본문) 수밀이국은 송화강, 우수리강, 흑룡강 유역에 소재한 나라이며 양운국은 바이칼호의 서쪽에 자리잡은 나라다. 구다천국은 독로국이라고도 불렸는데 대흥안령산맥 서쪽에 위치하였다.
			– (주) 참고문헌 15.《홍익인간 7만년 역사 Ⅱ》166쪽
61)	352 ~ 353	하2 ~ 7	– (본문) 27세 단군 두밀(豆密) 시대에 …… 오(吳)나라 합려에게 망하기까지 725년 동안 존속하였다.
			– (주) 참고문헌 15.《홍익인간 7만년 역사 Ⅱ》167-168쪽
62)	353 ~ 354	하8 ~ 3	– (본문) 내휴(奈休) 시절에는 형제가(兄弟歌)가 온 나라에 퍼졌다 …… 이 간하는 말일랑 삼가 듣지 마소
			– (주) 참고문헌 2.《환단고기(보급판)》408-409쪽
63)	354	7 ~ 하5	– (본문) 또 단군 내휴(奈休)는 …… 산동, 회대 지역 제후국들에게 힘을 싣기 위함이었다.
			– (주) 참고문헌 15.《홍익인간 7만년 역사 Ⅱ》177-178쪽
64)	355 ~ 356	하10 ~ 하9	– (본문) 서고문(誓告文) 삼성(세 분의 성조)의 높고도 귀하심은 …… 하늘의 계율 널리 펴서 영세토록 법으로 삼으리
			– (주) 참고문헌 2.《환단고기(보급판)》252-253쪽
65)	356 ~ 357	하3 ~ 3	– (본문) 도리가 하늘에 아침 해 솟아 밝게 비추고 …… 즐겁고 화평하게 노래하니 늘 태평성대이로세!
			– (주) 참고문헌 2.《환단고기(보급판)》253쪽

주	쪽	행	주석
66)	357	7 ~ 9	– (본문) 주나라는 1세 무왕 이래 3세 강왕(康王) 때는 '천하가 안정되어 형벌이 40여 년간 행해지지 않았다'고 할 정도로 나라가 안정되었으나 4세 소왕(昭王) 이후 정세가 불안정해지기 시작하였다.
			– (주) 참고문헌 44.《신주사기(史記) ③ 은본기, 주본기》235쪽 박스 안
67) ~	358	하3 ~ 2	– (본문) 기원전 723년, 단군 사벌은 …… 언파불합을 구주의 남쪽 협야(挾野) 땅의 제후로 봉하였다.
			– (본문) 36세 단군 매륵(買勒) 시절이었다. …… 그 후손인 언파불합이 마조선의 장군이 되었던 것이다.
	359	8 ~ 하3	– (주) 참고문헌 2.《환단고기(보급판)》254-255쪽
			– (주) 참고문헌 15.《홍익인간 7만년 역사 Ⅱ》192-193쪽
			– (주) 참고문헌 15.《홍익인간 7만년 역사 Ⅲ》127-129쪽
			– (주) 참고문헌 51. 증산도 상생문화연구소 〈우리 역사 찾기〉
			– (주) 참고문헌 52. 〈일본천황가 시조는 단군한국의 반란자 소시모리〉
68)	362	10	– (본문) 동압록은 오늘날의 압록강이고 서압록은 오늘날의 요하다.
			– (주) 참고문헌 15.《홍익인간 7만년 역사 Ⅱ》231쪽 하2-하1줄
69)	363	5 ~ 6	– (본문) '부여 정신'
			– (주) 참고문헌 53. 네이버 블로그. 〈6. 단군 왕검의 네 아들〉
70)	363	하13, 하6	– (본문) 분조관경제(分朝菅境制)
			– (본문) 분권관경제(分權菅境制)
			– (주) 참고문헌 2.《환단고기(보급판)》258쪽 주석 '고조선 체제의 변화'
71)	364 365 ~ 368	10 하9 ~ 1	– (본문) 구서지회(九書之會)(소제목 항목 전체) "우리의 첫 번째 맹세는 이것이오 ……" "옳습니다. 따르지 않는 자는 쫓아내야 할 것입니다."
			– (주) 참고문헌 2.《환단고기(보급판)》442-446쪽
72)	371	1 ~ 3	– (본문) 당시 진국, 즉 삼조선이 말하는 요서(遼西)는 영정하의 동쪽, 난하 서쪽의 땅으로서 연나라에서 보면 요동(遼東)이다.
			– (주) 참고문헌 15.《홍익인간 7만년 역사 Ⅱ》241쪽 2-6줄
73)	371	9 ~ 11	– (본문) 기원전 350년에는 북막(北漠, 북쪽 사막 지역)의 추장 액니거길(厄尼車吉)과 연합하여 연나라 상곡(上谷)을 함락하고 성읍을 설치하였다. 상곡은 오늘날의 북경 북쪽에 위치한 하북성 회래현이다.
			– (주) 참고문헌 2.《환단고기(보급판)》260쪽(상곡은 260쪽 주석 참고)

주	쪽	행	주 석
74)	371	하7 ~ 하6	– (본문) 조양은 상곡 내에 있었으며 북경 북쪽 만리장성 부근이다.
			– (주) 참고문헌 2.《환단고기(보급판)》261쪽 주석 '조양'
75)	373	2	– (본문) 연의 자객은 벼락같이 달려들어 그의 등에 비수를 깊숙이 꽂았다.
			– (주) 참고문헌 2.《환단고기(보급판)》261쪽 주석 '해인'
76)	373	하6 ~ 하4	– (본문) 안촌홀은 번조선의 오덕지(五德地) 중 한 곳으로 지금의 하북성 개평에 있는 탕지보(蕩池堡)다. 고구려 시대 안시성이 바로 이곳이다.
			– (주) 참고문헌 15.《홍익인간 7만년 역사 II》254쪽 1-2줄
77)	373	하3 ~ 하2	– (본문) 번조선이 위기에 놓였을 때 번조선의 읍차(邑借)인 기후(箕詡)가 젊은 병사 5,000명을 이끌고 달려오니
			– (주) 참고문헌 15.《홍익인간 7만년 역사 II》254쪽 13-14줄
78)	377	1 ~ 2	– (본문) 읍차 기후가 군사들을 이끌고 궁에 침입하여 스스로 70세 번조선 왕이라고 선포하였다.
			– (주) 참고문헌 2.《환단고기(보급판)》261쪽
79)	378 ~ 379	하1 ~ 2	– (본문) 기원전 296년, 자서여의 방계 혈족인 한개는 기욱 왕의 명령을 받고 수유의 군사들을 이끌고 장당경아사달로 진격하였다. 한개는 대부여의 궁을 점령하고 스스로 단군이라 칭하였다.
			– (주) 참고문헌 2.《환단고기(보급판)》262쪽
80)	382	11 ~ 12	– (본문) 고리국(藁離國), 즉 구려국(句麗國) 출신의 해모수는 왕족은 아니었지만 야망이 있었다.
			– (주) 참고문헌 15.《홍익인간 7만년 역사 III》441쪽
81)	384	8 ~ 11	– (본문) 즉위 다음 해인 기원전 238년 …… 둔전(屯田)을 지급하여 군사 업무와 병영 생활을 겸하게 하였다.
			– (주) 참고문헌 2.《환단고기(보급판)》281쪽 2줄 및 주석

5) 열국(列國) 시대

주	쪽	행	주 석
1)	393	하2	– (본문) 공양태모지법(公養胎母之法)
			– (주) 참고문헌 2. 《환단고기(보급판)》 281쪽 7-8죽 및 주석
2)	394	하10 ~ 하9	– (본문) 당시 진나라의 인구는 일곱 나라 전체의 30%, 영토는 1/3, 국부(國富)는 60%를 차지하고 있는 매우 강력한 나라였다.
			– (주) 참고문헌 54. 위키백과, 진나라 〈천하 통일〉
3)	394	하5 ~ 하3	– (본문) 연나라는 태자 단(丹)이 검술에 뛰어난 형가(荊軻)를 고용하여 진왕 정 암살을 기도하였으나 실패하고 말았다. 이어 형가의 친구 고점리(高漸離)의 암살 기도도 실패하였다.
			– (주) 참고문헌 55. 나무위키, 형가
4)	396	4 ~ 6	– (본문) 여홍성은 창해에서 가장 힘이 센 사람이라고 인정받아 창해역사(蒼海力士)라고도 불렸다.
			– (주) 참고문헌 56. 스카이데일리, 〈암살 시도 세 번 당한 독재자 진시황제〉
5)	397	2 ~ 10	– (본문) 비석을 어루만지던 여홍성은 시를 한 수 읊었다 이곳 들판 예로부터 번한이라 불렀는데 …… 이것이 단군 왕검의 자취가 아니겠는가!
			– (주) 참고문헌 2. 《환단고기(보급판)》 235쪽
6)	398	하6 ~ 하4	– (본문) 기원전 209년 농민 진승과 오광이 반란을 일켰다. '왕후장상(王侯將相)의 씨가 따로 있느냐'라는 반란 구호는 당시 백성들의 많은 호응을 얻었다.
			– (주) 참고문헌 57. 나무위키, 진승·오광의 난
7)	404 ~ 406	하3 ~ 하6	– (본문) 북부여와 번조선 위만 정권(소제목 항목 전체)
			– 아래 참고문헌들의 내용을 근거로 본 글의 내용에 맞게 재구성하였음
			– (주) 참고문헌 2. 《환단고기(보급판)》 283-287쪽
			– (주) 참고문헌 15. 《홍익인간 7만년 역사 Ⅳ》 12-14쪽
8)	406 ~ 412	하5 ~ 10	– (본문) 번조선 우거 정권과 한제국의 전쟁(소제목 항목 전체)
			– 아래 참고문헌들의 내용을 근거로 본 글의 내용에 맞게 재구성하였음
			– (주) 참고문헌 15. 《홍익인간 7만년 역사 Ⅳ》 16-20쪽
			– (주) 참고문헌 58. 나무위키, 왕검성 전투

주	쪽	행	주 석
9)	413	10 ~ 12	- (본문) 번조선이 멸망한 기원전 108년, 북부여의 제후국인 졸본(卒本)에 고두막(高豆莫)이라는 한(汗), 즉 제후가 있어 분연히 일어나 즉위하여 스스로 동명(東明)이라 하고 의병을 일으켰다.
			- (주) 참고문헌 2.《환단고기(보급판)》288쪽
10)	413	하3 ~ 하2	- (본문) 서안평은 오늘날 난하의 최상류 지역에 위치한 소요수(小遼水)의 동쪽에 있었다.
			- (주) 참고문헌 15.《홍익인간 7만년 역사 Ⅲ》443쪽 하8-하7줄
11)	415	하14 ~ 하1	- (본문) 이리하여 단군 해부루는 …… 해부루에게는 이것이 정춘(正春), 즉 '진짜 봄'이었다.
			- (주) 참고문헌 15.《홍익인간 7만년 역사 Ⅲ》505-506쪽
12)	419	하6	- (본문) 다물흥방(多勿興邦)
			- (주) 참고문헌 59. 경기신문, 〈다물정신〉
13)	421 ~ 422	하4 ~ 하7	- (본문) 〈고천문(告天文)〉 하늘님이시여 …… 우리나라를 도우시사 우리 백성들이 오래 살게 하소서
			- (주) 참고문헌 15.《홍익인간 7만년 역사 Ⅳ》66쪽
14)	424	하5 ~ 하3	- (본문) 기원전 70년, 북부여 서보(西保)를 지키는 장수 박원달(朴元達)이 당시 북부여 태자인 고무서의 딸 파소(婆蘇)와 혼인하였다. 파소는 고무서 단군의 첫째 딸로서 소서노의 언니다.
			- (주) 참고문헌 15.《홍익인간 7만년 역사 Ⅳ》122쪽
			- (주) 참고 문헌 60. 코리아 히스토리 타임즈, 〈신라 건국의 모체 선도산 성모 파소 여왕〉
15)	426	2 ~ 12	- (본문) 파소는 고허촌장 소벌도리(蘇伐都利)를 만나러 갔다. …… 저희 선조 소백손은 진조선 왕가의 방계 혈족입니다.
			- (주) 참고 문헌 61. 위키백과, 소벌도리
16)	433 ~ 434	4 ~ 하8	- (본문) 〈고주몽의 조칙〉 하늘님이 만인을 한 모습으로 창조하고 …… 지혜와 생명을 함께 닦아 교화를 이루느니라
			- (주) 참고문헌 2.《환단고기(보급판)》459쪽
17)	435	8 ~ 11	- (본문) 기원전 31년 단군 고주몽은 소서노를 제후로 봉하고 나라 이름을 어라하(於羅瑕)라고 하였다. 어라하의 '어라'는 대(大)를 뜻하는 '엄니, 또는 아리'라는 의미이며 '하'는 족장을 가리키는 '가(加)'의 의미다.
			- (주) 참고문헌 62. 나무위키, 〈어라하〉

주	쪽	행	주석
18)	436	하7 ~ 하6	– (본문) 온조는 마한의 9세 계왕(稽王)으로부터 한강 유역의 그 땅을 사용해도 좋다는 허락을 받고 백제(百濟)를 세웠다. – (주) 참고문헌 15.《홍익인간 7만년 역사 Ⅳ》203쪽 하4-하2줄
19)	436	하3 ~ 하1	– (본문) 후대의 역사가들은 옛 번한 땅에 세웠던 소서노와 비류의 어라하국을 진번백제(陳蕃百濟)라 부르고 마한 땅에 온조가 세운 백제를 온조백제(溫祚百濟)라고 부르기도 한다. – (주) 참고문헌 15.《홍익인간 7만년 역사 Ⅳ》202쪽 – (주) 참고문헌 2.《환단고기(보급판)》502쪽 21) 백제 국호의 유래
20)	437	1 ~ 8	– (본문) 가야 건국 기원전 209년경 진한과 거의 동시에 세워진…… 521년간 존속하다가 신라에 차례로 멸망하였다. – (주) 참고문헌 15.《홍익인간 7만년 역사 Ⅳ》229-233쪽 요약
21)	437 ~ 438	9 ~ 하1	– (본문) 동부여, 그 이후(소제목 항목 전체) 기원전 59년 고주몽이 …… 아사달의 진한 땅이 모두 고구려에 귀속되었다. – (주) 참고문헌 15.《홍익인간 7만년 역사 Ⅳ》234-239쪽 요약
22)	439	하10 ~ 하8	– (본문) 49년 모본왕은 아버지 대무신왕의 남쪽 정벌에 이어 서쪽의 한나라를 공격하여 우북평(右北平), 어양(漁陽), 상곡(上谷). 태원(太原) 등을 빼앗았다. – (주) 참고문헌 15.《홍익인간 7만년 역사 Ⅳ》83쪽
23)	439	하5 ~ 하2	– (본문) 55년 6세 태조왕은 요서 지역 난하의 서쪽에 10개의 성을 쌓아 한나라에 대비하였는데 10성은 안시(安市), 석성(石城), 건안(建安), 건흥(建興), 요동(遼東), 풍성(豐城), 한성(韓城), 옥전(玉田堡), 택성(澤城), 요택(遼澤)이다. – (주) 참고문헌 29.《홍익인간 7만년 역사 Ⅳ》84쪽
24)	440	7 ~ 9	– (본문) 고국천왕의 외척인 어비류(於界留)와 좌가려(左可慮)가 반란을 일으키자 고국천왕이 이를 진압하고 혼란한 국정을 바로 잡기 위하여 천거를 받은 사람이 을파소였다. – (주) 참고문헌 932나무위키〈을파소〉
25)	440 ~ 441	하9 ~ 3	– (본문) 국상 을파소는 전국에서 나이 어린 영재들을 뽑아 …… 모두 스스로 심법을 배우고 힘써 노력하여 훗날 세울 공덕에 대비하라.” – (주) 참고문헌 14.《환단고기(보급판)》459-460쪽

주	쪽	행	주 석
26)	441	5 ~ 하9	– (본문) 조의(皀衣)는 환족의 신교 낭가(郎家) 사상으로 무장한 종교 무사단(武士團) …… 문사(文士)만을 의미하는 것으로 변형되었다.
			– (주) 참고문헌 2.《환단고기(보급판)》498쪽 주석 4) 조의선인
27)	442	2 ~ 6	– (본문) 302년, 15세 미천왕은 …… 옛 아사달의 고유 영토를 모두 회복하였다.
			– (주) 참고문헌 15.《홍익인간 7만년 역사 Ⅳ》101-103쪽
28)	443 ~ 444	3 ~ 12	– (본문) 604년에 문제 양견의 둘째 아들 양광이…… 수나라의 태원(太原)과 유주(幽州)까지 밀고 들어가 주와 현을 다스리고 백성들을 안심시켰다.
			– (주) 참고문헌 15.《홍익인간 7만년 역사 Ⅳ》169쪽 – (주) 참고문헌 89. 나무위키, 〈살수대첩〉
29)	444 ~ 445	하3 ~ 하7	– (본문) "도로써 하늘님을 섬기고 …… 천지광명의 뜻과 대이상을 지상에 성취하는 홍익인간(弘益人間)이 되는 데 있느니라."
			– (주) 참고문헌 2.《환단고기(보급판)》460쪽
30)	445	하6 ~ 하3	– (본문) 이 전쟁의 결과, 간안, 건창, 백암, 창려는 안시(安市)에 속하고, 창평, 탁성, 신창, 통도는 여기(餘紀)에 속하고, 고노, 평곡, 조양, 누성, 사구을은 상곡(上谷)에 속하고 화룡, 분주, 환주, 풍성, 압록은 임황(臨潢)에 속했다. 고구려는 강병이 100만이고 영토는 더욱 커졌다.
			– (주) 참고문헌 15.《홍익인간 7만년 역사 Ⅳ》170쪽 1-5줄
31)	447	4 ~ 하9	– (본문) "이보시오, 김공. …… 같은 환족인 우리 세 나라가 영원무궁토록 지켜나가도록 하면 어떻겠소?"
			– (주) 참고문헌 2.《환단고기(보급판)》477쪽
32)	447 ~ 448	하3 ~ 하5	– (본문) 645년, 당 태종이 수륙 양군 50만 명으로 고구려를 침략하였다. …… 668년 고구려는 나당 연합군에게 멸망하고 말았다.
			– (주) 참고문헌 90. 위키백과, 〈고구려-당 전쟁〉 – (주) 참고문헌 14.《환단고기(보급판)》477-484쪽
33)	449 ~ 450	1 ~ 10	– (본문) 대진국(소제목 항목 전체) 668년 고구려가 나당 연합군에게 멸망하자 …… 926년 거란에게 멸망당할 때까지 15세 259년 동안 존속하였다.
			– (주) 참고문헌 2.《환단고기(보급판)》508-515쪽 요약

주	쪽	행	주 석
34)	450	하9 ~ 하6	– (본문) '다물흥방(多勿興邦)'이라고 부른다. '다물'은 '다시 무르다', '되찾다', '회복하다'는 의미를 지닌 순수 우리말이고 '흥방'은 '나라를 흥하게 한다'는 뜻으로서 구체적으로는 '다시 되찾아 나라를 부흥시킨다', 즉 아사달의 고토를 회복하자는 정신이다.
			– (주) 참고문헌 91. 경기신문, 김진홍 〈다물 정신〉
35)	451	1 ~ 하7	– (본문) 고구려 22세 왕인 안장왕(519-531) 시절, …… 그 대를 을밀대라 불렀으니 금수강산의 한 명승이다
			– (주) 참고문헌 2. 《환단고기(보급판)》 495쪽 3-8줄
			– (주) 참고문헌 2. 《환단고기(보급판)》 497쪽 하6-하1줄
36)	451 ~ 453	하6 ~ 3	– (본문) 다물흥방가
			– (주) 참고문헌 2. 《환단고기(보급판)》 495쪽 하2줄-497쪽 9줄

〈부록5〉 참고문헌

1. 스튜어트 매크리티, 《시간에 대한 거의 모든 것들》, 남경태 옮김, 휴머니스트 (2010)

2. 계연수 편저, 《환단고기(桓檀古記)》, 상생출판(보급판, 2012)

3. 박제상 원저, 윤치원 편저, 《부도지(符都誌)》, 대원출판(2017)

4. 박제상 엮음, 《부도지(符都誌)》, 김봉열 옮김, 마고문화(2019)

5. 박제상 원저, 《부도지(符都誌) 이야기》, 장한결 풀이, 좋은땅(2021)

6. 전문규, 《실증 환국사 Ⅰ》, 북랩(2017)

7. 전문규, 《실증 환국사 Ⅱ》, 북랩(2017)

8. 한상연, 《천부경(天符經)》, 지식공감(2014)

9. 이찬구, 《천부경(天符經)》, 상생출판(2017)

10. 이현숙, 《천부경(天符經) 하나부터 열까지》, 지식공감(2021)

11. 한국민족문화대백과사전, 〈천부경(天符經)〉
    https://encykorea.aks.ac.kr/Article/E0055893

12. 제갈태일의 『한문화 산책』 - 천부경(天符經)의 수
    http://www.hmhtimes.com/news/articleView.html?idxno=2323

13. 이천효, 〈천부경(天符經)의 본의 해석〉
    https://scienceon.kisti.re.kr/srch/selectPORSrchArticle.do?cn=JAKO
    199611919876258&dbt=NART

14. 나종길, 〈대종교와 천부경(天符經)〉
    https://kiss.kstudy.com/Detail/Ar?key=2626886

15. 조홍근 편저 《홍익인간 7만년 역사 Ⅰ, Ⅱ, Ⅲ, Ⅳ, Ⅴ》, 글모아출판(2021). 전체 5권

16. 심백강, 《한국상고사 환국》, 바른역사(2021)

17. 심백강, 《중국은 역사상 한국의 일부였다》, 바른역사(2021)

18. 심백강, 《교과서에서 배우지 못한 우리 역사》, 바른역사(2014)

19. 심백강, 《사고전서 사료로 보는 한사군의 낙랑》, 바른역사(2014)

20. 심백강, 《잃어버린 상고사 되찾은 고조선》, 바른역사(2021)

21. 네이버 블로그, 〈참전계경 팔리훈 강령 차례〉
    https://m.blog.naver.com/PostView.naver?isHttpsRedirect=true&blo
    gId=doryeng&logNo=30087816038

22. 제레드 다이아몬드, 《총, 균, 쇠》, 김진준 옮김, 문학사상사(2009)

23. 김성태, 《음양오행》, 한길로(2022)

24. 전창선·어윤형, 《음양이 뭐지?》, 와이겔리((2021)

25. 어윤형·전창선, 《오행은 뭘까?》, 와이겔리((2022)

26. 전창선·어윤형, 《음양오행으로 가는 길》, 와이겔리((2021)

27. 이찬구, 《홍산문화의 인류학적 조명》, 개벽사(2018)

28. 이찬구, 《고조선의 오행과 역법 연구》, 한누리미디어(2021)

29. 김상일, 《부도지(符都誌) 역법과 인류세》, 동연(2021)

30. 나혁진·김기승, 〈십간십이지의 기원에 관한 고찰〉
    https://doi.org/10.21186/IPR2020.5.1.117

31. 김경호 한의원, 〈오운(五運)과 육기(六氣) 개념, 십간, 십이지, 간지 등 주요 용
    어의 뜻〉
    https://m.blog.naver.com/PostView.naver?isHttpsRedirect=true&blo
    gId=bogohero&logNo=220533115227

32. 이은희, 《칠정산내편의 연구》, 한국학술정보((2007)

33. 안영숙, 《칠정산외편의 일식과 월식 계산 방법》, 한국학술정보(2007)

34. 박영환·박경남·맹웅재, 〈28수에 대한 고찰〉
    http://koreascience.or.kr/article/JAKO200724578160671.pdf

35. 사마천(본문), 《신주사기(史記) ① 오제본기》, 한가람역사문화연구소 사
    기연구실 번역·신주(2020)

36. 신채호, 《조선상고사》, 박기봉 옮김, 비봉출판사(2019)

37. 신채호, 《조선상고문화사》, 박기봉 옮김, 비봉출판사(2020)

38. 유경회, 〈면적을 나타내는 단위〉, 계량과 생활(기술표준 2009. 2.)
    https://koreascience.kr/article/JAKO200970952047859.pdf

39. 유경회, 〈'평'은 우리 전통 단위가 아닙니다〉, 계량과 생활(기술표준

2008. 8)

http://www.koreascience.or.kr/article/JAKO200841557526543.pdf

40. 우리역사넷, 〈(3) 통일신라의 결부속파법과 10지척〉

http://contents.history.go.kr/front/nh/view.do?levelId=nh_024_
0070_0010_0010_0030

41. 이형모, [역사산책] 고조선의 경제적 토대를 완성한 부루 단군

http://www.dongponews.net/news/articleView.html?idxno=27923

42. 만오(晚悟) 김용욱, 〈弓談故事-상고시대의 편전 이야기〉

http://archerynews.net/news/view.asp?idx=250

43. 사마천(본문), 《신주사기(史記) ② 하본기》, 한가람역사문화연구소 사기
연구실 번역·신주(2020)

44. 사마천(본문), 《신주사기(史記) ③ 은본기 주본기》, 한가람역사문화연구
소 사기연구실 번역·신주(2020)

45. 박창범, 《하늘에 새긴 우리 역사》, 김영사(2004)

46. 안상현, 《우리 별자리》, 현암사(2004)

47. 이태형, 《재미있는 별자리 여행》, 김영사(1993)

48. 한국민족문화대백과사전, 64괘

https://encykorea.aks.ac.kr/Article/E0042125

49. 위키백과, 주나라 봉건제도

https://ko.wikipedia.org/wiki/%EC%A3%BC%EB%82%98%EB%9D%BC

50. 주 무왕/주나라의 성군 희발

https://m.blog.naver.com/PostView.naver?isHttpsRedirect=true&blo
gId=weddingkgm&logNo=150013856791

51. 증산도 상생문화연구소 〈우리 역사 찾기〉

https://www.jsd.re.kr/?m=bbs&bid=article3&p=2&uid=478

52. 일본천황가 시조는 단군 한국의 반란자 소시모리

http://kookminnews.bstorm.co.kr/m/view.jsp?ncd=5680

53. 네이버 블로그. 단군 왕검의 넷째 아들 부여의 부여 정신

https://m.blog.naver.com/pm2cih/221370132683

54. 위키백과, 진나라 〈천하 통일〉

　　https://ko.wikipedia.org/wiki/%EC%A7%84%EB%82%98%EB%9D%BC

55. 나무위키, 형가

　　https://namu.wiki/w/%ED%98%95%EA%B0%80

56. 스카이데일리, 〈암살 시도 세 번 당한 독재자 진시황제〉

　　https://www.skyedaily.com/news/news_spot.html?ID=67816

57. 나무위키, 진승·오광의 난

　　https://namu.wiki/w/%EC%A7%84%EC%8A%B9%C2%B7%EC%98%A4
　　%EA%B4%91%EC%9D%98%20%EB%82%9C

58. 나무위키, 왕검성 전투

　　https://namu.wiki/w/%EC%99%95%EA%B2%80%EC%84%B1%20
　　%EC%A0%84%ED%88%AC

59. 경기신문, 〈다물 정신〉

　　https://www.kgnews.co.kr/news/article.html?no=534944

60. 코리아 히스토리 타임즈, 신라 건국의 모체 선도산 성모 파소 여왕

　　http://www.koreahiti.com/news/articleView.html?idxno=3826

61. 위키백과, 소벌도리

　　https://ko.wikipedia.org/wiki/%EC%86%8C%EB%B2%8C%EB%8F%84
　　%EB%A6%AC

62. 나무위키, 〈어라하〉

　　https://namu.wiki/w/%EC%96%B4%EB%9D%BC%ED%95%98

63. 에듀윌 한국사교육연구소, 《2020 에듀윌 한국사 능력 검정 기본서》, 에듀윌
　　(2020)

64. 정호섭 외 엮음, 《한국고대사 관련 동아시아 사료의 연대기적 집성 번역문
　　(상) B.C. 2333년~642년》, 주류성출판사(2018)

65. 고려대학교 한국사연구소(박대재/허태용/김경태/류시현), 《역주 고조선 사
　　료 집성(국내편)》, 새문사(2019)

66. 고려대학교 한국사연구소(정운용/홍승현/김남중/오현수), 《역주 고조선 사
　　료 집성(중국편)》, 새문사(2019)

67. 김부식,《삼국사기》, 신호열 옮김, 동서문화사(2018)

68. 일연,《삼국유사》, 김원중 옮김, 민음사(2021)

69. 윤내현,《고조선 연구(상)》, 만권당(2019)

70. 윤내현,《고조선 연구(하)》, 만권당(2019)

71. 윤내현,《한국 고대사 신론》, 만권당(2017)

72. 리지린,《리지린의 고조선 연구》, 말(2020)

73. 임용한,《한국 고대 전쟁사 1 전쟁의 파도》, 혜안(2011)

74. 임용한,《한국 고대 전쟁사 2 사상 최대의 전쟁》, 혜안(2011)

75. 임용한,《한국 고대 전쟁사 3 부흥 운동과 후삼국》, 혜안(2012)

76. 김기섭,《21세기 한국 고대사》, 주류성(2020)

77. 신동훈,《살아 있는 한국 신화》, 한겨레출판(2020)

78. 한창건,《환국 역사문화》, 홍익출판기획(2021)

79. 전호태,《고대 한국의 신앙과 제사 의례》, UUP(울산대학교 출판부, 2004)

80. 이기동/정창건 역해,《환단고기》, 행촌(2019)

81. 이덕일,《사기, 2천년의 비밀》, 만권당(2022)

82. 한창건,《한국 상고 역사》, 홍익출판기획(2018)

83. 장철환 편저,《중국 고대사》, 북랩(2017)

84. 김현주,《토테미즘의 흔적을 찾아서》, 서강대학교 출판부(2009)

85. 박용숙,《샤먼 제국》, 소동(2021)

86. 박용숙,《샤먼 문명》, 소동(2019)

87. 양동숙,《한자 속의 중국 신화와 역사 이야기》, 주류성(2017)

88. 리펑,《중국 고대사》, 이청규 옮김, 사회평론(2019)

89. 나무위키,〈살수대첩〉

https://namu.wiki/w/%EC%82%B4%EC%88%98%EB%8C%80%EC%B2
%A9

90. 위키백과,〈고구려-당 전쟁〉

https://ko.wikipedia.orgwiki/%EA%B3%A0%EA%B5%AC%EB%A0%A4-
%EB%8B%B9_%EC%A0%84%EC%9F%81

91. 경기신문, 김진홍〈다물 정신〉

https://www.kgnews.co.kr/news/article.html?no=534944

92. 김산해, 《최초의 역사 수메르》, ㈜휴머니스트출판그룹(2021)

93. 나무위키, 〈을파소〉
https://namu.wiki/w/%EC%9D%84%ED%8C%8C%EC%86%8C

94. 한(韓)문화 타임즈, 환단고기는 신채호다
http://www.hmhtimes.com/news/articleView.html?idxno=4279

95. 뉴스톱(NEWSTOF), 이문영, 〈신채호는 환단고기는 위조라고 분명히 말했다.〉
https://www.newstof.com/news/articleView.html?idxno=1584

96. 민족사관 홈페이지, 〈치화경(참전계경)〉
http://www.aljago.com/book01_data/1_1.html

97. 네이버 블로그. 화암, 〈환국의 교육 기관, 서자부(庶子部)〉
https://m.blog.naver.com/PostView.naver?isHttpsRedirect=true&blogId=hwarm&logNo=80168584715

98. 동방의 빛 블로그, 〈17. 태호복희〉
https://m.blog.naver.com/PostView.naver?isHttpsRedirect=true&blogId=pm2cih&logNo=221351546301

99. 티스토리, 〈삼라만상〉, 24절기의 유래
https://slms.tistory.com/entry/24%EC%A0%88%EA%B8%B0%EC%9D%98-%EC%9C%A0%EB%9E%98%EC%99%80-%EB%9C%BB-%EC%95%94%EA%B8%B0%EB%B2%95

100. 네이버 블로그. 무성거사, 〈8괘 : 팔괘의 방위 방향 점보기 특성 음양 사상 주역 의미〉
https://m.blog.naver.com/PostView.naver?isHttpsRedirect=true&blogId=moosunggusa&logNo=221642068652

101. 문화정보(포스트), 〈대한사관의 진실〉, 산해경
https://m.jsd.or.kr/b/jsd708/25825

102. 선도문화 진흥회, 〈소전씨의 아들 공손 헌원〉
https://taocp.org/?act=bbs&subAct=view&bid=sunstory&page =

6&order_index=title&order_type=asc&list_style=gallery&seq=176

103. 위키백과, 〈청동기 시대〉

https://ko.wikipedia.org/wiki/%EC%B2%AD%EB%8F%99%EA%B8%B
0_%EC%8B%9C%EB%8C%80

104. 한국학설지 인용 색인(KCI), 김봉만·김만태, 〈『황제내경』 오운육기 학
설과 명리학의 상응·대비 관련 고찰〉

https://www.kci.go.kr/kciportal/ci/sereArticleSearch/
ciSereArtiView.kci?sereArticleSearchBean.artiId=ART002494267

105. 네이버 블로그, hkpak21, 〈십간십이지〉

https://m.blog.naver.com/PostView.naver?isHttpsRedirect=true&bl
ogId=hkpak21&logNo=30011736631

106. 나무위키, 〈십이지〉

https://namu.wiki/w/%EC%8B%AD%EC%9D%B4%EC%A7%80

107. 한국학술지 인용색인, 나혁진·김기승, 〈간지기년의 형성 과정〉

https://www.kci.go.kr/kciportal/ci/sereArticleSearch/
ciSereArtiView.kci?sereArticleSearchBean.artiId=ART002028118

108. 서울과기대신문, 백제완, 〈연도별 갑자 및 띠, 육십갑자〉

https://times.seoultech.ac.kr/reports/?idx=20741&category=105

109. 시니어매일, 김종기, 〈천간과 지지〉

http://www.seniormaeil.com/news/articleView.html?idxno=21009

110. 서울신문, 이덕일, 〈이덕일의 새롭게 보는 역사〉

https://www.seoul.co.kr/news/newsView.php?id=20180213026001

112. 참한 역사신문, 조홍근, 〈상고대 한국의 수도〉

http://ichn.co.kr/chamhancountry/10?page=2

113. 위키백과, 상나라

https://ko.wikipedia.org/wiki/%EC%83%81%EB%82%98%EB%9D%BC

114. 재외동포신문, 이형모, 〈오성취루〉

http://www.dongponews.net/news/articleView.html?idxno=29755

《웃ᄉ달》을 읽은 후에

기원전 2333년부터 기원전 194년까지 2,140년 공백의 시간은 텅 비어 있었던 것이 아니라 꽉 차 있었다!

텅 빈 공백의 시간! 나는 소설 《웃ᄉ달》을 쓰기 전 가졌던 의문을 해소할 수 있었다. 그 공백의 2,140년은 많은 사건들로 가득 차 있었기 때문이다.

첫째는, 단군조선(고조선)이 단일 국가가 아니라 신한, 불한, 말한의 삼한으로 구성되어 있었다는 내용인데 이는 단재 신채호의 《조선상고사》와 정사(正史)로 인정받지 못한 《환단고기》의 내용이 일치한다. 결과적으로, 단일 국가로 보았을 때 혼란스러웠던 수도의 이름. 위치, 천도 시기 등이 삼한으로 보았을 때 일목요연하게 정리가 되는 느낌이 든다.

소설 《웃ᄉ달》에 의하면, 삼국 연합의 우두머리인 신한(진한)의 수도는 송화강아사달 → 백악산아사달 → 장장경아사달로 옮겨졌고 번한은 발해만 유역의 험독, 탕지보, 한성, 안덕향, 낭야성 등 다섯 곳을 수도로 사용하였고 마한의 수도는 백아강 한 곳이었다.

송화강아사달은 오늘날 하얼빈이고 백악산아사달은 장춘, 장당경아사달은 개원이다. 번한은 영정하 좌우측에 쌓은 요중 12개 성 중 다섯

곳을 번갈아 수도로 사용하였으며 마한의 수도 백아강은 오늘날 평양
이다.

그 공백의 2,140년 동안 삼한으로 구성된 단군조선은 47명의 신한
단군과 75명의 번한 비왕, 36명의 마한 비왕들이 중국 전설 시대의 요,
순과 이어지는 하, 상(은), 주, 진, 한나라와 펼치는 많은 이야기들로 가
득 차 있었다.

둘째는, 단군조선(고조선)은 중국의 한나라에 망하지 않았다는 것이
다. 소설 《ᄋᆞᄉ달》에 의하면, 기원전 108년에 단군조선의 삼조선 중
발해만 유역에 있던 위만의 손자 우거 정권의 번조선이 한나라 효무제
때 멸망하였다.

기원전 108년 번조선이 멸망할 당시 삼한 중 만주 지역 대부분을 차
지하고 있던 북부여(진한 → 진조선 → 대부여)는 기원전 232년 1세 단군
해모수가 오가 공화정을 이어받은 이래 4세 단군 고우루가 다스리고
있었으며 마조선 지역에는 최숭의 낙랑국이 있었고 진한, 변한, 마한
등 후삼국이 태동하고 있을 때였다.

발해만 유역에 있던 번조선은 한제국의 효무제에 멸망했지만 북부여
는 5세 고두막, 6세 고무서, 7세 고주몽 단군으로 이어지다가 고주몽이
국호를 고구려로 바꾸고 다물 운동을 펼쳤다.

셋째는, 환국, 배달국, 아사달(조선)로 이어져 오는 환족의 생활이 종
교와 완전히 일치하였다는 것이다. 나반에서 고구려로 이어지는 약 3
만 년의 기간 동안 그들의 생활 자체가 종교적이었다.

소설 《ᄋᆞᄉ달》에 의하면, 3만 년 전 무렵 나반의 무리는 추상적인 개

념이 생기게 됨에 따라 주위 모든 자연 현상들에 대해 '왜?'라는 의문을 품었다. 그 대답은 모든 생명체와 자연물에 정령이 있다는 애니미즘 사상으로 나타났다.

오랜 세월이 지나 2만 년 전 무렵에는 정령들 중 가장 크고 밝은 해의 정령이 세상의 모든 자연 현상들을 통제한다고 생각하고 자연 현상에 이상이 있을 때 해의 정령을 달래기 위한 제사도 지냈다. 샤머니즘 사상이 생겨난 것이다.

기원전 1만 년 무렵부터 빙하기가 물러감에 따라 마고 시대의 환족은 농경 생활과 정착 생활을 시작했고 '우리는 같은 종족'이라는 유대 의식이 새를 환족의 조상으로 특정하고, 밝고 환한 것을 숭상하는 조상들의 가르침에 따라 새와 더불어 해의 환함도 숭상하는 토테미즘 사상이 생겨났다.

정착 생활을 하게 된 환족의 우두머리 황궁은 그들의 생활에 영향을 미치는 자연 현상들을 통제하는 해, 하늘, 하늘신에게 큰 권위를 부여하고 하늘신의 권위를 활용하여 무리를 통제하였다. 예로부터 전해오는 하늘신 전설에 따라 그들이 하늘신에게 부여한 큰 권위는 창조신의 권능이다. 황궁이 환족 무리를 통제하는 방법은 창조신인 하늘신이 전하는 하늘소리에 따라 조화롭게 살아야 한다는 것이다.

《환단고기》와 《부도지》에는 환족이 언제부터 하늘신을 믿었는지 정확한 표현은 없지만 나는 《ᄋ ᄉ달》에서 황궁 시대부터 하늘신을 믿었다고 보았다. 오래전 먼 선조 때부터 자연 현상들을 통제하는 하늘신의 개념이 있었는데 그 하늘신을 창조신으로 믿은 것이 황궁 시대부터였다고 본 것이다. 신이 있고 제사장이 있고 종교 의식(儀式)이 있는 오늘날 개념의 종교의 탄생이다. 하늘신은 창조신으로서 하늘과 땅과 사람을 창조하였다.

《환단고기》와 《부도지》에는 황궁의 창조신인 하늘신(天神)이 언제부터 삼신일체 사상으로 발전하였는지 언급이 없다. 그러나 황궁 시대부터 하늘신이 하늘, 땅, 사람을 창조하였다고 믿었으며 환국 시대의 안파견 환인이 〈하늘님께 드리는 기도(천부경)〉에서 하늘, 땅, 사람의 완전함을 설명하고 있으므로 환인보다 앞선 시대인 유인의 시대에 삼신일체 사상으로 전개되었다고 보았다.

환국 시대 안파견 환인은 정해법에 의한 환족의 수련을 장려하고 정해법 수련과 〈하늘님께 드리는 기도(천부경)〉를 통해 환족의 생활을 종교화하였다.

배달국 시대의 거발환 환웅은 〈하늘님이 하신 말씀(삼일신고)〉에서 우주 창조 원리를 설명함과 동시에 하늘궁전, 즉 천국(天國) 사상을 도입하였다. 환족이 조화롭게 살면 죽어서는 모두 하늘궁전에 들 수 있다하였으므로 환족의 종교 사상은 천신교(天神敎)로서 배달국 시대는 물론 아사달 시대, 부여 시대와 고구려 시대까지 모든 환족들이 신봉하였다.

천신교 사상과 정해법으로 몸과 마음을 수련한 젊은이들은 배달국의 재세핵랑, 아사달의 국자랑, 부여의 천왕랑, 고구려의 조의선인으로 이어지며 천신의 군대 역할을 했다. 고구려 시대의 조의선인들은 살수대첩에서 수나라 군대를 전멸시킴으로써 혁혁한 전공을 세웠다.

배달국의 우사 방아는 안파견 환인의 〈하늘님께 드리는 기도(천부경)〉와 거발환 환웅의 〈하늘님이 하신 말씀(삼일신고)〉을 더욱 발전적으로 해석하여 음양 사상과 팔괘 이론을 제창하였다. 그리고 환국 지위리 환인의 '재세이화 홍익인간'의 국시에 따라 환족뿐만 아니라 이웃 화하족, 묘족 등에게도 하늘신 사상, 농경법 및 음양 팔괘 이론을 전파하였다.

우사 방아의 하도(河圖)와 문명의 낙서(洛書)는 자부 선인의 칠회제신 력과 함께 온 천하에 퍼진 오행(五行)의 상생, 상극 작용을 통하여 환족 과 화하족의 전 민간에 오행 사상이 깊게 뿌리 내리게 하였다.

민간에 깊숙이 뿌리 박은 음양오행은 우사 방아 본연의 가르침과는 달리 민간의 백성들이 거의 모든 일의 향후 진행 결과가 어떠할지 미리 점을 쳐서 알아보고 그 점괘에 의지함으로써 민간 스스로 요행을 바라 는 행동을 선호하게 되는 결과를 낳았다.

환족의 천신교 사상(하늘신 사상)은 아사달 시대에도 널리 신봉되어 단군들은 선인들로부터 부자간의 효에 대해서, 단군과 신하의 충에 대 해서, 스승과 제자의 도리에 대해서 듣고 이를 전 환족에게 전파하여 따르고 지키도록 하였다. 8조 천범이 그렇고 신왕종전의 도, 중일의 도 가 그렇고 서효사가 그렇고 염표문이 그러하였다. 소련, 대련의 효가 그렇고 충, 효, 신, 용, 인의 국자랑 교육이 그러하였다.

아사달 시대의 이런 가르침들은 중국의 하나라, 상나라에도 전파되 고 널리 퍼져 동주 시대에 음양가(陰陽家), 유가(儒家), 도가(道家)를 비롯 한 제자백가 사상이 태동하는 계기가 되기도 하였다.

유인의 삼신일체 사상은 먼 훗날에 나타나는 그리스도교의 삼위일 체 사상과 동일하고 거발환 환웅의 〈삼일신고〉에 나오는 '나고 자라고 늙고 병들고 죽는(生長肖病歿) 고통'은 불교의 생로병사(生老病死)와 같다. 아사달 시대의 충, 효, 신, 용, 인의 오상(五常)은 유교의 삼강오륜과 같고, 아사달의 도해 단군 시절에 유위자 선인이 전한 도에 대한 이론은 중국의 도교 사상과 같다. 환족에게 천신교는 선(仙)의 도, 선교(仙敎)로 발전하였다.

환족이 환국, 배달국, 아사달, 부여, 고구려 시대를 거치는 동안에 다른 경로로 세계적으로 일가(一家)를 이룬 큰 종교들이 후에 환족에게로 수입되었다. 그러나 환족의 천신교 사상은 과도한 점술로 인해 비과학적인 미신으로 전락하고 지금 우리나라에서 간신히 명맥만 유지하고 있으니 안타까운 일이다.

역사에 가정이란 없다. 하지만 배달 시대 말기와 아사달 시대 초기에 공손 헌원(黃帝軒轅)과 방훈(堯), 중화(舜)가 최소 작용의 법칙을 벗어난 과도한 욕심(慾心)을 부리지 않고 배달국의 재세이화 홍익인간을 따르고 실천하였더라면 '이 세계가 대동 세계(大同世界)가 되지 않았을까' 하는 생각이 든다.

또 배달국 시대 환족과 웅족이 통합하여 한 무리가 될 때 양쪽의 하늘신과 여신, 새와 곰 토템을 모두 받아들였듯이, 이 세계의 종교도 하나로 통합되어 지구상의 전 인류가 어떤 형태로든 '공통된 신을 모시고 공통된 교리를 신봉하며 사후에는 공통의 천국에 살게 된다고 믿지 않았을까' 하는 생각도 든다.

〈ᄋᆞᆺ달〉을 마치면서,
'인간의 욕심(慾心)은 어디까지일까? 복본(複本)할 수 없을까?'

값 25,000원
ISBN 978-89-969197-9-7 03810